ANIKA LORENZ
JULIA ZIESCHANG

DAS SPIEL DES

SCHATTENPRINZEN

LAGO

Bibliografische Information der Deutschen Nationalbibliothek
Die Deutsche Nationalbibliothek verzeichnet diese Publikation in der Deutschen Nationalbibliografie. Detaillierte bibliografische Daten sind im Internet über http://d-nb.de abrufbar.

Für Fragen und Anregungen
info@lago-verlag.de

Wichtiger Hinweis
Ausschließlich zum Zweck der besseren Lesbarkeit wurde auf eine genderspezifische Schreibweise sowie eine Mehrfachbezeichnung verzichtet. Alle personenbezogenen Bezeichnungen sind somit geschlechtsneutral zu verstehen.

Originalausgabe
1. Auflage 2022

Türkenstraße 89
80799 München
Tel.: 089 651285-0
Fax: 089 652096

Redaktion: Jil Aimée Bayer und Nina Krönes
Umschlaggestaltung: Karina Braun
Umschlagabbildung: Shutterstock.com/detchana wangkheeree, ekosuwandono
Layout und Satz: inpunkt[w]o, Haiger | www.inpunktwo.de
Druck: CPI books GmbH, Leck
Printed in the EU

ISBN Print 978-3-95761-225-0
ISBN E-Book (PDF) 978-3-95762-326-3
ISBN E-Book (EPUB, Mobi) 978-3-95762-327-0

Wir produzieren nachhaltig
www.m-vg.de

Weitere Informationen zum Verlag finden Sie unter

www.lago-verlag.de

Beachten Sie auch unsere weiteren Verlage unter www.m-vg.de

*»Never fear shadows.
They simply mean there's a
light shining somewhere nearby.«*

Ruth E. Renkel

Spielregeln

Eine Welt geschmiedet aus Schatten und Licht,
der Prinz lädt ein, öffnet seine Tore auch für dich.
Komm näher, sei sein Gast,
mit den richtigen Worten du Zutritt hast.

Es erwartet dich ein Ort voll Zauber und gefährlicher List,
der Gewinner bekommt zurück, was er schmerzlich vermisst.
Doch nur eine einmalige Teilnahme sei dir gewährt,
auf ewig gefangen ist, wer wiederkehrt.

Löse die Rätsel und wachse über dich hinaus.
Scheiterst du, strecken die Schatten ihre Klauen nach dir aus.
Erreiche das Schloss und du kannst wieder heim,
doch um zu gewinnen, musst du der Schnellste sein

Bist du dennoch bereit, es zu wagen?
Denn verlierst du, ist die Strafe für dein Versagen:
Du wirst ein Teil der Schatten für die Ewigkeit,
dein Dasein fristen in Dunkelheit.

Hörst du das Wispern der Schatten?
Versuch, nicht in ihre Fallen zu tappen.
Nun ist es so weit, das Spiel beginnt,
doch achte auf den Sand, denn die Zeit, sie rinnt.

Der Prinz persönlich fordert dich heraus,
nun sprich die folgenden Worte laut aus:
Ich akzeptiere die Regeln des Spiels, drum lass mich hinein;
mein Schicksal sollen fortan Schatten und Licht sein.

PROLOG

Der Schattenprinz

Schatten und Licht wechselten sich ab, während der Prinz schnellen Schrittes den langen Flur durchquerte. *Wand, Fenster, Wand, Fenster …*

Manchmal fühlte er sich im einfallenden Licht der Sonne wohler, manchmal in der Dunkelheit des alten Gemäuers. Dennoch, trotz der vielen Fenster, wurde es nie gänzlich hell im Schloss. Schon lange nicht mehr.

Heute jedoch beachtete er die unterschiedlichen Lichtverhältnisse nicht. Er hatte Wichtigeres zu tun. Ab morgen würde sich wieder ein Bann über seine Welt legen; das Spiel beginnen, das eine neue Ära im Königreich einläutete. Endlich rückten seine Ziele in greifbare Nähe.

Aus dem Augenwinkel stellte Henry sicher, dass die Schatten ihm auf Schritt und Tritt folgten. *Wie abgerichtete Tiere hafteten sie an seinen Fersen.* Er war der Mittelpunkt ihrer Welt und hatte unermessliche Macht über sie.

Ein siegessicheres Lächeln umspielte seine Lippen, während er die Rundbogentür vor sich fokussierte. Das Rascheln der schwarzen Federn seines Umhangs ging im lauten Poltern seiner schweren Stiefel unter. Synchron öffneten die Wachen, die den Eingang zum Thronsaal flankierten, die Flügeltüren und gaben den Blick in das Innere frei. Der große Raum war düster. Kurz zögerte er an der Schwelle, die eine Grenze zwischen Licht und Dunkelheit bildete. Als Kind hatte der Prinz Angst vor der Finsternis gehabt, das war nun anders. Jetzt verlieh sie ihm Kraft. Die Dunkelheit in seiner Welt brachte ihm die Schatten, und ohne Schatten gäbe es kein Spiel. Auf dieses Spektakel wollte er ungern verzichten, vor allem, weil es eine befriedigende Rache an den Menschen war. Ihr Schicksal hatten sie selbst bestimmt, als *sie* ihm durch ihren Einfluss genommen wurde.

Verrat schneidet tief, Rache hilft beim Heilen – das hatte sein Vater oft gesagt. Oh, wie der König die Spiele genossen hatte! Nun tat es sein Sohn an seiner statt. Henry fand großen Gefallen daran, die Menschen wie Marionetten tanzen zu lassen.

Als er in den Raum eintrat, glitt sein Blick über die imposanten Fresken an der Decke. Es waren Bildnisse dunkler Kreaturen, die seine Welt bevölkerten. Sein liebstes Fresko war das einer Putte, aus deren Augen blutige Tränen rannen. Es spiegelte den Schmerz seiner Kindheit. Trotzdem gab es helle Flecken, die von einer anderen Zeit erzählten, einer leuchtenden Zeit. Doch wann immer er sich daran zu erinnern versuchte, tauchten stattdessen kurze Sequenzen seines Lebens vor seinem geistigen Auge auf. Von seiner Mutter, die seinen Vater ins Unglück gestürzt hatte. Von Tränen … von Schmerz …

Um nicht länger die Bilder seiner eigenen Familientragödie sehen zu müssen, wandte er seine Aufmerksamkeit seinem Vater zu. Dem Elternteil, der ihm geblieben war.

So, wie der Prinz es gewohnt war, besetzte der König den Thron. Er war das Machtzentrum dieser Welt, während sein Sohn, trotz des fragilen Gesundheitszustandes des Herrschers, zu seinen Gefolgsleuten gehörte. Erst nach dessen Tod würde die gebündelte Magie dieser Welt von ihm an seinen Sohn übergehen. Doch niemals würde er es dazu kommen lassen. Henrys Augen glitten über den ausgezehrten Körper des Königs. Er war nur noch das schwache Abbild seiner früheren Erscheinung.

Schließlich betrachtete der Prinz den schwarzen Kristall, aus dem der Thron bestand und mit dem sein Vater verschmolzen war. Lediglich sein Oberkörper ragte daraus hervor. Es war, als wären seine Beine in einer Schicht dunklen Eises eingefroren.

Aus einem Impuls heraus legte Henry seine Hand auf die Schulter des Königs. Die Haut unter seinem Umhang war warm, dennoch zeigte dieser keine Reaktion auf die Berührung seines Sohnes. *Dem Leben nah, aber dem Tod noch näher …*

Hart presste der Prinz seinen Kiefer zusammen, während eine dunkle Bewegung an der Wand hinter dem Thron seine Aufmerksamkeit erregte. Eines der Schattenwesen kroch daraus hervor. Sein augenloses Haupt ragte aus dem kalten Marmor hinaus. Dicke Tropfen, die an flüssiges Pech erinnerten, trieften auf den schwarzen Kristall und wurden eins mit ihm. Ihre Magie hielt seinen Vater am Leben. Nur was war das für ein Leben, reglos gefesselt an einen Thron? Das nächste Spiel könnte die Erlösung für die Qualen des Königs bringen, alles verändern und den Schatten jene Macht verleihen, die sie brauchten, um ihn zu retten.

Wir tun alles für Euch, Eure Hoheit, erhob sich eine zischende Stimme in seinen Gedanken.

Der Schatten streckte seine dreifingrige Klaue nach ihm aus, als wolle er ihn zu sich locken. Unwillkürlich trat Henry näher heran.

Euer Plan birgt für Euch keinerlei Risiken, den Spielern jedoch wird es anders ergehen. Von ihnen werden wir zehren, bis wir schließlich ›Eure‹ Vision für diese Welt realisieren können. Nur so kann die Vorherrschaft der Schatten besiegelt und das Licht verbannt werden.

Versonnen schloss der Prinz die Augen und träumte sich in die verheißungsvolle Zukunft, als er plötzlich spürte, dass der Körper des

Königs unter seinen Fingern bebte. Er riss die Augen auf und blickte in die sturmgrauen Augen seines Vaters. In ihnen lag eine Angst, die das Herz des Prinzen krampfen ließ.

Der König fürchtet sich vor dem Tod, erklärte der Schatten. *Er spürt ihn mit jeder Faser seines Seins.*

Der Prinz kniete sich hin und umschloss die noch immer zitternde Hand fest mit seiner.

»Vater, Ihr werdet nicht sterben. Ich verspreche, ich werde alles in meiner Macht Stehende tun, um das zu verhindern.« Eindringlich sah Henry den König an und hoffte, ihn mit seiner Unerschrockenheit zu überzeugen, doch noch immer spiegelte sich Furcht in dessen Blick. Sein Vater gab einen röchelnden Laut von sich und ein unangenehmer Schauer überfiel Henry. Wie hatte es nur so weit kommen können?

Es war die Liebe, antwortete der Schatten auf seine unausgesprochene Frage.

Ich weiß, pflichtete er ihm bei.

Sein Vater hatte Gefühle zugelassen. Und was war nun aus ihm geworden? Ein Häufchen Elend war er, mehr nicht. Armselig. Der König hatte geliebt, Henry würde diesen Fehler nicht begehen. Liebe war ein Fluch, eine nicht willkommene Sehnsucht nach Licht, die mit diesem Spiel endlich enden würde.

Von Vorfreude durchströmt erhob er sich. Vor den Augen seines Vaters trat er auf den gläsernen Boden, an die Stelle, die sich unter dem höchsten Punkt der Kuppel befand. Augenblicklich spürte er die Kraft des wirbelnden Strudels aus Licht und Dunkelheit durch seinen Körper vibrieren.

»Vater, die Figuren stehen bereit«, verkündete er und breitete in einer feierlichen Geste die Arme aus. Seine Worte hallten durch den Saal. »Die Partien sind erschaffen und die Teilnehmer ausgewählt. Morgen um diese Zeit wird die Spieluhr sich nach fünf Jahren endlich wieder drehen. Das Spiel beginnt …«

Das Tosen des Wirbelsturms unter seinen Füßen wurde stärker. Als würden seine Worte ihn befeuern. Unwillkürlich neigte der Prinz seinen Kopf. Der durchsichtige Boden erlaubte ihm einen perfekten Blick auf das Portal, das die Menschenwelt mit seiner verband. Weißer Nebel vermischte sich mit schwarzem. Ein Sturm, der an einen Kampf zwischen Dunkelheit und Licht erinnerte, tobte unter ihm und würde die Spieler schon bald zu ihm bringen. *Marionetten … meine Marionetten*, dachte der Prinz triumphierend, auch wenn das nicht gänzlich zutraf. Nicht er allein hielt die Fäden in der Hand, genauso wenig wie die Schatten.

Wo Schatten sind, da ist auch Licht … Henry runzelte unwillig die Stirn. Das Licht war eine Unbekannte in seiner Gleichung, die ihm Sorgen bereitete. Es zwang den Prinzen, sich an gewisse Regeln zu halten. Jedoch gab es Mittel und Wege, das Licht zu begrenzen, und letztendlich würde er es eliminieren. Dann würde sich die Schwärze der Nacht wie ein schützender Umhang über seine Welt legen; sie einhüllen in tröstender Dunkelheit. Das war Henrys einziger Wunsch und dafür war er bereit, alles aufs Spiel zu setzen.

DIE ENTDECKUNG DER SPIELUHR

Elena

Ein Lichtstrahl drang durch den Spalt unter der Tür zum Arbeitszimmer meines Vaters und lenkte meine Aufmerksamkeit auf sich. Die dunklen Dielen aus Ebenholz knarrten unter meinen Schritten, während ich mich der Tür näherte.

Im Haus war es still, viel zu still. Früher war das Lachen seiner Bewohner durch die Gänge gehallt, wenn mein Vater mit mir Fangen gespielt hatte. Als Kind war ich durch das gesamte Herrenhaus gestürmt, bis raus in den weitläufigen Garten, in dem meine Mutter gerne die betörend duftenden Rosen verschnitten hatte. Lächelnd hatte sie die Gartenschere beiseitegelegt und war meinem Vater und mir hinterhergelaufen. Gemeinsam hatten sie mich über den feinen englischen Rasen gejagt. Meistens war es mein Vater gewesen, der mich zuerst erwischte. Er hatte mich gepackt, durch die Luft gewirbelt und gerufen: »Hab ich dich!«

Ich konnte mich noch genau daran erinnern, wie ich vor Vergnügen gequietscht hatte. Der schrille Ton hatte sich in mein Gedächtnis eingebrannt. Eine bittersüße Erinnerung an bessere Zeiten. Mit Vaters Verschwinden war auch die Lebensfreude meiner Mutter verloren gegangen. Das Herrenhaus hatte sich zu einem trostlosen Gemäuer entwickelt; einem Gefängnis, aus dem weder meine Mutter noch ich auszubrechen vermochten.

Ich versuchte es von Zeit zu Zeit, indem ich mich von meiner Neugier treiben ließ und das Haus und seine zahlreichen Winkel erforschte, wie auch jetzt, als ich meine Hand um den kühlen Metallknauf legte und diesen herumdrehte. Sacht schob ich die Tür einen Spaltbreit auf. Muffige, abgestandene Luft längst vergangener Tage schlug mir entgegen. Die Sonne schien durch das Fenster ins Zimmer. In ihrem Licht tanzte der Staub, dicht und grau. Er überzog den gesamten Raum mit einer feinen Schicht. Selbst die Dielen, die draußen im Flur vom Bohnern dunkel geglänzt hatten, wirkten hier, als hätte sich Nebel über sie gelegt und ihnen jegliche Farbe entzogen.

Seit mein Vater, Clifford Johnson, 1888 verschwunden war, hatte dieses Zimmer niemand mehr betreten, geschweige denn geputzt. Meine Mutter wäre sehr wütend, wenn sie erführe, wo ich mich gerade aufhielt. Das Arbeitszimmer war tabu, denn hier hatte alles angefangen, es war der Ursprung allen Übels. Hier hatte mein Vater, ein gefeierter Astrophysiker, in dem Jahr vor seinem Verschwinden die größten Erfolge erzielt. Als ihm vor fünf Jahren der Durchbruch in seinen Forschungen gelang, hatten wir plötzlich sehr viel Geld und konnten in ein schickes Anwesen in der Nähe von Oxford ziehen. Wir konnten uns sogar eine Handvoll Bediensteter leisten.

Doch der Erfolg hatte auch den Ehrgeiz in meinem Vater geweckt, sodass er sich oft tagelang in seinem Arbeitszimmer verschanzte, bis er vor vier Jahren zu einer neuen Expedition aufgebrochen und dabei verschwunden war.

Nun schmerzte allein der Anblick dieser Tür meine Mutter so sehr, dass sie es vermied, den Gang entlangzulaufen. Meistens zog sie sich ins Licht zurück, wo die Schatten der Vergangenheit sie weniger zu quälen schienen. Deshalb verbrachte sie viel Zeit im Garten, inmitten ihrer geliebten Blumen.

Ich trat vor das Fenster und tatsächlich erspähte ich dort auf einer weiß lackierten Holzbank meine Mutter. Sie war umringt von zartlilafarbenem Sommerflieder, hielt ein Buch in der Hand und trug einen eleganten Hut passend zu ihrem azurblauen Kleid, auf dem sich weiße Rosen befanden. Die breite Krempe, die sie vor der Sonne schützte, verhinderte gleichzeitig, dass ich ihr nach unten geneigtes Gesicht erkennen konnte. Ihre unverwechselbaren roten Haare, die sie in einer aufwendigen Frisur im Nacken zusammengebunden hatte, leuchteten, als stünden sie in Flammen.

Auch meinen Kopf zierte dieses fuchsrote Haar und ich hatte die gleiche zierliche Gestalt. Trotzdem wirkte ich bei Weitem nicht so fragil wie Mildred Johnson. Vielleicht lag es daran, dass sie zerbrochen war. In dem Moment, als mein Vater verschwand.

Mit einem Frösteln wandte ich mich vom Fenster ab. Obwohl draußen Sommer war, drang die Hitze nicht durch das dicke Gemäuer bis ins Innere. Zu gerne hätte ich die warme Sommerluft hineingelassen, aber das Öffnen des Fensters hätte meine Mutter bemerken können.

Ein wenig schämte ich mich dafür, hier heimlich herumzustöbern, doch das Licht, das durch den Türspalt gefallen war, hatte mich angelockt wie eine Motte. Und vielleicht hoffte ich, hier die Präsenz meines Vaters zu spüren und auf etwas Tröstliches zu stoßen. Etwas, das meine Sehnsucht nach ihm linderte, denn heute war das Gefühl des Alleinseins in mir wieder sehr greifbar.

Ein Sonnenstrahl schien auf das Regal neben der Tür und ich steuerte darauf zu. Im Gehen streifte der Saum meines Kleides über den Boden und wirbelte den Staub auf, der im Licht schimmerte. Ich betrachtete das Durcheinander aus Phiolen und Reagenzgläsern, die dicht gedrängt auf dem Regal standen und in denen sich noch immer die Überreste irgendwelcher Substanzen befanden. Wahllos griff ich nach einem Glasgefäß und wischte mit der Hand den Staub weg, um besser erkennen zu können, was sich darin befand. Es war ein Stück eines Gesteins, schwarz und scharfkantig mit einer unebenen Oberfläche und zahlreichen Vertiefungen. Über manchen Stellen lag ein silbriger Schimmer. Mein Vater hatte versucht, das Universum zu erforschen, und vielleicht war das hier ja ein Stück eines Sterns. Der Gedanke ließ mich lächeln und ich machte mir einen Spaß daraus, in jede der Phiolen zu linsen.

Schließlich griff ich nach einem dunklen bläulichen Glas. Etwas klimperte darin, aber ich konnte nicht erkennen, was es war. Kurz entschlossen zog ich den Korken heraus und erspähte einen metallischen Gegenstand. Vorsichtig schüttete ich ihn auf meine Handfläche. Er entpuppte sich als ein Schlüssel. Mit angehaltenem Atem betrachtete ich ihn. Die Reide bestand aus drei Halbkreisen, die in ihrer Form an ein Kleeblatt erinnerten. Der Halm wirkte abgegriffen, da an dieser Stelle das Silber besonders matt war, und er mündete in einem kreuzdurchbrochenen Kammbart.

Was hatte der Schlüssel hier verloren und wie lange lag er schon unbeachtet in der Phiole? Und vor allem: Was verschloss er?

Ein Duft von Abenteuer, der versprach, diesem Tag eine Prise Aufregung zu verleihen, lag in der Luft. Mein Blick glitt suchend umher und ich keuchte auf, als ich im Bücherregal zwischen der Fachlektüre meine Ausgabe von *Alice im Wunderland* entdeckte. Das war mein liebstes Kinderbuch und ich hatte es die letzten Jahre über vergeblich gesucht. Meine Mutter hatte behauptet, es müsse beim Umzug hierher verloren gegangen sein, aber ich war mir sicher gewesen, dass das nicht stimmte.

Voller Freude darüber, diesen Schatz wiedergefunden zu haben, zog ich es heraus. Dabei bemerkte ich, dass dahinter etwas verborgen lag. Ich nahm ein paar weitere Bücher aus dem Regal und stapelte sie neben mir auf dem Boden, bis ich die Holzkiste erreichte. Sie war schlicht, unscheinbar und groß genug, damit ein Foliant hineinpassen würde. Handelte es sich hierbei um ein besonders wertvolles Buch, das Vater versucht hatte, vor Sonnenlicht und Staub zu schützen? Doch etwas irritierte mich. Die Kiste wog zu wenig, um ein so dickes Buch zu beinhalten. Zudem war sie zugesperrt.

Ich erinnerte mich an den Schlüssel in meiner Hand und eine Welle der Neugier erfasste mich, so heiß und brennend wie die Julisonne selbst. Probehalber steckte ich den Schlüssel ins Schloss und er verschwand tatsächlich bis zum Gesenk darin. Mein Herz schlug schneller, als ich ihn nach links drehte und ein leises Klacken ertönte. Mit angehaltenem Atem öffnete ich den Deckel und meine Augen wurden groß, sobald ich den Inhalt erblickte. Gebettet in weichen roten Samt befand sich darin ein Gegenstand, der aussah wie ein Karussell.

Zuerst sprang mir ein aus Holz geschnitzter Hahn mit gespreizten Flügeln ins Auge. Doch es war kein gewöhnlicher, denn sein Körper endete in einem Schlangenschwanz.

Ich holte das merkwürdige Konstrukt aus der Vertiefung und betrachtete es, besah die weiteren Figuren und identifizierte sie allesamt als Fabelwesen, die in ihrer Detailtreue erschreckend lebendig wirkten. Auf einer Drehscheibe befestigt waren besagter Hahn, ein Pegasus, ein geflügelter Hirsch und ein Greif.

Eine Erinnerung blitzte vor meinem inneren Auge auf. Ich hatte das Karussell schon einmal gesehen! Damals, kurz bevor mein Vater verschwand, war ich in sein Arbeitszimmer geplatzt, während er es untersucht hatte. Ich war näher gekommen, weil mich die Fabelwesen auf sonderbare Weise anzogen, aber Vater ließ es sofort in einer Schublade seines Schreibtisches verschwinden. Anschließend erhob er sich von seinem Stuhl und schrie mich an, was mir einfallen würde, ohne anzuklopfen, reinzukommen. Ich hatte nicht verstanden, weshalb er so zornig auf mich war, und war weinend aus dem Arbeitszimmer gerannt.

Nun hielt ich das Karussell in den Händen und diesmal konnte er es mir nicht wegnehmen. Ich betrachtete mein Gesicht in einem der acht winzigen Spiegel, die sich in der Mitte befanden und das Gerüst der Konstruktion bildeten. Wehmütige grüne Augen blickten mir aus einem blassen Gesicht entgegen, auf dem sich zahlreiche Sommersprossen verteilten.

Ich blinzelte und sah mir den Rest des Karussells genauer an. Über den Spiegeln mündete das Gebilde in einem runden, geschwungenen Dach, ähnlich dem eines Zirkuszelts mit schwarzen und weißen Streifen. Erst jetzt fiel mir auf, dass die Tiere das einzig Farbige waren, weshalb sie umso lebendiger wirkten. Sie spiegelten sich in den kleinen gläsernen Flächen, und es kam mir so vor, als starrten sie mich an. Eine Gänsehaut breitete sich auf meinen Armen aus.

Als ich den Greif berührte, merkte ich, dass sich die Scheibe unter ihm bewegte, und erst da begriff ich, was ich wirklich in Händen hielt: eine Spieluhr.

Vorsichtig, um keines der filigranen Fabelwesen zu beschädigen, zog ich sie auf, stellte sie vor mir auf den Boden und beobachtete, wie die Tiere anfingen sich zu drehen. Gleichzeitig füllten zarte Klänge, die mir seltsam vertraut vorkamen, die Stille des Raumes. Die Staubflocken vor dem Fenster schienen im Takt der Melodie zu tanzen, die aus der Spieluhr erklang. Das Licht wurde auf nahezu magische Weise von den kleinen Spiegeln reflektiert, während sich die Scheibe langsam drehte und ein Tier nach dem anderen an mir vorbeizog. Verzaubert betrachtete ich die Spieluhr, lauschte der wunderschönen Musik und eine tiefe Melancholie ergriff von mir Besitz.

Nur einen Wimpernschlag später leuchteten die Spiegel hell auf, als würden sie das zuvor eingefangene Licht bündeln. Diesmal warfen die Fabelwesen, die an mir vorüberzogen, lange dunkle Schatten an die Wand gegenüber. Gruselige, verzerrte Silhouetten ihrer Holzgestalten zeichneten sich ab. Auf einmal wurden Buchstaben sichtbar, die den Anschein erweckten, als wären sie aus Schatten gemalt. Mit weit aufgerissenen Augen starrte ich auf die Botschaft, die sich auf der Wand offenbarte. Buchstabe um Buchstabe und schließlich Zeile um Zeile erschienen. Darunter kreisten noch immer die Schatten der Fabelwesen wie Gespenster, während die zarten Töne der Spieluhr den Raum erfüllten. Stocksteif und mit angehaltenem Atem las ich, was dort stand:

Eine Welt geschmiedet aus Schatten und Licht,
der Prinz lädt ein, öffnet seine Tore auch für dich.
Komm näher, sei sein Gast,
mit den richtigen Worten du Zutritt hast.

Es erwartet dich ein Ort voll Zauber und gefährlicher List,
der Gewinner bekommt zurück, was er schmerzlich vermisst.

Die Spieluhr vor mir auf dem Boden hörte gar nicht mehr auf sich zu drehen. Zögerlich näherte ich mich der Wand, berührte mit meinen Fingern die Worte aus Dunkelheit. Die Melodie kam mir nach wie vor vertraut vor und im Zusammenhang mit den Zeilen waren da auf einmal weitere Worte in meinem Kopf.

Doch nur eine einmalige Teilnahme sei dir gewährt,
auf ewig gefangen ist, wer wiederkehrt.

Löse die Rätsel und wachse über dich hinaus.
Scheiterst du, strecken die Schatten ihre Klauen nach dir aus.
Erreiche das Schloss und du kannst wieder heim,
doch um zu gewinnen, musst du der Schnellste sein.

Bist du dennoch bereit, es zu wagen?
Denn verlierst du, ist die Strafe für dein Versagen:
Du wirst ein Teil der Schatten für die Ewigkeit,
dein Dasein fristen in Dunkelheit.

Hörst du das Wispern der Schatten?
Versuch, nicht in ihre Fallen zu tappen.

Mit dieser Zeile brach meine Erinnerung ab. Ich wusste, da gab es noch mehr, aber ich konnte mich nicht an den Rest des Liedes erinnern. Zu lange war es her, seit ich die Strophen das letzte Mal gehört hatte. Damals war ich noch ein Kind gewesen, nicht älter als zwölf Jahre, und mein Vater hatte es mir öfter vor dem Einschlafen vorgesungen.

Ich grübelte darüber nach und die Gedanken in meinem Kopf kreisten mit dem Karussell um die Wette. Was war eine Welt aus Schatten und Licht? Von welchem Prinzen war die Rede und warum lud er mich ein? Oder war diese Einladung für jemand anderen bestimmt? Doch für wen? Meinen Vater? Was für Worte sollten mir oder ihm Zutritt verschaffen und was hatte die letzte Zeile an der Wand zu bedeuten?

Der Gewinner bekommt zurück, was er schmerzlich vermisst.

Der letzte Ton der Spieluhr verhallte und mit ihm verschwanden sowohl die Schatten der Tiere als auch die Worte. Ein seltsames Knacken durchbrach die Stille. Es klang so, als würde etwas einrasten. Ich drehte mich um und sah, dass sich ein Stück aus dem Boden der Spieluhr leicht hervorgeschoben hatte, wie eine Schublade, die geöffnet worden war.

Mit klopfendem Herzen ging ich zurück und versuchte sie weiter herauszuziehen. Da sie klemmte, brauchte ich einige Anläufe, doch schließlich gelang es mir die Schublade zu öffnen. Eine kleine Papierrolle kam zum Vorschein, es musste also ein Geheimfach sein. Mit angehaltenem Atem angelte ich sie mit zwei Fingern heraus und entrollte sie. Als mein Blick auf die Handschrift fiel, taumelte ich vor Schreck einen Schritt zurück. Dabei stolperte ich über das Holzkästchen und landete unsanft auf dem Boden. Ungläubig blinzelnd starrte ich auf das Papier, denn die Schrift war die meines Vaters. Sie ausgerechnet hier wiederzusehen, war befremdlich, aber noch viel merkwürdiger war das, was er geschrieben hatte.

Erinnere dich an die gesungenen Worte und sie werden dir einen Ort offenbaren, dessen Schönheit und Magie deine kühnsten Vorstellungen übertrifft. Doch lass dich davon nicht verzaubern, bewahre dir stattdessen deinen kühlen Verstand. Freund oder Feind, Schatten oder Licht sind oft nicht so leicht voneinander zu unterscheiden.

Mit den *gesungenen Worten* musste das Lied gemeint sein, das mir schon von selbst in den Sinn gekommen war, nur verstand ich nicht, weshalb die Erinnerung daran wichtig sein sollte. Wie konnte mir ein simples Lied eine ganze Welt offenbaren? Das alles ergab überhaupt keinen Sinn. Warum nur hatte mein Vater sich die Mühe gemacht, einen solch undurchsichtigen Text so sorgsam zu verstecken?

Noch dazu in dieser merkwürdigen Spieluhr. Zumindest wusste ich nun, dass die Einladung offenbar doch mir galt. Aber wollte ich überhaupt der Gast dieses Prinzen sein?

Und noch etwas ließ mich stutzig werden: Auch hier war die Rede von Schatten und Licht, genau wie bei der Projektion der Spieluhr, die von einer Welt geschmiedet aus Schatten und Licht erzählt hatte.

Konnte es sein, dass sich mein Vater auf ebendiese Welt bezog? Aber das würde ja bedeuten, dass so ein Ort tatsächlich existierte …

Ich warf aus dem Augenwinkel einen Blick auf die Spieluhr und hoffte, sie würde mir noch mehr verraten, doch sie war wieder in ihre alte Starre verfallen. Wie eine harmlose Spielzeugfigur blickte mich der geflügelte Hirsch an und dennoch befiel mich ein eigenartiges Schaudern.

Was war hier eben passiert?

Ich zog die Spieluhr ein weiteres Mal auf, wieder erklang die Melodie und abermals drehte sich das Karussell, aber die Schatten blieben aus. Die Botschaft erschien kein zweites Mal. Sehr merkwürdig.

Nachdem das Lied verklungen war, zog ich sie erneut auf und dann noch einmal. Doch stets verhielt sie sich wie eine gewöhnliche Spieluhr. Kein weiteres Geheimfach öffnete sich und auch sonst geschah nichts.

Allmählich begann ich, an meinem Verstand zu zweifeln. Hatte ich eben wirklich die aus Schatten gemalte Botschaft eines Prinzen als Projektion an der Wand gelesen? Oder war ich so in die Melodie und die Erinnerungen an meinen Vater eingetaucht, dass ich es mir nur eingebildet hatte? Allerdings hielt ich immer noch den Zettel in meiner Hand …

»Elena?«

Die entfernte Stimme meiner Mutter drang an mein Ohr. Hastig rappelte ich mich auf, steckte den Zettel in eine Tasche meines Kleides, verstaute die Spieluhr in dem Holzkästchen, stellte es ins Regal und die Bücher davor. Dann warf ich den Schlüssel in die Phiole, schlich mich auf den Gang und zog leise die Tür hinter mir zu.

»Elena? Wo treibst du dich wieder herum?« Inzwischen klang meine Mutter ungeduldig.

»Ich komme schon!«, rief ich und eilte die breite Treppe hinunter.

»Wo warst du denn? Ich habe bestimmt fünf Mal nach dir gerufen.« Mutter zog die Augenbrauen vorwurfsvoll in die Höhe.

»Ich war im Badezimmer«, log ich und hoffte, dass ihr die verräterischen Staubspuren auf meinem Kleid entgehen würden.

Doch sie sah bereits woandershin. »Ist er nicht schön?«, fragte sie mit einem schwärmerischen Ausdruck im Gesicht.

Ich folgte ihrem Blick zur Holzkommode, auf der sich in einer Glasvase ein Strauß Sommerblumen befand. *Schon wieder ein Strauß.* Ihre gesamte Welt drehte sich nur um ihre Pflanzen.

»Wirklich sehr schön«, rang ich mir ab und versuchte mir meine Enttäuschung nicht anmerken zu lassen. »Weswegen wolltest du mich sprechen?«

Sie wandte sich wieder mir zu. Der Blick aus ihren braunen Augen war voller Wärme. »Ich reise morgen für ein paar Tage mit der Kutsche nach London. Du erinnerst dich? Ich wollte vor meiner Abreise noch ein wenig Zeit mit meiner Tochter verbringen. Lass uns einen Spaziergang machen.«

Mutter war zu einem Empfang in der Hauptstadt geladen worden, wie mir jetzt wieder einfiel. Da sie wusste, wie wenig ich von derlei steifen Veranstaltungen hielt, hatte sie diesmal glücklicherweise nicht darauf bestanden, dass ich sie begleitete. Nach Vaters Verschwinden hatte sie sich nur schwer von mir trennen können und mich möglichst immer bei sich haben wollen, wo sie mich in Sicherheit wusste.

»Natürlich. Ich hole nur eben meinen Hut.« Ich stürmte wenig damenhaft die Stufen hinauf und in mein Zimmer, froh um die Gelegenheit, den Staub von meinen Röcken klopfen zu können.

Eilig suchte ich einen passenden Hut zu dem pastellfarbenen Kleid, das ich trug. Meine fuchsroten Haare hatte ich zu einem komplizierten Zopf geflochten, der sich perfekt als Hutfrisur eignete.

Wenig später fuhren wir mit der Kutsche nach Oxford. Auf dem Weg dorthin dachte ich daran, wie oft ich bereits mit meiner Mutter den botanischen Garten besucht hatte, da dieser Ort sie faszinierte. Doch heute war dies nicht unser Ziel, sondern der nahe der Universität gelegene Park, wo wir gemeinsam mit den anderen Herrschaften am *River Cherwell* entlangflanierten. Neben den vielen Studenten, die von ihren Vorlesungen Erholung im Grünen suchten, kamen uns Männer in Gehrock mit Zylinder und Spazierstock entgegen. Ein paar von ihnen pafften Zigarren. Ihre Frauen, in hochgeschlossenen Kleidern mit prächtigen Hüten und kunstvollen Sonnenschirmen, hatten sie untergehakt.

»London ist grässlich. All der Trubel, Schmutz und Gestank. Ich bin froh, wenn ich wieder zurück bin«, sagte Mutter.

Ich konnte sie verstehen. Für jemanden, der seinen Garten und die Ruhe dort so sehr liebte wie sie, war London kein geeigneter Ort.

»Es ist ja nicht für lange«, tröstete ich sie. »Und ich werde gut auf deinen Garten achtgeben.«

»Danke, Kind.« Sie stieß einen langgezogenen Seufzer aus.

Seit Vater verschwunden war, schienen ihre Tage nur noch aus Seufzern zu bestehen. Sie tat mir leid, wie sie so in sich gekehrt und von Traurigkeit zerfressen war, und doch konnte ich ihr nicht helfen. Auch ich konnte meinen Vater nicht wieder herbeizaubern, ganz egal, wie sehr ich ihn vermisste.

An einem blühenden Rosenbusch hielt Mutter inne und roch an einer rosafarbenen Blüte. Dabei schloss sie die Augen, und während sie den Duft einatmete, nahm ihr Gesicht einen friedlichen Ausdruck an. Ein heftiger Stich durchzuckte mich, als mir einmal mehr klar wurde, dass nur die Blumen ihr Trost zu spenden vermochten. Nicht jedoch ich. Die Erkenntnis, dass ich nicht genug war, tat weh. Obwohl sie stets bemüht war, sich vor mir zusammenzureißen, weil sie wusste, dass auch ich unter Vaters Verschwinden litt, reichte das nicht. Sie hätte für mich da sein sollen. Ich hätte sie gebraucht. Ich war das Kind und sie die Mutter. Doch sie war nur für ihre Pflanzen da. Und nun wusste ich auch, was dieser schmerzhafte Stich war: Eifersucht. Ich war eifersüchtig auf ihre geliebten Blumen.

Schweigend setzten wir unseren Spaziergang fort, schlenderten im Schatten mächtiger Eichen und Kastanien vorbei an perfekt getrimmten Büschen und gepflegten Blumenbeeten. Der Anblick machte mich wütend und traurig zugleich. Es ging immer nur darum, den Anschein zu wahren. Alles perfekt aussehen zu lassen. Auch wir beide wirkten wie ein glückliches Mutter-Tochter-Gespann. Doch die Realität konnte nicht weiter davon entfernt sein.

Abends saß ich auf dem ausgepolsterten Fenstererker in meinem Zimmer, den Zettel mit der Botschaft meines Vaters in der Hand, und starrte zum Sternenhimmel hinauf. Wenn mir nur der Rest des Liedes wieder einfallen würde! Ich summte die Melodie aus der Spieluhr, doch wieder stockten meine Gedanken an derselben Stelle. Ich kam einfach nicht darauf, wie der Reim weiterging.

Ich schloss die Augen und stellte mir vor, ich sei wieder zwölf Jahre alt. Mit einem Buch lag ich im Bett, als mein Vater hereinkam.

»Du bist ja immer noch wach«, sagte er, setzte sich neben mich auf die Bettkante und strich mir über das Haar. »Aber das ist gut, da ich dir etwas sagen muss.«

»Was denn?« Ich blickte ihn aus großen Augen an.

»Elena, hör jetzt gut zu«, sagte er – und allein daran, dass er mich *Elena* anstelle *Elly* nannte, merkte ich, wie ernst es ihm damit war. »Das Lied, es könnte einmal wichtig werden. Ich weiß nicht, was passieren wird, aber es fühlt sich richtig an, es dir vorzusingen.«

»Wie meinst du das?« Ich blickte ihn verständnislos an.

»Das kann ich dir nicht sagen, mein kleiner Wildfang. Pass gut auf, ich singe es dir einmal vor.«

Er stimmte ein Lied mit einer mir unbekannten Melodie an.

»Hast du dir alles gemerkt?«, fragte er anschließend und sein Lächeln war seltsam sanft und angespannt zugleich.

Ich kuschelte mich in seine Arme. »Ich mag es nicht. Es klingt gruselig.«

»Das ist es, aber es ist auch unglaublich schön«, erwiderte er und strich mir über den Kopf.

Als ich aufschaute, bemerkte ich, dass sein Blick in unbestimmte Ferne gerichtet war, als wäre er mit den Gedanken woanders.

Anschließend hatte er mir das Lied noch mehrmals vorgesungen. Ein ungutes Gefühl beschlich mich, sobald ich aus der Erinnerung auftauchte. Hatte sich das nicht nur wenige Wochen vor Vaters Verschwinden ereignet? Und obwohl ich die Szene genau vor Augen hatte, geriet meine Erinnerung immer an derselben Stelle ins Stocken.

Es dauerte lange, bis meine Gedanken sich beruhigten. Die Schatten von geflügelten Wesen schienen um mich zu kreisen und ich meinte zu spüren, wie mich eines davon streifte. Wie der Hauch einer Feder auf meiner Haut. Ich erschauderte.

Sonnenstrahlen kitzelten meine Nase. Ich lag mit im Nacken verschränkten Armen und geschlossenen Augen im Gras unter dem großen Apfelbaum. Etwas, das ich nur tun konnte, wenn meine Mutter nicht da war. Sie würde es nicht gutheißen, wie ich hier im Halbschatten lag und die Blässe meines Porzellanteints gefährdete.

Das Kitzeln nahm zu und ich rümpfte die Nase. Wahrscheinlich ein Käfer. Ich wischte mir über die Nasenspitze, doch es hörte nicht auf.

Ich blinzelte und blickte in ein mir nur allzu vertrautes Gesicht. »Mensch, Jim, was soll das? Musst du nicht arbeiten?« Genervt riss ich ihm den Grashalm aus der Hand und richtete mich auf.

Jim hockte unbeeindruckt neben mir im Rasen, ein freches Grinsen auf seinem Gesicht, und ich konnte nicht anders, als zurückzugrinsen. Er war der beste und gleichzeitig einzige Freund, den ich hatte. Er half seiner Mutter, die für uns kochte, oft in der Küche aus, weshalb wir nie genug Zeit füreinander hatten.

»Ist nicht viel zu tun heute, weil Mrs Johnson nicht da ist.« Jim legte sich – wie ich zuvor die Arme im Nacken verschränkt – neben mich auf die Wiese.

Natürlich, wenn meine Mutter nicht da war, gab es auch keine Abendessen, zu der sie die feine Gesellschaft einlud. Wir empfingen zwar nicht täglich Gäste, aber oft genug. Manchmal glaubte ich, meine Mutter versuchte, durch solche Besuche die Leere in ihrem Herzen zu füllen und die Stille im Haus zu vertreiben. Doch auch das lenkte sie nur kurzzeitig ab, bis sie wieder mit sich und ihren Gedanken allein war. Auch die Empfänge waren nur Schein. Es schien paradox: Je mehr sie das Licht suchte, desto schwieriger wurde es für sie. So, wie auch in der prallen Sonne die Schatten immer am härtesten waren.

Auch ich legte mich wieder hin, fühlte das weiche Gras unter meinem Rücken, und gemeinsam starrten Jim und ich hinauf zu den kleinen grünen Äpfeln über unseren Köpfen.

Wieder kreisten meine Gedanken um die Spieluhr und die Einladung in die verheißungsvolle Welt aus Schatten und Licht. Wenn ich nur wüsste, was das alles zu bedeuten hatte. Ob ich Jim von meiner Entdeckung erzählen sollte?

»Du bist so nachdenklich.« Jim stupste mich mit dem Ellbogen in die Seite. »Was ist los, Elly?«

Ich drehte den Kopf und betrachtete meinen besten Freund. Obwohl er wie ich sechzehn Jahre alt war, konnte Jim genauso gut als groß gewachsener Vierzehnjähriger durchgehen. Er war dünn und schlaksig und füllte kaum seine Kleidung aus. Die dunkelbraune Hose saß viel zu locker, dazu trug er passende Hosenträger über einem weißen Leinenhemd, das ihm ebenfalls zu groß war.

»Nichts, gar nichts«, erwiderte ich, konnte ihm aber deutlich ansehen, dass er mir nicht glaubte.

»Du kannst mir alles erzählen, das weißt du doch, Elly.«

Ich seufzte leise. »Es ist nur … Gestern, also da habe ich etwas gefunden.«

Jim sah mich aus seinen braunen Augen abwartend an.

»Von meinem Vater«, fügte ich hinzu und presste die Lippen zu einem Strich zusammen.

»Deinem Vater? Was war es?« Jim klang aufgeregt, was mir ein winziges Lächeln entlockte.

Er rollte sich zur Seite und stützte seinen Kopf mit einer Hand ab, während er mich aufmerksam musterte.

»Es war ein Zettel, auf dem stand: *Erinnere dich an die gesungenen Worte.*« Den restlichen Text, und was sich davor zugetragen hatte, behielt ich lieber für mich. Jim würde meinen Vater nur für verrückt erklären. Ein verschrobener Forscher, der an die Existenz einer Welt aus Schatten und Licht glaubte. Und das war er auf gar keinen Fall, oder? Ich war mir sicher, der Spieluhr haftete ein Hauch von Magie an, den ich mir nicht erklären konnte. Allein die Worte, die sich an der Wand geformt hatten, waren mir äußerst suspekt. Ich konnte mir nicht vorstellen, dass sie nur eine Illusion gewesen waren oder etwas, das sich durch einen mechanischen Trick erklären ließ. Dafür hatten sie zu echt gewirkt.

Ich beobachtete das Schattenspiel der Blätter in den Bäumen, als eine sanfte Brise hindurchfuhr und merkwürdige Formen entstehen ließ. Vielleicht lag ich auch falsch und für all das gab es eine nüchterne wissenschaftliche Erklärung. Möglicherweise war das Spiel aus Schatten und Licht nichts anderes als das, was da eben in den Bäumen vor sich ging. Ein Sonnenstrahl, der auf Wasser traf und in Regenbogenfarben reflektiert wurde; Schatten, mit denen man eine Geschichte erzählen konnte wie in einem Schattentheater. Es gab viele Möglichkeiten.

»Seitdem ich das gelesen habe, überlege ich, was damit gemeint sein könnte«, teilte ich einen weiteren Gedanken mit meinem besten Freund.

»Wo hast du ihn denn gefunden?« Jims Augenbrauen schoben sich kaum merklich zusammen, während er sich eine Strähne seines braunen Haars aus der Stirn strich.

»Versteckt in seinem Arbeitszimmer«, gab ich mit leichtem Widerwillen zu. Nach all den Jahren war ich auf eine Spur von meinem Vater gestoßen und nun fühlte es sich falsch an, Jim von der Spieluhr zu erzählen. Als wäre sie ein Geheimnis zwischen mir und meinem Vater, das nur wir beide teilten und das mich mit ihm verband. Würde ich Jim gänzlich einweihen, könnte das unweigerlich dieses Gefühl zerstören.

»Vielleicht wollte er mir etwas damit sagen. Nur welche gesungenen Worte könnte er meinen?«

»Und woher willst du wissen, dass die Nachricht für dich bestimmt war? Vielleicht war es ja nur eine Notiz an ihn selbst. Stand sonst noch etwas darauf? Dein Name etwa?«

»Nein.« Ich presste die Lippen zusammen. Etwas sagte mir, dass mein Vater die handgeschriebene Botschaft nicht ohne Grund so sorgsam versteckt hatte, und Jim davon erzählt zu haben, erschien mir falsch. »Vergiss es. War nur so ein Gefühl«, murmelte ich deshalb.

»Ein Gefühl?« Um seinen Mund bildete sich ein spöttischer Zug. »Du hast den Verstand vergessen, meine liebe Elly.«

»Jim!« Ich lachte auf und schlug ihm spielerisch auf den Oberarm. »Woher weißt du, dass ich *Verstand und Gefühl* gerade wieder lese?«

»Liest du nicht immer Jane Austen?«, fragte er mit einem frechen Grinsen.

»Gar nicht wahr!«, widersprach ich vehement, musste dabei allerdings noch lauter lachen. »Gelegentlich lese ich auch Bücher von Charlotte Brontë. Aber *Verstand und Gefühl* ist nun mal mein liebstes Werk, schließlich hast du es mir geschenkt. Vor drei Jahren, weißt du noch?«

»Natürlich, wie könnte ich das vergessen? Drei Jahre ist das schon her. Unglaublich. Die Zeit, sie rinnt, nicht wahr?«

Ich erstarrte. »Was hast du da eben gesagt?«

»Drei Jahre …«

»Nicht das«, unterbrach ich ihn. »Das andere.«

»Du meinst, dass die Zeit rinnt?« Jim warf mir einen irritierten Blick zu und runzelte die Stirn.

Ich hielt den Atem an, als mir endlich der Rest des Liedes wieder einfiel, der mir schon die ganze Zeit über auf der Zunge gelegen hatte. »Nun ist es so weit, das Spiel beginnt, doch achte auf den Sand, denn die Zeit, sie rinnt«, flüsterte ich.

»Wie bitte?« Er beugte sich über mich und sah mich mit einem Ausdruck an, als mache er sich ernsthafte Sorgen um meinen Geisteszustand.

»Natürlich!« Ich richtete mich ruckartig auf, nur um gleich darauf auf die Beine zu springen. »Jim, du bist ein Genie! Ich danke dir.«

Ich wandte mich ab und lief zum Haus zurück.

»Elly, nun warte doch!« Jim kam hinter mir her und hatte mich aufgrund seiner langen Beine bald eingeholt.

»Geht nicht«, brachte ich keuchend hervor, während ich weiter über den perfekt getrimmten Rasen hastete. »Ich habe noch etwas zu erledigen. Aber morgen können wir uns wiedersehen und gemeinsam Kirschen von den Obstbäumen pflücken.« Mit diesen Worten verabschiedete ich mich von Jim. Solange meine Mutter nicht wieder zurück war, konnte ich tun und lassen, was ich wollte. Sogar auf Bäume klettern und mir den Bauch mit den süßen roten Früchten vollschlagen, ohne Gefahr zu laufen, eine Rüge dafür zu ernten.

Ich raffte meine Röcke, um noch ein wenig schneller rennen zu können. Vor mir ragte die prächtige Sandsteinfassade des Herrenhauses auf. Zahlreiche Erker verliehen dem Gebäude eine schwungvolle Form, genau wie die vielen Schornsteine am Dach. Runde Ummauerungen über den Fenstern im Erdgeschoss sowie kunstvoll aus Stein gemeißelte Verzierungen oberhalb der Erkerfenster ließen erkennen, dass die Bewohner wohlhabend waren. Normalerweise schenkte ich all dem mehr Beachtung, vor allem, weil es für mich ganz und gar kein gewöhnlicher Anblick war. Obwohl wir seit beinahe fünf Jahren hier wohnten, vergaß ich nicht, in welch bescheidenem Heim wir vorher gelebt hatten.

Im Haus stürzte ich durch die langen Gänge, die Treppe hinauf in den ersten Stock, stieß die Tür zum Arbeitszimmer meines Vaters auf und ließ mich vor dem Bücherregal auf die staubigen Dielen fallen, wo ich um Atem rang. Dann riss ich die Bücher heraus, verteilte sie achtlos auf dem Boden, bis ich das Holzkästchen in den Händen hielt. Schnell holte ich den Schlüssel aus der Phiole und sperrte auf.

Durch Jims Bemerkung wusste ich endlich wieder, wie der vollständige Text lautete.

Nachdenklich wiegte ich die Spieluhr in meinen Händen. Die richtigen Worte würden mir Zutritt verschaffen, das zumindest hatte gestern als Schattenprojektion an der Wand gestanden. Nur Zutritt wozu? Der Welt aus Schatten und Licht? Ob mit den richtigen Worten der Schluss des Liedes gemeint war, der – wie ich jetzt wieder wusste – einen dazu aufforderte, den letzten Satz laut auszusprechen?

Mit klopfendem Herzen zog ich die Spieluhr auf und stellte sie vor mir auf dem Boden ab. Die ersten Klänge ertönten und ich begann zu singen:

Eine Welt geschmiedet aus Schatten und Licht,
der Prinz lädt ein, öffnet seine Tore auch für dich.

Komm näher, sei sein Gast,
mit den richtigen Worten du Zutritt hast.

Es erwartet dich ein Ort voll Zauber und gefährlicher List,
der Gewinner bekommt zurück, was er schmerzlich vermisst.
Doch nur eine einmalige Teilnahme sei dir gewährt,
auf ewig gefangen ist, wer wiederkehrt.

Löse die Rätsel und wachse über dich hinaus.
Scheiterst du, strecken die Schatten ihre Klauen nach dir aus.
Erreiche das Schloss und du kannst wieder heim,
doch um zu gewinnen, musst du der Schnellste sein.

Bist du dennoch bereit, es zu wagen?
Denn verlierst du, ist die Strafe für dein Versagen:
Du wirst ein Teil der Schatten für die Ewigkeit,
dein Dasein fristen in Dunkelheit.

Hörst du das Wispern der Schatten?
Versuch, nicht in ihre Fallen zu tappen.
Nun ist es so weit, das Spiel beginnt,
doch achte auf den Sand, denn die Zeit, sie rinnt.

Der Prinz persönlich fordert dich heraus,
nun sprich die folgenden Worte laut aus:
Ich akzeptiere die Regeln des Spiels, drum lass mich hinein;
mein Schicksal sollen fortan Schatten und Licht sein.

Nachdem das letzte Wort meinen Mund verlassen hatte, begann das Karussell sich schneller und immer schneller zu drehen. Die Fabelwesen verschwammen vor meinen Augen zu einer wirbelnden Masse aus Formen und Farben und das Zentrum mit den Spiegeln leuchtete so grell auf, dass ich den Blick abwenden musste. Helligkeit breitete sich aus, erfasste mich, und obwohl alles um mich herum aus purem Licht bestand, spürte ich instinktiv, dass dahinter die Dunkelheit lauerte.

Ich kniff geblendet die Augen zusammen. Etwas zog an mir, riss mich in einen Strudel, und ich hatte das Gefühl, mich genauso schnell zu drehen wie das Karussell, das ich längst nicht mehr sah. Um mich herum existierten nur noch Licht und Schatten, Schwarz und Weiß.

Schnell verlor ich die Orientierung, wusste nicht mehr, wo oben und unten war. Alles drehte sich. Die Welt löste sich auf und ich fühlte mich seltsam schwerelos. Ich hätte nicht sagen können, ob ich nach unten fiel oder nach oben flog.

Furcht ergriff von mir Besitz und mein Herz raste. Ich konnte nicht atmen. Was geschah mit mir? Ich wollte aufstehen und das Arbeitszimmer meines Vaters verlassen, aber meine Muskeln gehorchten mir nicht länger. Keinen Finger konnte ich rühren. Die sich ausbreitende Finsternis verschluckte das Licht. Alles um mich herum wurde schwarz.

Und ich fiel weiter und immer weiter, bis ich auf einmal auf etwas Weichem, Unebenem saß, das nicht länger der Boden des Arbeitszimmers war.

Einen Wimpernschlag später wich die Nacht dem Tag und ich wünschte mir augenblicklich die Finsternis zurück, denn das, worauf ich saß, ließ mir das Blut in den Adern gefrieren.

DIE WELT AUS SCHATTEN UND LICHT

Alex

Unzählige Schatten zeichneten sich durch meine geschlossenen Augenlider ab und glitten in einem unsteten Rhythmus über mein Gesicht. Mein Atem ging schnell und wandelte sich in ein schweres Keuchen, das mich aus der bleiernen Ohnmacht riss. Angst durchflutete mich, doch ich wusste nicht, wovor genau ich mich fürchtete. Meine Finger zuckten, während mein Körper langsam wacher wurde und die lauten Umgebungsgeräusche zu mir durchdrangen. Da waren Gesprächsfetzen, Gelächter und eine helle Melodie, die von einer Drehorgel stammte.

Blinzelnd gewann ich den Kampf gegen die Dunkelheit und erblickte kurz darauf Kleidersäume sowie Hosenbeine. Sie passierten mich in einer nicht enden wollenden Flut. Ich spürte den harten Boden unter mir und lauschte dem Lied der Drehorgel, das mir irgendwie bekannt vorkam.

»Hörst du das Wispern der Schatten? Versuch, nicht in ihre Fallen zu tappen«, erklang der Gesang eines kleinen Mädchens.

Die Menge kümmerte sich nicht weiter um mich, auch nicht, als ich schwerfällig aufstand. Kurz hielt ich inne, weil mich Schwindel erfasste. Sobald sich die Welt um mich herum nicht länger drehte, sah ich mich um. Vor mir erstreckte sich ein Meer aus befremdlichen Masken, die meinen Puls weiter zum Rasen brachten, ehe mein Geist verstand, dass mir von ihnen keine Gefahr drohte. Sie waren Teil von Verkleidungen, in die sich die Passanten hüllten. Ihre Maskeraden waren allesamt Tieren nachempfunden. *Seltsam.* Reflexartig griff ich an mein Gesicht, aber wie erwartet war da nur bloße Haut unter meinen Fingerkuppen. Keine Maske. Ich rieb mir die Schläfen und versuchte angestrengt, mich an etwas zu erinnern. *Wo bin ich? Wieso bin ich hier?* Ein dunkler und dichter Nebel umhüllte die Bilder aus meiner Kindheit, meiner Jugend und den letzten Stunden, bevor ich wieder zu mir gekommen war. Ich fühlte mich verloren und ahnte, nicht nur wegen meiner fehlenden Kostümierung, dass ich nicht hierhergehörte.

Ein Schweißfilm bildete sich auf meiner Stirn, während ich tiefer in meinem Verstand grub. Da musste doch etwas sein. Irgendetwas! Entschlossenheit wurde zu Verbissenheit. Ich war nah dran, das spürte ich. Ein stechender Schmerz durchzuckte meine Schläfe, der umso schlimmer wurde, je mehr ich mich bemühte. Er verschlug mir den Atem und ich bekam keine Luft mehr. Das Gefühl steigerte sich noch, als ich mir der Vielzahl der Anwesenden, die mich umgaben, bewusst wurde. Meine Instinkte übernahmen die Kontrolle. Wie von selbst setzten sich meine Beine in Bewegung und ich kämpfte mich durch den Trubel.

Erst als ich mich mit dem Rücken gegen eine Hauswand gepresst am Rand des Platzes befand, kam ich wieder zu mir. Mein Blick schweifte ruhelos umher, glitt über bunt geschmückte Stände und kostümierte Händler, die mit lauten Ausrufen ihre außergewöhnlichen Spezialitäten feilboten. Anscheinend war das hier ein Jahrmarkt. Verkäufer jonglierten mit kandierten Äpfeln, ließen Zuckerwattekugeln in den Himmel aufsteigen, als seien sie schwerelos, oder karamellisierten Nüsse mit einer Flamme, die hell wie die Sonne leuchtete. Meine Augen wurden automatisch von diesem Spektakel angezogen, jedoch besann ich mich wieder. *Nicht mal an meinen Namen kann ich mich erinnern …*

Es musste einen Grund geben, warum ich hier war. Vielleicht fand ich mehr über mich heraus, wenn ich diesen Ort besser kennenlernte, oder jemand erkannte mich. Das war die einzige Hoffnung, die ich hatte.

Ich wollte mich gerade in Bewegung setzen und zu den Ständen laufen, als eine eindringliche Stimme vom Wind zu mir getragen wurde. »Horcht gut zu. Das, was ich euch heute erzähle, ist so dunkel wie die Schatten selbst«, sagte sie und hob sich deutlich vom Lärm des Platzes ab. Etwas an ihr zog mich an und ich folgte ihr. Kurz darauf trat ich in eine Gasse, in der eine Traube Schaulustiger sich vor einem außergewöhnlichen Schattenspiel versammelt hatte und den Worten eines Mannes lauschte, dessen Antlitz unter einer tief ins Gesicht gezogenen Kapuze verborgen war. Nur ein paar graue Haare lugten daraus hervor.

»Ein Junge wurde geboren, der das Familienglück des Königs und der Königin vollkommen machte.« Die Art, wie der Geschichtenerzähler sprach, inbrünstig und voller Gefühl, weckte meine Neugier.

Passend zu seinen Worten veränderte sich das Schattenspiel, das hinter einem großen rahmenlosen Fenster aufgeführt wurde. Verschiedene Schichten eines durchscheinenden weißen Stoffes waren übereinanderdrapiert und ergaben den Eindruck, als könne man diese Welt betreten. Ein goldenes Licht ermöglichte es, die Silhouetten des Hintergrundes und der im Vordergrund stehenden Figuren besser zu erkennen. Je länger ich mir dieses Schauspiel ansah, desto mehr wurde mir bewusst, dass es sich um eine Tragödie handelte, die das Gefühl, verloren zu sein, in mir verstärkte. Der Mann sprach von einem von Trauer zerfressenen König, der den Verrat seiner Frau nicht verkraften konnte. Von einem Kind namens Henry, das ohne Liebe aufwuchs. Als Figuren von düsteren Schattenwesen die Familie heimsuchten und die Attraktion beherrschten, färbte sich der Stoff schwarz. Die Farbe erinnerte mich an den dunklen Nebel, der in meinem Verstand herrschte. Schlagartig wurde ich zurück ins Hier und Jetzt katapultiert und ich riss mich von der Inszenierung los.

Mit wild klopfendem Herzen trat ich aus der Gasse heraus, fest entschlossen, endlich Antworten zu finden. Eine hochgewachsene Frau kam mir entgegen. Mit ihrem imposanten Hut, auf dem ein bunter Vogel thronte, stach sie geradezu aus der Menge der Passanten heraus.

»Verzeihung«, sprach ich sie an und stellte mich ihr in den Weg. »Darf ich Ihnen eine Frage stellen?«

Ihr Blick war genervt und sie musterte mich von oben herab. Ich war versucht, meinen Mund missbilligend zu verziehen, entschied aber, ihr stattdessen ein höfliches Lächeln zu schenken. Mein Blick fiel auf den ausgestopften, sonderbaren Vogel. Er war so groß wie meine Hand und saß auf einem Zweig, der in ein künstliches Blumenarrangement eingebunden war. Sein Gefieder war grün, bis auf den gelben Federkranz um seinen Hals und die roten Flügelspitzen. Die Frau gab einen tadelnden Laut von sich, den ich als Zustimmung interpretierte.

»Was ist das hier für ein Ort?«, fragte ich und nickte zu den Marktständen im Zentrum der umgebenden Häuser.

Plötzlich machte der Vogel die kugelrunden Augen auf und ich zuckte erschrocken zusammen.

»Das Spiel beginnt«, drangen krächzende Worte aus seinem tintenblauen Schnabel.

Ich brachte nur ein überraschtes »Wie bitte?« heraus.

Die Frau lachte auf. Sie amüsierte sich köstlich über meine Reaktion. Das kratzte an meinem Ego, aber nun wirkte sie offener und freundlicher. »Bitte entschuldige meinen Vogel. Er weiß zwar, wovon er spricht, aber deswegen heißt das noch lange nicht, dass du es verstehst. Du bist einer der Spieler, richtig?«

Sie winkte ab, als ich die Augen irritiert zusammenkniff. »Natürlich bist du einer von ihnen. Das erkenne ich an deiner fehlenden Verkleidung.«

Der Vogel breitete die Flügel aus und begann sie schnell auf und ab zu schlagen. »Ein Spieler, ein Spieler …«, wiederholte er aufgeregt.

»Ach, gib Ruhe«, sagte die Frau und tatsächlich verstummte er. »Wir sind auf dem Jahrmarkt, Mensch.«

Die Abfälligkeit, mit der sie das Wort *Mensch* aussprach, löste etwas in mir aus. Aus einem Impuls heraus wollte ich mich verteidigen. Aber kein Ton kam aus meinem Mund. Stattdessen spürte ich wieder dieses unerträgliche Pochen.

»Dass wir auf einem Jahrmarkt sind, sehe ich selbst.« Mein Ton war forsch, ich verlor die Geduld. »Aber wo? In welchem Land?«

Sie lachte über meine Frage, als hätte ich einen Scherz gemacht. »Du weißt ja wirklich gar nichts. Wir befinden uns im Spiel des Schattenprinzen und wir sind seine Figuren.«

Meine Stirn legte sich in Falten. *Figuren?* Was für eine merkwürdige Wortwahl. Mein Verstand versuchte, irgendeinen Sinn darin zu finden, aber er ließ mich wieder einmal im Stich.

»Wenn ich ein Spieler bin, dann sind Sie …?«

»Eine Figur. Jedes Wesen, dem du hier begegnest, ist Teil des Spiels.«

Meine Gedanken fingen an zu kreisen.

Menschen, Spieler, Wesen, Figuren, wiederholte ich im Stillen.

»Wenn du mich jetzt entschuldigen würdest, ich muss zu meinem Sohn. Er kann nur schwer der Zuckerwatte widerstehen und seine Faxen sind unerträglich, wenn er sie gegessen hat. Er benimmt sich dann immer, als hätte er Watte im Kopf.«

Ich hörte sie kaum, denn in meinem Verstand drehten sich die Gedanken immer schneller und vermischten sich mit weiteren Fragen. Ich war verwirrter als zuvor. Das Chaos in meinem Kopf noch größer. Trotzdem bedankte ich mich.

Sie wandte sich zum Gehen, hielt jedoch inne. Ihre Augen verrieten, dass sie mit sich rang. »Lass mich dir noch einen Rat geben. Du solltest besser die Finger von dem angebotenen Essen lassen, denn es hat merkwürdige Eigenschaften. Nur die Nüsse kannst du ohne Risiko verzehren«, meinte sie und eilte davon. Unwillkürlich ballten sich meine Hände zu Fäusten, während ich ihr nachsah. *Spieler*, höhnte ich in Gedanken. *Wahrscheinlich war es ein Spiel für sie, mich für dumm zu verkaufen.*

Noch einmal versuchte ich mit aller Kraft, mich daran zu erinnern, wie ich hier gelandet war. Immer tiefer versank ich in dem dunklen Dunst, der meine Erinnerungen umhüllte, tat alles, um ihn wegzuschieben. Schweißperlen bildeten sich auf meiner Stirn, während ich meine Anstrengungen erhöhte. Es half alles nichts. Der Nebel war undurchdringlich. Ein frustriertes Schnauben entwich mir, wobei meine Augen suchend umherflogen. Genau genommen war ich auf der Suche nach mir selbst. Ein bitteres Lachen drang aus meiner Kehle, weil es so absurd war. Gleich darauf blieb es mir im Hals stecken, als ich in eine hässliche Fratze blickte. Nein, diesmal handelte es sich nicht um eine Maske. Vielmehr war es ein mit schwarzen Federn bedecktes Gesicht, und zwar … am Hinterkopf. Plötzlich drehte sich das Wesen um. Ich sah wunderschöne blaue Augen, sinnliche Lippen und ein Stupsnäschen. Es war ein Mädchen … mit zwei Gesichtern!

Und in diesem Moment taxierte es mich. Vor Schreck taumelte ich zurück, tauchte rückwärts in die Masse der Leute ein und ließ mich von ihr treiben, bis ich das Mädchen nicht mehr sah.

»Du siehst verloren aus. Und allein«, sprach mich ein Verkäufer an, als ich an den Ständen vorbeilief.

Überrascht hielt ich inne.

»Ich glaube, deine Freunde sind hier.« Die Augenpartie des Mannes wurde von einer schwarzen Maske mit roten Punkten verdeckt und ein merkwürdig geschnittener roter Umhang lag auf seinen Schultern.

Hoffnung regte sich in mir. Könnte er tatsächlich Freunde von mir kennen? Erkannte er *mich?*

»Wo sind sie?«, wollte ich wissen, während ich mich in dem Trubel aus Leuten umsah.

Der Mann streckte mir ein Glas voller Käfer entgegen. Fühler, rote Panzer und unzählige Beine tummelten sich in dem Behältnis. »Hier.« Er tippte mit dem Zeigefinger auf das Etikett, auf dem stand: *Freunde im Glas.* Und Enttäuschung machte sich in mir breit.

»Los, nimm schon.« Er drückte mir das Gefäß gegen die Brust. Abwehrend hob ich die Hände.

»Sie sind ganz pflegeleicht, du musst nur eins tun, sie freilassen. Dann werden sie für dich da sein, wenn du sie am meisten brauchst.« Er schaute mich voller Überzeugung an und in seinem Blick lag etwas, das mich ihm vertrauen ließ.

Schließlich rang ich mich durch, es ihm abzunehmen. Meine Hand krampfte sich um das Glas, während ich die Insekten betrachtete.

»Danke«, murmelte ich, zog mich von den Marktständen zurück und schraubte den Deckel auf.

Sobald das Gefäß offen war, schlugen die Käfer wild mit den Flügeln. Keine Sekunde später bildete sich eine rote Wolke über mir, die kurz in der Luft verharrte, ehe sie davonflog. Ernüchtert sah ich ihnen hinterher. Tolle Freunde waren mir das, die mich bei der ersten Gelegenheit allein ließen …

Keine Insekten der Welt konnten mich aus dieser prekären Lage retten, mich den Sinn dieses Ortes verstehen lassen – das hätte ich wissen müssen. Der Schwarm hatte eine Hausfront gegenüber von mir erreicht, dann verschwand er gen Himmel. Mein Blick verweilte kurz an der mintgrünen Hausfassade, bis das Schild über dem Eingang meine Aufmerksamkeit erregte. In großen Lettern stand über der Eingangstür geschrieben: *Hier findest du dich selbst.*

Mir lief ein Schauer über den Rücken. War das das Werk der Käfer oder nur Zufall?

»Verehrte Schaulustige, kommt näher, tretet heran und schaut euch an, was keiner von euch sonst sehen kann.« Ein Mann mit Zylinder und einem Anzug, der über und über mit schillernden, schuppenartigen Pailletten besetzt war, empfing mich vor dem Haus. Er stand auf einem Holzpodium und versuchte, die Kunden zu seiner Attraktion zu locken. »Ihr seid davon überzeugt, jeden Winkel eures Körpers und Verstands zu kennen. Aber trifft das auch auf die tiefsten, um nicht zu sagen, schwärzesten Bestandteile eures Ichs zu?«

Ein paar Neugierige hatten sich bereits um ihn versammelt. Der Mann hob seinen Gehstock und zeigte nacheinander auf die Interessierten, zuletzt auf mich.

»Ich sehe Unsicherheit in euren Augen. Jeder von euch weiß, dass da etwas in euch schlummert, das ihr selbst nicht versteht. Licht oder Dunkelheit. Das Gute oder das Böse und all die dazwischenliegenden Facetten. Geheimnisse in eurer Vergangenheit, an die ihr euch nicht mehr erinnern könnt, die aber euer heutiges Wesen bestimmen.« Er wies auf den Eingang der Attraktion. Seine Worte waren verheißungsvoll und machten mir Hoffnung. »Tretet ein und ihr werdet etwas über euch erfahren, das weder ihr selbst noch ein anderer über euch weiß. Tretet ein und euer Wesen wird danach kein Geheimnis mehr für euch sein.«

Aufregung durchflutete mich. Eventuell würde ich darin sogar das finden, was ich verloren hatte – mein Gedächtnis. Mich selbst.

Zielstrebig näherte ich mich dem Eingang und schlüpfte durch schwarze Samtgardinen ins Innere eines dunklen Raums, der von flackernden Kerzen in gusseisernen Kerzenständern erhellt wurde. Erst als sich mir ein junger Mann in den Weg stellte, bemerkte ich, dass ich nicht alleine war. Ich bildete mir ein, ihn schon mal gesehen zu haben. Aber natürlich konnte ich mich nicht erinnern. Er schwieg und starrte mich an. Je länger sein stummes Verhalten andauerte, desto mehr irritierte es mich. War er etwa ein Teil der Attraktion?

»Kenne ich dich?«, fragte ich schließlich.

Er bewegte die Lippen im selben Moment wie ich meine, aber aus seinem Mund drang kein Wort. Meine Augen weiteten sich. Das konnte nicht sein …

Als ich mein Gesicht probehalber nach rechts drehte, machte es der Fremde mir nach. Ich hob meine Hand und er hob seine ebenfalls. Erst da fiel mein Blick auf den unauffälligen Rahmen, der in dem schlecht beleuchteten Raum kaum zu sehen war. Dieser junge Mann war ich. Er war mein Spiegelbild.

Ich blickte mich an und versuchte jedes Detail, wie die langen schwarzen Haare, mein kantiges Gesicht, die von dichten Wimpern umrahmten grauen Augen, in mich aufzusaugen. So sah ich also aus. Ich betastete meine Wangen, dabei fiel mir ein Leberfleck am Kinn auf. Als Nächstes entdeckte ich die dünne Narbe an meiner linken Augenbraue, deren Linie ich mit meinem Zeigefinger nachverfolgte. Sie war alt und schien zu mir zu gehören. Trotzdem konnte ich mich nicht daran erinnern, woher sie stammte. Viel schlimmer war jedoch, dass ich mich selbst nicht wiedererkannte.

Die widersprüchlichsten Gefühle tobten in mir und vermischten sich mit unbändigem Frust. Es kam mir vor, als würde ich eine Maskerade tragen, genau wie die Leute draußen auf dem Platz, nur mit dem Unterschied, dass man mir meine nicht ansah und ich sie auch nicht ablegen konnte. *Eine weiße Maske*, schoss es mir durch den Kopf, *weil meine Erinnerungen verschwunden sind und mit ihnen alles, was mich ausmacht.*

Etwas blitzte auf der Haut unter dem Ärmel meines Gehrocks hervor und fing meine Aufmerksamkeit auf. Ich schob den Stoff hoch und erkannte, dass sich auf meinem linken Unterarm eine Tätowierung befand. *Eine Sanduhr.* Ihr Gestell war verziert mit einem Totenkopf und kleine Motten umgaben sie. Auch an dieses Bild hatte ich keine Erinnerung. Ich wusste jedoch, dass solche Hautbilder selten waren, und kannte sie eher von Schaustellern. Warum ich aber diese Art von Körperschmuck trug, blieb mir ein Rätsel. War ich hier, weil ich selbst eine Attraktion betreute? Doch was für eine sollte das sein und müssten die anderen Schausteller mich dann nicht erkennen? Und warum hatte mich die Frau mit dem Vogel auf dem Hut als Spieler bezeichnet, wenn ich vielleicht eine Figur war?

Mein Blick wanderte zurück zum Spiegel.

Wer bei den Schatten bin ich und wie lautet mein Name?

Ich konnte mein Spiegelbild, das mehr Fragen aufwarf, als es beantwortete, nicht länger ertragen und rannte aus dem Raum mitten in den nächsten hinein. Ich unterdrückte einen wütenden Schrei, als ich plötzlich von unzähligen Spiegelbildern meiner selbst umzingelt war.

Dieser Ort war ein Spiegelkabinett. Das wurde mir jetzt bewusst. Ich drehte mich um und wollte zur selben Tür hinaus, durch die ich hereingekommen war, musste jedoch feststellen, dass sie verschwunden war.

Derart konfrontiert mit meinem Gedächtnisverlust, den mir mein fremdes Spiegelbild vor Augen hielt, wollte ich nur eines: raus hier. Schnell tastete ich die gläserne Oberfläche der Spiegel ab und hoffte, irgendwo einen geheimen Ausgang zu finden. Vielleicht hatte ich durch die optische Täuschung meinen Fluchtweg übersehen?

Doch je länger ich suchte und nicht fündig wurde, desto mehr geriet ich in Panik. Ich trat zurück und ein vor Wut verzerrtes Gesicht blickte mir entgegen. Ich hasste es, ich hasste, dass es zu mir gehörte und irgendwie auch nicht. Der Ärger in mir wurde größer, unerträglich groß. Aus einem Impuls heraus schlug ich mit der Faust gegen das Glas. Mitten in mein Gesicht.

Der Spiegel zerbarst und die Scherben landeten vor meinen Füßen. Aus meinen aufgeplatzten Fingerknöcheln tropfte Blut auf die spitzen Bruchstücke. Doch ich fühlte keinen Schmerz, sondern Befriedigung über meine Tat. Ich blickte den leeren Rahmen vor mir an und meine Augen weiteten sich, als ich einen weißen Umschlag entdeckte. Er war mit einer Stecknadel an das Holz befestigt worden und hatte sich die ganze Zeit hinter dem Spiegelglas befunden. Ich trat näher und löste ihn. Mit zitternden Fingern öffnete ich den Umschlag und holte eine schwarz-weiß gestreifte Karte heraus, auf der die Schrift ebenfalls abwechselnd schwarz und weiß war. Schnell las ich die paar Zeilen.

Alexander Chandler,

wer bist du? Held oder Bösewicht?

Um deine Aufgabe zu bestehen, bewahre einen der Spieler davor, sich ins Unglück zu stürzen, bevor die erste Partie endet.

Oder lass es bleiben.

Beide Optionen würden sich für dich lohnen.

Der Schattenprinz

Bei dem Namen *Alexander Chandler* überkam mich eine Gänsehaut. Unwillkürlich spürte ich, dass dieser Name zu mir gehörte und dieses Schriftstück für mich vorgesehen war. Nur wer hatte es dort platziert? Der Schattenprinz? Wie konnte er geahnt haben, dass ich das Kabinett besuchen und ausgerechnet diesen Spiegel zerschlagen würde? Etwas stimmte hier ganz und gar nicht.

Mein rechter Unterarm kribbelte. Ich krempelte den Ärmel meines schwarzen Gehrocks hoch und sah eine weitere Tätowierung. Es war ein Gebilde aus mehreren Rauten und Kreisen, die sich in der Größe und Dicke der Linien unterschieden und teilweise überlagerten. Dieses Hautbild war vorher noch nicht da gewesen. Das konnte nicht sein! Ich fragte mich, ob die Sanduhr ebenfalls erst vor Kurzem entstanden war.

Ich schob die Nachricht in eine Tasche meines Gehrocks und nahm plötzlich aus dem Augenwinkel die Tür wahr, nach der ich gesucht hatte. Sie war die ganze Zeit da gewesen, warum also hatte ich sie übersehen? Bevor ich noch einmal Gefahr lief, hier drinnen gefangen zu sein, eilte ich hinaus.

Zurück auf dem Jahrmarkt schaute ich immer wieder über meine Schulter, weil ich das Gefühl nicht loswurde, beobachtet zu werden. Unbewusst ließ ich meine Hand in die Tasche meiner Jacke wandern, holte die Nachricht heraus und las sie noch einmal durch.

Die Nachricht besagte, dass ich einen der Spieler vor einem Unglück bewahren sollte, wenn ich meine Aufgabe bestehen wollte. Aber noch etwas anderes beschäftigte mich. Die Worte der Frau mit dem seltsamen Vogel schossen mir wieder durch den Kopf. Sie entsprachen also der Wahrheit. Ich befand mich tatsächlich in einem Spiel – im Spiel des Schattenprinzen.

Es bedeutete aber auch, dass es noch andere Spieler gab. Eventuell wussten sie, was mir widerfahren war. Aber woran sollte ich sie erkennen und wovor genau beschützen?

Unwillkürlich richteten sich meine Augen auf die Stände, an denen Essen angeboten wurde. Ein weiteres Indiz, das mir die Frau genannt hatte. Ich fokussierte sofort die Zuckerwatte, vor der sie ihren Sohn bewahren wollte, und kniff die Augen zusammen, als ich sah, wie ein blondes und sehr schmächtiges Mädchen sich ein Stück von der rosa Süßigkeit am Stiel abzupfte und in den Mund schob.

Es trug im Unterschied zu den anderen Marktbesuchern keine Kostümierung oder Maskierung und wirkte dadurch fehl am Platz.

Scharf sog ich die Luft ein, während sich der Blick des Mädchens veränderte. Die Augen wirkten mit einem Mal desorientiert, und sobald es sich in Bewegung setzte, wankte es, als hätte es etwas stark Gebrautes zu sich genommen. Im nächsten Moment eilte dem Mädchen ein Junge mit gelocktem Haar zu Hilfe. Auch er trug keine Maskerade. Entschlossen schritt ich auf die beiden zu, während ich sie eindringlich musterte. Ich hoffte, sie wiederzuerkennen, aber vergeblich. Dennoch wusste etwas in mir, dass ich zu ihnen gehörte. Genauso erging es mir, als ein zweites Mädchen in mein Blickfeld trat, ebenfalls ohne Kostümierung.

Das auffällige rote Haar, das hochgesteckt war, erinnerte an den orange leuchtenden Himmel bei Sonnenuntergang.

Sein Blick begegnete kurz dem meinen. Die Augen hatten die Farbe von Moos und wirkten sonderbarerweise beruhigend auf mich. Beim Näherkommen bemerkte ich kleine Sommersprossen, die sich auf Nase und Wangen sammelten. Doch dann schob sich die unheilvolle Zuckerwatte vor sein Gesicht. Konnte es sein, dass dieses Mädchen diejenige war, die in der Nachricht erwähnt wurde? Noch immer wusste ich nicht, was genau damit gemeint war, dass sich beide Optionen für mich lohnen würden.

Mit den Fingern hielt das Mädchen das Stück rosa Watte, das es zuvor vom Stiel gezupft hatte, und führte es an seinen zarten Mund. Ich erstarrte und verfolgte mit Schrecken die Hand der Rothaarigen. Ein einziger Gedanke schoss mir durch den Kopf: *Soll ich sie vor ihrem Unglück bewahren?*

DAS SPIEL BEGINNT

Elena

Das Blut rauschte mir in den Ohren und meine Handflächen wurden feucht, als ich erkannte, worauf ich mich befand. In einem Sattel auf dem Rücken eines Greifs!

Ich war mir sicher, ich träumte einen besonders bizarren, aber dennoch realistischen Traum. Anders konnte ich mir die Existenz dieses Wesens nicht erklären. Vor ihm befand sich der merkwürdige Hahn mit dem Schlangenschwanz. Was hatte all das zu bedeuten?

Dem Raubvogel mit dem Löwenleib war das plötzlich aufgetauchte Gewicht auf seinem Rücken nicht entgangen, denn er drehte seinen Kopf nach hinten. Mit seinen schwarzen Augen blitzte er mich regelrecht an. Ein Ruck ging durch seinen Körper und er hackte mit seinem spitzen Schnabel nach mir. Er traf mich am Arm und ein brennender Schmerz durchzuckte mich. Panisch rutschte ich so weit nach hinten, wie es ging, und betete, endlich aufzuwachen. Als das nicht geschah, sah ich mich nach einer Fluchtmöglichkeit um. Direkt hinter mir befand sich ein geflügelter Hirsch, dessen mächtiges Geweih nicht minder gefährlich wirkte.

Mein Herz setzte vor Schreck einen Schlag aus, als sich der Greif mit einem markerschütternden Schrei aufbäumte. Während sich das Karussell unermüdlich drehte, hielt ich mich verzweifelt am Leder des Sattels fest; umklammerte ihn mit meiner gesamten Kraft, sobald das Tier seine mächtigen silbergrauen Schwingen spreizte, als wolle es abheben. Etwas Goldenes blitzte unter einer seiner Federn hervor. Bevor ich erkennen konnte, um was es sich dabei handelte, stieß sein Hinterteil in die Höhe und ich verlor die Balance. Ein Schrei entwich mir, während ich hinabstürzte und hart auf dem Rücken landete. Mir blieb keine Zeit, um zu Atem zu kommen, denn plötzlich sauste der Löwenschwanz des Greifs wie eine Peitsche auf mich herab. Panisch rappelte ich mich auf und wich zurück, hielt aber prompt inne, als ich einen warmen Windhauch in meinem Nacken spürte. Ängstlich drehte ich meinen Kopf und erblickte das mächtige Geweih des Hirsches direkt vor mir. Jetzt gab es nur noch eine Fluchtmöglichkeit: der Sprung vom Karussell.

Hastig rutschte ich zum Rand der Plattform und landete kurz darauf unsanft auf dem Kopfsteinpflaster. Die Schmerzen an Knien und Ellenbogen ignorierte ich, stattdessen richtete ich mich hektisch auf und sah in Erwartung, dass die Tiere sich jeden Moment auf mich stürzten, zum Karussell. Doch keines der Wesen machte Anstalten, mir zu folgen. Sie blieben, wo sie waren, und mein Herzschlag beruhigte sich allmählich.

Mein Blick wanderte über das Fahrgeschäft. Dieses Karussell mit lebendigen Tieren war das Unglaublichste, was ich jemals erblickt hatte. Nach dem Hirsch kam der Pegasus, der seine strahlend weißen Flügel ausbreitete und ein Wiehern verlauten ließ. Dahinter befand sich der Hahn, der ebenfalls gesattelt war. Sein roter Kamm war geformt wie eine Krone und die Flügel schillerten in rotbraunen Tönen. Doch seine Augen, harte schwarze Perlen, die mich kalt anblickten, verursachten mir eine unangenehme Gänsehaut. Auch er besaß einen spitzen Schnabel, der mich ernsthaft hätte verletzen können.

Es war zum Verrücktwerden, wie sehr dieses Karussell der Spieluhr meines Vaters ähnelte. Eben noch hatte ich es in meinen Fingern gehalten und nun ragte es in voller Lebensgröße vor mir auf. Dafür gab es keine Erklärung – bis auf … Magie. Als Tochter eines Wissenschaftlers weigerte ich mich, an Übersinnliches zu glauben. Doch was ich hier sah und erlebte, widersprach jeglicher Vernunft und sämtlichen Naturgesetzen.

Völlig in meinen Gedanken vertieft, löste ich den Blick vom Karussell und wandte mich um. Immer mehr Rätsel gab dieser Ort mir auf, sobald ich die farbenfrohen Stände erblickte, die mich an einen Jahrmarkt erinnerten. Ich hielt nach etwas Vertrautem Ausschau, doch alles hier war befremdlich, geradezu grotesk, insbesondere als mein Blick auf die Marktbesucher fiel. *Wie merkwürdig … Sie tragen allesamt Maskeraden.*

Eine Frau in einem Kleid aus schwarzen Federn passierte mich. Ihre Maske, ebenfalls aus schwarzen Federn, besaß silberne Verzierungen, die bis zu ihrer Stirn reichten. Ihr Begleiter war ein Mann in einem Gehrock, der aussah, als wäre er aus dem Fell eines Tigers geschneidert worden. Die Maske, die er aufgesetzt hatte, war bronzefarben, schmiegte sich eng an sein Gesicht und ihre tropfenförmigen Ausläufer reichten bis zu seinen Wangen hinab. Fast wirkte es, als würde er Tränen aus Bronze weinen.

»Verzeihung, wären Sie so freundlich, mir zu sagen, was das hier für ein Ort ist und wie ich auf diesem Karussell gelandet bin?«, wandte ich mich an die beiden. Doch sie ignorierten mich, gingen einfach an mir vorbei.

Ich versuchte, Blickkontakt zu anderen Einheimischen herzustellen, doch stets schauten sie woandershin oder durch mich hindurch. Als wäre ich Luft. Wieso beachtete mich niemand? Ich biss mir auf die Unterlippe, während ich gegen das flaue Gefühl in meinem Magen ankämpfte. Instinktiv strich ich über den Rock meines pastellblauen Chiffonkleides. Im Vergleich zu dieser pompösen Extravaganz, die mich umgab, war es recht schlicht. Lag es an meiner Kleidung? Waren nicht die Marktbesucher die Skurrilität, sondern ich? Unter meinen Fingerkuppen spürte ich kleine Unebenheiten auf dem Stoff. Ein Blick nach unten zeigte mir die vielen Risse, die ich mir beim Sturz zugezogen hatte. Sofort glitten meine Augen zum linken Arm, den der Greif erwischt hatte. Die Spitze meines Ärmels war zerfetzt. Zum Glück war auf der Haut nur ein Kratzer zu sehen. Doch dann erregte etwas anderes meine Aufmerksamkeit.

Was zum Henker …? Auf meinem Unterarm befand sich eine schwarze Sanduhr. Sie war verziert mit Schnörkeln, Rosenblüten und einem Schmetterling, der oben auf dem kunstvollen Gestell verweilte. Panik schnürte mir die Kehle zu, während ich voller Entsetzen fest über meinen Arm rieb, bis die Haut ganz rot war und brannte. Wenig damenhaft spuckte ich auf meine Finger und versuchte, die Sanduhr fortzuwischen. Doch sie verschwand nicht. Ich hatte eine Tätowierung auf der Haut, ohne zu wissen, wie sie dorthin gekommen war!

Ungläubig schüttelte ich den Kopf, wobei ich noch verbissener über meinen Unterarm rieb. Es brachte nichts. Ich war entstellt.

»Die Zeit, sie rinnt«, drangen laute Worte an mein Ohr. Die Männerstimme klang gehetzt, doch das war es nicht, was mich aufhorchen ließ, sondern seine Worte. Sie waren Teil des Liedes, das mich hierhergebracht hatte.

Mit einem Frösteln hob ich den Blick und für einen Moment vergaß ich die Tätowierung.

»Die Zeit, die Zeit«, wiederholte der Mann und schlängelte sich hektisch auf seinem Einrad durch die Menge, während er auf die geöffnete Taschenuhr in seiner Hand schaute. »Herrje, ich bin viel zu spät.«

Mit seinem weißen Zylinder und dem weißen Frack erinnerte er mich seltsamerweise an das weiße Kaninchen aus *Alice im Wunderland*. Ich starrte ihm hinterher, wie er das Karussell umrundete und es eilig hatte. Er fuhr zurück und sah sich weiterhin gehetzt um. Dann bemerkte er mein Starren, klappte die Taschenuhr zu und vollführte vor mir eine Vollbremsung.

Er stieg vom Einrad und ragte groß und schlank vor mir auf. Obwohl seine Haare weiß waren, wirkte er nicht alt. »Bist du Elena Johnson?«

»Was? Ja. Wieso?«, stammelte ich. Woher kannte er meinen Namen?

An seinem spitzen Revers baumelte, befestigt an einer goldenen Kette, die Taschenuhr, die er eben noch in der Hand gehalten hatte. Er rückte sich seine runde Brille auf der Nase zurecht, und erst da bemerkte ich, dass er keine Maske trug, die sein Gesicht verbarg. Ob es einen Grund dafür gab?

Er hob seine Jacke an und zog etwas aus der Tasche seiner ebenfalls blütenweißen Weste hervor. »Das hier ist für dich«, verkündete er und überreichte mir einen Umschlag, auf dem in einer ordentlich geschwungenen Handschrift mein Name stand.

»Aber wieso …«

»Wenn der Tag zur Nacht wird, die Sterne sich neu formieren und ein Antlitz am Himmelszelt bilden, werden sich deine Fragen klären«, unterbrach er mich und setzte sich wieder auf sein Einrad. »Ich muss weiter.«

Er murmelte abermals: »Die Zeit, sie rinnt.« Dann trat er in die Pedale und entfernte sich.

Ich blinzelte verwirrt. Was war das hier nur für ein merkwürdiger Ort? Seltsamerweise machte er mir keine Angst. Vielmehr übte er eine Art kuriose Faszination auf mich aus. Ähnlich, wie es ein Jahrmarktbesuch bei kleinen Kindern tat. Alles war bunt und aufregend und ich konnte mich der Anziehung dieses Platzes nicht verwehren, obwohl mir klar war, dass ich mir lieber Sorgen machen sollte, wie ich wieder nach Hause kam. Nur wie? Die Menschen hier schienen mir alle nicht sonderlich hilfsbereit zu sein.

Unwillkürlich wanderten meine Gedanken zu meiner Mutter und der Frage, was wäre, wenn mir etwas zustieße. Ich war spurlos verschwunden. Genau wie Vater. Sollte Mutter mich nach ihrer Reise nicht in unserem Haus vorfinden, dann hätte sie alle wichtigen Menschen in ihrem Leben verloren. An ihrer Trauer um Clifford war sie bereits verwelkt, an der Sorge um mich würde sie eingehen.

Ich presste die Lippen zu einem Strich zusammen, richtete meine Aufmerksamkeit auf den Umschlag in meiner Hand und öffnete ihn. Vielleicht gab es in ihm Antworten. Zum Vorschein kam eine Karte, die mit jeweils drei schwarzen und drei weißen vertikalen Balken bedruckt war. Die Schrift darauf wechselte die Farbe ebenso. Auf den weißen Streifen war in schwarzer Tinte und auf den schwarzen Streifen in weißer Tinte geschrieben worden. Die Handschrift war dieselbe wie auf dem Umschlag.

Ich versuchte, den Sinn der Nachricht zu verstehen, aber er erschloss sich mir nicht. Auf einmal spürte ich ein starkes Kribbeln auf meiner Haut. Voller Entsetzen beobachtete ich, wie sich ein Muster aus schwarzen Linien auf meinem rechten Handrücken bildete. Es war ein geschwungenes Oval, in dessen Mitte sich eine Blume befand. Die Ausläufer der Blütenblätter reichten bis zu meinem Mittelfinger. Es war das Wunderschönste und gleichzeitig Beängstigendste, was ich jemals gesehen hatte. Sobald sich die Zeichnung vollständig ausgebildet hatte, hörte das Kribbeln auf.

Ich verstand nicht, weshalb ich nun schon die zweite Tätowierung erhalten hatte. Was hatte das zu bedeuten – und viel wichtiger, wie wurde ich sie wieder los?

Da war wieder von diesem Prinzen die Rede. Genau wie in dem Lied meines Vaters. Anscheinend war das hier sein Reich. Nur wusste ich immer noch nicht, wer der Schattenprinz war, wieso er mich eingeladen hatte und wie mein Vater mit alledem in Verbindung stand. Immerhin war es seine handgeschriebene Botschaft gewesen, die sich in dem Geheimfach der Spieluhr befunden hatte. Noch einmal las ich die Nachricht auf der Karte. Instinktiv ahnte ich, dass es keine gute Idee wäre, die Botschaft zu ignorieren.

Der betörende Duft von süßen Speisen stieg mir in die Nase, je näher ich den angepriesenen Köstlichkeiten kam. Es roch nach kandierten Früchten und gebrannten Nüssen. Fast könnte ich meinen, ich wäre auf einem Jahrmarkt in Oxford. Ich beobachtete, wie ein Verkäufer mit einer Eulenmaske rosa Zuckerwatte um einen Holzstab drehte. Er reichte sie einem schmächtigen Mädchen mit blonden Haaren. Als hätte er meinen Blick gespürt, wandte er seinen Kopf in meine Richtung und winkte mich zu sich. Jetzt bemerkte ich, dass seine Nase der Maske als Illusion für den spitzen Schnabel der Eule diente.

»Na los, Mädchen, nicht so schüchtern. Tritt näher. Hier gibt es genug Zuckerwatte für alle!«, rief er mir zu und fing an, die rosafarbenen Fäden um einen neuen Holzstab zu wickeln.

Widerwillig kam ich seiner Aufforderung nach, denn nach dem Erlebnis mit dem Greif löste der Anblick von spitzen Schnäbeln ein ungutes Gefühl in mir aus.

Der Mann hielt mir auffordernd die Zuckerwatte entgegen. »Für dich gibt es die ausnahmsweise umsonst«, schob er hinterher, als er mein Zögern bemerkte, und wackelte verführerisch vor meinem Gesicht damit herum.

Ich fragte mich, ob der Verkäufer von der Karte wusste und diese vielleicht eine Art Gutschein war, mit dem ich eine Spezialität hier probieren durfte, ohne etwas bezahlen zu müssen. Um nicht unhöflich zu sein, nahm ich die Zuckerwatte schließlich an.

Der Mann mit der Eulenmaske nickte – wie mir schien – zufrieden. Ich drehte mich um und ein junger Mann erregte meine Aufmerksamkeit. Für einen Moment verbanden sich unsere Blicke und unbewusst zupfte ich ein Stück der klebrigen Zuckermasse herunter, um von ihr zu kosten.

Da kam Bewegung in den Unbekannten. »Das würde ich nicht tun.« Er trat an mich heran und seine große Erscheinung warf einen Schatten über mich.

Ich hielt inne und runzelte die Stirn. »Wieso nicht?«

Argwöhnisch musterte ich den Fremden, der nicht viel älter sein konnte als ich. Er sah gut aus mit seinem schulterlangen schwarzen Haar, das seinem Gesicht einen dunklen Rahmen bot.

Als Antwort deutete er mit ausgestrecktem Arm auf eine Person, die ich als das blonde Mädchen von vorhin wiedererkannte. Die Zuckerwatte lag vor ihr auf dem Boden und ihr Blick wirkte seltsam glasig.

»Deswegen«, sagte er und entwand mir die Zuckerwatte. Achtlos warf er sie zu Boden.

Ich wollte protestieren, doch er fuhr bereits fort: »Das Essen hier, so verlockend es erscheint, ist tückisch. Es sei denn, du ziehst es vor, berauscht zu sein, um diesen makabren Ort leichter zu ertragen. Das wiederum kann ich nur zu gut nachvollziehen.«

»Dann bist du auch nicht von hier?«

Er verzog gequält das Gesicht, aber ich konnte mir keinen Reim auf seine Reaktion machen. Genau wie das blonde Mädchen trug auch er keine Verkleidung, sondern einen schwarzen Gehrock mit silbernen Knöpfen und darunter ein weißes Hemd, das bis zum Hals zugeknöpft war. Außerdem hatte er eine schwarze Hose und schwarze Lederstiefel an.

»Nein«, sagte er schließlich und rieb sich mit der Hand das Kinn.

Dabei bemerkte ich, dass seine Fingerknöchel aufgeplatzt waren. Ob er in eine Prügelei geraten war? Sein Anblick versetzte mich in Alarmbereitschaft. Vielleicht war er gefährlich …

»Wer bist du?«, fragte ich und beobachtete, wie sich seine Miene verdüsterte.

Instinktiv blickte ich mich um, doch umgeben von all den Menschen glaubte ich nicht, dass er mir etwas tun würde. Er hatte ungewöhnlich graue Augen, die in seinem blassen Gesicht besonders gut zur Geltung kamen und mich an Gewitterwolken erinnerten. Umrahmt wurden sie von dichten schwarzen Wimpern, die ihm, zusammen mit seiner schwarzen Kleidung, etwas Verwegenes verliehen.

»Alex…ander«, stellte er sich vor.

»Alexander?« Ich hob fragend meine Augenbrauen und wartete, ob er mir noch seinen Nachnamen verraten würde.

»Alex ist ausreichend«, bestimmte er. »Und du bist?«

»Elena Johnson.«

»Sehr erfreut.« Er lächelte, doch es wirkte steif und aufgesetzt.

»Wie bist du hierhergekommen?«

Sein Gesichtsausdruck verschloss sich. Vielleicht war es ihm unangenehm, weil ihn ebenfalls eine Spieluhr hergebracht hatte und er befürchtete, ich hielte ihn für verrückt, wenn er mir das sagte.

»Mich hat eine Spieluhr hergebracht, die aussah wie das Karussell dort drüben«, schob ich deshalb hinterher und deutete in die entsprechende Richtung.

»Ich bin mir nicht sicher.« Er kniff die Augen zusammen und berührte seine Schläfen, als würde er auf diese Weise versuchen, sich zu erinnern.

Verwundert sah ich ihn an. »Aber das musst du doch wissen.«

»Nein, ich habe mein …«, setzte Alex an, verstummte jedoch, als sich schlagartig der Himmel über uns verdunkelte.

Ich zuckte zusammen. »Was geht hier vor sich?« Ängstlich blickte ich mich um. Da ein Tumult ausblieb, schloss ich, dass niemanden sonst der plötzliche Einbruch der Nacht zu beunruhigen schien.

Wenn der Tag zur Nacht wird … Die Worte des Mannes mit dem Einrad fielen mir wieder ein. Hatte er damit dieses Szenario gemeint?

»Ich habe nicht den blassesten Schimmer«, antwortete Alex.

Mehrere Fackeln gingen auf dem Platz an und brachten Licht ins Dunkle. Die knisternden orangeroten Flammen flackerten und ihr Licht malte zitternde Schatten auf den Boden. Die Masken der Passanten verzerrten sich durch die geänderten Lichtverhältnisse und wirkten mit einem Mal schaurig. Als Nächstes erschienen über unseren Köpfen Sterne. Hunderte kleine Lichtpunkte, die sich zu einer Formation verschoben. Voller Staunen über dieses Wunder legte ich den Kopf in den Nacken und sah, dass die Sterne das Gesicht eines Mannes bildeten. Der Anblick war faszinierend und atemberaubend schön.

»Wie haben sie das gemacht?«, fragte Alex neben mir und klang beinahe ehrfürchtig.

Ich konnte nicht antworten, da ich sprachlos war. Etwas Vergleichbares hatte ich noch nie zuvor gesehen, wobei das heute auf viele Dinge zutraf.

»Herzlich willkommen, meine verehrten Gäste!«, dröhnte eine Stimme, die von überall gleichzeitig zu kommen schien, und passend dazu bewegte sich der Mund der Silhouette am Himmel. »Wie überaus erfreulich, dass erneut sechs Teilnehmer meiner Einladung zum Spiel gefolgt sind. Bevor wir tiefer in das Regelwerk eintauchen, möchte ich mich zunächst vorstellen. Ich bin der Schattenprinz und das hier ist mein Reich. Die Welt aus Schatten und Licht.«

Eine Welt geschmiedet aus Schatten und Licht, der Prinz lädt ein, öffnet seine Tore auch für dich. Die Worte tauchten wie von allein in meinem Kopf auf. Mir lief ein Schauer über den Rücken. Noch immer war es schwer zu glauben, dass das alles gerade wirklich passierte und kein besonders skurriler Traum war. Meine Gedanken überschlugen sich, suchten nach Erklärungen, aber immer wieder stolperte ich über ein einziges Wort: Magie. Zudem versuchte ich zu erkennen, wer der Schattenprinz war. Doch wie sein Name bereits andeutete, blieb er ein Phantom, ein Schatten. Zwar brachten die Sterne Licht ins Dunkel, allerdings war es zu wenig, um Details vom Gesicht zu erkennen.

»Darüber hinaus fungiere ich auch als Spielleiter und als ebendieser ist es meine Aufgabe, euch die Licht- und Schattenseiten dieses Spiels zu erklären.«

»Ein Spiel, Figuren, Spieler«, hörte ich Alex vor sich hin murmeln.

Ehe ich ihn fragen konnte, was er damit meinte, fuhr die Silhouette fort: »Eine Spieluhr hat zu jedem von euch ihren Weg gefunden, weil ihr alle etwas schmerzlich vermisst. Nun habt ihr die Gelegenheit, das zu bekommen, wonach ihr euch am meisten sehnt. Zumindest der Gewinner. Der Schlaueste, Geschickteste und Schnellste von euch«, erklärte er und klang dabei irgendwie erheitert. »Für diesen verlockenden Preis, meine verehrten Gäste, müsst ihr natürlich etwas riskieren.

Ihr erinnert euch bestimmt noch an das Lied, das euch hergebracht hat. Es stellt die Regel sowie Tücken des Spiels dar, aber lasst sie mich euch noch einmal genauer erläutern, denn wenn ihr sie nicht versteht, könnte euch das euer Leben kosten.«

Gebannt starrte ich auf die Sternensilhouette, trotz der Furcht, die ein flaues Gefühl in meinem Magen entstehen ließ. Die Warnung des Prinzen hatte ihre Wirkung nicht verfehlt.

»Das Spiel ist in sechs Partien unterteilt, die allesamt mit Gefahren gespickt sind. Es gilt, die ersten fünf zu überwinden, um das Ziel – mein Schloss – zu erreichen, in dem die letzte Partie stattfinden wird. Gelingt euch das, dürft ihr, getreu den Spielregeln, unversehrt nach Hause zurückkehren. Doch seid versichert, nicht alle von euch werden dieses Spiel überleben, denn in den Abschnitten lauern Schattenwesen. Das sind bösartige Kreaturen, die nach eurem Leben trachten.« Die Mundwinkel des Prinzen hoben sich leicht an, als würde er schmunzeln.

Während er weitersprach, erkannte ich zunehmend den Ernst der Lage. Dieses Spiel würde eines auf Leben und Tod sein.

Für mich gab es nur noch einen Gedanken: Ich wollte weg von diesem furchtbaren Ort. Doch den Worten des grausamen Spielleiters zufolge könnte es sein, dass ich Jim und meine Mutter nie wiedersah.

Meine Kehle schnürte sich zu und ein lautes *Nein* hallte in meinem Kopf wider, als der Schattenprinz verkündete, dass es keinen Ausweg gab. Magie, an die ich zuvor nicht geglaubt hatte, hielt uns gefangen, und wenn wir uns weigerten mitzuspielen, würde die Zeit in unserer Sanduhr ablaufen und wir in ein Schattenwesen verwandelt werden. Kurz warf ich einen Blick auf meine Sanduhr, auf das grausame Mal des Schattenprinzen, das mich als Spielerin kennzeichnete. Durch die Sanduhr wussten wir, wann wir die Partien betreten und wann wir sie beenden mussten. Sie zeigte buchstäblich an, wie viel Lebenszeit uns noch blieb. Schafften wir es nicht, einen Abschnitt rechtzeitig zu verlassen, drohte uns ein Schicksal als Schattenwesen.

Immer wieder sprach der Prinz von diesen grausamen Kreaturen, die nach uns gierten. Wenn wir ihren Klauen nicht entfliehen konnten, wäre das Spiel verloren und die Strafe für unser Versagen, wie in dem Lied bereits angekündigt, ein Dasein als Schattenwesen.

Plötzlich erschien ein augenloses dunkles Wesen über unseren Köpfen, nur unzureichend erhellt vom Licht der Fackeln. Reflexartig zog ich meinen Kopf ein, als es darüber hinwegschwebte. Irgendjemand schrie auf.

»Was verflucht …?«, stieß Alex aus, machte einen Schritt nach vorn und stellte sich schützend vor mich.

Alles in mir spannte sich an, während gleichzeitig eine lähmende Angst von mir Besitz ergriff. Mit weit aufgerissenen Augen starrte ich die Kreatur an. Würde das aus mir werden, sollte ich versagen?

Der Körper dieses dunklen Geschöpfes war in einen wabernden schwarzen Umhang gehüllt, der wie eine Art Flüssigkeit ständig in Bewegung war. Das Wesen streckte seine missgebildeten Finger nach uns aus. Ein paar Tropfen fielen zu Boden, die glänzten wie schwarzes Öl.

»Wusste ich es doch«, höhnte der Prinz, »dass euch meine kleine Demonstration gefallen wird. Ihr tut recht darin, vor den Schattenwesen Angst zu haben. Doch dieses Exemplar wird euch nichts tun. Zumindest solange das Spiel noch nicht begonnen hat.«

Ich konnte nicht anders, als mich zu fragen, ob dieses Wesen einst ein Spieler gewesen war. Mein Herz krampfte. *Niemand hat so ein grausames Schicksal verdient.*

»Ihr seid ein Scheusal!«, schrie ich.

Ich wusste nicht, ob der Schattenprinz mich hörte, zumindest reagierte er nicht auf mich. Alex trat dichter an mich heran. Vielleicht wollte er mir mit seiner Nähe etwas Sicherheit geben, aber ich konnte in dieser Welt, nach dieser Rede, keine mehr empfinden. Nur Abscheu für diesen Ort und für diesen Prinzen, der uns zu seinem Vergnügen in einem grausamen Spiel antreten ließ. Die Sterne wirkten nicht länger zauberhaft auf mich, sondern wie eine Maske des Bösen. Ein teuflisches Funkeln umgeben von allumfassender Schwärze.

Ich bohrte meine Fingernägel in meine Handballen. Ich fühlte mich ausgetrickst, als wäre ich bereits in die erste Falle getappt. Wie es aussah, war ich dem Prinzen ins Netz gegangen, und nun musste ich an seinem Spiel teilnehmen, ob ich wollte oder nicht.

»Doch wo Schatten sind, da ist auch Licht, und so gibt es Lichtwesen, die euch helfen werden«, fuhr der Schattenprinz fort. »Zudem rate ich euch, auch zwischen den Partien achtsam zu sein, denn die Rätsel und Hinweise, die ihr dort findet, könnten euch den entscheidenden Vorteil im Spiel verschaffen. Zusätzlich zu den bisher genannten Herausforderungen erhält jeder von euch persönliche Aufgaben, die er zu bewältigen hat. Die erste sollte euch bereits erreicht haben, zusammen mit einer neuen Tätowierung. Wenn ihr die Aufgabe nicht löst, füllt sich das Muster vollkommen schwarz aus und wird zu einer Schattenmarkierung. Habt ihr zwei davon, werdet ihr, wie ihr euch vermutlich denken könnt, zu einem Schattenwesen. Ist das nicht wunderbar?« Der Spielleiter klang regelrecht aufgeregt, als könne er den Beginn kaum mehr erwarten. Neben mir schnaubte Alex aufgebracht.

»Für jede neue Aufgabe gibt es eine neue Tätowierung und alle verbleiben bis zum Ende des Spiels auf eurer Haut.«

Ich blickte auf die Tätowierung auf meinem Handrücken. Im Licht der Fackel zeichnete sich das kunstvolle Muster deutlich auf meiner blassen Haut ab. So schön es auch war, so erbarmungslos erinnerte es mich daran, dass es mir jederzeit zum Verhängnis werden konnte.

»Für den Anfang müsst ihr nicht mehr wissen. Nur eines noch: Eure erste Partie beginnt jetzt. Um diese erfolgreich zu beenden, müsst ihr den versteckten Hinweis auf dem Jahrmarkt finden und ergreifen.« Er machte eine kurze Pause und mir schien, als blicke er uns erwartungsvoll an. Aber das war nicht möglich, bei einer Silhouette konnte man das nicht erkennen.

Nach einem schweren Seufzen fuhr er fort: »Dieser wird euch verraten, wie ihr zum nächsten Abschnitt gelangt. Ich hoffe, ein jeder von euch hat inzwischen seine persönliche Aufgabe gelöst, denn sobald ihr den Jahrmarkt verlasst, gilt sie andernfalls als verloren. Genug der Erklärungen. Jetzt, meine verehrten Gäste, wird gespielt und ihr solltet euch beeilen. Die Zeit, sie rinnt, das wisst ihr ja bereits.« Der Schattenprinz lachte. »Ich erwarte den Gewinner in meinem Schloss – und nun, Spieluhr, dreh dich! Lasset das Spiel beginnen!« Die Stimme des Prinzen schwoll bei seinen letzten Worten an und die Sterne leuchteten stärker auf, wurden dabei so hell, dass ich die Augen zusammenkneifen musste. Mit einem Schlag wurde es dunkel am Himmel, die Silhouette des Schattenprinzen war zusammen mit dem Licht verschwunden.

Einen Wimpernschlag später erloschen die Fackeln. Der Tag kehrte so schnell zurück, als hätte jemand mit einem Ruck ein dunkles Tuch, das über die Sonne geworfen worden war, weggezogen. Doch etwas war anders. Die Farben waren deutlich blasser und weniger strahlend als zuvor. Um uns herum brach geschäftiges Treiben aus und die Händler begannen damit, ihre Waren einzupacken. Alles schien in Bewegung, nur ich war wie erstarrt.

»Nein«, hauchte ich. Ein dumpfer Schatten hatte sich über meine Seele gelegt. Ich war unfähig, mich zu rühren. Meine Gedanken rasten.

»Wir befinden uns bereits mitten in der ersten Partie.«

Alex' Bemerkung riss mich aus meiner Lähmung. Ich blickte zu ihm. Sein Kiefer wirkte angespannt, während er sich umsah. »Es scheint fast, als läge ein dunkler Schleier über dem Jahrmarkt, der sämtliche Farben verschluckt. Das Licht wirkt irgendwie gedämpft. Denkst du, das sind die Schatten?«

Bei seinen Worten bildete sich eine Gänsehaut auf meinen Armen. »Ich glaube schon.«

Verzweiflung wallte in mir auf. Ich wollte das alles nicht. Doch für einen Rückzieher war es zu spät. Mir blieb keine andere Wahl, als mitzuspielen. Ich schluckte schwer. Was, wenn ich es nicht bis zum Schloss schaffte? Dann würde ich meine Mutter und Jim nie wiedersehen. Bisher hatte ich mir keine Gedanken darüber gemacht, was mein Preis in diesem perfiden Spiel sein könnte. Doch nun, da ich teilnehmen musste, dachte ich unweigerlich darüber nach. Wir hatten eine Chance, das zu bekommen, was wir schmerzlich vermissten. In meinem Fall war das mein Vater. Wenn ich den Prinzen richtig verstanden hatte, konnte ein Sieg ihn mir zurückbringen. Dann würde meine Mutter wieder aufblühen und wir wären endlich wieder glücklich. Mein Vater war mein sehnlichster Wunsch und für ihn würde ich alles tun. Selbst mein Leben riskieren.

»Das Mädchen mit der Zuckerwatte war eine Spielerin, nicht wahr? Hast du noch andere Teilnehmer gesehen?«

»Nur einen Jungen mit braunen Locken.«

Instinktiv blickte ich mich um, dann fiel mir etwas ein. »Die persönliche Aufgabe. Was könnte der Prinz damit gemeint haben? Was ist deine?« Fragend blickte ich zu Alex, dessen schmale Lippen zu einem Strich zusammengepresst waren. Alles an ihm schien im Kontrast zueinander zu stehen. Der kantige Kiefer zu den geschwungenen Lippen, die blasse Haut zu den schwarzen Haaren, die verschlossene Miene zu den offenen Augen, die mir seine Gefühlsregungen verrieten und mir in diesem Moment zeigten, dass ihn etwas bedrückte.

»Hast du keinen Umschlag erhalten?«

»Doch, habe ich. Das war die erste Aufgabe?«

Alex umfasste mein Handgelenk und betrachtete meine Tätowierung, die an ein Mandala erinnerte. Seine Finger auf meiner Haut fühlten sich heiß und kalt zugleich an. *Ein weiterer Kontrast.*

Dabei fielen mir wieder seine blutverkrusteten Fingerknöchel auf.

»Du solltest dich beeilen«, sagte er. »Die Zeit, diese Partie zu beenden und den Hinweis zu finden, läuft ab. Hier, siehst du?« Er griff nach meinem anderen Arm und drehte ihn herum, sodass die Sanduhr sichtbar wurde. Dann berührte er mit seinem Zeigefinger die dünne schwarze Linie oberhalb der Verengung, dort, wo der Sand hindurchrieselte. Im unteren Teil wurde der schwarze Sand stetig mehr.

»Sieht deine Uhr anders aus?«, fragte ich.

Er nickte und ließ meinen Arm wieder los. »Die Tätowierungen sind andere. Auf meiner ist ein Totenkopf zu sehen und Motten, die diesen umschwärmen.«

Gerne hätte ich es mir angesehen, doch Alex zog seinen Ärmel nicht hoch.

»Was musst du tun?«

Ich schwieg, während ich überlegte, ob es klug wäre, ihm das zu verraten.

»Komm, sag schon. Dann kann ich dir helfen.«

»Warum solltest du das tun? Wir sind Konkurrenten ...« Ich biss mir auf die Zunge.

Der Blick aus seinen gewittergrauen Augen, der eben noch offen gewesen war, war mit einem Mal unergründlich. »Auch wenn es nur einen Gewinner geben kann, bedeutet das nicht, dass ich dich den Schatten zum Fraß vorwerfen muss.«

Ich schluckte. Wer es bis zum Ziel schaffte, konnte unversehrt in seine Welt zurückkehren – das zumindest hatte der Schattenprinz gesagt. Und dieses Versprechen gab mir neue Hoffnung, dass jeder von uns es unbeschadet hier herausschaffen konnte. Wir konnten uns gegenseitig helfen zu überleben, wenn wir zusammenzuhielten. Doch würden das auch die anderen so sehen? Es war nicht schwer, einander als Konkurrenten zu betrachten, wenn der Preis ein so verlockender war wie in diesem Spiel ...

»Was ist mit deiner Hand geschehen?«, erkundigte ich mich, da ich weiterhin unsicher war, was ich von Alex halten sollte. Ob ich ihm vertrauen konnte.

»Meine erste Aufgabe ...«

Ich wartete, ob da noch mehr kam, doch Alex schwieg.

»Wie lautet sie?«, hakte ich nach.

»Unwichtig.« Sein Blick brannte sich in meinen. Ich glaubte, es dahinter brodeln und donnern zu sehen … Als würde etwas unterbewusst in ihm kämpfen, an die Oberfläche dringen zu wollen.

»Das finde ich nicht. Du musst deine schließlich ebenfalls lösen.«

»Das hab ich schon«, erwiderte er. »Also?« Er zog die Augenbrauen hoch.

Kurz blickte ich zu den Marktständen. Ein paar hatten schon vollständig ihre Waren weggepackt. Obwohl es mir widerstrebte, ihm irgendwelche Informationen zu geben, wenn er mir keine gab, hatte ich keine Zeit, länger zu überlegen.

Mit einem leisen Seufzen gab ich nach. »Ich soll hier etwas auf dem Markt probieren, aber nach der Zuckerwatte …«

»Ah.« Er nickte verstehend. »Komm, wir finden etwas, dessen Verzehr unbedenklich ist.«

Ich entdeckte einen Stand mit kandierten roten Äpfeln. Was für ein Glück! Äpfel waren Obst. Was konnte da schon schiefgehen?

»Möchtest du probieren?«, fragte mich der Verkäufer, der bereits seine Ware in eine Kiste räumte. Er trug eine anthrazitfarbene Maske, die ich als Fledermaus erkannte. »Ein Liebesapfel ist für ein junges hübsches Ding wie dich genau das Richtige.«

»Wie bitte?« Es gelang mir nicht, meine Verblüffung zu verbergen.

Der Verkäufer warf einen bedeutungsvollen Blick auf meinen Begleiter. »Ein Bissen davon und du bist unsterblich verliebt.« Er zwinkerte mir zu.

»Lass uns weitergehen, Elena.« Alex' Stimme klang seltsam kühl, fast schon abweisend. Er wandte sich ab und schritt davon.

»Wenn ihr euch den Apfel teilt, werdet ihr große Freude zusammen haben«, versuchte der Verkäufer weiterhin, mich zu locken.

»Nein danke«, lehnte ich ab und beeilte mich, Alex einzuholen. Ein Liebeszauber – der hatte mir gerade noch gefehlt!

Zwei Stände weiter erreichte ich Alex, der soeben eine kleine kegelförmige Papiertüte entgegennahm.

»Hier, wir haben Glück. Das ist die letzte.« Seine Stimme klang wieder normal, verschwunden war der kühle Ton.

»Was ist das?«

»Kandierte Nüsse.« Alex schüttelte die Tüte und die Nüsse raschelten verheißungsvoll darin. »Keine Angst, die sind unbedenklich.« Er schob sich eine Handvoll davon in den Mund und kaute genüsslich.

Ich fragte mich, woher er das mit einer solchen Sicherheit wissen konnte. Doch als nichts Ungewöhnliches mit ihm geschah, pickte ich mir ebenfalls eine Nuss heraus. Ich schob sie mir in den Mund und der gebrannte Zucker knackte, als ich sie zerbiss. Sie schmeckte köstlich!

In dem Moment, als ich schluckte, wich ein kleiner Teil meiner Anspannung von mir. Ich hatte die erste Aufgabe geschafft! Hoffnung durchströmte mich. Vielleicht waren die anderen ja ebenso leicht zu lösen.

»Möchtest du noch welche?«, fragte Alex und hielt mir die Tüte hin.

Ich angelte mir ein paar weitere heraus und ließ ihn dabei nicht aus den Augen. Er hatte mir tatsächlich geholfen und seine wertvolle Zeit geopfert. Vielleicht konnte ich ihm doch vertrauen …

»Nachdem meine erste Aufgabe erledigt ist, müssen wir nur noch die anderen Spieler und einen Weg aus der Partie finden.«

»Warum willst du die anderen Teilnehmer suchen?« Er schüttete sich den Rest der Nüsse in den Mund.

Irritiert sah ich ihn an. »Nur wenn wir zusammenhalten, schaffen wir es alle lebend aus dem Spiel. Deswegen hast du mir geholfen, oder etwa nicht?«

Er kaute schweigend und nickte dann mit dem Kinn in eine Richtung. »Schon gefunden.«

Ich erblickte einen Jungen und ein Mädchen, die unweit von uns entfernt standen und ebenfalls keine Kostümierung trugen.

Mit Alex im Schlepptau lief ich auf sie zu. Kurz bevor ich die beiden erreichte, wirbelte das Mädchen zu uns herum und musterte uns aus seinen hervorstechenden olivgrünen Augen. Sie verliehen ihm etwas Katzenhaftes, was auch seine kleine Körperstatur unterstrich. Ich schätzte, es war gut einen halben Kopf kleiner als ich. Zusammen mit den schwarzen Haaren, die zu einem straffen Zopf zusammengebunden waren, und dem gereckten Kinn wirkte es wie eine Kämpferin.

»Ihr seid ebenfalls Spieler«, stellte das Mädchen mit tiefer, selbstbewusster Stimme fest.

»Ja. Ich bin Alex Chandler und das ist Elena Johnson«, stellte er uns vor.

Ich versuchte, mir meine Verblüffung darüber nicht anmerken zu lassen, dass ihm sein voller Name schon fast zu glatt über die Lippen gekommen war, obwohl er mir zuvor seinen Vornamen nur zögerlich verraten hatte.

»Lyra Collins.« Sie nickte uns zu.

»Robert Griffiths, freut mich, euch kennenzulernen«, sagte ihr Begleiter, den ich erst jetzt so richtig wahrnahm. Trotz seiner imposanten Größe, die neben der kleinen Lyra noch deutlicher wurde, wirkte er regelrecht unscheinbar. Er war von schmächtiger Statur, hatte braune Locken und ebenso braune Augen.

»Ich nehme an, ihr verspürt ebenfalls nicht das Bedürfnis, zu einem dieser sogenannten Schattenwesen zu werden?«, fragte Lyra. »Habt ihr also eine Ahnung, wo sich der erste Hinweis versteckt?«

»Leider nein. Wir haben eben erst Elenas Aufgabe gelöst. Was ist mit euch?«

»Schon längst erledigt«, erwiderte Lyra mit Stolz in der Stimme.

»Bei mir auch«, sagte Robert.

»Der Hinweis«, schwenkte Lyra wieder zum eigentlichen Thema zurück.

»Er könnte überall sein«, meinte Alex und sah sich auf dem Jahrmarkt um.

»Das ist wie die sprichwörtliche Suche nach der Nadel im Heuhaufen«, bemerkte Robert.

»Vielleicht sollten wir zuerst die zwei verbliebenen Spieler finden?«, schlug ich vor. »Das blonde Mädchen – sie gehört doch auch zu uns.«

»Meinst du Mandy Keen?«, fragte Robert.

Verblüfft sog ich die Luft ein. »Du kennst sie?«

»Ich habe vorhin ein paar Worte mit ihr gewechselt, aber da sie noch benommen von der Zuckerwatte war, habe ich ihr gesagt, sie solle sich dort hinten erst einmal ausruhen.« Robert deutete auf eine Bank, die am Rande des Jahrmarktes stand. Dort saß tatsächlich das Mädchen, das ich gemeint hatte. Es war ganz allein und wirkte irgendwie verloren.

»Sie ist so dünn«, sagte ich mehr zu mir selbst als zu den anderen.

»Sie wird sterben«, sagte Lyra.

Ich sah sie bestürzt an, doch ihre auffälligen Augen zeigten nicht die kleinste Gefühlsregung, kein Mitgefühl. Ganz im Gegenteil, Lyras Gesichtszüge verhärteten sich nur noch mehr.

Fragend sah ich zu Robert. Er blickte mir nicht in die Augen, als er sagte: »Vorhin hat sie etwas von einer schweren Lungenentzündung erzählt, die sie vor zwei Jahren hatte. Anscheinend hat sie sich nie davon erholt.«

Sie hat keine Chance, das Spiel zu meistern, dachte ich bestürzt.

»Warum ist sie hier, wenn sie todkrank ist?«, verlangte ich zu wissen, obwohl mir nur der Schattenprinz eine klare Antwort auf diese Frage geben konnte.

»Nun tu nicht so unwissend. Eben aus diesem Grund – Mandy erhofft sich Heilung von ihrer Krankheit. Wir alle sind hier, weil wir etwas wollen, das wir in unserer Welt niemals bekommen würden.«

Sie presste ihre Lippen zusammen und ich fragte mich, was es war, das Lyra begehrte.

Sie wandte mir den Rücken zu, während sie sich suchend auf dem Jahrmarkt umsah. »Ah, da ist er ja!«, rief sie auf einmal und winkte wie wild.

Ein junger Mann mit einem warmen ockerfarbenen Hautton kam auf uns zu.

»Dann sind wir vollständig«, konstatierte Alex. »Wie heißt du?«

»Amit. Ich bin Amit Bhagat«, stellte er sich mit leichtem Akzent vor und selbst seine Stimme hatte einen warmen Klang. Alles an ihm schien warm. Die kurzen dunkelbraunen Haare, die kastanienbraunen Augen, auch sein Lächeln, obwohl es ein wenig zurückhaltend war. Amit blieb ein Stück von uns entfernt stehen, als sähe er sich nicht als Teil dieser Gruppe.

»Sieh an, ein Inder«, sagte Lyra und musterte ihn geringschätzig.

Er presste die Lippen zusammen, doch er wirkte nicht aufgebracht, eher resigniert. Vermutlich gehörten derartige Kommentare für ihn zur Tagesordnung.

Seit Indien eine britische Kolonie war, arbeiteten die Einwohner des Gebiets als Diener für die feine englische Gesellschaft, in deren Kreisen auch meine Familie inzwischen verkehrte. Bei all den Vorurteilen der Briten, denen er jeden Tag begegnen musste, wäre ich einer Gruppe wie unserer ebenfalls verhalten gegenüber. Zumindest nahm ich an, dass die anderen wie ich aus Großbritannien stammten, denn bis auf Amit sprachen sie alle akzentfreies britisches Englisch. Ich fragte mich, warum der Schattenprinz sich hier auf ein Land beschränkt hatte, wenn er doch Spieler aus der ganzen Welt hätte herbeiholen können. Eventuell war das nur wieder ein Teil der hier herrschenden Magie, denn ich konnte auch die Einheimischen und ebenso den Schattenprinzen verstehen, dabei war diese Welt ganz sicher kein Teil des britischen Königreiches. Ob mein Vater von der Existenz dieses

Ortes gewusst hatte? Die versteckte Spieluhr in seinem Arbeitszimmer ließ mich das vermuten. Doch konnte er wirklich gewollt haben, dass ich mir Zutritt zu dieser Welt verschaffte und an einem Spiel teilnahm, bei dem ich mein Leben riskierte?

Alex stellte uns nacheinander vor, während ich Amit musterte. Er hatte breite Schultern, war ziemlich muskulös, vor allem seine Oberarme, und mit Abstand der Kräftigste von uns allen.

Nach welchen Kriterien der Schattenprinz uns wohl ausgewählt hatte? Was auch immer das Besondere war, das er in jedem von uns gesehen hatte, ich wollte nicht, dass die Schatten es zum Erlöschen brachten.

Als mein Name fiel, lächelte ich, weil Amit nett wirkte und ich ihm mit der gleichen Wärme begegnen wollte, die er uns entgegenbrachte.

»Genug der Plauderei, wir haben nicht mehr viel Zeit«, stellte Lyra in forschem Tonfall mit Blick auf die Sanduhr auf ihrem Unterarm fest.

Ich meinte eine Spur von Sorge in ihrer Stimme zu hören. Auch ich betrachtete den verbliebenen schwarzen Sand oberhalb der Verengung auf meinem Arm mit Besorgnis.

»Wir holen Mandy und dann sehen wir zu, dass wir den ersten Hinweis finden.« Ungefragt übernahm Lyra das Kommando und stiefelte in Richtung letzter Spielerin los.

Wir Übrigen folgten ihr zu der Bank mit den verschnörkelten Eisenverstrebungen in Schwarz-Weiß, die sich wie ein Strudel ineinanderwanden.

Erst als sich Lyra direkt vor Mandy aufbaute, schien diese sie zu bemerken. Benommen blickte sie zu Lyra hoch, wobei sich ihre Brauen zusammenschoben.

»Was ist los?« Mandys Stimme war so leise, dass ich Mühe hatte, sie zu verstehen. »Wo bin ich?« Sie nestelte am Stoff ihres rosafarbenen Kleides herum.

»Du bist immer noch auf dem Jahrmarkt, zu dem dich deine Spieluhr gebracht hat. Erinnerst du dich?« Robert setzte sich neben sie und legte ihr behutsam eine Hand auf die magere Schulter. Bei jedem ihrer Atemzüge bemerkte ich ein rasselndes Geräusch.

»Die Spieluhr«, hauchte sie, während sich ein Lächeln auf ihre Lippen legte. »Die Melodie, die sie gespielt hat, ist wunderschön gewesen.« Ihre Finger bewegten sich auf ihren Oberschenkeln, als versuche sie, die Musik aus dem Gedächtnis nachzuspielen.

Anscheinend konnte selbst Mandy sich, trotz der Zuckerwatte, daran erinnern, durch eine Spieluhr hergekommen zu sein. Wieso war sich Alex dann nicht sicher? Verheimlichte er etwas?

»Aber jetzt ist sie nicht mehr zu hören, ich sollte sie noch einmal aufdrehen.« Mandy machte Anstalten aufzustehen, doch Robert drückte sie an der Schulter sanft zurück auf die Bank.

Aus der Nähe betrachtet wirkte sie noch dünner und zerbrechlicher. Ihr Gesicht war blass, die Haut fahl, beinahe durchscheinend und ihre sehr feinen Haare waren stumpf und spröde. Ich befürchtete, sie könne zu Staub zerfallen, wie ein Stück Pergament, sollte ich sie berühren. Das Schlimmste jedoch war, dass sie noch so jung aussah. Sie wirkte wie ein Kind, wie sie Robert aus großen blauen Augen ansah.

»Bleib lieber sitzen, sonst gehst du noch verloren.«

»Hast du eine Idee, wo der Hinweis sein könnte?«, fragte Lyra.

»Oft findet man Schönheit dort, wo man es am wenigsten erwartet.« Mandy lächelte versonnen.

Lyra stieß geräuschvoll die Luft aus. »Das bringt nichts. Von ihr können wir keine Hilfe erwarten.«

Lyra sprach mit Alex und Amit, während mir etwas anderes in den Sinn kam. »Mandy, hast du schon deine Aufgabe gelöst?«

Ich griff nach ihrer Hand und drückte sie sanft. Dabei fiel mir die Tätowierung auf. Auch ihre war äußerst kunstvoll. Von einem Punkt in der Mitte gingen immer größere Kreise aus, von denen jeder anders aussah. Manche waren halbrund wie Blütenblätter, andere hatten spitze Zacken. Den letzten Kreis bildeten Strahlen, ähnlich denen einer Sonne.

»Meine Aufgabe?« Mandy legte den Kopf schief, während sie nachdachte. »Meinst du diese schwarz-weiße Karte?«

»Genau.«

»Ich glaube, ich habe sie verloren, und jetzt kann ich mich nicht mehr erinnern, was darauf geschrieben stand.« Sie legte ihre Finger an die Schläfen und massierte sie. »Aber wisst ihr was? Ich fühle mich so stark wie schon lange nicht mehr. Welch ein Glück es doch ist, an diesem Ort zu sein!«

Ich blickte sie zweifelnd an. Vielleicht hätte ich doch etwas von der Zuckerwatte probieren sollen, dann wäre ich jetzt auch so positiv gestimmt.

»Selbst das Unglaublichste ist hier möglich«, sagte Mandy und dabei leuchtete das Blau ihrer Augen auf.

Bei ihren Worten kam mir wieder das Karussell mit den lebendigen Tieren in den Sinn. Ich sah den Greif vor mir, wie er mit seinen silbergrauen Schwingen geschlagen und mit seinem gebogenen Schnabel nach mir gehackt hatte. Eine Erinnerung blitzte vor meinem geistigen Auge auf und auf einmal war ich mir ganz sicher zu wissen, wo der Hinweis versteckt war, denn ich hatte ihn bereits gesehen.

DAS KARUSSELL DER FABELWESEN

Alex

»Der Hinweis befindet sich unter dem Flügel des Greifs!«, rief Elena unvermittelt. Während sie uns auffordernd anblickte, sah ich keine Zweifel in ihrem Gesicht, sondern pure Entschlossenheit.

Sie hatte sich nach der Rede des Schattenprinzen erstaunlich schnell wieder gefasst. Auch mein Verstand war fokussiert, gewillt zu überleben, aber meine Muskeln fühlten sich an, als hätten sie seitdem eine Mauer um mich errichtet, und brannten unter meiner Haut.

Keiner der Spieler reagierte, deswegen setzte sie hinterher: »Habt ihr nicht die Worte des Schattenprinzen gehört? Um die erste Partie erfolgreich zu beenden, müssen wir den versteckten Hinweis auf dem Jahrmarkt ergreifen.«

Sie betonte den Wortbestandteil *Greif* in ergreifen besonders.

Auf den Gesichtern der anderen war deutliche Skepsis abzulesen. Ich kannte die Spieler noch nicht lange, deshalb überlegte ich, mit wem es Sinn ergeben könnte, sich zu verbünden, wenn es nötig war.

In Lyras Augen lag etwas Dunkles. Sie schien abgestumpft, beinahe schon desillusioniert, als hätte ihr das Leben übel mitgespielt. Das könnte in dieser Welt ein Vorteil für sie sein. Robert hingegen wirkte, trotz seiner Größe, wie ein Kind. Vielleicht lag es an seinen weichen Gesichtszügen und der verängstigten Mimik. Mandy hatte mit ihrer Krankheit die schlechtesten Voraussetzungen, aber vielleicht würde die Aussicht auf Heilung verborgene Kräfte in ihr wecken. Amit wäre sicherlich ein starker Verbündeter, denn seine Schultern waren um einiges breiter als meine, dennoch hatte er eine geduckte und unsichere Körperhaltung.

Und Elena … Es zeugte von außergewöhnlichem Mut, den Schattenprinzen bei seiner Rede als Scheusal zu bezeichnen.

»Das muss nicht unbedingt die Bedeutung seiner Worte gewesen sein. Außerdem, was ist überhaupt ein Greif?« Lyra musterte Elena, wog augenscheinlich ab, wie glaubwürdig sie war.

»Ein Greif, lateinisch *gryphus*, ist ein Fabelwesen«, ließ Robert uns wissen, »das aus mehreren Tieren zusammengesetzt ist. Die gängigsten Varianten sind dabei ein Raubvogel und ein Löwe, wobei auch andere Mischungen in Geschichten oder Gemälden existieren.«

»Und was veranlasst dich dazu zu glauben, ausgerechnet hier auf ein Fabelwesen zu treffen?«, hakte Lyra spöttisch nach.

»Ich habe dieses Wesen mit eigenen Augen gesehen und unter seinem Flügel befand sich etwas.« Elena strich sich eine Haarsträhne aus dem Gesicht, die sich aus ihrer Frisur gelöst hatte. »Am Rand des Jahrmarktes gibt es ein Karussell mit lebendigen Fabelwesen. Das müsst ihr doch gesehen haben!«

Die anderen schüttelten den Kopf.

Ein Blick auf meine Sanduhr zeigte mir, dass im oberen Teil bereits ein Großteil des Sandes fehlte. Wir konnten es uns nicht leisten, einer falschen Spur zu folgen, doch bis jetzt war Elena die Einzige mit einer Idee. Zudem war ich der Diskussion überdrüssig.

»Nur weil wir es nicht gesehen haben, heißt das nicht, dass es nicht existiert«, wandte ich ein. »Sterne sprechen und Schattenwesen erscheinen aus dem Nichts …«

Betretenes Schweigen breitete sich aus, während ich Elena zunickte. »Führe uns zu dem Karussell.«

Das Mädchen mit dem feuerroten Haar erwiderte meine Geste und die anderen drei wollten sich sofort mit ihr in Bewegung setzen, aber ich stellte mich Amit in den Weg. »Du bleibst besser hier oder willst du Mandy sich selbst überlassen?« Herausfordernd sah ich ihn an. Ich wollte wissen, aus welchem Holz er geschnitzt war. Floss in ihm das Blut eines Anführers oder befolgte er lieber Befehle? In seinen dunkelbraunen Augen sah ich heftigen Widerspruch, trotzdem trat er zurück. Da hatte ich meine Antwort.

Amit setzte sich neben Mandy auf die Bank.

»Wir kommen danach sofort wieder«, versprach Elena und warf einen schnellen Blick auf Mandy. Ihr lag etwas an dem Mädchen, das war deutlich an ihrer Mimik abzulesen. Der Grund dafür war mir jedoch ein Rätsel. Schließlich kannten sie sich kaum.

Schon von Weitem erregte das Gold des Karussells über den Köpfen der Passanten meine Aufmerksamkeit. Die Farben ließen erahnen, dass es vor der Rede des Schattenprinzen regelrecht geleuchtet haben musste. Wir traten näher heran und beobachteten die Fabelwesen, die sich auf der drehenden Plattform befanden und sich in der Geschwindigkeit des Karussells mitbewegten.

»Einfach unglaublich«, stieß Robert hervor, die Augen weit aufgerissen. »Dort sind auch noch ein Pegasus, ein Peryton und ein Basilisk. Warum sehe ich das jetzt erst?«

Ein hohles Gefühl nistete sich in mir ein, als ich die Euphorie in Roberts Stimme hörte. Unwillkürlich fragte ich mich, ob ich vor meinem Gedächtnisverlust eine ähnliche Leidenschaft für Dinge empfunden hatte. Ich beobachtete den Greif. Etwas an der Art, wie er erhaben zu uns hinabblickte, zog mich in seinen Bann. Plötzlich spreizte er anmutig seine Schwingen.

»Da! Da ist es!« Elenas energischer Ausruf riss mich aus meiner Trance. Sie deutete auf einen der Flügel.

Als ich genauer hinsah, erkannte ich, dass sich dort ein goldener Umschlag befand, der mit einer Schnur um den Flügel des Greifs gebunden war. Im selben Moment verschwand das Tier aus unserem Blickfeld.

Als es wieder auftauchte, nutzte Lyra die Gunst der Stunde und wagte sich näher heran. Ein spitzer, warnender Schrei ertönte aus der Kehle des Greifs und ließ Lyra erstarren, doch nur kurz, dann eilte sie weiter auf ihn zu.

»Nicht!«, rief Elena. »Der Greif ist ziemlich angriffslustig.«

»Ich weiß schon, was ich tue«, zischte Lyra.

»Kann er uns von hier aus auch gefährlich werden?«, wandte sich Robert an Elena, während ich mit vor der Brust verschränkten Armen Lyra beobachtete. Sie war jemand, der nicht lange fackelte, sondern lieber zur Tat schritt. Das war eine mutige, allerdings auch waghalsige Eigenschaft.

»Nein, er kann sich nicht vom Karussell wegbewegen«, sagte Elena.

Lyra streckte ihre Hand nach dem Umschlag aus, doch ehe sie ihn erreichen konnte, drehte der Greif seinen Hals zu ihr und sein Schnabel schoss auf sie herab.

Gerade noch rechtzeitig zog sie ihre Hand weg, stolperte zurück und landete unsanft auf dem Hintern.

»Ich habe dir doch gesagt, dass er angriffslustig ist.« Elena streckte ihr die Hand entgegen, um ihr aufzuhelfen.

Ich konnte nicht anders, als zu schmunzeln. Sie war nicht auf den Mund gefallen – und das gefiel mir.

Lyra schlug Elenas Hand weg und stand alleine auf.

Mir war klar, dass wir den Umschlag nicht einfach so stehlen konnten. Der Greif würde ihn beschützen. Wir mussten schlau und überlegt vorgehen.

»Robert, was weißt du sonst noch über Greife?«, fragte ich.

Der schlaksige Junge schaute mich verdutzt an, fing dann aber an zu erzählen: »Der Greif existiert in vielen Kulturen unserer Welt und wird in Märchen …«

»Nein«, unterbrach ich ihn. »Kannst du mir etwas über seine Eigenschaften sagen? Hat er Schwachpunkte? Etwas, das wir nutzen können?«

Zweifelnd schaute er mich an. »Nur das, was in Büchern geschrieben steht, aber da diese hauptsächlich der menschlichen Fantasie entsprungen sind, glaube ich nicht, dass es bei einem echten Greif funktionieren wird.«

»Wir werden sehen.« Ich machte eine auffordernde Handbewegung, woraufhin Robert fortfuhr.

Er zählte eine Reihe von Merkmalen auf. *Wachsamkeit, Stärke, Intelligenz …* Kein Wunder, dass diesem Tier der Umschlag anvertraut worden war. Ich wollte schon abwinken, als der Junge plötzlich in einem Nebensatz seine angebliche Gefräßigkeit erwähnte. Da kam mir eine Idee …

»Die Zuckerwatte«, sagte ich, woraufhin Elena die Augen aufriss.

»Natürlich! Das könnte funktionieren. Vielleicht haben wir Glück und meine liegt immer noch auf dem Boden. Ich werde sofort nachsehen.«

Ich nickte. »Nimm Robert mit, wir sollten hier nicht alleine herumlaufen.«

Kurz sah ich den beiden hinterher, bevor Lyra meine Aufmerksamkeit auf sich zog. Sie stellte sich an meine Seite und musterte mich, sobald die beiden weg waren.

»Suchst du etwas?«, fragte ich schroff. Ihre ablehnende Art, gepaart mit dem berechnenden Blick, passte mir überhaupt nicht. Reflexartig nahm ich eine abwehrende Haltung ein und kniff die Augen zusammen.

Sie verschränkte ihre Arme vor der Brust. »Ja, den Grund, warum du hier bist. Was ist dein Wunsch, die Sache, die du schmerzlich vermisst?«

Ich fuhr mir durch die Haare. Warum fragte sie mich das? Von Elena hatte sie das doch auch nicht wissen wollen. Mit harter Miene versuchte ich, meine Verunsicherung zu kaschieren. »Das geht dich nichts an.«

Ehrlicherweise konnte ich es ihr nicht sagen, weil ich es selbst nicht wusste. Wie auch, wenn ich mein Gedächtnis verloren hatte. Doch nach der Rede des Schattenprinzen hatte sich in mir die Idee eingebrannt, dass in meinem Gedächtnisverlust auch mein Wunsch verborgen lag.

Ihre Augen verengten sich zu Schlitzen. »Ich bin genauso an diesem Ort gefangen wie du. Damit geht es mich sehr wohl etwas an.«

»Ich vertraue dir nicht. Ich vertraue grundsätzlich niemandem.« Ich hoffte, diese Worte hielten sie davon ab, weiter nachzuhaken.

Sie schnaubte belustigt. »Wir haben wohl doch mehr gemein, als ich zunächst vermutet habe.«

Sie warf mir einen vielsagenden Blick zu, den ich eisig erwiderte.

»Komm schon, Alex, gib es zu.« Lyra grinste verschlagen.

Während ich im Inneren bereits wütend knurrte, zeigte ich nach außen hin keine Regung. Wer Emotionen zeigte, machte sich angreifbar. Und das wollte ich auf gar keinen Fall.

»Hier, versuch dein Glück.« Robert reichte mir die Zuckerwatte. Elena und er hatten tatsächlich noch welche gefunden.

Meine Finger umschlossen den Stiel und kurz sah ich zwischen Elena und Lyra hin und her. Alleine konnte ich das unmöglich schaffen, aber meine Entscheidung darüber, wer mir half, stand schnell fest.

»Elena, los. Lass uns den Umschlag holen.«

Sie nickte entschlossen und wir setzten uns in Bewegung.

»Ich hoffe, das Essen wird sein Temperament zügeln«, meinte sie, während mein Blick fest auf das Karussell gerichtet war.

Der Greif fixierte augenblicklich die Zuckerwatte und von da an war ich mir sicher, dass der Plan aufgehen würde. Ich wagte den Sprung auf die Plattform und hielt mich an einer der Stangen fest, die zwischen den Fabelwesen auf der Drehscheibe befestigt waren, um mein Gleichgewicht zu finden.

»Halte dich bereit, Elena. Wenn du eine Chance siehst, an den Umschlag zu kommen, dann nutze sie.«

Sie lief neben dem Karussell her, dabei lösten sich ihre Haare. Wie ein Flammenmeer ergossen sie sich über ihre Schultern. Sie leuchteten, als würde sie der dumpfen Dunkelheit der Umgebung Einhalt gebieten wollen. Gerne hätte ich sie noch länger angesehen, aber ich riss mich von ihrer Erscheinung los. Mein Blick flog zum Greif. Das Tier überragte mich um bestimmt drei Köpfe. Sein spitzer Schnabel war nicht weit weg und die scharfen Krallen an seinen Pfoten blitzten im reflektierenden Licht der Spiegel, die sich in der Mitte des Karussells befanden. Das Fabelwesen blieb merkwürdig ruhig, als ich mich ihm näherte. Es legte seinen Kopf schief, wobei seine Augen erst die rosa Zuckerwatte und dann mich fixierten.

»Bist du hungrig?«

Als hätte der Greif meine Frage verstanden, lugte seine überraschend kleine Zunge aus dem Schnabel hervor. Vorsichtig hielt ich den Stiel in seine Richtung. Meine Anspannung fiel etwas von mir ab, sobald er gierig ein Stück von der weichen Masse abriss, und ehe ich michs versah, hatte er die komplette Zuckerwatte samt Stiel verspeist.

Zufrieden beobachtete ich, wie die Augen des Greifs immer kleiner wurden. Er blinzelte, als hätte er Mühe, sie offen zu halten. Keine Sekunde später taumelte er. *Die Zuckerwatte wirkt.* Schnell schritt ich um ihn herum, bis ich neben ihm stand. Behutsam streckte ich meine

Hand aus, umfasste den Flügel, der inzwischen schlaff herunterhing, und drückte ihn mit ganzer Kraft nach oben. Das Gewicht überraschte mich und für eine Sekunde bereute ich es, Amit bei Mandy gelassen zu haben.

In diesem Augenblick setzte Elena zum Sprung an und landete neben mir auf der Drehscheibe. Sie war nicht aufzuhalten, nicht mal in dem unpraktischen Kleid, das sie trug. Zusammen mit ihr schaffte ich es, den Flügel anzuheben, und mit geschickten Fingern löste Elena den Umschlag. Ihr Haar wehte mir ins Gesicht und für einen Moment roch ich den Duft von Frühlingsblüten. Schließlich erregte aber etwas anderes meine Aufmerksamkeit. Der Löwenschwanz des Tieres begann zu zucken. Die Wirkung der Zuckerwatte hielt bei ihm offensichtlich nicht lange an, denn ein wütender Schrei drang aus seiner Kehle, während sein gesamter Körper vibrierte.

»Ich hab ihn!«, rief Elena.

Erleichterung durchströmte mich, als ich den goldenen Umschlag in ihren Händen sah, die allerdings nur von kurzer Dauer war, denn ich spürte den Atem des Greifs in meinem Rücken.

»Kommt da sofort runter!«, rief Robert.

Ich drehte meinen Kopf und schaute in die vor Zorn sprühenden Augen des Greifs. Einen Wimpernschlag später schnellte sein Schnabel auf mein Gesicht zu und reflexartig sprang ich vom Karussell.

Taumelnd kam ich zum Stehen, als mich ein Gewicht hart von der Seite traf. Während ich einen Sturz nicht verhindern konnte, sah ich aus dem Augenwinkel Elenas rote Haare. Schmerz durchströmte mich, als ich seitlich auf dem Kopfsteinpflaster landete und mich etwas niederdrückte. Elena lag zur Hälfte auf mir drauf.

Langsam richtete sie sich auf und stützte dabei ihre Hände auf meine Brust. Ihr Atem ging keuchend und unsere Blicke verbanden sich.

Mein Herz schlug schneller. Das Gefühl, was damit einherging, war erst gut, wandelte sich jedoch, bis es kaum noch zu ertragen war. Im Hintergrund vernahm ich die wütenden Klagelaute des Greifs, die in meinem Körper widerhallten.

»Wenn du mich weiterhin als Kissen benutzt, werden wir das Spiel verlieren«, zischte ich.

Hastig erhob sie sich und klopfte sich den Staub vom Kleid, aber die meisten Flecken blieben bestehen, genau wie die feinen Risse und großen Löcher in dem Stoff.

Robert trat zu uns. »Wo ist der Hinweis?«, fragt er.

Elena hob ihre Hand, in der sie noch kurz zuvor den Umschlag gehalten hatte.

»Ich habe ihn verloren«, sagte sie und schaute sich erschrocken um. »Aber da ist mein Haarband.« Sie griff zu einem blauen Stück Stoff, das auf dem Boden lag, und band sich ihre Haare wieder zusammen.

Derweil ließ mich eine Bewegung von Lyra zu ihr sehen. Sie bückte sich und hob etwas auf.

»Sucht ihr etwa den?« Triumphierend hielt sie den goldenen Umschlag in Händen.

Ohne zu zögern, riss sie ihn auf, zog ein Blatt Papier hervor und ihre Augen begannen über die Zeilen zu wandern.

»Was steht drin?«, fragte Robert und trat an sie heran.

Auch ich machte einen Schritt auf sie zu, bereit, alles zu tun, um ihr den Brief aus den Fingern zu reißen.

Sie antwortete nicht, stattdessen huschte ihr Blick weiter über die Zeilen.

»Lyra!«, hörte ich nun die wütende Stimme von Elena und erst da hielt sie inne.

Lyra verdrehte die Augen. »Hier, lies ihn doch selbst.« Sie drückte Elena die Nachricht in die Hand und marschierte davon.

»Um den Startpunkt zu verlassen, darfst du den Ausgang nicht verpassen. Die Spieluhr dreht sich zur rechten Zeit, drum steh besser pünktlich bereit.

Wenn der Markt schließt, und die Frau am Brunnen die Blumen gießt. Das Wasser dir die richtige Richtung weist, die nächste Partie, der Sumpf heißt.

Achte auf das Glockenschlagen, den letzten zu versäumen, solltest du nicht wagen. Das Spiel ist sonst für dich verloren, du als Schattenwesen wirst geboren.«

Erst nachdem Elena den letzten Vers vorgelesen hatte, vernahm ich ein stetes Glockenschlagen.

»Hört ihr das?«, fragte ich alarmiert. »Sie läuten bereits.« *Jeder Schlag könnte der letzte sein …*

Robert warf mir einen ängstlichen Blick zu.

»Weiß jemand, welcher Brunnen gemeint sein könnte?«, fragte ich in die Runde.

Erst schüttelte Robert den Kopf, aber dann hielt er inne. »Doch, ich glaube, ich habe vorhin einen Brunnen gesehen. Im Zentrum des Jahrmarktes.«

»Dann nichts wie los«, sagte ich.

Robert rannte voraus und ich hoffte, dass er sich nicht irrte und wir in die falsche Richtung liefen. Mittlerweile waren alle Händler und ihre Stände verschwunden. Die Leere des Jahrmarktes, zusammen mit der fahlen Leuchtkraft der Sonne, ließ eine unheilschwangere Atmosphäre entstehen.

Für einen kurzen Augenblick erlaubte ich mir, nach oben zu schauen. Es wirkte so, als wäre die Sonne hinter einer dichten Wolke verschwunden, nur war sie das nicht. Verstärkt wurde der unheimliche Eindruck dadurch, dass sie allmählich unterging. Es hatte etwas Bedrohliches, wie die Dunkelheit herankroch, bis sie letztendlich den kleinen Feuerball zum Erlöschen bringen würde.

»Da ist der Brunnen!«, rief Robert.

»Wir müssen noch Mandy und Amit holen«, sagte Elena. Sie war im Begriff, wieder umzukehren.

Ich blickte nach vorne und entdeckte einen sternförmigen Brunnen. Um ihn herum standen drei Personen, die verdächtig nach Mandy, Amit und Lyra aussahen.

»Warte.« Schnell packte ich ihren Arm. »Ich glaube, sie sind schon da.«

Elenas Augen verengten sich kurz und ich ließ los. »Hat Lyra sie etwa geholt?«

»Das bezweifle ich stark«, erwiderte ich. Dennoch konnte ich mich nicht gegen den Gedanken wehren, dass ich mich möglicherweise in Lyra getäuscht hatte.

»Mandy, Amit, wir wollten euch gerade holen, aber anscheinend war Lyra schneller«, sagte Elena atemlos.

Amit kniff die Augen zusammen. »Ehrlich gesagt sind wir nur zufällig hier. Mandy steht immer noch unter der Wirkung der Zuckerwatte und ist zum Brunnen gerannt, weil sie die Figur so schön fand. Ich bin hinterher, um sie nicht zu verlieren.«

Lyras Mund verzog sich zu einem undeutbaren Lächeln. *Nein, ich habe sie nicht falsch eingeschätzt.* Sie trieb ihr eigenes Spiel, genau wie ich das meine.

Ein weiterer Glockenschlag riss mich aus meinen Gedanken und ich fokussierte mich wieder auf den sternförmigen Brunnen.

»Habt ihr schon etwas gefunden, was uns den Weg aus der Partie zeigen könnte?«, fragte ich in die Runde.

Lyra und Amit schüttelten den Kopf, während Mandy die Melodie vor sich hin summte, die vorhin die Drehorgel gespielt hatte. Ich sah in das Becken, inspizierte die Frau im Zentrum auf der Empore, die Tränen aus Wasser weinte, und betastete in meiner Verzweiflung den Rand. Nach einem geheimen Mechanismus suchend ließ ich meine Finger über den Stein huschen – *nichts.*

Im selben Augenblick verstummten die Glocken und die Figur erwachte zum Leben. Sie wischte sich die Tränen fort, hob ihre Gießkanne und wässerte damit die Steinblumen zu ihren Füßen. Hoffnung regte sich in mir. Die Bewegung der Statue musste doch etwas zu bedeuten haben. Nur was?

»So viele Blütenblätter. Wie wunderschön.« Mandy seufzte verzückt.

Daraufhin bemerkte ich die kleinen rosafarbenen Blütenblätter, die eben noch nicht da gewesen waren. Sie trieben zu einem der Zacken des Brunnens und sammelten sich dort.

Ich sah über den Brunnen hinweg und erblickte die Gasse, in der das Schattenspiel stattgefunden hatte. Ob uns dieser Weg zur nächsten Partie führen würde?

»Nein, kommt nicht näher. Lasst uns in Ruhe.« Mandys Euphorie war verschwunden. Ängstlich starrte sie über den Brunnen hinweg – aber in die entgegengesetzte Richtung des von mir vermuteten Ausgangs.

Nun nahm auch ich sie wahr: Riesige groteske Schatten warfen sich auf die Wände der Häuser und kamen auf uns zu.

Sofort versteifte ich mich beim Anblick der langgliedrigen Silhouetten dieser unheimlichen Wesen. Die Schatten krochen näher und näher, bis sie auf den geisterhaften Jahrmarkt traten und wir ihre wahre Gestalt erkennen konnten. Tiefschwarze Wesen, deren Gesichter hinter bösartigen Tiermasken verborgen waren. Ich erkannte einen furchterregenden Luchs und einen zähnefletschenden Marder unter den vielen anderen Tieren. Sie trugen weder Kleidung, noch waren die Gliedmaßen ihrer Körper mit dem Auge voneinander abzugrenzen. Unzählige von ihnen strömten auf uns zu.

»Verflucht«, keuchte ich auf.

»Schattenwesen!«, rief Amit.

»Lasst uns von hier verschwinden!«, drängte ich.

Wir rannten fast gleichzeitig los, und zwar in die Richtung, die uns die Blütenblätter gewiesen hatten. Amit kümmerte sich um Mandy, die noch immer benebelt war, und nahm sie huckepack.

Was auch immer mit »Die Spieluhr dreht sich zur rechten Zeit, drum steh besser pünktlich bereit« gemeint sein mochte, es hörte sich für mich nicht gut an.

Wir rannten über die Pflastersteine, passierten weitere Geschäfte und erreichten nach kurzer Zeit das Ende des Platzes. Ohne zu zögern, liefen wir in die enge Gasse, in der es aufgrund der hohen Gebäude, die diese säumten, noch finsterer war. Das musste tatsächlich der Weg aus der Partie sein, denn er endete in einer grünen Landschaft. Eine Wiese, auf deren Hügel unzählige Blumen wuchsen, erstreckte sich vor uns. Ich zog meine Stirn kraus. Zuvor war mir nichts Derartiges aufgefallen. Plötzlich erklang ein lautes Dröhnen. Beunruhigt sah ich zur Quelle des Geräuschs. Vor uns schob sich eine hohe Wand langsam von links nach rechts und würde dadurch die Straße bald zu einer Sackgasse werden lassen. Ich riskierte einen Schulterblick, nur um festzustellen, dass die Schatten uns weiterhin verfolgten. Sie waren zwar nicht besonders schnell, aber sobald die Wand die Straße abgeriegelt hätte, säßen wir in der Falle.

»Los, weiter!«, trieb ich die anderen an.

Lyra war bereits draußen und ich war der Nächste. Erleichterung machte sich in mir breit, ich hatte es geschafft. Dennoch wirbelte ich herum, und als ich die restlichen vier erblickte, die um ihr Leben rannten, erkannte ich plötzlich die Bedeutung der Worte: *Beide Optionen würden sich für dich lohnen*. Hätte ich meine persönliche Aufgabe nicht gelöst, wäre es für Elena – meine Konkurrentin – wesentlich schwieriger, die Partie zu bestehen. War ich nun dafür, dass es alle schafften, oder dagegen? Mein Kiefer schmerzte, so sehr biss ich die Zähne zusammen. Vor allem Elenas flammendes Haar konnte ich nicht aus den Augen lassen. Sie bildete das Schlusslicht. Mein Herz raste mit Elena um die Wette, während sich die Mauer Stück für Stück zuschob. Mit einem Satz rettete Elena sich durch den schmalen Spalt, ehe sich die

Mauer mit einem dumpfen Grollen schloss und das Ende der ersten Partie besiegelte.

Erleichtert atmete ich auf.

»Das war knapp«, stellte Robert fest.

»In der Tat.« Elena keuchte schwer.

Um uns herum war es wieder heller geworden und das Licht schien nicht länger getrübt zu sein. Mein Unterarm kribbelte und ich wollte gerade nachsehen, als ich durch Mandys schmerzvolles Stöhnen abgelenkt wurde.

»Was ist mit dir?« Robert klang besorgt und eilte zu ihr.

»Meine Hand«, wimmerte sie und zeigte sie uns.

Wir alle beobachteten erschrocken, wie sich an der Stelle ihrer Tätowierung die Haut vollständig schwarz verfärbte, bis nichts mehr von dem kreisförmigen Mandala übrig war.

»Sie hat ihre Aufgabe nicht bestanden«, sagte Elena bestürzt.

Selbst Lyra wirkte beunruhigt, wie sie ihr Gewicht von einem Bein auf das andere verlagerte.

»Wir sollten weiter«, drängte ich, ohne mir anmerken zu lassen, wie entsetzt ich war. »Noch ist nichts verloren und wir sollten zusehen, dass das auch so bleibt.«

Wir setzten einen Fuß vor den anderen und folgten dem einzigen Weg, der sich durch eine erst satte und dann zunehmend karger werdende Landschaft schlängelte. Kaum einer sprach. Auch ich hing meinen Gedanken nach, dennoch behielt ich stets meine Uhr auf dem Unterarm im Auge. Der Sand war zwar wieder aufgefüllt, trotzdem kam ich nicht zur Ruhe. Die nächste Partie würde sicher nicht lange auf sich warten lassen.

Amit ließ sich plötzlich zurückfallen, bis er auf meiner Höhe war.

»Wag es nicht, mir je wieder einen Befehl zu geben«, zischte er und in seinen Augen funkelte eine Warnung.

Wenig beeindruckt hob ich meine Augenbrauen. »Also scherst du dich nicht um Mandy?«

Sein Blick huschte zu dem blonden Mädchen, das sich inzwischen von der Zuckerwatte etwas erholt hatte. Es brachte Elena gerade zum Lachen. »Darum geht es nicht. Ich möchte aus freien Stücken entscheiden, wem ich helfe und wem nicht.« Er wartete meine Erwiderung nicht ab, sondern beschleunigte seine Schritte und stapfte davon.

Eine derartige Ansage hätte ich ihm gar nicht zugetraut. Ich kam nicht umhin, für seine Worte Verständnis zu haben. Auch ich bekam ungerne gesagt, was ich zu tun und zu lassen hatte.

Elena nahm seine Stelle ein. »Worum ging es in dem Gespräch?«, fragte sie und sah mich neugierig an.

Ich winkte ab. »Er hat mir nur gezeigt, dass der erste Eindruck auch täuschen kann.«

Sie wollte nachhaken, doch ich kam ihr zuvor. »Du kannst Mandy gut leiden, nicht wahr?«

»Ja, wir haben einige Gemeinsamkeiten. Sie mag es auch zu lesen und hat wie ich schon einiges im Leben durchgemacht.«

Unwillkürlich fragte ich mich, was Elena widerfahren war, doch ich vertiefte das Thema nicht. Je weniger ich von ihr wusste, desto besser, so konnte sie mir auch nicht ans Herz wachsen.

»Du solltest vorsichtig sein, deine Freundschaft zu ihr könnte dich in Gefahr bringen. Gefühle machen dich nur schwach.«

Verwundert sah sie mich an. »Ganz im Gegenteil. Keine Gefühle zuzulassen, ist ein Zeichen von Schwäche.«

Hart presste ich meine Lippen zusammen und konnte kaum glauben, dass sie so danebenlag. Mit dieser Einstellung würde sie das Spiel nicht überleben.

Mandy winkte Elena zu sich und mit einem undeutbaren Blick an mich gerichtet ließ sie mich wieder allein. Elenas Schwäche war die offensichtlichste. Ob ich sie gegen sie einsetzte – das würde sich noch zeigen.

Mehrere verwitterte Pfeile, die an einem Pfahl befestigt waren, kamen in unser Blickfeld und zeigten in verschiedene Richtungen. Jeder davon war beschriftet mit *Zum Sumpf*.

Auf einen der Pfeile hatten sich drei weiße Krähen niedergelassen, die uns argwöhnisch beobachteten. Einer von ihnen stieß unruhige Laute aus und spreizte die Flügel, als wir uns ihnen näherten.

»Albino-Krähen. Interessant«, erwiderte Robert und beobachtete sie mit ernster Miene. Seine Faszination für diese Welt ging mir allmählich auf die Nerven. Wie konnte er einen Ort, an dem er zu einem Spiel auf Leben und Tod gezwungen wurde, nur so bewundern?

»Und woher sollen wir jetzt wissen, welcher Weg zum Sumpf führt?«, beschwerte sich Lyra, die den Krähen nur einen flüchtigen Blick zugeworfen hatte.

»Vielleicht sind das die Lichtwesen, von denen der Prinz gesprochen hat. Ist euch auch aufgefallen, dass hier das Licht wieder so klar ist wie vor der Begrüßungsrede?«, fragte Robert.

»Nur weil sie weiß sind, müssen sie keine Lichtwesen sein«, gab Amit zu bedenken.

Kurz blendete ich die Vögel und Pfeile aus, lief ein paar Schritte weiter und kniff die Augen zusammen. Am Horizont erspähte ich etwas. »Der Pfeil, auf dem sie sitzen, zeigt uns den richtigen Weg«, erhob ich meine Stimme. Ich streckte den Arm aus und die Blicke der Spieler folgten ihm. »Da hinten erkenne ich zwei Figuren.«

»Figuren?«, fragte Robert, und bevor ich es tun konnte, erklärte Amit den Begriff.

Kurz bevor die Sonne unterging, standen wir vor zwei hochgewachsenen Kostümierten, die sich mit verschränkten Armen vor einer massiven Mauer positioniert hatten.

Der eine trug eine schwarz-weiß geringelte Strumpfhose und eine Maske, die mich in ihrer Form an ein Pferdemaul erinnerte. Offenbar stellte sein Kostüm ein Zebra dar. Der andere war komplett in Schwarz gekleidet und sah mit seiner Maske einer Fledermaus ähnlich.

»Ihr dürft noch nicht passieren«, sagten die beiden unisono.

»Wer seid ihr?«, fragte Elena.

»Wir sind Spielwächter und helfen euch dabei, die Regeln zu verstehen und einzuhalten. Die nächste Partie beginnt, wenn der Sand pünktlich zum Sonnenaufgang durch die Sanduhr gerieselt ist. Bis dahin habt ihr Zeit, um etwas zu essen und euch auszuruhen«, erklärten sie. »Dort hinten ist ein Lager. Es steht alles zur Verfügung für ein Feuer. Außerdem warten auf zwei von euch weitere Aufgaben des Schattenprinzen.«

Ein ungutes Gefühl überfiel mich. Würde es mein Name sein, der auf einem der Umschläge prangte, und falls ja, könnte ich auch diese Prüfung bewältigen?

»Seht nur, das ist zauberhaft!«

Erst durch Mandys Ausruf bemerkte ich die Seifenblasen, die aus der dämonischen Fratze eines Wasserspeiers emporstiegen, der das Zentrum des Lagers bildete. Im schwindenden Licht der Abendsonne schimmerten sie in den buntesten Farben.

Mandy lief auf die geflügelte Figur zu und streckte ihre Hand aus, um eine Seifenblase mit den Fingerspitzen aufzufangen, wobei sie den Wasserspeier streifte. Über ihr Verhalten konnte ich nur den Kopf schütteln. Eigentlich hatte ich angenommen, ihre Euphorie würde mit der nachlassenden Wirkung der Zuckerwatte verschwinden. Aber nun beschlich mich die leise Ahnung, dass sie Bestandteil eines naiven Charakters war. Stirnrunzelnd beobachtete ich, wie durch Mandys Berührung plötzlich ein klarer Wasserstrahl aus dem Mund der Figur kam.

»Ein Trinkbrunnen!«, rief Robert und eilte auf ihn zu. Der Junge war seit der Begegnung mit den Schattenwesen ziemlich blass um die Nase, aber sobald er seinen Durst gestillt hatte, normalisierte sich seine Gesichtsfarbe wieder. Er ließ sich sogar zu einem Lachen hinreißen, als Mandy ihm eine Seifenblase ins Gesicht pustete.

Lyra interessierte der Trinkbrunnen herzlich wenig. Sie stapfte unterdessen zu den zwei verschnürten Paketen und riss den weißen Umschlag von dem ersten ab, ehe sie innehielt. »Elena, der hier ist für dich.«

Daraufhin versteinerte sich die Miene des rothaarigen Mädchens. Es nahm Lyra die Nachricht ab und las sie laut vor: »Elena Johnson, du hast den Jahrmarkt überlebt, dein Kleid jedoch nicht. Deswegen erhältst du ein neues, das du während der gesamten nächsten Partie tragen musst. Der Schattenprinz.«

Elena griff nach dem Paket und erstarrte mitten in der Bewegung, als sich über ihre bestehende Tätowierung an der Hand eine neue bildete. Diese wand sich um ihren Unterarm und schlängelte sich bis zum Ellbogen. Nach einigen Sekunden der Stille atmete sie hörbar aus. Rasch öffnete sie das Paket und holte ein flaschengrünes Spitzenkleid heraus. Es war wesentlich kürzer als ihr vorheriges, aber es lag noch eine schwarze Strumpfhose dabei.

Lyra hielt für alle sichtbar den zweiten Umschlag hoch. »Der hier ist für mich«, verkündete sie, als würde sie ihre Besitzansprüche geltend machen wollen, während wir ihren Namen darauf erkennen konnten. Erleichtert stieß ich die Luft aus, denn jede Aufgabe konnte meinen Sieg gefährden.

Statt wie Elena die Nachricht vorzulesen, behielt sie den Inhalt des Briefes für sich.

»Lyra, was steht auf deinem Zettel?«, fragte Amit.

Mich interessierte es ebenfalls. Schließlich könnte ihre Prüfung auch jemanden von uns betreffen. Meine erste hatte Elenas Spielverlauf beeinflusst, zwar zum Positiven, allerdings konnte ich mir auch das Gegenteil vorstellen, nachdem ich inzwischen eine Ahnung von den Grausamkeiten des Schattenprinzen hatte.

Sie presste die Lippen zusammen, aber ich würde sie schon zum Sprechen bringen.

»Ich weiß nicht, wie es euch geht, aber ich wäre dafür, dass wir voreinander keine Geheimnisse haben«, wandte ich mich an die Gruppe. »Stattdessen sollten wir versuchen, uns gegenseitig zu unterstützen. Gemeinsam können wir es zum Schloss schaffen und nach Hause.«

Die anderen gaben zustimmende Laute von sich und ich unterdrückte ein triumphierendes Grinsen, als Lyra sich schließlich dem Druck der Gruppe beugte.

»Schon gut. Ich mach ja mit.« Sie schluckte, bevor sie weitersprach: »Auf der Nachricht steht, dass ich mit niemandem mein Essen teilen soll. Für euch gibt es Suppe hinter der Birke.« Sie zeigte auf einen Baum, der nicht weit von uns entfernt stand. »Und für mich ist dieses Paket.«

Nachdenklich legte ich meine Stirn in Falten. Hatte ich nicht eben an die Grausamkeit des Prinzen gedacht und nun schenkte er Elena ein Kleid und Lyra Essen? Was bezweckte er damit?

Wenig später erahnte ich die Beweggründe des Spielleiters, zumindest bei einem der beiden Geschenke. Es säte Unruhe und schaffte Neider. Die Gruppe fokussierte Lyra wie halb verhungerte Wölfe, die vor einem Knochen saßen. In meinem Fall ging es weniger darum, von dem frischen Brot und Schinken zu kosten. Vielmehr vertiefte sich meine Abneigung gegenüber Lyra. Ihr Verhalten hatte keine Belohnung verdient und dabei wurde mir eines klar: Der Schattenprinz verstand sich darauf, Grenzen zu testen.

Elena hatte sich umgezogen und saß nun in ihrem neuen flaschengrünen Kleid neben Mandy. Mit halbem Ohr hörte ich, wie sie ihr noch einmal die Spielregeln erklärte. Bei klarem Verstand müsste auch sie den Ernst der Lage nun erkennen.

»Eigentlich wäre ich jetzt zu Hause und säße am Esstisch mit meiner Familie«, sagte Robert, der neben mir saß und schwer seufzte. »Mein Vater würde mich zwar wieder mit diesem unerträglichen Blick ansehen, aber das wäre tausendmal besser, als in diesem Spiel gefangen zu sein.«

Im letzten Licht des Tages starrte ich in die wild zuckenden Flammen des Feuers. Seine Worte ergaben nicht viel Sinn für mich, dennoch kam der Wunsch in mir auf, mich an meine Familie erinnern zu können. Die Bitterkeit darüber versuchte ich mir nicht anmerken zu lassen. Lieber hüllte ich mich in Schweigen.

»Wo ist dein Zuhause?«, erkundigte sich Mandy.

Roberts Kopf wandte sich dem Mädchen zu. »Ein kleines Fischerdorf in Cornwall.« Der Ort sagte mir nichts, während die anderen wissend nickten.

»Warum hat das Spiel dich hergebracht?«, stellte ich ihm eine für mich viel wichtigere Frage. Wenn ich die Wünsche der anderen kannte, könnte ich erahnen, wie viel sie bereit waren, dafür zu riskieren, und sie so besser einschätzen. Unwillkürlich sah ich zu Lyra, die in der ersten Partie wohl die gleiche Idee gehabt hatte, als sie das von mir wissen wollte. Sie warf mir einen vielsagenden Blick zu, als würden wir ein Geheimnis teilen. Ich zuckte bloß mit den Schultern und wandte mich wieder Robert zu. Sein Kinn bebte. Es war ihm anzusehen, dass es ihm nicht leichtfiel, darüber zu sprechen, trotzdem tat er es. »Mein Zwillingsbruder ist letztes Jahr gestorben und ich möchte ihn zurück.«

»Das ist schrecklich«, sagte Elena.

»Ich habe ihn zusammen mit unseren Freunden zu einer bescheuerten Mutprobe überredet, und als er von einer Klippe ins Meer gesprungen ist … Er ist ertrunken.« Seine Worte lösten ein merkwürdiges, hohles Gefühl in mir aus. Kurz dachte ich, etwas würde sich in meinem Verstand regen und eine Erinnerung würde aufblitzen, doch alles blieb schwarz.

Mit meiner Frage hatte ich das nächste Gesprächsthema entfacht und wir erzählten uns reihum, was wir schmerzlich vermissten. Das spielte mir einerseits in die Hände, andererseits musste ich auch meinen Wunsch offenbaren.

Amit, der einer reichen britischen Offiziersfamilie als Diener verpflichtet war, wollte in seine Heimat Indien zurück.

Mandy, das wussten wir schon, wollte wieder gesund werden und Elena wünschte sich, dass ihr Vater wieder zu ihr nach Hause kam, der sie und ihre Mutter vor vier Jahren für eine Forschungsreise verlassen hatte und seitdem verschollen war.

Als ich zugab, dass ich mein Gedächtnis verloren hatte und es zurückwollte, bemerkte ich das Mitgefühl in den Gesichtern der anderen.

»Was ist mit dir, Lyra?«, fragte Robert. »Du bist die Einzige, die noch nichts zu ihrem Leben gesagt hat.«

Lyra presste die Lippen zusammen und wieder glitt ihr Blick zu mir. Statt zu antworten, verschränkte sie die Arme vor der Brust.

»Was?«, fragte Robert. »Bist du dir jetzt etwa zu fein, um mit uns zu sprechen? Selbst sitzen möchtest du nicht bei uns.«

Tatsächlich saßen alle nahe beieinander, während sie allein auf der anderen Seite des Feuers Platz genommen hatte.

»Was ist los mit dir?«, fuhr Robert sie an und ballte die Hände zu Fäusten. Seine Reaktion überraschte mich. Entweder war er impulsiver als angenommen oder das Gesprächsthema hatte ihn aufgewühlt. Ich tippte auf Letzteres.

»Robert, lass sie einfach«, beschwichtigte Elena. »Statt zu streiten, sollten wir uns ausruhen, damit wir für die nächste Partie die nötige Kraft haben.«

Er stieß langsam die Luft aus und nickte.

Ich blickte in die Runde und zum ersten Mal war mir ein Gedanke präsent: Jeder Wunsch war es wert, erfüllt zu werden. Das wusste nicht nur ich. Das wussten wir alle. Trotzdem konnte es nur einen Gewinner geben.

Die Umgebung wurde in Schwärze getaucht und plötzlich befand ich mich wieder auf dem Jahrmarkt, über dem eine gespenstische Atmosphäre lag. Die gesamte Szenerie war grau in grau. Passanten liefen mit gesenkten Köpfen in einem nicht enden wollenden Strom an mir vorbei. Auch sie hatten jegliche Farbe verloren. Ruckartig hielten sie inne und drehten ihre Köpfe zu mir. Dort, wo ihre Gesichter hätten sein sollen, erblickte ich nur Leere. Sie besaßen weder Augen noch eine Nase oder einen Mund, dennoch spürte ich ihre Blicke nahezu stechend auf mir.

»Du musst die Dunkelheit durchschauen«, hörte ich ihre tonlosen Stimmen. »Oder es wird dein Untergang sein.«

Schweißgebadet schreckte ich hoch. Ich durfte nicht verlieren!

Jemand hustete, und als ich mich umsah, bemerkte ich, dass es Mandy war. Elena strich ihr besänftigend über den Rücken und gab dem Mädchen einen Becher mit Wasser.

»Geht es wieder?«, flüsterte Elena.

Die beiden hatten noch nicht bemerkt, dass ich wach war. Ich legte mich wieder hin und starrte zum Sternenhimmel hinauf, während ich ihrer Unterhaltung lauschte.

»Ja, danke«, krächzte Mandy. »Anscheinend hatte die Zuckerwatte meine Symptome abgemildert, obwohl ich gehofft hatte, diese Welt würde dafür verantwortlich sein.«

»Das tut mir leid, aber vielleicht kann das Spiel dich heilen …« Elena rang mit ihren Worten, als führe sie einen inneren Kampf. Vermutlich dachte sie an ihren eigenen Wunsch, der sich nicht erfüllen würde, sollte Mandy gewinnen.

»Ich weiß, wie meine Chancen stehen«, unterbrach Mandy sie und klang mit einem Mal sehr erwachsen. »Weißt du, meine Eltern lassen mich kaum aus dem Haus, aus Sorge, mein Gesundheitszustand könne sich dadurch verschlechtern. Deshalb sehe ich das alles hier mehr als eine Möglichkeit auf ein letztes großes Abenteuer. Trotz der Gefahren ist diese Welt magischer als alles, was ich mir in meinen kühnsten Fantasien ausgemalt habe. Sollte ich also verlieren, könnte ich damit meinen Frieden schließen. Außerdem verdient ihr anderen den Sieg ebenfalls.«

»Das mag schon sein«, erwiderte Elena in sanftem Tonfall. »Aber keinem von uns droht auch außerhalb dieser Welt aus Schatten und Licht der Tod.«

Aber innerhalb, Elena, korrigierte ich sie in Gedanken. *Vor allem denen, die zu gutherzig sind und das Wohl anderer über das eigene stellen.*

Als die Schwärze der Nacht sich zu lichten begann, bemerkten wir eine einzelne Wand aus schweren Backsteinen, die vor unserem Lagerplatz stand. Verwirrt starrte ich darauf. Gestern war sie noch nicht da gewesen. Da ich stark bezweifelte, dass sie jemand während unseres Schlafes unbemerkt erbaut haben konnte, fragte ich mich, wie sie hierhergekommen war. Mir fiel eine Schleifspur auf, die in Richtung Norden zeigte und an der Wand endete, so als ob sie zu unserem Lagerplatz verschoben worden wäre. Die anderen wunderten sich ebenfalls über dieses Gebilde, aber wir konnten uns keine weiteren Gedanken dazu machen, weil der Sand in unseren Uhren beinahe vollständig durchgerieselt war.

Eilig begaben wir uns zu den Spielwächtern und stellten fest, dass sich noch etwas verändert hatte: Die Mauer, hinter der die nächste Partie lag, besaß plötzlich zwei Aussparungen, die mich an Türbögen erinnerten, nur war der Durchgang noch immer versperrt.

»Wir heißen euch zur zweiten Partie im Spiel des Schattenprinzen willkommen«, sagten die beiden wieder wie aus einem Mund.

»Macht euch bereit für die unheilvolle Umgebung des Sumpfes«, warnte uns die Fledermaus. »Die Hitze der Partie wird euch durstig machen, aber keine Sorge, es gibt genug saubere Wasserstellen, die euren Durst löschen werden. Doch seid gewarnt, meidet unbedingt das Sumpfwasser selbst und was darin treibt.«

Die anderen Spieler und ich tauschten besorgte Blicke aus. Was hatte das zu bedeuten?

»Gemäß den Regeln werden die Irrlichter als Lichtwesen euch den rechten Weg weisen«, fuhr sie fort. »Um die Partie abzuschließen, müsst ihr ihnen blind vertrauen und folgen. Sie werden euch sicher zum Ausgang führen.«

»Was für ein Lügner du doch bist!«, widersprach ihm das Zebra aufgebracht. »Ihr dürft den Worten meines Freundes keinen Glauben schenken. Natürlich dürft ihr nur von dem Sumpfwasser trinken, wenn ihr nicht von einem Schattenwesen verschlungen werden wollt. Keine Sorge, es wird beim Abschöpfen klar. Um die Irrlichter müsst ihr einen großen Bogen machen, denn wie ihr Name schon sagt, werden sie euch in die Irre führen. Bleibt auf dem Weg, sonst lauft ihr Gefahr, vom Sumpf verschluckt zu werden. Und behaltet unbedingt eure Sanduhren im Blick, denn die Zeit, sie rinnt.«

»Was soll das?«, erboste sich die Fledermaus. »Mich als einen Lügner zu bezeichnen! Ich sollte dir einen Schlag auf dein Pferdemaul verpassen, um dich zum Schweigen zu bringen.« Plötzlich fixierte er Elena. »Ein hübsches Kleid, das du da anhast, meine Kleine.«

Elena sah ihn verdutzt an. Und auch ich wunderte mich, was das jetzt sollte.

»Zieh es lieber aus, sonst geht es kaputt«, riet das Zebra.

»Was? Nein!«, widersprach Elena.

»Lass die junge Frau in Ruhe«, meckerte die Fledermaus.

Sie fingen lauthals an zu streiten und wir konnten nicht anders, als sie stumm anzustarren.

Viele ihrer gesagten Worte ergaben keinen Sinn. Wie die Aussage, dass der Schattenprinz eine Figur platziert hatte, die nicht greifbar war und von unserer Kraft zehrte.

»Geht jetzt rein, sonst wird die überschrittene Zeit euer Ende sein«, wandte sich das Zebra an uns.

Die beiden Figuren traten auseinander und gaben den Blick auf einen Wegweiser frei. Die beiden Pfeile zeigten auf je einen Türbogen in der Mauer und waren mit unseren Namen beschriftet. Auf dem einen stand Amit, Lyra und Robert und auf dem anderen Mandy, Elena und Alexander.

»Wählt den Eingang, der mit eurem Namen versehen ist«, sagten die beiden unisono. »Sie werden euch an verschiedene Stellen des Sumpfes bringen.«

»Was? Wieso werden wir getrennt?«, rief ich zornig.

Was fällt den Spielwächtern ein?

»Es gibt in einer Truhe noch einen Extrapreis, nur für die schnellste Truppe«, verriet das Zebra.

»So ein Unsinn! Aber kleinere Gruppen machen das Überleben schwerer«, erklärte die Fledermaus.

»Behaupte nicht immer, ich würde Unsinn erzählen«, zeterte das Zebra.

Elena beobachtete die beiden Streithähne.

»Entschuldigung«, wollte sie auf sich aufmerksam machen, aber sie hörten nicht.

»Entschuldigung!«, brüllte sie nun und erst dadurch unterbrachen sie ihr Streitgespräch und blickten fragend zu ihr. »Wem von euch beiden dürfen wir jetzt glauben?«

»Das, mein liebes Kind, müsst ihr selbst herausfinden, aber so viel sei gesagt: Auch wenn nur einer von uns die Wahrheit spricht, kann diese genauso gefährlich sein, wie die Lüge es ist«, sagten sie wieder wie aus einem Mund.

»Aber wenn ihr uns das nicht verratet, könnten meine Freunde oder ich zu einem Schattenwesen werden«, gab Elena nicht auf.

Das Wort Freunde ließ mich unwillkürlich zusammenzucken. Sie verstand es einfach nicht! Ich ballte die Hand zur Faust. Wir waren keine Freunde, wir waren Konkurrenten. Wenn sie das nicht begriff, dann ...

»Genau das ist der Sinn des Spiels«, erwiderte die Fledermaus und ihre Mundwinkel zuckten, als unterdrücke sie ein Lachen.

»Es kann nur einen Gewinner geben. Und jetzt geht rein, sonst wird die überschrittene Zeit euer Ende sein«, wiederholte das Zebra seine Anweisung.

Die anderen Spieler und ich blickten uns unsicher an, als mein Arm wieder anfing zu kribbeln – und zwar genau an der Stelle, an der sich die Sanduhr befand. Die letzten Körner rieselten hindurch.

Da die anderen ihre Tätowierung ebenfalls eingehend musterten, wusste ich, dass sie dasselbe spürten. Wir mussten los. Sofort!

Lyra war die Erste, die durch den Bogen trat und sich unschlüssig vor der dahinterliegenden zweiten Mauer umsah.

»Wir sollten uns nicht trennen«, gab Robert zu bedenken.

Er hatte recht. Entschlossen marschierte ich auf Lyra zu, doch als ich den Eingang passieren wollte, prallte ich mit meiner Stirn hart gegen eine unsichtbare Barriere. Ich wich zurück und rieb mir über die schmerzende Stelle.

»Wählt den Eingang, der mit eurem Namen versehen ist«, wiederholten die Spielwächter.

Zornig funkelte ich sie an.

»Anscheinend haben wir keine Wahl«, knurrte ich und lief zu meinem Eingang.

Robert und Amit gesellten sich zu Lyra. Mandy folgte mir. Nur Elena schaute noch immer frustriert zwischen den beiden Wächtern hin und her.

»Komm schon!«, trieb ich sie zur Eile an. Dieses Mädchen machte mich wahnsinnig.

Ich warf einen letzten Blick auf die Sanduhr – sie war oben leer. Mein Herz begann zu rasen, während Elena sich endlich in Bewegung setzte.

Kaum hatte sie die Partie betreten, begann sich die Mauer hinter uns zu verschieben. Mit einem ohrenbetäubenden Knall kesselte sie uns ein und die Finsternis verschluckte uns. Wir saßen fest. Vor uns die eine Mauer. Hinter uns die andere. Was sollten wir jetzt tun?

DER SUMPF DES TODES

Elena

Finsternis und Totenstille umfingen uns, nachdem die Mauer sich geschlossen hatte. Würde die nächste Partie etwa in völliger Dunkelheit ablaufen? Mein Puls dröhnte mir in den Ohren. Die Schwärze legte sich um mich wie ein Mantel aus Blei. Sie schien alles zu verschlucken. Selbst das Atmen von Mandy und Alex kam mir seltsam gedämpft vor. Und diese Hitze. Mir wurde schrecklich heiß. Es war, als wäre ich lebendig begraben worden. Schweiß brach mir aus.

Bitte nicht, bat ich in Gedanken. Das würde ich nicht aushalten.

Als hätte jemand mein stummes Flehen vernommen, erschien aus dem Nichts eine Lichtquelle. Goldene Buchstaben schrieben sich wie von selbst auf die Mauer vor uns.

»Folgt dem Weg bis zum Baum, dort findet ihr zum nächsten Raum. Doch vor dem Nebel seid gewahr, der Geist bringt eure Lebensenergie in Gefahr«, las Mandy flüsternd vor. »Wir müssen also einen Baum finden, an dem uns ein Geist erwartet?« Mandys Brauen schoben sich beunruhigt zusammen.

Die Vorstellung schürte Angst in mir, die meinen Magen gefrieren ließ. Geschichten über die ruhelosen Seelen der Verstorbenen hatten mir stets ein ungutes Gefühl beschert. Die Kälte in meinem Bauch stand im Widerspruch zu der Hitze im Sumpf. Mit dem Handrücken wischte ich mir den dünnen Schweißfilm von der Stirn.

»Mit dem nächsten Raum ist wohl der Ausgang aus der Partie gemeint und der Geist könnte ein anderes Wort für Schattenwesen sein«, gab Alex zu bedenken.

Nach und nach verblasste die Schrift, während sich gleichzeitig die Mauer verschob, wie ein Theatervorhang, der zur Seite gezogen wurde, und die Szenerie enthüllte. Eine karge Sumpflandschaft erstreckte sich vor uns. Die Vegetation war schrecklich eintönig. Alles war braun in braun und wirkte, als wäre es mehr tot als lebendig, selbst die knorrigen Baumstämme, die vereinzelt in der Landschaft aufragten. Auch das Licht war hier wieder seltsam fahl und das satte Rosa von Mandys Kleid wirkte deutlich blasser als zuvor. Von den anderen drei Spielern fehlte jegliche Spur. Wo sie wohl herausgekommen waren?

Schnell schaute ich auf meine Sanduhr, die sich erneut umgedreht hatte. Die Körner rieselten langsam durch das Glas.

Noch immer rätselte ich über die widersprüchlichen Aussagen der Spielwächter.

»Habt ihr eine Ahnung, was das Ganze soll? Auf welchen Spielwächter sollen wir hören?«, fragte ich.

Alex' Miene nahm einen harten Zug an. »Besser, wir trauen beiden nicht und sind vorsichtig, was den Geist angeht.«

»Und wenn sie doch etwas Hilfreiches gesagt haben? Einfach beide zu ignorieren, erscheint mir kein besonders kluges Vorgehen zu sein«, wandte ich ein.

»Wenn du mir sagen kannst, wer der Vertrauenswürdigere ist – nur zu.« Alex machte eine ausladende Geste mit der Hand.

Ich biss mir auf die Unterlippe.

»Dachte ich es mir doch«, sagte er. Sein überheblicher Tonfall störte mich gewaltig und ich wollte gerade etwas erwidern, als Mandys Stimme erklang.

»Das heißt, wir trinken nichts«, stellte sie mit einem resignierten Seufzen fest.

Bedauernd schüttelte ich den Kopf. Ich erinnerte mich an ihren nächtlichen Hustenanfall und betete, dass sich dieser nicht wiederholen würde. Denn nur Wasser hatte ihr geholfen.

Der zuvor erwähnte Weg glich einem Trampelpfad. Ihm zu folgen war bereits die erste Hürde in der Partie, weil er sich regelmäßig zwischen dichten Sumpfpflanzen und Morast verlor. Außer dem schmatzenden Geräusch, das unsere Schuhe bei jedem Schritt erzeugten, war nichts zu hören. Kein laues Lüftchen wehte und auch Tiere schien es keine zu geben. Eine geradezu unheimliche Stille lag über dem Sumpf.

Wir passierten eine Stelle mit klarem Wasser, aus der heraus dichtes beiges Schilf wuchs. Es sah vollkommen ungefährlich aus, verlockte regelrecht, daraus zu trinken. War das das Zeichen, es besser nicht zu tun? Gerade weil es so verheißungsvoll war?

Je tiefer wir uns in das Sumpfgebiet hineinwagten, desto unerträglicher wurde die Hitze und desto unangenehmer roch es nach verfaultem Gras und feuchter Erde. Das Wasser schlug um, wurde zu einer bräunlichen Brühe, die stinkende Blasen warf. Mir wurde ganz flau davon.

»Hoffentlich kommen wir schnell wieder hier heraus«, bemerkte ich.

»Schau mal, die gelben Blumen dort.« Mandy deutete auf unscheinbare Blüten, die aber auf den zweiten Blick in dieser Umgebung geradezu herausstachen. »Sie leuchten wie Sonnenstrahlen, die in den Sumpf gefallen sind.«

»Stimmt, sie sind wunderschön. Aber ohne die Angst, von einem Schattenwesen angegriffen zu werden, würde mir der Sumpf bedeutend besser gefallen. Dann hätte ich auch ein Auge für die Wunder dieser Welt.«

Mandy blickte mich an, als begriffe ich etwas ganz Essentielles nicht. »Aber Elena, ohne die Schatten gäbe es doch kein Licht.«

Zuerst zog ich die Stirn kraus, doch beim Weitergehen fokussierte ich mich auf die gelben Blumen und verstand dabei: Trotz der Gefahren, die hier lauerten, tat dies der Schönheit der Gewächse keinen Abbruch. Selbst in den schlimmsten Situationen gab es noch etwas Reines und Gutes, ich musste es nur wahrnehmen wollen. Ich selbst bestimmte, wohin ich meine Aufmerksamkeit lenkte. Und niemand, auch nicht der Schattenprinz, konnte mich zwingen, nur noch dem Grauen in diesem Spiel einen Platz in meinem Herzen zu geben.

Auf einmal krallte Mandy sich in meinen Unterarm. »Sieh nur, dort drüben. Was sind das für Wesen?«

Ich folgte ihrem Blick und sah, wie zwischen den weißen Stämmen der Birken, die aus dem Sumpfwasser emporragten, kleine Lichtpunkte umherschwirrten.

»Irrlichter«, stellte ich fest.

Ich folgte dem Schwarm mit den Augen. Nahezu anmutig schwebten sie über den Sumpf, flogen direkt auf uns zu. Sie sahen aus wie winzige Sterne und schienen mich auserwählt zu haben, denn sie umkreisten mich. Völlig fasziniert starrte ich sie an. Es war, als wäre ich das Zentrum ihrer Welt. Ich fühlte mich geliebt und wahrgenommen und ihr Sirren glich einem Lockruf.

»Sie weisen uns den Weg«, wisperte ich andächtig. »Die Lichtwesen werden uns helfen.«

Die Irrlichter flogen voraus. Gebannt löste ich Mandys Hand von meinem Arm und setzte einen Fuß vor den anderen.

»Sie sind wunderschön«, flüsterte Mandy und folgte mir.

»Mandy, Elena, wir sollten …«, sagte Alex, doch seine Worte gingen in dem Flügelschlagen der Insekten unter.

Der Boden unter mir wurde immer weicher und mit jedem Schritt versank ich tiefer im Matsch, doch es war mir egal. Eine kribbelnde

Wärme erfüllte mich, vertrieb die eisige Angst in meinem Magen und ersetzte sie mit einer Gewissheit: Die Irrlichter würden mich sicher ans Ziel führen.

Bald schon reichte mir der Schlamm bis zu den Knöcheln und es kostete mich einiges an Anstrengung weiterzugehen.

Plötzlich riss mich jemand ruckartig am Arm herum. »Elena, komm zu dir!«, knurrte Alex.

Erschrocken über seinen Tonfall hielt ich inne. Weshalb war er so aufgebracht? Es war mir ein Rätsel, wie irgendjemand beim Anblick dieser zarten Geschöpfe so schlecht gelaunt sein konnte. Auch die leuchtenden Wesen machten kurz halt, aber umkreisten mich schon bald erneut. Ihr Sirren schwoll an. Ich versuchte, mich loszureißen, doch Alex' Griff war eisern. Irgendwie gelang es mir trotzdem, einen Schritt nach vorne zu machen, woraufhin ich tiefer im Morast versank.

»Elena!« Alex zerrte weiterhin an mir. Verstand er denn nicht, dass die Irrlichter unsere Freunde waren? Wir mussten ihnen nur vertrauen.

»Warum lässt du sie nicht gehen?«, fragte Mandy. »Die Fledermaus hat doch gesagt, wir sollen den Irrlichtern folgen.«

Alex stöhnte frustriert. »Merkt ihr denn nicht, was hier vor sich geht? Sie führen uns in die Irre, genau wie das Zebra es vorausgesagt hat. Seht euch nur mal um! Wir sind schon viel zu weit vom Weg abgekommen und stecken knöcheltief im Schlamm fest. Bald kommen wir hier gar nicht mehr raus.« Bei seinen letzten Worten verstärkte sich sein Griff und ich wandte mich zu Alex um. Mit einem Ruck entriss ich ihm meinen Arm.

Mandy schaute stumm zu Alex, blinzelte, und je länger sie ihn ansah, desto mehr klärte sich ihr Blick, genau wie der meine. Ich sah an mir herab und bemerkte, dass ich bis zur Wade im Schlamm eingesunken war. Der Saum meines flaschengrünen Kleides war vollkommen besudelt.

»O nein.« Ich versuchte, mein Bein aus dem Sumpf zu ziehen, doch je mehr ich mich bewegte, desto tiefer sank ich ein.

Erleichtert atmete Alex auf. »Endlich begreift ihr den Ernst der Lage.«

»Wie konnte das passieren?«, jammerte Mandy.

Als mir klar wurde, dass ich feststeckte, erfasste mich Panik. Hektisch schlug ich mit meinen Händen um mich, um den Schwarm zu vertreiben, der mich umschwirrte, doch die Irrlichter ließen nicht von mir ab. Wie konnte etwas so Schönes so böse sein? Ich blinzelte. Nein, ich würde mich nicht erneut in ihren Bann ziehen lassen.

»Irgendetwas an dir scheint sie anzuziehen«, stellte Alex aus zusammengekniffenen Augen fest. Dann richtete er den Blick demonstrativ auf den Boden. »Schaut sie nicht an, dann geht es leichter.«

Ich tat es ihm gleich und tatsächlich half es, einen klaren Kopf zu behalten.

»Angenommen, das Zebra hat die Wahrheit gesprochen«, setzte ich an. »Was hat es noch gleich über mein Kleid gesagt? Ich solle es ausziehen, oder?«

»Das Kleid!« Mandy riss die Augen auf. »Du musst es loswerden. Schnell.« Sie streckte ihre Hand nach mir aus, als wolle sie es mir am liebsten sofort vom Leib reißen.

Dabei fiel mir erneut die Schattenmarkierung auf ihrer Haut auf, die sie seit dem Verlassen des Jahrmarktes trug. Pechschwarz und bedrohlich erinnerte sie uns allezeit daran, was passieren würde, wenn Mandy eine weitere Aufgabe nicht löste: Sie würde sich in ein Schattenwesen verwandeln. Meine Kehle wurde eng bei dem Gedanken an das grausame Schicksal, das uns allen drohte, sollten wir versagen.

Das Kleid auszuziehen, war keine Option, wenn ich nicht ebenfalls eine Schattenmarkierung riskieren wollte.

Noch einmal schlug ich wie wild mit den Armen über meinem Kopf herum. »Verschwindet!«, befahl ich. »Lasst mich in Ruhe!« Die Irrlichter hörten nicht auf mich. »Was soll ich denn jetzt machen? Wenn ich das Kleid ausziehe, verliere ich die Aufgabe und wäre zudem … nackt«, wies ich die beiden auf das Offensichtliche hin.

»Da gibt es Schlimmeres«, murmelte Alex und ließ dabei offen, welchen Teil meiner Aussage er meinte. Seine Worte waren mir keine große Hilfe. Um die Schattenmarkierung zu vermeiden, musste ich die Sache anders angehen. Ich kniff die Augen zusammen, damit die Irrlichter mich nicht länger ablenkten.

Es war ein Rätsel. Es musste eines sein. Der Schattenprinz hatte mich zwar dazu aufgefordert, das Kleid während dieser Partie zu tragen. Doch er hatte nichts davon gesagt, dass es auch sichtbar sein musste.

»Gib mir deinen Gehrock.«

»Wie bitte?« Alex blinzelte überrascht.

»Wärst du so freundlich, mir deinen Gehrock zu leihen, damit er mein Kleid verhüllt? Denn ausziehen werde ich mich ganz bestimmt nicht.«

»Das ist gar keine dumme Idee.« Sein Mundwinkel verzog sich zu einem verkniffenen Lächeln. Schnell wand er sich aus dem schwarzen Mantel und streckte ihn mir entgegen.

Noch immer war Alex' Hemd bis zum Hals zugeknöpft. Auch war er der Einzige, der lange Ärmel trug. Bestimmt schwitzte er furchtbar und war insgeheim froh, den Gehrock los zu sein.

Ich zog ihn mir über und roch unauffällig daran. Ein angenehm würziger Duft nach Tannennadeln und Holz stieg mir in die Nase – kein Schweiß. Wie machte er das nur?

Der Gehrock war tatsächlich lang genug, um mit dem Saum meines Kleides abzuschließen, ansonsten aber viel zu weit. Außerdem verdeckte er, bis auf die Stelle an meinem Handrücken und dem Mittelfinger, einen Großteil meiner mir verhassten Tätowierungen. Schnell knöpfte ich ihn vor der Brust zu, und kaum war das Kleid verhüllt, verloren die Irrlichter an mir das Interesse und verschwanden eines nach dem anderen zwischen den Birkenstämmen.

»Es hat funktioniert«, stellte Mandy fest und stieß erleichtert die Luft aus.

»Ja.« Ich wischte mir den Schweiß von der Stirn. »Das war knapp. Wir sitzen ganz schön in der Tinte, was?«

»Im Matsch«, korrigierte mich Alex und ein seltenes, ehrliches Lächeln erschien auf seinem Gesicht.

Mandy, die nur bis zu den Knöcheln im Schlamm feststeckte, schaffte es aus eigener Kraft, sich zu befreien, und stapfte voran.

Ich versuchte mit viel Mühe, mich zu rühren, aber es war unmöglich. Der Sumpf saugte an meinem Fuß, zog ihn unerbittlich zu sich hinab.

»Lehn dich an mich, ich halte dich«, sagte Alex.

Ich blickte ihn skeptisch an. »Aber nicht, dass du mir wieder vorwirfst, dich als Kissen zu missbrauchen«, erinnerte ich ihn an seine forschen Worte vor dem Karussell.

»Solange du nicht wieder auf mich fällst, werde ich das unterlassen.«

Ich kniff die Augen zusammen. »Als ob das meine Schuld …«

»Elena, das war ein Scherz«, unterbrach er mich. »Los, lass dir von mir helfen oder ziehst du eine zeitverschwendende Diskussion vor?«

Ein Murren kam mir über die Lippen, dennoch wandte ich ihm den Rücken zu und lehnte mich zurück.

Seine Hände umfassten meine Arme und meine Haut prickelte dort, wo seine Finger mich hielten. Ich spürte seinen Atem in meinen Haaren und ein nervöses Kribbeln breitete sich in mir aus, das durch meine Nervenbahnen zog.

Der veränderte Winkel gab mir die Möglichkeit, mein Bein mit beiden Händen zu umklammern und es unter größter Kraftanstrengung hinauszuziehen.

»Sehr gut.« Alex drückte meinen Arm.

Ich drehte mich mit dem Oberkörper halb zu ihm nach hinten und für einen kurzen Moment verbanden sich unsere Blicke.

Er machte einen Schritt zurück, während ich mich aufrichtete, griff nach meiner Hand und zog kräftig daran. Es kostete mich große Mühe, auch den zweiten Fuß zu befreien. Als es mir schließlich gelang, stolperte ich durch den Schwung, den diese Befreiung mit sich brachte, und prallte gegen Alex' Brust.

In seinen Augen blitzte es amüsiert und er wollte gerade etwas sagen.

»Nein«, kam ich ihm zuvor. »Ich bin nicht gefallen, nur gestolpert. Das ist nicht das Gleiche.«

Erst dachte ich, er würde anfangen zu lachen, stattdessen wurde sein Blick eindringlich und er ließ seine Augen über mein Gesicht wandern. Hitze kroch mir in die Wangen, und während ich so dicht vor ihm stand, bemerkte ich zum ersten Mal die feine Narbe an seiner Augenbraue. Vermutlich konnte er sich nicht daran erinnern, woher er diese hatte. In mir machte sich der Drang breit, sie zu berühren und darüberzustreichen. Meine Hand zuckte bereits, und als hätte er meine Gedanken erraten, verhärtete sich sein Blick. Das Grau seiner Iris wurde dunkel.

»Schaffst du es alleine zu Mandy?«, fragte er und klang mit einem Mal merkwürdig distanziert.

Es versetzte mir einen Stich, dass er mich nun wieder so abweisend ansah. Waren seine Augen eben noch flüssiges Silber gewesen, so waren sie nun hartes Metall. »Ja, ich denke schon.«

Langsam watete ich zurück. Dabei konnte ich Alex' Blick auf mir ruhen spüren. Er brannte sich durch den Stoff hindurch und mir wurde heiß im Nacken.

Fortan achtete ich penibel darauf, dass kein Fitzelchen meines Kleides durch den Gehrock lugte, denn ich wollte nicht riskieren, die Irrlichter erneut anzuziehen wie das Licht die Motten.

Obwohl ich es nicht für möglich gehalten hatte, roch die Umgebung immer unerträglicher. Ein süßlich fauliger Geruch brannte sich in meine Nase und drehte mir den Magen um. Übelkeit stieg in mir auf, die für einen kurzen Moment in Vergessenheit geriet, als ich aus dem Augenwinkel eine Bewegung unter der Wasseroberfläche wahrnahm. Erschrocken setzte mein Herz einen Schlag aus. Angestrengt starrte ich durch das dichte Schilf hindurch und entdeckte schließlich einen dunklen Fleck, der dicht unterhalb der trüben Brühe trieb.

»Was ist das?«, fragte ich in einer viel zu hohen Tonlage und deutete darauf.

Alex ging in die Hocke und betrachtete den Schatten mit zusammengeschobenen Augenbrauen. »Ich weiß es nicht.« Er klang beunruhigt.

»Lasst mich mal sehen.« Mandy näherte sich mit einem Ast, den sie vom Boden aufgehoben hatte, und berührte mit der Spitze den Schatten. Als sie ihn anstieß, trat er an die Oberfläche.

Mandy zuckte zurück und schrie. Auch meiner Kehle entwich ein spitzer Schrei und Alex keuchte laut auf. Vor uns im Sumpf trieb eine Leiche. Helle bläuliche Haut zog sich über das aufgedunsene Gesicht eines Mannes. Der gesamte Körper des Toten war aufgequollen und der Anblick ließ mich erzittern.

»Da sind noch mehr«, wisperte Mandy und deutete mit dem Ast auf die Silhouetten, die sich im Sumpf abzeichneten.

»Grundgütiger«, hauchte ich, als mich das nackte Grauen packte. So viele dunkle Flecken, so viele beendete Leben. Ob die Irrlichter dafür verantwortlich waren? Hatten sie all diese unglücklichen Seelen in den Sumpf gelockt und ertrinken lassen? Wäre das auch unser Schicksal geworden, hätte Alex nicht so besonnen reagiert? »Kann … kann es sein, dass beide Spielwächter gelogen haben?«, fragte ich erschüttert. Erst die Irrlichter, jetzt das Sumpfwasser … Hatten sie uns beide tödliche Fallen gestellt? Aber warum hatten sie dann betont, dass einer von ihnen die Wahrheit sprach?

Ein Wimmern entwich Mandy.

»Wir sollten weitergehen«, bestimmte ich, wobei es mir nicht gelang, das Zittern gänzlich aus meiner Stimme zu verdrängen. »Ich will diesen verdammten Baum finden, selbst wenn es bedeutet, auf einen Geist zu treffen. Wir müssen endlich hier weg.«

Alex erhob sich und nickte ernst. »Es ist ohnehin schon zu viel Zeit verstrichen. Beinahe die Hälfte ist um.«

»So lange wandern wir hier schon umher, ohne etwas gefunden zu haben?« Ich warf einen erschrockenen Blick auf die Sanduhr an meinem Arm, die Alex' Worte bestätigte. Ein großer Teil des schwarzen Sandes befand sich am Boden des Glases.

Ich wandte mich zum Gehen, doch Mandy war wie zur Salzsäule erstarrt. Besorgt hielt ich inne, legte ihr eine Hand auf die schmächtige Schulter und da erst merkte ich, dass diese bebte. »Mandy«, sprach ich sie sanft an.

Mit schreckgeweiteten Augen starrte sie mich an. »Ich will das alles hier nicht mehr«, schluchzte sie.

Bestürzt sah ich, wie Tränen ihre Wangen hinabkullerten und auf ihr rosafarbenes Kleid tropften. Wieder einmal wirkte sie wie ein Kind und es erschien mir schrecklich falsch, dass ausgerechnet sie sich an einem Ort wie diesem befand.

Obwohl ich selbst noch unter Schock stand, denn der Anblick der Sumpfleiche war etwas, das ich nie wieder vergessen würde, bemühte ich mich, stark zu sein, weil Mandy das brauchte. Ich musste sie unbedingt beruhigen, damit wir es gemeinsam heil hier herausschafften.

»Ich weiß«, versuchte ich sie zu trösten. »Wir alle wollen das hier nicht, aber uns bleibt keine andere Wahl. Der einzige Weg nach Hause besteht darin, bis zum Ende durchzuhalten.«

»Ich sterbe, damit habe ich mich abgefunden, auch wenn ich schreckliche Angst vor dem Ende habe, aber doch nicht so. Nicht hier.« Mandy warf in einer verzweifelten Geste die Hände in die Luft und verbarg anschließend ihr Gesicht darin. »Ich will zurück zu meiner Familie«, murmelte sie undeutlich gegen ihre Handflächen. »Warum nur habe ich diese Spieluhr aufgezogen? Ich wünschte …«

Ich konnte sie so gut verstehen, denn ich wünschte ebenfalls, ich hätte die Spieluhr nie entdeckt. Rasch zog ich Mandy in meine Arme und versuchte, das Grauen der um uns herumschwimmenden Wasserleichen zu verdrängen, indem ich die Augen schloss. Ich spürte, wie Mandy ihre Hände vom Gesicht löste und sanft auf meinen Rücken legte, während ihr Körper weiterhin bebte. Ihr Griff um meinen Rücken verstärkte sich und ihr zarter Duft nach Rosenblüten stieg mir in die Nase. Ich sog ihn tief ein, verdrängte er doch den Geruch der Verwesung für einen winzigen Augenblick. Gleichzeitig rief er in mir die Erinnerung an meine Mutter wach und weckte die Sehnsucht, von ihr in den Arm genommen zu werden. Die letzte Umarmung war viel zu lange her.

»Du hast doch vorhin gesagt, ohne Schatten gäbe es auch kein Licht. Wie wäre es, wenn wir nach dem Licht Ausschau halten? Sieh mal, dort hinten sehe ich ein paar gelbe Punkte. Bestimmt sind es weitere Blumen.«

Mandy löste sich aus meiner Umarmung, schniefte und blickte in die Richtung, die ich ihr gewiesen hatte. Sie pfriemelte nach einem Taschentuch, das sie aus einer ihrer Rocktaschen hervorzog.

»Wir müssen weiter. Wenn wir es lebend hier herausgeschafft haben, können wir versuchen, das alles zu verarbeiten, aber jetzt ist nicht der richtige Moment dafür«, trieb Alex uns zur Eile an.

Ich blickte ihn böse an, doch er zuckte nur die Achseln. Ein wenig störte mich sein rationales Verhalten in dieser emotionalen Lage, obwohl er natürlich recht hatte.

Mandy wischte sich indes die Tränenspuren von den Wangen. »Es geht schon wieder«, sagte sie und klang auf einmal entschlossen. »Ich werde das hier überstehen und zu meiner Familie zurückkehren und zu meinem Klavier.«

Das ließ mich aufhorchen. »Du spielst Klavier?«, fragte ich, um sie abzulenken.

Zerstreuung half auch mir, wenn ich traurig war oder Angst hatte. Ich hatte sie in Geschichten gefunden, meine Mutter in ihrem Garten.

Alex ging erneut voraus und wir folgten ihm.

»Ja, die Musik bedeutet alles für mich«, antwortete Mandy. »Sie tröstet mich, wenn ich traurig bin. Musik ist perfekt, weißt du? Die Klänge der Sonaten, die ich spiele, lassen mich vergessen, wie geschwächt mein Körper in Wahrheit schon ist. Wenn ich spiele, dann bin ich in einer anderen Welt. Die Töne erfüllen mich, sie …« Mandy hustete. »Sie sind …« Sie hustete erneut, diesmal deutlich lauter und angestrengter.

Meine Gedanken überschlugen sich und ich dachte an gestern Nacht. Mandy durfte hier keinen Hustenanfall erleiden. »Lasst uns kurz rasten«, schlug ich deswegen vor.

»Kommt nicht infrage«, sagte Alex, aber ich ignorierte seinen Widerspruch. Stattdessen half ich Mandy, die weiterhin hustete, sich auf einen Stein zu setzen.

»Elena«, kam Alex mein Name wie eine Drohung über die Lippen, während die Wut in mir hochkochte, aber ich ließ mir vor Mandy nichts anmerken.

»Entschuldigst du uns kurz? Ich muss eben mit Alex sprechen.«

Sie wirkte nicht begeistert, nickte aber. Keine Sekunde später packte ich ihn am Ärmel und zog ihn mit mir.

Außer Hörweite von Mandy ließ ich ihn los. »Mandy geht es nicht gut. Siehst du das nicht?«, zischte ich.

»Schon, aber meinst du nicht, es wird ihr noch schlechter gehen, wenn sie sich nach Ablauf der Zeit in ein Schattenwesen verwandelt?« Er trat einen Schritt an mich heran. »Dir blüht dieses Schicksal im Übrigen auch, genauso wie mir. Willst du wirklich dein Leben riskieren für …«

Er sprach nicht weiter, aber ich wusste, was er sagen wollte. *Willst du wirklich dein Leben riskieren für einen Menschen, der dem Tode geweiht ist?*

Ich reckte trotzig mein Kinn. »Ich werde alles dafür tun, damit wir unbeschadet nach Hause kommen. Ich dachte, in dem Punkt wären wir uns ähnlich, aber da habe ich dich wohl falsch eingeschätzt.«

Alex zog die Augenbrauen nach oben. »Tatsächlich? Wie hast du mich denn eingeschätzt?« Ein warnender Unterton hatte sich in seine Stimme geschlichen und in seinen Augen lag etwas Lauerndes.

»Ich dachte, du wärst mitfühlender. Immerhin hast du mir mit den Nüssen geholfen. Aber anscheinend bist du einfach nur egoistisch.«

Seine Miene verhärtete sich.

»Du nennst es Egoismus, ich nenne es Überlebenswille«, knurrte er. Seine Augen waren hart wie Metall. Wieder meinte ich, es dahinter brodeln zu sehen wie bei einem Unwetter.

»Du willst überleben, und zwar um jeden Preis?«

»Und du willst sterben, für jemanden, der ohnehin nicht mehr lange lebt?« Wir starrten uns zornig an, bis Alex schnaubte.

»Wie naiv! Aber eigentlich hätte ich mir das denken können.«

»Wie bitte?!« Ich schnappte nach Luft.

»Pass auf, ich verrate dir jetzt mal etwas.« In seinen Augen lag ein gefährliches Funkeln. »Ich sehe keinen Sinn darin, dass du für deinen Vater gewinnen willst. Schließlich hat er dich, ohne mit der Wimper zu zucken, einfach verlassen.«

Prompt brannten Tränen in meinen Augen, weil Alex meinen wunden Punkt getroffen hatte. Mein Vater hatte sich schon vor seiner Forschungsreise von uns zurückgezogen und viel Zeit mit seinen Studien verbracht, deshalb fragte sich ein Teil von mir manchmal: Was wäre, wenn er gar nicht verschollen war, sondern bloß nicht zu meiner Mutter und mir zurückkehren wollte? Wenn ihm die Wissenschaft wichtiger war als wir?

Vor Wut und Verbitterung konnte ich nicht klar denken. »Du aufgeblasener Schuft! Du …«

Alex' Miene blieb hart. »Ich bin ein Schuft, weil ich dir die Wahrheit vor Augen halte? Du solltest den Menschen nicht so schnell vertrauen, ihnen kein Mitgefühl schenken, vor allem, wenn sie dich bereits enttäuscht haben.«

Er wiederholte damit, was er in ähnlichen Worten bereits gestern gesagt hatte, und es stimmte mich traurig, dass das anscheinend seine tiefe Überzeugung war. Doch ich gab dieser Traurigkeit keinen Raum.

»Du tust mir leid.« Verachtung lag in meiner Stimme. »Mitgefühl ist das, was uns menschlich macht und uns von Monstern wie diesem Schattenprinzen unterscheidet.«

Ich konnte sehen, wie Alex schluckte.

»Hört auf zu streiten«, sagte Mandy, die nicht länger auf dem Stein saß, sondern an uns herangetreten war. »Was ist nur in euch gefahren?« Enttäuschung blitzte in ihren Augen auf. »Wisst ihr, wer von euch recht hat?« Sie sah zwischen uns hin und her. »Keiner! Es führt zu nichts, sich mit Worten zu verletzen. Ganz im Gegenteil, es nimmt euch die Hoffnung, das Licht in dieser Dunkelheit. Aber genau das ist es, was man in diesem Spiel unbedingt …«

Wieder hustete sie, doch diesmal hörte es nicht auf.

Sie stand nach vorne gekrümmt da und presste sich ihr Taschentuch vor den Mund, während ihr Kopf sich rot verfärbte. Voller Entsetzen bemerkte ich die roten Spritzer auf dem Taschentuch. Beruhigend legte ich ihr eine Hand auf den Rücken.

»Atme tief durch und versuch, das Kratzen zu ignorieren, dann verschwindet der Husten«, sagte Alex, doch diesmal war es so schlimm wie noch nie. Ein paar gute Ratschläge würden daran nichts ändern.

»Sie braucht Wasser«, sagte ich mehr zu mir selbst und wandte mich dann an Alex. »Die saubere Quelle, die wir zu Beginn passiert haben. Darin trieben keine Leichen, oder? Ich könnte zurück …«

»Nein!«, unterbrach Alex mich brüsk und sein Blick brannte sich in meinen. »Das ist zu gefährlich.«

»Wir werden das Risiko wohl eingehen müssen«, sagte ich und blickte ihn aus zusammengekniffenen Augen an.

»Elena, nicht«, keuchte Mandy. Sie krümmte sich und hustete sich die Seele aus dem Leib.

Ohne Vorwarnung stürzte Mandy an uns vorbei, folgte dem Weg tiefer in das Sumpfgebiet hinein, wohl in der Hoffnung, bald das Ende der Partie zu erreichen. Ihr trockener Husten war so laut, dass ich fürchtete, es würde ihr jeden Moment die Lunge zerreißen, doch gleichzeitig trieb er sie an. Und uns.

»Mandy!« Ich rannte ihr hinterher, doch der Wunsch, ihren Anfall zu beenden, schien ihr ungeahnte Kräfte zu verleihen. Mandy war mit einem Mal schnell, unfassbar schnell. Ich keuchte bereits, aber der Sumpf wollte einfach kein Ende nehmen.

Uns gelang es erst, sie einzuholen, als Mandy sich auf die Knie fallen ließ. Ihr schönes rosafarbenes Kleid versank im Schlamm – nein, im Sand des Ufers einer Wasserstelle, wie ich nun erkannte.

Das Wasser war klar und leicht zugänglich, da kein Schilf am Rand wuchs. Die Oberfläche kräuselte sich, als die hustende Mandy ihre Hände hineintauchte und Wasser daraus schöpfte.

Sie beugte sich weit nach vorne, um so viel wie möglich an ihren Mund zu führen. Nachdem sie einen ersten Schluck zu sich genommen hatte, ließ der Husten nach. Daraufhin stützte sie sich mit den Händen am feuchten Ufer ab und neigte ihr Gesicht so tief, bis ihre Lippen das Wasser berührten. Mandy trank, während sich unbemerkt von ihr ein Schatten unmittelbar unter der Oberfläche abzeichnete. Ich erschrak und erstarrte vor Angst, unfähig etwas zu tun.

»Mandy, pass auf!«, schrie Alex da auch schon, doch es war zu spät.

Schwarze mit Schwimmhäuten versehene Klauen, von denen das Wasser abperlte, tauchten auf und griffen nach Mandys schlankem Hals. Ein von Schuppen übersätes Gesicht erschien. Das Wesen hatte spitze Ohren und breite Fischlippen, zwischen denen eine Reihe scharfer Zähne zu erkennen war. Seine Schuppen glänzten wie Pech und Wasser triefte von seinem knorrigen Körper. Ehe Mandy auch nur reagieren konnte, küsste das Wesen sie auf den Mund. Ein Geruch von Fäulnis wehte über den Sumpf.

Mandy stemmte sich gegen das Wesen, stieß es von sich, und als es ihre Lippen freigab, kreischte sie laut. Blut quoll aus ihrer Unterlippe hervor, dort, wo das Wesen sie gebissen hatte.

Alex, der schneller reagierte als ich, zerrte Mandy von der Quelle fort, außerhalb der Reichweite des Wesens. Starr vor Schreck beobachtete ich, wie es seine Klauen noch einmal in Mandys Richtung ausstreckte, ehe es unter die Wasseroberfläche abtauchte. Ein paar Luftblasen stiegen nach oben, doch kurz darauf lag die Quelle erneut ruhig da, als wäre nie etwas gewesen. Endlich wieder Herr über meinen Körper und meine Sinne stürzte ich zu Mandy und ging vor ihr in die Hocke. »Mandy.« Ich strich ihr eine blonde Haarsträhne hinters Ohr. »Lass mich deinen Mund sehen.«

Langsam hob sie den Kopf, und als ich ihr Gesicht erblickte, wich ich geschockt zurück. Ihre ehemals rosigen Lippen waren pechschwarz.

Tränen sammelten sich in meinen Augen, tief in mir wusste ich, welches Schicksal sie nun ereilen würde, dennoch wollte ich es nicht wahrhaben, sah bloß unverwandt in ihre großen blauen Augen, während ich bereits bemerkte, dass meine Freundin sich veränderte. »Mandy, du … Wieso hast du das getan? Warum nur hast du mich nicht das Wasser holen lassen? Dann wäre …« Ich verstummte.

»Schon gut, Elena«, sagte sie. Ihr Blick war erstaunlich ungetrübt. »Bitte mach dir keine Vorwürfe. Die Krankheit ist mein Schicksal, nicht deins.« Ihre Worte brachen mir das Herz. Sie sollte hier nicht sterben, ohne ihre Familie, ohne die Menschen, die sie liebten. Nein, ich würde sie zum Schloss bringen, egal, wie. Meine Hand griff nach ihrer, weil ich ihr aufhelfen wollte. Scharf sog ich die Luft ein, als ich ihre schwarze Haut sah. Die Schattenmarkierung auf ihrer Hand hatte sich ausgebreitet, umfasste ihren gesamten Arm. Fassungslos sah ich hinab zu den entstandenen Klauen, die mehr dem Wesen von eben ähnelten als einem Menschen. Erste Schwimmhäute bildeten sich zwischen ihren Fingern.

Panik wallte in mir auf. »Elena, geh langsam von ihr weg«, sagte Alex mit angespannter Stimme.

»Nein, wir … wir müssen ihr irgendwie helfen.«

»Ihr ist nicht mehr zu helfen.«

Ich hob meinen Kopf und sein sorgenvoller Blick traf mich völlig unvorbereitet. Anscheinend waren Alex die anderen doch nicht so egal, wie er kurz zuvor behauptet hatte.

»Aber …« Wieder schnellte mein Blick zu Mandy. Ihre Augen waren nicht länger klar. Etwas Dunkles lag darin, das mir eiskalte Schauer über den Rücken jagte. Plötzlich zuckte ihre Hand hervor und umklammerte meinen Unterarm. Spitze Fingernägel bohrten sich in mein Fleisch. Vor Schreck sprang ich auf und ihr Griff löste sich.

»Sehr gut«, sagte Alex in einem Ton, mit dem man ein wildes Tier beruhigen würde. »Und nun beweg dich langsam rückwärts. Mach keine hastigen Bewegungen.« Instinktiv ahnte ich, dass ich Alex' Worten besser Folge leisten sollte, dennoch rührte ich mich nicht.

»Was ist los?«, fragte Mandy.

Sie kniete vor mir im Schlamm und ihr Blick huschte orientierungslos zwischen Alex und mir hin und her. Sie war zwar verwirrt, aber noch da, sie hatte den Kampf mit der Dunkelheit noch nicht verloren. Hoffnung durchströmte mich, an die ich mich klammerte. Ich wollte gerade einen Schritt auf sie zumachen, als mich Alex mit seinem Arm an der Taille umfasste und ein Ruck durch meinen Körper fuhr. Er zog mich zurück und hielt mich fest, während ich schreckerfüllt beobachtete, wie Mandy immer mehr verschwand.

»Hat sie dich verletzt?«, fragte er, aber ich antwortete nicht, nahm nur am Rande wahr, dass er mich untersuchte.

»Deine Haut ist unversehrt«, hörte ich ihn erleichtert sagen. Aber ich verstand nicht, warum ihm das wichtig war. Es ging hier nicht um mich, es ging um Mandy.

Ich suchte nach Hoffnung und fand nur Verzweiflung, als ich begriff, was ihr verändertes Aussehen bedeutete. Es war eine Sache zu wissen, dass wir in ein Schattenwesen verwandelt werden konnten, doch eine völlig andere, es mit eigenen Augen zu sehen. Das hier war kein Trick, keine Illusion und keine Demonstration. Das hier war echt. Ich war wie gelähmt, während die Bedeutung der Worte des Schattenprinzen vollständig zu mir durchsickerte. Er hatte uns davor gewarnt, dass wir zu einem Schattenwesen wurden, sollte es einem von ihnen gelingen, uns zu verletzen.

»Mandy wird ein Schattenwesen«, sprach ich das Unausweichliche zum ersten Mal laut aus.

»Ja.« Schmerz lag in seiner Stimme.

Auch wenn ich wusste, dass es zwecklos war, schloss ich die Augen und hoffte zum letzten Mal, seitdem ich in diesem Spiel war, dass ich in einem Traum gefangen war. Aber sobald ich meine Lider öffnete, wurde ich mit der unbarmherzigen Realität konfrontiert.

»Was redet ihr da? Wieso habt ihr Angst vor mir? Mir geht es gut.« Mandys schwarze Lippen bebten, als sie ihren Arm in unsere Richtung ausstreckte. Mitten in der Bewegung hielt sie inne und starrte erschrocken auf ihre schuppige Haut. Langsam kroch die Schwärze höher, wanderte ihren Hals hinauf.

Bei ihrem Anblick krampfte meine Lunge, mein Herz, jede Faser meines Körpers.

»Alex, es muss doch irgendetwas geben, was wir tun können!«

»Ich fürchte, dafür ist es zu spät. Der Prinz hat zwar von den Gefahren durch die Schattenwesen gesprochen, nicht jedoch von einer möglichen Heilung.«

Mandys Augen füllten sich mit Tränen, als sie Alex' Worte vernahm. »Alex hat recht. Verschwindet, solange ihr noch könnt. Die Dunkelheit ist mächtig. Ich kann sie nicht mehr lange zurückhalten.« Eine schwarze Träne rann über ihre Wange, ein Tropfen Pech, der eine dunkle Spur hinterließ.

Bestürzt beobachtete ich, wie die Schwärze über ihr Gesicht kroch, spitze Ohren sich bildeten und das schöne Blau ihrer Augen erlosch, um der Finsternis zu weichen, von der sie nun ein Teil war.

»Wir müssen weg von ihr«, drängte Alex. »Schnell.«

Glänzende Schuppen erschienen auf Mandys Gesicht und ihre Haare verschmolzen regelrecht mit ihrem Körper, bis nichts mehr davon übrig war. Sie sah nun aus wie das Schattenwesen, das sie geküsst hatte. Tränen brannten in meinen Augen. In diesem Moment hasste ich den Schattenprinzen aus tiefstem Herzen.

»Elena, komm jetzt.« Alex packte meine Hand und wollte mich wegzerren, doch ich blieb wie angewurzelt stehen, wobei Mandy sich aufrichtete und eine merkwürdig lauernde Haltung einnahm. Sie hatte nichts mehr mit meiner Freundin gemein. Mit einem Fauchen, das ihre spitzen Zähne entblößte, stürzte sie sich auf uns.

Alex stieß mich zur Seite. Ich stolperte und versank mit meinen Schuhen im Morast. Als ich mich wieder gefangen hatte, bemerkte ich, dass Alex und Mandy miteinander kämpften. Er wich ihren spitzen Krallen aus, als sie versuchte, ihm das Gesicht zu zerkratzen. Irgendwie gelang es ihm, ihre Arme zu packen und sie ihr auf den Rücken zu drehen. Mit einem Stoß schubste er sie in die Quelle, aber sie tauchte nicht unter, sondern bäumte sich mit einem Angriffsschrei auf und streckte ihre Klauen nach uns aus.

»Elena, lauf!«, schrie Alex und rannte los.

Erst da reagierte ich und setzte mich in Bewegung. Mein Überlebensinstinkt trieb mich an und ich rannte so schnell ich konnte. Immer wieder geriet ich ins Straucheln, versank mit meinen Füßen im weichen Boden und hatte Mühe, mit Alex Schritt zu halten.

Die drückende Schwüle lastete schwer auf meiner Lunge und Alex' Gehrock drückte auf meine Schultern, als wäre er aus Blei. Schweißperlen rannen mir den Rücken hinab. Der Sumpf schien kein Ende zu nehmen. Tiefer und tiefer rannten wir hinein, bis wir irgendwann durch Wasser wateten. Hier gab es keine Bäume und auch kein Schilf mehr, sondern nur noch Inseln mit braunem Moos. Trotzdem eilte ich weiter, ich konnte nicht stoppen, sonst würden die Bilder von Mandy und ihrer Verwandlung mich nicht nur verfolgen, sondern einholen.

Plötzlich blieb Alex stehen. Um nicht in ihn reinzulaufen, hielt ich ebenfalls an. Er redete auf mich ein. Ich verstand zwar die Worte, aber nicht ihren Sinn.

Meine Kehle war wie zugeschnürt und mein Körper taub. Unzählige Gefühle durchströmten und überforderten mich. War ich traurig? War ich wütend? Hatte ich Angst? – Ich wusste es nicht.

Sein Blick verband sich mit meinem. Alex wirkte so viel gefasster als ich, aber vielleicht war er einfach nur der bessere Schauspieler.

»Elena«, drang dumpf seine Stimme zu mir. »Wir sind nicht mehr auf dem Weg, wir müssen sofort zurück.« Er packte meine Hand und ich wollte sie ihm entwinden, aber da hatte er bereits den Ärmel des Gehrocks hochgeschoben.

»Wir haben nicht mehr viel Zeit«, sagte er und zeigte mir meine Sanduhr. Bedrohlich schnell rieselte der Sand hindurch und etwas regte sich in mir.

Hatte er vielleicht mit seinen vorherigen Worten recht gehabt? Hätte ich Mandy nicht in mein Herz gelassen, würde es mir jetzt nicht so schlecht gehen.

Der Schmerz zerriss mich, und wenn ich ihm folgte, würde ich verlieren. Stattdessen suchte ich nach dem Stumpfsinn in mir, den ich schon vom Verlust meines Vaters kannte. Er hatte mich in der Anfangszeit stets begleitet und mir geholfen. Er ließ mich funktionieren und sperrte den Schmerz, die Trauer und all die anderen Gefühle in die tiefste und dunkelste Ecke meines Selbst. Die Empfindungslosigkeit würde mich durchhalten lassen.

»Ja, lass uns zum Weg zurück«, sagte ich tonlos.

Wir stapften durch Moosflecken und Wasserpfützen. Alex folgte dicht hinter mir. Ich setzte einen Fuß vor den anderen, während ich unablässig den Weg im Auge behielt. Die Hitze war noch da, genauso wie der brennende Durst in meiner Kehle und meine schmerzenden Muskeln, aber ich spürte es nicht mehr so intensiv wie zuvor. Ich war innerlich hohl, abgestumpft.

Erst als sich ein einsamer Baum in der sonst flachen Umgebung abzeichnete, hielt ich inne.

»Das muss er sein«, wandte ich mich an Alex, der neben mich getreten war. In seinem Gesicht war nicht die geringste Spur von Erleichterung zu sehen, stattdessen war seine Miene angespannt.

»Ab jetzt müssen wir auf der Hut sein«, erinnerte mich Alex an den Geist, der uns hier erwartete.

In mir regte sich Angst, aber auch sie war dumpf, als wären meine Gefühle unter einer dicken Eisschicht begraben. Mir lief ein Schauer über den Rücken. War die Temperatur tatsächlich gesunken oder ging die Kälte, die ich spürte, von mir aus?

»Es ist plötzlich so kühl«, beantwortete Alex meine unausgesprochene Frage. »Und dort vorne zieht dichter Nebel auf.«

Ich folgte seinem Blick und bemerkte, wie eine weiße Wand in einiger Entfernung auf uns zurollte.

»Folgt dem Weg bis zum Baum, dort findet ihr zum nächsten Raum. Doch vor dem Nebel seid gewahr, der Geist bringt eure Lebensenergie in Gefahr«, murmelte ich den Hinweis vor mich hin, der uns beim Betreten der Partie gezeigt worden war. Wir tauschten einen beunruhigten Blick, ehe wir unseren Weg fortsetzten.

Während wir die Entfernung überwanden, betrachtete ich den knorrigen und toten Baum. Der Stamm war so breit, dass Alex und ich ihn nicht mal gemeinsam mit den Armen hätten umfassen können. Der obere Teil war abgebrochen und in der Mitte klaffte ein Loch, aus dem scharfkantige Holzstücke herausragten. Wir hatten ihn fast erreicht, als ein unheimliches Heulen erklang. Ganz leise nur. Beinahe wie der Wind, nur dass hier kein Lüftchen wehte. Mein Herzschlag beschleunigte sich, dumpf nahm ich ihn in meiner Brust wahr.

»Hast du das auch gehört?«, fragte ich.

»Ja.« Alex' Augen verengten sich zu Schlitzen, während er sich suchend umsah.

Auch ich behielt die Umgebung im Blick und sah immer wieder zu dem unheilvollen Nebel, der uns und den Baum inzwischen eingekesselt hatte und beständig näher rollte. Er streckte seine Finger nach uns aus und ein Frösteln überkam mich.

Die Worte, die das Zebra und die Fledermaus unisono gesprochen hatten, blitzten in meinem Verstand auf, und auf einmal zählte ich eins und eins zusammen. *Nicht greifbar, zehrt von unserer Kraft*, damit war der Geist gemeint, der unsere Lebensenergie anzapfte.

»Er ist kein Schattenwesen«, kam es mir über die Lippen, »sondern eine Figur.«

»Das bedeutet nicht, dass der Geist weniger gefährlich ist«, erwiderte Alex.

Erneut drang Heulen zu uns, diesmal lauter und viel näher. Aber von der Figur fehlte weiterhin jede Spur. Weil ich die Quelle des Geräuschs ausfindig machen wollte, trat ich in Richtung Nebel und keuchte erschrocken auf, als eine dunkle Silhouette daraus hervortat. Der Geist kreischte auf, dann wurde ich hart zur Seite gestoßen und fand mich auf dem feuchten Boden wieder. Mein Überlebenswille übernahm die Kontrolle und schnell rappelte ich mich auf. Ich erkannte, dass der Geist gar nicht für meinen Sturz verantwortlich war, denn dieser hatte sich nicht aus dem Nebel hervorbewegt. Die Gestalt schwebte weiterhin in dem dichten Dunst. Das Gesicht war unter der Kapuze nicht zu erkennen, dafür durchscheinende knochige Arme mit unnatürlich langen und dünnen Fingern. Die Kleidung hing ihr in Fetzen vom Leib und dort, wo die Beine sein sollten, war einfach nichts.

»Elena, bleib in Deckung!«, rief Alex, der mich zuvor weggeschubst hatte.

Reflexartig drehte ich mich zu ihm um, der just in diesem Moment einen Ast vom Baum abbrach und auf den Nebel zutrat.

»Nein«, widersprach ich. Nicht noch einmal könnte ich es ertragen, wenn sich jemand für mich in Gefahr begab, aber Alex steuerte kampfbereit auf den Geist zu.

»Nein!«, schrie ich deshalb aus vollem Halse und zu meiner Erleichterung blieb Alex stehen, nur wenige Fuß vor der Figur.

Das Wesen heulte auf und streckte seine unheilvollen Finger nach Alex aus, ohne jedoch die weiße wabernde Wand zu verlassen, und da begriff ich.

»Der Nebel«, entfuhr es mir. »Er kann nicht aus dem Nebel!«

Alex ließ den Ast sinken und ich wusste, er hatte verstanden.

»Schnell, wir müssen den Raum finden«, sagte Alex und schaute sich suchend um.

Der Nebel kam unentwegt näher und mein Blick huschte unruhig hin und her, auf der Suche nach einer Tür oder einem Zugang, aber hier war nichts. Mal wieder spielten wir gegen die Zeit und das näher kommende Heulen des Geistes erinnerte uns daran, dass sie schon bald ablief. Ich wollte mir gar nicht ausmalen, was passieren würde, sobald der Nebel uns erreicht hatte. In rasantem Tempo begannen wir den Baum zu untersuchen, ich auf der Vorderseite, Alex auf der Rückseite. Mit zitternden Fingern fuhr ich über die Rinde und langte anschließend in die Öffnung hinein. Meine Hand glitt durch klebrige Spinnenweben und traf dann auf etwas Kühles, das sich wie Metall anfühlte. Ich griff danach und zog es heraus. In meinen Händen hielt ich eine kleine Truhe aus Gold, in deren Deckel Edelsteine eingearbeitet waren. Mir kamen die Worte des Zebras in den Sinn, dass sich in einer Truhe ein Extrapreis für die schnellere Truppe verbarg. Ich strich mit meinen Fingern über die Edelsteine. Schwarzer Turmalin. Ein großer Stein bildete das Zentrum und drum herum waren in mehreren immer größer werdenden Kreisen kleinere angeordnet. Jeder der Ringe enthielt kleine Aussparungen. Lücken, die scheinbar willkürlich auftauchten.

»Ich habe etwas gefunden«, rief ich Alex zu, der augenblicklich neben mich trat.

Ich beeilte mich damit, den Deckel zu öffnen. In der Truhe befanden sich zwei Karten mit gezackten Rändern und ausgestanzten Ecken, die ich herausnahm und betrachtete. Das Papier war steif und fest, die Schrift darauf edel und geschwungen.

»Es sind Einladungskarten für eine Abendveranstaltung«, stellte ich fest und hielt sie ihm hin. Schnell überflogen wir die Zeilen.

Verehrte Spieler,

kommt heute Abend um neun
in mein bescheidenes Heim,
zum Ball in der Villa am See
lade ich euch herzlich ein.
Doch beachtet die Kleiderordnung, denn Farben sind tabu,
edle Stoffe und Handschuhe
jedoch gehören dazu.

»Verdammt, das hilft uns nicht weiter!«, presste Alex zwischen zusammengebissenen Zähnen hervor.

Ich verstaute die Einladungskarten in eine der Taschen von Alex' Gehrock. Der Nebel hatte uns fast erreicht und schon bald könnte der Geist über uns herfallen. Dieser schien das Gleiche zu denken, denn er streckte angriffslustig seine langgliedrigen Arme nach uns aus und die schwarzen Lumpen waberten hin und her wie Tentakeln. Die Kälte hatte sich intensiviert und ich zitterte, während ich mich auf die Zehenspitzen stellte, um mich so weit in die Öffnung zu lehnen, bis ich bis zur Schulter im Baum steckte.

»Elena, bitte sag mir, dass da noch mehr ist als ein paar Einladungskarten.«

Ich erhöhte meine Anstrengungen, konzentrierte mich mit aller Kraft auf meine Suche und tatsächlich: Dort, wo die Truhe gestanden hatte, ertasteten meine Finger eine Erhebung. Als ich auf diese drückte, ging ein gewaltiger Ruck durch den Baum. Reflexartig zog ich meinen Arm heraus und keine Sekunde später kippte der Baum nach hinten. Vor Schreck ließ ich die Truhe, die ich weiterhin festgehalten hatte, zu Boden fallen.

»Was zum ...«, setzte ich an, wurde aber von Alex' lautem Ruf übertönt.

»Du hast es geschafft! Du hast den Ausgang offenbart.«

Unter den Baumwurzeln, die nun in den Himmel ragten, befand sich ein schwarzes Loch, das tief in die Erde führte. Ein Ende war nicht in Sicht. Ich wollte gerade meine Zweifel aussprechen, als Alex sich bei mir unterhakte.

»Wir haben keine Wahl«, sagte er und zeigte zu den Nebelschwaden, die wie Schlangen über den Boden krochen und meine Schuhe fast erreicht hatten.

Ein markerschütternder Angriffsschrei des Geistes ertönte und keine Sekunde später riss Alex mich in den Abgrund.

Hoffentlich erwartet mich das Wunderland, schoss es mir durch den Kopf, während ich ins Ungewisse fiel.

Ein Keuchen entwich mir, als ich hart auf dem unebenen Boden eines unterirdischen Raums aufkam und durch den Schwung einen Schritt nach vorne stolperte. Alex' Griff löste sich dabei, da er auch mit seiner Balance zu kämpfen hatte.

Das Erste, was ich wahrnahm, war ein Plätschern, als gäbe es hier einen Bachlauf. Doch meine Augen erblickten fließende Wände – anders konnte ich es nicht beschreiben –, die ein magisches Licht aussandten. Es roch nach feuchter Erde und Gestein. Mein Unterarm prickelte, was bedeutete, dass nun die Pause begann und wir erst mal in Sicherheit waren, aber mein Puls kam nicht zur Ruhe. Die Geschehnisse waren noch zu präsent.

Mandy hätte diesen Raum hier geliebt. Ich dagegen verspürte lediglich Durst bei diesem Anblick. *Ohne die Schatten gäbe es doch kein Licht*, hörte ich sie in meinem Kopf sagen. Wie sehr wollte ich dieses Licht sehen, die Schönheit dieses Ortes wahrnehmen und sie zu schätzen wissen. Aber es war so schwer, wenn Mandy nicht bei mir war.

Ich ließ meinen Blick durch die neue Umgebung schweifen. Das Wasser rann sanft die Wände hinab und mündete leise plätschernd in länglichen Becken. Über mir befanden sich die Wurzeln des vertrockneten Baums, die von der Decke herabhingen, nur dass diese hier nicht länger ausgedorrt, sondern im wahrsten Sinne des Wortes das blühende Leben waren. Sie bildeten das Zentrum des Raums und waren über und über mit riesigen fremdartigen weißen Blüten, deren Spitzen zartrosa waren, bedeckt. Und zwischen den Wurzeln hing etwas.

»Es gibt nicht nur eine Waschmöglichkeit, sondern auch Kleidung«, bemerkte Alex, der nun ebenfalls nach oben blickte.

Ich zog ein schlichtes türkisfarbenes Kleid herunter. Direkt darunter am Boden standen Stiefel in meiner Größe sowie ein weiteres Paar für Alex bereit.

»Vielleicht ist unser Anblick dem Schattenprinzen nicht gepflegt genug, aber mir soll es recht sein«, behauptete er, während er seine Handflächen aneinanderhielt und in die Wasserwand hineinschob.

Ich zuckte bloß mit den Schultern, unfähig, etwas darauf zu erwidern. Er trank ein paar gierige Schlucke, ehe er sich das Gesicht wusch. Als er sich am obersten Knopf seines Hemdes zu schaffen machte, wandte ich den Blick ab und begab mich ebenfalls zu einer Wasserwand, unter die ich meine Hände hielt. Zögerlich nahm ich den ersten Schluck, doch sobald die kühlen Tropfen meine Kehle hinabrannen, gab es für mich kein Halten mehr und ich schöpfte mehrere Handvoll Wasser und trank. Anschließend blickte ich an mir herunter, erfasste jede Schlammkruste auf meiner Haut sowie dem Gehrock, und die Bilder von Mandy hüllten mich ein wie der Nebel vom Sumpf. Ich sah ihr schlammbesudeltes rosa Kleid, die pechschwarzen Lippen, die kindlichen blauen Augen. Meine Brust wurde eng. Schnell schlüpfte ich aus dem Gehrock und ließ ihn zu Boden gleiten. Danach stellte ich mich mit meiner Kleidung unter den Wasserstrahl und schrubbte mit den Fingern unbarmherzig über den Stoff. Jede Schlammspur musste weg, alles, was wehtat, musste ausgelöscht werden. Verbissen rieb ich über den Stoff, bis meine Handflächen brannten.

»Elena«, hörte ich Alex' Stimme. »Hör auf.«

Doch ich konnte nicht, denn der Schlamm war überall. Ich musste ihn loswerden, damit ich mich wieder in meiner Taubheit verlieren konnte.

»Du brauchst das Kleid nicht zu waschen. Du kannst einfach das neue anziehen.«

»Das ist mir gleich, der Matsch muss weg.« Ich griff in meine Haare, zerrte gewaltsam das Haarband heraus und warf es in Richtung Gehrock. Meine Kopfhaut schmerzte, während die Strähnen über meine Schultern fielen. Dann kämmte ich mir grob die Reste mit den Fingern aus den Haaren. Braune Brösel sammelten sich um meine Schuhe.

Plötzlich schlangen sich Arme um meine Taille und Alex zog mich mit dem Rücken an seine Brust, raus aus dem Wasserstrahl. Ich wehrte mich, stemmte mich gegen ihn, doch er war zu stark, ließ mich nicht los. Heiße Tränen brannten in meinen Augen.

»Nicht«, sagte er. »Lass den Schattenprinzen nicht über dich gewinnen.«

Langsam sickerten seine Worte in meinen Verstand und ich biss mir so hart auf die Lippe, dass es wehtat. Ich blieb stark für meine Familie, für Mandy und auch für mich selbst. Keine einzige Träne vergoss ich. Ich würde nicht zu einem Schatten meiner selbst werden wie meine Mutter. Aber das bedeutete auch, dass ich meine Gefühle nicht betäuben durfte. Ich durfte nicht verschwinden, ganz gleich, wie dunkel es um mich herum wurde. Schließlich war ich es gewesen, die zu Alex gesagt hatte, es wäre eine Schwäche, keine Gefühle zuzulassen. Und wenn ich eines nicht war, dann schwach.

Ich gab meine Abwehrhaltung auf und ließ Alex' Umarmung zu, ließ mich für einen Moment von ihm halten und räumte diesem Augenblick einen Platz in meinem Herzen ein, obwohl es mir unendlich schwerfiel. Die Sekunden verstrichen und meine Atmung passte sich an seine an. Ich empfand Trauer und Schmerz, aber auch die Geborgenheit und den Trost, den Alex mir spendete. Es tat gut, etwas zu fühlen, auch wenn ich noch nicht bereit war, dem Stumpfsinn gänzlich den Rücken zu kehren, denn noch war er mein Schutzschild, ohne den ich nicht weitermachen konnte.

»Kannst du mir bitte das Kleid öffnen?« Ich sah über meine Schulter, direkt in Alex' graue Augen, die sich vor Verblüffung weiteten.

»Natürlich«, erwiderte er und seltsamerweise bedauerte ich es, dass er mich losließ.

Ich spürte, wie er die Schnüren des Kleides löste. Seine Finger auf meiner Wirbelsäule sandten kleine Blitze in mein Rückenmark.

»Es tut mir leid, was ich vorhin über deinen Vater …«

»Ist schon gut«, schnitt ich ihm das Wort ab. »Dieses Spiel lässt uns Dinge sagen, die wir nicht so meinen. Zudem verstehe ich jetzt, wovor du mich gewarnt hast. Es ist leichter, weniger zu fühlen.«

Als ich meinen Kopf zu ihm wandte, lag ein seltsam melancholischer Ausdruck auf seinem Gesicht. Meine Antwort schien ihn zu irritieren, nur warum? Was war der Grund dafür, dass er unzufrieden war, obwohl ich ihm recht gegeben hatte? Alex war schwer zu entschlüsseln, genau wie die Rätsel des Schattenprinzen.

Sobald das Kleid offen war, drehte er mir den Rücken zu und ich stieg in meine neue Kleidung und schlüpfte in die Stiefel. Dabei fiel mir etwas auf. »Wieso gibt es hier kein Kleid für Mandy?«

»Vermutlich gehört das zur Magie dieses Ortes. Es stehen nur die Dinge bereit, die auch benötigt werden.«

Während er das sagte, versiegte das Wasser und hinter einer der Wände kam eine Tür zum Vorschein.

»Das ist wohl das Zeichen, das wir weitersollen.« Alex schloss gerade die letzten Knöpfe seines neuen Gehrocks. Dabei fiel mir sein alter wieder ein, der auf dem Boden lag. Ich hatte ihn ausgezogen, ehe ich mich unter das Wasser gestellt hatte, und die Einladungskarten darin vergessen.

Schnell holte ich sie heraus und warf einen flüchtigen Blick darauf, aber noch immer ergaben die Worte nicht viel Sinn. Zudem brachte ich es nicht übers Herz, mein Haarband hierzulassen, das neben dem Gehrock lag. Es erinnerte mich an zu Hause, an die Zeit vor dem Spiel. Zusammen mit den Einladungskarten steckte ich es in eine der Rocktaschen und Alex und ich steuerten auf die Tür zu.

Hinter der Tür fanden wir uns in einem unterirdischen Tunnel wieder. Der Geruch nach feuchter Erde hing in der Luft und vermischte sich mit dem von Holz, der von den Stützbalken dieses Gangs ausging.

Ein paar Glühbirnen, die von der Decke herabhingen, sandten fahles Licht herab. Von der Magie des Wasserraumes war hier nichts mehr zu spüren. Ganz im Gegenteil, der Gang hatte etwas Beengendes, das in mir den Drang weckte, ans Tageslicht zu gelangen.

Der Weg führte stetig bergauf und mündete schließlich in einer weiteren Tür, die Alex aufstieß. Augenblicklich drangen die unterschiedlichsten Klänge an mein Ohr. Eine wahre Kakofonie aus Melodien.

Ich trat nach Alex über die Schwelle und stellte verwundert fest, dass wir uns in einem Spieluhrenladen befanden. Außer uns schien niemand hier zu sein. Selbst die Theke war unbesetzt. Dahinter grenzte ein Vorhang einen Teil des Ladens ab. Die Holzregale waren vollgestopft bis unter die Decke mit allen nur erdenklichen Arten von Spieluhren. Es war, als träumte ich einen farbenfrohen und märchenhaften Traum, und für einen Moment gab ich mich dem hin, schob alles andere beiseite. Ich wusste gar nicht, wo ich zuerst hinschauen sollte. Ob der Schattenprinz sich an diesem Sammelsurium bediente, wenn er den Spielern eine Spieluhr zukommen ließ?

Ich betrachtete die Verursacher dieses Durcheinanders an Klängen und Melodien genauer.

Alex blieb in meiner Nähe und ließ seinen Blick ebenfalls schweifen. Ich schlenderte an einem der Regale entlang und betrachtete die unterschiedlichen Exemplare. Da gab es eine Spieluhr, die geformt war wie eine Glockenblume und an deren Blüte Kolibris hingen und ihre Kreise zogen. Auf einem anderen Modell befanden sich Braunbären, die lustige Hüte trugen und mit Bällen jonglierten. Ich beobachtete fasziniert den Mechanismus dieser Spielbox. Wie schafften sie es, die Bälle zu fangen und immer wieder erneut hochzuwerfen? Ich ging weiter, aber es war unmöglich, alle Spieluhren im Detail anzusehen, dafür gab es hier zu viele.

Eine erregte meine Aufmerksamkeit, denn sie stand auf einem extra dafür angefertigten Sockel vor dem Regal und wurde von innen beleuchtet. Auch Alex trat an sie heran. Außen befanden sich, ähnlich wie bei einem Scherenschnitt, aufgeklebte Figuren aus schwarzem Papier. Die Umrisse zeigten einen Mann und eine Frau. Nach den Kronen auf ihrem Kopf zu urteilen, handelte es sich um ein Königspaar. Zwischen ihnen befand sich eine Säuglingswiege. Je länger ich diese Spieluhr ansah, desto mehr hatte ich das Gefühl, einem kleinen Theaterstück beizuwohnen. Verschiedene Bilder verdeutlichten das Unglück dieser kleinen Familie. Die Königin bettete sich in die Arme eines anderen Mannes, während ein weiteres Bild zeigte, wie über den Köpfen des Königs und seinem Kind unheimliche Schattenwesen schwebten. Prompt verkrampfte ich mich innerlich. Ob die beiden wie Mandy verwandelt worden waren?

»Faszinierend, nicht wahr?«, fragte eine tiefe Stimme und ich zuckte zusammen.

Unbemerkt war ein älterer Mann mit weißen Haaren und einem kleinen Bauch hinter mich getreten. Er trug eine runde Brille über einer grauen Maske, von der Schnurrhaare abstanden. Dazu hatte er ein graues Leinenhemd und eine graue Hose mit farblich passenden Hosenträgern an. Vor meinem geistigen Auge blitzte das Bild einer Maus auf.

»Sie zeigt die Geschichte der Königsfamilie«, erklärte er. »Die Geburt von Henry, dem Schattenprinzen. Natürlich trug er nicht immer diesen Beinamen. Das kam erst später, als die dunklen Kreaturen Einzug im Schloss erhielten. Hier, seht her.« Er deutete auf das Bild des Königs mit seinem kleinen Sohn und der Wolke voll Schatten über ihren Köpfen. Henry war also der Name des Monsters, das mich durch eine Spieluhr in seine Welt gebracht hatte und mich nun zwang, sein Spiel mitzuspielen.

»Das habe ich schon einmal gesehen«, sagte Alex mit angespannter Miene. »Auf dem Jahrmarkt.«

»Dann hast du mit Sicherheit das Schattenspiel beobachtet.« Seine kleinen Augen hinter der Brille leuchteten auf. »Ein unvergleichliches Schauspiel, findest du nicht?«

Alex starrte wie gebannt die Figuren an, die inzwischen ihre dritte Runde drehten. »Was bedeutet es?«, fragte er, ohne den Blick von der Spieluhr abzuwenden. »Ist die Königin wirklich verschwunden und was ist mit dem König im letzten Bild passiert?«

»Das ist eine lange und nicht besonders fröhliche Geschichte, die euch nur betrüben wird.« Der Ladenbesitzer wandte sich wieder mir zu und blickte mich eindringlich an. »Vielleicht solltet ihr lieber eure Zeit anders nutzen und euch noch ein wenig umsehen?«

Ich betrachtete das lange Regal. »Woher haben Sie all die Spieluhren?«

Mit einem erfreuten Lächeln legte er mir eine Hand zwischen die Schulterblätter und führte mich näher zu dem Regal heran.

»Ich habe sie alle selbst gebaut«, erklärte er mit unverhohlenem Stolz in der Stimme und strich über eine der Uhren, deren Drehscheibe mit Moos verkleidet war und auf der sich eine Gruppe von Figuren in prächtigen Gewändern befand. Jede von ihnen hielt ein Miniaturmusikinstrument in den Händen. Allein diese zu schnitzen, stellte ich mir äußerst aufwendig und langwierig vor.

»Wirklich alle? Das muss ja eine Ewigkeit gedauert haben. Aber wie ist es möglich, dass sie alle gleichzeitig spielen. Müssen sie nicht erst aufgezogen werden?«

Er schmunzelte über meine Frage. »Sicher, sicher. Aber an diesem Ort ist vieles möglich, wie du mit Sicherheit bereits gemerkt hast.«

»Stammt die Spieluhr, die mich hergebracht hat, auch von Ihnen?«

»Natürlich, natürlich. Du hast die mit dem … lass mich überlegen … es war das Karussell, nicht wahr?«

»Genau«, erwiderte ich. Für einen Moment überfiel mich wieder das kribbelnde Gefühl von damals, als ich dieses Stück zum ersten Mal in den Händen gehalten und mich ihre Schönheit überwältigt hatte.

Meine Lippen verzogen sich zu einem Lächeln. »Die ist hervorragend gearbeitet. Sie sind ein wahrer Künstler.«

Er erwiderte geschmeichelt mein Lächeln. Dann fiel mir ein, dass die Spieluhr mich erst an diesen Ort gebracht hatte, und der freudige Ausdruck auf meinem Gesicht verblasste.

»Danke. Kann ich dir sonst noch irgendwie behilflich sein?«

»Sie haben nicht zufällig einen Hinweis für uns?«, fragte ich, weil ich inzwischen begriffen hatte, dass die Hinweise uns wirklich halfen, die Rätsel der einzelnen Partien zu lösen.

»Einen Hinweis? Nein, ich fürchte nicht.« Er klang aufrichtig betrübt. »Aber ich habe diese …«

»Elena, da ist etwas versteckt«, unterbrach Alex unser Gespräch.

Ich drehte mich zu ihm, als er gerade dabei war, unter dem Sockel der Spieluhr, die die Geschichte der Königsfamilie zeigte, einen Umschlag hervorzuziehen.

»Er ist für mich«, sagte er mehr zu sich selbst.

»Was steht drin?«

Für meinen Geschmack zog Alex viel zu langsam eine der mir inzwischen vertrauten schwarz-weiß gestreiften Karten hervor und seine Augen huschten über die Zeilen. Er wurde auffällig blass und schob hastig die Karte zurück in den Umschlag.

»Und? Was ist deine nächste Aufgabe?«, hakte ich nach.

»Ich soll mir eine der Spieluhren aussuchen«, erwiderte er, ohne mich anzusehen.

»Eine Spieluhr? Das ist alles?« Ich runzelte die Stirn. Das erschien mir doch recht willkürlich. Warum und wozu? »Und woher sollen wir wissen, welche die richtige ist?«

»Da kann ich euch vielleicht behilflich sein«, meinte der Spieluhrmacher gut gelaunt und schob sich seine Brille zurecht. »Wenn der Prinz es anordnet, dann bekommt ihr natürlich eine. Ich würde euch diese hier empfehlen.«

Er nahm eine schlichte, aus Holz geschnitzte Spieluhr aus dem Regal, auf deren Podest sich eine weiße und eine schwarze Krähe befanden, die einander unermüdlich umkreisten. Es wirkte wie ein nie enden wollender Tanz auf mich. Die Melodie, die aus dem Kästchen erklang, kam mir sofort vertraut vor. Es war dieselbe wie aus dem Lied meines Vaters, das mich hierhergebracht hatte.

»Licht- und Schattenkrähe. Sie stehen für das Gleichgewicht«, erzählte er. »Doch als die Königin verschwand, gewannen die Schatten an Macht. Vielleicht gibt es eines Tages eine neue Königin und mit ihr kehrt das Licht zurück.« Er drückte Alex die Spieluhr in die Hand und lächelte gutmütig.

Alex hingegen blickte unschlüssig auf das Kästchen, das die Größe einer Schmuckschatulle hatte.

»Wartet, irgendwo muss ich noch einen Leinensack haben, dann könnt ihr die Spieluhr leichter mit euch herumtragen!«, rief der Ladenbesitzer, während er sich bereits in den hinteren Teil des Ladens begab. Er verschob ein paar Kisten und öffnete mehrere Schubladen, bis er einen gefunden hatte. »Hier ist er ja!« Triumphierend hielt er den Leinensack in die Höhe, kam zu uns zurück und reichte ihn Alex, der mit seinen Gedanken allerdings woanders zu sein schien. Er starrte wieder zu der Spieluhr auf dem Sockel. Eine Falte hatte sich auf seiner Stirn gebildet. Was beschäftigte ihn nur?

»Alex? Ist alles in Ordnung?«

»Sicher«, sagte er und riss sich von dem Anblick los.

Als wir aus dem Geschäft des Spieluhrmachers hinaustraten, fanden wir uns auf einer Ladenstraße wieder, die links und rechts von Schaufenstern gesäumt wurde. Die Sonne schien von einem strahlend blauen Himmel auf uns hinab. Das Licht war hier, im Gegensatz zum

Sumpf, nicht länger gedämpft. Und so unerträglich heiß war es auch nicht mehr.

Die Spieluhr war inzwischen verstummt. Was auch immer es gewesen war, das sie im Laden zum Spielen gebracht hatte, hier draußen existierte es nicht länger. Alex klappte sie zu und verstaute sie in dem Leinensack.

»Ich glaube, uns bleibt viel Zeit, um uns auszuruhen. Oder uns umzusehen«, sagte ich mit Blick auf meine Sanduhr, die wesentlich voller war als zu dem Zeitpunkt, bevor wir den Sumpf betreten hatten.

»Hm, ich frage mich, was wohl heute Abend passiert. Elena, zeigst du mir noch mal die Einladungskarten?«

Sofort holte ich sie aus meiner Rocktasche hervor. Sie bestanden aus gestärktem dunkelblauem Papier und in goldenen Lettern war der Text darauf geprägt worden. Das Gold reflektierte das Licht der Sonne.

Ich reichte Alex eine und wir lasen sie stillschweigend durch. Die geschriebenen Worte unterschieden sich stark von den Aufgaben, die der Schattenprinz uns stellte. Außerdem waren diese Karten nicht mit einem Absender versehen.

Nach wie vor waren die Informationen recht dürftig. Es war die Rede von einer Villa am See, zu deren Ball wir um neun Uhr eingeladen waren, und einer Kleiderordnung, bei der Farben tabu waren.

Merkwürdig. Wer wohl diese Einladung geschrieben hatte? Der Schattenprinz? Der wohnte doch aber in einem Schloss. Wer konnte dann unser Gastgeber sein?

»Wenn mich nicht alles täuscht, ist die Abendveranstaltung die nächste Partie«, meinte er und riss mich aus meinen Überlegungen. Ich ließ mir seine Worte durch den Kopf gehen und gab ihm recht.

»Das heißt, wir müssen uns schon wieder neu einkleiden.«

»Dein viertes Kleid in zwei Tagen«, stellte er fest. »Du machst mit deinem Verschleiß jeder Königin Konkurrenz.«

Ich zuckte mit den Schultern. »Ich brauche eben viel Abwechslung. Immer im selben Kleid herumzulaufen, wäre doch langweilig.«

Alex grinste, was er meiner Meinung nach viel öfter tun sollte. Es stand ihm bedeutend besser als der ernste Ausdruck, den er die meiste Zeit über pflegte. Wenn ich ehrlich war, fand ich sogar, dass er noch nie so gut ausgesehen hatte wie in diesem Augenblick mit den wirren schwarzen Haaren und diesem hinreißenden Lächeln im Gesicht, das mein Herz aus unerfindlichen Gründen schneller schlagen ließ.

»Ehrlich gesagt hätte ich im Augenblick nichts gegen ein wenig Langeweile einzuwenden. Aber zumindest sollte es kein Problem werden, ein Geschäft für Abendgarderobe zu finden.« Alex sah sich um. »Anscheinend sind wir schon mal in der richtigen Straße gelandet.«

DAS RÄTSEL DER SPIELUHR

Alex

Wir passierten ein Geschäft nach dem anderen, nur um festzustellen, dass jedes von ihnen geschlossen hatte. Seufzend legte ich den Kopf in den Nacken und erblickte die Giebel der roten Dächer, die über uns aufragten. Sie waren wie die Stufen einer Treppe geformt und steinerne Wasserspeier verzierten die Gemäuer der weißen Backsteinhäuser. Diese Umgebung wirkte alles andere als bedrohlich, allerdings könnte dies der letzte Ort sein, den wir sahen, wenn wir keine Abendmode bekamen.

Die Verwandlung von Mandy, obwohl ich es Elena nicht gezeigt hatte, war nicht spurlos an mir vorübergegangen. Dieses Schicksal könnte auch mich jederzeit ereilen, umso wichtiger war es, mich auf dieses Spiel zu konzentrieren. Ich durfte mir keinen Fehler erlauben … keine Ablenkung. Mein Blick huschte zu Elena. Ihretwegen war ich ein unkalkulierbares Risiko eingegangen. Trotz all meiner vorher überlegten Strategien hatte mein Körper reflexartig reagiert, als sie in Gefahr schwebte. Elena hatte etwas an sich, das mich meine Prinzipien vergessen ließ. Als ich sie umarmt hatte, da war etwas in mir geschehen. Seitdem fühlte ich mich anders. Ich wusste nur nicht, ob ich das gut oder schlecht fand.

»Wann glaubst du, werden wir die anderen wiedertreffen? Auf der Abendveranstaltung?« Elenas Ton ließ erahnen, dass sich hinter ihrer Frage weitere verbargen. *Wen von den anderen würden wir wiedersehen? Waren sie wohlauf?*

»Kann gut sein. Bestimmt haben sie die Einladungskarten ebenfalls erhalten.«

Elena nickte und ich war froh, dass sie das Thema nicht weiter vertiefte. Ich wollte mir nicht auch noch Gedanken um die anderen machen, denn ich hatte schon genug mit mir selbst zu tun.

»Wie der Extrapreis wohl ausgesehen hat? Oder gab es vielleicht gar keinen?«

Ich zuckte die Achseln, dennoch hatte ich den Verdacht, dass wir diesen Wettbewerb nicht gewonnen hatten. Wie auch, bei alldem, was geschehen war?

Während wir unseren Weg fortsetzten, Laden um Laden passierten und tiefer in die Gassen des Ortes eintauchten, fühlte ich, wie geschwächt mein Körper von den Strapazen im Sumpf war.

Am liebsten hätte ich mich irgendwo hingesetzt und ausgeruht. Der Sumpf hatte an meinen körperlichen sowie mentalen Reserven gezehrt, und genau das bereitete mir Sorgen, denn ich hatte noch vier weitere Partien vor mir. Konnte ich dieser enormen Belastung wirklich standhalten? *Ich muss*, erklang eine Stimme in mir. Durchhalten oder ein Dasein als Schattenwesen fristen. Das waren die einzigen beiden Möglichkeiten, die ich hatte. Und weil die letztere keine Option war, würde ich die neue Aufgabe des Schattenprinzen erfüllen, obwohl sich alles in mir dagegen sträubte. Elena anzulügen war mir nicht leichtgefallen. Aber natürlich war meine Aufgabe weit anspruchsvoller, als bloß eine Spieluhr auszusuchen.

»Geht es dir gut?«, fragte Elena.

Ich fühlte mich zurückversetzt in das Gespräch mit Lyra, weil ich Angst hatte, Elena würde mir meine Schwäche ansehen. Meine Zweifel, die merkwürdigen Gefühle – all das, was ich nicht verstand. *Wer bist du? Held oder Bösewicht?* Diese Frage des Schattenprinzen kam mir wie blanker Hohn vor. Wer würde nicht zum Bösewicht werden, wenn er ums Überleben kämpfte?

In der Hoffnung, meine Gedanken würden verstummen, erwiderte ich Elenas Blick. Ihre moosgrünen Augen wirkten anders, seit wir die Partie verlassen hatten. Sie hatten etwas von ihrem Strahlen verloren.

Ein unbefriedigendes Gefühl machte sich in mir breit. Der Ausdruck in ihren Augen war nicht richtig. Ich wollte, dass sie ihre alte Leuchtkraft zurückerhielten.

»Alex?«, fragte Elena, weil ich ihr immer noch nicht geantwortet hatte.

»Alles in Ordnung, nur der Durst verschwindet nicht.«

Sie nickte verstehend. »Mir kommt es vor, als wären wir noch immer in der Partie. Wir irren weiterhin umher, sind auf der Suche nach einem Weg, um weiterzukommen.« Eine kleine Falte bildete sich über ihrer Nasenwurzel. »Warum sind alle Geschäfte geschlossen? Was übersehen wir?«

»Wenn ich das nur wüsste …«, murmelte ich.

Ich fühlte mich wieder einmal verloren. Die Gassen hier ähnelten auf erschreckende Weise den verschlungenen Pfaden in meinem Gehirn, die ebenfalls zu nichts führten. Kein Ziel, keine Erinnerungen. Was war ein Leben schon wert ohne Identität? Ich wusste nicht, wer ich war, welche Personen in meinem Leben eine Rolle gespielt hatten oder was ich erlebt hatte. Alles war vergessen und ich wurde den nagenden Verdacht nicht los, dass das schlimmer war, als zu sterben. Denn im Prinzip war ich bereits gestorben. Der alte Alex war zusammen mit seinen Erinnerungen verschwunden. Meine Hände ballten sich zu Fäusten.

»Warst du schon mal auf einem Ball?«, fragte ich, um mich abzulenken. »Oder ist das heute eine Premiere für dich?« Unauffällig lockerte ich meine Fäuste.

»Ja, aber ich mache mir nicht so viel aus derartigen Veranstaltungen.« Elena verdrehte die Augen. »All die Benimmregeln, die es zu beachten gibt … Viel lieber lese ich oder verbringe Zeit mit Jim.«

»Wer ist Jim?« Hatte sie etwa einen Verehrer? Und weshalb störte mich diese Vorstellung so ungemein?

»Der Sohn unserer Köchin. Mit ihm kann ich jeden Blödsinn, nach dem mir der Sinn steht, machen.« Bei der Erinnerung daran verzog sich ihr Mund zu einem Lächeln, doch keine Sekunde später erstarb es. Mal war sie losgelöst, geradezu fröhlich, aber diese Elena verschwand so schnell wie ihr Lächeln eben. Es war schwer zu ertragen, sie traurig zu sehen, deswegen wandte ich meinen Blick ab.

Da entdeckte ich einen Aushang, der an einem Laternenpfahl haftete, und trat heran.

»Wer wohl dieser Graf ist?«, wunderte sich Elena, die neben mich getreten war.

Ich gab einen unbestimmten Laut von mir.

»Ausnahmen werden keine gemacht«, las sie laut vor. »Das klingt aber gar nicht gut. Wir sollten schleunigst einen geöffneten Laden finden.« Sie wandte sich von dem Aushang ab und blickte sich suchend um. »Und wenn wir uns trennen? So könnten wir schneller die Gassen erkunden.«

Ihr Vorschlag war durchaus vernünftig, aber kein *Ja* wanderte mir über die Lippen. Ich konnte und wollte sie nicht allein losziehen lassen. Der Sumpf hatte Elenas Unbeschwertheit mit Schlamm besudelt, ihre Leichtigkeit im Matsch erstickt. Ich hatte Angst, was dieses Spiel noch mit ihr anrichten würde. Nicht, dass ich davon überzeugt gewesen wäre, das durch meine bloße Anwesenheit verhindern zu können, aber da war dieser unbedingte Drang in mir, sie zu beschützen. Ich wusste nicht, woher er kam, nur dass es falsch wäre, sich zu trennen.

»Alex«, wandte sich Elena nochmals an mich, nachdem ich nichts erwidert hatte. »Wir sollten keine Möglichkeit unversucht lassen …«

Just in dem Moment traf mein Blick auf das bisher einzige Geschäft, dessen Tür sperrangelweit offenstand. Aus einem Impuls heraus nahm ich Elenas Hand. Die Berührung ließ eine prickelnde Aufregung meinen Körper durchfluten, die ich zu ignorieren versuchte. »Sieh mal, dort hinten«, unterbrach ich sie, »der Laden hat offen.«

Sofort zog ich sie in Richtung Geschäft und blieb prompt stehen, als sich polternd eine Mauer in Bewegung setzte. Unsere Gasse wurde blockiert und dafür eine andere freigelegt.

»Was soll das schon wieder?« Ich ließ Elenas Hand mit einem frustrierten Stöhnen los. Warum wurde uns das Leben nun auch zwischen den Partien unnötig schwer gemacht? »Verdammt! Der Laden wäre vielleicht unsere letzte Chance gewesen.«

Mit der flachen Hand schlug ich gegen die Mauer und ließ sie dort verharren. Für einen Moment sah ich auf meine verschorften Fingerknöchel. Dieser gewaltige Frust, den ich vom Spiegelkabinett kannte, bahnte sich einen Weg. Dann zog etwas meine Aufmerksamkeit auf sich. Unter meinen Fingerspitzen spürte ich eine Unebenheit, die, wie mir meine Augen verrieten, ein kreisrundes Symbol formte.

»Komm, wir versuchen es in der nächsten Straße.« Elena berührte mich kurz an der Schulter, als ich nicht gleich auf ihre Worte reagierte.

Ich wandte mich zu ihr um und mein Blick blieb an ihren geschwungenen Lippen hängen. Sofort kam mir die Aufgabe des Prinzen in den Sinn. Er hatte mir aufgetragen, bis Mitternacht eine der verbliebenen Mitspielerinnen zu küssen. Als mich Elena vorhin nach meiner Aufgabe gefragt hatte, konnte und durfte ich ihr nicht die Wahrheit sagen. In meiner Nachricht stand explizit, dass ich sie geheim halten musste, um zu bestehen.

Nur leider hatte ich aufgrund meiner Lüge nicht nur eine Spieluhr bekommen, sondern auch ein schlechtes Gewissen. Es erschien mir falsch, Elena für meine Zwecke auszunutzen und ihr einen Kuss zu stehlen. Nur warum? Seit wann gab es richtig oder falsch in einem tödlichen Spiel?

Irgendwie liefen wir im Kreis, denn wir landeten wieder beim Spieluhrmacher, der gerade den Laden schloss.

»Verzeihung, können Sie uns sagen, welchen Weg wir nehmen müssen, um zu einem geöffneten Geschäft für Abendgarderobe zu gelangen?«, erkundigte sich Elena.

»Es tut mir leid, mein Kind. Meine Arbeit ist getan und nun habe ich es sehr eilig. Die Spieluhr dreht sich, darum muss ich meinen Nachhauseweg pünktlich antreten.«

»Bitte, wir brauchen dringend neue Kleidung, weil wir zu der Abendveranstaltung eingeladen sind. Sonst können wir die nächste Partie nicht betreten, was wiederum bedeutet, dass wir zu Schattenwesen werden. Das können Sie doch nicht wollen«, flehte Elena.

Sein Blick hinter den runden Brillengläsern wurde weich, dennoch schüttelte er den Kopf.

»Es tut mir leid, ich bin schon viel zu spät dran.«

Plötzlich lief er los und rammte dabei meine Schulter. Der Leinensack mit der Spieluhr fiel mir aus der Hand. Schon das Geräusch, das sie machte, als sie auf dem Boden aufschlug, ließ mich erahnen, dass sie den Sturz nicht heil überstanden hatte.

»Hey!«, brüllte ich ihm hinterher, aber als ich mich umdrehte, war er bereits verschwunden. Ein ungläubiges Lachen verließ meinen Mund. Die sogenannte Figur ließ uns im Stich. *Natürlich.*

Derweil hatte Elena die Spieluhr aus dem Leinensack herausgeholt. Das Gehäuse war beinahe völlig zerstört und ich sah auf den ersten Blick, dass das Geschenk des Uhrmachers nicht mehr zu retten war. Dennoch sammelte Elena akribisch die Einzelteile zu unseren Füßen ein. Die beiden Krähen waren kaputt, ihre Flügel abgebrochen. *So viel zum Gleichgewicht von Schatten und Licht …*, dachte ich.

Ich kniete mich neben sie. »Lass es gut sein, Elena. Sie hat ihren Zweck erfüllt.« Die Lüge kam mir viel zu leicht über die Lippen.

Mit verbissenem Gesichtsausdruck schüttelte sie den Kopf. »Wenn ich schon Mandy nicht …« Sie hielt inne. »Ich kann sie wieder zusammensetzen, ich weiß, dass ich es kann.«

Ich wollte für sie da sein wie zuvor in dem Raum mit den fließenden Wänden. Das war ein inneres Bedürfnis, dem ich ausgeliefert war … Nein, das ich lieber ausblenden sollte. Erst war ich versucht, sie zu berühren, aber ich griff im letzten Moment lieber zur Spieluhr oder zu dem, was von ihr übrig geblieben war. Scharf sog ich die Luft ein, als der gesamte obere Teil – der Deckel inklusive der Plattform, auf der die beiden Krähen sich gedreht hatten – sich ablöste und weitere Teile auf den Boden fielen.

Entsetzen machte sich auf Elenas Gesicht breit, während sie das Innenleben betrachtete, das nun aufgedeckt war. Ihre Verzweiflung war beinahe greifbar, aber merkwürdigerweise blieb sie ruhig und ihre Züge glätteten sich sogar.

»Das sieht ein bisschen aus wie bei einer Lochplattenspieluhr.« Elena fuhr bedächtig mit den Fingerspitzen über einen der Ringe. »Mein Vater hatte so etwas«, erklärte sie. »Die Mechanik besteht aus einer kleinen flachen Metallplatte, in die rechteckige Löcher gestanzt sind, die an der Unterseite wie Haken hochstehen und über einen Spieluhrenkamm gleiten, was wiederum die Melodie erzeugt.«

Was Elena sagte, ergab durchaus Sinn, nur hatten wir es hier nicht mit einer einzelnen Scheibe zu tun, sondern mit mehreren flachen Ringen.

»Die Anordnung der Löcher erinnert mich an die des schwarzen Turmalins auf der Truhe im Sumpf, in der die Einladungskarten lagen.« Sie legte ihren Kopf schräg und dachte nach, als ihr plötzlich etwas auffiel. »Sieh nur, da befindet sich eine Gravur im Deckel«, sagte Elena und wir lasen sie gleichzeitig durch.

Die Spieluhr dreht sich,
ständig und stetig.
Die Melodie weist dir den Weg,
die Karte dient als Beleg.

»Hast du eine Ahnung, was das bedeuten soll?«

Sie schüttelte den Kopf. »Die Spieluhr dreht sich, ständig und stetig – das hat sie doch nur im Laden getan.« Elena runzelte die Stirn.

Obwohl ich mir sicher war, dass es nicht klappen würde, zog ich die Spieluhr auf. Zu meiner Überraschung funktionierte sie noch. Eine Melodie erklang. Es war dieselbe, die ich bereits auf dem Jahrmarkt gehört hatte. Die Töne lösten ein Gefühl in mir aus, das mir sagte, dass ich kurz davor stand, mich an etwas zu erinnern. Die Lösung lag mir förmlich auf der Zunge, aber ich schaffte es nicht, sie auszusprechen.

»Es ist die Melodie der Spieluhr, die mich hergebracht und …«

Ich ließ Elena nicht zu Ende sprechen, denn mir fiel etwas ein. »In der ersten Partie gab es doch einen Vers. Die Spieluhr dreht sich zur rechten Zeit, drum steh besser pünktlich bereit.«

Elena riss die Augen auf. »Da hat sich ebenfalls eine Mauer verschoben und wegen ihr hätten wir es beinahe nicht aus der Partie geschafft.«

»Vor dem Eingang zum Sumpf gab es ebenfalls Mauern, die sich bewegt haben«, ergänzte ich.

Nachdenklich starrte ich auf die Mechanik dieses Exemplars. Meine Gedanken kreisten wie die Ringe der Scheibe, verschoben sich wie die Löcher …

Und auf einmal konnte ich meine vorige Ahnung in Worte fassen. »Es mag verrückt klingen, aber wäre es möglich, dass wir uns in einer Art Spieluhr befinden?«

Elena dachte darüber nach.

»Spieluhr, dreh dich«, murmelte sie und sah mir dann direkt in die Augen. »Das war der Abschluss der Rede des Schattenprinzen. Das würde zu deiner Vermutung passen.«

Ich nickte eifrig.

»Eine Welt in einer Spieluhr …«, sagte sie. »Das hieße, die Wände würden sich im Rhythmus der Drehbewegung der Spieluhr verschieben.«

»Genau! Aber was hat das mit diesem Exemplar zu tun?«, fragte ich und schaute auf das kaputte Ding.

»Die Melodie weist dir den Weg, die Karte dient als Beleg«, wiederholte Elena den letzten Teil der Gravur. »Die kleinen Rechtecke hier erzeugen die Melodie, und da diese uns wiederum den Weg weisen soll, müsste das bedeuten, dass sie die Mauern in dieser Welt darstellen.«

Ich ließ mir ihre Worte durch den Kopf gehen, während ich die Spieluhr erneut aufzog und beobachtete, wie die Löcher sich mit den jeweiligen Ringen bewegten. Dabei ergaben sich große Öffnungen oder Lücken schlossen sich. Ganz so, wie die Mauern hier die Wege freigaben oder blockierten.

Außerdem stellte ich fest, dass sich die äußeren Ringe schneller bewegten als die inneren, da sie in derselben Zeit eine größere Strecke zurücklegten als die Ringe nahe dem Zentrum. Die Aussparungen – oder Mauern – waren demnach weiter außen öfter in Bewegung.

Während ich die sich drehenden Ringe beobachtete, erschien plötzlich vor meinem inneren Auge das Zeichen an der Mauer, das ich zuvor nicht hatte einordnen können …

»Die Ringe ergeben zusammen die Karte!«, platzte es aus mir heraus. »Sie sind ein Abbild dieser Welt.«

Aufgeregt schlug ich die Spieluhr auf den Boden, sodass sie gänzlich zerbrach, und nahm die einzelnen Ringe in die Hand.

»Was tust du denn da?«, fragte Elena entsetzt.

»Los, komm mit. Dann zeige ich dir, was ich meine.«

Wir rannten zu der Mauer, die uns den Weg zum geöffneten Geschäft blockierte und sich seitdem nicht wieder bewegt hatte.

Gespannt hielt ich die Ringe an das kreisrunde Symbol und merkte, dass nur die ersten drei hineinpassten. Die vier äußeren und größeren Ringe legte ich auf den Boden. Das würde bedeuten, dass wir uns noch ziemlich nah am Zentrum der Spieluhr befanden. Angenommen, der Jahrmarkt entsprach dem Mittelpunkt, ergab es durchaus Sinn, dass uns das Verschieben der Mauern bisher nicht so stark aufgefallen war. Je weiter wir in den Partien voranschritten und in die äußeren Ringe vordrangen, desto öfter würden uns wohl Wände den Weg versperren.

»Was hast du vor?«, fragte Elena, während ich die Ringe hin- und herdrehte.

»Als ich das Symbol auf der Mauer gesehen habe, sind mir zwar die Erhebungen darin aufgefallen, aber ich wusste nicht, was sie bedeuten«, erklärte ich. »Erst nachdem ich die Löcher in den Ringen gesehen habe, wurde mir klar, welche Funktion sie haben.«

Ich hob einen der Ringe vor das Symbol und drehte ihn, bis die Aussparungen auf die Erhebungen passten. So legte ich auch die verbliebenen beiden Ringe auf und betrachtete das Muster aus Erhebungen und Tälern, das entstanden war. Wenn unsere Theorie stimmte, zeigte es uns die Mauern und passierbaren Wege.

»Ich glaube, ich habe es verstanden.« Elena kam einen Schritt näher und zeichnete mit ihrem Finger den einzigen Weg entlang, der uns zum offenen Abendmodegeschäft hinter dieser Mauer führte. »Wir müssen nach rechts«, sagte sie und klang erleichtert.

»Ach du meine Güte, da seid ihr ja endlich!«, erklang eine schrille Stimme, sobald wir die Türschwelle des Abendmodegeschäfts übertraten. »Ich habe mir schon Sorgen gemacht!«

Eine korpulente Frau mit blonden Locken sprang von einem mintgrünen Ohrensessel auf. Sie trug ein weißes Kleid, das mit rosa Flamingos verziert war und im Kontrast zu der hier angebotenen klassischen Abendmode stand. Zudem dienten ihre purpurrosa geschminkten Lippen als Körper für einen Flamingo, dessen Hals und Kopf an ihrem Mundwinkel hinauf bis zur Nase reichten. In ihrem

Haar befand sich netzartiger Schmuck derselben Farbe, der über ihr halbes Gesicht fiel.

Elena und ich tauschten einen verdutzten Blick.

»Habt ihr die Einladungskarten vom Grafen dabei?«, fragte sie, nachdem sie ihre Federboa über die Schulter geworfen hatte.

Elena nickte.

»Zeigt sie mir und ich gebe euch die Kleidung, die für euch bestimmt ist.«

Elena und ich holten die Karten hervor und reichten sie der Verkäuferin, die sich gerade ein Monokel aufsetzte, das mit einer langen silbernen Kette an ihrem Kleid angebracht war. Eingehend studierte sie die Einladungen und strich mit den Fingern über die goldene Prägung. »Da ihr die Gruppe seid, die den Sumpf nicht als Erstes absolviert hat, bekommt ihr schlichtere Kleidung, aber keine Sorge, sie wird dennoch den Ansprüchen des Grafen genügen.«

Sie reichte Elena und mir die Einladungskarten zurück, marschierte um den Verkaufstresen herum und verschwand hinter einem rosa Samtvorhang.

Es ärgerte mich, dass wir nun die Bestätigung dafür hatten, die langsamere Truppe gewesen zu sein. Doch ich wollte mir vor Elena meinen Unmut nicht anmerken lassen. Außerdem wirkte der Blick aus Elenas moosgrünen Augen so traurig, dass ich sie unbedingt aufheitern wollte.

»Schlicht ist mir ohnehin lieber. Oder meinst du, eine Federboa würde mir auch stehen?«, raunte ich Elena zu.

Meine Bemerkung entlockte ihr ein Schmunzeln, das für meinen Geschmack viel zu schnell verschwand.

»Demnach gab es wirklich einen Extrapreis für die Schnellsten«, sagte sie. »Hoffentlich wird uns das in der nächsten Partie nicht zum Verhängnis.«

Ich presste die Lippen zusammen. Sie könnte mit ihrer Befürchtung durchaus recht haben.

»Kleider können eine schillernde Persönlichkeit unterstreichen, doch sie machen sie nicht aus«, hörten wir die hohe Stimme der Verkäuferin, ehe der Vorhang mit einer theatralischen Geste von ihr beiseitegeschoben wurde. »Das solltet ihr euch merken.«

Sie reichte jedem von uns einen Bügel mit eleganter Abendgarderobe sowie ein Paar Schuhe.

»Danke«, sagte Elena und griff nach ihrem Kleid, während ich überlegte, was die Verkäuferin damit meinte.

»Die Umkleiden befinden sich im ersten Stock.« Sie deutete mit ihrem Finger hinter uns zu einer Wendeltreppe aus Messing, die mir bisher nicht aufgefallen war.

»Wenn etwas angepasst werden muss, dann lasst es mich wissen. Mit der Hilfe der Mäuse werde ich mich rasch darum kümmern. Und jetzt husch, husch, eure Kleider probieren sich nicht von allein an.«

Als Erstes zog ich den Gehrock aus, dann folgte die Hose. Meine Muskeln spannten sich an, während ich mein Hemd aufknöpfte. Es war dreckig geworden, als ich Elena vorhin an mich gedrückt hatte, aber das scherte mich nicht weiter. Ich war nur auf eine Sache konzentriert … *Jetzt werde ich das sehen, was ich schon bei den fließenden Wänden bemerkt habe …*

Das Hemd ließ ich achtlos zu Boden fallen, während ich in den Spiegel starrte. Mein Anblick war noch immer befremdlich, aber die schwarze Tinte, die sich über meinen Oberkörper erstreckte, beschleunigte sofort meinen Puls. Meine rechte Schulter sowie die gesamte Brust waren übersät mit Linien und Formen. Die konnten doch nicht alle hier entstanden sein?

Ich fuhr mit meinen Fingern über die Sanduhr, die Teil des Spiels war. Betrachtete dann die verschlungenen Kreise auf meinem rechten Unterarm, die im Spiegelkabinett nach Erhalt meiner ersten Aufgabe entstanden waren, und sah anschließend zum zweiten Bild, das beim Spieluhrmacher aufgetaucht war. Es bestand aus einem runden Mandala, dessen Zentrum ein Auge bildete. Das Motiv löste Übelkeit in mir aus. Es kam mir es vor, als würde der Schattenprinz mir damit sagen wollen, dass er mich beobachtete. Vermutlich tat er das sogar.

Ich hob meinen Blick und betrachtete erneut die Tätowierungen, deren Zweck ich nicht kannte. Der Schattenprinz liebte es, Spielchen zu spielen. Gehörte die Tinte zu einem? Wenn ja, war die Lösung für mich bisher nicht zu greifen. Ich kniff die Augen zusammen, taxierte meinen Anblick und stieß frustriert die Luft aus, als sich in mir keine Empfindung regte. *Fremd, vertraut, Liebe, Hass …* – nichts assoziierte ich damit.

Ich wollte Elena fragen, ob sie auch weitere Tätowierungen an sich festgestellt hatte, aber irgendetwas ließ mich zögern. Stattdessen zog ich mir mein neues Hemd über und hoffte, dass ich mir nicht länger den Kopf darüber zerbrechen würde, wenn ich die Körperbemalung nicht mehr sah. Ganz nach dem Motto: Aus den Augen, aus dem Sinn. Das flaue Gefühl im Magen blieb jedoch, selbst als ich wieder vollständig bekleidet war.

»Alex, könntest du bitte die Verkäuferin rufen? Ich brauche Hilfe mit dem Kleid«, bat Elena mich in diesem Moment.

»Ja, ich hole sie«, antwortete ich und trat aus der Umkleide heraus.

Doch als ich unten ankam, war die Verkäuferin wie vom Erdboden verschluckt.

»Hallo?«, rief ich in den Lagerraum, dessen Vorhang diesmal geöffnet war. Bis auf weitere Kleider und Anzüge war nichts und niemand zu sehen. Noch einmal erhob ich meine Stimme, aber keine Antwort erklang. Schnell lief ich wieder nach oben.

»Elena, ich habe die Verkäuferin nicht gefunden. Kann ich dir helfen?«

Zuerst blickte sie nur durch einen Spalt des rosa Samtvorhangs, ehe sie ihn ganz öffnete. Mir verschlug es bei ihrem Anblick die Sprache.

Fließender schwarzer Stoff glitt über ihre wohlgeformten Rundungen. Das hauchdünne Material, aus dem das Kleid bestand, ließ mich Hautpartien erahnen, auf die ich nur zu gerne einen genaueren Blick geworfen hätte. Das Muster der hochwertigen Spitze, die sich über ihr Dekolleté bis zu ihrem Hals erstreckte, schmeichelte ihr. Zusammen mit ihrem Porzellanteint wirkte sie wie die Verkörperung von Schatten und Licht. Sie war atemberaubend schön.

»Würdest du mir das Kleid zumachen?«, fragte sie.

Erst da fiel mir auf, dass sie es mit beiden Händen festhielt, damit es nicht herunterrutschte.

Mein Mund war trocken. Ich schluckte. »Natürlich.«

Sie drehte sich um und offenbarte mir ihren nackten Rücken. Dabei bemerkte ich ihre steife Haltung, und sobald ich an die Seiten des Kleides griff, zuckte sie spürbar zusammen.

So schreckhaft war Elena vor dem Sumpf nicht gewesen. Mir kam es so vor, als hätte sie einen Teil von sich selbst in der letzten Partie zurückgelassen. *Sie ist nicht mehr dieselbe. Genauso bin ich nicht mehr derselbe.*

»Allmählich werde ich richtig geübt darin. Aber zur Abwechslung solltest du das nächste Mal mir an die Wäsche gehen«, neckte ich sie.

Sofort löste sich ihre Anspannung. Ihre Schultern bebten, während sie leise in sich hineinkicherte. Dieses Geräusch brachte mich zum Grinsen. Doch die Atmosphäre schlug um, sobald ich Knopf für Knopf ihr Kleid schloss. In mir entstand die Sehnsucht, mit meinen Fingerkuppen nicht nur den Stoff zu berühren, sondern ihre weiche Haut, Wirbel für Wirbel ihr Rückgrat hinabzustreichen und zu beobachten, ob ich diesmal etwas anderes auslösen würde als zuvor. Könnte ich Elena vor Wohlgefallen erzittern lassen? Nur mit großer Willensanstrengung widerstand ich dieser Versuchung und schloss rasch die restlichen Knöpfe.

»Vielen Dank.« Mit einem hinreißenden Lächeln im Gesicht drehte sie sich zu mir um.

»Du bist wunderschön«, platzte es aus mir heraus, woraufhin sich ihre Wangen röteten, was sie nur noch hübscher machte.

»Wunderbar!«, vernahm ich plötzlich die Stimme der Verkäuferin. Sie klatschte vor Begeisterung in die Hände. »Ihr seht fantastisch aus!«

Sie trat an Elena heran, reichte ihr die Hand und führte sie aus der Garderobe heraus. »Der Graf wird von dir entzückt sein, Mädchen.« Die Verkäuferin hob ihre Hand. »Dreh dich.«

Elena schüttelte verdutzt den Kopf.

»Los, zeig dich. Du musst nicht schüchtern sein. Bei deinem Anblick wird jedem Mann schwindelig, wenn er dich sieht.«

Ich lachte in mich hinein, als ich Elenas widerwilligen Gesichtsausdruck sah. Dennoch tat sie der Verkäuferin den Gefallen und drehte sich einmal, zweimal und sogar ein drittes Mal.

»Siehst du, einem Mann ist schon ganz schwindelig geworden.«

Die ältere Dame zwinkerte mir zu. Elena warf mir einen forschenden Blick zu, dem ich lieber auswich.

»Und dem Grafen wird dein reizendes Aussehen auch sehr gefallen«, fuhr die Verkäuferin fort. »Das ist von äußerster Wichtigkeit, denn nur wer seine Gunst erwirbt, wird auch zu einer Privataudienz bei ihm eingeladen.«

Elena und ich schauten uns verwirrt an.

»Hm.« Die Verkäuferin legte den Kopf schief. »Ein wenig sollte dein Kleid noch angepasst werden. Nimm mal bitte die Arme hoch.« Wieder setzte sie ihr Monokel auf und nahm ein paar Nadeln aus dem Nadelkissen, das sie um ihr Handgelenk gebunden hatte. Mit ein paar geübten Bewegungen steckte sie diese an der Seite von Elenas Kleid fest.

»Und nun zieh es geschwind wieder aus, damit die Mäuse es in wenigen Minuten für dich umnähen können«, meinte sie zu Elena, ehe sie sich an mich wandte. »Auch du solltest dich wieder umziehen. Ihr werdet später noch Gelegenheit bekommen, euch herzurichten.«

Wir taten, wie uns geheißen, und wenig später befanden wir uns wieder im Erdgeschoss.

»Zum Schneiderraum geht es hier entlang.«

Wir folgten der Verkäuferin zu einer Tür im Lagerraum, die mir vorhin vor lauter Kleidungsstücken gar nicht aufgefallen war. Merkwürdig ratternde Geräusche drangen an mein Ohr, und als sie die Tür öffnete, verstärkten sich diese. Dahinter kam ein geschäftiges Treiben zum Vorschein. Personen mit Mäusemasken saßen hinter glänzenden schwarzen Nähmaschinen mit Fußantrieb.

Ein Mädchen in einer Mauskostümierung sprang bei unserem Eintreten auf und eilte zur Verkäuferin. »Was kann ich für Euch tun, Herrin?«, fragte sie dienstbeflissen.

»Dieses Kleid hier muss enger gemacht werden, und zwar flott«, teilte sie der Maus mit.

Eifrig nickend nahm diese das Kleid entgegen und setzte sich zurück an ihre Nähmaschine.

Weiter hinten im Raum bemerkte ich dicke Raupen, die strahlend weiß waren. Aus ihren Körpern zogen sich lange Fäden, die von den Angestellten auf Rollen gewickelt wurden.

»Was sind das für Tiere?«, fragte Elena, die meinem Blick gefolgt war.

»Das sind Lichtspinner. Aus ihnen gewinnen wir das Lichtgarn für unsere Kleidung. Du kannst sie dir gerne anschauen, wenn du magst.«

Als Elena diese Worte hörte, leuchteten ihre Augen auf. »Gerne!«

Wir folgten der Verkäuferin durch den Trubel bis hin zu dem Tisch, auf dem sich sechs Wesen befanden, die von der Größe meines Unterarms waren. Sie wanden sich unentwegt und gaben dabei aus ihren kleinen Mäulchen einen nicht enden wollenden dünnen Faden ab. Ihre Körper waren mit einem flauschigen Fell überzogen, das zum Streicheln einlud, und sie schienen von innen heraus zu leuchten. Mit ihren Knopfaugen fixierten sie uns. Zwei Fühler, die kleine Verästlungen hatten, zuckten aufgeregt.

»Irgendwie sind sie niedlich und doch auch wieder nicht«, stellte Elena schmunzelnd fest.

Ich besah mir die dicken Geschöpfe noch einmal genauer. »Also etwas Niedliches kann ich bei diesen Tieren beim besten Willen nicht entdecken.«

»Vielleicht brauchst du eine Brille«, scherzte Elena und ich schnaubte belustigt. Mein Magen prickelte vor Glück, weil sie so losgelöst war.

»Warum leuchten die Raupen?«, fragte Elena die Verkäuferin.

»Sie gehören zu den Lichtwesen und tragen somit das Licht unserer Welt in sich«, antwortete diese.

Elena setzte an, etwas zu sagen, als ein lautes Zwitschern ertönte, das aus dem Mund einer Raupe kam.

»O nein. Nicht schon wieder eine Metamorphose!«, rief die Verkäuferin aufgebracht. »Geht schnell alle in Deckung und schützt die Kleidung!«, richtete sie sich laut an ihre Arbeiter.

Die maskierten Angestellten wuselten hektisch, doch routiniert, durch den Raum und verstauten sämtliche Kleider und Stoffe in massiven Schränken, während ich es mit der Angst zu tun bekam. Das Zwitschern der Raupe nahm stetig zu und sie versprühte wild ihre Fäden um sich, bis sie beinahe vollständig in ihnen verschwunden war.

»Los, kommt. Wir müssen hier weg. Und zwar schnell!« Die Verkäuferin lief voran und kippte zwei große nebeneinanderstehende Tische um. »Hier gibt es Schutz«, sagte sie und bedeutete uns, zu ihr zu kommen.

Schließlich hockten wir zusammen mit den Mäusen und der Verkäuferin hinter den Tischplatten.

»Was passiert jetzt?«, fragte ich und linste über den Rand der Tischplatte. Der Körper der Raupe vibrierte ganz merkwürdig.

»Nichts Außergewöhnliches«, winkte die Verkäuferin ab und wirkte mit einem Mal wieder ganz ruhig. »Der Lichtspinner verwandelt sich bloß in einen Schmetterling.«

»Wie aufregend«, kam es von Elena, während sich in meinem Kopf das Bild von einem riesigen Schmetterling formte, der uns angriff, da ich mir einfach nicht vorstellen konnte, dass es jetzt doch so harmlos sein sollte. Das hier war noch immer Teil des Spiels, und das war verdammt gefährlich. Ich war alles andere als begeistert.

Ein lauter Knall ertönte und etwas traf hart den Tisch, hinter dem wir Schutz gesucht hatten. Erschrocken fuhr ich zusammen und Elena sog geräuschvoll die Luft ein. Feine Fäden segelten herab, die sich in unseren Haaren verfingen.

»Schon ist es vorbei«, meinte die Verkäuferin und stand auf.

Als ich mich zögerlich erhob, bemerkte ich, dass ein Teil des weißen Kokons gegen den Tisch geschleudert worden war. Misstrauisch blickte ich mich nach dem Monsterschmetterling um, doch er musste sich gut versteckt haben, denn ich konnte ihn nirgends sehen.

Plötzlich warf sich ein flatternder Schatten über mein Gesicht und ich riss reflexartig meine Fäuste hoch.

»Da ist er ja«, sagte die Verkäuferin und hielt ihre Hand hoch.

Langsam senkte ich meine Arme, als ich einen kleinen, leuchtenden Schmetterling auf ihrem Zeigefinger erblickte.

»O! Er ist reizend.« Elena klang verzückt.

Und so winzig, ergänzte ich in Gedanken.

»Alex, willst du ihn dir nicht näher anschauen? Oder hast du etwa Angst vor Schmetterlingen?«, fragte Elena und schaute mich belustigt an.

Als Antwort gab ich nur ein Murren von mir.

»Es heißt, wenn man ihm seinen vollständigen Namen nennt, wird das innere Licht gestärkt, was zu einer positiven Einstellung und allgemein zu mehr Optimismus führt«, sagte die Verkäuferin.

»Ich glaube, dann sollte Alex mal ganz schnell seinen Namen nennen«, frotzelte Elena.

Ich rollte nur mit den Augen.

»Siehst du, genau das meine ich«, sagte Elena und lachte. »Du kleiner Griesgram.«

»Pfff«, machte ich. »Das nennt man gesunden Realismus.«

»Na klar!« Elena zwinkerte mir zu. »Red dir das ruhig ein.« Dann beugte sie sich vor und nannte dem Schmetterling ihren vollständigen Namen.

Daraufhin intensivierte sich das Leuchten, bis es so grell wurde, dass ich meine Augen zukneifen musste.

»Wunderschön«, staunte Elena und trat zurück. Das Licht des Schmetterlings ebbte allmählich auf sein normales Maß ab.

»Willst du es nicht auch versuchen?« Auffordernd blickte Elena mich an.

Ich konnte dem hinreißenden Lächeln, das sie mir schenkte, nicht widerstehen. Ihre Begeisterung über das Tier war ansteckend. Ich machte einen Schritt auf den reinweißen Schmetterling zu, der ein warmes Leuchten aussandte, das seine Flügel zum Glitzern brachte. Er war in der Tat wunderschön.

»Alexander Chandler«, flüsterte ich und kniff vorsorglich die Augen zusammen, doch das erwartete grelle Licht blieb aus.

»Was ist passiert? Ist er kaputt?«, fragte ich bestürzt.

Die Verkäuferin machte ein ratloses Gesicht. »Hast du deinen vollständigen Namen genannt?«

Ich nickte.

»Sicher?«, fragte sie mit hochgezogenen Augenbrauen.

Ich wollte mit Ja antworten, doch etwas in ihrem Blick ließ mich zögern, und dann traf mich die Erkenntnis wie ein Schlag. Ich hatte keine Ahnung, ob ich noch einen Zweitnamen besaß.

Ich verschränkte die Arme vor der Brust. »Nein«, gab ich schroff zu. »Aber es ist ohnehin nicht von Bedeutung, denn ich glaube nicht, dass ein Schmetterling fähig ist, optimistischer zu machen.« Beinahe hätte ich noch ›einmal Pessimist, immer Pessimist‹ hinzugefügt, verkniff es mir jedoch.

Elena presste die Lippen zu einem Strich zusammen und Mitleid trat in ihre Augen, welches ich nicht sehen wollte. Verdammt! Ich brauchte kein Mitleid. Von niemandem!

Als wir mit unserer in einer Schutzhülle aus Leinen verpackten Kleidung aus dem Laden traten, wurden wir von einem Mann in einem weißen Frack und mit runder Brille angesprochen. Zur Begrüßung lüpfte er seinen weißen Zylinder.

»Hier seid ihr also. Ich habe euch schon überall gesucht.« Er holte aus seiner Westentasche eine goldene Savonnette – eine kleine Taschenuhr – heraus und warf einen Blick darauf. »Ihr solltet längst im Gasthaus sein, um euch für die Feier des Grafen vorzubereiten. Los, los, wir müssen uns beeilen.«

»Wo haben Sie denn Ihr Einrad gelassen?«, fragte Elena.

Ich blickte verwundert zu ihr. Kannte sie den Kerl etwa?

»Das brauche ich heute nicht. Ich bin im Auftrag des Grafen hier«, erläuterte er, »und soll gewährleisten, dass seine heutigen Ehrengäste den Weg zu seinem Anwesen finden. Im Übrigen erwarten euch die anderen Spieler im Gasthaus, sowie Speis und Trank. Alles bereits bezahlt vom Grafen. Wenn ihr mir also folgen würdet. Die Zeit, sie rinnt.«

Während wir dem weißhaarigen Mann folgten, der es seltsam eilig hatte, hing ich meinen Gedanken nach. Die jüngsten Ereignisse hatten mir erneut gezeigt, wie wenig ich über mich selbst wusste. Ich unterdrückte ein frustriertes Kopfschütteln. Stattdessen fuhr ich mir durch die Haare.

»Ich kann mir nicht im Entferntesten vorstellen, wie es sein muss, seine Identität nicht mehr zu kennen«, sagte Elena, als hätte sie meine Gedanken gelesen. »Ich glaube, wenn ich mein Gedächtnis verloren hätte, dann würde ich mich ziemlich unvollständig fühlen.« Dabei blickte sie mich so intensiv an, dass ich meinen Blick zu Boden richten musste, aus Angst, Gefühle würden in mir hochkommen, die ich die ganze Zeit über erfolgreich unterdrückt hatte.

Ich war zwar dankbar, dass sie mir ihr Mitgefühl für meine Situation ausdrückte, aber im Moment war das kein guter Zeitpunkt. Und zwischen Mitgefühl und Mitleid lag nur ein schmaler Grat. Ich war noch viel zu durcheinander und wollte ihr nicht meine Emotionen diesbezüglich offenbaren.

»Es ist nicht nur schlecht, sich an nichts zu erinnern. So sind auch die bösen Erinnerungen verschwunden«, versuchte ich Elena und auch mich selbst davon zu überzeugen, damit sie nicht bemerkte, dass sie meinen wunden Punkt getroffen hatte. »Würdest du nicht lieber das Verschwinden deines Vaters und die damit verbundene Trauer vergessen wollen?« *Oder das, was mit Mandy passiert ist …?*

Sie dachte über meine Worte nach und schüttelte dann vehement den Kopf. »Wenn es bedeutet, ihn und seine Liebe für mich zu vergessen, dann mit Sicherheit nicht.«

Ich verstand, was sie meinte, denn auch ich wollte meine Erinnerungen zurück, die schlechten wie die guten, obwohl ich gerade etwas vollkommen anderes gesagt hatte. »Er scheint dir viel zu bedeuten. Wie war dein Vater so?«

»Er hat mir den Respekt vor der Natur und dem Leben beigebracht. Und er hatte immer ein Auge für die Wunder dieser Welt«, erzählte sie mit einem entrückten Lächeln auf den Lippen, den Blick in unbestimmte Ferne gerichtet. »Er war neugierig, so wie ich. Und er liebte es, Rätsel zu lösen. Doch am liebsten waren ihm die Sterne. Er war Astrophysiker, weißt du? Manchmal hat er mich mitten in der Nacht geweckt, weil der Blick auf den Orion oder eines der anderen Sternbilder angeblich schöner sei als jemals zuvor. Wir standen dann stundenlang hinter seinem Teleskop und beobachteten den Himmel. Wenn er mir etwas erklärt hat, war die Leidenschaft, die er für seine Arbeit empfand, geradezu greifbar.« Ihre Stimme sprühte vor Zuneigung. Ihr Vater bedeutete ihr sehr viel und ich fragte mich, ob es mir mit meinem ähnlich ging.

Innerhalb kürzester Zeit erreichten wir ein weißes Klinkersteingebäude. Die Türen und Fensterrahmen bestanden aus dunkelgrün lackiertem Holz. In goldenen Lettern stand *The Prince* über dem Eingang.

»Kurz bevor die letzten Körner durch eure Sanduhren gerieselt sind, hole ich euch ab und führe euch zur Villa des Grafen«, erklärte der Mann mit dem Zylinder. »Vergesst eure Einladungskarten nicht.« Mit diesen Worten machte er auf dem Absatz kehrt und verschwand.

Als wir in das Gasthaus eintraten, fiel mir als Erstes das riesige kugelförmige Gefäß aus Glas auf, das von der Decke herabhing und unzählige Liter einer goldenen Flüssigkeit beinhaltete. Ich vermutete, es handelte sich dabei um Bier – so sehr, wie es schäumte. Davon gingen mehrere durchsichtige Rohre ab, die zu der Bar führten.

Der Tresen sowie die Paneele an den Wänden und auch die Tische waren aus dunklem Holz gefertigt. Nackte Glühbirnen mit kunstvollen Leuchtdrähten hingen von der Decke herab und beleuchteten die gemütliche Gaststube.

Der rundliche Wirt, der einen Hut in Form eines Schneckenhauses trug, begrüßte uns. »Ihr seid die fehlenden Spieler. Kommt, ich bringe euch an euren Tisch.«

Wir passierten lange Sitzbänke und erreichten im hinteren Bereich einen runden Tisch, an dem bereits Amit, Robert und Lyra saßen und etwas aßen. Ich merkte erst, wie angespannt ich gewesen war, als meine Schultern nach unten sackten. Unterbewusst hatte ich mir mehr Sorgen um die drei gemacht, als mir lieb war.

Robert stand sofort auf, als er uns erblickte, und umarmte Elena und mich kurz. Amit tat es ihm gleich und selbst Lyra begrüßte uns herzlich. Doch bei ihr stellte ich wieder einmal die Beweggründe infrage. Kurz ließ ich meinen Blick über die drei schweifen, rein äußerlich wirkten sie unversehrt.

»Wir haben uns Sorgen um euch gemacht. Wo wart ihr so lange?«, fragte Amit.

»Wo ist Mandy?«, erkundigte sich Lyra.

Da Elena nicht fähig war, ihr zu antworten, erzählte ich den anderen knapp, was im Sumpf geschehen war. Als sie von Mandys Schicksal erfuhren, las ich Betroffenheit in ihren Gesichtern. Robert war ganz blass geworden. Nervös nestelte er am Ärmel seines Hemdes herum und wirkte regelrecht niedergeschlagen.

»Ich würde vorschlagen, dass ihr euch etwas zu essen bestellt, und dann gehen die Jungs und Mädchen in ihre jeweiligen Zimmer, um sich herzurichten«, kam es von Lyra. Das war eine gute Idee. Wir setzten uns und bestellten.

Ich nahm einen Eintopf, der Möhren, Kartoffeln und Fleisch enthielt. Die Größe der Portion war für meinen Hunger angemessen und ich verschlang ihn in kürzester Zeit.

Anscheinend hatte der Sumpf mich völlig ausgedörrt, denn ich war noch immer so durstig, dass ich mir ein Bier bestellte. Zu meiner Überraschung befand sich in dem Getränk eine kleine Eidechse in einem runden Sieb.

»Was ist das? Eine Echse? Ertrinkt sie nicht im Wasser?«, fragte ich und beobachtete das fleischfarbene Tier.

»Das ist ein Axolotl, auch Schwanzlurch genannt«, erklärte Robert. »Sein Lebensraum ist das Wasser und nein, er ertrinkt darin nicht, denn er besitzt Kiemen.« Robert deutete auf die Kiemenäste, die wie Zacken seinen Kopf umgaben.

»Und was hat er in meinem Glas zu suchen?« Irritiert blickte ich den Lurch an, der mich anzulächeln schien.

»Die Ausscheidungen des Axolotls verleihen dem Bier ein außergewöhnliches Aroma. Er wird nämlich mit einer speziellen Alge gefüttert. Das hat mir zumindest der Wirt erzählt«, sagte Robert.

Elena verzog angeekelt das Gesicht. Ich dagegen ließ mich davon nicht beirren und probierte es.

Die anderen schauten mich abwartend an, während ich einen Schluck nahm.

»Es schmeckt wie Bier«, stellte ich ernüchtert fest, lehnte mich zurück und verschränkte die Arme vor der Brust. »Ich merke da keinen Unterschied zu anderen Sorten.«

»Wenn du dein Gedächtnis verloren hast, woher weißt du dann, wie Bier schmeckt?«, erkundigte sich Amit neugierig.

Was wollten die alle heute von mir? Wieso war mein Gedächtnisverlust in den Mittelpunkt ihrer Aufmerksamkeit gerückt? Erst Elena und jetzt Amit.

»Ich habe nicht alles vergessen. Schließlich weiß ich auch, dass ich ein Mensch bin und kein Gaul«, frotzelte ich. »Natürlich kann ich mich auch an den Geschmack von Essen oder Getränken erinnern wie von Bier. Jedoch, sobald es um meine persönliche Vergangenheit geht, meinen Lebensweg …« Mein Kiefer verhärtete sich. »… da ist alles in einen dichten Nebel gehüllt.«

Lyra schnaubte abfällig. Ich durchbohrte sie mit meinem Blick, bis sie ihre Reaktion erklärte.

»Ich verstehe bloß nicht, wie dieser Schattenprinz seine Spieler auswählt. Jeder von uns vermisst irgendetwas schmerzlich. Elena und Robert haben einen geliebten Menschen verloren und Amit möchte nicht länger gezwungen sein, als Diener zu arbeiten, aber du kannst dich lediglich an ein paar Dinge aus deinem Leben nicht erinnern. Im Gegensatz zu uns anderen hast du die Erfüllung deines Wunsches nicht so sehr verdient.«

Ich spürte, wie Wut in mir hochkochte. Robert und Amit schienen ähnlich zu denken wie Lyra, denn sie mieden meinen Blick. Ich wollte schon etwas sagen, doch Elena kam mir zuvor.

»Was bildest du dir ein, darüber zu entscheiden, welcher Wunsch es verdient hätte, erfüllt zu werden, und welcher nicht? Du hast keine Ahnung, wie es Alex mit seinem Gedächtnisverlust geht! Er hat alles vergessen, was ihn ausmacht. Er kennt weder sich selbst noch seine Familie. Genau genommen hat er nicht nur einen Menschen, der ihm etwas bedeutet, verloren, sondern alle. Und wenn wir schon dabei sind, dann verrate uns doch mal, was du schmerzlich vermisst.«

Lyras Lippen wurden zu einer harten Linie und sie schwieg.

»Dachte ich es mir doch. Dementsprechend befindest du dich nicht in der Position, über unsere Wünsche zu urteilen«, sagte Elena.

Die Diskussion über meinen Gedächtnisverlust hallte noch immer in meinem Verstand nach und innerlich gratulierte ich Lyra zu ihrem schlauen Schachzug. Ihre Worte hatten nur ein Ziel gehabt: Sie wollte die anderen gegen mich aufhetzen. Dank Elena war ihr Plan nicht aufgegangen. Dennoch verspürte ich Groll in mir, der sich gegen Lyra richtete.

»Der Mann, der uns zum Gasthaus gebracht hat, erzählte uns, dass der Graf Wert auf Schönheit, gutes Benehmen und interessante Gesprächspartner legt«, riss Robert mich aus meinen Gedanken. »Amit, Lyra und ich sind der Ansicht, dass dies für die nächste Partie wichtig sein könnte, daher wollten wir das mit dir teilen«, fuhr er fort, während er sich seinen Gehrock zuknöpfte.

Wir befanden uns in einem Zimmer des Gasthauses, wo Robert, Amit und ich uns für die Festlichkeit vorbereiteten.

»Hier.« Amit reichte mir einen goldenen Zettel. »Die waren an unseren Anzügen befestigt. Anscheinend ist dieser Hinweis ein Teil des Extrapreises, den wir erhalten haben, genau wie unsere auffälligere Kleidung.«

Ich las mir durch, was darauf geschrieben stand.

Wer mich zu
unterhalten weiß,
dem gebe ich ein
Geheimnis preis.
Doch zuerst müsst
ihr meine Aufmerk-
samkeit erregen.
Nur wer besonders
auffällt, dem werde
ich sie geben.

»Genaueres werden wir wohl erst von den Spielwächtern erfahren«, meinte Amit, als ich den Zettel langsam senkte.

»Danke, dass ihr mir das gezeigt habt«, kam es mir über die Lippen und gleichzeitig fragte ich mich: Wenn es andersherum gewesen wäre, hätte ich diese Information dann auch mit ihnen geteilt? Doch ich hatte keine Kraft, mich mit der Antwort auseinanderzusetzen.

»Wie ist es euch eigentlich im Sumpf ergangen?«, erkundigte ich mich.

Robert wich meinem Blick aus und Amit verlagerte unbehaglich das Gewicht von einem Bein auf das andere. Statt zu antworten, krempelte er einen seiner Hemdsärmel hoch. Auf Amits Unterarm kam eine große schwarze Fläche zum Vorschein – er hatte eine Aufgabe nicht bestanden.

»Es war furchtbar. Die heiße Umgebung und die Angst davor, jederzeit von einem Schattenwesen angegriffen zu werden, haben uns an den Rand des Wahnsinns getrieben, und dann waren da diese Wasserleichen. Sie haben mich …« Robert schluckte und rang um Worte. »Sie haben mich an meinen Bruder erinnert. Er war genauso aufgedunsen wie sie, als er aus dem Meer geborgen wurde. In unserem Schockzustand haben wir den Weg aus den Augen verloren. Irgendwie ist er vollkommen mit dem Sumpf verschmolzen und wir gerieten in Panik, den Ausgang nicht rechtzeitig zu finden«, erzählte er weiter. »Im gleichen Augenblick hat Amit eine Karte vom Sumpf erhalten, die er allerdings laut dem Schattenprinzen nicht benutzen durfte. Ein echtes Dilemma.«

Amit schloss für einen Moment die Augen. »Doch ich habe sie benutzt. Wir haben sie benutzt.«

Robert presste die Lippen zusammen, blickte betroffen zu Boden. »Es war Lyra«, murmelte er. »Sie hat so lange auf ihn eingeredet, dass es ein vergleichsweise kleines Opfer wäre, die Karte zu nutzen, wenn wir dadurch nicht nur heil aus dem Sumpf herauskämen, sondern durch den Vorteil der Karte uns auch noch den Extrapreis sichern könnten, bis er schließlich eingewilligt hat.«

»Nun darf ich keine Aufgabe mehr verlieren«, erwiderte Amit bitter.

Der Prinz schien Gefallen daran zu finden, uns mit derlei Aufgaben gegeneinander auszuspielen. Anscheinend war er dagegen, dass wir uns verbündeten, und schürte deshalb das Misstrauen untereinander. Und wenn ich mir Amit und Robert so ansah, war sein Tun auch von Erfolg gekrönt.

Könnte es sein, dass nicht das Spiel uns zugrunde richtet, sondern wir uns selbst?

EINE MYSTERIÖSE ABENDVERANSTALTUNG

Elena

Lyras Kleid war ein echter Hingucker. Über und über mit schwarzen Pailletten verziert. Dazu trug sie netzähnliche Handschuhe, die ihre Haut durchscheinen ließen. Die Haare hatte sie zu einem straffen Dutt hochgesteckt, der ihre schwarzen Perlenohrringe bestens zur Geltung brachte. Wie immer waren das Auffälligste in ihrem Gesicht die olivgrünen Augen, die durch die schwarze Umrandung mit einem Kohlestift noch mehr hervorstachen als sonst.

Nun verstand ich, was die Verkäuferin mit *schlicht* gemeint hatte. Mein Kleid war, für sich allein betrachtet, durchaus hübsch. Schwarze Spitze schmiegte sich an mein Dekolleté und über die Schultern bis hoch zum Hals. Selbst die Ärmel bestanden aus dem hauchdünnen Stoff, der nahtlos mit meinen schwarzen Handschuhen abschloss, die ebenfalls mit Spitze überzogen waren. Doch neben Lyra wirkte mein Kleid regelrecht unscheinbar. Dennoch überwog die Erleichterung, passende Abendkleidung erhalten zu haben, die uns die Teilnahme an der neuen Partie ermöglichen würde.

Zuvor hatte ich die Gunst der Stunde genutzt, mir ein schnelles Bad einzulassen und endlich den modrigen Geruch des Sumpfes aus meinen Haaren zu bekommen. Nun dufteten sie nach Lavendelseife. Jedoch – in wenigen Momenten – glaubte ich noch immer den süßlich fauligen Gestank in meiner Nase brennen zu spüren.

Ich stand vor dem Spiegel und betrachtete mich. Meine Haare bildeten einen starken Kontrast zu dem Kleid, das ich trug. *Feuer und Asche*, schoss es mir durch den Kopf. Ob die neue Partie wohl genauso gefährlich war wie das sprichwörtliche Spiel mit dem Feuer? Würde sie uns verbrennen? Würden wir schwarz werden wie ein Stück Holz? Ein Schattenwesen?

Meine Gedanken schweiften in eine Richtung, in die sie nicht gehen sollten, und ich spürte, wie sich mein Herzschlag beschleunigte. Deswegen griff ich schnell nach der Bürste, die auf einer Holzkommode lag, und kämmte mir die Haare. Die gleichmäßige Bewegung half mir dabei, mich zu beruhigen. Da ich keine Ohrringe oder sonstigen Schmuck erhalten hatte, beschloss ich, sie offen zu tragen. So fiel es weniger auf.

»Der Extrapreis hat sich gelohnt, findest du nicht?«, fragte Lyra mit einem heimtückischen Funkeln in den Augen. In ihren Händen hielt sie ein Stück goldenes Papier.

»Was ist das?«

»O, das?« Lyra tat so, als hätte sie den Zettel eben erst bemerkt. »Das ist ein Hinweis, der an meiner Kleidung befestigt war.« Sie grinste fies. »Nun schau doch nicht so bedröppelt, Elena. Verlierer bekommen nun mal keine Belohnung.«

Meine Hand krampfte sich um die Bürste. Aus für mich unerfindlichen Gründen konnte sie es nicht lassen, ihre egoistische Art zu spielen, weiterzuführen. Wenn sie das erlebt hätte, was Alex und mir widerfahren war, würde sie anders denken. Oder … hätte das nur ihre Einstellung gefestigt?

»Du irrst dich. Verlierer werden zu Schattenwesen«, konfrontierte ich sie mit dem Schrecken, der jedem von uns hier blühen könnte.

Lyra zuckte kaum merklich zusammen und wechselte dann abrupt das Thema. »Warum seid ihr erst so spät im Gasthaus aufgetaucht? Was habt ihr nach dem Sumpf getrieben?«

Kurz zog ich in Erwägung, sie über den Aufbau dieser Welt als Spieluhr aufzuklären, doch andererseits wollte Lyra mir ja nicht einmal ihren Hinweis zeigen. »In dem Abendmodengeschäft gab es einen kleinen Vorfall mit einem Lichtspinner«, sagte ich. »Deshalb konnte der Hase uns erst so spät hierherbringen.«

»Der Hase?«

Verlegen senkte ich den Blick auf meine Schuhspitzen. Selbst mir – jetzt, da ich das Wort ausgesprochen hatte – kam es kindisch vor.

»So nenne ihn nur ich«, murmelte ich. »Weil er mich an das Kaninchen aus *Alice im Wunderland* erinnert.«

Lyra schnaubte verächtlich. »Erstens sind ein Kaninchen und Hase nicht das Gleiche und zweitens befinden wir uns nicht in einem dummen Kinderbuch. Dieses Spiel ist real und ernst.«

»Das weiß ich auch!«, fuhr ich sie an. »Du hast keine Ahnung, wie es war, Mandy zu verlieren. Ihr dabei zuzusehen, wie sie zu einem Schattenwesen wurde.« Meine Stimme bebte. Die Wut, die ich in diesem Augenblick verspürte, war um ein Vielfaches erträglicher als der Schmerz.

»Ich habe mehr Ahnung, als du dir vorstellen kannst«, zischte sie.

Wir funkelten uns an. »Was ist dein Problem?«

Lyra reckte das Kinn. »Deine Trödelei ist ein Problem. Komm jetzt endlich.« Sie wandte sich von mir ab und stolzierte in Richtung Tür.

In diesem Moment erinnerte sie mich an Alex. Dieser trieb mich auch andauernd zur Eile an. Ich unterdrückte ein genervtes Stöhnen. Bevor ich ihr folgte, schob ich noch schnell mein hellblaues Haarband in meinen Stiefelschaft, damit ich es nicht verlor.

Wir stiegen die Stufen hinab und betraten die Gaststube, wo die Männer schon auf uns warteten. Auch der Hase war unter ihnen und beobachtete mit wachsender Ungeduld die Zeiger seiner Taschenuhr.

Alex murmelte etwas, das wie »Frauen« und »Ewigkeiten zum Herrichten« klang.

»Na endlich!« Der Hase klappte den Deckel seiner Savonnette zu und ließ sie dann einfach am Frack baumeln, wo sie am Revers mit einer Kette befestigt war. Er zog sich den Zylinder zurecht, unter dem weiße Haare hervorlugten, und rückte die runde Brille auf seiner Nase gerade. »Nun aber hurtig. Ab mit euch zum Ausgang«, scheuchte er uns in Richtung Tür und machte wie immer einen gehetzten Eindruck.

Mein Blick suchte sofort den von Alex. Er gab mir Halt in dieser grotesk schönen und zugleich grausamen Welt. Er hatte wieder seinen schwarzen, seidig glänzenden Anzug an. Da er seinen Frack, wie es allgemein üblich war, offen trug, konnte ich die pompöse silberne Gürtelschnalle sowie die schwarze Weste samt darunter hervorlugendem anthrazitfarbenen Hemd erkennen. Obwohl auch seine Kleidung schlicht wirkte, im Vergleich zu Roberts und Amits, war Alex für mich der Attraktivste der drei. Allein durch die Gelassenheit, mit der er seinen Anzug präsentierte, das Selbstvertrauen, das er aus jeder Pore ausstrahlte, bot er so viel mehr als die anderen.

Robert pfriemelte zum wiederholten Male an seinem spitzen Revers und Amit strich mit einem ungläubigen Ausdruck im Gesicht über den Stoff seiner Kleidung.

Die Anzüge der beiden waren mit hauchdünnen Streifen versehen, unter denen sie eine passende Weste trugen, die mit silbernen Knöpfen verziert war. Alle drei hatten zudem schwarze Glacéhandschuhe und glänzende Lackschuhe an.

Nach wie vor sah mich Alex an. Der Blick aus seinen sturmgrauen Augen traf mich tief in meinem Innersten. Für einen Moment erweckte es den Anschein, als würde ihn mein Aussehen genauso faszinieren wie mich seins.

Dann blinzelte er und winkte mich ungeduldig zu sich. »Nicht trödeln«, sagte er, aber es klang nicht ganz so brummig wie sonst. Eher so, als versuche er einen Moment der Schwäche zu überspielen. Konnte es sein, dass ich dafür verantwortlich war?

Als ich als Letzte nach draußen auf die Straße trat, dämmerte es bereits. Die Sonne war längst hinter den Gebäuden verschwunden und die Gassen wurden von Gaslaternen beleuchtet.

Auf den Einladungskarten stand, dass die Abendveranstaltung um neun begann, jetzt musste es bereits halb neun sein, denn es befanden sich nicht mehr allzu viele Sandkörner in der oberen Hälfte der Sanduhr. Wir mussten unbedingt pünktlich das neue Spielfeld betreten und auch der Hase trieb uns abermals zur Eile an: »Schnell, schnell, wir kommen zu spät.«

Während er uns durch die Gassen schleuste, murmelte er wieder unablässig: »Die Zeit, die Zeit.«

Plötzlich vernahm ich neben mir ein Grollen, und als ich in die entsprechende Richtung blickte, erkannte ich, wie sich eine Mauer vor die Passage schob und sie zu einer Sackgasse machte. Die Spieluhr drehte sich beständig weiter.

Wir folgten dem Hasen, der genau wusste, wo es langging, denn kein einziges Mal standen wir vor einer unüberwindlichen Wand.

Ich ließ mich ein Stück zurückfallen und Alex begriff anscheinend, dass ich mit ihm reden wollte, denn er blieb an meiner Seite.

»Offenbar gab es einen Extrahinweis für die schnellere Truppe«, raunte ich ihm zu.

»Ich weiß«, entgegnete er mit gedämpfter Stimme. »Amit hat mir den Zettel gezeigt.«

Meine Augen weiteten sich überrascht. »Was stand darauf?«

»Wer mich zu unterhalten weiß, dem gebe ich ein Geheimnis preis.

Doch zuerst müsst ihr meine Aufmerksamkeit erregen. Nur wer besonders auffällt, dem werde ich sie geben«, rezitierte Alex.

»Dann müssen wir also um die Aufmerksamkeit des Grafen buhlen«, stellte ich im Flüsterton fest.

Als der Hase vor einem verschlossenen Gang stehen blieb und seine Taschenuhr kontrollierte, dachte ich im ersten Moment, er hätte sich verlaufen. Doch nur einen Wimpernschlag später schob sich die Mauer zur Seite und gab den Weg frei.

»Auf die Minute pünktlich«, meinte er mehr zu sich selbst als zu uns und klang dabei überaus zufrieden.

Der Hase lief wieder voran und wir folgten ihm stumm, bis wir uns schließlich am Ufer eines Sees wiederfanden.

»Ist das dort drüben die Villa?«, fragte ich an Alex gewandt und blickte zur anderen Seite, wo aus unzähligen Fenstern der warme Schein von Lichtern drang. Sie spiegelten sich im dunklen See, glitzerten und wogten auf der Oberfläche. Tanzende Flammen auf dem Wasser.

»Scheint so.« Alex beobachtete die Szenerie aus zusammengekniffenen Augen.

»Beeilt euch, es ist nicht mehr viel Zeit bis zum letzten Sonnenstrahl«, trieb uns der Hase an. »Der Fährmann wird euch hinüberbringen, aber bedenkt, dass dies eine einfache Fahrt ist. Ihr werdet auf diesem Weg nicht zurückkommen.«

»Und wie dann?«, stellte Lyra die Frage, die auch mir auf der Zunge brannte.

»Das kann ich euch leider nicht sagen.«

»Können Sie nicht oder wollen Sie nicht?«, fragte Robert mit einem ängstlichen Unterton in der Stimme. »Was erwartet uns dort?«

»Hört gut zu, was euch die Spielwächter am Eingang erklären. Meine Arbeit ist hiermit getan und ich bin auf die Minute pünktlich, wenn ich das anmerken darf.« Zum ersten Mal wich der gehetzte Ausdruck und er wirkte regelrecht erleichtert. Ob auch ihm bei Versagen eine Strafe durch den Schattenprinzen drohte? Hielt das Spiel so die Figuren in Schach, indem sie ebenfalls zu einem Dasein als Schattenwesen verdammt werden konnten?

»Steigt jetzt ein, die Fahrt wird exakt dreizehn Minuten dauern und um punkt neun Uhr werdet ihr die Abendveranstaltung betreten. Der Graf hasst Unpünktlichkeit, deshalb solltet ihr ihn nicht warten lassen.« Damit entfernte sich der Hase von uns.

Amit setzte als Erster einen Fuß auf die Fähre. Dann reichte er Lyra seine Hand und half ihr hinein. Das Gleiche tat er anschließend mit mir. Danach betraten Robert und Alex die Fähre, die sich kurz darauf in Bewegung setzte.

»Es sieht fantastisch aus!« Lyra klang regelrecht verzückt.

Ich trat zu ihr an die Reling, beobachtete, wie sich das Ufer, von dem wir aufgebrochen waren, und die Lichter der Stadt entfernten, während die Villa immer näher kam. Sie hatte recht, der Anblick war atemberaubend. »Ja, das tut es.«

Für eine Weile hätte ich mich gern der Illusion hingegeben, dass wir auf dem Weg zu einer gewöhnlichen Abendveranstaltung waren. Liebend gerne hätte ich sterbenslangweilige Konversation betrieben und schmerzende Füße von meinen Tanzpartnern, die nicht den blassesten Schimmer von Rhythmus und Schritten hatten, in Kauf genommen. Ich hätte all das und noch so viel mehr erduldet, um nicht hier in dieser grausamen Welt zu sein, an die ich Mandy verloren hatte und die ebenso nach meinem und dem Leben der anderen trachtete. Eine Gänsehaut bildete sich auf meinen Armen, die nicht vom Fahrtwind herrührte. Verstohlen wischte ich mir eine Träne aus dem Augenwinkel.

»Ich war noch nie auf einem Ball«, berichtete Lyra und ließ mir damit eine der seltenen persönlichen Informationen über sich zuteilwerden. Sie hatte ihr Gesicht von mir abgewandt, starrte auf die beleuchteten Fenster der Villa, die kontinuierlich größer wurden.

»Wirklich noch nie?«, hakte ich nach, weil ich Lyra bisher immer für eine verzogene, reiche Göre gehalten hatte, aber vielleicht hatte ich damit falschgelegen. Welche junge Dame aus gutem Haus und in meinem Alter war schließlich noch nicht bei so etwas gewesen?

»Das sagte ich doch eben«, entgegnete sie bissig und fuhr sich ungewöhnlich unsicher über ihr paillettenbesetztes Kleid.

Aus einem Impuls heraus berührte ich ihre andere Hand, mit der sie sich an der Reling festhielt. »Du siehst sehr hübsch aus, Lyra.«

Endlich wandte sie mir den Kopf zu und in ihren Augen lag ein wehmütiger Schimmer, der mich überraschte. Hatte mein Kompliment sie etwa traurig gestimmt? Doch dann entdeckte ich noch etwas anderes in ihrem Blick: wilde Entschlossenheit.

»Ich werde diesen Grafen bezirzen, du wirst schon sehen, und dann verrät er mir all seine schmutzigen Geheimnisse. Das tun sie immer. Ich mache ihnen schöne Augen und dafür bekomme ich, was ich zum Überleben brauche.«

Wie meinst du das?, wollte ich fragen, doch mir blieben die Worte im Hals stecken, als ein Ruck durch die Fähre ging und wir ans Ufer liefen.

»Wir sind da!«, verkündete Amit und Lyra setzte sich augenblicklich in Bewegung.

Für einen Moment betrachtete ich Lyra, die auf mich bisher immer wie eine gefühlskalte Kämpferin gewirkt hatte, doch nun fragte ich mich, ob sie nur ihre scharfen Krallen ausfuhr, um nicht ihre Verletzlichkeit zu offenbaren.

Unsere Gruppe hüllte sich in Schweigen, während unsere Blicke auf die riesige Villa gerichtet waren. Der Text auf der Einladungskarte kam mir wieder in den Sinn: *Bescheidenes Heim* – von wegen!

Die gesamte Westfront der Villa erstreckte sich entlang des Seeufers. Hinter den Fensterscheiben konnte ich den Festsaal ausmachen und die Umrisse der Gäste. Meine Knie zitterten leicht. Was würde mich hinter dieser pompösen und harmlos wirkenden Hausfassade erwarten?

Ich warf einen Blick über meine Schulter und sah, wie die Fähre ablegte und über den See davonfuhr. Somit blieb uns nur noch eine Richtung, in die wir gehen konnten. Schließlich sah ich auf meine Sanduhr und konnte kaum glauben, dass die Pause gleich endete. Kalter Angstschweiß brach mir aus, der mich frösteln ließ.

»Dort vorne muss der Eingang sein.« Alex löste sich von der Gruppe und marschierte voraus.

Tatsächlich hatten sich dort in einiger Entfernung zwei Wächter vor einer Tür postiert, die sich auf einem Podest befand. Hinter ihnen an der Hauswand waren zwei große Fackeln befestigt, die den Eingang beleuchteten.

Wir liefen über den weichen Sand am Ufer, der sich mit jedem Schritt mehr und mehr in Gras wandelte, und schließlich die fünf Stufen zum Eingang hinauf.

Einer der beiden Wachtposten – ein Mann – trug eine aufwendige Fuchsmaskerade, die so real aussah wie bisher noch keine. Angefangen bei einem fuchsroten Gehrock, der aus echtem Fell zu sein schien, über eine Maske, die sein gesamtes Gesicht bedeckte, bis hin zu den Fuchsohren, die daran befestigt waren. Und dort, wo das Fell in die Schnauze überging, wurde es weiß. Lediglich seine halblangen roten Haare sowie der rote Bart am Kinn waren zu erkennen, den Rest seines Gesichts verdeckte die Maske.

Auf der anderen Seite der Tür stand eine Frau in einem Schlangenkostüm, das ebenfalls täuschend echt aussah. Sie trug ein Kleid aus aufgenähten mattgoldenen Pailletten, die wie Schuppen wirkten und die sich zur Mitte hin verdunkelten und schließlich in einen dunkelbraunen Streifen übergingen, der sich über die gesamte Länge ihres

Kleides zog. Auch ihre Maske hatte ein schuppiges Muster. An ihr waren zwei weiße Giftzähne befestigt, die über ihre Lippen ragten.

»Eine *Vipera berus* und ein *Vulpes vulpes*«, flüsterte Robert und sah zwischen den Spielwächtern hin und her.

»Wie bitte?«, fragte Alex.

»Eine Kreuzotter«, erläuterte Robert. »Und ein Rotfuchs.«

»Ein einfacher Fuchs hätte dir wohl nicht gereicht«, grummelte Alex, allerdings laut genug, dass wir es alle hören konnten.

»Der Erste, der uns korrekt benennt. Nicht schlecht für einen *Menschen.*« Die Schlange machte bei jedem S merkwürdige Zischgeräusche.

»Wollen wir mal abwarten, ob er mit seinem Wissen beim Gastgeber genauso punkten kann«, gab der Fuchs zu bedenken und ich wurde sofort hellhörig. »Aber soweit ich weiß, liebt der Graf Besserwisser. Du hast also nichts zu befürchten.«

»Nein, nein, glaubt dem listigen Fuchs kein Wort. Der Graf hasst es, wenn jemand schlauer ist als er. Doch nur, wer seine Gunst erwirbt, darf zu einer Privataudienz mit ihm, bei der er möglicherweise das ein oder andere Geheimnis mit euch teilt.«

»Was weißt du schon, du falsche Schlange?«, zischte der Fuchs und klang damit der Schlange ähnlicher, als er es wahrscheinlich beabsichtigte. »Der Graf hat nicht den blassesten Schimmer, was auf seiner Abendveranstaltung tatsächlich passiert. Deshalb hört auf meinen Rat und verlasst die Villa am besten gleich wieder über die Ostseite.«

»Das solltet ihr lieber sein lassen. Das wäre euer Untergang«, beschwor uns die Schlange.

»Pah! Euer Untergang wird es sein, hierzubleiben und am Fest teilzunehmen. Deshalb verlasst die Abendveranstaltung, solange ihr noch könnt«, riet der Fuchs.

»Aber zuvor solltet ihr euch mit dem Gastgeber unterhalten«, warf die Schlange ein. »Nur so erfahrt ihr, wie ihr den richtigen Ausgang aus der Partie findet. Doch auch die Gäste haben die ein oder andere nützliche Information für euch. Wenn ihr so schlau seid, wie ihr euch präsentiert, werdet ihr wissen, welcher Tiermaskerade ihr vertrauen könnt. Apropos Vertrauen: Für welchen Spielwächter bringt ihr das meiste auf?«

»Verwirre sie nicht mit solch komischen Fragen, dummes Reptil«, keckerte der Fuchs.

Die Kreuzotter blickte wütend zum Fuchs, bevor sie aus ihrem Ausschnitt einen Briefumschlag hervorzog. »Der hier ist für den Schlauen«, sagte sie und reichte ihn Robert.

Selbst im fahlen Licht der Fackeln konnte ich sehen, wie Robert blass um die Nasenspitze wurde. Seine Hände zitterten leicht, als er den Umschlag aufriss.

Im flackernden Feuerschein holte er die Karte heraus und begann diese vorzulesen. Seine Stimme war dabei so leise, dass ich Mühe hatte, ihn zu verstehen.

»Robert Griffiths, deine nächste Aufgabe besteht darin, den gesamten Abend über den Verlockungen des Absinths zu widerstehen. Du darfst keinen einzigen Tropfen davon kosten. Der Schattenprinz.«

»Wie schade«, kommentierte die Schlange. »Der Absinth ist köstlich.«

»Grauenhaftes Gesöff!«, kam es vom Fuchs. »Durch und durch widerlich.«

»Das klingt nach einer machbaren Aufgabe«, versuchte ich Robert zu ermutigen. »Du schaffst das.«

Mit dem Blick aus seinen braunen Augen schien er mich zu fragen: *Bist du dir sicher?*

Robert schob die Karte zurück in den Umschlag. »Ja.« Seine Stimme bebte und er räusperte sich. »Ja, du hast recht. Ich werde einfach keinen Tropfen Absinth trinken. Wie schwer kann das schon werden?«

»Eines ist sicher: Es wird schwer zu verstehen«, bemerkte die Kreuzotter.

»Das waren genug Hinweise«, entschied der Fuchs und stieß die Flügeltür auf. »Habt ihr eure Einladungskarten dabei?«

Nacheinander zeigten wir sie ihm und der Fuchs sammelte sie ein.

Mein Arm kribbelte, und ohne hinzusehen, wusste ich, dass nun das letzte Sandkorn durchrieselte und die Uhr sich umdrehte. Im selben Augenblick vernahm ich entferntes Glockenläuten. Der Hase hatte recht behalten. Punkt neun Uhr betraten wir die dritte Partie.

Die Pracht im Inneren der Villa drohte mich förmlich zu erschlagen, dabei befanden wir uns lediglich in der Eingangshalle. Eine breite Marmortreppe mit gusseisernem schwarzem Geländer, dessen Streben prachtvoll verziert waren, führte in die oberen Stockwerke. Ein goldener Lüster hing von der Decke herab, die viel höher war als in einem gewöhnlichen Gebäude. Der Prunk diente dazu zu blenden, und die Schönheit täuschte darüber hinweg, in einem tödlichen Spiel gefangen zu sein.

Wir wurden von zwei Dienern in Empfang genommen, die uns zu dem Festsaal führten, den ich schon von draußen gesehen hatte. Was ich jedoch nicht gesehen hatte – wie riesig er war. Er erstreckte sich einmal quer über die gesamte Villa – von der Westseite bis zur Ostseite – und unzählige bodentiefe Fenster reihten sich an den Wänden aneinander. In den Fensterscheiben fing sich das Licht der kristallenen Lüster, sodass ich nicht erkennen konnte, welchen Ausblick diese boten.

Um uns herum herrschte lautes Stimmengewirr gepaart mit Musik, die von einem Orchester stammte. Ich ließ meinen Blick schweifen. Der Protz war geradezu dekadent.

Tatsächlich schienen sich alle an die vorgegebene Kleiderordnung gehalten zu haben, denn die Besucher der Abendveranstaltung trugen allesamt Schwarz. Dadurch fielen wir in unserer Kleidung nicht weiter auf, bis auf die Tatsache, dass wir mal wieder die Einzigen ohne Maskerade waren.

Ich beobachtete eine Dame rechts von mir, die vor einer der zahlreichen im Raum verteilten Absinth-Fontänen stand. Ihr schwarzes

Seidenkleid war hochgeschlossen, und als sie sich bewegte, kam ein schimmerndes Muster zum Vorschein, das mich an einen Schwarzen Panther erinnerte. Die langen Ärmel gingen fließend in die glänzenden Handschuhe über und sie trug eine Maske, die mit kleinen Kristallen verziert war. Auf ihren schwarzen Haaren befand sich ein Kopfschmuck, von dem seitlich eine doppelte Kette herunterhing, die ebenfalls mit Kristallen besetzt war. Selbst ihre Lippen waren schwarz gefärbt und verliehen ihr eine anrüchige Ausstrahlung. Sie griff sich eines der Gläser mit Absinth, in denen sich die Flüssigkeit bereits milchig getrübt hatte.

Ich ging zu dem kleinen Tisch aus Ebenholz, auf dem eine der gläsernen Absinth-Fontänen stand, und betrachtete sie genauer. Ein Diener kümmerte sich darum, stets neue Gläser mit Absinth unter die kleinen silbernen Hähne zu stellen, aus denen Eiswasser langsam auf ein Stück Würfelzucker tropfte. Nun sah ich auch, dass die Gläser, in denen sich der Kräuterschnaps befand, sehr extravagant gestaltet waren. Sie waren aufwendig verziert mit einer Prägung aus sich windenden Schlangen, die durch die giftgrüne Farbe des Getränks wie Giftschlangen wirkten. Darüber waren auf den silbernen Glasrändern ebenso silberne Absinth-Löffel, mit einem Zuckerstück darauf, platziert worden. Durch das ausgestanzte Lochmuster der flachen dreieckigen Löffel träufelte der sich auflösende Zucker in das Glas und trübte zusehends die zuvor klare Flüssigkeit ein.

»Wusstest du, dass man die milchige Trübung *Louche-Effekt* nennt? Im Französischen bedeutet es so viel wie undurchsichtig oder anrüchig.« Robert war neben mich getreten und starrte auf die Gläser.

»Das erscheint mir eine treffende Beschreibung für diese Veranstaltung«, entgegnete ich, denn nicht nur die Dame, sondern vielmehr die gesamte Atmosphäre in der Villa hatte etwas Anrüchiges an sich.

»Ich frage mich, weshalb ich nichts davon trinken darf.«

»Ich weiß nicht.« Ich zuckte die Achseln. »Aber es ist sicher besser, wenn wir keinen Schluck vom Absinth trinken. Wir brauchen einen klaren Kopf, um die Partie zu gewinnen, und da wäre Alkohol nicht hilfreich.«

»Sie hat recht«, mischte sich Lyra ein und ich fuhr überrascht zu ihr herum. »Wir können uns keinen vernebelten Verstand leisten.«

Amit und Alex, die sich nun ebenfalls mit uns um den Tisch herum versammelt hatten, nickten zustimmend.

»Was hat die Kreuzotter vorhin gemeint, als sie sagte, wir müssten die Gunst des Gastgebers erwerben?«

Lyra machte ein verkniffenes Gesicht, als hätte sie auf etwas Saures gebissen.

»Wie es scheint, legt der Graf großen Wert auf Schönheit und gutes Benehmen«, erläuterte Amit, dessen Blick ruhelos umherflog. Seine Anspannung machte der von Roberts Konkurrenz, obwohl er zuvor wie ein Fels in der Brandung auf mich gewirkt hatte. »Das zumindest hat uns der Mann, der uns hierhergebracht hat, erzählt.«

Ich schaute mich abermals im Saal um. Ein Teil der nicht verglasten Wände war mit glänzendem Ebenholz vertäfelt, genau wie die Balustrade, die einen kleinen Balkon abgrenzte, der über die Ostseite des Saals ragte.

»Das mit der Schönheit scheint auf alle Fälle zu stimmen«, sagte ich. »Und hat der Fuchs nicht auch erwähnt, der Graf würde interessante Gäste schätzen?«

»Er hat gesagt, er würde Besserwisser lieben«, korrigierte mich Robert.

»Dann hat der Fuchs also die Wahrheit gesagt«, überlegte Lyra. »Die Schlange kam mir ohnehin verdächtig vor …«

»Nicht unbedingt«, wandte Alex ein.

»Wie meinst du das?« Lyra fixierte ihn aus zusammengekniffenen Augen und mit zur Seite geneigtem Kopf.

»Es ist mehr so eine Ahnung«, erwiderte Alex mit einem Achselzucken.

»Und lässt du uns auch daran teilhaben?« Lyra verschränkte die Arme unter der Brust.

»Eine falsche Schlange erscheint mir etwas zu offensichtlich, findet ihr nicht?« Alex schaute in die Runde.

Wir anderen tauschten ratlose Blicke.

»Das Ziel scheint jedenfalls zu sein, den Ausgang zu finden«, wandte ich ein.

»Oder die Veranstaltung schleunigst auf der Ostseite zu verlassen«, sagte Robert und machte ein nachdenkliches Gesicht.

»Außerdem wissen wir dank des Extrahinweises noch, dass der Graf unterhalten werden will, dann gibt er auch ein Geheimnis preis«, überlegte Amit.

»Das sollte kein Problem sein«, gab Lyra mit gerecktem Kinn von sich. »Männer sind doch alle gleich.«

»Wie schön, dass ihr meiner Einladung gefolgt seid«, unterbrach uns in diesem Moment ein groß gewachsener, äußerst eleganter Mann, der wie aus dem Nichts aufgetaucht war.

Lyra fuhr sich verlegen mit einer Hand über den Hals, ehe sie den Mann abschätzig musterte. Er war der Einzige, der einen silbergrauen, seidig glänzenden Anzug trug und sich dadurch von den übrigen Gästen abhob, genauso wie durch die fehlende Maske. In der rechten Hand hielt er einen Frackstock mit silbernem Knauf, der die Form eines Schlangenkopfes besaß. Seine Gesichtszüge waren scharf, er hatte markante Wangenknochen, eine breite Stirn und engstehende Brauen, die ihm einen finsteren Ausdruck verliehen. Der Blick aus seinen dunklen Augen war hart und funkelnd wie bei einem Onyx. Dieselbe Farbe hatten auch seine Haare, genau wie der perfekt getrimmte Bart, der seine Oberlippe und das Kinn umgab, sowie ein feiner Streifen, der vom Kinn zur Unterlippe ragte.

»Seid Ihr der Gastgeber?«, fragte Alex. »Der Graf?«

»Der bin ich in der Tat. Willkommen auf meiner Abendveranstaltung.« Der Graf breitete beide Arme aus und lachte. Durch diese Bewegung erhaschte ich einen schnellen, aber exzellenten Blick auf den Frackstock und das geöffnete Maul der Schlange mit ihren Giftzähnen und der gespaltenen Zunge.

»Aufgrund der Größe kann es ein bisschen verwirrend sein. Man verläuft sich hier gerne.« Er zwinkerte uns zu.

»Ist es deshalb so schwer, den richtigen Ausgang zu finden?«, platzte es aus Lyra heraus.

Der Gastgeber gab einen amüsierten Laut von sich. »Das kann ich euch nicht sagen, dafür müsst ihr euch zuerst mein Wohlwollen verdienen. Ich sitze dort oben …« Er deutete mit dem Frackstock auf die Balustrade. »… und werde euch die nächste Stunde lang beobachten. Wer sich meiner als würdig erweist, bekommt eine Privataudienz bei mir und vielleicht auch den ein oder anderen Hinweis.«

»Und was sollen wir tun, um uns als würdig zu erweisen?«, fragte Amit, dem anzusehen war, dass ihm das alles nicht behagte. »Welche Wünsche sollen wir Euch erfüllen?«, fragte er mit deutlichem Widerwillen in der Stimme.

»Das werdet ihr schon herausfinden. Ich bin sicher, die jungen Damen hier wissen, wie sie es anstellen müssen, einem attraktiven Mann wie mir schöne Augen zu machen.« Ein schmieriges Lächeln erschien auf seinem Gesicht, als er zuerst Lyra und anschließend mich beäugte. »Amüsiert euch gut, meine verehrten Gäste. Dies ist ein rauschendes Fest, das seinesgleichen sucht.« Damit wandte er sich ab und verschwand in der Menge der maskierten Gäste.

»Heißt das, wir sollen ihn umgarnen?« Mir gelang es nicht, die Fassungslosigkeit in meiner Stimme zu verbergen.

Lyra hatte nur ein abfälliges Schnauben für mich übrig. »Hast du etwa ein Problem damit?«

Ich wich ihrem Blick aus und starrte auf den Absinth. Jetzt hätte ich doch ganz gerne ein Glas davon, um mir Mut anzutrinken. Immerhin hatte ich keinerlei Erfahrungen, was das Verführen von Männern anging.

»So einen Unsinn habe ich ja schon lange nicht mehr gehört.« Alex klang verärgert. »Was soll das denn für eine Aufgabe sein? Den Grafen bezirzen. Pah! Ich brauche seinen bescheuerten Hinweis nicht, um den Ausgang zu finden. Das schaffe ich schon alleine!«

»Und wie willst du das anstellen?« Amit betrachtete Alex mit geneigtem Kopf.

»Die Spielwächter haben gesagt, wir sollen mit den Gästen reden, und genau das werde ich jetzt tun.« Alex stapfte los und sprach die erstbeste Dame an, die ihm über den Weg lief.

Robert und ich folgten ihm.

»Verzeihung, wären Sie so freundlich, mir zu helfen?« Alex schenkte ihr ein hinreißendes Lächeln, das mir merkwürdigerweise einen Stich versetzte und mich wünschen ließ, es hätte mir gegolten.

»hcod rehcis rebA«, antwortete die Dame mit einem ebenso liebreizenden Lächeln und fächelte sich etwas Luft mit einem Fächer aus schwarzen Federn zu. »¿nefleh hci nnak eiW«

Irritiert blickte Alex zu uns. »Sagt mir bitte, dass ihr auch kein Wort verstanden habt.«

Während Robert nickte, hob ich ratlos die Schultern.

»Kein einziges. Vielleicht ist sie nicht von hier?«, meinte ich.

Alex' Blick verdunkelte sich wie schwarze Gewitterwolken, die sich am Himmel ballten. »Irgendetwas stimmt hier nicht.«

»Ähm … hallo«, wandte ich mich an einen Mann zu meiner Linken.

Er trug einen schwarzen Samtfrack über einem weinroten Hemd, was sehr extravagant – um nicht zu sagen: gewagt – wirkte, wo laut des Grafen doch sämtliche Farben unerwünscht waren. Auch seine Maske war auffallend. Schwarz, mit tropfenförmigen Rubinen, die wie blutige Tränen aus seinen Augenwinkeln zu laufen schienen. »ollaH«, begrüßte er uns.

»Ein Spanier?«, fragte Robert und wandte sich zu mir um. »Ich habe nur Kenntnisse in Französisch und Latein. Sprichst du diese Sprache?«

»Nein«, erwiderte ich.

»Verstehen Sie, was ich sage?«, fragte Alex den Mann.

».sllafnebe hcim rhi thetsrev nnad ,htnisbA salG nie tknirT. aJ«, antwortete dieser und klang nun überhaupt nicht mehr spanisch.

»Was bei den Schatten geht hier vor sich? Die klingen alle, als wären sie besessen«, schimpfte Alex.

Kurz war ich von seiner ungewöhnlichen Art des Fluchens irritiert.

»Habt ihr auch keinen Erfolg damit, die Gäste zu verstehen?«, fragte Amit, der zusammen mit Lyra zu uns trat.

»Nein.« Ich schüttelte den Kopf. »Ich frage mich, woran das liegt. Der Gastgeber hat doch auch ganz normal mit uns gesprochen.«

»Was ist mit dir, Robert? Kennst du diese Sprache?«, fragte Lyra.

»Leider nein. Eine derartige Sprache ist mir noch nie zu Ohren gekommen. Sie klingt sehr hart und irgendwie abgehackt.«

»Es wäre auch zu einfach gewesen, wenn wir durch ein paar Fragen die entscheidenden Hinweise zum Ausgang aus dieser Partie erhalten hätten«, bemerkte Amit mit grimmigem Unterton.

»Vielleicht sollten wir doch auf eigene Faust versuchen, den Ausgang zu finden. Vergessen wir die Hinweise und verschwinden von hier«, sagte Alex mit zusammengeschobenen Brauen. »Habt ihr schon bemerkt, dass wir hier auffallen wie ein Zebra in einer Herde Schafe? Wir sind die Einzigen ohne Maske und die Einzigen, die diese Sprache nicht sprechen.«

»Wir und der Gastgeber«, erinnerte ihn Robert.

»Es scheint alles immer wieder auf den Grafen hinauszulaufen«, überlegte Amit. »Aber mir missfällt die Vorstellung, um sein Wohlwollen zu buhlen. Ich bin dafür, Alex' Vorschlag auszuprobieren. Lasst uns sehen, was uns am Ausgang erwartet.«

»Unsinn!«, zischte Lyra. »Wenn wir es ohne die Hinweise hier herausschaffen würden, wäre das viel zu einfach. Das sieht dem Prinzen nicht ähnlich.«

»Und was schlägst du stattdessen vor?«, fragte Amit.

»Ich für meinen Teil werde mich jetzt frisch machen gehen und anschließend meiner weiblichen Reize bedienen«, sagte Lyra mit verkniffenem Gesichtsausdruck. »Ich habe nämlich keine Lust, so zu enden wie Mandy.«

Bei ihren Worten zuckte ich zusammen. Ob ich jemals Mandys verwandelten Anblick aus meinem Kopf bekommen würde? Ich bezweifelte es.

Lyra drehte sich schwungvoll um und rauschte davon. Dabei bauschte sich ihr paillettenbesetzter Rock auf und funkelte unheilvoll im Licht der Lüster.

Ich blickte ihr hinterher und merkte erst, wie nah Alex mir gekommen war, als ich seinen warmen Atem an meiner Wange spürte. Wieder roch ich seinen betörenden Duft nach Tannennadeln und Holz.

Ein Schauer lief mir den Rücken hinunter, während er mir ins Ohr raunte: »Vielleicht solltest du dem Grafen ebenfalls schöne Augen machen. Ich vertraue Lyra nicht und es wäre gut, wenn noch jemand von uns seine Gunst erlangt.«

»Ich soll was?« Fassungslos starrte ich ihn an.

»Elena, mir ist klar, dass ein derartiges Verhalten äußerst unschicklich ist, dennoch brauchen wir dich. Und außerdem …« Er machte eine Pause und schlug die Augen nieder. Dabei malten die Schatten seiner Wimpern dunkle Halbmonde auf seine Wangenknochen. Als er wieder aufsah, brannte sich sein Blick in meinen. »… weiß ich, dass du Erfolg haben wirst.«

»Und was macht dich da so sicher?« Ich zog die Augenbrauen in die Höhe und schaute ihn voller Zweifel an.

»Dir muss doch klar sein, wie betörend du bist, wenn du es darauf anlegst.« Sein Blick war unergründlich.

Fast hätte ich laut aufgelacht. Ich und betörend? Gerade noch rechtzeitig biss ich mir auf die Zunge, bevor ein unpassender Laut meinen Mund verließ.

Plötzlich veränderte sich etwas in seiner Miene. »So schwer wird es schon nicht werden, sich beim Grafen einzuschmeicheln. Wenn du willst, gebe ich dir ein wenig Nachhilfe.« Er grinste schief.

»Ist das dein Ernst?«

»Natürlich. Ich weihe dich gerne in die hohe Kunst des Verführens ein. Du musst es nur sagen.« In seinen Augen blitzte es spöttisch.

Das war zu viel. Ich knirschte mit den Zähnen. Offenbar hielt Alex sich für unwiderstehlich. Was er ganz bestimmt nicht war. Seine Arroganz weckte in mir den Wunsch, ihm zu beweisen, dass ich keinerlei Hilfe nötig hatte.

»Weißt du, woran ich schon den ganzen Abend denken muss?«, säuselte ich und strich mit einem Finger über sein Revers. Mit einem koketten Augenaufschlag hob ich den Blick.

Alex schluckte sichtbar schwer. »Nein, woran denn?« Auf einmal klang seine Stimme belegt.

»Wie gut du in diesem Frack aussiehst«, fuhr ich fort. Meine Finger wanderten weiter nach oben und streiften dabei wie beiläufig seinen Hals.

»Ich weiß, was du vorhast.« Er klang wieder gefasster, doch sein Körper war angespannt.

»So? Was denn?«, fragte ich unschuldig, ehe ich mich ihm mit meinem Kopf weiter näherte. »Was tue ich denn?«, hauchte ich in sein Ohr.

Alex erschauderte, machte einen Schritt zurück und hob abwehrend die Hände. »Schön, ich habe mich geirrt. Du brauchst keine Nachhilfe. Ist es das, was du hören wolltest?« Um seine Mundwinkel zuckte es bereits wieder, doch in seinem Blick lag nach wie vor Begehren.

»Mag sein.« Zufrieden straffte ich die Schultern.

Sein Lächeln wurde breiter und anerkennend und löste ein Ziehen in meinem Magen aus.

»Ich sollte mich nun ebenfalls frisch machen.« Bei dem Gedanken an die bevorstehende Aufgabe hob ich den Kopf und mein Blick kreuzte den des Grafen, der an die Balustrade gelehnt dastand und das Geschehen von oben beobachtete. Er hob seine Hand in einer Geste, als wolle er mich zu sich winken, doch ich tat, als hätte ich es nicht bemerkt. Kurz warf ich einen Blick auf die große Schlangenskulptur, die unter dem Balkon stand, und wunderte mich darüber, wie oft ich dieses Tier als Motiv schon in dieser Villa entdeckt hatte, ehe ich Lyra hinterhereilte.

Auf dem Weg aus dem Saal hinaus kam ich an einem Separee mit der Aufschrift *Kusskabine* vorbei. Eigentlich war es nicht wirklich ein Separee, sondern vielmehr eine Nische in der Wand, in der sich ein kleines Sofa befand, auf dem zwei Gäste saßen, die ihre Finger nicht voneinander lassen konnten. Gerade als die beiden anfingen sich zu küssen, zog der Mann geistesgegenwärtig den Vorhang zu, sodass die beiden dahinter verschwanden. Diese schamlose Zurschaustellung ihrer Begierde schockierte mich. Rasch eilte ich weiter.

Als ich die Eingangshalle betrat, hielt mich ein Diener auf.

»Kann ich Ihnen behilflich sein, Miss?«, erkundigte er sich.

Ich stutzte, weil ich ihn, im Gegensatz zu den Gästen, verstand. Vielleicht war das meine Chance, etwas über diese Partie in Erfahrung zu bringen. »Ähm … ja, das können Sie in der Tat. Und zwar suche ich nach einem Hinweis. Haben Sie zufällig einen für mich?«

»Tut mir leid, Miss, aber diesbezüglich kann ich Ihnen zu meinem eigenen Bedauern nicht weiterhelfen. Meine Aufgabe ist es schlicht, die Gäste zu bedienen. Sie mit allem zu versorgen, was sie brauchen. Nicht mehr und nicht weniger.«

»Aber ich brauche doch diesen Hinweis«, wandte ich ein. »Sie kämen damit nur Ihrer Pflicht nach.«

Seine Mundwinkel zuckten und für einen Moment meinte ich, so was wie Stolz in seinem Blick zu erkennen. Dann jedoch wurde seine Miene bedauernd. »Wie ich schon sagte, ich kann Ihnen diesbezüglich nicht weiterhelfen. Aber vielleicht kann ich Ihnen anderweitig zu Diensten sein?«

Ich hatte Mühe, ihm meine Enttäuschung nicht offen zu zeigen. »Ich würde mich gerne pudern«, sagte ich stattdessen.

»Kommen Sie, Miss, hier entlang.«

Er führte mich in einen Raum, in dem es nach Jasmin duftete. Mehrere Waschbecken aus hellem Sandstein standen nebeneinander an der Wand und waren wie Venusmuscheln geformt. Darüber gab es einen Tank, in den die Diener Wasser füllten und von dem ein Wasserhahn abging. Daraus plätscherte es in die Muschel, wo es wiederum abgeschöpft werden musste. Über dieser Konstruktion befanden sich ovale Spiegel und vor einem davon stand Lyra, die sich ihre Lippen in einem auffälligen Karmesinrot schminkte. Ich bewunderte ihren Mut, zu dieser Farbe zu greifen. Wie der Graf wohl darauf reagieren würde? Zusammen mit ihren schwarzen Haaren sah sie aus wie die fleischgewordene Femme fatale.

»Lyra, ich …«, setzte ich an.

»Was?«, fragte sie forsch, ohne aufzusehen.

»Ich dachte, wir könnten vielleicht zusammenarbeiten und den Grafen gemeinsam bezirzen.«

»Du?« Endlich schaute sie auf und ich wünschte sogleich, sie hätte es nicht getan. Mit hochgezogenen Augenbrauen blickte sie mich aus ihren olivgrünen Augen dermaßen abfällig an, dass ich mir sofort unfähig vorkam. »Ich wette, du weißt gar nicht, wie das geht.« Abwägend legte sie ihren Kopf schräg und um ihre Lippen bildete sich ein spöttischer Zug.

»Du allerdings schon«, schlussfolgerte ich.

Etwas in ihrem Blick veränderte sich. Die Härte wich daraus und ließ Verletzlichkeit durchschimmern. »Ich weiß, was du jetzt denkst, aber so ist es nicht. Ich bin keine von denen, die sich aus Gefallen heraus anbiedern. Ich muss es tun, um zu überleben.« Ihr Mund bekam einen harten Zug. Sie wandte den Blick ab und betrachtete sich im Spiegel. »Meine Familie hat nicht besonders viel Geld«, murmelte sie und ihre Augen sahen mich dabei aus dem Spiegel so traurig an, dass ich den Blick abwenden musste. »London ist ein hartes Pflaster. Wenn ich die Männer nicht umgarnt, ihnen keine schönen Dinge, die sie hören wollten, in die Ohren gesäuselt hätte, dann wären wir verhungert. Erst war es nur der Bäcker, der mir daraufhin ein altes Brot vom Vortag gab, dann ließ ich den Bauern meine Brüste berühren für ein kleines Butterfass. Es war nie mehr als das, aber es genügte, um meine Eltern und meine Geschwister über Wasser zu halten.« Ihre Stimme nahm einen verzweifelten Klang an. »Doch schon in wenigen Monaten steht der Winter vor der Tür, und wenn wir bis dahin nicht genügend Geld haben, muss ich es uns besorgen. Dann habe ich keine Wahl und muss meinen Körper anbieten, damit wir uns Kohle zum Heizen leisten können. Dann wird es nicht bei einer Berührung bleiben.«

Ich wusste, was sie mir hatte sagen wollen, ohne es laut auszusprechen. Ihrer Familie drohte der Tod durch Erfrieren und es lag an Lyra, das zu verhindern, indem sie sich als Freudenmädchen anbot. Ich schluckte schwer. Was für eine entsetzliche Vorstellung. Ich hatte ja keine Ahnung gehabt, welch grauenvolle Zukunft Lyra erwartete, und mit einem Mal tat sie mir unendlich leid. Dadurch verstand ich nun, warum sie oft so abweisend war und niemanden an sich heranließ. Sie hatte einen Schutzpanzer um sich errichtet.

»Die Männer am Hafen. Nach einer langen Überfahrt sehnen sie sich nach Nähe, weißt du? Es wird nicht schwer werden, das Geld zu besorgen, doch allein die Vorstellung widert mich an. Ihre stinkenden, schweißigen Körper an meinen gepresst zu fühlen, der faulige, alkoholverhangene Atem.« Lyra hielt inne und schüttelte sich.

Sachte legte ich ihr eine Hand auf die Schulter – und zu meiner eigenen Überraschung schlug Lyra sie nicht weg.

»Dann bist du deswegen hier? Weil du dir genügend Geld für deine Familie wünschst?«

Sie erwiderte nichts. Am liebsten hätte ich sie fest umarmt, doch in diesem Moment richtete sie sich kerzengerade auf und taxierte mich mit ihren katzenhaften Augen.

»Genug geplaudert. Unsere Chancen auf Erfolg stehen tatsächlich besser, wenn wir zusammenarbeiten.« Ihr Blick bohrte sich über den Spiegel in meinen. »Dafür musst du aber dein albernes Mädchengetue ablegen und dich mehr wie eine Frau verhalten. Bist du dir sicher, dass du dazu bereit bist?«

Nein, das war ich nicht, dennoch fragte ich: »Was muss ich tun?«

Die Instruktionen, die sie mir daraufhin gab, verunsicherten mich. Es war nicht meine Art, Haut zu zeigen und die Aufmerksamkeit von Männern zu erregen. Ich warf einen kurzen Blick in den Spiegel und kam mir neben Lyra seltsam blass vor. Es lag nicht an ihrem auffälligeren Kleid, sondern an ihrer Ausstrahlung. Sie wirkte wieder so selbstbewusst wie eh und je, als könne sie nichts erschüttern.

»Trag ruhig noch etwas Farbe auf die Lippen auf«, riet sie mir, »und kneif dich in die Wangen.«

Letzteres tat ich. »Ähm … Lyra«, setzte ich zögerlich an.

»Was denn?«

»Ich habe keine Toilettenartikel dabei.«

Sie seufzte übertrieben laut. »Hier, du kannst meinen benutzen.« Sie hielt mir das Döschen mit der karmesinroten Farbe hin.

Verblüfft blickte ich sie an. »Woher hast du das?«

»Ich habe es zu dem Kleid mit dazubekommen«, sagte sie mit einem Achselzucken, als wäre es nichts Besonderes, doch ich hörte den Stolz in ihrer Stimme heraus.

Als ich fertig war, hatte ich ebenfalls reizende rote Lippen. Zu meiner Überraschung biss sich der Ton nicht mit meinen Haaren. Ganz im Gegenteil. Er kam auf meinem blassen Teint toll zur Geltung. Und in der Tat hatte die Farbe eine erotisierende Wirkung.

»Was glaubst du, wird passieren, wenn der Graf uns so zu Gesicht bekommt? Immerhin sind Farben doch tabu.«

»Wenigstens fallen wir auf.« Sie schürzte die Lippen und straffte die Schultern. Lyra war bereit, sich dem Grafen entgegenzustellen. Doch war ich es ebenfalls? Spielte das überhaupt eine Rolle? Hierbei ging es nicht nur um mich, sondern auch um Alex und die anderen. Ich musste mein Möglichstes tun, damit wir die Partie bestanden.

Ich reichte Lyra das Döschen und wir machten uns auf den Weg zurück in den Festsaal. Lyra schlängelte sich durch die Gäste und ich folgte ihr, bis wir die seitliche Treppe, die zum Balkon hinaufführte, erreichten.

Als Lyra einen Fuß auf die unterste Stufe setzte, hielt ich sie am Arm zurück. »Lyra, das ist nicht dein Ernst. Wir können doch nicht einfach zu ihm hochgehen.«

Sie schüttelte meine Hand ab. »Und wieso nicht? Denkst du, er schubst uns über die Balustrade, oder was?«

Damit war für sie die Diskussion beendet und mir blieb nichts weiter übrig, als ihr zu folgen. Das Unwohlsein nahm mit jeder Stufe zu und am liebsten hätte ich einfach wieder kehrtgemacht.

Der Ausdruck des Grafen, der uns beobachtete, war schwer zu deuten. Seine dunklen Augen funkelten unheilvoll, während seine Lippen zu einem freundlichen Lächeln verzogen waren.

Gerade als Lyra die letzte Stufe erklimmen wollte, stellte sich ihr ein Diener in den Weg.

»Es tut mir leid, Miss, aber ich darf Sie nicht durchlassen. Der Graf sucht die Gesellschaft, nicht andersherum.«

»Glauben Sie mir, der Graf will sich das ganz sicher nicht entgehen lassen. Wir wissen zu unterhalten.« Lyra klimperte verführerisch mit den Wimpern in Richtung des Gastgebers.

Der Diener wirkte gänzlich unbeeindruckt von ihr. »Nein, das geht auf keinen Fall. Ich habe klare Anweisungen erhalt…«

»Was verschafft mir die Ehre, dass zwei solch reizende junge Damen mir Gesellschaft zu leisten wünschen?« Der Graf kam auf uns zu und machte eine wedelnde Handbewegung in Richtung des Dieners, der sich daraufhin knapp verbeugte und zur Seite trat.

Lyra betrat den Balkon und ich folgte ihr mit einem mulmigen Gefühl im Bauch. Ich mochte die Art, wie der Graf uns ansah, nicht. Irgendwie begierig und gleichzeitig berechnend mit einer Spur Spott darin.

»Die bessere Frage ist, was verschafft uns die Ehre, zu solch einer außergewöhnlichen Veranstaltung eingeladen worden zu sein? Ihr seid ein Mann von Extravaganz und erlesenem Geschmack, wie mir scheint, und das imponiert mir zutiefst. Oder täusche ich mich da?«, fragte Lyra in ihrer liebreizendsten Tonlage.

»Nicht im Geringsten, meine Teure.« Die Gesichtszüge des Grafen glätteten sich. »Nun, wo wir unter uns sind, lassen wir die Formalitäten. Kommt, setzt euch zu mir und vielleicht zeige ich euch etwas von meiner Extravaganz.« Er lächelte geheimnisvoll. Der Graf hatte eine einschüchternde Persönlichkeit und ich hatte stets das Gefühl, dass sich hinter seinen höflichen Worten eine Warnung verbarg. »Doch zuerst lasst uns ein Weilchen plaudern.«

Auf dem Balkon befanden sich mehrere mit schwarzem Samt bezogene Stühle. Unter einem davon wand sich eine riesige Schlange durch die Stuhlbeine hindurch. Lyra war bei ihrem Anblick sichtlich blass geworden. Obwohl sie sich bemühte, sich nichts anmerken zu lassen, bebten ihre Lippen. Das hinterlistige Funkeln in den Augen des Grafen verriet mir, dass er es ebenfalls bemerkte. Ein leises Seufzen entwich ihm, als wäre er enttäuscht.

Mit steifen Schritten steuerte Lyra auf die Stühle zu. Der Graf ließ sich auf dem mit der Schlange nieder, deren Kopf daraufhin in die

Höhe schoss. Sie zischte und ihre gespaltene Zunge kam zum Vorschein, während unser Gastgeber abwesend ihren Kopf tätschelte, als handle es sich dabei um ein harmloses Haustier. Das weckte in mir den Verdacht, dass dies auch der Fall war. Wobei, ganz sicher war ich mir nicht, denn ich traute ihm durchaus zu, dass er eine Giftschlange sich hier frei bewegen ließ, denn am Ende schützte den Grafen vielleicht Magie vor dem Schlangengift.

Ich setzte mich und strich mir die Haare zurück, so, wie Lyra es mir geraten hatte, um meine Halslinie zu entblößen. Dann versuchte ich mich an einem hinreißenden Lächeln. Bei Alex war es einfach gewesen, bei dem Mann hier jedoch war es mir unangenehm, mich so zu präsentieren.

»Wie äußerst gewagt von euch, Farbe aufzutragen«, sagte der Graf und starrte auf meine Lippen. Etwas Lüsternes lag in seinen Augen. Der Frackstock lehnte dabei so an seinem Stuhl, dass ich das Gefühl hatte, zusätzlich von dem Schlangenkopf darauf angestarrt zu werden.

Ich spürte, wie ich errötete.

»Keine falsche Verlegenheit, meine verehrte Elena. Das Rot steht dir vorzüglich.« Er beugte sich vor, als wären wir Vertraute.

»Danke«, murmelte ich und unterdrückte den Drang, auf dem Stuhl hin- und herzurutschen.

Um dem Blick des Grafen auszuweichen, starrte ich auf die Schlange. Eingehend betrachtete ich das Muster auf ihrem Rücken, das aus dunklen Sattelflecken bestand. Schlangen fand ich interessant und faszinierend, seit mein Vater mich mit acht Jahren auf eine Ausstellung exotischer Tiere mitgenommen und mir ihr Verhalten erklärt hatte.

»Gefällt dir meine *Boa constrictor*?«, fragte der Graf mit dunkler Stimme.

Die Schlange begann sich um sein Bein zu winden und er stieß mit dem Ende seines Stocks gegen sie, woraufhin sie mit einem aufgebrachten Zischen von seinem Bein abließ und – wie es schien – beleidigt zum anderen Ende des Balkons schlängelte. »Sie wird auch

Abgottschlange genannt«, fuhr er fort. »Eine durchaus treffende Bezeichnung für dieses prächtige Wesen, nicht wahr?«

»Ja«, hauchte ich und löste meinen Blick von der Schlange.

Als ich aufsah, erkannte ich Wohlwollen in der Mimik des Grafen, das mich zutiefst verwirrte, weshalb ich schnell zu Lyra sah. Deren Anspannung wich sichtlich, je weiter sich die Schlange von uns entfernte.

»Nun, wie kommt es, dass ein junger Mann wie Ihr bereits eine Villa besitzt?«, fragte Lyra mit gewohnt kecker Stimme.

»Du schmeichelst mir«, antwortete der Graf und fuhr sich mit einer Hand über den Bart an seinem Kinn. »Aber das ist nicht wirklich die Frage, weswegen du hier bist.« Er bedachte sie mit einem langen, intensiven Blick.

Sie erwiderte diesen kühl, schlug die Beine übereinander und ließ wie zufällig ihr Kleid ein Stück höher rutschen, sodass ein Streifen Haut auf ihrem Bein entblößt wurde. Dabei zeigte sie keinerlei Anzeichen von Unwohlsein, wie der Graf es offenbar erwartet hatte, denn er runzelte kaum merklich die Stirn.

Lyra neigte sich ihm entgegen und raunte verschwörerisch: »Ihr seid so ein intelligenter Mann, habt meine Absichten gleich durchschaut. Nun ja …« Sie zuckte gleichgültig mit den Schultern. »… tatsächlich brennt mir eine andere Frage vielmehr auf der Seele.« Sie leckte sich über die Lippen und der Graf hing förmlich daran. Dann nahm ihre Stimme eine tiefere Tonlage an, als würde sie ihm ein Geheimnis erzählen. »Könnt Ihr uns helfen, diese Partie zu gewinnen?«

Der Graf lehnte sich im Stuhl zurück und tippte nachdenklich mit seinen Fingern auf dem Griff seines Frackstocks herum. »Das könnte ich«, erwiderte er gedehnt. »Aber jetzt noch nicht. Das Fest ist gerade erst im Gange und ihr wollt mich schon wieder verlassen?« Er klang betrübt, doch in seinen Augen war keine Spur davon zu erkennen.

»Wir finden die Abendveranstaltung wunderbar«, beeilte ich mich zu sagen. »Und fühlen uns geehrt, hier sein zu dürfen, nur, versteht uns nicht falsch, unser Leben hängt davon ab, pünktlich Eure Villa zu verlassen.«

»Das ist mir bekannt.« Er klang gelangweilt. »Zu gegebener Stunde werde ich euch durch einen Diener benachrichtigen lassen, wenn ihr euch meiner Hilfe würdig erweist. Dann plaudern wir in Ruhe. Aber jetzt geht und amüsiert euch.« Bei dem letzten Satz erschien wieder das verschlagene Grinsen auf seinem Gesicht. Er deutete mit dem Frackstock unmissverständlich in Richtung Treppe.

Ich warf noch einen letzten Blick zur *Boa constrictor*, die sich inzwischen dicht an der Balustrade entlangschlängelte. Vielleicht wollte auch sie einen Blick auf die rauschende Abendveranstaltung erhaschen.

»Ich freue mich schon darauf.« Lyra bedachte ihn mit einem koketten Augenaufschlag, doch der Graf zeigte sich nicht imponiert davon.

Ich hingegen brachte nicht mehr als ein nervöses Lächeln zustande. »Auf Wiedersehen.«

»Das werden wir«, entgegnete der Graf und mich überkam eine unheilvolle Ahnung.

Wir erhoben uns rasch, und als wir die Treppe hinunterstiegen, bemerkte ich eine Terrassentür, die ins Freie führte. Unten erwartete uns der Diener, der uns zuvor davon hatte abhalten wollen, den Balkon zu betreten. Jetzt hielt er ein silbernes Tablett in der Hand, auf dem ein Umschlag lag, der mit Lyras Namen beschriftet war.

Ihre Augenbrauen schossen in die Höhe. »Eine neue Aufgabe«, stellte sie fest, nahm den Umschlag entgegen und zog die schwarz-weiße Karte heraus.

Neugierig, wie ich war, wollte ich wissen, was darauf geschrieben stand. Weil Lyra jedoch nicht dafür bekannt war, ihre Nachrichten laut vorzulesen, stellte ich mich auf die Zehenspitzen. Da sie etwas kleiner war als ich, gelang es mir, über ihre Schulter zu linsen und die Botschaft mitzulesen.

Ich biss mir auf die Unterlippe. Wie es schien, hatte Lyra beim Grafen besser punkten können als ich. Andererseits stammten die Aufgaben vom Schattenprinzen und deshalb musste das nichts heißen.

»Mitternacht ist reichlich spät. Danach bleibt uns im besten Fall noch eine Stunde, um den Ausgang zu finden«, bemerkte Lyra, die zwischen ihrer Sanduhr und einer goldenen Standuhr, die sich neben der Terrassentür befand, hin- und herblickte. Jetzt war es kurz nach zweiundzwanzig Uhr und ein Viertel des Sandes war bereits durchgerieselt.

Überrascht blickte ich sie an.

»Nun tu nicht so erstaunt. Ich weiß, dass du eben mitgelesen hast.«

Ertappt blickte ich auf die Karte. »Vielleicht offenbart er dir um Mitternacht das Geheimnis, wie wir von hier wegkönnen.« Es wurmte mich, dass Lyra vermutlich den entscheidenden Hinweis erhalten würde, denn bei ihr wusste man nie, ob sie diesen auch mit uns Übrigen teilen würde.

»Gut möglich.« Lyra legte den Kopf schräg und betrachtete mich.

Innerlich wand ich mich unter dem stechenden Blick aus ihren schwarz umrandeten Augen, die das Grün noch mehr zur Geltung brachten. »Was ist?«

»Hör zu«, zischte sie, plötzlich wieder die alte Lyra. »Deine Unschuldsmasche zieht bei mir nicht. Und sollte ich herausfinden, dass du irgendwem von meinem Herzenswunsch erzählst, sorge ich dafür, dass es das Letzte ist, was aus deinem Mund kommt. Verstanden?«

»Wie bitte?«, stammelte ich schockiert. Was war denn in Lyra gefahren?

»Ach, und noch was: Das Gleiche gilt auch für meine Angst vor Schlangen. Erzähl es jemandem und du bist schneller ein Schattenwesen, als du das Wort aussprechen kannst.«

Wo kam die plötzliche Feindseligkeit her? Ich konnte sie nur anstarren, aber sie erwartete ohnehin keine Antwort, denn sie legte die Karte zurück auf das Tablett, machte auf dem Absatz kehrt und rauschte davon, ohne zu sagen, was sie vorhatte. Schon wieder handelte sie auf eigene Faust …

Noch immer verdattert von Lyras Abgang begab ich mich auf die Suche nach den anderen und fand die Jungen am Büfett wieder, wo sie sich mit Häppchen die Bäuche vollschlugen.

»Hast du was herausgefunden?«, fragte Alex, sobald ich in Sichtweite kam.

Eine ganze Menge, dachte ich, schüttelte jedoch den Kopf, da sich seine Frage nicht auf Lyra, sondern den Ausgang aus dieser Partie bezog.

»Wo ist Lyra?«, erkundigte sich Robert.

Ehe ich antworten konnte, fragte Alex: »Überhaupt nichts? Und worüber habt ihr dann die ganze Zeit gesprochen?« Er blickte mich aus schmalen Augen an.

Anscheinend ärgerte ihn etwas, aber ich konnte nur raten, was es war. Vielleicht war er frustriert, dass wir seit unserer Ankunft in der Villa der

Lösung keinen Schritt nähergekommen waren. »Es waren nur belanglose Plaudereien.«

»Belanglose Plaudereien, ja?« Alex hob spöttisch die Augenbrauen. »Und wohin ist Lyra dann verschwunden? Warum antwortest du Robert nicht?«

Ich rang kurz mit mir, entschied mich dann aber, dass es besser war, mit offenen Karten zu spielen, und erzählte den anderen von Lyras Aufgabe.

»Wie bitte?!« Alex sah aus, als stünde er kurz vorm Explodieren. »Wieso hat sie schon wieder so eine leichte Aufgabe bekommen?«

Auch Amit machte ein verbittertes Gesicht. »Ich habe eine Schattenmarkierung wegen meiner letzten Aufgabe und sie muss lediglich tanzen? Das ist alles andere als fair!«

»Wir wissen nicht, ob ein Tanz mit dem Grafen so harmlos ist, wie es klingt«, wandte ich ein und wusste selbst nicht genau, wieso ich Lyra in Schutz nahm, obwohl sie mir eben noch gedroht hatte.

»Mir reicht es!« Alex stieß hörbar die Luft aus. »Ich gehe jetzt den Ausgang suchen. Wer kommt mit?« Er blickte fragend in die Runde.

»Ich«, sagte Amit. »Denn ich ertrage es nicht länger, mich bedienen zu lassen, obwohl ich selbst einer von ihnen bin. Es fühlt sich wie Verrat an.« Seine Kiefermuskeln verhärteten sich, während er zu einem Diener blickte, der mit einem Tablett voller Getränke umherlief und sie den Gästen anbot. In seinen kastanienbraunen Augen lag dabei ein Schmerz, der mich den Blick abwenden ließ.

Ich straffte entschlossen die Schultern. »Ich komme auch mit.«

»Was ist mit dir?« Amit schaute fragend zu Robert.

»Ich halte das für keine gute Idee. Es ist viel zu gefährlich. Außerdem sollte jemand auf Lyra warten.«

»Er hat recht, wir können Lyra nicht einfach hier zurücklassen«, wandte ich ein.

Der Blick, den Alex mir daraufhin zuwarf, war vernichtend. »Um Lyra würde ich mir keine Sorgen machen. Die kommt schon klar. Also, was ist jetzt mit dir?«

Obwohl es mir widerstrebte, gab ich nach. »Auf der Ostseite führt eine Terrasse ins Freie.«

»Gut.« Alex nickte knapp und bahnte sich seinen Weg durch die Gäste in Richtung der bodentiefen Fenster, von denen sich eines als Tür öffnen ließ.

Als wir auf die Terrasse traten, umfing uns die Nacht. Wir konnten nur so viel vom Garten sehen, wie das Licht aus der Villa uns gewährte, aber es reichte aus, um die unüberwindlichen Rosenhecken zu erkennen, die sich sowohl links als auch rechts von uns befanden und bis an die Mauern der Villa heranreichten. Die Terrasse befand sich in der Mitte und damit blieb nur der Weg nach vorne. Doch auch dort stießen wir schon bald an eine unüberwindbare Rosenhecke. In der Dunkelheit konnte ich nicht ausmachen, welche Farbe die Rosen hatten, aber ich sah die spitzen und unheilvollen Dornen.

»Sieht nicht so aus, als gäbe es hier einen Durchgang«, bemerkte ich.

Alex schnaubte. »Wäre ja auch zu einfach gewesen.«

»Vielleicht finden wir eine Lücke in der Hecke«, sagte Amit und marschierte voraus.

Es dauerte eine Weile, doch letztendlich hatten wir Glück und fanden eine Stelle, die breit genug war, dass wir uns hindurchquetschen konnten. Dabei blieb ich an einer Dorne hängen und riss mir ein Stück meines Kleids ein. Auf der anderen Seite umfing uns ebenfalls eine mehr als mannshohe Hecke, die links und rechts den Weg abgrenzte und mir den Eindruck vermittelte, hier wäre es noch eine Spur dunkler. Das fahle Licht der Sterne reichte kaum bis zu uns hinunter.

»Ganz schön finster hier«, stellte auch Amit fest.

Wir liefen die stachelige Hecke entlang, bis wir zu einer Gabelung kamen.

»Was ist das?« Ich spähte in die verschiedenen Richtungen.

»Scheint ein Labyrinth zu sein«, sagte Alex.

»Deswegen lautete unsere Aufgabe, den Ausgang finden zu müssen«, erkannte ich.

Die anderen beiden gaben zustimmende Laute von sich.

»Und welchen Weg nehmen wir nun?«, fragte ich.

»Den da.« Alex entschied sich für die linke Abzweigung.

Amit und ich folgten ihm. Erneut kamen wir zu einer Gabelung und wieder gingen wir links. Bei der nächsten Biegung landeten wir in einer Sackgasse. Alex unterdrückte einen Fluch. Wir liefen zurück und Amit schlug den rechten Weg ein. Eine weitere Gabelung und die nächste Sackgasse erwarteten uns. So ging es eine Weile weiter, bis wir irgendwann ins Freie traten und uns vor der Villa wiederfanden. Nicht weit von uns entfernt erstreckte sich die Terrasse, über die wir gekommen waren.

»Verdammt!« Alex knirschte mit den Zähnen. »Wir sind im Kreis gelaufen.«

Amit wandte sich der Hecke zu und zuerst glaubte ich, er wolle an einer Rose schnuppern, doch dann brach er sie ab. »Kommt, wir versuchen es noch einmal. Diesmal lege ich uns eine Spur aus Blütenblättern.«

»Das könnte funktionieren«, meinte ich mit einem Lächeln, welches Amit erwiderte.

Gesagt, getan. Auch wenn es schwer war, die Rosenblüten am Boden zu erkennen, unmöglich war es nicht.

Diesmal wandten wir uns bei der ersten Gabelung nach rechts und Amit ließ alle paar Schritte ein Blütenblatt zu Boden segeln. Erneut gabelte sich der Weg und wir hatten bald die Orientierung verloren. Mir kam es vor, als irrten wir schon seit Stunden durch das Labyrinth, als ich plötzlich ein Blütenblatt am Boden fand.

Ich hob es auf. »Hier waren wir schon mal.«

»Ja«, stieß Alex hervor. »Weil wir uns wieder am Eingang befinden.«

»Was?« Überrascht sah ich auf und musste feststellen, dass er recht hatte.

Als wir hinaustraten, befanden wir uns erneut vor der Villa. »Wie ist das möglich? Wir hatten doch die Blütenblätter.« Ich blickte vorwurfsvoll auf meines, das ich immer noch in der Hand hielt, dann ließ ich es zu Boden fallen.

»Es ist kein gewöhnliches Labyrinth.« Amit runzelte die Stirn. »Anders kann ich mir nicht erklären, dass wir nicht eher auf die Rosenblätter gestoßen sind, sondern erst, als wir wieder am Eingang waren.«

»Wäre ja auch zu schön gewesen, wenn hier einmal etwas normal gewesen wäre«, knurrte Alex.

»Dann müssen wir wohl doch zuerst mit den Gästen sprechen und ihnen Hinweise entlocken«, sagte ich.

»Und wie sollen wir das anstellen, wenn wir sie nicht verstehen?«, fragte Alex und klang dabei eine Spur gereizt.

»Ich habe nicht die geringste Ahnung, aber weiter planlos im Labyrinth umherzuirren, führt auch zu nichts«, erwiderte Amit.

»Nein!« Alex schlug mit der Faust gegen die Hecke und fluchte laut, als sich ein Dorn durch den Handschuh in sein Fleisch bohrte. Er zog ihn aus und Blut quoll aus der Wunde, aber er beachtete es nicht. »So schnell gebe ich nicht auf.«

Er lief zurück in den Irrgarten und aus Gewohnheit wollte ich ihm folgen, doch Amit hielt mich an der Schulter zurück. »Lass ihn gehen. Er kommt gleich wieder.«

»Bist du sicher?«

»Warte nur ab.«

Tatsächlich stand Alex nach ein paar Minuten erneut vor uns. Etwas außer Atem und noch wütender als zuvor. »Diese verfluchte Hecke! Wir sollten sie einfach abfackeln.«

»Komm.« Ich streifte wie beiläufig seine Hand und wünschte, ich würde keine Handschuhe tragen, um seine Haut fühlen zu können. »Lass uns reingehen. Das bringt doch nichts.«

Alex schüttelte stur den Kopf. Inzwischen hatte er den Glacéhandschuh wieder angezogen.

»Weshalb bist du so verbissen?«, erkundigte ich mich.

»Weil es mich an mich selbst erinnert«, stieß er hervor.

»Wie meinst du das?«, fragte Amit.

»Meine Erinnerungen ... Ich weiß, dass sie da sind, irgendwo in meinem Gehirn versteckt, aber ich kann den Zugang zu ihnen nicht finden. Es ist wie mit diesem verdammten Labyrinth. Ich finde einfach nicht den richtigen Weg, um mich wieder an alles zu erinnern. Wer war ich, bevor ich in dieses Spiel geraten bin? Was ist mit mir geschehen?«

»Alex«, setzte ich an. Meine Finger suchten seine und drückten sie tröstend. »Die Frage, wer du warst, kann ich dir leider nicht beantworten, aber ich weiß, wer du jetzt bist. Du bist ein Kämpfer. Deswegen willst du auch nicht aufgeben, aber manchmal ist es vernünftiger, sich geschlagen zu geben. Deshalb gehen wir jetzt alle wieder in die Villa.«

Alex erwiderte den Druck meiner Finger. Ich war mir nicht sicher, ob Amit es von seiner Position aus sah, falls ja, ließ er sich nichts anmerken.

»Wir sind alle nicht mehr die Menschen, die wir vor diesem Spiel waren«, sagte Amit. »Wenn du so willst, haben wir alle unser früheres Ich verloren. Das Spiel verändert uns. Ich bin mir nur nicht sicher, ob zum Guten oder zum Schlechten.«

Bei seinen Worten lief mir ein Schauer über den Rücken. Amit hatte recht. Ich hatte mich verändert. Vor dem Spiel wäre ich niemals ohne Robert und Lyra losgezogen, um den Ausgang zu finden, doch jetzt hatte ich es getan. Hatte zugelassen, dass wir uns trennten.

»Elena Johnson?« Ein Diener trat auf mich zu. Eine Hand auf den Rücken gelegt verbeugte er sich vor mir. »Der Graf lädt Sie zu einer Privataudienz ein. Wenn Sie so freundlich wären, mir zu folgen.« Er deutete mit seinem anderen Arm in Richtung der Tür, die zur Eingangshalle führte.

Erstaunt legte ich meine behandschuhte Hand auf die Brust. »Ich?«

Mittlerweile war unsere Gruppe wieder vollständig und mir entgingen die skeptischen Blicke der anderen nicht. Warum der Graf wohl ausgerechnet mit mir sprechen wollte? Ich hätte vermutet, er wäre vielmehr Lyra zugetan.

»Wenn Sie Elena Johnson sind, dann besteht daran kein Zweifel«, antwortete der Diener schlicht.

»Viel Glück«, murmelte Robert, während Lyra mir einen giftigen Blick mit auf den Weg sandte.

Amit lächelte aufmunternd.

Der Ausdruck in Alex' grauen Augen traf mich völlig unvorbereitet. Er wirkte beunruhigt und besorgt – um mich. »Pass auf dich auf«, sagte er mit gesenkter Stimme.

Ich nickte einmal, dann sah ich zu, dass ich dem Diener folgte. Dieser führte mich die breite Treppe im Eingangsbereich hinauf bis in die zweite Etage. Um jede der verschnörkelten Sprossen wand sich eine Schlange. Im zweiten Stock liefen wir einen langen Gang entlang, bis der Diener schließlich vor einer Tür aus Ebenholz mit vergoldetem Knauf stehen blieb. Er öffnete sie, trat zur Seite und ließ mich hinein. Schwüle Luft schlug mir entgegen und überall raschelte es.

Ich hatte mit allem gerechnet, nur nicht mit dem, was mich hinter dieser Tür erwartete. Ein Raum voller gigantischer Glasboxen mit allerhand Grün darin. Terrarien, wie ich erkannte, als sich in dem Kasten neben mir träge eine Schlange vorbeischlängelte.

»Was …?«, setzte ich an.

»Der Graf kommt gleich«, informierte mich der Diener und zog die Tür hinter sich zu.

Ich schritt durch den Raum, dessen Wände bis unter die Fenster mit dunklem Holz verkleidet waren, auf dem sich Reliefs befanden, die verschiedene Reptilien abbildeten, unter anderem sah ich eine Eidechse. Doch viel interessanter als die Holzverkleidung des Raums waren die Terrarien selbst. Die meisten davon waren riesig und reichten bis unter die Decke. Der gusseiserne Rahmen, in den die Glasplatten eingefasst waren, war reich verziert. Alle Terrarien waren bepflanzt, weshalb es oftmals einen Moment dauerte, bis ich die Tiere darin ausmachen konnte.

Langsam ging ich weiter und sog alles in mich auf. In einem Terrarium baumelte eine schwarze Schlange von einem Ast, die bei meinem Anblick ihre gespaltene Zunge hervorblitzen ließ. Mein Blick haftete auf ihr, während ich weiterging, weshalb ich mit meiner Hüfte gegen ein kleineres sechseckiges Terrarium stieß, das auf einem gusseisernen Sockel stand und dadurch meine Aufmerksamkeit auf sich zog. Es war zum größten Teil mit Wasser gefüllt, aber es gab auch eine Erhöhung aus Steinen. Neugierig lugte ich hinein und entdeckte mehrere Schildkröten.

»Der Graf scheint eine Vorliebe für Reptilien zu haben«, murmelte ich vor mich hin.

»Das ist korrekt«, hörte ich eine Stimme hinter mir und fuhr herum.

An den Türrahmen gelehnt stand der Graf, seinen Frackstock in der einen Hand haltend, und beobachtete mich. Seine Mundwinkel zuckten, als wäre er wegen irgendetwas amüsiert. *Wie lange er da wohl schon steht?*, fragte ich mich im Stillen.

»Sind sie nicht fantastisch?« Der Graf betrat den Raum. Er besah sich ein Terrarium, auf dessen sandigem Boden sich mehrere kleine Schlangen eingerollt hatten. »Jede von ihnen ist absolut einzigartig. So, wie auch wir es sind.« Bei seinem letzten Satz hatte er den Blick gehoben und fixierte mich aus seinen dunklen Augen.

»Eine äußerst beeindruckende Sammlung«, brachte ich hervor.

»Ja, nicht wahr? Und ein paar von ihnen sind absolut tödlich.« Er ließ es beiläufig klingen, doch auf meiner Haut bildete sich eine Gänsehaut. Ich verstand die Warnung.

Der Graf musste mein Unbehagen bemerkt haben, denn er lächelte freundlich. »Hier, hinter den Glasscheiben, können sie dir nichts tun.« Er klopfte mit seinem Frackstock gegen das Glas und eine der Schlangen richtete sich ruckartig auf und zischte warnend.

Er lachte nur. »Bitte, setz dich.« Er deutete auf einen kleinen Tisch mit zwei Stühlen in der Mitte des Raumes, der mir bisher nicht aufgefallen war. »Von dort hat man den besten Blick.«

Ich kam seiner Aufforderung nach und strich über die Tischplatte, die mit einem Fischgrätenmuster verziert war. »Rosenholz«, stellte ich fest.

»Du hast ein gutes Auge.« Wohlwollen schwang in seiner Stimme mit.

»Meine Mutter, sie interessiert sich für Pflanzen. Wir waren oft im botanischen Garten«, erklärte ich. Der Graf ging nicht darauf ein und verzog auch keine Miene.

»Wie gefällt dir das Fest?«, fragte er stattdessen.

»Es ist eine bemerkenswert stilvolle Abendveranstaltung«, sagte ich und hoffte, meine Antwort würde ihm gefallen.

Der Blick aus seinen Onyxaugen war hart und unergründlich.

»Entschuldigt bitte meine Neugier, aber ich muss es einfach wissen: Warum ich? Weshalb habt Ihr mich für die Privataudienz auserwählt?«

»Das lag vor allem an deiner Reaktion auf die Schlange von vorhin.« Der Graf klang erheitert. »Deine Unerschrockenheit hat mich beeindruckt.«

»Wirklich?« Ich konnte es kaum glauben. Schließlich waren meine Versuche, ihn zu bezirzen, mehr schlecht als recht gewesen.

»Ja. Außerdem bist du mir schon zu Beginn aufgefallen. Du und deine feuerroten Haare. So viel Farbe.« So, wie er es sagte, klang es nicht wie ein Kompliment.

»Was habt Ihr gegen Farben?«

»Nichts.« Der Graf lachte, als hätte ich einen Witz gemacht. »Aber alles Farbige hier hat eine Bedeutung, musst du wissen. Siehst du die grüne Baumpython dort oben auf dem Ast?« Er deutete auf ein Terrarium auf der rechten Seite des Raumes.

Die Schuppen der Schlange waren von einem satten Grün, das äußerst giftig wirkte. Das Bild des Absinths blitzte für den Bruchteil einer Sekunde vor meinem inneren Auge auf.

»Ja.«

»Wenn du sie dir von mir um den Hals legen lässt, verrate ich dir den entscheidenden Hinweis, um die Partie zu gewinnen.« In den Augen des Grafen funkelte es belustigt.

Die Schlange übte eine gewisse Faszination auf mich aus. Meine Neugier in Bezug auf Tiere hatte ich sicherlich meinem Vater zu verdanken, der mir die Schönheit der Natur und der darin lebenden Wesen nähergebracht hatte. Trotzdem musste ich Vorsicht walten lassen, denn die außergewöhnliche Farbe der Schlange ließ vermuten, dass sie gefährlich war.

»Ist sie giftig?«

»Sie sieht giftig aus, nicht wahr? Aber ich kann dir versichern, dass sie es nicht ist. Willst du es nun versuchen?« Sein Blick war lauernd, während er auf meine Entscheidung wartete.

»In Ordnung.« Diesmal klang es entschlossen.

Der Graf strahlte, als hätte ich ihm gerade das schönste Geschenk überhaupt gemacht. »Wunderbar.« Er klatschte erfreut in die Hände und erhob sich.

Er öffnete das Terrarium, griff nach der Schlange, die sich sogleich um seinen Arm zu winden begann, und trug sie zu mir. In der Zwischenzeit hatte ich meine Handschuhe ausgezogen, weil ich wissen wollte, wie sich die Schlange auf meiner Haut anfühlen würde.

»Es ist ein Männchen, die sind nicht ganz so schwer«, erläuterte er mir.

Ich beäugte die Schlange neugierig. Tatsächlich fand ich ihre grünen Schuppen auf eine gewisse Weise schön. Sie zeugte von Exotik und zog mich immer mehr in ihren Bann, je länger ich sie mir anschaute.

»Die Baumpython ist eine Würgeschlange«, sagte er, während er sie mir umlegte.

Die Schlange wog schwer auf meinen Schultern. Ich strich mit meinen Fingern über ihre Schuppen und staunte darüber, wie glatt und geschmeidig sie sich anfühlten.

Der Graf trat zurück und bewunderte sein Werk. »Wirklich sehr schön«, bemerkte er.

Er wirkte wie ein Künstler, der den Farbkontrast der grünen Baumpython, die er über meine roten Haare gelegt hatte, bewunderte und den Anblick regelrecht in sich aufsog.

Ich konnte fühlen, wie sich die Schlange langsam um meinen Hals kringelte, sah ihren Kopf mit der gespaltenen Zunge und ihre silbrig schimmernde Iris.

»Gebt Ihr mir nun den Hinweis?«, fragte ich, da ich den Eindruck hatte, der Graf wäre mir gerade besonders zugetan.

»Ich bewundere deine Zielstrebigkeit.«

Von dem Kompliment ermutigt erwiderte ich unerschrocken seinen Blick.

»Na, ich will mal nicht so sein«, meinte er und machte eine Geste mit der Hand, als wäre er die Großzügigkeit in Person. »Die Lösung liegt am Boden des Glases.«

»Wie bitte?«

»Das war der Hinweis.« Er blickte mich erwartungsvoll an, als wäre es mehr als offensichtlich, was er damit meinte.

»Was soll das bedeuten?«

»Das findest du schon heraus. Es ist ja noch genügend Zeit.«

»Geht das nicht ein wenig genauer?«, fragte ich hörbar frustriert. »Von welchem Glas sprecht Ihr?«

»Wenn ich dir das verraten würde, dann wäre es ja kein Rätsel mehr«, antwortete der Graf mit Belustigung in der Stimme.

Zorn wallte in mir auf. Das sollte der Hinweis gewesen sein? Und dafür hatte er mich einen ganzen Abend lang zappeln lassen?!

»Ihr seid nicht gerade hilfreich.«

Die Schlange zischte bei meinem erregten Tonfall.

»Soll ich dir die Baumpython wieder abnehmen oder möchtest du noch eine Weile mit ihr spielen?«

Die Schlange hatte sich mittlerweile komplett um meinen Hals gewunden und ich war mir sicher, es würde nicht mehr allzu lange dauern, bis sie unter Beweis stellte, weshalb sie eine Würgeschlange war.

»Nein, ich habe genug«, erklärte ich entschieden und taxierte den Grafen aus zusammengekniffenen Augen.

Mit zwei langen Schritten war er bei mir, nahm mir die Schlange ab und schaffte sie zurück in das Terrarium.

In der Zwischenzeit erhob ich mich und strich mein Kleid glatt. »Wenn Ihr mich bitte entschuldigen würdet. Ich muss noch ein Rätsel lösen, von dem mein Leben abhängt«, sagte ich mit deutlicher Enttäuschung in der Stimme, da ich mir weitaus mehr von der Audienz erhofft hatte.

Der Graf reagierte gleichgültig auf meinen verstimmten Tonfall. »Bitte«, meinte er und deutete in Richtung Tür. »Tu dir keinen Zwang an.«

»Die Lösung liegt am Boden des Glases?«, wiederholte Alex. »Mehr hat er nicht gesagt?«

»Nein.« Ich schüttelte bedauernd den Kopf.

»Du scheinst dem Grafen ja nicht sonderlich imponiert zu haben, wenn du ihm nur diesen mickrigen Hinweis entlocken konntest«, sagte Lyra.

Ich warf ihr einen wütenden Blick zu. »Wenigstens habe ich genug Eindruck auf ihn gemacht, um überhaupt eine Privataudienz zu bekommen, was sonst keiner von euch von sich behaupten kann.«

Lyra kräuselte die Lippen und verschränkte die Arme unter der Brust, erwiderte jedoch nichts.

»Was könnte damit nur gemeint sein?« Robert fuhr sich mit einer Hand durch seine braunen Locken.

»Uns bleibt nicht mehr viel Zeit, das herauszufinden. Bald ist Mitternacht und der Sand ist zum größten Teil bereits durchgerieselt«, stellte Lyra fest.

Robert sah blass um die Nase aus und sein Blick huschte ängstlich zu seinem Unterarm.

»Vielleicht hat es etwas mit dem Absinth zu tun«, überlegte ich. Mir fiel wieder ein, wie der Graf mich auf die Bedeutung von allem Farbigen hingewiesen hatte. Und es war bestimmt kein Zufall, dass die Schlange mich an den Absinth erinnert hatte.

Robert schritt zu einem der Tische mit den Absinth-Fontänen, griff sich ein Glas und kippte den Inhalt hinter einem Tischbein aus. Dann untersuchte er den Boden des Glases genauer, klopfte mit einem Finger dagegen.

»Kannst du was erkennen?«, fragte Lyra.

»Nein.« Robert hielt das Glas gegen das Licht. »Ich dachte, es wäre vielleicht ein Hinweis auf dem Boden eingraviert, aber da ist nichts.«

»Diese ganze Veranstaltung stinkt doch zum Himmel«, schimpfte Alex. »Wie stellt der Prinz sich das vor? Wenn keiner von uns den Weg herausfindet, wird sein Spiel ziemlich schnell zu Ende sein.«

»Vielleicht sollten wir es einfach darauf ankommen lassen«, schlug Amit vor. »Er wird uns kaum alle in Schattenwesen verwandeln.«

»Bist du völlig übergeschnappt?«, fragte Lyra. »Der Schattenprinz lässt sich sicher nicht von uns erpressen, und dieses Risiko gehe ich gewiss nicht ein! Dafür hänge ich viel zu sehr an meinem Leben.«

Die anderen waren einer Meinung mit Lyra. Amit zupfte unbehaglich an seiner Weste herum. Am liebsten hätte ich ihm zugestimmt und gesagt, der Prinz solle sein dummes Spiel alleine spielen. Ich hatte das ohnehin nie gewollt. Aber wie es aussah, würde Lyra recht behalten. Wir bedeuteten dem Prinzen nicht das Geringste und er würde uns vermutlich, ohne mit der Wimper zu zucken, allesamt den Schatten zum Fraß vorwerfen.

»Ich ertrage das nicht länger«, sagte Amit. »Dieser ganze Protz widert mich an.« Er strich sich über seinen teuren Anzug, als wäre er voller Ungeziefer. »Und diese Scheinheiligkeit.«

Bei seinen letzten Worten blickte er in die Runde und ich zuckte innerlich zusammen. Auch ich konnte mit diesem aufgesetzten Getue wenig anfangen und suchte immer nach etwas Echtem in all dem Glanz, der oft nur dazu da war zu blenden, wie bei einem vergoldeten Rahmen, der darüber hinwegtäuschte, dass sich darunter stinknormales Holz verbarg.

Auf einmal hörte das Orchester auf zu spielen und die Menge verstummte.

»Verehrte Gäste!«, erklang die Stimme des Grafen. Ich erspähte ihn hinter der Balustrade, von wo aus er auf uns hinabschaute. »Es ist Zeit für den Höhepunkt des Abends. Den Mitternachtswalzer. Ich bitte Sie, sich alle einen Tanzpartner zu suchen und entsprechend im Saal aufzustellen. Genießen Sie den Tanz!«

Das Orchester begann wieder zu spielen und der Graf trat von der Balustrade zurück. Als ich mich umsah, war Lyra verschwunden und ich wusste auch, wohin.

»Darf ich um diesen Tanz bitten?«, fragte Alex und seine Stimme klang dabei seltsam rau.

Amit und Robert blickten verwundert zu ihm, und auch mich überraschte, dass er ausgerechnet jetzt mit mir tanzen wollte, wo er es doch noch vor Kurzem so eilig gehabt hatte, von hier wegzukommen. Doch etwas in seinem Blick hinderte mich daran, sein Angebot auszuschlagen. Unsicherheit und Aufregung lagen darin.

»Natürlich.«

Ein winziges Lächeln stahl sich auf sein Gesicht. Seine Hand legte sich sanft um meine Taille und er führte mich in die Mitte des Saals, wo die anderen Paare bereits Aufstellung nahmen.

Mit seiner anderen Hand griff er nach meiner und unsere Finger verflochten sich. Auf einmal wünschte ich mir, uns würde nicht ein Stück Stoff trennen. Ich wollte seine Haut auf meiner spüren. Aber das war unmöglich. Der brennende Wunsch überraschte mich, genauso wie mein Herz, das mir bis zum Hals klopfte.

Ich platzierte meine freie Hand auf seiner Schulter und im Gegenzug ruhte seine sachte auf meiner Taille, leicht und sanft wie eine Feder, fast so, als traue er sich nicht, richtig zuzupacken. Ich lächelte ihn ermutigend an. Als er es erwiderte, brachte er damit meinen Magen zum Flattern. Unsere Blicke verhakten sich.

Obwohl ich Alex erst seit Kurzem kannte, fühlte es sich nicht so an. Das Spiel hatte uns zusammengeschweißt, und schon jetzt war er mir wichtiger, als er es eigentlich sein sollte. Denn wenn ich meinen Vater zurückhaben wollte, würde ich dafür Alex' Sieg und damit seine einzige Möglichkeit, seine Erinnerungen zurückzuerhalten, verhindern müssen. Doch daran wollte ich im Moment nicht denken. Nicht heute Abend. Nicht, wenn Alex mich so ansah, wie er es gerade tat. Als wäre ich das Schönste, was er jemals gesehen hatte.

Das Orchester ließ das Lied ausklingen, dann spielten sie den ersten Takt des Walzers und alle Paare setzten sich synchron in Bewegung.

Ich legte den Kopf in den Nacken, und während wir tanzten, konnte ich meinen Blick nicht von seinem Gesicht lösen. Den dichten Wimpern, den geschwungenen Lippen, den mysteriösen grauen Augen. Alles an ihm zog mich an. Die anderen Paare um uns herum, der gesamte Saal, alles wurde undeutlich, verschwamm vor meinen

Augen. Alex war der einzige scharfe Punkt, auf den ich mich fokussierte.

»Elena.« Seine Stimme klang belegt und er wirkte irgendwie nervös. Ich konnte mir nur nicht erklären, weshalb das so war. »Darf ich …?«

»Ja?«, hauchte ich, völlig fasziniert von seiner Nähe, die mich zusammen mit der Musik des Walzers betörte.

Das Blut rauschte mir in den Ohren und mein Herz schlug heftig gegen meine Rippen. Der Griff um meine Taille verstärkte sich. Alex zog mich näher zu sich heran.

Plötzlich war sein Gesicht nur noch einen Hauch von meinem entfernt, sein warmer Atem streifte meine Wange. Er roch nach Tannennadeln und Holz. Sein Blick erforschte den meinen und ich meinte, darin etwas Weiches zu erkennen. Einen silbrigen Schimmer.

Das Orchester gab alles und der Walzer näherte sich seinem Höhepunkt. Es musste gleich Mitternacht sein.

Ein Ruck ging durch Alex und urplötzlich befanden sich seine Lippen auf meinen. Ein überraschter Laut entwich mir, dann schloss ich die Augen und gab mich unserem Kuss hin.

Seine Haare kitzelten meine Wange und seine Lippen waren so viel weicher, als ich es erwartet hatte. Zärtlich liebkosten sie meine und ich merkte gar nicht, wie wir aufhörten, uns zu bewegen. Mitten im Saal blieben wir stehen, während die anderen Gäste an uns vorbeiwirbelten. Doch das rückte in den Hintergrund. Genau wie das Spiel und die Partie unwichtig wurden, denn in diesem Augenblick zählte für mich nur eine Person. Alex.

DER SCHMETTERLING IM LABYRINTH

Alex

Um nichts in der Welt würde ich Elena küssen, schwor ich mir in diesem Moment.

Die Partie war im vollen Gange, doch ich konnte kaum meinen Blick von ihr abwenden, so fasziniert war ich von ihrer Anmut. Elena beherrschte meine Augen, meine Gedanken und meine Gefühle. Sie machte etwas mit mir, das mich die Kontrolle verlieren ließ.

Ich zwang mich, sie nicht weiter anzustarren, und blickte stattdessen zur Absinth-Fontäne. Vielleicht sollte ich mir doch einen Drink gönnen, um mich auf andere Gedanken zu bringen. Aber das schien unmöglich, genau wie meine Aufgabe zu absolvieren. Trotzdem tickte die Uhr unbarmherzig weiter und der Zeitpunkt, an dem ich handeln musste, rückte näher.

Ein Diener kam auf uns zu und fragte nach Elena. »Der Graf lädt Sie zu einer Privataudienz ein. Wenn Sie so freundlich wären, mir zu folgen.«

Elena blickte ihn ungläubig an. Offenbar war sie sich selbst nicht bewusst, wie atemberaubend schön sie war.

Der Graf schien es zu wissen.

Ich auch.

Mir wurde flau im Magen, als ich ihr hinterherblickte. Es fühlte sich an, als würde sie dem Diener in die Höhle des Löwen folgen. Nur schwer konnte ich mich davon abhalten, ihr nachzulaufen. Im Nachhinein könnte ich mich dafür ohrfeigen, sie auch noch dazu angestachelt zu haben, dem Grafen schöne Augen zu machen, nur um an den Hinweis zu kommen. Am Ende wäre er dadurch ermutigt, sie zu küssen oder noch mehr …

Allein die Vorstellung, wie er sie berührte, machte mich krank. Ich rieb angestrengt meine Schläfen. Diese Partie war ganz anders als die letzte, dennoch war sie nicht weniger Kräfte raubend. Seitdem ich die Villa betreten hatte, lagen meine Nerven blank, und das hatte nicht unbedingt etwas mit den Gefahren des Spiels zu tun.

»Was ist los mit dir?« Lyra starrte mich so durchdringend an, als hätte sie eine Ahnung, was ich gerade dachte.

Ich bemühte mich um einen neutralen Blick. Lyra durfte auf keinen Fall von meinen merkwürdigen Gefühlen für Elena, die ich selbst nicht verstand, wissen. Sie würde jede Schwäche gegen mich verwenden.

»Ich wäre gerne anstelle von Elena zu dem Grafen gegangen«, antwortete ich glatt.

Sie nickte mit angespanntem Kiefer. »Du sprichst mir aus der Seele. Ich hoffe nur, Elena ruiniert das nicht mit ihrer naiven Art.«

Ich unterdrückte den Impuls, Elena zu verteidigen. Stattdessen zuckte ich bloß mit den Schultern.

Lautes Gelächter erregte meine Aufmerksamkeit. Eine Gruppe von Kostümierten verschüttete ihren Absinth, während ihre Körper vor Lachen bebten. Offenbar amüsierten sie sich köstlich. Ich blickte mich im Saal um und erkannte, dass alle Gäste, bis auf uns, ihren Spaß hatten.

»Wenn Elena uns nicht etwas Brauchbares liefern kann, dann bin ich langsam mit meinem Latein am Ende.« Robert klang resigniert. »Einen Ausweg aus dem Labyrinth scheint es nicht zu geben und auch die Sprache der Gäste verstehen wir nicht. Ich weiß wirklich nicht, wie wir diese Partie noch bestehen sollen.«

Bisher hatte Robert noch in jeder Situation weitergewusst, aber auch ich hatte nicht den blassesten Schimmer, wie wir dieser Villa entfliehen sollten. Ich schaute auf meine Sanduhr und stellte fest, dass die Hälfte der Sandkörner bereits durchgerieselt war. Viel Zeit blieb uns nicht mehr. Genauso sollte ich demnächst meine Aufgabe erfüllen, denn die große goldene Standuhr, die sich neben der Terrassentür befand, zeigte an, dass es wenige Minuten vor dreiundzwanzig Uhr war.

Mein Blick fiel wieder auf Lyra. In ihrem Paillettenkleid war sie eine Augenweide. Auch den anderen Gästen fiel sie auf. Einige Männer warfen ihr regelrecht lüsterne Blicke zu und manchen Damen war sie offenbar ein Dorn im Auge, ihren finsteren Mienen nach zu urteilen. Mich dagegen ließ ihre Erscheinung völlig kalt. Und genau das war der Grund, warum Lyra die perfekte Wahl für die Absolvierung meiner Aufgabe war.

Nur daran zu denken, Elena zu küssen, brachte mein Herz zum Rasen. Plötzlich war da wieder dieses merkwürdige Gefühl in mir, das immer dann auftauchte, wenn ich kurz davor war, mich an etwas zu erinnern. Die Angst vor Liebe schien tief in mir verankert zu sein. Was war nur in meinem alten Leben geschehen? Hatte ich vielleicht jemand Wichtiges verloren? Eine Frau, die ich geliebt hatte? Hatte ich deswegen mein Gedächtnis verloren, um den Schmerz zu verdrängen?

Meine Schläfen pochten, wie bereits gestern auf dem Jahrmarkt.

»Alex, was sagst du dazu?«, sprach mich Robert an.

»Hm?«, machte ich zerstreut.

»Wir reden gerade über die Spielwächter und meiner Meinung nach sind sie nur da, um uns zu verwirren«, half mir Lyra augenrollend auf die Sprünge.

»Nein, du irrst dich. In ihren Worten verstecken sich Hinweise. Nur ist es nicht immer so leicht, diese zu durchschauen oder zu entschlüsseln«, entgegnete Robert.

»Das Zebra hat uns vor den sauberen Quellen im Sumpf gewarnt und ich habe selbst miterlebt, was mit Mandy passiert ist, als sie daraus getrunken hat«, gab ich zu bedenken.

»Das Zebra hat demnach die Wahrheit gesprochen und die Fledermaus nicht«, stellte Amit fest. »Und welches Tierkostüm, meint ihr, wollte uns heute hinters Licht führen?«

Ich biss mir auf die Lippe. Ganz sicher war ich mir nicht, aber ich hatte das Gefühl, dass es etwas mit dieser Welt zu tun hatte. Mit der Welt aus Schatten und Licht. Mir kamen die Worte der Schlange wieder in den Sinn: *Wenn ihr so schlau seid, wie ihr euch präsentiert, werdet ihr wissen, welcher Tiermaskerade ihr vertrauen könnt.*

»Was weißt du über die Vip…« Lyra brach mitten im Wort ab und schaute Hilfe suchend zu Robert.

»Du meinst *Vipera berus* und *Vulpes vulpes*«, half Robert ihr auf die Sprünge. »Die Kreuzotter gehört der Unterordnung Schlange an und wird der Klasse Reptil zugeordnet. Sie ist giftig und beheimatet in Eurasien. Der Rotfuchs hingegen ist ein Säugetier und unterscheidet sich vollkommen von einer Schlange.«

»Es geht auch nicht darum, wie ähnlich sie sich sind, sondern welcher Spielwächter mit dem Zebra vom Sumpf vergleichbar ist«, gab ich zu bedenken.

Roberts Augen weiteten sich und er wollte etwas erwidern, als ein hochgewachsener Mann vor uns auftauchte, gekleidet in einem durch und durch schwarzen Anzug. Auf seinem Kopf thronte ein riesiger schwarzer Zylinder. Das Außergewöhnlichste an ihm war allerdings die starre weiße Maske aus Porzellan, die bis über seine Nase reichte. Seine künstlichen puppenartigen Augen machten diesen Gast zu einer grotesken Figur.

Er hielt seine flache behandschuhte Hand vor unsere Gesichter und schien damit aussagen zu wollen, dass wir ihm unsere Aufmerksamkeit schenken sollten.

Ich tauschte verwirrte Blicke mit den anderen.

Der Fremde griff erst in die eine Seite seines Gehrocks und dann in die andere. Allgemein machte er den Eindruck, als würde er etwas suchen, ohne dass dabei auch nur ein einziges Wort seine Lippen verließ.

»Ein Pantomime. So was hat uns gerade noch gefehlt«, meinte Lyra genervt.

Erst in seiner Hosentasche wurde er fündig und holte ein mit Absinth gefülltes Glas heraus, das sich im Stoff zuvor nicht abgezeichnet hatte. Dass es nicht ausgelaufen war, überraschte mich. Es war wie ein Zaubertrick, als der Stiel des Glases kein Ende nehmen wollte. Schließlich hielt er es in seiner Gänze in der Hand.

Er hob den Zeigefinger und schien damit anzukündigen, dass jetzt der spannende Part kam. Er nahm einen Schluck der giftgrünen Flüssigkeit und hielt mit einem Mal erschrocken inne. Seine Wangen blähten sich auf, so, als hätte er den Absinth noch nicht runtergeschluckt, doch noch irritierender waren die komischen Bewegungen, die sich an seinen Wangen abzeichneten. Kurz darauf griff er in seinen Mund und zog mit zwei Fingern eine zuckende kleine Schlange heraus, die rote, weiße und schwarze Streifen besaß.

Ich wusste nicht, ob ich klatschen, lachen oder angeekelt den Kopf schütteln sollte. Der Pantomime verbeugte sich tief, mit der Schlange in der Hand, reichte Robert das noch halb volle Glas Absinth und winkte zum Abschied. Danach war er so schnell verschwunden, wie er aufgetaucht war.

»Das war merkwürdig«, befand Robert.

»Das kannst du laut sagen«, entgegnete Amit.

Roberts Blick fiel auf das Glas in seiner Hand. Seinem Gesichtsausdruck nach zu urteilen, bemerkte er erst jetzt, dass er den für ihn verbotenen Absinth in der Hand hielt. Er schaute sich Hilfe suchend um.

Lyra schnaubte belustig und lief mit wippenden Hüften auf ihn zu. »Du kannst ihn in der Hand halten, du darfst ihn bloß nicht trinken«, erinnerte sie ihn, nahm ihm das Glas ab und wandte sich zu einem vorbeieilenden Diener, um es auf sein Tablett zu stellen.

»War das nicht eine Giftschlange?«, wunderte sich Amit. »In meiner Heimat gibt es eine ähnliche. Menschen, die von ihr gebissen werden, sterben innerhalb weniger Stunden.«

»In der Tat könnte man meinen, dass die Schlange, die er im Mund gehabt hatte, eine äußerst giftige Korallenschlange war, aber die Färbung ihrer Schuppen lässt doch eher auf eine Rote Königsnatter schließen, die vollkommen harmlos ist«, sagte Robert. »Und wusstet ihr, dass Pantomime wörtlich übersetzt *alles nachahmend* bedeutet?«

Wir schüttelten den Kopf.

»Es ist schon interessant, dass dieser Künstler ausgerechnet eine Schlange ausgewählt hat, die eine andere imitiert.« Robert kratzte sich nachdenklich am Ohr, doch ich verstand nicht, worauf er hinauswollte.

»Und? Hat der Graf dir einen Hinweis gegeben?«, fragte Robert, als Elena um kurz vor Mitternacht zurückkam.

Für meinen Geschmack war sie viel zu lange weg gewesen. Eindringlich musterte ich sie. Ich war auf der Suche nach Indizien in ihrer Mimik oder Körperhaltung, die mir zeigten, dass der Graf ihr gegen ihren Willen zu nahe gekommen war. Doch da war nichts. Elena wirkte wie immer, oder konnte sie den Schock darüber etwa so gut verbergen? Ich musste unbedingt wissen, was bei der Privataudienz vorgefallen war.

»Die Lösung liegt am Boden des Glases«, beantwortete sie Roberts Frage. Doch was war damit gemeint?

»Die Lösung liegt am Boden des Glases?«, wiederholte ich. »Mehr hat er nicht gesagt?«

»Nein.« Elena schüttelte bedauernd den Kopf.

Keiner von uns hatte eine Idee, was die Worte des Grafen bedeuten sollten. In unserer Verzweiflung argumentierten wir darüber, ob wir es riskieren sollten, das Spiel zu boykottieren und hier in dieser Villa allesamt aufzugeben.

Es war Lyra, die uns von dieser dummen Idee abbrachte, und nun tanzte sie – wenige Minuten, bevor die Uhr zwölf schlug – den Mitternachtswalzer mit dem Grafen.

Verdammt, ich hatte meine Chance auf einen Kuss mit ihr vertan. Da ich meine Aufgabe nicht verlieren wollte, blieb mir nur noch eine Option.

»Darf ich um diesen Tanz bitten?«, fragte ich deswegen Elena.

Überrascht von meinem Angebot weiteten sich ihre Augen für den Bruchteil einer Sekunde, ehe sie einwilligte.

Ich zog sie mit mir auf die Tanzfläche. Seltsamerweise erinnerte sich mein Körper an die Tanzschritte, obwohl mein Geist nicht wusste, ob ich Walzer zuvor schon einmal getanzt hatte. Vielleicht lag es aber auch an meiner Partnerin, dass mir das Tanzen so leichtfiel, denn mit Elena in meinen Armen fühlte sich alles ganz natürlich an.

Ihr Körper schmiegte sich perfekt an den meinen, unsere Schritte waren synchron und unsere spiegelverkehrten Bewegungen flossen regelrecht ineinander.

Elena faszinierte mich. Vor allem, seit sie mir vorhin bewiesen hatte, warum sie meine Nachhilfe im Verführen nicht nötig hatte. Seitdem war ich von der Sehnsucht erfüllt, ihr zärtlich eine Strähne hinters Ohr zu streichen, der eleganten Linie, die ihr Hals zusammen mit der Schulter bildete, mit dem Finger zu folgen und ihre Lippen zu schmecken. Fast kam ich aus dem Takt, als ich merkte, wie sehr ich das alles wollte. Sofort fühlte ich wieder diese irrationale Angst, deren Ursprung ich nicht greifen konnte. Doch als ich in ihre Augen blickte, die glänzten wie regennasses Moos, überkam mich eine tiefe innere Ruhe. In diesem Moment war es unwichtig, wer ich war oder dass ich mein Gedächtnis verloren hatte. Selbst dieses wahnsinnige Spiel rückte in den Hintergrund.

Wir bewegten uns weiter im Rhythmus der Musik. Ich verlor mich gänzlich in ihrem Anblick und gleichzeitig fand ich mich in Elena wieder.

»Elena.« Ihren Namen auszusprechen, fühlte sich unbeschreiblich an.

In ihren Augen war ein Leuchten zu sehen, von dem ich wusste, dass ich es verursacht hatte. Mein Begehren steigerte sich. »Darf ich …?«

Sie schien zu erahnen, was ich sie fragen wollte, denn sie presste sich unwillkürlich näher an mich heran.

»Ja?«, hauchte sie.

Mein Griff um ihre Taille verstärkte sich. Ich konnte kaum meinen Blick von ihren karmesinroten Lippen wenden, die nie verführerischer ausgesehen hatten als in diesem Moment. Der Impuls, sie zu küssen, wurde übermächtig. Enger zog ich sie an mich, suchte in ihren Augen nach dem Einverständnis für meinen nächsten Schritt. Und fand es.

Dann traf mein Mund auf den ihren. Der Kuss war wie ein Rausch, in dem ich mich verlieren wollte. Der verführerische Duft nach Lavendel, den ihre Haare verströmten, hüllte mich ein. Der Geschmack ihrer Lippen übertraf meine kühnsten Vorstellungen und ihr weicher Körper an meinen geschmiegt brachte mich beinahe um den Verstand. Einfach alles an ihr betörte mich. Doch genau das löste in mir unendlich viele Warnsignale aus. Meine Gefühle waren vollkommen im Widerspruch zueinander. Denn einerseits wollte ich mich von dem Kuss gänzlich wegtragen lassen, ihn bis zum Schluss auskosten und sogar vertiefen, bis wir völlig außer Atem sein würden. Andererseits wollte ich Elena von mir wegstoßen. Glücklicherweise musste ich mich nicht entscheiden, denn wir wurden von der Seite angerempelt und etwas Nasses traf mein Gesicht.

Erschrocken fuhren wir auseinander. Elena blickte betroffen an sich herab. Der Absinth klebte auf ihrem Dekolleté, doch am meisten hatte ihr Gesicht abbekommen, über das die Flüssigkeit wie grüne Tränen rann. Sie leckte sich über die Lippen, an denen einige Tropfen Absinth hingen. Ich spürte, dass meine Wange ebenfalls nass war, und wischte den Alkohol mit dem Handrücken weg.

Gleichzeitig schauten Elena und ich in die Gesichter des anderen Tanzpärchens, das uns während unseres Kusses angerempelt hatte.

Die Frau hatte offenbar ihren Absinth verschüttet, denn ihr Glas war leer. ».neheseg thcin eiS nebah riw, gnuhiezreV«

Sie kicherten und tanzten einfach weiter.

»Hast du schon wieder ein Kleid ruiniert?«, wollte ich Elena mit meinem Necken aufmuntern, weil sie ziemlich bedröppelt dreinschaute. »Warte, ich hole dir etwas zum Abtrocknen.«

Ich wandte mich zum Gehen, doch Elena hielt mich am Ärmel zurück.

»Ich habe sie verstanden«, sagte sie völlig perplex.

»Wie meinst du das?«

»Ich habe das Tanzpärchen verstanden. Sie haben uns um Verzeihung gebeten und gesagt, dass sie uns nicht gesehen haben.«

»Elena, das ist ja unglaublich! Wie?«

Eine kleine Falte bildete sich auf ihrer Stirn, ehe Erkenntnis in ihren Augen aufblitzte. »Der Hinweis lautete doch, die Lösung würde am Boden des Glases liegen. Ich glaube, ich weiß jetzt, was der Graf damit gemeint hat.«

Ich packte sie an den Schultern. »Erzähl es mir.«

Ich nahm einen Schluck Absinth und reichte das Glas mit dem Rest einem Diener, der gerade an mir vorbeilief. Anschließend tippte ich dem nächstbesten Mann auf die Schulter und erkundigte mich nach der Uhrzeit.

Er hob seinen Frack an und zog eine kleine Uhr aus seiner Westentasche hervor. »Sechs Minuten nach Mitternacht«, antwortete er, nachdem er einen Blick auf das Ziffernblatt geworfen hatte.

Ich bedankte mich, bevor ich mich Elena zuwandte. »Du hast recht, es ist der Absinth. Jetzt ergibt auch alles Sinn. Die Aufgabe von Robert, die Hinweise der Spielwächter und schließlich die Worte des Grafen.«

»Wir müssen sofort die Gäste befragen, wie es uns die Spielwächter geraten haben. Aber vorher sollten wir den anderen Bescheid geben.« Elena schaute sich suchend um.

»Am besten, wir trennen uns kurz. Ich gehe in die Eingangshalle und du suchst hier nach den anderen. In zehn Minuten treffen wir uns an der großen Standuhr.« Ich zeigte mit meiner Hand zur Terrasse, wo besagte Uhr stand.

Sie folgte mit ihren Augen meiner Bewegung und nickte zustimmend.

Ich quetschte mich durch die Gäste in Richtung der Tür, durch die wir den Festsaal betreten hatten. Ein paar Besucher hatten es sich auf den Récamieren gemütlich gemacht, die sich hier befanden.

Von Robert, Amit und Lyra fehlte jede Spur.

Plötzlich entdeckte ich im Hintergrund den Pantomimen, der mir mit seinem Finger bedeutete, dass ich zu ihm kommen sollte. Ich zögerte, weil mir nicht mehr viel Zeit blieb, um die anderen zu finden und zurück zu Elena zu gehen.

Die Hände des Pantomimen wanderten an die Seiten seiner Maske. Mit einem Ruck nahm er sie ab und zum Vorschein kam das perfekte Abbild meines Gesichts. Mein Herz setzte einen Schlag aus und ich keuchte auf. Das konnte doch nicht sein.

Jetzt hatte er meine uneingeschränkte Aufmerksamkeit. Ich blickte ihn an und ließ meine Augen über sein Gesicht wandern. Jedes Detail stimmte. Er sah aus wie ich. Meine Kehle wurde trocken und meine Muskeln waren zum Zerreißen gespannt. Wie war das möglich …?

Der Pantomime drehte sich um und lief in einen Flur. Unwillkürlich setzten sich meine Beine in Bewegung. Ich eilte ihm durch den Gang nach, bis ich eine geöffnete Tür erreichte.

»Warte!«, rief ich ihm hinterher, doch als ich den Raum betrat, war er wie vom Erdboden verschluckt.

Meine Augen wanderten über eine große Essenstafel, die mit köstlichen Speisen eingedeckt war. Komischerweise waren diese unberührt. Noch immer schlug mir mein Herz bis zum Hals, während ich mir eine Weintraube von der Käseplatte nahm und feststellte, dass das Obst steinhart war. Ich führte die Weintraube an meine Nase heran und roch daran. Wachs. Das Essen war bloß eine Nachahmung.

Mit einem Mal nahm ich eine Bewegung im Spiegel wahr, der über einer Anrichte rechts von mir an der Wand hing.

Jeder meiner Sinne war auf das Äußerste geschärft, als ich mich näherte. Ein Ruck ging durch meinen Körper, sobald ich direkt in die Porzellanmaske des Pantomimen blickte. Der Spiegel, der in einen goldenen Rahmen eingefasst war, zeigte nicht mich, sondern ihn. Ein weißes, starres Gesicht. Spielte mir mein Verstand einen Streich? War die Sehnsucht, endlich zu wissen, wer ich war, in mir so übermächtig geworden, dass ich halluzinierte?

Nein, es ist diese Welt, hörte ich eine Stimme in mir sagen. Mein Puls raste und meine Atmung ging viel zu schnell. Meine Gefühle überwältigten mich, ähnlich wie auf dem Jahrmarkt. Flink tastete ich den bodentiefen Spiegel, seinen Rahmen und die Wand ab, in die er eingefasst war. Es musste einen Weg geben, zu dem Pantomimen zu gelangen. Aber ich fand nichts. Derweil ahmte er jede meiner Bewegungen nach. Ich fühlte mich verspottet. Wütend und verzweifelt schlug ich mit meinen flachen Händen gegen die Wand und brachte den Spiegel zum Erbeben.

»Los, komm raus und zeig mir noch mal dein Gesicht!«, brüllte ich.

Der Pantomime tat mir nicht den Gefallen, und erst jetzt bemerkte ich, dass er sich in einem Raum befand, der das Ebenbild von diesem war. Ich sah die Essenstafel, die Stühle, die drum herum angeordnet waren, und die drei Kronleuchter, die über dem großen Tisch hingen. Blickte ich etwa doch in einen Spiegel?

Der Pantomime hob seine Hand und wich dadurch von meinen Bewegungen ab. Er zog seinen schwarzen Handschuh aus und schrieb etwas mit dem Finger auf das Glas. Ein fieses Grinsen erschien auf seinen Lippen, über denen die Maske endete. Dann ruckte er mit dem Kopf nach vorn, öffnete den Mund und hauchte gegen die Scheibe. Das, was er geschrieben hatte, wurde sichtbar, während der Pantomime urplötzlich verschwand.

Es dauerte einen Moment, bis ich es entziffert hatte, da es spiegelverkehrt geschrieben war:

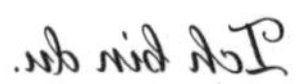

Ein lautes Scheppern ertönte, etwas war zu Boden gefallen. Daraufhin vernahm ich unmittelbar hinter mir Schritte. Vor Schreck sog ich scharf die Luft ein und drehte mich um.

Doch als ich mich im Raum umsah, war ich allein.

Etwas Weißes zog meine Aufmerksamkeit auf sich.

Ich trat darauf zu und erblickte auf dem Boden, vor dem Ausgang, eine Maske. Seine Maske … Das Puppengesicht erkannte ich sofort. Als ich sie aufhob, kam darunter ein Umschlag zum Vorschein, auf dem mein Name stand. Es war eine weitere Aufgabe, die für mich bestimmt war.

Alexander Chandler,

gehörst du zu den Schatten oder zum Licht? Stelle dich morgen früh deinem Zwilling. Falls du den Kampf gegen ihn gewinnst, hast du zwar nicht die Antwort auf diese Frage, aber eine weitere Aufgabe bestanden.

Der Schattenprinz

Elena fing mich auf dem Weg zur Standuhr ab.

»Wo bist du gewesen?« Sie klang besorgt.

Ich war noch völlig außer mir, aufgrund der neuen Aufgabe und des Pantomimen, dennoch versuchte ich, meine Mimik unter Kontrolle zu halten, damit Elena nichts auffiel.

»Die Suche nach den anderen hat etwas länger gedauert. Leider habe ich sie nicht gefunden«, dehnte ich die Wahrheit aus.

Sie presste die Lippen zusammen und ihre Stirn legte sich in Falten. Schon wieder hielt ich etwas vor ihr geheim. Doch obwohl wir uns eben noch so nah gewesen waren, wahrte ich lieber Distanz. Ich konnte nicht anders.

Ich krempelte meinen Frackärmel hoch und schaute auf meine Sanduhr. Verflucht, es war nur noch weniger als ein Viertel des Sandes übrig. »Wir haben nicht mehr viel Zeit und sollten die Gäste augenblicklich nach Hinweisen, die uns aus der Partie führen, befragen. Vielleicht tauchen die anderen in der Zwischenzeit wieder auf«, schlug ich vor.

»Gut«, sagte Elena und es überraschte mich, dass sie sofort einverstanden war. Ich hatte vermutet, sie würde das Schicksal der anderen über ihr eigenes stellen, aber sie schien sich der Gefahr bewusst zu sein, in der wir uns befanden. Wenn mich nicht alles täuschte, endete die Partie um ein Uhr, und jetzt war es bereits zwanzig Minuten nach Mitternacht.

»Wen fragen wir zuerst?« Elena blickte sich im Saal um.

Das Orchester stimmte eine neue Melodie an. Es war die gleiche, die ich schon auf dem Jahrmarkt gehört hatte und die auch meine Spieluhr gespielt hatte. Ich betrachtete für einen kurzen Moment die Verkleidungen der Figuren und wunderte mich, dass es mir nicht schon eher aufgefallen war. Sie alle ahmten ein tag- oder nachtaktives Tier nach.

»Gehörst du zu den Schatten oder zum Licht?«, murmelte ich einen Teil meiner Aufgabe vor mich hin und bekam dabei eine unangenehme Gänsehaut, wie zu dem Zeitpunkt, als ich meinen Namen das erste Mal gelesen hatte.

In diesem Augenblick erkannte ich einen Zusammenhang, der mir vorher nicht klar gewesen war. Schon in der ersten Partie auf dem Jahrmarkt hatten die Schattenwesen alle Kostümierungen von nachtaktiven Tieren getragen. Im Sumpf hatte das tagaktive Zebra die Wahrheit gesprochen und auch die Spielwächterin, die als tagaktive Schlange verkleidet war, hatte uns einen richtigen Hinweis gegeben.

»Die Gäste mit tagaktiven Tiermaskeraden werden uns die richtigen Antworten geben«, verkündete ich.

Nachdem ich Elena schnell erklärt hatte, wie ich auf diese Vermutung gekommen war, hatte sie mir recht gegeben und war davongerauscht zu einer Frau, auf deren Kleid sich zahlreiche schwarze aufgenähte Schmetterlinge befanden.

»Entschuldigen Sie«, sprach Elena sie an.

Große blaue Augen blickten uns freundlich durch eine Schmetterlingsmaske an.

»Wir müssen die Villa schnellstmöglich verlassen. Können Sie uns bitte den Weg aus dem Labyrinth beschreiben?«

»Ach wie schade, ihr wollt bereits gehen? Darüber wird der Graf nicht erfreut sein, ganz besonders nicht, weil ihr nicht die ersten Gäste seid, die ihn und die Villa unerlaubt verlassen.«

Elena und ich tauschten einen irritierten Blick aus und ein ungutes Gefühl überfiel mich.

»Die anderen Spieler sind schon weg?«, fragte ich. Hatten wir sie deshalb nicht gefunden? Die Vorstellung versetzte mir einen schmerzhaften Stich.

Die Frau nickte eifrig. »Jaja, ich habe gesehen, wie sie den richtigen Eingang des Labyrinths gewählt haben – und das, obwohl die Nachtschwärmer sich um diese Uhrzeit draußen herumtreiben. Ich hoffe, ihr seid nicht ebenso lebensmüde.«

»Nachtschwärmer?«, fragte ich.

»Es sind die Schatten, die nach eurem Leben trachten.« Sofort wusste ich, dass sie von den Schattenwesen sprach.

»Bitte, wir müssen wirklich dringend von hier weg. Können Sie uns nun helfen oder nicht?« Elena warf ihr einen flehenden Blick zu.

»Was ist hier los?«, mischte sich eine korpulente Frau ein, die schwarze Handschuhe trug, die am Schaft in einem schwarzen Pfauenkopf endeten.

»Sie möchten durch das Labyrinth«, antwortete die Schmetterlingsfrau.

»Was?« Sie klang aufrichtig entsetzt. »O nein, die Nachtschwärmer werden euch bei lebendigem Leibe verschlingen! Außer natürlich, ihr ahmt sie nach.« Sie nickte in Richtung eines Kunstwerks, das die Form einer Schlange hatte und auf einem Podest unterhalb des Balkons stand. Daran hingen an Haken diverse Masken.

»Ich bezweifle, dass ihnen das gelingt«, meinte die andere und lachte. »Sie sehen nicht wie Nachtschwärmer aus.« Auch sie blickte zu den Masken. Was entging mir hier bloß?

»Das stimmt«, sagte die Frau mit den Pfauhandschuhen.

Die beiden tauschten einen Blick und gackerten los.

Mir gingen sie gehörig auf die Nerven. Ich wollte schon aufgeben und andere Gäste um Hilfe bitten, doch Elena ließ nicht locker.

»Wir müssen jetzt diese Villa verlassen. Die Zeit läuft uns davon.«

Den Frauen verging das Lachen.

»Ein Schicksal in Dunkelheit wird euch im Labyrinth ereilen«, warnte uns die Schmetterlingsfrau.

»Und was können wir tun, um dem zu entgehen?«, fragte Elena.

Die beiden Frauen schauten sich ratlos an.

»Leider können wir euch da nicht weiterhelfen«, sagten sie gleichzeitig. »Aber es gibt jemanden, der genauso viel über das Labyrinth weiß wie der Graf. Jemand, der ihm so nahesteht, dass der Graf seine Kleiderwahl duldet. Er kann euch weiterhelfen«, verriet die Frau mit den Pfauhandschuhen.

Mit zusammengekniffenen Augen schaute ich sie an. Ich hatte keine Ahnung, von wem sie sprach.

»Falls ihr wie Nachtschwärmer ausseht, würde ich euch zeigen, wo der Eingang liegt«, sagte die Pfauenfrau.

»Und ich würde euch den rechten Weg weisen«, meinte die andere.

Beide klangen dabei so euphorisch wie Kinder, die gerade beschlossen hatten, auf ein wundervolles Abenteuer zu gehen. Das stand sehr im Kontrast zu den Gefahren, über die sie uns gerade informiert hatten.

»Kommt zu uns, wenn ihr bereit zum Gehen seid, und denkt an den Freund des Grafen«, sagte die Frau im Schmetterlingskleid.

»Findet den Hinweis und das Leben ist euer Preis«, flötete die Korpulente.

Dann drehten die beiden uns im selben Moment den Rücken zu. Es war alles gesagt.

Ich nahm Elenas behandschuhte Hand und wünschte, ich könnte ihre Haut darunter spüren. Die Berührung durch den Stoff fühlte sich merkwürdig an. Vertraut, aber irgendwie auch nicht. Als wäre zu viel Distanz zwischen uns. Ich führte sie von den Frauen weg.

»Hast du bemerkt, dass die beiden ständig zu dieser Schlangenskulptur unter dem Balkon geschaut haben?«

»Ja. Lass sie uns mal genauer ansehen.«

Wir liefen gemeinsam hin und ich bemerkte, dass Elena die anderen Gäste musterte. Wahrscheinlich suchte sie nach dem mysteriösen Freund des Grafen.

Erst als wir vor der Schlange standen, fiel mir auf, dass die schwarzen Masken, im Gegensatz zu den weißen, nachtaktive Tiere imitierten. Ich nahm eine, die von der Form her einer Motte glich, vom Haken. Im selben Augenblick segelte ein Zettel zu Boden, den ich aufhob.

»Das ist verrückt«, sagte ich, nachdem ich den Zettel gelesen hatte. »Da steht dein Name drauf.«

»Wirklich?« Elena nahm mir das Schriftstück aus der Hand. »Tatsächlich. Scheint, als wären die Masken für uns bestimmt. Drei sind schon weg«, stellte sie fest und bestätigte damit die Aussage der Schmetterlingsfrau. Amit, Robert und Lyra hatten uns im Stich gelassen.

»Tja, letztendlich spielt doch jeder nur für sich.« Ein bleiernes Gefühl nistete sich in meinem Magen ein. Ich fühlte mich verraten. Von Lyra hatte ich nichts anderes erwartet, aber Robert und Amit … Nach der zweiten Partie hatte ich mich den anderen mehr geöffnet. *Was für ein dummer Fehler.*

Elena nickte gedankenverloren, während ich ihr auch die Maske reichte. Ich hoffte, dass dieses Erlebnis ihr zeigte, wie selbstsüchtig die anderen Spieler waren, und dass sie endlich damit aufhören würde, alle retten zu wollen.

Für mich war eine Eulenmaske hinterlegt worden, die ich an mich nahm.

»Jetzt müssen wir noch den Unbekannten finden«, sagte Elena.

»Wenn wir wenigstens wüssten, wie er aussieht«, beschwerte ich mich und durchsuchte den Raum.

»Ich bin sicher, dass wir ihn schon gesehen haben.«

Überrascht hob ich meine Augenbrauen.

»Die Frauen sagten, dass der Graf die Kleiderwahl desjenigen duldet, der ihm nahesteht«, erläuterte sie. »Das bedeutet, seine oder ihre Kleidung muss sich von der der anderen Gäste abheben. Ich weiß aus eigener Erfahrung, dass der Graf auf Farben komisch reagiert, und alle Gäste hier tragen Schwarz.«

»Das heißt, wir suchen jemanden, der sich getraut hat, Farbe zu bekennen.«

Elena schmunzelte aufgrund meines Wortwitzes. »Genau, und bisher ist mir erst einer aufgefallen, der sich der Kleiderordnung widersetzt hat. Kannst du dich noch an den vermeintlichen Spanier erinnern, den wir zu Anfang angesprochen hatten?«

Fragend legte ich den Kopf schief und wollte schon verneinen, als Elena plötzlich die Augen aufriss. »Da ist er!«

Ehe ich michs versah, tauchte sie mitten in die Menschenmasse ein und mir bleib nichts anderes übrig, als ihr zu folgen.

Bei einer Gruppe von Frauen, die an den Lippen eines Mannes

hingen, blieben wir stehen. Das Erste, was mir auffiel, war seine außergewöhnliche Maske, die mit blutroten Edelsteinen besetzt war, und das weinrote Hemd passte perfekt dazu.

Elena drängte sich an den umstehenden Frauen vorbei. Als wir vor dem Maskierten standen, würdigte er uns keines Blickes, sondern berichtete munter weiter von seinem letzten Jagdausflug.

»Verzeihung!« Elena baute sich vor dem Mann auf, der augenblicklich verstummte und uns von oben herab anschaute.

»Wir würden Sie gerne etwas fragen«, fing Elena an.

Sein Gesicht hellte sich auf, als er sie musterte. »Liebes, *du* darfst mich alles fragen.« Er verscheuchte die anderen Damen mit einer wedelnden Handbewegung.

Ich knirschte mit den Zähnen, weil er Elena *Liebes* genannt hatte.

Elena wurde durch seine ungeteilte Aufmerksamkeit unsicher, strich sich nervös eine Strähne hinters Ohr, dann jedoch straffte sie ihre Schultern und setzte einen entschlossenen Gesichtsausdruck auf. »Wir haben gehört, dass Sie wissen, wie wir den Nachtschwärmern im Labyrinth entgehen können.«

Er nickte geschäftsmäßig. »Dir verrate ich es, ihm allerdings nicht.« Er bedachte mich mit einem bösen Blick.

»Was?«, fragte ich. »Warum?«

Was habe ich ihm denn getan?

Statt zu antworten, wandte er sich Elena zu, führte sie ein paar Schritte von mir weg und flüsterte ihr etwas ins Ohr. Dabei kam er ihr für meinen Geschmack viel zu nahe. Seine Hand strich über ihren Rücken.

Es kostete mich einiges an Mühe, meine Wut zu bändigen, während ich die beiden beobachtete. Doch das weitaus schlimmere Gefühl war die Angst. Schon wieder hatte ich Angst um Elena. Was war nur los mit mir?

Glücklicherweise trat der Mann kurz darauf von ihr weg und Elena eilte zu mir zurück, während der Freund des Grafen in die andere Richtung verschwand.

»Und?«

»Wenn die Nachtschwärmer uns zu nahe kommen, sollen wir erstarren und keinen Laut von uns geben. Andernfalls werden sie uns als Nachahmer enttarnen.«

Mit diesem Hinweis, der möglicherweise unser Leben retten konnte, eilten wir zu den beiden Frauen. Zuvor setzten wir unsere Masken auf, was unsere beiden Bekanntschaften dazu veranlasste, uns jeweils unterzuhaken und hinaus auf die Terrasse zu führen. Dabei fiel mein Blick ein letztes Mal auf die Standuhr. Es war bereits nach halb eins. Das würde verdammt knapp werden.

Vor dem Eingang des Labyrinths blieben sie stehen. Die Rosen hatten ein glühendes Blau angenommen, das magisch leuchtete.

»Mitternachtsrosen, erst ab Mitternacht erstrahlen sie, und zwar bis zum Morgengrauen«, erläuterte die Schmetterlingsfrau, die Elenas verblüfften Blick auffing.

Mich überraschten die Blüten ebenfalls, doch ich ließ mir meine Gefühlsregungen nicht so deutlich ansehen. Auf einmal spendete der Vollmond, der hinter einer Wolke hervorkam, zusätzliches Licht. Ein Keuchen entwich mir, als die Körper der beiden Frauen zusammenschrumpften und sich auf magische Art und Weise veränderten. Ehe ich verstand, was da gerade passierte, hatten die Figuren die Form der Tiere angenommen, die sie zuvor am Körper getragen hatten. Ein schwarzer Pfau lief vor uns her, während ein schwarzer Schmetterling mit leuchtend weißen Punkten auf den Flügeln um das Labyrinth herumflog. Verblüfft beobachtete ich die beiden.

Der Pfau eilte am Eingang des Labyrinths vorbei und steuerte schnurstracks die dichte Rosenhecke an, die den Irrgarten bildete. Dann fing er an einer Stelle, die mit wildem Efeu behangen war, an zu scharren.

Elena und ich folgten ihm.

Mit seinem Schnabel zerrupfte der Pfau das undurchdringliche Grünzeug und ich war mir sicher, dieser Mensch hatte mit dem Verlust seiner Gestalt auch seinen Verstand verloren, bis ich braunes Holz zwischen dem Gestrüpp hervorblitzen sah.

Schnell schob ich die Efeuranken – von denen ich sicher war, dass sie vorhin nicht dort gewesen waren – beiseite. Eine kleine Tür kam zum Vorschein, die man nur auf allen vieren passieren konnte.

»Das hier muss der richtige Eingang sein«, stellte ich fest.

Ich hockte mich hin und öffnete die Tür. Dahinter erspähte ich weitere blau leuchtende Rosen.

Plötzlich tauchte der Schmetterling von der anderen Seite auf und flatterte vor meinem Gesicht herum.

»Ich hoffe, du irrst dich nicht«, sagte Elena.

»Das hoffe ich auch. Los jetzt, die Zeit, sie rinnt.«

Wir krabbelten hindurch, und nachdem wir uns auf der anderen Seite wieder aufgerichtet hatten, flog der Schmetterling voraus. Wir folgten ihm, was dank seiner leuchtend weißen Punkte nicht allzu schwierig war. Der Pfau jedoch blieb vor dem Eingang zurück.

Diesmal ließen wir die Villa tatsächlich hinter uns. Je tiefer wir uns in das Labyrinth vorwagten, desto unheimlichere Laute drangen an unsere Ohren.

»Was sind das für Geräusche?« Elena blickte sich ängstlich nach allen Seiten um.

Auch mich beunruhigten sie.

Der Schmetterling hingegen flatterte munter weiter voraus. An einer Weggabelung nahm er den rechten Weg, wir dementsprechend auch.

Plötzlich hörten wir ein Rascheln, dessen Ursprung hinter der nächsten Biegung auf uns lauerte.

Ein schriller Ruf ließ mich vor Schreck erstarren und auch Elena versteifte sich neben mir.

Der Schmetterling flatterte aufgeregt vor unseren Gesichtern herum, als wolle er uns warnen.

»Verdammt«, flüsterte ich, als ich wenige Sekunden später schlurfende Schritte vernahm.

Elena schaute mich mit vor Entsetzen geweiteten Augen an. »Ist … ist das einer von diesen Nachtschwärmern?«

»Schh, wir dürfen uns nicht bewegen und keinen Laut von uns geben«, zischte ich ihr zu.

Im selben Moment bog ein schwarzes Wesen um die Ecke, das einen Körper besaß, der vergleichbar war mit einem Menschen. Nur schien es viel längere Glieder zu haben. Der Rücken war krankhaft nach vorne gebogen, sodass sich ein hässlicher Buckel bildete. Die Knochen standen weit heraus und wurden von lederner Haut eingehüllt. Verkrüppelte Flügel, die nicht mehr flugtauglich sein konnten, erinnerten an die von einer Motte. Sie bewegten sich flatternd im Sekundentakt und verursachten ein surrendes Geräusch, das mir eine unangenehme Gänsehaut über den Rücken jagte. Schwarze, schmierige Haare lagen wie ein Vorhang über dem Gesicht der Kreatur.

Dieses Schattenwesen war sogar noch widerwärtiger als das im Sumpf.

Klackernde Laute entsprangen seiner Kehle und ruckartig wandte es seinen Kopf in unsere Richtung.

Ich unterdrückte einen Schrei und presste aus Reflex meine Hand auf Elenas Mund, die einen erstickten Laut von sich gab.

Schwarze Facettenaugen blickten uns an. Eine Nase existierte nicht. Stattdessen gab es zwei große Löcher im Gesicht, die durch einen Hautlappen geschlossen und geöffnet wurden. Winzige spitze Zähne kamen zum Vorschein, als es seinen lippenlosen Mund einen Spaltbreit öffnete.

Langsam schlurfte es auf uns zu und hielt in regelmäßigen Abständen sein Gesicht nach oben, während es klackernde Geräusche von sich gab. Nahm es unsere Fährte auf?

Ich spürte, wie Elena zitterte und heftig ein- und ausatmete. Meine Instinkte begehrten auf, jede Faser meines Körpers wollte fliehen, insbesondere als das Wesen immer weiter auf uns zukam. Meine Gedanken überschlugen sich. War der Hinweis vom Freund des Grafen eine List gewesen? Aber bisher griff das Wesen nicht an und nun war es bereits zu nah, um noch davonzurennen oder nach etwas zu suchen, mit dem ich uns hätte verteidigen können.

Die schwarzen Facettenaugen taxierten uns weiterhin und Elena zitterte wie Espenlaub. Die gleiche Angst verspürte auch ich, jedoch wollte ich für Elena ruhig bleiben. Ich sah ihr an, dass sie kurz davor war, die Nerven zu verlieren. Doch sie durfte sich nicht bewegen, sonst würde diese Kreatur sie entdecken und angreifen. Ich selbst wagte kaum zu atmen, aus Sorge, das Heben und Senken meines Brustkorbs wäre schon zu viel Bewegung. Deshalb streckte ich auch nicht meine freie Hand nach Elena aus, um ihre zu ergreifen.

Elena, sieh mich an, flehte ich stumm.

Nicht nur, um sie abzulenken, sondern auch mich. Ihre Augen waren für mich wie das Licht in der Dunkelheit. Ich starrte sie so intensiv an, als wäre sie das Einzige, was in diesem Moment zählte. Ihre Nasenflügel bebten unter der dunklen Mottenmaske, doch sie schien meinen brennenden Blick zu spüren, denn ihre Augen bewegten sich von dem Nachtschwärmer weg zu mir. Unsere Blicke verbanden sich und ich las die nackte Angst in ihrem. Ich schenkte ihr ein beruhigendes Lächeln, legte alles, was ich an Vertrauen aufbringen konnte, in meine Augen und hoffte, sie würde darin die Ruhe finden, die sie brauchte, um diese Situation zu überstehen. Ich versank im Moosgrün ihrer Iriden und für einen Moment vergaß ich, in welcher Gefahr wir schwebten, blendete den Nachtschwärmer aus. Für mich existierte nur noch Elena. Ihr Zittern ließ nach und die Panik aus ihrem Blick verschwand. Auch ich beruhigte mich.

Der Kopf des Schattenwesens, das zuvor noch sehr interessiert an uns gewesen war, ruckte zurück. Einige qualvolle Herzschläge später setzte es sich wieder in Bewegung und lief an uns vorbei. Die klackernden Geräusche aus seiner Kehle verklangen und schließlich verschwand es hinter der nächsten Biegung.

Der Schmetterling, der für kurze Zeit wie vom Erdboden verschluckt gewesen war, flatterte wieder vor uns. Die Bedrohung war vorüber und ich ließ Elena los, deren Schultern nach unten sackten, als die Anspannung von ihr abfiel. Dennoch trauten wir uns nicht, auch nur ein Wort von uns zu geben. Nicht solange das Schattenwesen noch in der Nähe war.

Nachdem wir schätzungsweise seit fünfzehn Minuten unterwegs waren und eine weitere Begegnung mit einem Schattenwesen überstanden hatten, war der obere Teil der Sanduhr gefährlich leer. Ich biss mir auf die Unterlippe, bis sie schmerzte..

»Wie weit ist der Ausgang noch entfernt?«, fragte ich, aber wie zu erwarten, blieb das Insekt stumm.

Gellende Schreie durchbrachen die Stille und ließen Elena und mich zusammenzucken. In ihnen lag eine solche Todesangst, dass sich mir die Nackenhaare aufstellten. Kurz darauf verstummten sie, aber mein Herz raste weiterhin in meiner Brust.

»Das klang wie ein Mensch«, sagte Elena und erschauderte.

»Ja«, bestätigte ich tonlos.

»Ich hoffe, er hat es überlebt.«

Niemand von uns wagte es, die Möglichkeit auszusprechen, dass einer der anderen Spieler in unmittelbarer Gefahr schwebte.

Wir setzten eilig unseren Weg fort, kein weiterer Schrei erklang, stattdessen lag nun eine unheimliche Stille über dem gesamten Labyrinth. Jedes kleine Knacksen eines Rosenzweigs, jedes Rascheln der Blätter ließ mich aufhorchen, doch nichts geschah. Da war kein Nachtschwärmer, der uns verfolgte, nur die flatternden Flügel des Schmetterlings, der uns den Weg wies.

Plötzlich machte er einen Satz nach vorne und verschwand um die nächste Ecke.

Alarmiert rannten wir ihm hinterher, und als wir um die Ecke bogen, erschrak ich, weil mein Blick auf eine dunkle Silhouette fiel. Erst ein paar Sekunden später begriff ich, dass es sich lediglich um eine Statue handelte.

Im Schein des Mondes, der in diesem Moment erneut durch die Wolkendecke hindurchbrach, erblickte ich das arrogante Gesicht des …

»Das ist das perfekte Abbild des scheußlichen Grafen«, bemerkte Elena in verächtlichem Tonfall.

Der Graf hatte sich in einer imposanten Pose, eine Hand auf dem Schaft seines Schwertes abgestützt, verewigen lassen. Im bläulichen Schein der Rosen wirkte sein Ebenbild kalt und unsympathisch und traf damit den Charakter des echten Gastgebers erschreckend gut. Auf dem hohen Sockel, auf dem die Statue stand, befand sich eine goldene Inschrift. Ich trat näher heran, um sie besser zu erkennen.

Die Statue das Zentrum markiert,
ein Rosenbogen den Ausgang ziert.

»Bei den Schatten, wir haben erst die Hälfte des Weges hinter uns. Das wird mehr als knapp. Wenn nicht sogar unmöglich.« Ich unterdrückte den Drang, mir die Haare zu raufen.

»Wir werden es schaffen.« Elenas Stimme klang entschlossen und ich hätte zu gerne ihre Zuversicht geteilt.

Doch der Sand rieselte unaufhörlich in den unteren Teil und bald würde auch das letzte Sandkorn hindurchgefallen sein.

Um keine Zeit zu verschwenden, blickte ich mich konzentriert um. Von diesem Zentrum gingen vier verschiedene Abzweigungen ab, aus denen wir wählen konnten. Aus einer davon kamen wir. Blieben noch drei weitere. Alle führten in komplett unterschiedliche Richtungen. In diesem Moment war ich unglaublich froh, den Schmetterling als Wegweiser zu haben, der sich inzwischen mein Vertrauen verdient hatte und nun zielsicher einen Weg ansteuerte.

Vielleicht wusste auch der Schmetterling, dass unsere Zeit gleich abgelaufen war, jedenfalls flatterte er so schnell davon, dass wir rennen mussten, um ihn nicht aus den Augen zu verlieren.

Die Zeit setzte mich so unter Druck, dass ich mir einbildete, das Ticken einer Uhr zu hören. Dann fiel mein Blick auf den eben genannten Rosenbogen.

Erleichterung durchströmte mich, die jedoch nur von kurzer Dauer war, denn hinter uns, am anderen Ende des Gangs, tauchte einer dieser grauenerregenden Nachtschwärmer auf. Er war noch ein gutes Stück von uns entfernt, dennoch blieb ich wie angewurzelt stehen. Das surrende Geräusch seiner schlagenden Flügel drang bis zu mir herüber. Ich war mir nicht sicher, ob er mich ebenfalls bemerkt hatte.

Ich hinderte Elena, die mich eben erreichte, mit einem ausgestreckten Arm daran weiterzulaufen.

In ihrem Blick sah ich, dass sie sofort verstand. Meine Gedanken überschlugen sich. Der Ausgang war näher als der Nachtschwärmer und sollte zu erreichen sein, bevor das Schattenwesen uns in die Finger bekam.

Plötzlich kribbelte mein Arm. Das war das Signal, dass die Partie gleich abgelaufen war. Wir konnten also nicht warten, bis das Schattenwesen uns passiert hatte. Wir hatten keine andere Wahl. Wir …

»Wir müssen rennen«, flüsterte Elena und ergänzte damit meinen Gedanken.

Wir tauschten einen schnellen Blick und nickten uns zu, ehe wir uns in Bewegung setzten.

Der Nachtschwärmer stieß einen hohen Laut aus, sobald er uns bemerkte, und stürmte auf uns zu. Er war mit seinen grotesken Gliedern schneller, als ich vermutet hatte. Kalter Schweiß brach mir aus, denn auf einmal war ich mir nicht mehr sicher, ob wir den Ausgang zuerst erreichen würden oder der Nachtschwärmer uns.

Elena war dicht hinter mir. Ich konnte ihren keuchenden Atem hören. Doch auch die merkwürdig klackernden Laute des Schattenwesens waren nah, viel zu nah. Es streckte seine Klauen nach uns aus.

»Los!« Ich griff nach Elenas Hand und wir stürzten nach vorne. Dabei gerieten wir ins Straucheln und stolperten durch den Ausgang. Ich landete auf meinen Knien. Elena lag neben mir. Doch mir blieb keine Zeit zum Aufatmen, denn ein Angriffsschrei ließ mich sofort wieder auf die Beine kommen.

Das Schattenwesen fletschte bedrohlich seine Zähne und rannte weiter auf uns zu.

»Wir müssen weg!«, schrie ich, packte Elena am Handgelenk und riss sie hoch.

Mein Körper war bereit, von hier zu fliehen, doch mein Verstand wusste, dass es zu spät war. Der Nachtschwärmer war einfach zu nah. Meine Muskeln spannten sich an.

Ein dumpfer Knall erklang und die Kreatur taumelte zurück. Ehe ich begreifen konnte, was da gerade passiert war, nahm der Nachtschwärmer noch mal Anlauf und knallte mit seinem Körper gegen eine unsichtbare Wand, die sich unter dem Rosenbogen befand. Er konnte die Partie nicht verlassen.

Meine Nerven lagen blank. Ich sank auf den Boden, während ich noch immer das Wesen beobachtete, das nach einem Weg nach draußen suchte. Dabei schoss mir das Bild einer Fliege durch den Kopf, die ständig gegen eine Fensterscheibe flog.

»Es kann nicht zu uns«, sagte ich völlig außer Atem. »Es kann die Partie nicht verlassen.«

Elena schaute zurück und erkannte es ebenfalls. Ich konnte förmlich sehen, wie die Spannung aus ihrem Körper wich, und erleichtert ließ sie sich neben mich auf den Boden fallen.

Ein Blick auf meine Sanduhr zeigte mir, dass sie sich wieder umgedreht hatte. Es war kaum zu glauben, aber wir hatten die Partie überlebt.

Ratlos blickten wir in einen Tunnel aus Pflanzen. Dem Labyrinth hatten wir endgültig den Rücken gekehrt. Massive Stämme von gewaltigen Bäumen reihten sich aneinander. Das Blätterdach ihrer Kronen hatte sich mit dem der gegenüberliegenden Bäume verwachsen. Mitten hindurch verlief ein Trampelpfad, der von Rosenbüschen umsäumt war. Die Mitternachtsrosen existierten auch hier und wiesen uns hoffentlich den richtigen Weg. Der Schmetterling war nirgends mehr zu sehen. Wahrscheinlich war er, genau wie die Nachtschwärmer, in der Partie gefangen.

Elena ließ ihre Mottenmaske zu Boden fallen. Auch meine hatte ich mir bereits vom Gesicht gerissen.

»Ob der Weg uns zum Eingang der nächsten Partie führt?« Zögernd trat ich einen Schritt vor.

»Egal, wo wir rauskommen, ich hoffe, ich kann mich bald ausruhen.« Elena klang müde und auch ich war vom Spiel des Schattenprinzen ausgelaugt.

Jeder Muskel meines Körpers brannte und von dem vielen Laufen taten mir die Füße weh. Hinzu kam ein leichter Schwindel, der vermutlich vom unzureichenden Schlaf herrührte. Doch schlimmer als die körperlichen Beschwerden waren die psychischen. Die permanente Angst ließ mich selbst harmlose Situationen als gefährlich wahrnehmen. Ich war ununterbrochen in Alarmbereitschaft. Außerdem wuchs die Skepsis gegenüber meinen Mitstreitern. Sie hatten uns in der Villa im Stich gelassen. Was würde passieren, wenn wir erneut auf sie trafen? Würden sie uns abermals täuschen und uns unserem Schicksal überlassen? Vorausgesetzt, sie hatten die Partie überlebt. Und dann war da noch meine Aufgabe … Ein unangenehmer Schauer befiel mich, als ich an den Pantomimen dachte.

Wir folgten dem erdigen Trampelpfad, der mit heruntergefallenen Blättern übersät war. Ohne das Licht der Mitternachtsrosen hätten wir uns in der nächtlichen Umgebung nur schwer zurechtgefunden, vor allem, weil die Baumkronen das Mondlicht schluckten.

»Sie sind wunderschön«, bemerkte Elena mit einem Mal.

Daraufhin fiel mein Blick auf eine von den blau leuchtenden Blüten. Keine Sekunde später krabbelte eine schwarze langbeinige Spinne aus dem Gestrüpp und setzte sich auf diese. Mein Kiefer verhärtete sich. Für mich war das Tier ein Symbol für die Tücken dieser Welt. Trotz der Schönheit war die Gefahr stets präsent.

Irgendwann erreichten wir eine Kreuzung. Drei Tunnel erstreckten sich vor uns.

»Wir müssen hier entlang«, sagte Elena und zeigte nach rechts.

Dieser Weg war, im Gegensatz zu den übrigen, mit weiteren Rosenbüschen bewachsen. Eigentlich kam kein anderer infrage, da der linke in einer Mauer mündete und der dritte durch die Dunkelheit im schwarzen Nichts verschwand.

Wir folgten den leuchtenden Rosen und Erleichterung durchströmte mich, als sich der Wald nach einer gefühlten Ewigkeit zu lichten begann. Zum Vorschein kamen die Spielwächter, die den Eingang der nächsten Partie bewachten. Wieder grenzte eine hohe Mauer, auf der sich Bäume befanden, deren lange Wurzeln über das Mauerwerk hinab bis in die Erde reichten, die Partie ab. Die Spielwächter ließen uns wissen, dass unsere nächste Herausforderung erst mittags beginnen würde, und deuteten auf ein Lagerfeuer, welches unweit von uns brannte.

Ich war erleichtert über die lange Pause, ehe die nächste tödliche Runde beginnen würde. Das Feuerholz knackte laut und ein paar Funken stoben in die Luft, als wir uns ihm näherten. Elena und ich ließen uns zu Boden gleiten. Der Prinz hatte Essen und Wasser bereitgestellt, das wir schweigend zu uns nahmen.

Elena saß so dicht neben mir, dass ich mir einbildete, ihre Wärme an meinem Körper zu spüren.

»Was ist mit den anderen passiert?«, fragte sie, ohne ihren Blick von den Flammen zu wenden. »Müssten sie nicht längst bei uns sein? Warum sind wir noch immer allein? Sie hatten doch einen Vorsprung gehabt.«

»Ich weiß es nicht, aber du solltest dir nicht länger Gedanken über sie machen und lieber etwas schlafen. In wenigen Stunden geht es schon weiter. Wir müssen ausgeruht sein.«

»Ich glaube nicht, dass ich schlafen kann«, gestand sie. »Nicht, wenn ich nicht weiß, ob die anderen noch am Leben sind.« Das Flammenspiel des Feuers malte wilde Formen aus Schatten und Licht auf ihr Gesicht. »Diese Schreie … die müssen von einem, von …«

»Elena«, ermahnte ich sie. »Du wirst morgen deine Kräfte brauchen, also leg dich hin und schlaf.«

Sie schaute mich verzweifelt an. »Nimmt es dich denn gar nicht mit?«

Ich wollte gerade zu einer Erwiderung ansetzen, da hörte ich sich nähernde Schritte. Schnell wandte ich meinen Blick zur Quelle des Geräuschs. Im Schein der Glut lief Lyra auf uns zu. Ihr Blick war vollkommen leer, ihr schönes Paillettenkleid an vielen Stellen gerissen.

Elena sprang auf und eilte zu ihr. »Lyra, was ist passiert?«

»Die Nachtschwärmer«, sagte sie und klang dabei unendlich müde.

Schwerfällig sank sie zu Boden, zog ihre Beine an und umschlang sie mit den Armen. Ihr Blick war auf den Grund geheftet. Diese Lyra hatte nichts mehr mit der selbstbewussten, kämpferischen jungen Frau gemein, die ich kennengelernt hatte. Etwas hatte sie verstört, womöglich gebrochen. Oder täuschte sie uns nur wieder?

Elena schien es ebenfalls zu bemerken, denn sie warf mir einen besorgten Blick zu.

»Wo sind Robert und Amit?«, erkundigte ich mich.

Lyras Kopf fuhr hoch und ihre Augen waren mit einem Mal weit aufgerissen. Ihre Reaktion ließ mich das Schlimmste befürchten.

»Dieses Spiel … Wir glauben, unser Schicksal selbst in der Hand zu haben, aber ganz gleich, was wir tun, wir sind nur Figuren, deren Züge der Schattenprinz bestimmt.«

Elena hockte sich neben sie und strich ihr beruhigend über den Rücken. »Was meinst du damit?«

Lyras Blick ging wieder ins Leere. »Mein Leben ist ihm ausgeliefert, doch für einen Moment hatte ich die Kontrolle zurück … konnte entscheiden, wie es ausgehen sollte.«

Ihre Worte verursachten mir eine unangenehme Gänsehaut.

Sie schüttelte lächelnd den Kopf, als ob sie etwas nicht fassen könne. Wie gerne hätte ich in diesem Moment ihre Gedanken gelesen. Schlagartig veränderte sich ihre Körperhaltung und sie schaute uns offen an. »Die Nachtschwärmer haben uns angegriffen und wir wurden im Labyrinth getrennt. Ich weiß weder, wo die anderen sind, noch, was mit ihnen passiert ist. Ich hatte gehofft, sie wären hier, aber das sind sie augenscheinlich nicht.« Sie blickte sich unnötigerweise um, als würde sie so Robert und Amit doch noch irgendwo entdecken können.

»Wieso hast du so lange zum Eingang dieser Partie gebraucht? Ihr habt doch vor uns die Abendveranstaltung verlassen.« Ich beäugte sie misstrauisch.

»Wir haben uns im Labyrinth verirrt, und nachdem ich Amit und Robert verloren hatte, habe ich es nur durch Zufall zum Ausgang des Irrgartens geschafft. Danach bin ich dem Baumtunnel mit den leuchtenden Rosen gefolgt, bis ich vor einer Mauer stand, die ich nicht passieren konnte. Diese verfluchten Mauern! Ständig verschieben sie sich!« Ihre Hand ballte sich zur Faust. »Dann habe ich an der Weggabelung einen der verbliebenen zwei Wege genommen und bin noch eine gefühlte Ewigkeit umhergeirrt. Deswegen hat es so lange gedauert.«

»Was ist mit den Schreien, die wir im Labyrinth vernommen haben? Weißt du, von wem sie stammten?«, fragte Elena.

Sie schüttelte den Kopf und Tränen sammelten sich in ihren Augen. Lyra stand kurz davor, die Fassung zu verlieren. Dabei wirkte sie immer so taff. Doch der Schattenprinz schien selbst sie an ihre persönlichen Grenzen zu bringen.

»Ich habe die Schreie auch gehört, aber da war ich schon nicht mehr mit den anderen zusammen.« Sie schlug sich die Hände vors Gesicht. »Ich hoffe, Robert und Amit ist nichts passiert.«

Mit schräg gelegtem Kopf fixierte ich sie. Hoffte sie das wirklich? Sie hatte noch nie so offen ihre Verletzlichkeit gezeigt und außerdem wunderte ich mich sehr darüber, dass sie das Verschwinden von Robert und Amit so sehr mitnahm. Ich hätte eher vermutet, sie wäre erleichtert. Zwei Konkurrenten weniger …

»Lasst uns morgen weiterreden. Ich kann einfach nicht …« Lyra räusperte sich. »Ich möchte mich nur noch hinlegen und diesen Tag vergessen.«

»Natürlich«, sagte Elena, obwohl ich ihr gerne noch ein paar weitere Fragen gestellt hätte. Vor allen Dingen wollte ich wissen, warum Robert, Amit und sie ohne uns gegangen waren.

Die ruhigen Atemzüge von Lyra ließen mich wissen, dass sie eingeschlafen war. Ich hingegen lag wach, genau wie Elena, die sich unruhig umherwälzte. Doch nicht nur wegen Elena hatte ich Probleme einzuschlafen. Meine Gedanken kreisten unaufhörlich um den Kuss. Ich hatte geahnt, dass er meine Gefühle durcheinanderbringen würde, doch nun, nachdem es passiert war, wollte ich nichts anderes, als ihn zu wiederholen. Selbstredend war das alles andere als gut. Wie sollte ich im Spiel einen kühlen Kopf bewahren, wenn Elena mein Blut dermaßen in Wallung brachte? Im Labyrinth waren meine Gefühle von Angst dominiert gewesen, jetzt waren andere Emotionen in mir, die mich ebenso das Fürchten lehrten.

Als hätte sie meinen Gedanken gehört, seufzte Elena schwer und wechselte erneut ihre Schlafposition. Ob sie auch unser Kuss wachhielt oder war es der Kummer um die anderen?

»Machst du dir Sorgen um Robert und Amit?«, flüsterte ich schließlich. »Kannst du deswegen nicht schlafen?«

»Ja«, gab sie zu. »Aber du bist auch noch wach, also scheinen dich die Geschehnisse ebenfalls nicht kaltzulassen.«

Ich seufzte. »Das tun sie auch nicht, aber im Moment kann ich keinen Schlaf finden, weil das Mädchen neben mir sich ständig hin- und herwirft.«

»Ich weiß nicht, wie ich meine Gedanken ausschalten soll. Ständig höre ich das Echo der Schreie in meinem Kopf.«

Mein Herz zog sich zusammen, und bevor ich es mir wieder ausreden konnte, streckte ich meinen Arm aus. »Komm her. Vielleicht kann ich dir beim Einschlafen helfen.« Meine Stimme war leise, aber eindringlich.

Die Sekunden verstrichen und ich war mich fast sicher, dass sie mein Angebot ablehnen würde, als sie doch noch an mich heranrückte und ihren Kopf an meine Brust bettete. Ich legte meinen Arm um sie und zog sie näher an mich heran. Wie ich gehofft hatte, beruhigte sie die körperliche Nähe zu mir, denn wenige Minuten später war sie eingeschlafen.

Mein Blick haftete noch eine Weile am Sternenhimmel und ich bildete mir ein, das Antlitz des Schattenprinzen darin zu erkennen, der mir höhnend zulächelte, ehe auch ich die Augen schloss.

Diesmal wurde ich nicht von Albträumen im Schlaf heimgesucht, doch als ich von einem Geräusch, dicht an meinem Ohr, geweckt wurde, erwachte ich in einer Wirklichkeit, die weitaus schlimmer war als jeder Albtraum.

Eine Handbreit über mir schwebte das Porzellangesicht des Pantomimen und grinste wahnsinnig.

DER DÜSTERE WALD

Elena

Unter meiner Wange raschelte etwas.

Als ich erwachte, lag mein Gesicht nicht länger auf Alex' Brust, sondern auf einem Umschlag, der mit meinem Namen beschriftet war. Mir war sofort klar, dass es sich um eine neue Aufgabe des Schattenprinzen handelte. Aber wie war sie unter meine Wange gekommen, ohne dass ich es bemerkt hatte? Ohne, dass Alex es bemerkt hatte?

Eilig rappelte ich mich zusammen mit dem Umschlag auf, den ich fest in der Hand hielt. Mein Herz setzte einen Schlag aus, als Alex nirgendwo zu sehen war. Ich versuchte mich zu beruhigen, indem ich mir einredete, dass er nicht weit weg sein konnte, dennoch verspürte ich Angst. Angst, die mich, seit ich in dieser Welt war, nicht mehr losließ.

In einiger Entfernung lag Lyra und schlief, aber von Amit und Robert fehlte noch immer jede Spur. Weshalb waren sie nicht in der Nacht zu uns gestoßen? Das konnte nichts Gutes bedeuten. Und wo um Himmels willen war Alex?

Besorgt sah ich mich um, aber alles war friedlich. Meine Sanduhr zeigte an, dass ich noch reichlich Zeit bis zum Beginn der nächsten Partie hatte.

»Alex?«, rief ich beunruhigt, erhielt jedoch keine Antwort.

Dafür hatte ich Lyra geweckt. »Elena? Was ist los?« Schlaftrunken rieb sie sich die Augen.

»Amit und Robert sind nicht hier. Und jetzt ist auch noch Alex verschwunden.«

»Was?« Lyra setzte sich ruckartig auf und blickte sich suchend um. »Hat er dir nicht Bescheid gegeben?«

»Nein.« Ich verschränkte die Arme unter der Brust.

»Das sieht ihm gar nicht ähnlich, dich einfach zurückzulassen. Ich dachte, seit gestern wärt ihr unzertrennlich.« Ihre Mundwinkel nahmen einen fiesen Zug an. »Wenn ihm etwas an dir läge, hätte er dich sicherlich geweckt.«

Stirnrunzelnd schaute ich sie an. Gestern noch war sie völlig aufgelöst gewesen und jetzt sah ich wieder in die kühlen und distanzierten Augen, die ich von Lyra gewohnt war. Ich wusste, ihr Ziel war es, mich zu verunsichern. Und damit hatte sie Erfolg. Ein flaues Gefühl machte sich in meinem Magen breit. Wieso hatte Alex mich nicht geweckt?

»Hast du es denn noch nicht begriffen?« Lyra schnalzte missbilligend mit der Zunge. »Männer nutzen uns Frauen immer nur für ihre Zwecke aus. Sie spielen mit uns, bis sie ihr Interesse verlieren oder bekommen haben, was sie wollten. Genau das ist es, was Alex mit dir macht.«

»Nein, das stimmt nicht.« Ich klang wie ein trotziges Kind.

Lyra schüttelte den Kopf. »Elena, Elena.« Sie wirkte enttäuscht. »Du solltest endlich damit aufhören, immer das Beste in jedem Menschen sehen zu wollen. Merk dir meine Worte: Alex wird, im Gegensatz zu dir, nicht davor zurückschrecken, deine Schwächen auszunutzen.«

»Das würde er niemals tun.«

Lyra lachte nur höhnisch.

Weil ich ihren Anblick nicht länger ertrug, wandte ich mich um und lief zum Eingang der nächsten Partie.

»Wo gehst du hin?«, rief sie mir hinterher.

»Das siehst du doch. Zu den Spielwächtern. Vielleicht wissen sie mehr über Alex' Verbleib.«

Die beiden hatten sich wie immer vor dem Eingang postiert. Der Mann war als Nachtfalter verkleidet. Sein brauner Gehrock wies das typische tarnfarbene Muster auf, das auf den Flügeln der Falter zu finden war. Seine Haare waren ebenfalls braun und beinahe so lang wie die von Alex. Er sah jung aus, um die Anfang zwanzig, und lächelte mich an.

Das Mädchen trug ein kurzes blaues Kleid, das asymmetrisch geschnitten war. Der Ärmel über einer Schulter bildete die Form von Schmetterlingsflügeln und war von einem schwarzen Muster durchzogen. Ihre Alabasterhaut hob sich kaum von ihren hellblonden Haaren ab, die zu mehreren dicken Zöpfen geflochten waren, in denen sich hellblaue Schmetterlinge tummelten. Erst dachte ich, es wären künstliche, doch dann erkannte ich, wie sie mit ihren zarten Flügeln schlugen und ihre Fühler sich bewegten. Es sah fantastisch aus. In ihrer Erscheinung wirkte sie wie eine Fee.

»Kann ich dir helfen?«, erkundigte sie sich und selbst ihr Lächeln war bezaubernd.

»Wo sind die anderen Spieler?«

»Bisher seid nur ihr drei hier aufgetaucht. Falls du deinen Begleiter suchst, der ist schon vor mehreren Stunden aufgebrochen.«

Ihre Worte waren wie ein Faustschlag in meinen Magen. Alex war gegangen, ohne mir Bescheid zu geben. Wie konnte er nur, nach allem, was gestern gewesen war? Anscheinend kannte Lyra ihn besser als ich.

»Ist alles in Ordnung? Du siehst blass aus«, stellte das Mädchen fest. Einer der Schmetterlinge kroch gemächlich ihren Kopf hinauf, bis er den Scheitel erreicht hatte.

»Ja.« Ich bemühte mich um einen neutralen Gesichtsausdruck.

»Bist du sicher?«, fragte der Mann und plötzlich bemerkte ich, dass sich auf seinem Gehrock lebendige Nachtfalter befanden, die so gut getarnt waren, dass sie erst bei genauerem Hinsehen auffielen. Träge krabbelten sie über den Stoff.

»Ja. Ich … ähm … geh dann mal wieder.« Ich machte eine Geste zu der Stelle, wo ich die Nacht verbracht hatte.

Irritiert lief ich davon. Warum hatte mich Alex zurückgelassen? In diesem Spiel war er derjenige, dem ich am meisten vertraute, der mir sehr wichtig war. Sofort dachte ich an den unbeschreiblichen Kuss von gestern. Vielleicht hatte er Alex nicht so viel bedeutet, wie ich angenommen hatte.

Die Zweifel nagten unaufhörlich an mir, als mir ein neuer Gedanke kam. Was, wenn er mich nur geküsst hatte, damit er das Spiel leichter gewinnen konnte? Glaubte er etwa, meine Gefühle für ihn würden mich nicht länger zu einer Konkurrentin machen? Glaubte er etwa, dass ich ihm am Ende zum Sieg verhelfen würde, weil er mir so viel bedeutete?

Doch so richtig überzeugte mich auch diese Überlegung nicht. Er konnte schließlich nicht eigenständig in die neue Partie aufgebrochen sein, daher musste es einen anderen Grund für sein Verschwinden geben. Nur welchen?

Plötzlich war ich wieder besorgt. Was, wenn ihm etwas zugestoßen war? Vielleicht hatte ihn jemand entführt? Aber das ergab genauso wenig Sinn.

Verwirrt und verletzt fiel mein Blick auf den Umschlag, den ich noch immer in meinen verkrampften Fingern hielt. Vor lauter Sorge um Alex hatte ich ihn ganz vergessen. Ich öffnete ihn und zog eine jener Karten heraus, deren Tinte auf magische Weise die Farbe wechselte, je nachdem, ob auf einem schwarzen oder einem weißen Balken geschrieben worden war.

Elena Johnson,

finde heraus, was letzte Nacht
tatsächlich passiert ist.
Beim goldenen Hasen erfährst
du mehr. Um Punkt zehn Uhr
wirst du erwartet. Sei pünktlich.

Der Schattenprinz

Um zehn Uhr … Ich hatte keine Ahnung, wie spät es gerade war oder was der Schattenprinz mit dieser Aufgabe bezweckte. Außerdem war es gut möglich, dass es zeitlich eng werden würde, pünktlich zum Beginn der neuen Partie zurück zu sein.

Ich wusste nur, dass ich nicht länger hierbleiben und warten konnte, sonst wäre mir eine Schattenmarkierung sicher.

Das Erscheinen der neuen Tätowierung auf meinem Arm nahm ich dieses Mal kaum wahr. Ich warf lediglich einen flüchtigen Blick darauf und stellte fest, dass mein Arm nun bis zur Schulter mit dem schwarzen, einem Mandala ähnlichen Muster versehen war.

Im Umschlag befand sich eine weitere Karte, die ich erst auseinanderfalten musste. Darauf war ein rot gestrichelter Weg eingezeichnet, der an einer Stelle mit einem Kreuz endete. Es schien nicht allzu weit weg zu sein.

Nachdem ich mich von Lyra verabschiedet hatte, die keinen Hehl daraus machte, wie wenig begeistert sie davon war, hier allein zurückzubleiben, machte ich mich auf den Weg. Meine Haut klebte unangenehm an den Stellen, an denen sie mit dem Absinth in Berührung gekommen war, und ich wünschte, ich hätte eine Möglichkeit gehabt, mich zu waschen.

Die Karte führte mich an die Weggabelung von heute Nacht zurück, nur diesmal sollte ich die Abzweigung nehmen, die nachts noch ins Nichts geführt hatte. Jetzt erkannte ich, dass der Baumtunnel in einem Feldweg endete, der über eine Wiese führte. Bevor ich sie jedoch erreichen konnte, fand ich mich vor einer der unüberwindlichen Mauern der Spieluhr wieder. Ich kontrollierte den Weg auf der Karte, doch dieser führte unmissverständlich hier entlang. Mit einem Seufzen ließ ich mich auf dem Boden nieder und wartete. Nach gefühlt zehn Minuten kündigte ein Grollen an, dass sich die Wand verschob. Stück für Stück gab sie den Weg frei. Ich wartete nicht, bis sie komplett verschwunden war, sondern lief, sobald ich hindurchpasste, weiter.

Plötzlich befand ich mich mitten in einer Stadt. Dicht drängte sich Hauswand an Hauswand und Geschäft reihte sich an Geschäft. Die Wände warfen lange Schatten, da die Sonne noch nicht im Zenit stand.

Ich kam an einer Horde spielender Kinder vorbei, die die Straße mit Kreide bemalten. Selbst sie waren verkleidet. Ein Junge trug eine braune Hose mit Tigerstreifen, an der ein Schwanz angenäht war, ein Mädchen mit dunklen Locken hatte einen Haarreif aufgesetzt, an dem die spitzen Ohren einer Katze befestigt waren, und ein weiterer Junge besaß zwei kleine aufgeklebte Hörner auf der Stirn, die einem Zicklein ähnelten.

Der Weg auf der Karte beschrieb eine Biegung und ich folgte dieser. Irgendwo verschoben sich gerade die Wände, denn ich hörte ein entferntes Grollen.

Unermüdlich lief ich weiter und näherte mich dem Kreuz auf der Karte. Als ich die Stelle erreicht hatte, fand ich mich vor einem Geschäft mit der Aufschrift *Golden Hare Clockwork* wieder. Um die vergoldeten Letter wanden sich Schnörkel, die aussahen wie eine Kette, an der eine runde goldene Uhr hing. Sie zeigte mir an, dass es kurz vor zehn war. Vor dem Geschäft lehnte ein Einrad.

Ich fragte mich, was ich hier wohl über die letzte Nacht herausfinden würde. Entschlossen wandte ich mich dem Eingang zu. Ich öffnete die Tür und setzte einen Fuß in den Laden, hielt aber inne, als mir ein seltsam synchrones Durcheinander an unterschiedlichsten Tickgeräuschen entgegentönte. Es kam von allen Seiten gleichzeitig, da die Wände bis unter die Decke mit den verschiedensten Uhren in allen nur erdenklichen Größen, Formen und Materialien behangen waren. Pendeluhren, Kuckucksuhren, runde Uhren, eckige Uhren. Manche waren aus Holz, andere silbern oder golden. Einige waren mit kunstvollen Motiven bemalt. Doch eines hatten sie alle gemein: Ihre Zeiger waren perfekt eingestellt, zeigten alle dieselbe Uhrzeit. Selbst die Sekundenzeiger huschten im Gleichtakt über das Ziffernblatt, als wären sie eine Armee von Soldaten, und die Zeit selbst war ihr Oberbefehlshaber.

Mein Blick blieb an der Reihe mit Kuckucksuhren aus Ebenholz hängen. Sie hatten die Form von kleinen Vogelhäuschen, die mit aufwendigen Schnitzereien verschönert worden waren. Ob ich wohl pünktlich um zehn ihre Bewohner zu Gesicht bekommen würde?

Auf der gegenüberliegenden Wandseite gab es eine Reihe mit hölzernen Standuhren, deren Pendel alle im Einklang schwangen und beinahe eine hypnotische Wirkung auf mich ausübten – und so kam es, dass ich erst ganz zum Schluss den Hasen entdeckte.

Er ist Uhrmacher, schoss es mir durch den Kopf. Eigentlich sollte mich diese Tatsache nicht verwundern, hatte doch schon die Uhr unter dem Namen des Geschäfts wie die Taschenuhr des Hasen ausgesehen. Außerdem erklärte es seine Besessenheit von der Zeit.

Der Hase stand hinter der Ladentheke, einen Schraubenzieher in der Hand, tief über ein offenes Uhrwerk gebeugt. Präzise platzierte er ein Zahnrad, das er mit einer winzigen Schraube befestigte. Sein weißer Zylinder stand neben ihm auf der Theke und zum ersten Mal erblickte ich die weißen Hasenohren, die er bisher darunter verborgen hatte. Ich grinste, da ich mit meinem Spitznamen für ihn wohl nicht so falschgelegen hatte.

Eine Glocke bimmelte, als ich über die Schwelle trat. Der Hase blickte kurz auf, griff sich hastig seinen Zylinder und setzte ihn auf.

»Elena Johnson!«, rief er. »Was für eine Freude, aber ist es denn schon so spät?« Er pfriemelte an seiner Westentasche herum, holte die Taschenuhr hervor und überprüfte die Uhrzeit. Ein wenig irritierte mich das, schließlich hätte er nur den Blick heben müssen, um die genaue Zeit auf einer der unzähligen Uhren abzulesen.

»Nein, ein paar Minuten sind es noch«, sagte er mehr zu sich selbst. »Ich muss das hier noch eben reparieren. Bitte, sieh dich in Ruhe um.«

»Hätten Sie vielleicht einen Raum für mich, in dem ich mich frisch machen kann?«, nutzte ich, im wahrsten Sinne des Wortes, die Gunst der Stunde.

»Sicher, sicher«, antwortete er, ohne von dem Uhrwerk aufzusehen. »Gleich dort drüben.« Er deutete auf die linke Tür hinter der Theke.

Ich begab mich in den kleinen Raum, um einem sehr menschlichen Bedürfnis nachzugehen. Im Anschluss wusch ich mir über einer Schüssel mit Wasser die Spuren des Absinths vom Gesicht. Auch meine Arme und das Dekolleté reinigte ich behelfsmäßig. Meine Handschuhe hatte ich gestern irgendwo im Labyrinth oder auf dem Weg durch den Baumtunnel verloren. Ich erinnerte mich nicht mehr so genau daran. Umso lebhafter erinnerte ich mich dafür an das Grauen, das die Nachtschwärmer verursacht hatten, an die schreckliche Angst, die ich empfunden hatte, als sie uns so nahe gekommen waren. Und dann war da natürlich noch das Flattern in meinem Bauch, das entstanden war, als Alex seinen Arm um meine Schultern gelegt und ich mein Gesicht auf seiner Brust gebettet hatte, ehe ich eingeschlafen war.

Doch jetzt hatten die Schmetterlinge aufgehört, mit den Flügeln zu schlagen. Alex' Verschwinden hatte sie vertrieben.

Ich schob den bitteren Gedanken beiseite. Meine Haare waren fürchterlich zerzaust, weshalb ich sie grob mit den Fingern entwirrte und in einer Flechtfrisur bändigte, die ich mit Hilfe des hellblauen Satinbands, das ich wie durch ein Wunder nicht verloren hatte, an Ort und Stelle hielt.

Bevor ich zum Hasen zurückkehrte, las ich noch einmal die Aufgabe des Prinzen. Was ich wohl herausfinden sollte? Und viel wichtiger: Konnte ich dem Hasen trauen?

Nachdem mich Alex in seine Theorie über die tag- und nachtaktiven Kostümierungen der Figuren eingeweiht hatte, war ich skeptisch. Was bedeutete das nun für den Hasen, der meines Wissens nach dämmerungsaktiv war?

Ich runzelte die Stirn, während ich überlegte. In dieser Welt schien rein gar nichts offensichtlich zu sein und auf der Hand zu liegen. Deshalb beschloss ich, den Hasen einfach direkt zu fragen.

»Entschuldigung«, setzte ich an, als ich wieder vor der Theke stand.

Er bedeutete mir mit einer Geste, kurz zu warten, während er ein Rädchen festzog, woraufhin ein leises Ticken erklang. Der Hase seufzte erleichtert, als wäre die Uhr ein lebendiges Wesen, das eben wieder zu atmen begonnen hatte. Sorgfältig verschloss er die Rückseite des Uhrwerks und legte sie mit dem Ziffernblatt nach oben vor mich hin.

»Punkt zehn Uhr«, sagte er und ein zufriedenes Lächeln umspielte seine Mundwinkel.

Im selben Augenblick brach ein Heidenkrach aus. Ich zuckte zusammen und presste mir die Hände auf die Ohren. Glocken schlugen und Vögel sprangen zwitschernd an Metallfedern befestigt aus den Uhren hervor wie kleine Schachtelteufel. Noch nie hatte ich ein größeres Durcheinander erlebt. Nach einer Minute war alles vorbei und das Ticken, das mir nie beruhigender vorgekommen war als jetzt, erfüllte erneut den Laden.

»Nun, Elena, was kann ich für dich tun?« Der Uhrmacher bedachte mich mit einem freundlichen Lächeln. Wieder staunte ich darüber, wie zeitlos er wirkte mit seinen schlohweißen Haaren und der glatten Haut.

»Ich würde zunächst gerne wissen, ob ich Ihnen trauen kann? Ich meine, Sie sind weder tag- noch nachtaktiv …«

»Du bist auf der Hut, das ist gut.« Er tippte sich gegen den Zylinder und schmunzelte über sein kleines Wortspiel. »Aber vor mir hast du nichts zu befürchten. Ich bin neutral wie die Zeit selbst. Ich darf dir weder helfen noch dich austricksen.«

Das war gut, glaubte ich zumindest. Ich fing an, mich ein wenig zu entspannen.

»Ich bin hier, weil mir der Prinz eine Aufgabe gestellt hat. Ich soll etwas über die Geschehnisse der letzten Nacht herausfinden.«

»Verstehe, er will, dass du einen Blick in den Bau wirfst.« Der Uhrmacher schob sich seine Brille auf der Nase zurecht.

»Hasenbau? Ich dachte, nur Kaninchen würden einen Bau graben.«

»Wer sagt, dass ich kein Kaninchen bin?«

»Der Name an Ihrem Laden. Dort steht *Goldener Hase.*«

»Das mit dem Bau mag vielleicht für die Menschenwelt gelten, aber hier herrschen andere Gesetze, Mädchen«, sagte er in gutmütigem Tonfall. Nur bei dem Wort Menschenwelt hatte ein Hauch von Verachtung in seiner Stimme mitgeschwungen. Das war mir schon zuvor aufgefallen. Die Leute hier schienen nicht allzu viel von den Menschen zu halten.

»Sie mögen die Menschen nicht sonderlich«, stellte ich fest. »Weshalb?«

»Sie sind schuld an unserem Unglück. Ihretwegen erlangten die Schatten solch große Macht über den König, dass dieser alle fünf Jahre dieses grausame Spiel veranstaltet und uns als seine Figuren zum Mitspielen zwingt.«

»Das tut mir leid«, erwiderte ich aufrichtig. Zwar verstand ich nicht die volle Tragweite seiner Worte, aber was er sagte, klang äußerst betrüblich. »Aber wieso der König? Der Schattenprinz schickt uns die Aufgaben. Ich dachte, es wäre sein Spiel.«

»Das ist es auch«, bestätigte er. »Er übernahm es von seinem Vater, als dieser nicht mehr in der Lage war, es zu leiten. Du musst wissen, der Prinz war einst ein lieber kleiner Junge. Im Laufe der Zeit bemächtigten sich jedoch die Schatten seiner und veränderten seine Persönlichkeit, wie sie es zuvor beim König getan hatten.«

Ein Schauer ergriff mich bei seinen Worten und ich fragte mich: War es möglich, dass der Schattenprinz gar nicht das Monster war, für das ich ihn hielt? Waren etwa die Schattenwesen an all dem Unglück und Leid schuld?

»Wie dem auch sei, auf die Zeit ist Verlass. Sie läuft stets weiter, egal, wie tragisch die Umstände sind, nicht wahr?«

»Ja, die Zeit, sie rinnt.«

»Exakt! Doch das hat auch etwas Tröstliches. Alles geht irgendwann vorüber. Nun komm mit, Mädchen, deine Aufgabe wartet.«

Der Uhrmacher führte mich durch eine Hintertür in einen Raum, der tatsächlich wie ein Erdbau aussah. Die erdigen Wände um uns herum waren durchsetzt mit Wurzeln und Steinen. Vor mir im Boden, neben einem Baumstumpf, klaffte ein Loch mit einem Durchmesser, dass selbst der Uhrmacher bequem hindurchpassen würde. Wohin es wohl führen mochte? War das vielleicht der Grund, warum wir dem Hasen so viel öfter begegneten als allen anderen Spielfiguren? War es eine Art Abkürzung?

»Kuckuck, kuckuck, kuckuck!«, ertönte es mit einem Mal.

Zunächst hielt ich es für eine weitere Uhr, bis der Hase mit ihr zu sprechen begann. »Schon gut, Birdy, ich weiß, wir bekommen nicht oft Besuch, aber ein Vöglein hat mir gezwitschert, dass wir bald etwas mehr Zeit haben werden.«

Er trat zu einem Käfig, der am Rande des Lochs von der Decke baumelte, und steckte seinen Zeigefinger zwischen die Gitterstäbe. Dadurch fiel mir wieder auf, wie schlank und vor allem groß gewachsen er war.

Der Käfig hing ein ganzes Stück über meinem Kopf und war von einem matten Gold, das angelaufen wirkte. Die Gitterstäbe waren durch kunstvolle Schnörkel miteinander verbunden und der Boden mit Reliefs verziert. Die Unterseite, zu der ich den besten Blick hatte, bildete das Ziffernblatt einer Uhr. Auf einer Schaukel im Käfig saß ein grauer Vogel, der aufgeregt mit den Flügeln flatterte und immerzu rief: »Kuckuck!«

Jetzt flog er auf und krallte sich mit seinen Zehen an die Gitterstäbe. Er streckte seinen Schnabel hindurch und der Hase fütterte ihn mit einem Sonnenblumenkern, den er aus seiner Westentasche gezogen hatte. Die Unterseite des Vogels war weiß mit grauen Streifen und sah so weich aus, dass ich sie am liebsten berührt hätte. Er flog zurück auf seine Schaukel, wo er den Kern verspeiste.

»Hier hast du zwei Phiolen«, sagte der Hase.

Ich hatte keine Ahnung, wo er die so schnell hergeholt hatte. Er platzierte sie auf dem Baumstumpf neben dem Loch. Es waren zwei kleine Glasflaschen, beide gefüllt mit einer azurblauen silbrig schimmernden Flüssigkeit. Ihre Bäuche waren jeweils mit einem Etikett in Form eines Ziffernblatts beklebt, dessen Zeiger auf Punkt zwölf Uhr standen. Auf dem einen befand sich ein linksherum zeigender Pfeil, auf dem anderen wies er rechtsherum.

»Sie eröffnen dir zwei Möglichkeiten. Du kannst diese mitnehmen …« Er schwenkte das Fläschchen mit dem nach links weisenden Pfeil. »… und bei Bedarf trinken. Dann erhältst du eine Stunde mehr Zeit als die anderen Spieler, um eine Partie zu bestehen, was dein Leben retten könnte, oder du trinkst die andere sofort, schenkst mir eine Stunde deiner Zeit aus der Sanduhr und kannst einen Blick hier hineinwerfen.« Er deutete auf das Loch. »Der Hasenbau wird dir zeigen, was du wissen musst. Entscheide weise, Elena.«

Ich warf einen sehnsüchtigen Blick auf die Phiole mit der Extrastunde. Diese könnte sich durchaus als nützlich erweisen. Andererseits würde ich dann die Aufgabe nicht bestehen und eine Schattenmarkierung erhalten. Doch der Preis, eine Stunde meiner kostbaren Zeit herzugeben, ließ mich zögern. Zeit, die mir in der nächsten Partie fehlen würde. Und bisher war es jedes Mal mehr als knapp gewesen, eine Runde zu bestehen.

Aber wenn ich es nicht tat, würde ich nie die Wahrheit über letzte Nacht erfahren, wie auch immer diese aussehen mochte. Da der Schattenprinz selbst es gefordert hatte, blieb mir kaum eine andere Wahl. Hinzu kam, dass ich selbst neugierig war, was ich gleich herausfinden würde.

»Ich opfere die Stunde.« Entschlossen griff ich nach der entsprechenden Phiole.

»Siehst du, Birdy, ich habe dir ja gesagt, wir bekommen endlich wieder etwas Zeit.«

Ich öffnete den Stöpsel und roch skeptisch an der Flüssigkeit. Dann kippte ich sie in einem Zug hinunter. Sie schmeckte staubig und alt, aber gleichzeitig auch blumig und frisch.

»Und nun sieh in den Hasenbau«, wies mich der Uhrmacher an, dessen Stimme mit einem Mal weit entfernt klang – wie aus einem Traum.

Ich tat, was er von mir verlangte, beugte mich über das Loch und stützte mich mit beiden Händen am Rand ab. Zuerst war es wie eine sich vom Wind kräuselnde Wasseroberfläche, doch dann glätteten sich die Wogen und die Farben stachen schärfer hervor, formten Umrisse und ergaben schließlich ein Bild, das sich bewegte.

Ich sah, wie jemand aus einem geöffneten Umschlag eine Karte hervorzog. Leider konnte ich nicht erkennen, wer es war, denn der gezeigte Bildausschnitt beschränkte sich auf die Hände der Person, unter deren Fingernägeln sich dunkler Dreck befand. Zum Vorschein kam eine der typischen schwarz-weißen Aufgabenkarten, daher musste es jemand sein, den ich kannte. Ich konnte sogar lesen, was darauf geschrieben stand.

Mir wurde übel. Der Bildausschnitt erweiterte sich, aber auch so wusste ich längst, wer die Karte gelesen hatte und auch wann. Der Hasenbau zeigte mir nun Alex im Laden des Spieluhrmachers. Ich stand ihm gegenüber und blickte ihn forschend an.

Meine Finger krallten sich um den Rand des Lochs, bohrten sich in die harte Erde. Ich konnte mich genau an seine Worte erinnern, wie er mir gesagt hatte, es stünde darauf, er solle sich eine der Spieluhren aussuchen. Die Lüge war ihm so glatt über die Lippen gekommen, dass ich keinen Verdacht geschöpft hatte. Nun kam ich mir schrecklich naiv vor. Ironischerweise hatte mich Alex ja genau davor gewarnt, anderen zu schnell zu vertrauen.

Das Bild vor meinen Augen veränderte sich. Es zeigte nun den Festsaal von oben und fokussierte sich dann auf Alex und mich, wie wir zusammen mit den anderen Gästen den Mitternachtswalzer tanzten. Ein paar Tanzpaare weiter entdeckte ich den Grafen und Lyra. Stolz wirbelten sie im Takt des Walzers durch den Saal. Der Graf deutete zuerst auf eine der Absinth-Fontänen, dann auf die Schlangenskulptur. So hatte sie also davon erfahren.

Meine Sicht verschwamm, als ich in der Wiederholung sah, wie Alex mich küsste. Tränen tropften in das Loch, ohne dass ich merkte, dass ich sie vergoss. Wieso tat der Schattenprinz mir das an? Ich hätte es lieber nicht gesehen. Lyra wirkte, als ginge es ihr ähnlich. Sie sandte derart giftige Blicke in unsere Richtung, dass ich mich wunderte, wie wir beide sie nicht hatten bemerken können.

Nachdem der Walzer verklungen war, verabschiedete sie sich hastig vom Grafen und eilte durch den Saal, bis sie Robert und Amit gefunden hatte. Ihr Blick war anklagend und sie zeigte mit ausgestrecktem Arm in unsere Richtung. Ich konnte mir denken, was sie den beiden berichtete. Roberts Augen weiteten sich ängstlich und Amit biss sich besorgt auf die Unterlippe. Lyra machte noch eine Weile wild fuchtelnde Gesten mit den Händen, dann wandte sich die Gruppe in Richtung der Masken. Das musste der Moment gewesen sein, als sie beschlossen hatten, es ohne uns zu versuchen.

Lyra schnappte sich ein Glas mit Absinth und kippte es in einem Zug herunter. Anschließend redete sie mit einem der Gäste; einer Frau, die einen Kopfschmuck aus schwarzen Rabenfedern trug. Sie begleitete die drei nach draußen, wo sie sich in einen Raben verwandelte und ihnen den versteckten Eingang zum Labyrinth zeigte. Die drei gingen alleine hinein. Im Gegensatz zu uns hatten sie keinen Schmetterling, der ihnen den Weg wies. Dafür schien Lyra es eilig zu haben. Strammen Schrittes marschierte sie voran, durch den von leuchtend blauen Rosenhecken gesäumten Gang. Plötzlich kam ihnen ein Nachtschwärmer entgegen und versperrte den Weg.

Ich beobachtete, wie die drei panisch kehrtmachten und zurückliefen, um eine andere Abzweigung zu nehmen. Offenbar hatten sie nicht mit dem Freund des Grafen gesprochen und wussten daher nicht, dass Weglaufen die falsche Methode war.

Wie durch ein Wunder gelang ihnen dennoch die Flucht. Erleichtert sah ich, wie sie es schafften, den Nachtschwärmer abzuschütteln. Allerdings mussten sie dabei zu viel Lärm gemacht haben, denn kurze Zeit später tauchten zwei weitere von beiden Seiten auf und drohten, sie im Gang einzukesseln. Sie saßen in der Falle. Langsam näherten sich die Angreifer Lyra, Amit und Robert. Somit blieb nur der Weg nach vorne, direkt auf eines der buckeligen Wesen mit den verkümmerten Mottenflügeln zu.

Das Entsetzen stand meinen Mitspielern ins Gesicht geschrieben. Robert erstarrte vor Angst und Amits Hände bebten verräterisch. Nur Lyra hatte einen verbissenen Gesichtsausdruck, wandte hektisch den Kopf zwischen den sich nähernden Nachtschwärmern hin und her. Sie ballte die Hände zu Fäusten, als wolle sie gegen sie kämpfen, und dann tat sie etwas, das mich zutiefst schockierte. Sie packte Robert am Revers und schubste ihn direkt in die langgliedrigen, viel zu dürren Arme des Schattenwesens, an dem sie vorbeimussten.

Robert kämpfte um sein Leben und ich sah seinen aufgerissenen Mund, aus dem grauenvolle Schreie drangen, die selbst ohne Ton kaum zu ertragen waren. Lyra lief an ihm vorbei, ohne ihm noch einen letzten Blick zuzuwerfen.

Amit hingegen zerrte an Roberts Arm und versuchte, ihn aus den Klauen des Nachtschwärmers zu befreien, der bereits seine spitzen Zähne bleckte. Gierig starrte das Wesen aus seinen schwarzen Insektenaugen auf Roberts Kehle. Es ließ nicht von seinem Opfer ab, sondern senkte langsam den Kopf, bis sein Buckel deutlich zum Vorschein kam und sich seine Zähne in die zarte Haut von Roberts Hals gruben.

Der andere Nachtschwärmer hatte sie nun ebenfalls fast erreicht und ich konnte sehen, wie Amit mit sich rang. Seine Muskeln zuckten, als wolle er wegrennen, während er sich hektisch umsah. Doch er besaß keine Waffe und musste erkennen, dass er Robert nicht mehr helfen konnte. Amit floh an dem Nachtschwärmer vorbei, solange dieser noch mit seiner Beute beschäftigt war, und rannte um die nächste Ecke. Zwei Biegungen weiter erreichte er knapp hinter Lyra den Ausgang. Die beiden stritten sich. Amit machte wütende Gesten mit seinen Armen. Auf seiner Stirn hatte sich eine Zornesfalte gebildet. Lyra erwiderte etwas mit hochrotem Kopf und giftig blitzenden Augen. Dann verblassten die Farben, bis ich nur noch in ein dunkles Erdloch starrte.

Benommen löste ich meine Finger vom Rand, sank zu Boden und umschlang meine Knie. Leise weinte ich in den Stoff meines Abendkleides.

Was war mit Amit geschehen? Hatte Lyra ihn ebenfalls aus dem Weg geräumt, um sich eines weiteren Konkurrenten zu entledigen? Zuzutrauen wäre es ihr. Sie hatte uns eiskalt angelogen. Hatte behauptet, nichts über Amits und Roberts Verbleib zu wissen. Dabei war sie es gewesen, die für die grauenvollen Schreie, die Alex und ich im Labyrinth vernommen hatten, verantwortlich gewesen war. Für Roberts Todesschreie.

Ich presste mir die Hände auf die Ohren, doch die Schreie waren in meinem Kopf, waren das Echo der gestrigen, das in mir nachhallte.

Nein, nicht Robert. Das darf einfach nicht wahr sein, weinte ich stumm.

Eben erst hatte ich Mandy an die Schatten verloren und jetzt war Robert ihr gefolgt. Dieses Spiel war durch und durch grausam.

Ich rappelte mich auf, beugte mich ein letztes Mal über das Loch und brüllte hinein: »Ich hasse dich, Schattenprinz! Hast du gehört? Ich hasse dich für das, was du uns antust! Ich hoffe, du amüsierst dich, denn wenn ich bei dir im Schloss angekommen bin, wird dir das Lachen vergehen! Du Ungeheuer! Du gemeiner, widerlicher …«

»Elena.« Eine Hand legte sich sanft auf meine Schulter, drückte sie tröstend. »Elena, komm zu dir.«

Ich wandte mich mit tränenverschmiertem Gesicht zum Hasen um.

»Ist es wahr?«, krächzte ich. »Was der Hasenbau mir gezeigt hat? Ist es wirklich wahr?«

Er nickte betrübt. »Der Hasenbau lügt nicht. Er ist ein Tunnel, der es dir ermöglicht, einen Blick in die Zeit zu werfen. In diesem Fall in die Vergangenheit.«

Als ich das hörte, zerbrach etwas in mir. Meine Gefühle für Alex kamen mir schrecklich einfältig vor. Es war nur eine Aufgabe gewesen. Mit meinen Gefühlen zu spielen, war nur ein weiterer Teil des perfiden Spiels des Schattenprinzen, und Alex hatte ihn mit Bravour gemeistert. Sollte ich ihn wiedertreffen, würde ich ihm zu dieser Glanzleistung gratulieren.

»Was ist mit der Zukunft? Kann mir der Hasenbau zeigen, wie dieses Spiel ausgeht?«

»Das wäre gegen die Spielregeln.«

»Aber …«

»Elena, Mädchen, komm mit mir. Ich mache dir eine Tasse Tee.« Der Hase führte mich sanft hinaus.

Als ich seinen Laden zum zweiten Mal betrat, fühlte es sich an, als betrete ich eine völlig fremde Welt.

»Ich muss zu meiner Partie«, protestierte ich schwach.

»Es ist noch Zeit«, erwiderte er. »Sie beginnt erst um zwölf. Für dich sogar erst um eins.«

Ich musste ihn verständnislos angestarrt haben, denn er fügte erklärend hinzu: »Die Phiole. Du schuldest mir eine Stunde.«

Ich nickte, ohne wirklich zu begreifen. Ich befand mich in einem inneren Aufruhr, der ein trübes Potpourri meiner Gefühle war. Da war Hass, den ich für Lyra empfand, weil sie so rücksichtslos war, so egoistisch handelte. Dann gab es Trauer wegen Robert und Mandy. Schmerz und Verrat – aufgrund des Kusses und Alex' Verschwinden – und schließlich noch Hilflosigkeit. Als mein Vater verschwand, hatte ich dieses Gefühl zum ersten Mal in meinem Leben kennengelernt. Auch weil ich gesehen hatte, was es mit meiner Mutter anrichtete. Weder war ich in der Lage gewesen, ihren Verlust zu mildern, noch hatte ich meinen Vater wiederfinden können. Aber das konnte sich jetzt ändern. Zum ersten Mal in meinem Leben bot sich mir die Gelegenheit, meinen Vater zurückzubekommen und die Trauer endgültig aus dem Gesicht meiner Mutter zu wischen. Dieser Gedanke weckte neuerlichen Kampfgeist in mir. Ich konnte es schaffen. Wenn ich nur fest genug an mich glaubte, konnte ich dieses Spiel gewinnen.

Der Hase stellte mir eine hauchdünne Porzellantasse hin. »Kamillentee. Der beruhigt die Nerven.«

Ich pustete auf die Oberfläche und probierte einen Schluck. »Was passiert mit meiner Stunde aus der Sanduhr?«

»Wenn du die neue Partie betrittst, wird diese schon seit einer Stunde geöffnet sein. Aber sei unbesorgt, deine Stunde ist bei mir in besten Händen. Ich sammle sie, damit ich und Birdy endlich unseren lang verdienten Urlaub antreten können. Fünfundneunzig Stunden habe ich schon. Deine ist die sechsundneunzigste, das heißt, ich kann mir nun ganze vier Tage freinehmen.«

Automatisch wanderte mein Blick zu einer der vielen Uhren an den Wänden. »Oh, es ist schon zwölf. Wie lange habe ich denn in den Hasenbau geschaut?«

»Für dich war es nicht länger als vierzig Minuten, aber die Zeit dort ist langsamer vergangen als hier draußen. Deswegen ist es schon so spät. Hast du nicht bemerkt, wie sich deine Sanduhr umgedreht hat?«

»Nein, ich muss noch etwas benommen gewesen sein«, erwiderte ich verwundert. Ich blickte auf meinen Unterarm und stellte fest, dass alles, was der Hase gesagt hatte, stimmte.

Wir plauderten noch eine Weile, während ich meinen Kamillentee austrank. Dann erhob ich mich. »Ich sollte mich besser auf den Weg machen. Nicht, dass ich noch mehr meiner kostbaren Zeit verschenke.«

»Sei unbesorgt, du wirst um punkt ein Uhr die Partie betreten.« Der Hase strich sich seine weiße Weste glatt und reichte mir zum Abschied die Hand. »Mach's gut, Elena.«

Erneut trat ich vor die Spielwächter und die Angst vor den in der Partie lauernden Gefahren war schlimmer denn je. Mir fehlte eine Stunde und zudem war ich allein. Wobei, wenn ich an die Bilder dachte, die der Hasenbau mir gezeigt hatte, dann ging von den Spielern eine ebenso große Bedrohung aus wie von den Schattenwesen selbst. Lyra hatte Robert eiskalt geopfert, um zu überleben. Und Alex … er hatte mich belogen. Ja, seine Aufgabe hatte ihn dazu gezwungen. Aber warum war er hinterher nicht ehrlich zu mir gewesen? Warum hatte er mich am Lagerfeuer aufgefordert, mich an ihn zu schmiegen, wenn er zu dem Kuss genötigt worden war? Über Amits Verbleib wusste ich weiterhin nichts. War ihm etwas zugestoßen? Hatte Lyra ihm nach ihrem Streit etwas angetan?

Ich hatte das Gefühl, dieses Spiel schon verloren zu haben, obwohl mein Entschluss zu gewinnen nie stärker gewesen war. Doch dafür musste ich diese Partie bewältigen und die Spielwächter wollten mich erst eintreten lassen, nachdem ich mich umgezogen hatte. Diesmal gehörte das Kleid nicht zu einer Aufgabe des Prinzen, sondern – wie mir die Spielwächter erklärt hatten – zu der Partie selbst. Es bestand aus einem zarten Stoff in einem hellen Gelb. Um die Taille befand sich ein breites Band, das mit aufgestickten gelben Stoffblüten verziert war. Die Ärmel wiesen ein schönes Blumenmuster auf, genau wie Teile des Dekolletés.

»Kann ich nun rein?«, fragte ich und verlagerte voller Ungeduld mein Gewicht von einem Bein auf das andere. Ich hatte sowieso schon weniger Zeit als die anderen Spieler und wollte keine weitere verschwenden.

»Eines musst du noch über den *Düsteren Wald* wissen«, setzte das hübsche Schmetterlingsmädchen an. »Darin lauern Wesen, denen du nicht in die Falle tappen solltest. Sie werden dich locken. Versuche ihnen zu widerstehen.«

»Wie werden sie mich locken?«

»Das musst du selbst herausfinden.« Das Mädchen senkte den Blick und ich bemerkte ihre langen Wimpern, die an den Spitzen eine blaue Färbung annahmen, die den Schmetterlingsflügeln entsprach.

»Folge den Spinnfäden. Das wird es dir erleichtern, den richtigen Weg zu finden, der dich aus dem *Düsteren Wald* hinausführt«, gab mir der Mann in Nachtfalterkostümierung mit auf den Weg.

Skeptisch blickte ich zwischen den beiden hin und her. Wieso stritten sie sich nicht wie die anderen Spielwächter? Ob es daran lag, dass ihre Maskeraden zu der gleichen Gattung gehörten?

»War das alles?«, hakte ich nach.

»Gib acht, nicht in ihr Netz zu geraten«, beschwor mich das Schmetterlingsmädchen.

»Und jetzt tritt ein«, sagte der Mann und öffnete ein Holztor.

Mit jedem Schritt tiefer in den Wald hinein wurde es merklich dunkler. Die Nadelbäume um mich herum waren so hoch und dicht, dass kaum ein Lichtstrahl hindurchdrang. Überhaupt wirkte hier das Licht wieder merkwürdig fahl, ähnlich wie bei einer verblichenen Schwarz-Weiß-Fotografie, nur eben in Farbe.

Der Pfad schlängelte sich durch die riesigen Baumstämme hindurch, deren Wipfel ich kaum erkennen konnte, so hoch ragten sie. Mein Herz schlug mir bis zum Hals. Auch in dieser Partie gab es keinerlei Lebenszeichen von Tieren. Der Wald war erschreckend still. Kein Vogelgezwitscher drang an mein Ohr, kein Knacken im Unterholz war zu vernehmen. Nicht einmal das Rascheln von Blättern hörte ich.

Angestrengt horchte ich auf jedes Geräusch. Mögliche Gefahren waren nur schwer auszumachen, da ich nur wenige Schritte tief in den Wald blicken konnte. Meine Beine fühlten sich zittrig an, was daran lag, dass ich völlig allein war und schutzlos sämtlichen Bedrohungen ausgeliefert. Niemand war hier, der mir helfen konnte. Und die Gefahren waren tödlich.

Während ich zügig den schmalen Pfad entlangging, um die verlorene Zeit aufzuholen, zermarterte ich mir das Gehirn über die Aussagen der beiden Spielwächter. Der Nachtfalter war nachtaktiv und der Schmetterling tagaktiv. Das war diesmal nicht besonders schwer zu erkennen gewesen, und jetzt, wo ich wusste, dass ich nur den tagaktiven Tieren trauen durfte, glaubte ich zu wissen, was ich tun musste. Ich würde auf keinen Fall den Spinnfäden folgen, denn sonst würde ich wahrscheinlich den Schattenwesen, die wohl diesmal die Form einer Spinne hatten, ins Netz geraten.

Aus dem Augenwinkel nahm ich einen silbrigen Schimmer wahr. Sofort blieb ich stehen. Tatsächlich, dort befand sich der erste Spinnfaden. Er spannte sich von einem Tannenzweig bis zum nächsten auf dem Nachbarbaum. Mit sicherem Abstand eilte ich an ihm vorbei.

Tiefer im Wald entdeckte ich eine Gruppe gelber Blümchen. Der einzige Farbklecks bisher. Die Blumen erinnerten mich an die aus dem Sumpf, auch wenn es eine vollkommen andere Sorte war, und an das, was Mandy mir über die Schönheit in dieser Welt versucht hatte beizubringen. Dass es überall Lichtblicke gab, wenn man sie wahrnehmen wollte. Sofort verengte sich meine Kehle bei dem Gedanken an Mandy und ich schluckte schwer.

Je weiter ich dem Weg folgte, desto mehr Spinnfäden schimmerten in der Umgebung. Wunderschön und bedrohlich zugleich. Sollte ich den Pfad nicht doch besser verlassen und mich ins Unterholz wagen? Die Dunkelheit dem Licht vorziehen? Ohne zu wissen, was dort auf mich lauerte?

Nein. Ich beschloss, noch etwas weiter auf dem Weg zu bleiben. Ein Lichtstrahl traf auf einen Ast mit Spinnenweben. Plötzlich schimmerten sie nicht mehr silbrig, sondern schillerten in sämtlichen Regenbogenfarben. Gebannt betrachtete ich sie. Es hatte etwas Magisches und erinnerte mich an den Lichtgarn der Lichtspinner vom Abendmodengeschäft. Trotz der Warnung des Schmetterlingsmädchens konnte ich nicht anders. Meine Hand bewegte sich wie von selbst. Vorsichtig berührte ich mit meinem Zeigefinger einen der Fäden und erschrak, weil dieser sofort fest kleben blieb. Ein Schmerzenslaut kam mir über die Lippen, sobald ich meinen Finger versuchte wegzuziehen. Es fühlte sich an, als würde meine Haut abreißen. Schweiß brach mir aus. War ich bereits in die Falle der Spinne getappt? Meine andere Hand umgriff einen Ast, der frei von jeglichen Fäden war, und brach ihn ab. Kurzerhand schob ich ihn unter meinen Finger. Tatsächlich gelang es mir so, den Faden zu lösen, und ich betrachtete meinen versehrten Finger, an dem die Haut ganz rot war und brannte. Die Gefahr durch die Spinnweben war mit einem Mal greifbar. Ich trat bereits einen Schritt auf das Unterholz zu, wollte dem Weg und somit den Fäden den Rücken kehren, als ein gellender Schrei die unheimliche Stille durchbrach. Doch nicht nur deswegen stellten sich mir die Nackenhaare auf, sondern aufgrund der Stimme … Ich hätte nicht gedacht, sie ausgerechnet hier wiederzuhören.

Obwohl ich sie schon viele Jahre nicht mehr gehört hatte, war es in diesem Moment, als wäre es erst gestern gewesen, und auf einmal war ich wieder zwölf Jahre alt. Ohne nachzudenken, rannte ich los.

Ich musste meinen Vater retten!

»Nein! Bitte nicht! Hilfe, so helft mir doch!«, schrie mein Vater, der offenbar Todesangst ausstand. In welcher Gefahr auch immer er sich befand, sie musste fürchterlich sein.

Ich raffte mein Kleid und lief so schnell wie möglich. Folgte der Stimme immer tiefer in den *Düsteren Wald* hinein. *Vater, halte durch, ich bin unterwegs*, sandte ich ihm in Gedanken.

Meine Lunge brannte und meine Beine schmerzten, doch all das war unwichtig.

Ein erneuter Schrei hallte durch den Wald, diesmal klang er deutlich näher. Ein einziger Gedanke beherrschte mein Handeln: *Ich muss ihn finden, bevor ihm etwas zustößt.*

»Vater, ich komme!«, rief ich. »Halte durch, ich bin gleich bei dir!«

»Ahhh!«

Nie hatte ich meinen Vater so voller Angst erlebt wie in diesem Moment. Blind vor Sorge folgte ich dem Schrei und mobilisierte meine letzten Kräfte.

»Elena! Stopp!«, rief eine andere Stimme. Die Warnung, die darin lag, alarmierte mich. »Bleib stehen!«

Aus einem Reflex heraus hielt ich inne und bemerkte, dass ich mich nur wenige Schritte vor einem gigantischen Spinnennetz befand, in das ich fast hineingerannt wäre. Die Fäden hier waren anders. Beinahe durchsichtig und so eng gesponnen, dass es wirkte wie eine Glasscheibe, in deren Oberfläche sich ein paar Unregelmäßigkeiten befanden.

»Ein Glück bist du nicht in ihre Falle gelaufen.« Erst da erkannte ich den warmen Ton von Amits Stimme.

»Amit, wo bist du?« Ich sah mich suchend um, bis ich ihn gut zwanzig Schritte von mir entfernt in einem weiteren Spinnennetz entdeckte, das zwischen zwei Baumstämme gespannt war. »O Gott, Amit! Warte, ich helfe dir.«

Ich rannte zu ihm und brach von einer Tanne einen morschen Ast ab, um nicht ebenfalls festzukleben.

»Wo ist mein Vater? Hast du ihn gesehen?«, fragte ich, während ich hektisch versuchte, Amit zu befreien. Ich durfte keine Zeit verlieren, mein Vater war in Gefahr.

»Er ist nicht hier«, erwiderte Amit.

»Doch, ich habe ihn schreien gehört. Er braucht meine Hilfe.«

»Die Schreie kommen von den Spinnen. So locken sie ihre Beute in ihre Netze.«

»Was? Nein, das kann nicht sein. Es war mein Vater. Seine Stimme würde ich überall wiedererkennen.«

Ich kämpfte noch immer damit, Amits Oberkörper aus dem Netz zu befreien. Die Spinnweben klebten so fest, dass ich meine gesamte Kraft brauchte, um seine Kleidung von den Fäden zu lösen. Stück für Stück gelang es mir, aber für meinen Geschmack brauchte ich viel zu lange. Amit half mir dabei, so gut er konnte.

»Ich habe eines der Netze berührt, um an einen Hinweis zu kommen, und kurz darauf habe ich meine kleine Schwester gehört«, erzählte Amit und seine Miene verzog sich vor Schmerz.

Auch ich hatte kurz vorher einen Spinnfaden berührt. Konnte es sein, dass die Spinne durch die Berührung irgendwelche Informationen erhalten hatte?

»Es klang, als würde sie entsetzlich leiden«, fuhr Amit fort. »Ich habe alles um mich herum vergessen und bin losgerannt, um sie zu retten. Mitten in ihr Netz hinein.«

»Dann ist mein Vater gar nicht hier?«, fragte ich und wusste nicht, was mehr wog. Die Erleichterung, dass er sich nicht in Gefahr befand, oder die Enttäuschung, dass es nun doch kein Wiedersehen für mich gab.

»Es tut mir leid, Elena.« Amit schüttelte den Kopf. »Seine Schreie haben aufgehört, nicht wahr?«

»Ja«, stimmte ich Amit resigniert zu. »Ich kann ihn nicht mehr hören.«

Wut wallte in mir auf, weil der Schattenprinz sich sicherlich gerade köstlich über uns amüsierte. Wie er uns lenken konnte, genau wie seine übrigen Spielfiguren!

Verbissen machte ich damit weiter, Amit zu befreien. Er würde nicht das nächste Opfer des Schattenprinzen werden. Nicht, wenn ich etwas dagegen tun konnte. Erleichtert atmete ich auf, als endlich alle Fäden gelöst waren.

»Danke, Elena. Wenn du ni…«

»Nicht dafür«, schnitt ich ihm das Wort ab. »Das ist selbstverständlich.«

Er sah mich eindringlich an und sein Blick zeigte, dass er mein Handeln für vieles hielt, nur nicht für selbstverständlich. Kein Wunder, nach dem, was im Labyrinth passiert war.

»Was ist mit deiner Schwester?«, fragte ich, während ich den Ast, der dick mit den silbrig schimmernden Fäden umwickelt war und mich an die Zuckerwatte vom Jahrmarkt erinnerte, ins Unterholz warf. »Wieso hast du geglaubt, sie wäre hier? Weißt du, mein Vater verschwand vor einigen Jahren und er war in Besitz der Spieluhr, die mich hergebracht hat. Deswegen dachte ich, er wäre vielleicht in dieser Welt.«

»Meine Familie.« Amit schluckte hart. »Ich habe sie seit etlichen Jahren nicht mehr gesehen. Ich war neun, als mich indische Kolonialverwalter auf ein Schiff verfrachteten und nach London verschleppten. Angeblich, damit ich dort ein besseres Leben hätte. Eine Perspektive.« Er schloss die Augen und seine Miene verzog sich. »Dort diene ich seitdem einer Offiziersfamilie, die mich wie ein Mensch zweiter Klasse behandelt.« Sobald er die Augen öffnete, waren sie voller Pein und seine Wimpern schimmerten feucht. »Deshalb muss ich gewinnen, verstehst du? Damit ich genügend Geld habe, um mit einer Schiffspassage zurückkehren zu können und meiner Familie nicht zur Last zu fallen. Es ist traurig, aber die Stimme meiner kleinen Schwester zu hören, obwohl es grausame Hilfeschreie waren, war zugleich einer der hoffnungsvollsten Momente, der mir in den letzten zehn Jahren widerfahren ist. Für einen Augenblick war ich ihr nahe, erlag der Illusion, sie gleich wiederzusehen.«

Ich konnte ihn verstehen, mir war es genauso mit der Stimme meines Vaters ergangen.

Hastig zog Amit sich seinen Ärmel zurecht, hatte damit aber nur wenig Erfolg, da er zerrissen war, und richtete seine übrige Kleidung. Auch er trug neue Sachen, die weniger förmlich waren als die von der Abendveranstaltung.

»Amit, ich bin so froh, dich gefunden zu haben.« Ich schlang meine Arme um seine Mitte, weil ich so erleichtert war, dass er noch am Leben war.

Amits starke Arme schlossen sich um meinen Rücken und er erwiderte die Umarmung.

»Ich weiß, was Lyra Robert angetan hat, und ich habe die ganze Zeit befürchtet, dir wäre ebenfalls etwas zugestoßen. Ich bin sehr froh, dass das nicht der Fall ist.«

Amit versteifte sich und löste sich kurz darauf aus der Umarmung. Sein Blick war gequält und nur ein Wort kam ihm über die Lippen. »Wie?«

»Lass uns lieber diesen Ort verlassen und währenddessen erzähle ich es dir«, sagte ich, denn nach der Größe des Netzes zu urteilen, musste die Spinne monströse Ausmaße besitzen. Es war nicht auszudenken, was sie mit uns anstellen würde, wenn sie zurückkehrte und uns, ihre Beute, in der Nähe ihrer Netze vorfand.

Während wir weitergingen, fasste ich meine letzte Aufgabe des Prinzen kurz zusammen, erzählte, was der Hasenbau mir gezeigt hatte und dass ich deshalb die Partie erst später beginnen durfte.

»Ich habe versucht, ihn zu retten, das musst du mir glauben. Ich hätte Robert nie diesen Bestien überlassen, aber ich konnte nichts ausrichten«, sagte Amit, nachdem ich geendet hatte. »Ich war völlig machtlos.« Schmerz lag in seinen braunen Augen und ich dachte daran, wie schrecklich ich mich gefühlt hatte, als ich tatenlos zusehen musste, wie Mandy sich verwandelt hatte.

»Es ist nicht deine Schuld«, versuchte ich ihn zu trösten.

»Du irrst dich, Elena. Es ist meine Schuld. Hätte ich mich nicht von Lyra beeinflussen lassen, dann …« Er schüttelte über sich selbst enttäuscht den Kopf.

»Du hättest dennoch nichts ausrichten können. Eure Situation war ausweglos.«

»Du bist ein weitaus besserer Mensch als ich. Es tut mir leid, dass ich dich und Alex in der Villa zurückgelassen habe. Lyras Behauptung, eure Gefühle füreinander würden euch zu einer gefährlichen Einheit machen, die vor nichts zurückschreckt, kommt mir nun völlig irrsinnig vor.« Er fuhr sich durch seine dunkelbraunen Haare. »Lyra ist diejenige, die keine Skrupel hat und sogar Menschen für ihr Überleben opfert.«

Ich brauchte ein paar Sekunden, um seine Worte zu verdauen. Erst wollte ich ihm davon erzählen, dass der Kuss zwischen Alex und mir nicht echt gewesen war, aber es schmerzte zu sehr, um darüber zu sprechen. Stattdessen versicherte ich ihm, dass Lyras Manipulationskünste jeden beeinflusst hätten und auch ich darauf reingefallen war. Ich könnte mich dafür ohrfeigen, sie gestern getröstet zu haben.

»Bist du ihr seitdem noch mal begegnet?«, wollte ich wissen.

»Ja, als wir die Partie betreten haben, aber wir sind sofort getrennte Wege gegangen. Eigentlich wollte ich mich dir und Alex anschließen, aber ihr wart nicht da. Warum du später die Partie betreten hast, weiß ich jetzt, aber was ist mit Alex?«

Sorge schlich sich in mein Herz und ich sah mich um, klammerte mich für einen kurzen Moment an die Hoffnung, ihn im Dickicht zu entdecken.

»Ich … ich weiß es nicht«, erwiderte ich mit zittriger Stimme. Wo könnte Alex nur stecken? Wieso hatte ihn niemand mehr gesehen? Hoffentlich war ihm nichts zugestoßen.

Statt auf sturmgraue Augen fiel mein Blick auf weitere Spinnweben, die erneut mehr wurden. »O nein, ich glaube, wir haben den falschen Weg eingeschlagen.« Ich machte Amit auf die schillernden Fäden zwischen den Ästen aufmerksam. Diese Partie erinnerte mich zu meinem Leidwesen an den Sumpf, den Ausgang zu finden, schien die größte Herausforderung zu sein, doch dann fiel mir etwas ein. »Amit, hattest du nicht etwas von einem Hinweis gesagt?«

»O Gott, ja! Den habe ich vollkommen vergessen.«

Zerstreut tastete Amit seine Hosentaschen ab, dann zog er einen goldenen Leinensack heraus. Er schüttete den Inhalt auf seine Handfläche und lauter Puzzlestücke fielen heraus. Erleichtert über so eine leichte Herausforderung stieß ich die Luft aus. Doch als wir begannen, es auf dem Boden zusammenzusetzen, bemerkte ich, dass die Teile nahezu identisch aussahen. Es kostete uns einiges an Zeit und Nerven, um das Puzzle zu lösen.

Ich betrachtete mit gerunzelter Stirn das entstandene Bild. »Das sind die gelben Blumen, die ich hier im Wald schon oft gesehen habe.«

»Elena, brauchst du eine Brille? Das sind grüne Pilze. Genau dieselben, die dort im Schatten eines Baumes wachsen.«

Er streckte seine Hand aus und zeigte zu einer Gruppe gelber Blümchen. Die Furchen auf meiner Stirn vertieften sich. Warum sah Amit etwas anderes als ich?

Mein Blick glitt zurück und blieb an seinem zerrissenen Ärmel hängen. Der Knopf, der den Stoff zusammenhalten sollte, hing nur noch an einem einzigen Faden und baumelte von seinem Handgelenk. Ich kniff die Augen zusammen, als ich einen Pilz erkannte. Als Nächstes sah ich an mir herab und betrachtete die Blumen, die auf dem Band um meine Taille bestickt waren. Und dann zählte ich eins und eins zusammen.

»Jeder sieht nur das, was er sehen soll«, platzte ich heraus. »Deswegen haben wir alle neue Kleidung bekommen. Sie zeigt uns, worauf wir im *Düsteren Wald* achten müssen. In meinem Fall sind es gelbe Blumen, in deinem grüne Pilze.«

In Amits Gesichtsausdruck war ein einziges Fragezeichen. Deswegen riss ich kurzerhand den Knopf ab und zeigte ihm diesen. Daraufhin weiteten sich seine Augen, als er begriff.

»Vielleicht sind sie eine Art Wegweiser«, überlegte Amit laut. Er schenkte mir ein warmes Lächeln. Es war ein bisschen, als würde mich hier mitten im Wald ein Sonnenstrahl treffen. Kleine Fältchen bildeten sich um seine braunen Augen.

Endlich gab es wieder Hoffnung, es doch noch rechtzeitig aus der Partie zu schaffen.

Schweigend setzten wir unseren Weg fort, folgten den gelben Blumen oder in Amits Fall den grünen Pilzen. Dabei kreisten meine Gedanken weiterhin um Alex. Ich könnte es nicht ertragen, wenn ihm etwas passiert wäre.

»Das Lied aus der Spieluhr«, bemerkte Amit.

Erst da fiel mir auf, dass ich es unbewusst leise vor mich hin summte.

»Mhm.« Ich lächelte, als ich daran dachte, wie sich das Lied durch mein Leben zog. Zuerst hatte es mir mein Vater beigebracht, und die Spieluhr, die mich hergebracht hatte, hatte die Melodie ebenfalls gespielt. Später hatte ich es in dieser Welt erneut gehört, als Alex und ich die Spieluhr mit der schwarzen und der weißen Krähe erhalten und dadurch das Rätsel um den Aufbau dieser Welt gelöst hatten. »Wie ist die Spieluhr eigentlich in deine Hände gelangt?«

»Mich hatte das Heimweh gepackt und ich beobachtete am Hafen die Frachtschiffe mit Waren aus Indien, als ich hinter einer Kiste in einer Pfütze liegend eine alte Spieluhr fand. Die Farbe war an einigen Stellen abgesplittert, aber die Figuren waren alle heil. Es waren Menschen mit seltsamen Tierkostümierungen, die mich irgendwie fasziniert hatten. Ich nahm die Spieluhr mit nach Hause und verbarg sie in der Dienstbotenkammer. Als ich sie aufzog, um zu überprüfen, ob sie noch funktionierte, erklang die Melodie, die du eben gesummt hast. Eine Lichtprojektion erschien und ein Geheimfach öffnete sich. Darin fand ich den Zettel mit den Spielregeln.«

Nun war ich es, die erstaunt dreinsah, denn auch bei mir hatte sich nach dem Ende des Liedes ein Geheimfach geöffnet, nur waren dort keine Spielregeln, sondern die Botschaft meines Vaters versteckt gewesen, in der er mich an das Lied erinnert und mir nahegelegt hatte, mir meinen Verstand zu bewahren. Seine Warnung ging mir durch den Kopf.

Freund oder Feind, Schatten oder Licht sind oft nicht so leicht voneinander zu unterscheiden.

Amit hatte mit einer solchen Selbstverständlichkeit von den Spielregeln erzählt, als hätten auch die anderen Spieler diesen Zettel erhalten. Im Prinzip war das logisch, schließlich hatte die letzte Zeile uns hierhergebracht und auch der Prinz hatte in seiner Begrüßungsrede davon gesprochen. Ich fragte mich, weshalb es bei mir anders gewesen war. Warum bildete ich eine Ausnahme, indem ich eine persönliche Nachricht von meinem Vater erhalten hatte?

Er musste irgendwie geahnt haben, dass ich in diesem Spiel landen würde, sonst hätte er mir die Spielregeln nicht in Liedform beigebracht. Und das wiederum bedeutete, dass mein Vater schon einmal hier gewesen war und dieses Spiel überlebt hatte. Das gab mir Hoffnung, dass ich es ebenfalls schaffen würde! Zudem war da noch etwas Wichtiges, das ich im Moment nicht greifen konnte. Doch seine Botschaft, in der er mich gewarnt hatte, niemandem zu vertrauen, nagte an mir. Ein ungutes Gefühl beschlich mich.

»Elena, was ist los? Du bist ganz blass geworden.« Amits Worte klangen seltsam gepresst. Er hielt sich den Arm und drückte ihn gegen seine Brust.

»Nein, mir geht es gut. Ich wünschte nur, das Spiel wäre schon vorbei.«

»Da sagst du was.« Amit seufzte. »Ich wünschte, wir würden endlich das Schloss erreichen.«

Als ich zu ihm blickte, hatten sich Schweißtropfen auf seiner gebräunten Haut gebildet und seine Schläfen glänzten. »Fühlst du dich nicht wohl?«

»Ich bin nur etwas erschöpft. Lass uns einfach den Ausgang aus dieser Partie finden. Danach kann ich mich ausruhen.« Amit stapfte an mir vorbei und ich folgte ihm.

Wir fanden noch weitere Wegweiser und waren uns sicher, auf der richtigen Spur zu sein. Doch Amit ging es mit jedem Schritt schlechter. Sooft ich auch nachfragte oder ihm eine Pause anbot, bekam ich einzig die verbissene Antwort, dass wir den Ausgang finden müssten.

Abrupt blieb er stehen und krümmte sich nach vorne. Er musste unfassbare Schmerzen leiden.

»Amit!« Ich stürzte auf ihn zu und legte ihm eine Hand auf den Rücken. Sein Hemd war schweißnass.

»Elena, verschwinde, geh weg von mir«, presste er angestrengt hervor. Sein Gesicht verzog sich zu einer Fratze.

»Was? Nein!«

»Lauf weg, solange du noch kannst.« Amit fasste sich an die Schläfen, an denen die Adern deutlich hervortraten, und gab keuchende Laute von sich.

»Bitte sag mir, was du hast«, flehte ich. Irgendetwas musste ich doch tun können, um ihm zu helfen. Ich konnte ihn nicht einfach im Stich lassen.

»Die Spinne. Sie hat mich gebissen, als ich in ihrem Netz gefangen war.« Er zog seinen zerrissenen Ärmel zur Seite und ich erblickte die schwarz verfärbte Haut rund um den Biss.

Entsetzt wankte ich einen Schritt rückwärts. »Wie schlimm ist es?«

Ein Schmerzensschrei entwich Amits Kehle. Als er wieder reden konnte, presste er die folgenden Worte mühsam hervor: »Das Gift wirkt. Ich spüre, wie es beginnt, meinen Verstand zu umnebeln. Lass mich hier zurück. Hörst du? Verschwinde!«

»Nein!« Entschieden schüttelte ich den Kopf. Tränen schossen mir in die Augen. »Ich lasse nicht zu, dass du in ein Schattenwesen verwandelt wirst.«

»Du kannst nichts dagegen tun.« Amit brach zusammen. »Es ist zu spät.«

»Nein, das will ich nicht glauben.« Vehement schüttelte ich den Kopf, obwohl ich wusste, dass Amit die Wahrheit sagte. Das hatte mich bereits Mandys Verwandlung gelehrt. Auch ihr hatte niemand mehr helfen können. Dennoch wollte ich es nicht wahrhaben. Wollte nicht glauben, dass ich dazu verdammt war, tatenlos zuzusehen, wie ein weiterer Freund den Schatten zum Opfer fiel.

Amit stützte sich auf allen vieren ab und stöhnte gequält. Voller Entsetzen bemerkte ich, wie sich seine Gliedmaßen zu verformen begannen. Die Arme wurden länger und die Beine dünner. Sie nahmen die Form einer Spinne an. Ein fauchender Laut entwich seiner Kehle und mit einem Mal hockte vor mir am Boden nicht länger Amit, sondern eine riesige Spinne mit acht Beinen.

Ich schrie auf und wich zurück. Die Spinne fauchte mich an und zeigte mir ihre spitzen weißen Fangzähne. Ihr Körper war übersät mit pechschwarzen Härchen. Sie drehte sich um und schoss aus ihrem Hinterteil einen Schwall Spinnfäden auf mich ab, denen auszuweichen es mir nur mit viel Glück und einem gewagten Sprung gelang.

»Hör auf! Nicht!«, rief ich. »Amit, ich weiß, dass du noch irgendwo da drinsteckst. Ich bin es, Elena.«

Doch die Spinne dachte überhaupt nicht daran aufzuhören. Sie kam bedrohlich langsam auf mich zu, drehte sich um und schoss einen weiteren Schwall Spinnfäden auf mich ab. Diesmal erwischte sie mein Bein, das daraufhin am Boden festklebte. Panisch tastete ich mit meinen Armen um mich, bekam einen kümmerlichen Stock zu fassen und löste damit eilig die klebrigen Spinnfäden von meinem Bein. Tatsächlich gelang es mir, mich aufzurappeln, aber ich war zu langsam und die Spinne schon viel zu nah. Keine Sekunde später kesselten mich ihre langen Vorderbeine ein. Ich war ihre Gefangene und ihre schwarzen Beine waren die Gitterstäbe. Meine Knie begannen zu zittern. Aber noch hatte der Kampfgeist mich nicht verlassen. Ich streckte ihr den Ast entgegen, den ich noch immer festhielt, bereit, sie damit anzugreifen. Mit einer schnellen Bewegung, die ich nicht vorausahnen konnte, packte die Kieferklaue meine einzige Waffe und riss sie mir aus der Hand. Nun war ich ihr schutzlos ausgeliefert.

»Amit, bitte nicht«, flehte ich.

In ihren schwarzen Augen war nicht die leiseste Gefühlsregung zu erkennen. Hinter mir knackte es im Unterholz, doch ich wagte es nicht, die Spinne auch nur für eine Sekunde aus den Augen zu lassen und mich umzusehen. Mein Herz schlug mir bis zum Hals und meine Handflächen waren feucht vor Angstschweiß. Ich spürte die Härchen ihres Beines an meiner Hand. Sie fühlten sich weich an wie Pelz. Viel zu weich für eine solche Bestie.

Die Spinne senkte ihren Kopf. Ihre Fangzähne kamen immer näher.

Ich hatte versagt. Weder hatte ich meinen Vater zurückbekommen, noch würde ich zu meiner Mutter zurückkehren. Gleich würde das Schattenwesen mich beißen und das Spiel, sowie mein Leben, damit für mich enden.

DIE SCHATTEN AUF SEINER HAUT

Alex

Die Sonne blitzte an den Rändern der Porzellanmaske meines vermeintlichen Zwillings hervor. Wie eine dunkle Bedrohung hob er sich davor ab. Er stand über mich gebeugt da und grinste schief.

Mein Herz schlug schnell und das Blut rauschte durch meine Adern. Ich hatte keine Ahnung, was auf mich zukommen würde, trotzdem hatte ich das Gefühl, dass diese Aufgabe die bisher größte Herausforderung in diesem Spiel darstellen würde.

»Bereit?«, fragte mein Kontrahent mit gesenkter Stimme. Etwas Lauerndes lag darin.

Alles in mir schrie *Nein.*

Doch es half nichts. Ich hatte eine Aufgabe vom Schattenprinzen bekommen, und falls ich sie nicht meisterte, würde nur noch eine weitere unerfüllte Aufgabe fehlen, bis ich zu einem Schattenwesen wurde.

Der Pantomime wartete meine Antwort gar nicht erst ab, sondern erhob sich und lief aus meinem Blickfeld. Das Gras raschelte unter seinen Füßen, als er sich von mir entfernte. Ich drehte meinen Kopf, um ihn mit meinen Augen zu verfolgen. Als mir bewusste wurde, dass er nicht stehen bleiben und auf mich warten würde, rappelte ich mich auf.

Elena, die inzwischen nicht mehr auf meiner Brust lag, sondern auf der Seite von mir abgewandt, schlief friedlich. Doch mir blieb keine Zeit, um sie zu wecken und mich von ihr zu verabschieden. Ich hoffte sehr, wieder zurück zu sein, bevor sie aufwachte. Auch Lyra, die etwas abseits lag, regte sich nicht.

Mit einem Satz war ich auf den Beinen und beeilte mich, dem Pantomimen zu folgen. Er erreichte gerade den Trampelpfad, dem Elena und ich gestern gefolgt waren, und verschwand in dem aus Bäumen geformten Tunnel.

Meine Sorge, ihn aus den Augen zu verlieren, trieb mich an und ich rannte noch schneller. Als ich in den Tunnel einbog, wurde ich vom warmen orange leuchtenden Licht der Blätter empfangen. Wie seltsam, dass die Blätter nicht grün waren … Doch mein Kontrahent ließ mir keine Zeit, mich darüber zu wundern oder die Schönheit dieses Anblicks in mich aufzusaugen.

Plötzlich bebte die Erde unter meinen Füßen, was nur eines bedeuten konnte: Die Wände verschoben sich. Kurz darauf ertönte ein lautes Grollen und in mein Blickfeld schob sich eine haushohe Mauer, die in wenigen Sekunden den einzigen Weg, der zu meiner Aufgabe führte, versperren würde.

Ich erhöhte meine Anstrengungen. Mein Atem ging stoßweise und Schweißtropfen liefen mir über die Schläfen. Mit meiner Schuhspitze blieb ich an einem Stein hängen und geriet ins Straucheln. Auch wenn ich vor Erschöpfung am liebsten zusammenbrechen würde, beschleunigte ich weiter. Ich hechtete nach vorne und schaffte es gerade so, den schmalen Durchgang zu passieren, bevor der Weg versperrt wurde. Obwohl ich dringend eine Pause bräuchte, konnte ich keine Sekunde verschnaufen, denn der Pantomime hatte inzwischen seinen

Vorsprung weiter ausgebaut. Ob er das bezweckte? Mich schon vor meiner Aufgabe an meine körperlichen Grenzen zu bringen, damit ich versagte? Und auch für die neue Partie wäre ich weniger ausgeruht als die anderen.

Bei der nächsten Weggabelung bremste ich ab und schlidderte über die sandige Erde des Pfades. Das Hemd klebte auf meiner Haut und ich keuchte schwer.

Ich hatte den Pantomimen aus den Augen verloren. Hektisch blickte ich zwischen den drei Möglichkeiten hin und her. Glücklicherweise erspähte ich seinen schwarzen Anzug in der Ferne und sah gerade noch, wie er um die nächste Ecke bog.

Er hatte den Weg eingeschlagen, der nachts noch von einer Mauer versperrt worden war, doch nun war diese verschwunden.

Ich sprintete los. Sein Tempo hatte etwas nachgelassen und ich schaffte es, den Abstand zu ihm zu verringern. Das Orange der Blätter von den Baumkronen wurde mehr und mehr durch ein tiefes Rot ersetzt. Auf einmal bemerkte ich, dass an der Rinde der Bäume rotes Harz herunterlief. Es schien, als würden die Bäume bluten. Erst jetzt fiel mir auf, dass es wesentlich dunkler geworden war. Das Licht war schon wieder so merkwürdig getrübt, als ob ich mich in einer Partie befände. Ein unangenehmer Schauer lief mir den Rücken hinab. Das Harz bahnte sich von beiden Seiten seinen Weg bis zu dem Pfad, auf dem ich lief. Die roten Linien trafen aufeinander und schlossen sich zu einem Rinnsal zusammen, durch das ich schreiten musste. Ich spürte, wie die klebrige Masse bei jedem Schritt an meinen Schuhsohlen haften blieb.

Der Pantomime hielt an und drehte sich zu mir um. Er legte den Kopf schief und beobachtete mich. Ein fieses Grinsen erschien auf seinem Gesicht, ehe er mir den Rücken zukehrte und in einem Loch in der Erde verschwand, das für meine Augen zuvor verborgen geblieben war.

Als ich dieses erreichte, spähte ich hinein, doch nichts als Finsternis schlug mir entgegen.

Fest davon überzeugt, dass der Pantomime noch anderes mit mir vorhatte, als mich bei einem Sturz umkommen zu lassen, nahm ich etwas Anlauf und sprang zum zweiten Mal in diesem Spiel in ein schwarzes Nichts.

Im ersten Moment fühlte es sich befreiend an, doch dann stellte ich mit wachsendem Entsetzen fest, dass der Fall nicht enden wollte. Inzwischen hatte mich die Dunkelheit vollkommen verschluckt. Noch immer sah ich den Boden unter mir nicht. Das Licht, das in das Erdloch drang, entfernte sich immer mehr, wurde kleiner und kleiner.

Hatte ich mich geirrt und der Pantomime hatte doch vor, dass ich in den Tod stürzte? Kurz nachdem ich mir diese Frage gestellt hatte, prallte ich auf.

Ein überraschtes Keuchen entwich mir, dann erst begriff ich, dass ich noch am Leben war. Auf allen vieren war ich auf einem raschelnden, unter meinem Gewicht nachgebenden Untergrund gelandet. Zwischen meinen Fingern fühlte ich die trockene Oberfläche von Blättern, die anscheinend zu einem Haufen aufgetürmt worden waren und meinen Aufprall abgefedert hatten. Die Öffnung des Lochs, in das ich gesprungen war, glich einem kleinen Mond, dessen Licht zu weit entfernt war, als dass ein Strahl bis zu mir hinuntergereicht hätte.

Ich kämpfte mich aus dem Laub heraus. Als ich wieder festen Boden unter den Füßen hatte, erregte ein unheimliches rotes Leuchten meine Aufmerksamkeit. Ich befreite meine Haare von ein paar Blättern, ehe ich dem schwachen Licht folgte. Wie es schien, befand ich mich in einer Art Höhle, denn meine Hände ertasteten Steinwände. Langsam schritt ich voran, immer darauf bedacht, nicht über ein Hindernis zu stolpern. Ob das der richtige Weg zu meiner Aufgabe war, konnte ich nicht sagen, denn von meinem Kontrahenten fehlte jede Spur.

Von der plötzlichen Helligkeit geblendet, kniff ich die Augen zusammen, als ich ins Freie trat. Blinzelnd sah ich mich um und erkannte, dass sich vor mir eine kleine Lichtung erstreckte, in deren Zentrum sich ein Haus befand, das mehr einer Ruine glich. Das rötliche Licht der aufgehenden Sonne wirkte merkwürdig verzerrt und verlieh dieser idyllischen Umgebung etwas Bedrohliches.

Suchend schaute ich mich nach dem Pantomimen um, doch auch hier war er nirgends zu sehen. Als hätte er sich in Luft aufgelöst. Mich beschlich der Verdacht, ihn endgültig verloren zu haben und damit auch meine Aufgabe. Schnell krempelte ich meinen Ärmel hoch und überprüfte die neueste Tätowierung, die sich gebildet hatte, kurz nachdem ich den Umschlag in der Villa erhalten hatte. Sie bestand aus sich überlagernden Dreiecken, die von der Mitte aus immer größer wurden und einander spiegelten, und befand sich auf meinem rechten Oberarm, über den bestehenden Tätowierungen. Aber sie hatte sich nicht schwarz verfärbt.

Mit dem Wissen, dass ich die Aufgabe immer noch bestehen konnte, marschierte ich auf die Ruine zu. Einst musste das graue Gemäuer ein gemütliches Zuhause gewesen zu sein. Jetzt aber fehlten Teile des Daches und der Ruß um die Fenster und Türen ließ darauf schließen, dass ein Brand für die Zerstörung des Gebäudes verantwortlich gewesen war.

Ich trat näher heran und öffnete die Tür, die völlig schief in ihren Angeln hing. Mit einem kräftigen Ruck riss ich sie auf und betrat einen kleinen Raum, der vollkommen mit Ruß und Staub bedeckt war. Der Geruch von Verbranntem lag so präsent in der Luft, als würde noch immer ein Feuer wüten. Trotz der Zerstörung konnte ich erahnen, dass dieses Haus einmal sehr geschmackvoll gewesen sein musste. Stücke von einer hochwertigen Samttapete waren an den Wänden zu erkennen, genau wie die vergoldeten und nun geschwärzten Rahmen mit Resten von einst wunderschönen Gemälden. Meine Hand fuhr über das glatte Holz des Esstischs, der bis auf ein paar verkohlte Stellen wundersamerweise den Brand überstanden hatte. Ich betrachtete meine von schwarzem Staub bedeckten Finger. Dunkelheit hatte sich über diesen Ort gelegt und das Licht verdrängt, so, wie der Ruß allem den Glanz genommen hatte. Schnell wischte ich mir die Hand an meiner Hose ab und blickte mich weiter um.

Durch einen kleinen Wintergarten auf der anderen Seite des Hauses, dessen Glasscheiben zum Teil nicht mehr vorhanden waren, drang die Natur in die Räumlichkeiten ein und eroberte sich Stück für Stück zurück, was einst ihr gehört hatte. Ein verstaubter Lüster hing von der Decke und hinter alten Sitzmöbeln, die mit Samtstoff bezogen waren, konnte ich einen Marmorkamin mit Goldverzierungen entdecken, der durch die graue Staubschicht seltsam fahl und gedämpft wirkte. Das Feuer schien im Obergeschoss am stärksten gewütet zu haben, denn die Holztreppe war vollkommen verkohlt.

Eigentlich hatte ich das Haus in der Hoffnung betreten, den Pantomimen wiederzufinden, aber er war weiterhin wie vom Erdboden verschluckt. Der Dielenboden knarzte unter meinem Gewicht, während ich in Richtung Wintergarten schritt. Mein Blick fiel auf eine Staffelei, die ein unvollendetes Kunstwerk enthielt. Das unfertige Bild, das darin eingefasst war, war wie durch ein Wunder nicht beschädigt und zeigte die Lichtung sowie das Haus, wie es vor diesem verheerenden Brand ausgesehen haben musste.

Aus einem Impuls heraus trat ich näher heran und wurde jäh von einem stechenden Schmerz überwältigt. Stöhnend hielt ich mir den Kopf, während Bilder in meinem Verstand aufflackerten. Erinnerungen, die sich gewaltsam Zutritt verschafften. Erst waren sie verschwommen, doch nach wenigen Sekunden war es, als würde jemand ein Fernglas scharf stellen, und ich konnte eine Frau erkennen, die hinter einer Staffelei stand. Sie hielt eine Mischpalette in der Hand, tupfte den Pinsel in eine Farbe und setzte ihn an der Leinwand an. Dabei kräuselte sie nachdenklich die Lippen. Ihre gesamte Aufmerksamkeit war auf das Kunstwerk gerichtet. Sie hatte feine Gesichtszüge, eine schmale Nase und eine hohe Stirn. Diese legte sich in Falten, während sie mit sorgsamen Strichen ein Bild entstehen ließ. Die Frau schien nur wenige Jahre älter zu sein als ich. Ihr eichenbraunes Haar fiel ihr in sanften Wellen über die Schultern und ein weicher, verträumter Ausdruck lag in ihren karamellfarbenen Augen. Obwohl ich sie nicht kannte, ergriff ein warmes Gefühl von mir Besitz. Zuneigung – oder war es gar Liebe? – durchströmte mich. Es waren unschuldige Gefühle, wie die eines Kindes, wenn es seine Mutter sah.

Dann verschwanden die Bilder so schnell, wie sie gekommen waren. Gedankenverloren näherte ich mich der Staffelei und strich über die Erhebungen der Farbe.

Meine Mutter ist eine Künstlerin, schoss es mir durch den Kopf. Ob ich ebenfalls ein Talent fürs Malen besaß?

Es war unglaublich schön, etwas aus meiner Vergangenheit gesehen zu haben, und für einen Moment war ich einfach nur glücklich. Was für ein Zufall, dass gerade dieses Bild der Auslöser dafür gewesen war. Doch nun hatte ich Feuer gefangen und wollte unbedingt noch mehr sehen. Ich wollte endlich das Gefühl loswerden, mich selbst verloren zu haben, und ein erster Schritt war diese Erinnerung, bei der ich meine Mutter wiedergefunden hatte.

Gebannt starrte ich auf das Gemälde, in der Hoffnung, es würden weitere Erinnerungen hochkommen, doch nichts geschah. Frustriert rieb ich mir über die Stirn. Mich beschlich der Gedanke, dass der Prinz mir nur einen kleinen Vorgeschmack gegeben hatte. Wie einem verhungernden Hund hatte er mir einen Knochen hingeworfen, doch erst, wenn ich als Sieger aus seinem Spiel hervorging, würde ich all meine Erinnerungen zurückerhalten. Dann endlich würde mein Hunger gestillt werden.

Deshalb musste ich alles daransetzen zu gewinnen, auch wenn der Preis dafür hoch war.

Meine Gedanken wanderten zu Elena. Sie würde ihren verschollenen Vater nicht zurückbekommen und Robert nicht seinen Bruder …

Wenn ich gewann, würden die anderen verlieren. Meine Hand ballte sich zur Faust.

Für meine Mitspieler mochte ein Leben vielleicht wichtiger sein als ein verlorenes Gedächtnis, aber niemand außer mir verstand, wie es war, nicht mehr man selbst zu sein. So, als wäre ich gestorben und in einem völlig anderen Leben aufgewacht. Einem, das mir fremd war. Mit meinen Erinnerungen hatte ich auch meine Persönlichkeit verloren, meine Familie sowie Freunde, und beständig quälte mich die Frage, wer ich war. *Wer ist Alexander Chandler?*

»Hast du etwas gesehen, was dir gefällt?«, vernahm ich eine dunkle Stimme, die meiner verdammt ähnelte.

Ich zuckte zusammen, fuhr herum und fand mich meinem Ebenbild gegenüber, dessen Kleidung nicht länger an den Pantomimen von vorhin erinnerte. Stattdessen trug er nun eine schwarze Hose und darüber ein lockeres Hemd, dessen Knopfleiste weit geöffnet war. Die Maske war verschwunden.

Auf der Brust, die bei mir mit Tätowierungen übersät war, war bei ihm nur schwarze Haut, die mich an ein Schattenwesen erinnerte. Ob er im Begriff war, sich in eines zu verwandeln?

Doch im Gegensatz zu Mandy schien er keine weiteren Symptome zu zeigen. Statt sich vor Schmerzen zu krümmen, stand er lässig gegen den Türrahmen gelehnt da und taxierte mich mit einem verschlagenen Grinsen, das ich ihm am liebsten aus dem Gesicht gewischt hätte.

»Du hast eine Erinnerung gesehen, nicht wahr?« Sein fieses Grinsen wurde noch breiter.

Er stieß sich von der Tür ab und kam gemächlich auf mich zu. Dabei fixierte er mich unablässig. In seinen Augen lag ein wahnsinniges Funkeln. Vielleicht war das ein erstes Anzeichen dafür, dass die Schatten bereits von seinem Verstand Besitz ergriffen hatten.

»Woher weißt du das?«, fragte ich mit unverhohlenem Misstrauen in der Stimme.

Lachend schüttelte er den Kopf und es klang dermaßen abfällig und überlegen, dass ich mit den Zähnen knirschte.

»Hast du es etwa vergessen? Ich …« Er kniff die Augen zusammen, sein Lächeln verzerrte sich zu einer grotesken Fratze und nun war ich mir sicher, dass er verrückt war. »… bin du.«

Auch wenn er mir Angst einjagte, wich ich nicht zurück, sondern erwiderte seinen Blick möglichst gleichgültig. Inzwischen war er mir ganz nah. Kurz bevor er gegen mich prallte, lief er im Bogen um mich herum und taxierte mich abermals. Diesmal so, als würde er meinen Schwachpunkt finden wollen. Wie ein Jäger, der seine Beute musterte – und mir gefiel nicht, welche Rolle mir in dieser Assoziation zukam.

»Du kannst nicht ich sein.« Der Gedanke, vor mir mein lebendig gewordenes Spiegelbild zu sehen, war absurd.

Als der Pantomime seine Runde beendet hatte, blieb er dicht vor mir stehen, bleckte die Zähne und baute sich bedrohlich vor mir auf. Mein böser Zwilling schien zu allem bereit zu sein und das Schlimmste war: Er war unberechenbar.

»Warum nicht? Ich sehe aus wie du, meine Stimme klingt wie deine und mein Charakter entspricht dem deinen. Doch einen Unterschied gibt es in der Tat: Ich kenne all deine Geheimnisse und Erinnerungen. Ich weiß, wer du bist.« Er machte eine dramatische Pause, ließ seine Worte einen Moment wirken. »Ganz recht, ich weiß alles über dich. Ich kenne dich besser als du dich selbst. Deine dunkle Seite und all die schrecklichen Dinge, die du getan hast, sind mir bekannt.«

»Was soll das bedeuten?« Eine Ader pochte in meiner Schläfe. Er konnte unmöglich alles wissen … Und was für schreckliche Dinge sollte ich getan haben?

Versuchte er mich zu manipulieren? Falls ja, hatte er damit Erfolg. Wut tobte in mir, die aus meiner starken Verunsicherung resultierte.

Ich wollte, dass er damit aufhörte. Mich an das letzte Fünkchen meiner Beherrschung klammernd, verschränkte ich die Arme vor der Brust und setzte eine betont gelangweilte Miene auf. »Du hörst dich wohl gerne reden, aber mich interessiert dein dummes Geschwätz nicht. Stattdessen ziehe ich es vor, endlich mit der Aufgabe zu beginnen.«

Er legte den Kopf schräg und fixierte mich. »Ich habe vermutet, du würdest anders reagieren. Ich dachte, du würdest mich mit Fragen überhäufen, aber wir können natürlich auch gleich zum unangenehmen Part kommen.« Sein Mundwinkel zuckte unheilvoll.

»Natürlich habe ich Fragen, nur bezweifle ich, dass du sie mir beantwortest.«

»Du wirst heute Antworten auf einige Fragen bekommen. Ob es die sind, nach denen du lechzt, musst du selbst herausfinden.«

»Das reicht!« Mir riss der Geduldsfaden und ich machte einen drohenden Schritt auf ihn zu. »Die Aufgabe soll jetzt beginnen.«

»Wer behauptet, dass sie noch nicht angefangen hat?« In seinen Augen blitzte es bedrohlich.

Ich hatte genug von seinen Spielchen, lieber Schritt ich zur Tat und zog meine Anzugjacke aus. Achtlos warf ich sie auf den Boden und krempelte meine Hemdsärmel hoch.

»Was soll das werden?«, fragte er.

»Ich mache mich bereit für unseren Kampf.«

Er legte den Kopf in den Nacken und lachte schallend. Es war ein irres Lachen, das mir bis in die letzte Gehirnwindung ging. Seine Reaktion irritierte mich, doch sobald er verstummte, wurde es noch merkwürdiger. Mit einem Mal setzte er sich in Bewegung und steuerte direkt auf mich zu, als wolle er in mich hineinlaufen. Bevor ich ausweichen konnte, war seine Nasenspitze an meiner, und obwohl es eigentlich nicht möglich sein dürfte, kam er noch näher. Ich versuchte ihn von mir zu schieben, aber er schlang einfach seine Arme um mich. Es war unmöglich, aus seinem festen Griff zu entkommen, weshalb ich mich meinem Schicksal ergab – wie so oft in diesem Spiel.

Mein Mund öffnete sich, doch kein Laut drang heraus. Ich spürte, wie ich eins mit ihm wurde. Mich überraschte nicht nur, dass mein Zwilling mit mir verschmolz, sondern auch, dass es sich nicht befremdlich anfühlte. Es war wie bei einem Puzzle, dem das letzte Stück hinzugefügt wurde. Er komplettierte mich und ich fühlte mich zum ersten Mal wieder vollständig. Im nächsten Augenblick verlor ich das Bewusstsein.

Meine Augen öffneten sich und blickten in eine allumfassende Dunkelheit. Hinter meinen Schläfen pulsierte ein stechender Schmerz, während ich mich umsah. Keine Decke oder Wände waren zu erkennen. Mir blieb nur der kalte, glatte Boden zur Orientierung. Plötzlich erstrahlte unweit von mir ein Licht. Ein großer Spiegel mit goldenem Rahmen lag ein paar Schritte entfernt und flackerte wie eine Kerzenflamme.

Ich raffte mich auf und kroch zu ihm hin. Als ich den Spiegel erreichte und mich über ihn beugte, erblickte ich, dunkel und verschwommen, mich selbst darin. Aus einem Impuls heraus berührte ich den Spiegel, doch statt auf Glas zu treffen, tauchte mein Zeigefinger in eine Flüssigkeit ein, die eine merkwürdige Viskosität aufwies. Kreisrunde Wellen bildeten sich auf der Oberfläche, die mein Antlitz bis zur Unkenntlichkeit verzerrten.

Erschrocken zog ich meinen Finger zurück und die Wellen ebbten ab. Als die Oberfläche wieder unbewegt war, zeigte der Inhalt des Rahmens nicht länger mich, sondern die Frau aus meinen Erinnerungen, die meine Mutter sein könnte. Sie eilte einen dunklen Flur entlang und warf immer wieder verängstigte Blicke über ihre Schulter, als würde sie von jemandem verfolgt werden. Plötzlich stellte sich ihr ein kleiner Junge in den Weg. Liebe und Sorge flammten in ihren Augen auf. Sie nahm das Kind auf die Arme und drückte es fest an sich. Der Kopf des Jungen bettete sich auf ihre Schulter und sie streichelte ihm über die Haare. Ihre Hand glitt tiefer. Plötzlich spürte ich eine Berührung an meinem Rücken, doch als ich herumfuhr, war da niemand. Wieder fixierte ich den Spiegel. Der Junge hatte sich in den Armen seiner Mutter zu mir umgedreht. Er starrte mich unverwandt an, taxierte mich geradezu. Eine unangenehme Gänsehaut überfiel mich, die zu einem eiskalten Schauer wurde, als der Junge seinen Mund öffnete und sagte: »Ich bin du.«

Das Bild verschwand und mein verzerrtes Gesicht trat an seine Stelle. Nun fielen mir auch die Ähnlichkeiten zu dem Jungen auf. Er war eine jüngere Version meiner selbst und damit war seine Mutter eindeutig die meine. Doch was hatte das alles zu bedeuten?

Ich konnte nicht länger darüber nachdenken, denn auf einmal zeichnete sich die Maske des Pantomimen vor mir im Spiegel ab. Ein überraschtes Keuchen entwich mir, als seine Hand aus dem Rahmen hervorschoss, meinen Hemdkragen packte und mich unter die Oberfläche zog.

Ich tauchte in den Spiegel ein, sank tiefer in das Meer dieser komischen Masse ein. Meine Lunge verkrampfte sich, verlangte nach Luft. Je länger ich mich in dieser Umgebung befand, desto schlimmer wurde es. Noch immer hielt der Pantomime mich fest und zog mich unerbittlich mit sich.

Gerade als die Angst, ertrinken zu müssen, am größten war und ich den Reflex zu atmen nicht länger unterdrücken konnte, fiel ich auf einen harten Boden; nicht länger umgeben von dieser seltsamen Masse. Ich hustete und schnappte nach Luft, denn ich hatte viel von der Flüssigkeit geschluckt.

»Du solltest hier nicht alleine herumlaufen, sonst verlierst du dich noch«, verhöhnte mich meine eigene Stimme.

Ich bemerkte, dass ich mich auf einem marmornen Steinfußboden befand. Unzählige Spiegel, die genauso aussahen wie der, durch den ich hierhergekommen war, reihten sich zu beiden Seiten in einem Gang aneinander, der nicht zu enden schien. Im Gegensatz zum ersten leuchteten ihre Rahmen nicht.

»Steh auf«, verlangte mein böser Zwilling.

Ich stemmte mich auf die Beine und zog mein Hemd zurecht. Merkwürdigerweise war es trocken, genau wie meine restliche Kleidung.

»Wo sind wir?«

»Im Spiegelkabinett deiner Erinnerungen.« Der Pantomime deutete auf die Spiegel. »Jeder Einzelne davon bringt dich zu einem Moment aus deiner Vergangenheit zurück.«

Misstrauisch betrachtete ich die reflektierende Glasfläche neben mir. Sie zeigte Elena von hinten, während ich die Schnüre ihres Kleides schloss. Das war im Abendmodegeschäft gewesen. Ich streckte meine Finger aus, um den Spiegel zu berühren, doch der Pantomime schlug meine Hand weg.

»Untersteh dich, einen der Spiegel anzufassen! Sie können dich dazu verlocken, in ihnen zu versinken. Das würde zur Folge haben, dass du hier nie wieder rauskommst, und mir würde die Freude genommen werden, dich weiter zu quälen.«

Ich sah nicht das Risiko, sondern nur die großartige Chance, endlich meine Erinnerungen wiederzubekommen.

»Ich weiß, was dir jetzt durch den Kopf geht, aber sei gewiss, ich werde dafür sorgen, dass du an meiner Seite bleibst.«

Ich dachte gar nicht daran, mir von ihm etwas vorschreiben zu lassen. Stattdessen drehte ich mich blitzschnell um und rannte los mit dem Ziel, in den ersten Spiegel einzutauchen, der mir eine unbekannte Erinnerung zeigte. Aus dem Augenwinkel nahm ich diverse Szenen des Spiels wahr. Mandy, die sich in ein Schattenwesen verwandelte. Wir Spieler, wie wir gemeinsam um das Feuer saßen in der Nacht, bevor wir den Sumpf betreten hatten. Dann der Augenblick, als ich Elena zum ersten Mal gesehen hatte.

Hinter mir hörte ich nicht länger Schritte und warf einen Blick über meine Schulter. Der Pantomime folgte mir nicht. Stattdessen war er erneut wie vom Erdboden verschluckt. Erleichterung durchströmte mich, die aber nur von kurzer Dauer war, denn als ich wieder nach vorne schaute, stand er genau vor mir. Ich konnte gerade noch stoppen, bevor ich in ihn hineinrannte.

»Möchtest du wirklich vor mir fliehen? Damit wäre nicht nur deine Aufgabe verloren, du würdest auch eigenhändig von mir aus deinen Erinnerungen geworfen werden.«

Ich knirschte mit den Zähnen. Anscheinend konnte ich ihm weder entkommen noch mir meine Erinnerungen zurückholen.

Er stieß mir gegen die Brust und schubste mich nach hinten. »Wir müssen in die andere Richtung«, erklärte er nachdrücklich. »Zu einer ganz bestimmten Erinnerung.«

Wir passierten Spiegel um Spiegel. Die Minuten verstrichen, und als ich schon fragen wollte, nach welcher Erinnerung er suchte, blieb er plötzlich stehen.

Ich erkannte den Saal, in dem die Abendveranstaltung des Grafen stattgefunden hatte, und sah, wie Elena und ich inmitten der anderen Paare tanzten. Doch die Szene wirkte dunkler, als hätte jemand ein durchscheinendes schwarzes Tuch über sie geworfen.

Mein Herz begann zu klopfen, als mein Blick auf uns fiel und mir bewusst wurde, dass wir kurz davorstanden, uns zu küssen. Ich hatte mich nie lebendiger und glücklicher gefühlt als in jenem Augenblick.

Ohne Vorwarnung umschloss mein böser Zwilling mein Handgelenk und riss mich mit sich nach vorne, mitten in den Spiegel hinein. Diesmal schaffte ich es, tief Luft zu holen, bevor ich in die Erinnerung eintauchte. Wieder wurde ich von dieser seltsamen Flüssigkeit, die weder warm noch kalt war, umspült. Kurz darauf befand ich mich in dem Tanzsaal der Villa. Zumindest in einer dunkleren Version davon.

Sämtliche Farben waren verschwunden. Der prunkvolle Saal erstreckte sich in sämtlichen Grauschattierungen vor mir. Dem Grafen hätte dies vermutlich gut gefallen, wo er doch eine Abneigung gegen Farben hegte. Auch die Menschen, die zum Mitternachtswalzer ihre Kreise drehten, waren schwarz-weiß. Mein Blick fiel auf Elena und mich, wie wir uns im Gleichtakt zur Musik bewegten. Das schöne Rot ihrer Haare war erloschen und einem tristen Grau gewichen, das sich dunkel von dem helleren Grau ihrer Haut abhob. In meinem Gesicht lag ein Ausdruck, den ich erst nicht deuten konnte, aber eine Stimme in meinem Verstand übersetzte ihn mir: *Das ist Liebe.*

»Warum sind wir hier?«

»Liegt das nicht auf der Hand?«, sprach der Pantomime in Rätseln.

Im selben Augenblick zog ich Elena an mich und wir küssten uns. Die Menschen um uns herum verschwanden. Übrig blieben einzig wir beide.

»Wer, meinst du, ist das, der sie da küsst? Du oder ich?«, fragte der Pantomime.

Ein unangenehmes Gefühl machte sich in meiner Magengegend breit. Unser Kuss wurde unterbrochen, als wir angerempelt wurden. Es wirkte grotesk, denn das tanzende Pärchen, das in uns hineingelaufen war, war unsichtbar. Ich wischte mir den hier durchsichtigen Absinth mit der Hand vom Gesicht. Dann schnellte mein Kopf in unsere Richtung und ein schiefes Lächeln erschien auf dem Gesicht meines vergangenen Ichs, das plötzlich vielmehr dem Pantomimen ähnelte.

Schockiert suchte ich den Blick des bösen Zwillings, der sich nicht länger neben mir befand. Schnell schaute ich zurück zu Elena und mir … falls das da überhaupt noch ich war.

Ich bin du, flüsterte jemand in meinem Kopf.

Im selben Augenblick riss mein Alter Ego Elena an sich und presste erneut seine Lippen auf ihre. Während der Kuss zuvor unschuldig gewirkt hatte, war dieser nun verrucht.

Inzwischen war ich mir sicher, dass dieser Alex der Pantomime war. Er ließ seine Hände besitzergreifend über Elenas Rundungen fahren und verweilte mit einer Hand auf ihrem Hintern. Nachdem er den Kuss beendet hatte, wanderte er mit seinen Lippen ihren Hals entlang, während Elena vor Verlangen aufstöhnte. Ihr schien es zu gefallen.

Nichts davon hatte sich so abgespielt, und obwohl ich wusste, dass diese Geschehnisse nicht real waren, konnte ich die Szenerie nicht länger beobachten. Ich ertrug es nicht mitanzusehen, wie mein böser Zwilling sich an Elena verging. Unbändige Wut flammte in mir auf und mein Kopf war von dem Gedanken beherrscht, ihn aufzuhalten.

Ich bin du, vernahm ich erneut seine Stimme in meinem Verstand.

»Nein, bist du nicht!«, schrie ich und stürzte mich auf ihn.

Ich packte den Arm meines Alter Egos und riss ihn von Elena fort, die daraufhin erstarrte. Sie schien mich nicht zu bemerken. Doch ich konnte mich jetzt nicht um sie kümmern. Erst musste meinem bösen Zwilling das Lachen vergehen und dafür würde ich nun sorgen. Ich ließ meiner Wut freien Lauf und schlug ihm mit der Faust ins Gesicht.

Schmerz explodierte in meiner Hand und es knackte laut, als ich ihn am Wangenknochen traf. Er taumelte gekrümmt ein paar Schritte zurück. Als er sich wieder aufrichtete, klaffte ein langer Riss in seinem Gesicht. So, als wäre nicht nur die Maske, die er zuvor getragen hatte, aus Porzellan, sondern auch er selbst. Abermals verzerrte sich sein Antlitz zu der Fratze, die höhnisch grinste und deren Anblick ich so sehr hasste. Das machte mich nur noch rasender.

»Wenn du mich bekämpfst, bekämpfst du dich selbst«, sagte er, als hätte ich etwas Wichtiges nicht begriffen.

Er konnte nicht ich sein, denn für ihn empfand ich nichts als Abscheu.

»Meine Aufgabe besagt, dass ich den Kampf gegen meinen Zwilling gewinnen soll, und genau das werde ich jetzt tun!« Entschlossen trat ich auf ihn zu, doch statt eine Kampfhaltung einzunehmen, fing er lautstark an zu lachen. Wieder.

»Es gibt auch andere Kämpfe als die körperlichen, aber von mir aus, dann werden wir uns eben prügeln.«

Ich wollte nicht wissen, was er damit meinte, sondern stürmte direkt auf ihn zu. Mit meinen Armen umschlang ich seine Körpermitte, woraufhin er das Gleichgewicht verlor und ein paar Schritte rückwärts taumelte, bis er nach hinten umkippte.

Leider schaffte ich es nicht schnell genug, mich von ihm zu lösen, und landete auf ihm. Eilig setzte ich mich rittlings auf ihn. Ohne zu zögern, ließ ich meine Faust auf ihn herabschnellen und traf seine Nase, die unter der Wucht des Schlags laut knackte. Splitter flogen durch die Luft und Blut spritzte. Dieses stammte allerdings von mir, denn ich hatte mich an einer der scharfen Kanten geschnitten, die sein Gesicht nun zierten. Irritiert blickte ich in ein dunkles Loch, genau an der Stelle, wo zuvor seine Nase gesessen hatte. Sein Lachen hallte noch immer durch den Saal.

»Wie es aussieht, gewinne ich«, verkündete er triumphierend, und das machte mich so rasend, dass ich glaubte, den Verstand zu verlieren.

Blind vor Wut drosch ich auf ihn ein und das Loch wurde größer und größer. Sein Mund zersplitterte, bis er jäh verstummte. Erst als sein Kopf reglos zur Seite kippte, erwachte ich aus meiner Rage und ließ von ihm ab.

Hatte ich ihn besiegt?

Schnell stand ich auf und musterte ihn. Regungslos lag er da, das Gesicht vollkommen entstellt. Um das gezackte Loch hatten sich Risse gebildet und etwas Schwarzes quoll aus ihnen sowie dem Loch hervor. Seine Augen hatten einen starren Ausdruck angenommen hatten. Sein Zustand und der Ekel über meine Tat verursachten mir eine Übelkeit. Ich widerte mich selbst an. Der Pantomime hatte in der Ruine von schrecklichen Dingen gesprochen, die ich getan haben sollte. Ja, im

Spiel war ich bisher berechnend gewesen, aber diese Brutalität … sie war mir fremd. War sie ein Teil von mir? Und wenn ja, könnte ich damit leben? Zum ersten Mal hatte ich Angst davor, mein Gedächtnis zurückzubekommen und zu erfahren, wer ich wirklich war.

Plötzlich kehrte Leben in die Augen meines Alter Egos zurück. Er fixierte mich. »Du bist wirklich schwer von Begriff«, zischte er.

Seine Stimme dröhnte aus dem Innersten seines Körpers. Mit einem Mal begannen die unzähligen Splitter, die zu meinen Füßen lagen, zu beben, als würden sie magnetisch von etwas angezogen. Dann flogen sie durch die Luft und kehrten an die Stellen zurück, aus denen ich sie zuvor herausgeschlagen hatte. Doch sie verschmolzen nicht zu einer ebenmäßigen Oberfläche, nein, es blieben unzählige gezackte Narben zurück – wie bei einer Vase, deren Scherben man zusammengeklebt hatte.

Der Pantomime sprang auf die Füße und lief zu einem Spiegel, der sich auf der anderen Seite des Ballsaals befand. Dabei hinterließ er eine schwarze Spur auf dem Boden und sein irres Lachen hallte durch den Raum. Erst jetzt konnte ich mich aus meiner Starre befreien und rannte ihm hinterher. Noch bevor ich ihn erreichen konnte, war er in dem Spiegel verschwunden. Ohne zu zögern, folgte ich ihm durch die schummrige Oberfläche.

Statt zu fallen, schwebte ich dieses Mal in einer unendlichen Schwärze. Im Nichts. *Ob der Tod ebenso dunkel ist?*

Der Pantomime, der nur wenige Schritte Vorsprung gehabt hatte, war verschwunden.

Dafür sammelten sich weiß bemalte Scherben vor mir und formten sich zu kleinen Figuren. Es waren ein Junge und ein Mann, die sich wie Sternbilder von dem schwarzen Hintergrund abhoben.

»Wieso heulst du?«, blaffte die Stimme eines Mannes, die mir sehr bekannt vorkam.

Die größere Figur trat bedrohlich an die kleinere heran. Ein lautes Schluchzen erklang.

»Ich dulde keine Schwäche, Sohn.«

»Ich habe dich auch weinen sehen«, verteidigte sich eine Kinderstimme. »Und noch viel Schlimmeres.«

Der Vater erhob eine Hand und schlug seinem Sohn mit voller Wucht ins Gesicht. Die Prozellanteile stoben auseinander.

Das klatschende Geräusch hallte lange in meinem Verstand nach. Was mich jedoch noch mehr schockierte als die Gewalt, war, dass meine Wange plötzlich brannte, als hätte die Figur mich geschlagen.

Die Scherben des Kindes hatten sich in der Zwischenzeit wieder zusammengesetzt. Es fing entgegen meiner Annahme nicht noch heftiger an zu weinen, sondern schrie seinen Vater an: »Ich hasse dich!«

»Das ist in Ordnung, mein Sohn, hasse mich ruhig, denn Liebe zerstört nur«, sagte der Vater. »Und jetzt geh. Ich möchte dich in diesem Zustand nicht sehen. Wenn du mir noch einmal weinend unter die Augen trittst, wird es eine schlimmere Strafe als eine simple Ohrfeige geben.«

Ich spürte, wie mir schwer ums Herz wurde, und ein dumpfes Gefühl nistete sich in meiner Brust ein.

Die beiden Figuren wurden von Schatten verschluckt und mit ihnen das einzige Licht, das es hier gegeben hatte.

Auf einmal erschien die weiße Porzellanmaske des Pantomimen wieder, schwebte vor mir in der Luft und vergrößerte sich. Sein triumphierendes Lachen hallte durch meinen Verstand.

»Na, Alex, wie willst du mich jetzt besiegen?«, höhnte er und sein Wachsen schien kein Ende zu nehmen.

Ich bewegte meine Füße in dem Versuch, vor ihm zu fliehen, doch ich kam nicht voran, da ich noch immer ohne Kontrolle im Nirgendwo schwebte.

Seine riesige Hand wurde sichtbar und er streckte sie nach mir aus. Bevor er mich schnappen konnte, spürte ich endlich festen Boden unter meinen Füßen – und so schnell ich konnte, rannte ich von ihm weg.

Aus dem Augenwinkel nahm ich wahr, dass graue Mauern um mich herum entstanden, und ehe ich michs versah, befand ich mich in einem kargen Flur.

Eine Frau, die ich als meine vermeintliche Mutter erkannte, eilte vor mir her, dicht gefolgt von ihrem kleinen Sohn. Sie hetzte durch den Gang, als würde sie vor etwas davonlaufen. Die Szene war der ersten sehr ähnlich, bis auf den Unterschied, dass der Junge sich ihr nicht in den Weg stellte.

»Mutter!«, rief er voller Verzweiflung. »Bitte, lass mich nicht zurück!« Er schluchzte auf.

Inzwischen hatte ich den kleinen Jungen eingeholt, und als ich ihn passierte, löste er sich in Luft auf. Stattdessen lief ich nun der Frau hinterher, die besorgte Blicke über ihre Schulter warf.

Wie von allein streckte ich meine Hand nach ihr aus, obwohl ich das gar nicht wollte. Es war, als wäre ich zu einem Schauspieler geworden, in einem Stück, das ich nicht verstand. Instinktiv wollte ich stoppen, aber meine Beine gehorchten mir nicht länger.

»Mutter, verlass mich nicht.« Auch meine Stimme machte, was sie wollte. Furcht kroch in meine Glieder. Die Verlustängste eines kleinen Jungen waren zu meinen eigenen geworden.

Obwohl sie mein Flehen gehört haben musste, hielt die Frau nicht an. Dann wandelte sich unerwartet ihre Gestalt. Ihr eichenbraunes Haar färbte sich fuchsrot und wehte wie ein Umhang hinter ihr her. Diese Haare würde ich überall wiedererkennen.

»Elena!«, brüllte ich. »Bleib stehen!«

Auch sie warf einen Blick über die Schulter – und nun hatte ich Gewissheit. Es war Elena, die da vor mir wegrannte. Doch warum sollte sie das tun? Es gab keinen Grund dafür.

»Ich muss meinen Vater retten«, stieß sie hervor. »Ich hoffe, du verstehst das.« Schmerz huschte über ihr Gesicht und gleichzeitig flehten mich ihre Augen um Verzeihung an.

»Was soll ich verstehen?«

Die Umgebung veränderte sich ein weiteres Mal. Der Boden unter meinen Füßen bebte, als der Gang verschwand und die Turmspitzen eines Schlosses aus dem Grund hervorschossen. Sie wuchsen immer weiter, bis sie in den fahlen blauen Himmel emporragten.

Elena schrie und blieb stehen. Ich nutzte die Gelegenheit und verringerte den Abstand zwischen uns. Als sie mich kommen sah, raffte sie ihre Röcke und eilte zum Schloss.

»Elena, warte!«

»Ich muss meinen Vater retten«, wiederholte sie, ohne innezuhalten. »Ich muss gewinnen.«

Obwohl das alles nicht wirklich geschah, fühlte sich ihr Verrat real an. Dieses Gefühl war mir nicht neu, vielmehr war es mir vertraut. Es war wie ein alter Freund, den ich gerade wiedertraf. Elena erreichte den Eingang des Schlosses und ich wollte ihr hinterher, als sich mir ein Mann in Lederrüstung in den Weg stellte. Mein Blick fiel auf seinen weißen Helm, der eine gewisse Ähnlichkeit mit der Porzellanmaske des Pantomimen aufwies. Er stellte ein starres puppenartiges Gesicht im Zusammenspiel mit dem geschlossenen Visier dar.

»Du wolltest kämpfen«, sagte der Ritter und richtete sein Schwert auf mich. »Dann lass uns kämpfen.«

Ich spürte kaltes Metall in meiner rechten Hand erscheinen und erblickte ein Langschwert, dessen Schaft ich fest umklammerte.

Die Enttäuschung darüber, dass Elena mich im Stich gelassen hatte, versuchte ich beiseitezuschieben, denn ich musste mich auf meine Aufgabe konzentrieren, ihn endlich zu bezwingen.

Diesmal wartete mein böser Zwilling nicht, bis ich bereit war, sondern lief mit erhobenem Schwert auf mich zu.

Ich umfasste den Griff des meinen mit beiden Händen und es gelang mir in letzter Sekunde, seinen Angriff zu parieren.

Meine Arme schmerzten durch die Wucht des Hiebes. Ich taumelte zurück und senkte mein Schwert. Er war wesentlich stärker, als er zuvor gezeigt hatte.

Mein Alter Ego nutzte diesen Augenblick der Schwäche und führte den nächsten Angriff aus. Diesmal war es meine linke Seite, auf die sein Schwert zielte, und sie war vollkommen ungeschützt. Schnell wich ich zur Seite aus. Ich konnte den kühlen Luftzug der Klinge spüren, die mich um Haaresbreite verfehlte.

»Gib lieber auf. Das Spiel des Schattenprinzen wirst du eh nicht gewinnen.«

»Nein!«, brüllte ich und diesmal war ich derjenige, der angriff.

Mein Schwert sauste auf ihn zu und er wich dem Hieb mühelos aus. Danach folgte ein heftiger Schlagabtausch, den keiner von uns dominierte. Nach den anfänglichen Schwierigkeiten wurde ich immer sicherer. Mich beschlich der Verdacht, dass ich in der Schwertkunst unterrichtet worden war, sonst würde ich mich nicht so gut schlagen.

Als mein Widersacher eine Sekunde zu lange brauchte, um das Schwert nach einem Angriff wieder hochzureißen, bot sich mir die Gelegenheit, seine Verteidigung zu durchbrechen. Schnell stieß ich zu. Wieder knackte es laut, als ich meinen Gegner in die Rippengegend traf, und große Scherben fielen zu Boden. Unwillkürlich zuckte ich bei dem Geräusch zusammen.

»Du wirst niemals gewinnen. Nicht gegen mich und nicht im Spiel. Deine Gefühle für die Menschenfrau stehen dir im Weg.« Der unverhohlene Spott in seiner Stimme machte mich rasend vor Wut. »Du hast schon zu oft dein Leben für diese Göre riskiert. Sie wird dein Untergang sein, sie wird dich enttäuschen wie deine Mutter.«

Die letzten Worte trafen mich mehr, als sie sollten. Um mein Herz hatte ich eine Mauer errichtet, die zu mir gehörte wie meine dunklen Haare oder meine grauen Augen. Doch Elena hatte sie Stück für Stück eingerissen. Durch sie war mein Herz nun völlig ungeschützt.

»Ihretwegen hast du begonnen, anderen zu vertrauen. Und was hat es dir gebracht?«

Meine Gedanken schweiften zu Amit und Robert, die mich im Stich gelassen hatten, obwohl ich es nicht von ihnen erwartet hatte. Das Spiel hatte sie verändert, kälter gemacht. Mit Elena könnte dasselbe passieren, nur mit dem Unterschied: Wenn sie mich verriet, würde es mich innerlich zerreißen.

»Hör auf meinen Rat und lass dir den Sieg nicht von deinen irrgeleiteten Gefühlen nehmen. Dafür ist er zu wichtig«, appellierte er an mich.

Seine Argumente ergaben durchaus Sinn, aber warum sollte ich ihm vertrauen? Ein Teil von mir war ihm dankbar, dass er meine Skepsis wieder hatte aufleben lassen, aber gleichzeitig richtete sich diese auch gegen ihn.

»Wieso willst du das so unbedingt?«, fragte ich.

Er lachte, sein Mund verzog sich zu einer schiefen Fratze. »Du hast es immer noch nicht verstanden: Ich bin du – und ich will nicht verlieren.«

Ohne Vorwarnung ließ er sein Schwert auf mich herabsausen. Ich parierte den Schlag. Mit einem schnellen Ruck schleuderte ich seine Klinge zurück und griff meinerseits an. Die Waffen klirrten, als sie aufeinanderprallten und wir uns einen Schlagabtausch nach dem anderen lieferten. Doch meine Kräfte ließen mehr und mehr nach, im Gegensatz zu ihm, der nicht die geringsten Anzeichen von Erschöpfung zeigte.

Ich rang um Atem und mir lief der Schweiß die Schläfen hinab. Mein böser Zwilling machte einen Ausfallschritt nach vorn, ließ sich zu Boden gleiten und trat mir mit voller Wucht die Beine weg. Ich landete auf dem Rücken, während die im Sonnenlicht glitzernde Klinge auf mich herabsauste.

Schnell riss ich mein Schwert nach oben und schaffte es, den Schlag abzuwehren. Danach rollte ich mich über den Boden, außerhalb seiner Reichweite, bevor ich wieder auf die Füße kam.

»Du bist zäh. Dennoch kannst du mich nicht im Kampf besiegen. Ich kann deine Gedanken hören und jeden deiner Schläge vorhersehen«, erzählte er vergnügt, während mein Kiefer krampfte. »Trotzdem kannst du gewinnen, wenn du mich endlich als einen Teil von dir akzeptierst. Wenn du mich willkommen heißt.«

Seine Worte waren kryptisch und dennoch erkannte ich ihre Bedeutung. Er verlangte, dass ich aufhörte, mich gegen ihn zu wehren. Nur wusste ich nicht, ob ich die Aufgabe dadurch gewann oder verlor. Die Bösartigkeit und Dunkelheit, die von dem Pantomimen ausging und die ich auch kurz in mir gespürt hatte, ließ mich zweifeln. Sollte ich die Waffe niederlegen oder verleitete er mich dazu, aufzugeben? So oder so war es mir nicht möglich, ihn zu besiegen. Er war mir stets einen Schritt voraus.

Plötzlich bemerkte ich eine Bewegung vor meinen Füßen. Es war eine kleine Raupe, die flink über den Boden kroch und dabei einen dicken Faden hinterließ. Bis auf die Größe ähnelte sie sehr dem Lichtspinner von neulich. Die Fäden formten sich zu Worten. Ich brauchte eine Weile, bis ich sie entziffern konnte.

Richte dich.

Wenn du mich bekämpfst, bekämpfst du dich selbst, hörte ich die Worte meines Alter Egos in meinem Kopf.

Lag darin vielleicht die Lösung? Musste ich den Schatten in mir, also ihm, die Stirn bieten, indem ich mich richtete? Der Gedanke, mich zu töten, war unerträglich. Aber mich zu ihm zu bekennen, das könnte ich noch weniger. Meine Schläfen pochten. Ich schloss für einen kurzen Moment die Augen und horchte in mich hinein. In mir schien ein Kampf zu toben. Bilder blitzten in meinem Kopf auf. Eine schwarze Krähe attackierte eine weiße. Daraufhin lieferten sie sich einen Kampf, den erst keiner von beiden dominierte. Sie waren sich ebenbürtig, dennoch hatte ich eine Entscheidung getroffen.

»Ich will gewinnen«, verkündete ich entschlossen und ein triumphierendes Lächeln legte sich auf das Gesicht meines Zwillings, das keine Sekunde später erstarb, als ich mein Schwert anhob und es gegen mich richtete.

»Nein!« Ein entsetztes Keuchen entwich ihm.

Diesmal war ich es, auf dessen Gesicht sich ein irrsinniges Grinsen stahl. Denn wahnsinnig war dieses Unterfangen allemal. Mit einem festen Ruck stach ich die Klinge in mein Herz.

Sobald mich das Schwert durchbohrte, fühlte ich keinen Schmerz, vielmehr breitete sich in mir ein Gefühl von Frieden aus. Ich hoffte inständig, dass es das war, was die Raupe gemeint hatte. Diese Welt war nicht real und somit hoffentlich auch nicht mein Tod.

Ich schreckte hoch und lag an derselben Stelle in der Ruine, an der ich die Besinnung verloren hatte. Für einen kurzen Moment glaubte ich, alles nur geträumt zu haben, und vielleicht lag ich damit auch gar nicht so falsch, wenn ich über die kuriosen Geschehnisse nachdachte, die mir widerfahren waren.

Der Pantomime war verschwunden und ich war überzeugt davon, dass er es diesmal auch bleiben würde.

Mühsam stemmte ich mich auf die Beine und hielt mir meinen pochenden Kopf. Glücklicherweise klangen die Schmerzen allmählich ab, aber die Schwermut, die diese Bilder ausgelöst hatten, blieb. Mein böser Zwilling hatte mir etwas gezeigt, für das ich blind geworden war, und zwar, dass die Gefühle für Elena eine Schwäche darstellten, die mich den Sieg … nein, sogar das Leben kosten könnten.

Ich fühlte, wie ich mich erneut vor der Liebe und vor Elena verschloss. Die Mauer war wieder da. Den Kampf gegen mein Alter Ego mochte ich zwar gewonnen haben, doch zurück blieb das Gefühl, dafür etwas weitaus Gravierenderes verloren zu haben.

Als ich aus der Ruine ins Freie trat, stand die Sonne beinahe im Zenit. Ich schob meinen Hemdsärmel hoch und sah, dass die Zeit bis zum Beginn der nächsten Partie deutlich geschrumpft war. So stark, dass ich mir sicher war, der Rückweg wäre zu lang für die verbliebene Zeit. Ein weiteres Problem stellte das Loch dar, in das ich hineingesprungen war. Wie sollte ich aus diesem wieder herauskommen – ohne ein Seil, an dem ich hochklettern konnte?

Gerade als mich alle Hoffnung auf ein rechtzeitiges Erreichen der nächsten Partie verließ, schwirrte ein großer Käfer durch mein Blickfeld und landete vor mir im Gras. Sein Panzer schillerte metallisch rot im Sonnenlicht und hob sich deutlich vom Grün der Wiese ab. Irgendwie erinnerte er mich an die Käfer, die ich auf dem Jahrmarkt geschenkt bekommen hatte. Ich vernahm ein lautes Surren und seine Flügel, die er leicht anhob, fingen an zu vibrieren. Doch statt abzuheben, rührte er sich nicht vom Fleck. Plötzlich krochen unzählige weitere rote Käfer aus ihren Verstecken hervor und ordneten sich um den ersten herum an. Das mussten sie sein, die *Freunde im Glas*. Sie hatten mich also nicht auf die Attraktion am Jahrmarkt aufmerksam gemacht, in der ich dachte, mich selbst zu finden, sondern, ganz wie der Verkäufer es mir prophezeit hatte, waren sie gekommen, als ich sie am meisten brauchte.

Die Käfer bildeten eine Formation, die an einen Pfeil erinnerte. Ich folgte dem Symbol mit den Augen und sah im Dickicht der umstehenden Bäume einen Weg hervorblitzen. Er lag rechts von mir, in der entgegengesetzten Richtung zur Höhle, aus der ich gekommen war. Ob das auch der richtige Weg war, würde sich zeigen. Mir blieb nichts anderes übrig, als mein Schicksal in die Hand der Insekten zu geben.

»Du bist zu spät«, wurde ich von den Spielwächtern begrüßt, von denen die Frau als Schmetterling verkleidet war und der Mann als Nachtfalter.

»Und dementsprechend ist das Spiel für dich vorbei.« Sie verschränkten unisono die Arme vor der Brust und ihre Mienen waren unerbittlich.

Verbissen blickte ich zwischen den beiden und der weit geöffneten Tür, die in die nächste Partie führte, hin und her. Der Eingang war so nah. Trotz der Hilfe der Käfer hatte sich meine Sanduhr bereits vor wenigen Minuten umgedreht. Noch immer wichen die *Freunde im Glas* nicht von meiner Seite, aber das würde sich wohl gleich ändern, da meine Niederlage besiegelt schien.

»Aber ...«

»Ausnahmen gibt es keine«, unterbrachen sie mich.

Ein lautes Surren erklang, das anschwoll. Ich blickte zu dem Insektenschwarm, der eine menschliche Form annahm. Aus der Käferwolke trat eine hochgewachsene Frau mit langen schwarzen Haaren, die an Schönheit der Schmetterlingsfrau in nichts nachstand. Völlig perplex starrte ich sie an.

»Haben dir die Käfer etwa besser gefallen?«, fragte sie mit erhobener Augenbraue.

»Ich ...«, stammelte ich, woraufhin sie lachte und mir zuzwinkerte.

Die Käferfrau strich sich über ihren roten Rock und stolzierte mit einem gewinnenden Lächeln auf die Spielwächter zu.

Die drei flüsterten und warfen mir hin und wieder einen forschenden Blick zu, während die Zeit weiter verstrich. Skeptisch beäugte ich sie und wurde regelrecht nervös, als sie auseinandertraten.

»Du hast Glück, so eine gute Freundin zu haben. Sie hat sich wahrlich leidenschaftlich für dich eingesetzt«, sagte der Nachtfalter. »Wir lassen dich passieren. Aber zuerst musst du uns versichern, dass dies keine Konsequenzen nach sich ziehen wird.«

Erleichterung durchströmte mich, die sogleich von Irritation abgelöst wurde. »Von welchen Konsequenzen sprecht ihr?«, fragte ich.

»Das ist unwichtig, im Gegensatz zu deinem Wort.« Auffordernd sah mich die Schmetterlingsfrau an, während ich sie verständnislos anstarrte.

Trotzdem reimte ich mir etwas zusammen. »Nun gut, hiermit versichere ich euch, dass euer Handeln weder bestraft noch sonstige Folgen haben wird.«

Beide nickten zufrieden, und nachdem ich mich bei meiner Retterin bedankt hatte, fingen sie endlich an, ihre Hinweise für die Partie zu verkünden.

Schließlich zog ich mir schnell die neue Kleidung an, ohne die ich die Partie nicht betreten durfte, ehe ich durch die Tür schritt.

Diesmal war es leicht gewesen, die Kostümierungen der Spielwächter einzuordnen. Die Frau mit den Schmetterlingen gehörte zu den tagaktiven, wohingegen der Mann mit den Nachtfaltern zu den nachtaktiven Tieren gehörte. Aus seinem Mund war der Rat gekommen, den Spinnfäden zu folgen, um den Ausgang aus dieser Partie zu finden. Deshalb würde ich dies natürlich nicht tun.

Die anderen waren vermutlich längst im *Düsteren Wald.* Sorgenvoll dachte ich an Elena.

Es ist besser, getrennte Wege zu gehen, schoss es mir durch den Kopf. *So ist es leichter, mich auf den Sieg zu konzentrieren.*

Auch wenn ich wusste, dass dies die richtige Einstellung war, fühlte es sich falsch an.

Im Wald stieß ich schon bald auf den ersten langen Faden, der in verschiedenen Farben schillerte. Er befand sich unmittelbar vor meinem Gesicht.

Sofort machte ich kehrt und lief in die entgegengesetzte Richtung.

Eine Weile irrte ich ziellos umher, während der Wald mit jedem Schritt finsterer wurde. Um die Spinnfäden machte ich weiterhin einen großen Bogen, aber da ich das Gefühl hatte, nicht voranzukommen, stellte ich meine gesamte Theorie über die Spielwächter infrage.

Was, wenn der Prinz einfach die Regeln geändert hatte und von nun an die nachtaktiven Tiere die Wahrheit sprachen?

Je länger ich darüber nachdachte, desto mehr Sinn ergab es. Der Prinz schien süchtig nach unserem Leid zu sein und wurde nie müde, neue Wege zu finden, um uns zu quälen.

Ich ballte meine Hand zur Faust. Dabei fiel mein Blick auf meine unversehrten Knöchel. Verwundert stellte ich fest, dass die Verletzungen von dem Porzellangesicht des Pantomimen verschwunden waren. Das verhärtete meinen Verdacht, dass es sich um eine Art Traum gehandelt hatte. Waren die Erinnerungen, die mir mein Zwilling gezeigt hatte, somit auch nur ein Hirngespinst gewesen? So oder so, es war an der Zeit, sich von meinen Mitstreitern loszusagen und zu meinen anfänglichen Prinzipien zurückzukehren. Am Ende konnte es nur einen Gewinner geben und dieser musste ich sein, denn sonst fürchtete ich um meine geistige Gesundheit.

Plötzlich gellte ein Schrei durch den Wald, der mich zusammenzucken ließ. Die Stimme konnte nur zu einer Person gehören: Elena.

Mein Körper reagierte sofort und vergessen war mein Vorsatz, mich von ihr fernzuhalten. Ich rannte in die Richtung, aus der der Schrei gekommen war. Mitten hinein ins dunkle Dickicht.

Ein furchterregender Anblick offenbarte sich mir, sobald ich hinter einem Baumstamm, der mir den Weg versperrte hatte, hervortrat. Elena wurde von den langen schwarzen Beinen einer riesigen Spinne eingekesselt, deren Maul direkt vor ihrem Gesicht war. Sofort war mir klar, die Spinne war ein Schattenwesen, das im Begriff stand, Elena in eine dieser grauenvollen Kreaturen zu verwandeln.

Ich kämpfte mich durch das Unterholz zu Elena vor. Was sollte ich tun? Ihr zu Hilfe eilen und mein eigenes Leben wieder einmal für sie riskieren? Für das Mädchen, das sich in mein Herz geschlichen hatte?

Eine Welle der Verzweiflung überrollte mich.

Als ich ein Wimmern von Elena vernahm, reagierte ich instinktiv. Ich sammelte einen spitzen Stein vom Waldboden auf und rannte damit zu ihr. Tief hängende Äste streiften mein Gesicht und hinterließen Kratzer, während ich durch das Dickicht nach vorne preschte.

Das Maul der Spinne war bedrohlich nah und ich wusste, dass Elena nur noch Sekunden von einem Biss trennten. Eilig holte ich aus und traf mit dem Stein ein Spinnenbein, das daraufhin einknickte. Das Ungetüm fauchte zornig, drehte sich schneller, als es sein großer Körper hatte erahnen lassen, zu mir um, und nun stand ich im Fokus des Monsters.

»Alex«, hörte ich Elenas besorgte Stimme, während die Spinne bedrohlich mit ihrem Kiefer mahlte. Sie würde jederzeit angreifen, da war ich mir sicher.

Mein Blick wanderte zum Stein, der nicht weit weg von mir lag. *Ich werde dir zuvorkommen*, dachte ich verbissen. Prompt lief ich los, hob den Stein auf und hackte mit der spitzen Seite auf den Kopf der Spinne ein. Dabei traf ich eines ihrer acht Augen. Das Ungetüm schrie und wich zurück, aber es floh nicht. Stattdessen bog es seinen Leib unnatürlich durch und plötzlich schossen weiße Fäden aus seinem Hinterteil auf mich zu. Um mein Gesicht zu schützen, fing ich sie mit meinem Arm ab und sie wickelten sich um meine Hand sowie den Stein. Jetzt steckte ich wahrlich in der Klemme, insbesondere, weil die Spinne nun auf mich zustürmte. Ihr gebrochenes Bein schien sie nicht im Geringsten einzuschränken.

Währenddessen näherte sich Elena der Spinne von hinten. Ihrem entschlossenen Gesichtsausdruck nach zu urteilen, wollte sie mir zu Hilfe eilen. War sie denn von allen guten Geistern verlassen?!

»Bleib, wo du bist!«, befahl ich ihr schroff. Doch wie immer hörte sie nicht auf mich.

Keine Sekunde später setzte Elena zum Sprung an. Ein Angriffsschrei verließ ihre Lippen, als sie auf dem Rücken des Schattenwesens landete, der aber zu einem erschrockenen Keuchen wurde, als die Spinne sich aufbäumte. Elena suchte mit ihren Händen nach Halt, fand aber nichts, während die Bewegungen des Ungetüms immer wilder wurden. Nicht mehr lange und Elena würde hinunterfallen.

Eilig versuchte ich die Spinnweben von meinem Arm zu reißen. Doch sie klebten viel zu fest an meiner Haut. Deshalb rieb ich meine Hand an einem Baumstamm. Die Sorge um Elena ließ mich dabei den Atem anhalten. Immer wieder schnellte mein Blick zu ihr. Sie hatte weiterhin große Mühe, sich auf dem Rücken der Spinne zu halten. Nachdem die Rinde die gröbsten Fäden entfernt hatte, brach ich einen langen Ast von einem jungen Baum ab und hoffte, mit dem Stock mehr ausrichten zu können als mit dem Stein. Doch bevor ich mich auf meinen Gegner stürzen konnte, lief er mit Elena auf dem Rücken davon, direkt auf eine Baumgruppe zu.

Ich nahm die Verfolgung auf.

»Elena!«, schrie ich verzweifelt, als die Spinne sich auf ihren Hinterbeinen aufrichtete und sich mit ihrem Rücken gegen eine Tanne warf, sodass Elena dazwischen eingequetscht wurde.

Ihr Gesicht war schmerzverzerrt. Meine Angst um sie steigerte sich ins Unermessliche, vor allem, als Elena mit einem Japsen auf den Boden fiel und sich das Schattenwesen ihr mit aufgerissenem Maul zuwandte. Seine Fangzähne waren bereits viel zu nah. Wenn ich jetzt nichts unternahm, würde ich Elena für immer verlieren. Wie das Schwert im Kampf mit dem Pantomimen erhob ich den Stock und rammte ihn mit sämtlicher Kraft, die ich aufbringen konnte, in den Hinterleib der Spinne. Sie kreischte, als der Ast tief darin versank, da ihre weiche Haut kaum Widerstand bot. Der Laut, den sie von sich gab, war so schrill, dass ich mir am liebsten die Ohren zugehalten hätte. Ich unterdrückte den Impuls und zog stattdessen meinen Stock heraus, nur um ihn gleich darauf ein weiteres Mal in ihrem Hinterleib zu versenken. Erneut gab sie qualvolle Laute von sich, aber dann erwachte ihr Kampfgeist. Bevor ich meine Waffe herausreißen konnte, vibrierte ihr Körper plötzlich. Die Spinne fuhr herum und fauchte aggressiv. Aug in Aug war ich mit meinem Feind und ich wusste, dass ich es zu Ende bringen musste. Wenn nicht die Spinne zu meinem Opfer wurde, dann würde Elena oder ich zu ihrem werden.

Entschlossen trat ich auf sie zu, nahm das Vorderbein, das nicht gebrochen war, zwischen meine Arme und zog mit meiner gesamten Kraft daran. Das Bein riss aus ihrem Körper heraus und schwarzes Sekret ergoss sich über meine Hände. Im selben Moment verspürte ich einen heißen Schmerz in meiner Schulter.

Auch mein Kontrahent war nicht untätig geblieben und aus dem Augenwinkel sah ich, wie die Spinne ihre zuvor versenkten Giftzähne aus meiner Haut zog. Mit einem Mal brannte ein Feuer in mir, das alles zu versengen drohte, und die Erkenntnis, verloren zu haben, schmerzte mehr als der Biss. Meine Sinne wurden taub und ich wankte.

Nur am Rande nahm ich wahr, wie Elena entsetzt meinen Namen rief. Ihre Stimme bahnte sich durch die Taubheit. Für sie musste ich auf den Beinen bleiben und das Schattenwesen mit in mein Verderben reißen. Mit letzter Kraft rammte ich meine Faust in den Kiefer der Spinne und zog einen ihrer Giftzähne heraus. Dann hackte ich wie ein Besessener ein Auge nach dem anderen aus, bis sie nichts mehr sehen konnte. Die Schreie, die sie dabei von sich gab, ließen mich eine gewisse Genugtuung verspüren, die aber in Frust umschlug, als mein Feind die Flucht ergriff und im Dickicht verschwand.

»Du Feigling«, brüllte ich der Spinne hinterher und tat ein taumelnden Schritt nach vorne. Das Blut pumpte durch meine Adern und verteilte das Gift dadurch noch schneller. Ich sank auf die Knie, während das Feuer in mir wütete. Noch nie hatte ich einen vergleichbaren Schmerz gefühlt. Meine Muskeln spannten sich an, krampften unkontrolliert. Kalter Schweiß brach mir aus. Es konnte nicht mehr lange dauern, bis das Gift mich meinen Verstand verlieren ließ.

Das Nächste, was ich spürte, waren Elenas Hände, die sich um mein Gesicht legten. Tränen liefen ihr über die Wangen, während sie unermüdlich auf mich einredete. Ihre Miene war ein Abbild purer Verzweiflung. Leider verstand ich nicht, was sie sagte, da das Gift auch mein Gehör beeinträchtigte. Dafür genoss ich ihre Nähe und ihren Anblick. Selbst jetzt, mit ihrem von Tränen überströmten Gesicht, war sie wunderschön und ich fragte mich im Augenblick meines Todes, wie ich die Entscheidung hatte treffen können, mein Herz vor ihr zu verschließen. Ich sackte in mich zusammen, als der Schmerz seinen Höhepunkt erreichte und ich kurz davor war, das Bewusstsein zu verlieren. Ein qualvolles Stöhnen entwich mir.

Dann begann der Schmerz in Wellen abzuebben und meine benebelten Sinne wurden wieder klarer, sodass nun auch Elenas Stimme deutlicher an mein Ohr drang.

»Alex, du darfst nicht zu einem von ihnen werden«, schluchzte sie. »Du darfst mich nicht verla…« Ihre Stimme brach.

Die Krämpfe hörten allmählich auf und auch das Feuer in mir wurde kleiner, bis es gänzlich erloschen war. Auch wenn ich nicht wusste, ob ich dem Tode tatsächlich entronnen war, genoss ich den Moment ohne Schmerzen in ihrer Nähe.

»Das werde ich nicht«, brachte ich hervor.

Ihre Augen weiteten sich vor Überraschung.

»Mir geht es besser«, schob ich schnell hinterher, denn ich ertrug den Schmerz auf ihrem Gesicht nicht länger.

Sie presste die Lippen zusammen und ihre Augen zeigten mir, dass ihr mein verbesserter Zustand keine Hoffnung gab. Ich befreite mich aus ihren Armen und versuchte aufzustehen, um ihr und vielleicht auch mir selbst zu beweisen, dass ich das Gift besiegt hatte.

Elena half mir dabei, mich aufzurichten.

»Amit hatte sich nach dem Biss zunächst auch gut gefühlt«, berichtete sie. »Bis er dann plötzlich zu dieser Spinne geworden ist.« Ihre Stimme klang erstickt, als würde sie gleich wieder in Tränen ausbrechen.

»Das war Amit?«

Sie nickte. »Ich habe ihn aus einem Netz befreit und nach einer Weile hat er sich in eine von ihnen verwandelt, weil er gebissen worden ist.«

Ich wollte nicht wahrhaben, was sie da sagte, denn ich fühlte mich bei bester Gesundheit. Mein Körper konnte mich nicht täuschen.

Ich trat an sie heran und strich mit einer Hand sanft ihre Tränen von der Wange. »Mir geht es gut«, beteuerte ich.

Sie schüttelte vehement den Kopf. »Nein! Das glaubst du vielleicht, doch dann wirst du den Verstand verlieren und mich angreifen, so, wie Amit es getan hat.« Sie wich vor mir zurück.

Ich griff nach ihrem Arm und hielt ihn fest. »Ich werde mich nicht verwandeln.« Tief blickte ich ihr in die Augen und versuchte, sie davon zu überzeugen, dass es mir gut ging. »Ich werde dir nicht wehtun.«

Zwar wusste ich nicht, woher ich diese Zuversicht nahm, aber sie war da. Fest glaubte ich daran, dass ich nicht zu einem Schattenwesen werden würde.

»Beweis es.«

Irritiert runzelte ich die Stirn, während sich ihre Hände um die geschmacklose rote Halsbinde mit den weißen Punkten legten, die ich von den Spielwächtern erhalten hatte. Geschickt lösten ihre Finger diese. Ihre Berührung jagte wohlige Schauer über meinen Rücken, während ich wie gelähmt dastand und sie gewähren ließ. Mit einem Ruck nahm sie den Gehrock von meinen Schultern und ließ ihn zu Boden fallen.

»Elena?«, fragte ich, während sie schon bei den Knöpfen meiner Weste angelangt war. »Was soll das werden?«

Für einen Moment hielt sie inne und erwiderte meinen Blick. »Mandys und Amits Haut hat sich schwarz verfärbt, bevor sie sich verwandelt haben«, murmelte sie. Die Weste fiel zu Boden. »Ich möchte dir deine Haut zeigen, damit du begreifst, was der Biss mit dir angerichtet hat.«

Sie machte sich an meinen Hemdknöpfen zu schaffen. Mir wurde ihre Nähe auf einmal zu viel und ich griff nach ihren Handgelenken, um sie zu stoppen.

»Ich mache das«, sagte ich, öffnete mein Hemd und warf es zu Boden.

Elena sog scharf die Luft ein, als sie meinen nackten Oberkörper erblickte, und taumelte rückwärts. Die Wunde des Bisses war zwar noch zu sehen, aber um diese befand sich keine schwarz verfärbte Haut. Ihr Entsetzen galt etwas anderem.

»Was sind das alles für Tätowierungen?« Sie deutete mit weit aufgerissenen Augen auf meinen Oberkörper.

Beschwichtigend lächelte ich sie an. Aufgrund der nervenaufreibenden Geschehnisse hatte ich die Zeichnungen auf meiner Haut vollkommen vergessen.

»Hast du so viele Aufgaben schon bewältigt?«, fragte sie und ihr Blick glitt über die vielen Muster, Linien und schwarzen Schattierungen, die sich über meinen Oberkörper zogen.

»Nein, die Aufgaben beschränken sich auf meinen rechten Arm, genau wie bei dir«, erklärte ich und zeigte ihr die neuen Tätowierungen, die sich in ihrem Muster deutlich von den anderen unterschieden. Die Aufgaben-Tätowierungen ähnelten Mandalas, die schwarzen Muster auf meinem Oberkörper hingegen einem Tribal.

»Mit diesen bin ich schon hergekommen«, sagte ich.

Daraufhin zeigte sich noch eine weitere Emotion in ihrem Gesicht: Angst. Etwa vor mir? Das versetzte mir einen Stich.

Elena verschränkte die Arme vor der Brust. »Wer bist du?«

Sie sah mich an, als würde sie mich nicht mehr kennen, und das verletzte mich mehr, als ich es für möglich gehalten hätte.

»Ich weiß es nicht«, erinnerte ich sie und trat langsam einen Schritt auf sie zu. In ruhigem Tonfall fuhr ich fort: »Ich will meine Erinnerungen zurück, um zu erfahren, wer ich wirklich bin. Deswegen bin ich in diesem Spiel. Dann erst weiß ich, woher diese Tätowierungen stammen und was sie bedeuten.«

Ein Funken Verständnis blitzte in ihren moosgrünen Augen auf und sie gab etwas von ihrer abwehrenden Haltung auf.

»Sieh auf meine Schulter. Von dem Biss ist kaum noch was zu erkennen.«

»Das kann nicht sein«, meinte sie ungläubig. »Wie ist das möglich?«

»Wie schon gesagt, ich habe keinen blassen Schimmer. Aber es ist so.«

»Ich glaube dir erst, wenn du mit mir die Partie beendet hast. Denn wie ich beim letzten Mal gelernt habe, können die Schattenwesen sie nicht verlassen.«

Ich nickte. »Dann sollten wir keine weitere Zeit verlieren.« Schnell zog ich mich an. »Weißt du, wie wir hier herausfinden? Ich habe bisher keinen Hinweis entdeckt.«

»Ja.« Sie warf mir einen Blick zu, der mit Skepsis durchtränkt war. Sie traute mir nicht, und das tat unglaublich weh. Ich konnte es nicht ertragen, dass auch sie mich so ansah, wie ich mich selbst oft im Spiegel betrachtete: als würde sie einen Fremden sehen. »Amit hat ihn gefunden. Es war ein Puzzle, in dem jeder nur das sah, was er sehen sollte. Deiner Kleidung nach zu urteilen, sind es bei dir Fliegenpilze.« Elena blickte zu der Halsbinde.

Ich verstand nicht, was sie mir damit sagen wollte, doch da wandte sie sich schon um. Bevor sie weglaufen konnte, griff ich nach ihrem Handgelenk und zog sie mit Schwung zu mir. Sie landete in meinen Armen und ihre Hände legten sich wie von selbst auf meine Brust.

»Ich bin immer noch der Alex, der dich vor dem Verspeisen der Zuckerwatte bewahrt und der dir Trost gespendet hat, als Mandy zu einem Schattenwesen wurde. Aber vor allem bin ich immer noch der Alex, der dich gestern gek…«

Ich unterbrach meine Rede und gab mich dem Impuls hin, sie zu küssen. Manchmal sagten Taten eben doch mehr als Worte. Ich presste meine Lippen auf ihre, um den Augenblick zu wiederholen, der alles zwischen uns verändert hatte.

Erst versteifte sie sich, aber im Rausch des Kusses, der an Leidenschaft den ersten übertraf, ließ sie sich fallen und drückte sich sogar noch enger an mich.

Die intensiven Gefühle, die ihr Körper, gepresst an den meinen, in mir auslöste, überspülten mich und trugen mich davon. Meine Hand wanderte über ihren Rücken und ein wohliges Seufzen entwich ihr, das mich beinahe um den Verstand brachte. Urplötzlich erstarrte sie; erwiderte den Kuss nicht länger. Dann riss sie sich von mir los und wich zurück.

Völlig überrumpelt und noch trunken von unserem Kuss starrte ich sie an. »Elena, was hast du?«

Ihr Gesicht verzerrte sich vor Wut und ihre Hände bebten. »Wag es ja nicht, das noch einmal zu tun!«, zischte sie.

»Was?«, brachte ich hervor. »Was habe ich denn getan? Liegt es an den Tätowierungen oder an dem Spinnenbiss?« Weswegen war sie auf einmal so erzürnt?

»Das fragst du noch?!«, schleuderte sie mir entgegen, ehe sie auf dem Absatz kehrtmachte und davonstürmte.

DIE TODESSCHLUCHT

Elena

Der Spinnenbiss musste doch Auswirkungen auf Alex' Verstand gehabt haben, denn diesen hatte er eindeutig verloren! Was fiel ihm ein, mich einfach so ein zweites Mal zu küssen?!

Zweige peitschten mir ins Gesicht, zerrten an meinem Kleid und verfingen sich in dem dünnen Stoff, doch ich achtete nicht darauf. Es war ohnehin bereits ruiniert. Verbissen rannte ich weiter, hielt stur Ausschau nach den gelben Blümchen, die mir den Weg weisen sollten.

»Elena! Nun warte doch!«, drangen Alex' entfernte Rufe an mein Ohr. »Was ist denn nur los? Du bist ja völlig übergeschnappt!« Übergeschnappt, ich? Der hatte sie wirklich nicht mehr alle!

Aufgelöst, verwirrt und sauer beschleunigte ich meine Schritte noch mehr. Ich stolperte über eine Wurzel und unterdrückte einen Fluch, dann endlich traf mein Blick auf die gelben Blumen, die nicht weit von mir am Fuße einer Eiche wuchsen. Ich spürte einen Funken Erleichterung, denn die Zeit wurde knapp.

Nach einer gefühlten Ewigkeit lichtete sich der Wald und ich fand mich an der Böschung eines Flusses wieder. Ein gutes Stück stromabwärts erblickte ich, vertäut an einem Pfahl, ein schwarz lackiertes Holzboot in Form eines Schwanes. Es hatte Flügel aus schwarzen Federn mit goldenen Details. Am Bug befand sich ein langer geschwungener Schwanenhals samt Kopf, dessen Schnabel ebenfalls golden lackiert war. Die goldene Farbe ließ vermuten, dass es sich um einen weiteren Hinweis handeln könnte. Das Boot war sehr klein und reichte höchstens für zwei Personen.

Im Gegensatz zum dichten Wald war das Licht viel kräftiger und im ersten Moment kam mir alles viel zu grell vor. Das Blau des Wassers war stechend, die lila Blüten der Gräser zu satt, das Gold des Schwans regelrecht schillernd. *Ist das das Ende der Partie?*, fragte ich mich.

Mein Arm kribbelte, als die letzten Sandkörner durch meine Sanduhr hindurchrieselten. *Es musste so sein.* Meine Schritte beschleunigten sich und ich warf einen schnellen Blick über meine Schulter zurück, um sicherzugehen, dass Alex es aus der Partie schaffte. Tatsächlich war er dicht hinter mir.

Ich lief auf das Schwanenboot zu und kämpfte mich durch die kniehohen braunen Grashalme, bis ich es erreicht hatte. Über eine kleine Leiter, die außen angebracht war, stieg ich ein und sah mit wild klopfendem Herzen auf meine mit Rosenblüten umrahmte Sanduhr. Der schwarze Sand war wieder aufgefüllt, nahm beinahe den gesamten oberen Bereich ein. So viel Zeit hatten wir noch nie gehabt.

Plötzlich drehte sich der Schwanenkopf in meine Richtung. »Willkommen an Bord, ich trage dich fort. Weg von diesem gefährlichen Ort.«

»Du … du kannst sprechen?«, stammelte ich.

»Sei für diese Fahrt mein Gast, doch ich warne dich, es gibt keine Rast.«

»Elena!« Alex rannte auf mich zu und keine Sekunde später war er auf dem Boot. Schnaufend stützte er seine Hände auf den Knien ab. »Warum läufst du vor mir davon?«

»Ich habe jetzt keine Zeit dafür«, erwiderte ich eisig.

»Doch, die hast du. Die Partie ist beendet und ich bin immer noch hier. Ich bin kein Schattenwesen, ganz so, wie ich es dir vorausgesagt habe.« Seine grauen Augen verdunkelten sich, als zöge ein Sturm auf.

Meine Gedanken überschlugen sich. Mir war alles zu viel. Die Gefühle für ihn, das eben Erlebte. Natürlich war ich erleichtert, dass der Spinnenbiss ihn nicht verwandelt hatte, dennoch steigerte das meine Skepsis ihm gegenüber nur noch. Ich vertraute ihm nicht mehr, wegen seiner Lügen und Geheimnisse.

»Schön für dich«, erwiderte ich patzig. »Trotzdem glaube ich dir nicht, dass du nichts über deine Tätowierungen weißt. Was, wenn du dir die ganze Sache mit dem Gedächtnisverlust lediglich ausgedacht hast? Vielleicht wolltest du ja nur, dass wir Mitleid mit dir haben.« Wenn das der Fall sein sollte, hätte seine Masche bei mir funktioniert.

»Wie bitte?« Seine Stimme bebte vor unterdrücktem Zorn. »Das meinst du hoffentlich nicht ernst. Aus welchem Grund hätte ich das denn tun sollen?«

»Um dir einen Vorteil zu verschaffen natürlich.« Ich erwiderte seinen finsteren Blick.

»Das ist doch verrückt!«

»Das ist genau deine Art zu denken, Alex«, widersprach ich.

»Elena.« Er blickte mich eindringlich an, beugte sich näher in meine Richtung. »Du weißt, dass du mir vertrauen kannst.«

»Nein, das weiß ich eben nicht. Du warst es, der mich gewarnt hat, zu gutgläubig zu sein. Jetzt endlich befolge ich deinen Rat. Das müsste dich doch zufrieden stellen.«

»Damit meinte ich aber nicht mich.« Seine Stimme war verzweifelt und berührte etwas in meinem Herzen, das ich nicht spüren wollte.

Um ihn nicht länger ansehen zu müssen, machte ich mich daran, das Seil vom Pfahl zu lösen, dessen anderes Ende wie eine Leine um den Hals des Schwans geschlungen war. Meine Finger zitterten, weil ich so aufgewühlt war, und meine Versuche, den Knoten zu lösen, blieben erfolglos.

»Lass mich dir helfen«, sagte Alex und keine Sekunde später erschienen seine Hände in meinem Blickfeld.

Bevor er mir noch zu nahe kam, stieß ich ein resigniertes Seufzen aus und setzte mich auf die schmale Holzbank. Natürlich gelang es ihm ohne Probleme, und anschließend setzte er sich neben mich.

»Auf geht die wilde Fahrt, wie sie schöner nie gewesen wart«, tröte-te der Schwan, während wir uns vom Ufer entfernten. »Ein Mann und eine Frau auf dem Fluss, das verlangt nach einem Kuss.«

»Ein singender Schwan? Das ist nicht dein Ernst!«

»Ich hab den nicht bestellt«, meinte ich mit abwehrend erhobenen Händen.

»Er singt so schief.« Alex verzog das Gesicht.

»Ja, ich weiß.«

Wir versuchten ihn zu ignorieren, was aufgrund der Lautstärke nahezu unmöglich war.

»Verrätst du mir nun, was du hast, oder bist du jetzt die ganze Zeit sauer auf mich?«

»Von mir aus. Wie es aussieht, werde ich dich so schnell eh nicht los«, murrte ich.

Alex warf einen Blick auf seine Sanduhr. Der gruselige Totenkopf und die Motten, die diese zierten, fand ich sehr passend. Mir war Alex im Laufe der letzten Stunden fremd geworden. Wenn ich ehrlich war, fürchtete ich mich sogar vor ihm, auch wenn mein Körper da anderer Meinung war. Als er mich vorhin geküsst hatte, hatte sich mein Verstand für einen Augenblick ausgeschaltet und ich hatte mich fallen lassen. War in unserem Kuss aufgegangen. Doch dann waren die Bilder, die der Hasenbau mir gezeigt hatte, vor meinem inneren Auge aufgetaucht und hatten mir ins Bewusstsein gerufen, was der wahre Grund für unseren ersten Kuss gewesen war.

Ich taxierte Alex aus zusammengekniffenen Augen. »Ich weiß, dass du mich nur geküsst hast, weil es eine Aufgabe vom Schattenprinzen war. Du hast mit meinen Gefühlen gespielt, mir eiskalt etwas vorgemacht. Was glaubst du, wie es für mich war, als ich herausgefunden habe, dass …« Ich brach ab. Meine harte Fassade bekam Risse und ließ meine Verletzlichkeit durchschimmern.

»Elena«, setzte er an. Seine Schultern sackten nach vorne und seine Hand zuckte in meine Richtung, nur um dann kraftlos zurück in seinen Schoß zu sinken. »Woher weißt du es?«

»Spielt das eine Rolle?« Es gelang mir nicht, meine Enttäuschung zu verbergen.

Alex schüttelte bedächtig den Kopf. »Aber dann weißt du auch, dass ich es dir nicht sagen durfte.«

»Du hättest es hinterher tun können. Bevor ich in deinen Armen eingeschlafen bin, wäre genug Zeit dafür gewesen.«

Er presste die Lippen zu einem schmalen Strich zusammen und zuckte hilflos die Achseln. »Wir hatten gerade die Partie überstanden und ich war noch völlig außer mir wegen der Nachtschwärmer, aber vor allem wegen deiner Nähe. Du berauschst, nein, betörst mich, Elena. Schon die ganze Zeit über bist du es, die mich anzieht, und das macht mir Angst.«

Er blickte mich mit einer derart entwaffnenden Ehrlichkeit an, dass ich schwer schluckte. »Meinst du das ernst?«

»So ernst, wie mir noch nie etwas im Leben war.« Seine Stimme nahm einen flehenden Unterton an. »Bitte, Elena, du musst mir glauben.«

»Nein«, unterbrach ich ihn brüsk. »Ich muss gar nichts. Zuerst sagst du mir, wohin du heute Morgen verschwunden bist.«

Alex wand sich sichtlich unter meinem Blick. Er strich sich eine Strähne seines schwarzen Haars hinters Ohr, die der Wind in sein Gesicht geweht hatte, und kratzte sich anschließend am Kinn, um das sich mittlerweile ein dunkler Bartschatten gelegt hatte, der ihm etwas

Verwegenes verlieh. Ich verspürte ein Ziehen in meinem Unterleib, doch ich ignorierte es. Alex sah trotz unserer Strapazen gut aus. Die Tätowierungen auf seiner Haut und der leichte Bart ließen ihn noch männlicher wirken, als er es ohnehin schon tat.

»Ein Pärchen auf meinem Rücken, welch ein Entzücken! Ach, ist das nicht schön? Daran könnt ich mich glatt gewöhn'«, sang der Schwan ungeachtet unserer Auseinandersetzung.

Der Fluss verlief mit einer kontinuierlichen Biegung nach rechts. Die ganze Zeit schon fuhren wir an einem dichten Wald entlang, der vermutlich unsere eben absolvierte Partie darstellte. Ich fragte mich, ob wir uns vielleicht gerade zwischen zwei Ringen der Spieluhr befanden, die das Wasser voneinander abgrenzte. Es würde zumindest den Flusslauf erklären.

»Ich hatte eine Aufgabe zu erledigen«, antwortete Alex, nachdem ich schon gar nicht mehr mit einer Antwort gerechnet hatte. »Der Schattenprinz wollte, dass ich mich meinem Zwilling im Zweikampf stelle.«

Bei seinen Worten horchte ich auf. »Deinem Zwilling?«

Er nickte. »Mein böses Alter Ego.«

»Hast du ihn besiegt?«

»Ja, und danach bin ich direkt zum *Düsteren Wald* aufgebrochen und habe dich von der Spinne eingekesselt vorgefunden.« Sein Kiefer nahm einen angespannten Zug an.

»Und mich gerettet«, ergänzte ich.

Ich sah in seinem Blick, dass wir beide das Gleiche dachten: Wenn er nicht gekommen wäre, wäre ich jetzt ein Schattenwesen – genau wie Amit.

»Dir geht es wirklich gut?«, hakte ich nach.

»Elena.« Alex stöhnte. »Wie oft soll ich dir noch versichern, dass der Spinnenbiss mir keinen Schaden zugefügt hat?«

»Schon gut, ich glaube dir, auch wenn ich nicht verstehe, wieso er dir nichts anhaben kann.«

»Das wüsste ich auch gerne. Aber ich bin einfach nur erleichtert, dass es so ist.«

»Eines muss ich noch fragen: Wieso hast du mich nicht geweckt? Kannst du dir vorstellen, wie es für mich war, aufzuwachen und du warst plötzlich verschwunden? Ich hatte nur Lyra als Gesellschaft.« Ich sprach ihren Namen mit deutlicher Abneigung in der Stimme aus.

Seine Brauen schoben sich zusammen. Zwei besorgte schwarze Wellen, in einem Meer aus Blässe. »Wieso das? Sind die anderen beiden nicht gekommen?«

Natürlich! Alex wusste nicht, was letzte Nacht passiert war. Nur mir hatte der Hasenbau die Ereignisse der Abendveranstaltung offenbart.

Ich brachte ihn auf den aktuellen Stand der Dinge, indem ich ihm von meiner Aufgabe erzählte und was der Hasenbau mir gezeigt hatte. »Lyra hat gesehen, wie wir uns geküsst haben. Daraufhin hat sie Robert und Amit überredet, ohne uns loszuziehen, weil sie dachte, unser Kuss wäre ein Zeichen dafür, dass wir uns gegen sie verbündet hatten. Im Labyrinth wurden die drei von Nachtschwärmern eingekesselt und Lyra hat Robert in die Fänge eines Angreifers gestoßen, um zu entkommen.« Die Worte laut auszusprechen, erfüllte meinen Mund mit Bitterkeit. »Amit und sie sind anschließend getrennte Wege gegangen. Sie hat uns eiskalt ins Gesicht gelogen, als wir sie nach dem Verbleib der anderen beiden gefragt haben.« Ich verzog das Gesicht.

»Dieses hinterhältige Miststück!«, stieß Alex hervor.

»Da sind wir mal einer Meinung. Jedenfalls habe ich im Wald Amit gefunden, doch von Lyra keine Spur. Bist du ihr begegnet?«

Hinter Alex' sturmgrauen Augen tobte ein Unwetter und er ballte die Fäuste. »Nein.«

Ich beobachtete jede seiner Gefühlsregungen genauestens. Ich hatte erwartet, Kummer oder Trauer in seinem Blick zu finden, stattdessen war da nur Härte, gepaart mit einem entschlossenen Zug um den Mund.

»Ich bin mir sicher, sie ist noch im Spiel.« Lyra war nicht so schnell kleinzukriegen. Selbst wenn es kein Lebenszeichen von ihr gab, spürte ein Teil von mir, dass sie noch da war. »Sie hat den Wald vor uns verlassen, hinterher war ja kaum Zeit.«

Ich bemerkte, wie sich Alex neben mir anspannte. »Lyra hat gezeigt, zu was sie fähig ist. Sie wird alles versuchen, um uns loszuwerden.«

Die Worte von Alex hallten in meinen Gedanken nach. Das Spiel hatte sich mit jeder Partie gesteigert, war immer grausamer geworden. Diese Welt hatte uns verändert. Hatte eine Dunkelheit in uns entstehen lassen, der wir nicht entfliehen konnten. Bei Lyra war sie schon immer da gewesen und hatte sich nun einen Weg gebahnt.

Kurz sah ich zu Alex, dessen Blick auf dem Wasser ruhte. Bei ihm war es anders, er war zu Anfang kühl und distanziert gewesen. Heute jedoch hatte er mir seine Gefühle offen gezeigt. Trotzdem zweifelte ich noch immer an seinen Beweggründen. Auch wenn ich ihm gerne glauben wollte, musste ich wachsam sein, mein Herz und mich schützen. Ich riss meinen Blick von ihm los, als ein verwittertes Holzschild in unser Sichtfeld kam. In großen roten Lettern stand *Vorsicht vor dem Wasserfall* geschrieben und mein Puls beschleunigte sich sofort wieder.

»Bei den Schatten …«, setzte Alex an, der es gleichzeitig mit mir gelesen hatte.

Der Schwan sang unbeirrt seine Lieder weiter, doch ich achtete nicht auf den Text.

»Hey, du.« Alex klopfte ihm auf den Kopf. »Kannst du mal ans Ufer ranfahren?«

Der Schwan reagierte nicht.

»Was machen wir nun?« Alex sah sich hektisch um.

Zwei Holzstiele lugten unter der Bank hervor und er zog sie heraus. Es waren zwei goldene Paddel, die wie Schwanenfüße geformt waren. Alex reichte mir eines.

Das andere hob er an, um es durch ein dafür vorgesehenes Loch im Rand des Boots durchzuführen. Dabei reflektierte etwas metallisch das Sonnenlicht.

»Warte, da ist was dran befestigt.«

Er hielt in der Bewegung inne und sah es nun ebenfalls. An dem Schwanenfuß war mit einer Schnur ein goldenes Kästchen festgebunden. Geschickt löste Alex den Knoten und öffnete den Deckel. In dem Kästchen befand sich ein silberner Kompass. »Hier.« Alex nahm ihn heraus und warf ihn mir zu, während er sein Paddel im Fluss versenkte und wie verrückt ruderte, um das Boot ans andere Ufer zu lenken.

Ich betrachtete den Kompass, dessen Nadel, dem Stand der Sonne nach zu urteilen, nicht nach Norden zeigte. Ich klopfte auf das Gehäuse, aber anscheinend war der Kompass defekt, denn die Nadel bewegte sich weiterhin nicht in die richtige Richtung. Als ich ihn umdrehte, entdeckte ich eine Gravur.

Das, was du vermisst,
findest du, wenn du im Schloss bist.
Greif zu und es ist dein,
doch musst du schneller als die anderen sein.

Etwas Ähnliches hatten auch die Spielregeln besagt. Um meinen Gewinn einzufordern, musste ich die letzte Partie im Schloss als Erste bewältigen. Dann würde ich endlich meinen Vater zurückerhalten. Ein schmerzhaftes Ziehen machte sich in meiner Brust bemerkbar. Ich vermisste ihn selbst nach all der Zeit immer noch unglaublich. Alex war zu sehr mit Rudern beschäftigt, um dem Kompass mehr Beachtung zu schenken. Ich verstaute ihn in meiner Rocktasche, ohne ihm von der Gravur zu erzählen. Das Schloss war das Ziel und es rückte langsam näher. Vier Partien hatten wir bereits bewältigt, zwei lagen noch vor uns. Der Kompass erinnerte mich auf unangenehme Weise daran, dass es nur einen Gewinner geben konnte. Nur ein Wunsch würde erfüllt werden. Und ich musste alles daransetzen, dass es meiner war. Schließlich ging es um meinen Vater.

Inzwischen stand das Boot schräg zum Flusslauf. »Elena, hilf mir mal, du musst auf der anderen Seite paddeln.«

Ich versenkte mein Paddel im Wasser und gab mein Bestes, damit wir so schnell wie möglich ans andere Ufer gelangten, doch die Strömung war gegen uns.

Schon tauchte ein weiteres Schild auf. Diesmal standen nur zwei Wörter in Großbuchstaben darauf: *GEFAHR WASSERFALL!*

Tatsächlich konnte ich sehen, wie der Fluss in einigem Abstand vor uns an einer scharfen Kante abbrach und verschwand.

»Schneller!«, rief ich und verdoppelte meine Anstrengungen.

Kurz blitzte es amüsiert in Alex' Augen auf, weil nun ich diejenige war, die uns zur Eile antrieb, ehe er ebenfalls einen Zahn zulegte. Mit vereinten Kräften paddelten wir, was das Zeug hielt. Mir wurde heiß vor Anstrengung, aber das rettende Ufer kam nur quälend langsam näher. Dahinter befand sich der Rand einer Stadt, doch bevor ich mir darüber Gedanken machen konnte, was uns dort erwarten würde, musste ich erst einmal aus dem Fluss kommen.

»Ich fürchte, wir müssen springen«, verkündete Alex da schon.

»Was?« Ich musste offenbar genauso entsetzt klingen, wie ich mich fühlte, denn Alex warf mir einen schnellen Blick über die Schulter zu.

»Es ist nicht weit. Wenn wir kräftig genug abspringen, schaffen wir es. Komm, gib mir deine Hand.« Er streckte seine nach mir aus, überließ es aber mir, ob ich sie ergriff.

»Juchhe, gleich beginnt der Spaß! Haltet euch gut fest, sonst werdet ihr nass!«, trötete der Schwan in seinem schrecklich schiefen Gesang.

Nach kurzem Zögern umfasste ich Alex' warme Hand. Er umschloss meine und drückte sie ermutigend. Dann warf er sein Paddel in das

Boot und ich tat das Gleiche mit meinem. Wenn das Boot nicht die Form eines Schwans gehabt hätte, wäre es ein Leichtes, aus dem Boot zu springen. So jedoch mussten wir erst mal auf die Bank steigen, um von dort aus einen Fuß auf den Rand zu setzen. Das Boot schwankte bedrohlich unter unserem Gewicht. Gut zwei Schritt trennten uns vom Ufer und ich hatte meine Zweifel, ob ich es schaffen würde, weit genug zu springen.

»Auf drei«, sagte Alex, zählte und bei drei sprangen wir ab. Dabei ließen wir unsere Hände los.

Ich schaffte es zur steilen Böschung, doch meine Füße rutschten ab. Meine Schuhe und der Saum meines Kleides tauchten in das Wasser ein. Verzweifelt krallte ich mich in die Grasbüschel und irgendwie gelang es mir, mich nach oben zu ziehen, den Abhang hinauf.

Von dort aus beobachtete ich, wie der Schwan geradewegs auf den Wasserfall zufuhr. Kurz vor der Kante breitete er die Flügel aus und begann sie zu schlagen. Langsam hob er ab. Gemächlich flog er den Wasserfall hinab, glitt tiefer und tiefer, bis er sanft auf dem Fluss aufsetzte.

»Wie jetzt? Wir hätten einfach drin sitzen bleiben können?« Ich konnte es nicht fassen.

»Sieht ganz so aus«, sagte Alex und plötzlich mussten wir beide lachen.

Für einen Moment verlor ich mich in seinen Augen, die schimmerten wie geschmolzenes Silber, und alles war wieder gut. Alex legte einen Arm um mich und gemeinsam ließen wir uns mit dem Rücken ins Gras fallen. Doch sobald ich die Lider schloss, um mein Gesicht von der Sonne wärmen zu lassen, zogen vor meinem inneren Auge Schatten auf und spulten die schrecklichen Szenen aus dem *Düsteren Wald* ab. Ich konnte einfach nicht fassen, dass Amit zu der Spinne geworden war, die versucht hatte, mich zu verwandeln und die Alex gezwungen gewesen war, auf solch grausame Weise zu verstümmeln. Es tat weh, das alles noch einmal zu durchleben, aber ich musste es tun, nur so konnte ich versuchen, die Geschehnisse irgendwie zu verarbeiten. Die Bilder huschten aneinander vorbei, ein Eindruck jagte den nächsten und Szenen wechselten so schnell, dass mir beinahe schwindelig wurde. Ich sah, wie Robert von Lyra in die Fänge des Nachtschwärmers gestoßen wurde, hörte die Schreie meines Vaters, dann wieder der Kuss mit Alex auf der Abendveranstaltung. Doch dieses Bild wurde sogleich ersetzt durch Amit, der gefangen im Spinnennetz war, gefolgt von dem Optimismus, als wir gemeinsam das Puzzle lösten. Und schließlich wieder Alex, der von der Spinne gebissen wurde. Ich fühlte erneut diese unbändige Ohnmacht wie in dem Moment, als er in meinen Armen gelegen hatte und ich glaubte, ihn an die Schatten verloren zu haben und nichts dagegen ausrichten konnte. Nun hatte ich an einem Tag Robert und Amit verloren. Und genau wie Mandy waren sie alle durch und durch gute Seelen, die ein Dasein als Schattenwesen nicht verdient hatten. Niemand hatte das. Nicht einmal Lyra, deren Schicksal ich jedoch nicht kannte. Ich konnte fühlen, wie die Wunde, die seit Mandys Verwandlung in mir klaffte, größer wurde; wie ich innerlich zerriss. Meine Finger krampften sich um ein Büschel Gras und rissen es aus der Erde. Plötzlich vernahm ich eine zarte Berührung an meinem Augenlid.

»Es geht dir also noch immer alles sehr nah.«

Ich schlug die Augen auf. Alex hatte sich halb über mir aufgerichtet. Eine einzelne Träne hing an seinem Zeigefinger, die er eingehend betrachtete. Ich rollte mich auf die Seite und stützte meinen Kopf mit einem Arm ab, um ihn besser betrachten zu können.

»Wie sollte es das nicht?«

Seine Miene verhärtete sich, doch sein Blick war traurig. »Warum machst du es dir selbst so schwer?«, flüsterte er, so leise, als würde er nicht wollen, dass ich ihn verstand. »Warum errichtest du keine Mauer um dein Herz?«

»Ich …« Alex wischte meine Träne an einem Grashalm ab, an dem sie wie ein Tautropfen hängen blieb. »Meine Mutter blendet, seitdem mein Vater verschwunden ist, Tag für Tag ihre Emotionen aus, aber dabei ist sie nicht glücklich. Es hilft ihr zu überleben, aber es ist kein richtiges Leben. Nach Mandys Verlust habe ich das zunächst ebenfalls getan, aber ich möchte nicht wie meine Mutter werden …«

Der Sturm in seinen Augen lichtete sich und kurz dachte ich, bis tief auf den Grund seiner Seele blicken zu können.

»Hast … hast du denn eine Mauer?«, wollte ich wissen. Sein Verhalten passte dazu und wie zur Bestätigung schoben sich graue Wolken wie ein Vorhang vor das Tor zu seiner Seele.

»Man braucht Mauern, um zu gewinnen«, gab er knapp zurück.

Ich richtete mich auf. »Also rechnest du noch immer damit, dass ich verlieren werde?« Herausfordernd sah ich ihn an und etwas passierte, das ich nicht von Alex gewohnt war. Er hielt meinem Blick nicht stand, schaute zur Seite und schwieg. Das war mir Antwort genug. Das Spiel neigte sich dem Ende zu und wir konnten die Konkurrenz, die wir füreinander darstellten, nicht mehr lange leugnen. Irgendwann würden wir uns dem stellen müssen. Aber dieser Moment war noch nicht gekommen.

Als hätte Alex meine Gedanken gelesen, legte er einen Arm um meine Schultern und zog mich zu sich heran, ehe er mir einen Kuss auf den Scheitel hauchte. Nein, noch war es nicht so weit. Noch waren wir Verbündete im Spiel des Schattenprinzen.

Ich lehnte meinen Kopf an seine Brust, war froh um seine Nähe. Es war wahrscheinlich einer der letzten friedlichen Momente, die wir noch haben würden. Dennoch ließ mich etwas nicht in Ruhe.

Eine Weile starrte ich gedankenverloren auf den Fluss, ehe ich es aussprach: »Warum hast du mich denn nun nicht geweckt?«

Das leichte Beben hinter mir verriet mir, dass Alex in sich hineinlachte. »Du lässt aber auch gar nicht locker, was?«

Ich wandte meinen Kopf zu ihm nach hinten. Unsere Blicke verbanden sich. »Nein, jedenfalls nicht, wenn meine Neugier einmal geweckt wurde. Deine Antwort eben war unzufriedenstellend. Also?«

»Mir blieb keine Zeit. Irgendwie ging alles so schnell und ich musste zusehen, dass ich meinen bösen Zwilling nicht aus den Augen verlor. Außerdem war ich mir sicher, rechtzeitig zur neuen Partie zurück zu sein, aber dann hat alles viel länger gedauert.«

Irgendetwas an der Art, wie er den Satz beendete, ließ mich vermuten, dass da noch mehr war. Doch offenbar wollte er es mir nicht erzählen. Was verschwieg er mir? *Ich werde einfach nicht schlau aus dir*, dachte ich. *Bist du Freund oder Feind, Alex? Kann ich dir vertrauen?*

Als wir uns erhoben, war mein Kleid, im Gegensatz zu meinen Schuhen, beinahe trocken, sah aber dennoch furchtbar aus. An den Knien war der Stoff eingerissen und auf das Gelb hatten sich grüne und braune Flecken von Gras und Erde gesellt. Alex riss einen Witz über meinen unmöglichen Kleiderverschleiß, dabei sah er nicht viel besser aus. Beim Kampf gegen die Spinne hatte seine Kleidung ebenfalls ganz schön was abbekommen.

Unsere Sanduhren waren noch immer fast voll. Anscheinend durften wir uns eine Nacht ausruhen, bevor es weiterging.

Ich holte den Kompass hervor, dessen Nadel sich neu orientierte, jedoch dem Sonnenstand nach zu urteilen, immer noch nicht nach Norden zeigte.

»Sollen wir ihm trotzdem folgen?« Ich blickte fragend zu Alex.

»Es ist der einzige Hinweis, den wir haben«, erwiderte er.

Das stimmt nicht ganz, korrigierte ich ihn stumm. Das schlechte Gewissen darüber, ihn nicht auf die Gravur auf der Rückseite aufmerksam gemacht zu haben, bereitete mir ein flaues Gefühl.

Das schalkhafte Lächeln, das er mir schenkte, vertrieb das Unwohlsein. »Ein Mädchen, das ich kenne, hat mal gesagt, diese zu ignorieren, wäre kein besonders kluges Vorgehen.«

»Damals, im Sumpf, habe ich von den Spielwächtern gesprochen«, wandte ich ein.

»Und diese geben Hinweise.« Er zwinkerte mir zu, ehe er wieder ernst wurde. »Vielleicht soll der Kompass uns einen ganz speziellen Weg weisen.«

Die Frage war nur, was das Ziel dieses Weges war. Wohin würde uns der Kompass führen? Zum Eingang der nächsten Partie? Das wäre zumindest naheliegend.

»Ich frage mich, wo der Schwan uns wohl hingebracht hätte. Hoffentlich haben wir keinen Nachteil deswegen.«

»Mach dir keine Sorgen«, sagte Alex. »Wir haben genügend Zeit, um es rechtzeitig zur nächsten Partie zu schaffen.«

Seine Zuversicht beruhigte mich und ich blickte auf den Kompass, dessen Nadel in eine Richtung zeigte, die uns weg vom Fluss und hinein in ein Gewirr aus engen Gassen führte. Es schien sich um eine Wohnsiedlung zu handeln, denn über unseren Köpfen spannten sich von einem Gebäude zum anderen diverse Wäscheleinen. Die Häuser waren mehrere Stockwerke hoch und gingen ineinander über. Ihre Fassaden waren in hellen, warmen Farben gestrichen, von denen teilweise der Putz abbröckelte. Neben den Hauseingängen standen große Pflanzenkübel mit blühenden Sträuchern in Violett, Purpurrosa und Weinrot.

»Jeder Ort im Spiel ist ganz anders als der vorherige«, stellte ich fest.

»Ist das in deiner Heimat nicht so?«, fragte Alex.

»Die Architektur und Landschaft in England sind sich schon sehr ähnlich. Hier dagegen habe ich das Gefühl, Landesgrenzen in kürzester Zeit zu überwinden, so verschieden sind die Städte und die Vegetationen.«

Nach einer Weile richtete sich die Nadel neu aus und zeigte auf eine Abzweigung, die wir nehmen sollten. Das tat sie in regelmäßigen Abständen. Jede Gasse führte in mindestens fünf weitere und überall herrschte reges Treiben. Maskierte Einheimische liefen zielstrebig an uns vorbei. Sie wussten, wo sie lang mussten, wir hingegen hatten schon bald die Orientierung verloren.

Während wir durch die Gassen irrten, verschoben sich immer wieder die Mauern und öffneten oder versperrten die Wege. Teilweise mussten wir ziemlich lange warten, bis der Durchgang vor uns wieder frei war und wir der Kompassnadel folgen konnten, die uns lotste.

So viele versperrte Wege wie in diesem Teil der Spieluhr hatte ich noch im ganzen Spiel nicht gesehen, was wohl bedeutete, dass wir uns auf einem der äußeren Ringe befanden, die sich schneller drehten.

Mein Magen knurrte, als wir an ein paar Marktständen vorbeikamen, von denen ein köstlicher Duft zu uns herüberwehte. Mittlerweile war es schon Abend und ich halb am Verhungern. Doch ich hatte nicht vergessen, wie gefährlich die Speisen hier sein konnten. Deshalb versuchte ich, das Essen zu ignorieren, was nicht besonders gut klappte. Gierig schielte ich darauf und wünschte, ich könnte etwas davon probieren.

Wir bogen noch ein paarmal ab, bis wir einen heruntergekommenen Hauseingang erreichten.

»Meinst du, wir sind hier richtig?«, fragte ich.

Alex warf einen skeptischen Blick auf das Gebäude, das nicht besonders einladend aussah, ehe er noch einmal auf den Kompass in meiner Hand schielte. »Die Nadel zeigt eindeutig darauf«, sagte er, klang jedoch nicht überzeugt.

Das Haus befand sich am Ende einer Sackgasse, die blaue Farbe der Fassade war an einigen Stellen abgeblättert und auch der Putz bröckelte. Das *H* von *The Tank Inn* fehlte und die Fenster waren so verdreckt, als wären sie schon seit Jahren nicht mehr geputzt worden.

Nicht gerade anheimelnd, dachte ich. Was sollten wir hier?

»Scheint ein Gasthaus zu sein. Vielleicht bekommen wir hier etwas zu essen.« Ich blickte hoffnungsvoll zum Eingang, wobei ich mir nicht sicher war, ob wir uns hier nicht den Magen verderben würden.

Alex öffnete die Tür, deren Angeln verzogen waren und die dementsprechend laut quietschten, und hielt sie mir auf.

Drinnen empfing uns ein schummriges Licht, das wie eine Art Projektion auf den Boden geworfen wurde, wo es sich wellenförmig bewegte, als wären wir unter Wasser. Und irgendwie waren wir das auch.

Die Wände säumten Glasscheiben, die bis zur Decke reichten, und dahinter befand sich eine einzigartige Unterwasserwelt. Ich erblickte Korallen in Rot, Gelb und Weiß sowie wogendes Seegras, in dem sich die buntesten Fische, die ich jemals gesehen hatte, tummelten. Die Decke und die Wände hinter den Aquarien waren in einem dunklen Blauton gestrichen, sodass sich davor die orangenen, hellblauen und gelb-schwarz gestreiften Fische noch besser abhoben.

»Herzlich willkommen im *Tank Inn*«, begrüßte uns der Mann hinter der Rezeption.

Selbst die Vorderseite der Theke war aus Glas. Dahinter befanden sich Seesterne, die sich gegen die Scheibe drückten.

»Mein Name ist Roger und ich habe euch schon erwartet«, fuhr er fort und holte unter der Theke ein silbernes Tablett hervor, das die Form eines Fisches hatte und auf dem zwei Umschläge lagen. »Die hier sind für euch«, fügte er überflüssigerweise hinzu, denn sie waren mit unseren Namen beschriftet.

Alex und ich griffen jeweils nach dem für uns bestimmten Umschlag. Ich öffnete meinen, zog die Karte hervor und begann zu lesen.

Elena Johnson,

herzlichen Glückwunsch! Du hast es bis zur vorletzten Partie geschafft und dir eine Pause redlich verdient. Verbringe die Nacht im The Tank Inn, *doch gib acht, dass du nicht den Verführungen erliegst. Ich hoffe, wir sehen uns morgen im Schloss.*

Der Schattenprinz

Ich konnte fühlen, wie sich währenddessen ein neues Mandala auf meiner Haut gebildet hatte, das von der Schulter bis zum Schlüsselbein reichte.

»Was steht auf deiner Karte?« Ich hielt Alex meine hin und er zeigte mir seine. Sie waren identisch, bis auf die unterschiedlichen Namen am Anfang.

»Sieht so aus, als wäre es unsere Aufgabe, die Nacht hier zu verbringen.« Alex sah sich im Gasthaus um. »Scheint mir keine besonders schwere zu sein.«

Auf den ersten Blick wirkte es tatsächlich so und deswegen war ich erst recht misstrauisch. Eine echte Verschnaufpause wäre zu schön, um wahr zu sein. Doch ich war mir sicher, so nett war der Schattenprinz nicht.

»Nun, seid ihr so weit? Eure Zimmer stehen bereit«, sagte Roger und hielt zwei Schlüssel in die Höhe. »Wenn ihr mir bitte folgen würdet.«

Er umrundete die Rezeption und steuerte auf eine Treppe zu meiner Linken zu. Als er uns den Rücken zukehrte, bekam ich den Schreck meines Lebens, denn auf seinem Hinterkopf befand sich ein zweites, mit Schuppen überzogenes Gesicht. Als es meine weit aufgerissenen Augen bemerkte, grinste es hämisch.

Alex packte mein Handgelenk. »So eine Spielfigur habe ich schon mal gesehen«, raunte er mir zu. Dabei war er sichtlich blass geworden und drückte ein wenig zu fest zu.

»Was? Wann denn?«

Sein Blick huschte unruhig im Raum hin und her, als würde er jemanden suchen. »Es war ein Mädchen. Ihr zweites Gesicht war mit schwarzen Federn bedeckt.« Er erschauderte bei der Erinnerung daran.

»Du hast meine Tochter Violett bereits getroffen. Wie schön.« Roger hatte unser Gespräch mitangehört. Jetzt wandte er uns wieder seine weniger verstörende Vorderseite zu.

»Tochter?« Alex schluckte vernehmlich.

Wenn ich es nicht besser wüsste, würde ich glauben, er fürchtete sich vor ihr.

»Aber ja! Mein hübsches Mädchen.« Roger strahlte. »Ihr seht sie bestimmt nachher, wenn ihr zum Essen in den Speisesaal kommt.«

»Entschuldigen Sie meine Neugier, aber was genau sind Sie?«, platzte es aus mir heraus.

Falls Roger meine Frage verstimmte, ließ er es sich nicht anmerken.

»Wir sind Figuren mit besonderen Fähigkeiten«, verriet er mir. »Außerhalb des Spiels nennt man uns Wandler, denn wir gehören zu beiden Seiten. Den Schatten und dem Licht.«

Sofort dachte ich an den Uhrmacher. »Wie der Hase?«

»Nicht ganz. Er ist neutral wie die Zeit. Wir nicht. Je nachdem, ob es Tag oder Nacht ist, wandeln wir zwischen Schatten und Licht.«

»Jetzt gerade gehören Sie aber zum Licht, nicht wahr?«, erkundigte ich mich, denn allmählich beschlich mich eine leise Ahnung, was die Herausforderung dieser Aufgabe sein würde.

»Jaja, keine Sorge. Bis der letzte Sonnenstrahl erloschen ist, habe ich die Kontrolle. Danach tausche ich mit Walter die Plätze.«

»Mit Walter?«, fragte ich.

»Walter ist mein zweites Gesicht. Oder auch zweites Ich. Wie man es nimmt.« Roger deutete auf seinen Hinterkopf. »Er übernimmt nachts die Führung. Dann solltet ihr euch besser auf euren Zimmern befinden. Er kann sehr überzeugend sein, wenn ihr versteht, was ich meine.« Roger lächelte freundlich, aber ich war mehr als beunruhigt. Bis zum letzten Sonnenstrahl war nicht mehr allzu viel Zeit. Ein Blick zu Alex zeigte mir, dass es ihm ähnlich ging. Eine winzige Falte hatte sich über seiner Nasenwurzel gebildet.

»Nun kommt.« Roger ging die Stufen hinauf und wir folgten ihm zögerlich.

Den ganzen Weg bis zu unseren Zimmern schnitt uns die Fratze auf seinem Hinterkopf Grimassen und grinste boshaft, sobald sie bemerkte, dass wir uns gruselten.

Unsere Zimmer lagen gegenüber voneinander. Sie waren gewöhnlicher, als die Rezeption es vermuten ließ. Keine Fische. Aber sauber waren sie auf den ersten Blick. Wenigstens etwas.

Roger drückte uns die Schlüssel in die Hand und ließ uns alleine.

Alex und ich vereinbarten, dass wir uns in einer halben Stunde wiedertreffen würden, um das Abendessen noch einnehmen zu können, bevor es dunkel wurde.

Ich nutzte die Zeit, um mich frisch zu machen. Im Bad öffnete ich mein Kleid und drehte den Kopf so zum Spiegel, dass ich meinen Rücken sehen konnte. Auf den Schulterblättern zeichneten sich bereits dunkle Flecken ab, die einen ordentlichen Bluterguss ergeben würden, und zwar dort, wo die Spinne mit mir gegen den Baum geprallt war. Als ich mir die Haare richtete, schmerzte mein Rücken bei jeder Bewegung, aber es war auszuhalten.

Anschließend sah ich mich im Zimmer nach einem neuen Kleid um, nur um festzustellen, dass es keines gab. Dann musste ich wohl erneut in mein in Mitleidenschaft gezogenes gelbes Kleid schlüpfen.

Als ich mich mit Alex auf dem Gang vor unseren Zimmern traf, war er frisch rasiert. Auch seine Haare waren weniger zerzaust, doch aus irgendeinem Grund hatte mir das Wilde an ihm fast ein wenig besser gefallen.

»Bist du fertig?«, drängte er, da ich mich nicht von der Stelle rührte.

Ich nickte, während ich mich beeilte, meine Zimmertür abzuschließen.

»Glaubst du, Lyra ist auch hier?« Ich wandte mich mit dem Schlüssel in der Hand zu ihm um.

Seine Kieferpartie nahm einen harten Zug an. »Das werden wir gleich sehen.«

Das Gasthaus war gut besucht und außer uns machte niemand den Eindruck, als wäre er besorgt wegen den Wandlern. Zumindest nicht, soweit ich das aus unserer Nische in der hinteren Ecke des Speisesaals beurteilen konnte. Ein paar Glühbirnen baumelten von der Decke und sandten spärliches Licht aus. Die Tische waren rechteckige Aquarien, deren oberste Platte aus besonders dickem Glas bestand. In den Wasserbecken befanden sich Seepferdchen, die ständig auf und ab schwammen.

Ich sah mich nervös nach Lyra um, allerdings fehlte von ihr jegliche Spur. Ein Mädchen in einem Kleid, das mit Schuppen bestickt war, die sich auch auf seiner Maske wiederfanden, zog meinen Blick auf sich, weil die Schuppen silbrig glänzten, als ein Strahl der Abendsonne darauf fiel. Es erinnerte mich an eine Regenbogenforelle, da sich auf dem Kleid zusätzlich ein Muster aus schwarzen Punkten befand. Als es mein Starren bemerkte, zwinkerte das Fischmädchen mir zu, ehe es an ihrem Getränk nippte, in dem sich etwas bewegt hatte. Aus der Entfernung konnte ich nicht erkennen, was es war, aber seit dem Axolotl im *The Prince* wunderte mich nichts mehr.

»Wir müssen unbedingt auf die Zeit achten«, sagte ich zu Alex. »Bald schon ist es dunkel.«

Er wurde blass, was ich für eine etwas übertriebene Reaktion auf meine Aussage hielt. Im nächsten Moment trat ein ziemlich hübsches blondes Mädchen mit Stupsnäschen und rosigen Lippen an unseren Tisch und servierte uns das Essen. Sie strahlte Alex an, doch ihr Lächeln wirkte deplatziert, als wäre sie verrückt, was ihrer Schönheit jedoch keinen Abbruch tat.

»Hallo, Spieler«, begrüßte sie ihn in verführerischem Tonfall. »Ich hätte nicht gedacht, dass wir uns hier noch einmal wiedersehen würden. Ich bin Violett.«

»Alex«, entgegnete er knapp und seine Brauen schoben sich zusammen.

Inzwischen hatte sein Gesicht die Farbe von Milch angenommen. Seit wann jagten ihm attraktive Frauen Angst ein? Schon zuvor hatte er angedeutet, dass Violett ein gruseliges zweites Gesicht hatte, aber wie schlimm konnte es schon sein? Ich blickte in ihr bildhübsches Antlitz und konnte mir seine Reaktion auf ihre Anwesenheit beim besten Willen nicht erklären.

»Alex, was für ein stattlicher Name. Und so passend.« Sie klimperte mit ihren langen Wimpern, während seine Miene unbewegt blieb.

Ein kleiner Stich durchfuhr mich, als Violett so offensichtlich Alex umgarnte. Sie hatte nur Augen für ihn. Wie ich hieß, interessierte sie nicht einmal.

»Ich hoffe, du gewinnst morgen.« Sie schürzte ihre vollen Lippen. »Das wäre ein Anlass, den wir beide gebührend feiern sollten.« Violett zwinkerte ihm zu, ehe sie sich umdrehte und davonstolzierte. Auf einmal waren ihre blonden Haare verschwunden. Stattdessen wanden sich schwarze Locken um ein mit Federn bedecktes Gesicht, in dessen Augen ein wahnsinniges Funkeln lag. Obwohl ich wusste, dass sie die Tochter von Roger und damit eine Wandlerin war, erschrak ich. Die Fratze bemerkte es und streckte mir die Zunge heraus.

Jetzt verstand ich, wieso Violett Alex so verstört hatte. Auf ihn musste ihre Schönheit noch mehr Wirkung gehabt haben als auf mich, darum war der Schock für ihn umso größer gewesen, als er ihr zweites Gesicht gesehen hatte.

»Wandler.« Alex schnaubte. »Ich finde sie fast abstoßender als die Schattenwesen. Du nicht?«

Ich zuckte die Achseln. Schweigend wandten wir uns unserem Essen zu. Zu meiner Überraschung sah es köstlich aus und roch auch so. Es gab Hackbraten mit Bratkartoffeln und ich aß alles bis auf den letzten Bissen auf.

Nach dem Essen griff Alex wie beiläufig nach meiner Hand und streichelte diese. Ich entspannte mich unter seiner Berührung und vergaß meine Sorgen wegen Lyra, die immer noch nicht aufgetaucht war. In seinen grauen Augen lag eine Wärme, die mich an die Rauchschwaden eines gemütlichen Kaminfeuers erinnerte und die nur mir galt. Sie vermochte es, mein Misstrauen ihm gegenüber zum Schmelzen zu bringen. Seine Gefühle für mich waren echt, das konnte ich sehen.

Ich verflocht meine Finger mit seinen. »Morgen um diese Zeit ist es endlich vorbei. Danach kehren wir wieder nach Hause zurück, nur was wird dann aus uns?«

»Darüber sollten wir uns Gedanken machen, wenn es so weit ist.«

»Du hast keine Ahnung, wo du lebst, oder? Wie soll ich dich in unserer Welt wiederfinden?«

»Wer sagt, dass ich mein Gedächtnis nicht zurückbekomme und dir diese Frage morgen nicht beantworten kann?« Ein merkwürdiger Unterton schwang in seiner Stimme mit.

Ich biss mir auf die Zunge. Alex hatte immer noch vor, dieses Spiel zu gewinnen. Und warum auch nicht? Jeder von uns hatte den Sieg verdient. Kein Wunsch war mehr oder weniger wert. Aber würde ich Alex noch mit den gleichen Augen sehen, wenn er gewann? Morgen könnte sich alles ändern. Das Spiel war unberechenbar und umso mehr wünschte ich mir ein paar letzte friedvolle Stunden in Alex' Armen.

»Lass uns einander jetzt nicht den Abend verderben, indem wir uns darüber den Kopf zerbrechen«, sagte er, als hätte er meine Gedanken gelesen, und schenkte mir ein entwaffnendes Lächeln.

Unauffällig lehnte ich mich an ihn, genoss seine Nähe, seinen einzigartigen Geruch, die Wärme, die er ausstrahlte. Er war mir in dieser kurzen, aber intensiven Zeit so wichtig geworden, dass ich mir in diesem Augenblick ein Leben nach dem Spiel ohne Alex kaum mehr vorstellen konnte.

»Elena«, murmelte er mit rauer Stimme und strich mir sanft eine Strähne hinters Ohr. »Woran denkst du?«

»Nichts Besonderes.«

»Nichts Besonderes also?« Er lüpfte anzüglich die Augenbrauen und ließ seine Hand diskret unter meinen Haaren langsam an meinem Hals hinabgleiten. Sein Daumen fuhr die Windungen der neuen Tätowierung über meinem Schlüsselbein bis zu meiner Schulter nach und hinterließ dabei eine prickelnde Spur auf meiner Haut.

»Na, ihr Turteltäubchen, wollt ihr einen Blick in eure Zukunft werfen?«

Hastig rutschten wir auseinander, denn vor uns am Tisch stand Violett. Nein, nicht Violett, sondern ihr anderes gruseliges Gesicht, das sich jetzt vorne befand.

Ich errötete und sah mich verstohlen im Speisesaal um, in dem auf einmal eine schummrige Atmosphäre herrschte. Die Lichter waren gedämmt worden und es befanden sich deutlich weniger Gäste hier als zuvor. Allesamt wirkten sie, als suchten sie die Verführung. O verflucht, wir hatten tatsächlich die Zeit vergessen, und ich betete, dass uns das nicht zum Verhängnis werden würde.

»Ich kann euch verraten, wer den morgigen Tag nicht überleben wird.« Sie warf den Kopf in den Nacken und lachte schallend. Mit einem Ruck schnellte ihr Kopf nach vorne und ihr Lachen verstummte. Sie platzierte die Kugel auf der Tischplatte, die sie zuvor in den Händen gehalten hatte. Darin schwamm ein einsamer Goldfisch.

Mein Mund wurde trocken. »Jemand wird sterben?«

»Überrascht dich das?« Sie lachte erneut. »Ohne Angstschweiß auch kein Preis!«, flötete sie.

»Violett, wer ist es? Wer wird sterben?«, fragte Alex alarmiert.

»Violett ist dort hinten.« Sie deutete vergnügt auf ihre Rückseite. »Ich bin Aurelia. Soll ich einen Blick für euch in die Kugel werfen?« Ihr Grinsen wurde so breit, dass es geisteskrank wirkte. Eine Gänsehaut bildete sich auf meinen Armen.

»Du würdest das einfach so für uns tun?«, hakte ich argwöhnisch nach.

»Nein, wo denkst du hin? Ihr müsst mich selbstverständlich für meine Weissagung bezahlen.« Sie legte eine Pause ein, in der sie erwartungsvoll zwischen uns hin- und herblickte und dabei zärtlich über die Kugel strich. »Mit einer eurer Tätowierungen.«

»Und wie soll das gehen?«, erkundigte sich Alex mit deutlichem Misstrauen in der Stimme.

»Ganz einfach: Ihr gebt sie mir. Eure Haut verfärbt sich dann an dieser Stelle schwarz.«

Ich sog scharf die Luft ein. »Dann ist es, als hätten wir eine Aufgabe verloren!«

»Schlaues Mädchen«, sagte Aurelia mit einem verzerrten Grinsen, »aber wie ich sehe, habt ihr bisher noch keine verloren. Ihr habt also nichts zu befürchten.«

»Nein.« Entschieden schüttelte ich den Kopf. Wenn wir uns darauf einließen, dürften wir keine weitere Aufgabe mehr verlieren, sonst würden wir in ein Schattenwesen verwandelt werden.

»Nein? Ich glaube, dein Begleiter sieht das anders. Er würde nur zu gerne einen Blick in seine Zukunft werfen. Ist es nicht so?« Sie klimperte mit ihren langen Wimpern und warf sich ihre Locken über die Schulter.

»Oder einen Blick in die Vergangenheit. Kann deine Kugel das auch?«

»Alex!«, rief ich empört und schlug ihm auf den Oberarm. »Wir werden uns nicht auf den Handel einlassen. Hast du vergessen, was auf der Karte stand? Wir sollen uns nicht verführen lassen.«

Alex fuhr sich mit einer Hand durch die schulterlangen Haare. »Ja, du hast recht. Komm, lass uns gehen.«

»Wie schade.« Bedauern lag in Aurelias Stimme. »Ich war mir sicher, du würdest gerne mehr über deine Mutter erfahren wollen.«

Alex erstarrte. »Was weißt du über meine Mutter?«, fuhr er sie an. Plötzlich war seine Miene vor Zorn verzerrt.

»Eine ganze Menge.« Aurelia streichelte erneut die Kugel und der Goldfisch darin schwamm seine Kreise.

»Ich habe es so satt!« Alex' Faust donnerte auf die Tischplatte. »Ständig werden mir Brocken aus meiner Vergangenheit hingeworfen, nach denen ich giere wie ein verhungernder Hund nach einem Stück Knochen! Ab morgen könnt ihr nicht mehr so mit mir umgehen.«

Ich konnte nicht genau erklären, was es war, aber etwas an ihm schüchterte mich ein und Aurelia schien es ähnlich zu gehen, denn ihr Grinsen verschwand.

»Ich wollte nur helfen«, erwiderte sie und klang beleidigt. Sie schnappte sich die Kugel und machte auf dem Absatz kehrt. Violett schürzte ihre rosa Lippen und zwinkerte Alex zum Abschied zu.

»Was war das eben?«

»Ich will nicht darüber reden.« Sein Kiefer war angespannt und sein Blick grimmig. »Komm, wir hauen uns aufs Ohr und morgen sehen wir weiter.«

Unser Weg aus dem Speisesaal führte uns an der Rezeption vorbei, die nun von Walter besetzt wurde.

Er winkte uns zu, doch sein schuppiges Gesicht zog merkwürdige Fratzen. »Wollt ihr Hilfsmittel für die morgige Partie?« Etwas Lauerndes lag in seinem Blick.

»Wir haben genug von dieser Art von Hilfe«, knurrte Alex und betonte dabei das Wort *Hilfe* äußerst abfällig.

Walter zuckte gleichgültig die Achseln. »Die andere war dankbarer als ihr.«

»Die andere?« Nun wurde ich hellhörig. Also war Lyra doch da und sie hatte ein Hilfsmittel erhalten, das wir nicht hatten.

»Ja, die dritte Spielerin«, antwortete er betont gelangweilt.

»Was hat sie von Ihnen bekommen?«, erkundigte sich Alex.

»Weshalb fragst du? Ich dachte, ihr hättet kein Interesse«, entgegnete Walter und bleckte die Zähne. Sie waren spitz wie die eines Raubtiers.

»Nun, wie Sie sehen, haben wir unsere Meinung geändert.«

Überrascht zog ich die Augenbrauen hoch. Hatten wir das?

»Wenn das so ist, dann folgt mir. Ich zeige sie euch.«

Walter führte uns zu einem kleinen Raum, der eher einer Abstellkammer glich. Dabei konnten wir einen Blick auf Roger werfen, der uns freundlich anlächelte.

»Hier ist es.« Er deutete auf einen Stapel Winterkleidung, auf dem zwei Stangen lagen. Eine davon nahm er in die Hand und zog links und rechts die Enden heraus, um sie länger zu machen. »Eine Balancierstange«, erläuterte er. »Glaubt mir, ihr werdet euch morgen selbst verfluchen, wenn ihr sie nicht annehmt.«

»Wofür ist die?«, fragte ich.

»Für die Todesschlucht natürlich«, erklärte Walter. »Und seid gewiss, sie hat den Namen nicht von irgendwoher.« Er lachte und klang dabei nicht minder verrückt als seine Tochter.

»Todesschlucht«, murmelte ich und schluckte schwer. Plötzlich bekam ich ein flaues Gefühl im Magen.

»Was ist der Preis dafür? Derselbe, den Aurelia verlangt hat?« Alex hatte die Arme vor der Brust verschränkt und starrte finster auf den Stapel Winterkleidung.

»Der Preis ist stets derselbe. Gebt mir eine eurer Tätowierungen.«

»Können wir uns kurz beratschlagen?«, fragte ich.

Walter nickte und ich zog Alex aus der Kammer hinaus.

»Wenn wir das tun, dürfen wir keine Aufgabe mehr verlieren. Das ist dir klar, oder?«, zischte ich.

»Werden wir nicht«, erwiderte er zuversichtlich. Für meinen Geschmack etwas zu zuversichtlich. »Schließlich müssen wir nur die Nacht hier drin verbringen. Was soll schon groß passieren?«

»Aber was ist mit der Warnung vor den Verführungen? Was, wenn Walter eine solche ist? Und wir, indem wir das Hilfsmittel annehmen, zusätzlich noch die Aufgabe verlieren.«

»Ich glaube, wir sollten das Risiko eingehen. Morgen ist der finale Tag und ich will nicht das Nachsehen haben. Lyra wird gewinnen, wenn wir uns nicht auf den Handel einlassen, das ist dir klar, oder?«

Innerlich verfluchte ich Lyra einmal mehr.

»Und was, wenn du dich irrst und wir morgen früh in Schattenwesen verwandelt werden?«

»Ich irre mich nicht«, sagte er mit einer Selbstverständlichkeit, die mich ihm vertrauen ließ.

Deshalb gab ich nach. Was hatten wir davon, wenn wir diese Gelegenheit verstreichen ließen und Lyra dafür einen Vorteil bekam?

»Na schön.« Ich knirschte mit den Zähnen. »Lass es uns hinter uns bringen.«

In meinem Zimmer starrte ich auf die große schwarze Fläche, die sich von meinem Handrücken über meinen Unterarm zog, dort, wo Walter die Tätowierung entfernt hatte. Er hatte es mit einer Art Nadel herausgesogen, was unglaublich wehgetan hatte. Nun fühlte sich meine Haut an dieser Stelle seltsam ledern und betäubt an.

Bei Alex war es das Gleiche gewesen. Dafür besaßen wir nun neue Kleidung, zu der ein fliederfarbenes Kleid, ein wärmender Mantel und in Alex' Fall ein Pelzumhang gehörten, sowie die Balancierstangen. Ich konnte nur hoffen, dass es das wert gewesen war.

»Elena, Elena!«, flötete mit einem Mal eine Stimme, die sich verdächtig nach Aurelia anhörte. »Ich weiß, dass du mich hören kannst. Sei ein braves Mädchen und öffne die Tür.«

»Lass mich in Ruhe.«

Ein Geräusch erklang – wie von Fingernägeln, die an der Tür kratzten.

»Nicht doch, bist du denn gar nicht neugierig, was ich von dir will? Ich habe etwas für dich, nur für dich, mit dem du bekommst, was du am meisten begehrst.« Sie machte eine kleine Pause und fügte dann hinzu: »Deinen Vater.«

Ein schmerzhaftes Ziehen machte sich in meinem Herzen bemerkbar und nun wurde ich doch hellhörig. Woher wusste sie von meinem Vater? Bestimmt hatte der Goldfisch es ihr verraten.

»Willst du nicht wissen, was es ist? Doch, du willst!« Sie kicherte schrill. »Ich weiß, du brennst geradezu vor Neugier.«

Verflucht, sie hatte recht! Ich lief zur Tür und öffnete sie einen Spaltbreit. Davor stand Aurelia und schwenkte verführerisch ein Fläschchen.

»Hier, das ist für dich.«

Sie reichte es mir durch den Spalt hindurch und ich betrachtete es skeptisch. »Was ist das?«

In der anderen Hand hielt sie wieder die Kugel mit dem Goldfisch. »Ein paar Tropfen beim Frühstück in den Tee deiner Mitspieler und sie werden die nächsten Stunden gelähmt sein. Dann kannst du dich alleine auf den Weg zum Schloss machen. Na, wie klingt das für dich?«

Ich dachte an meinen Vater und musste zugeben, es klang gut. Dennoch schüttelte ich den Kopf und reichte ihr das Fläschchen zurück. »Tut mir leid, aber ich kann es mir nicht leisten, noch eine Tätowierung zu verlieren.«

»Keine Sorge.« Aurelia hielt mir das Fläschchen auf ihrer ausgestreckten Handfläche abermals entgegen. »Das hier geht aufs Haus.«

Für einen Moment war ich sprachlos. Warum sollte sie das tun? Was hatte Aurelia davon? Und dann fiel es mir wie Schuppen von den Augen: Das war die Verführung, von der der Schattenprinz gesprochen hatte. Wenn ich ihr Geschenk annahm und es einsetzte, würde ich zur Strafe die Aufgabe verlieren und zu einem Schattenwesen mutieren. Hätte ich nicht Walter eine Tätowierung gegeben, ich wäre versucht gewesen, ihr Angebot anzunehmen. So jedoch fiel mir die Entscheidung nicht schwer.

»Nein. Danke.« Entschlossen drückte ich die Tür zu und lief zu meinem Bett.

Ich hörte Aurelia noch eine Weile leise meinen Namen flöten, wie ein Geist, der spukend sein Unwesen trieb. Irgendwann verstummte sie und ich fragte mich, ob sie es nun bei Alex versuchte. Würde sie ihn wieder mit Erinnerungen über seine Mutter locken?

Als wir am nächsten Morgen aus dem *Tank Inn* traten, zeigte der Kompass, der uns gestern den Weg gewiesen hatte, direkt auf die Sackgasse. Stirnrunzelnd schaute ich Alex an, der meinen Blick gleichermaßen verwirrt erwiderte. Er trat einen Schritt in Richtung der Mauer und plötzlich fing die Nadel an, sich wie wild im Kreis zu drehen.

»Toll, der Kompass ist hinüber«, beschwerte ich mich, klopfte gegen das Glas, doch die Nadel drehte sich unaufhörlich weiter. »Und jetzt?«

Ich blickte mich ratlos um, denn die Stadt, in der wir uns befanden, glich einem Labyrinth. Ohne Kompass würden wir uns nur schwer orientieren können. Außerdem hatten wir keine Ahnung, wohin wir überhaupt mussten. Als ich Alex' Blick suchte, stellte ich fest, dass seine Augen etwas in der Sackgasse fixierten.

»Waren die Spieluhren gestern auch schon da?«, fragte er.

Tatsächlich befanden sich in der Mauer am versperrten Ende fünf Spieluhren. Als wir darauf zusteuerten, erkannte ich, was sie darstellten. Eine davon sah aus wie die, die mich in die Welt aus Schatten und Licht gebracht hatte. Auf der nächsten war ein Baum abgebildet, dessen Wurzeln blühten und dessen Krone vertrocknet war. Die dritte Spieluhr zeigte tanzende Paare in Abendgarderobe. Die nächste war wie ein Spinnennetz geformt, auf dem sich mehrere schwarze Spinnen befanden, und die letzte Spieluhr zeigte eine schneebedeckte Berglandschaft mit schwarzen Vögeln, die die Gipfel umkreisten.

»Sieh mal, hier ist etwas im Boden eingelassen.« Alex deutete auf die entsprechende Stelle und ich ging davor in die Hocke.

Eine runde schwarze Steinplatte hob sich vom Kopfsteinpflaster ab, deren Zentrum von mehreren Ringen umgeben war. Diese besaßen Aussparungen, die sich an verschiedenen Positionen befanden. In der Mitte der Steinplatte war die Prägung eines goldenen Greifs und drum herum der erste Ring.

Ich strich mit den Fingerspitzen über das kühle Metall. Hinter dem letzten Ring, am äußersten Rand, befand sich ein kleines Schloss, das silbern glänzte. In der Anordnung erinnerte es mich sofort an die Truhe mit den schwarzen Turmalinen, die ich im Sumpf gefunden hatte. Und natürlich an die Spieluhr, nach der diese Welt aufgebaut worden war.

»Das ist ein weiteres Rätsel«, brachte ich atemlos hervor. »Die Ringe symbolisieren die Mauern dieser Welt, die sich verschieben, und die Lücken sind die passierbaren Wege.«

»Ja, das habe ich auch sofort erkannt. Seltsam, dass das Rätsel diesmal so offensichtlich ist.« Alex berührte das Zentrum. »Der Greif stellt den Jahrmarkt dar und das Schloss ist unser Ziel.« Er kniff die Augen zusammen, während er nachdachte. »Wenn mich nicht alles täuscht, müssen wir die Ringe in die richtige Anordnung bringen, sodass sie den Weg vom Jahrmarkt bis zum Schloss nicht länger blockieren.«

»Ja, ich glaube, so müsste es funktionieren.« Aufregung durchflutete mich.

»Aber wie lassen sie sich bewegen?«, fragte er, während er vergeblich versuchte einen der Ringe herumzudrehen.

Die Spieluhr dreht sich, ständig und stetig, schoss mir das Rätsel der Lochplattenspieluhr wieder durch den Kopf. Hier gab es fünf Ringe für fünf Spieluhren. Das musste die Lösung sein!

»Es sind die Spieluhren!« Ich erhob mich ruckartig und lief zu der ersten. »Eine Spieluhr steht für jede Partie.« Ich drehte die erste, deren kleine Figuren die Fabelwesen des Karussells darstellten.

»Es funktioniert.« Alex staunte, denn tatsächlich bewegte sich der erste Ring auf der Steinplatte, der den Jahrmarkt umgab, ebenfalls.

Alex erhob sich und zusammen drehten wir der Reihe nach die Spieluhren, und zwar so lange, bis die Ringe die richtige Anordnung hatten. Spieluhren hatten uns in diese Welt gebracht und nun würden sie uns zur vorletzten Partie bringen, die uns noch vom Schloss und somit dem Ende unserer Reise trennte. Ein lautes Klicken ertönte, als würde etwas einrasten, und mit Verwunderung beobachtete ich, wie sich der Greif auf der Steinplatte schwarz verfärbte.

Wir starrten gebannt auf die Mauer. Ich hatte erwartet, dass sie sich verschieben würde, doch nichts dergleichen geschah. Fieberhaft überlegte ich, was wir falsch gemacht oder übersehen haben könnten, als ein lautes Grollen ertönte. Im selben Moment öffnete sich der Boden unter unseren Füßen und Alex und ich fielen gemeinsam hinein.

Ein spitzer Schrei entwich mir, doch da landete ich schon in einer mit Stroh ausgepolsterten Lore. Als ich mich gefangen hatte, richtete ich mich auf. Im selben Moment setzte sich das Ding ruckartig in Bewegung und ich stolperte gegen Alex, der seine Arme um mich schlang. Er drehte mich so herum, dass ich mich am Rand der Lore festhalten konnte und er hinter mir stand. Ruckelnd folgte das Gefährt dem durch Schienen vorherbestimmten Weg.

»Denkst du, sie bringt uns zur Todesschlucht?«

»Ich glaube schon«, sagte Alex. »Zumindest würde es Sinn ergeben, dass wir einen Berg hinauffahren.«

Mir kam das Bild der Spieluhr mit der Schneelandschaft in den Sinn. Eine Prophezeiung der bevorstehenden Partie.

Ich genoss es, Alex so nahe zu sein. Ich konnte seinen Atem auf meinem Scheitel spüren und seine Hände lagen links und rechts neben meinen, stützten sich auf dem Eisenrand ab.

In Serpentinen fuhren wir stetig bergauf, und je höher die Lore uns brachte, desto trüber wurde das Licht. Als sie schließlich nach ein paar Minuten ebenso unsanft anhielt, wie sie gestartet war, lag der typisch milchige Schleier, der alle Partien begleitete, über der Szenerie.

Da es keine Tür gab, mussten wir umständlich aus dem Karren klettern. Vor uns ragte der schneebedeckte Gipfel hoch in den Himmel auf und um ihn herum zogen schwarze Vögel ihre Kreise. Auch der Schnee wirkte seltsam fahl, als hätte sich ein Schatten über ihn geworfen.

Die Spielwächter versperrten den Bergpfad, der zum Gipfel hinaufführte. Diesmal waren es zwei Mädchen. Das eine trug ein schillerndes blaugrünes Federkleid und einen Fächer aus glänzenden Pfauenfedern, bei dem ich mich fragte, wozu es den hier oben benötigte. Ihre Wimpern bestanden ebenfalls aus den türkisenen Federn des Pfaus. Das andere Mädchen hingegen war so unscheinbar gekleidet, dass es vermutlich von jedem als Zweites angeschaut wurde. Es hatte ein graues

Kleid an und eine schwarz-weiß gestreifte Maske aufgesetzt, die vermutlich einen Dachs darstellen sollte.

»Willkommen zur vorletzten Partie«, begrüßte uns der Pfau.

»Der Todesschlucht«, ergänzte der Dachs unheilvoll.

»Seid ihr bereit, es zu wagen? Ihr tragt schon mal nicht gänzlich unpassende Kleidung«, stellte der Pfau fest.

Bisher trug ich den Mantel noch über dem Arm, darunter hielt ich die zusammengeschobene Balancierstange, sodass sie nicht auffiel. Ich war mir nicht sicher, ob es nicht eigentlich verboten war, Hilfsmittel mitzubringen, und hielt sie deshalb lieber versteckt. Auch Alex verbarg seine Stange unter dem Umhang aus Fuchspelz.

»Doch ob ihr auch euren Gleichgewichtssinn bei euch tragt, wird sich noch herausstellen«, gab der Dachs zu bedenken.

»Es lauern viele Gefahren in den Bergen, aber manchmal ist es nicht die Dunkelheit, vor der wir uns zu fürchten haben«, meinte der Pfau.

»Du hast wohl deinen Verstand im Austausch für das Kleid hergegeben«, schnappte der Dachs und blickte uns vertrauensvoll an. »Glaubt ihr kein Wort. Die Schatten lauern in der Dunkelheit. Wenn ihr es bis zur Schlucht schaffen wollt, bleibt im Licht.«

»Was fällt dir ein, du dummer Dachs?«, schimpfte der Pfau. »Die Nachtkrähen sollen dich holen. Ihnen zum Fraß sollte ich dich vorwerfen.«

»Versuch es doch!«, zeterte dieser. »Aber du hast doch viel zu viel Angst, dir dein hübsches Kleidchen zu ruinieren, als dass du auch nur einen Fuß auf den Berg setzen würdest.«

»Höre ich da etwa Neid aus deiner Stimme, du graue Maus?«

»Ich bin ein Dachs!«, schrie sie.

Zwei streitende Spielwächterinnen waren ja mal was ganz Neues! Ich wandte mich augenrollend von den beiden ab. Alex' Schultern bebten verräterisch, als er ein Lachen unterdrückte, während er dem Schlagabtausch lauschte.

»Ihr könnt die Partie nun betreten.« Der Pfau trat zur Seite und unterbrach damit die Schimpftirade des Dachses. Das Mädchen deutete mit ausgestrecktem Arm auf den Bergpfad. »Eines noch«, sagte der Pfau. »Nach dieser Partie wird es diesmal keine Pause geben. Schafft ihr es, die Todesschlucht rechtzeitig zu verlassen, werdet ihr direkt zum Schloss gelangen. Dort droht euch nicht länger Gefahr durch die Schatten. Wenn die Zeit aus der Sanduhr abgelaufen ist, könnt ihr den Weg nach Hause antreten, doch seid gewiss, gewinnen werdet ihr so nicht. Nur dem Sieger wird sein Wunsch erfüllt.«

Alex und ich tauschten einen überraschten Blick.

»Dann ist die sechste Partie ohne Schattenwesen?«, fragte Alex.

»Hörst du schlecht?«, motzte der Dachs. »Das hat sie doch eben gesagt.«

»Was dir an Anmut fehlt, machst du nicht gerade durch Höflichkeit wieder wett«, meinte das Pfauenmädchen und strich sich grazil über ihr schillerndes Federkleid.

Die beiden schienen echte Streithähne zu sein.

»Geht jetzt«, sagte der Dachs und gab ebenfalls den Weg frei.

Das ließen wir uns nicht zweimal sagen.

»Und immer schön im Licht bleiben«, rief er uns hinterher.

Mein Unterarm kribbelte und zeitgleich blickten Alex und ich auf unsere Sanduhren. Sie drehten sich um, aber nur wenig schwarzer Sand war zu sehen.

»Ist sie kaputt?«, fragte ich und hatte das Bedürfnis, meinen Arm zu schütteln, als ob dadurch irgendwie mehr Sand erscheinen würde.

Ein Blick auf Alex' Sanduhr zeigte, dass es bei ihm nicht besser aussah.

Er seufzte vernehmlich. »Ich schätze, es bedeutet, wir haben dieses Mal sehr wenig Zeit. Wir sollten uns lieber beeilen.« Bei seinen letzten Worten bildete sich ein grimmiger Zug um seinen Mund.

Schritt um Schritt schlängelte sich der Pfad steil bergauf, doch der Gipfel schien nicht näher zu kommen. Mit zunehmender Höhe wurde es kühler und der Wind blies schärfer. Bald schon zog ich mir den schwarzen Mantel an, der perfekt mit dem Saum meines fliederfarbenen Kleides abschloss. Auch Alex warf sich seinen Pelzumhang über die Schultern.

»Warum heißen sie Nachtkrähen? Sind sie nur bei Nacht aktiv?«, fragte ich.

Seine einzige Antwort war ein Schulterzucken.

Außer grauem Gestein und vereinzelt ein paar Gräsern war nichts zu sehen. Auch keine Schattenwesen. Nur die Vögel kreisten weiterhin um den Gipfel und stießen gelegentlich spitze Schreie aus.

Dies änderte sich jedoch urplötzlich. Es war, als hätten wir eine unsichtbare Grenze überschritten, denn auf einmal wurde einer der Vögel auf uns aufmerksam und stieß mit einem lauten Angriffsschrei auf uns herab. Er raste auf uns zu und mit Erschrecken nahm ich wahr, dass mich die Entfernung zuvor getäuscht hatte. Das Vieh war mindestens so groß wie ein Wolf.

»Sind das etwa …?«

»Nachtkrähen!«, rief Alex und packte mich am Handgelenk. »Los, beeil dich!«

Inzwischen waren wir schon ein eingespieltes Team. Alex trieb mich zur Eile an und ich stolperte ihm hinterher.

Die Angriffsschreie wurden lauter und ich warf einen Blick in den Himmel. Die Nachtkrähe war ganz nah. Und nun wurde mir auch klar, woher sie ihren Namen hatte. Wie ein bedrohlicher Schatten schob sie sich vor die Sonne und verdunkelte den Himmel. Sie brachte die Nacht über uns. Es war, als würden ihre glänzenden schwarzen Federn sämtliches Licht absorbieren. Selbst ihr Schnabel war schwarz, genau wie die Füße mit den langen Krallen, die sie bereits nach uns ausstreckte.

Die Angst, nach dem Vorfall mit dem Greif von einem weiteren spitzen Schnabel verletzt zu werden, trieb mich an. Dennoch war ich nicht schnell genug, denn das Schattenwesen war mit seinen mächtigen Schwingen deutlich schneller.

»Komm schon, Elena, nicht nachlassen.«

Alex zerrte an meinem Arm, aber ich konnte nicht mehr. Meine Lunge brannte von der kalten Luft, meine Oberschenkelmuskeln schmerzten fürchterlich und zu allem Übel wurde es immer finsterer um uns herum.

Als ich den durch Flügelschlagen verursachten Wind in meinem Nacken fühlte, zog ich instinktiv den Kopf ein. Das rettete mir vermutlich das Leben.

»Au!«, heulte ich dennoch auf, als die Nachtkrähe mir ein Büschel Haare ausriss.

Doch ich hatte Glück. Ihre spitzen Krallen hatten nicht über meine Kopfhaut geschabt und mich versehrt. Als ich nach oben blickte, sah ich eine zweite Nachtkrähe auf uns zurasen, die offenbar vorhatte, der ersten Gesellschaft zu leisten.

»Wie sollen wir uns gegen sie wehren? Sie sind riesig«, japste ich. »Vielleicht hilft die Balancierstange?«

»Nein.« Alex zerrte mich weiter, ohne langsamer zu werden. »Wir müssen es aus der Partie rausschaffen, dann können sie uns nicht mehr angreifen.«

»Das schaffen wir nie im Leben. Wir müssen noch den halben Berg umrunden.«

Ein spitzer Schrei erklang, gefolgt von einer weiteren Attacke. Diesmal hatte es das Schattenwesen auf Alex abgesehen. Dieser brachte durch eine geschickte Armbewegung den Fuchspelz zwischen sich und die spitzen Krallen, sodass die Krähe ihn nicht verletzen konnte. Sie krallte sich in den Umhang, während Alex ihren Flügel packte, vermutlich, um ihn zu brechen und sie flugunfähig zu machen. Doch das machte sie nur noch wütender. Mit ihrem spitzen Schnabel hieb sie nach Alex' Hand, der sie gerade noch außer Reichweite ziehen konnte.

Ein paar schwarze Federn segelten zu Boden. Die Krähe zerrte ihm den Umhang von den Schultern. Während sie damit beschäftigt war, rannten wir weiter, denn das zweite Biest hatte uns fast erreicht.

»Da ist eine Höhle«, keuchte ich. Sie lag nur wenige Schritte vor uns und führte in den Berg. »Der Pfau hat gesagt, wir sollen uns nicht vor der Dunkelheit fürchten.«

»Ja, los, komm.«

Alex und ich steuerten auf das finstere Loch zu und schafften es gerade so hinein, bevor der Schnabel der zweiten Nachtkrähe uns erwischen konnte.

Wir liefen so tief in die Dunkelheit hinein, bis wir nicht einmal mehr die Hand vor Augen sahen, doch die Krähen schienen uns tatsächlich nicht zu folgen.

In der Höhle war es kalt, eisig kalt. Die Luft roch nach Schnee, und wenn es nicht so dunkel gewesen wäre, hätte man sicher unsere Atemwölkchen gesehen.

»Alex.« Trotz des Mantels zitterte ich.

»Ja?«

»Was, wenn uns die Nachtkrähen nur nicht gefolgt sind, weil hier drin ein noch viel gefährlicheres Schattenwesen lauert, vor dem sich selbst die Vögel fürchten?«, sprach ich meine Bedenken laut aus.

»Dann stehen unsere Chancen schlecht, das Schloss zu erreichen«, erwiderte er grimmig.

Ein Schaudern befiel mich, vor allem, als ich daran dachte, dass nicht nur sie eine unkalkulierbare Bedrohung darstellen konnten, sondern auch Lyra. Zwar hatten wir einen kleinen Vorsprung gegenüber Lyra. Schließlich hätte sie die Partie nicht vor uns betreten können, da diese immer zum selben Zeitpunkt begannen. Aber nach uns war auch unmöglich, es sei denn, ihr war wie mir eine Stunde genommen worden. Aber selbst wenn Alex und ich wirklich einen Vorsprung hatten, gab es ein ganz entscheidendes Problem: Sollten wir die Todesschlucht überleben, müssten wir uns der Frage stellen, wer von uns gewinnen würde. Der Zeitpunkt, an dem ich aufhören musste, an die anderen zu denken, um mich selbst in den Vordergrund zu stellen, rückte beständig näher. Doch wie sollte ich Alex danach noch in die Augen schauen, wenn ich wusste, dass ich ihn um seine Erinnerungen gebracht hatte? Um sein ganzes bisheriges Leben? Seine Identität?

»Ist dir kalt?«, fragte Alex mit klappernden Zähnen. Der Ärmste hatte ja seinen Umhang an die Nachtkrähen verloren.

Ich hatte nicht nur deswegen gezittert, trotzdem murmelte ich: »Ja.«

Ein schwacher Lichtschein drang durch den Tunnel, der immer heller wurde, je näher wir seiner Quelle kamen.

Der Gang führte zu einem unterirdischen See, dessen Pracht mich ehrfürchtig den Atem anhalten ließ. In der Höhlendecke befand sich ein winziger Spalt, durch den Sonnenlicht hereinfiel. Die spiegelglatte Oberfläche des Sees war komplett zugefroren. Am Rand wuchsen Stalaktiten aus Eis von der Decke und Stalagmiten aus dem Boden und formten riesige Eisskulpturen. Ein paar von ihnen waren zu einem einzigen Eis-Stalagnaten zusammengewachsen.

Doch das Atemberaubendste waren die Höhlenwände selbst, die im reflektierenden Licht glitzerten, als wären sie mit Millionen winziger Diamanten besetzt.

»Wow«, entfuhr es mir und ein Atemwölkchen entwich meinem Mund.

»Es sieht fantastisch aus«, stimmte Alex mir zu. »Wie die Splitter eines Spiegels, der niemals wieder zusammengesetzt werden kann.«

»Die Welt aus Schatten und Licht ist das Faszinierendste, was ich jemals gesehen habe. Ihre grauenvollen Seiten kompensiert sie mit einer Schönheit, die mit nichts aus der realen Welt zu vergleichen ist.«

Für einen Moment hatte ich eine kleine Ahnung, wie es für meinen Vater, den Astrophysiker, gewesen sein musste, als er hier gewesen war – vorausgesetzt, meine Vermutung bewahrheitete sich. Sein Drang, ferne Welten zu erforschen, war schon immer sein größter Antrieb gewesen und in dieser hier gab es so unendlich viel zu entdecken.

»Diese Welt ist unberechenbar«, sagte Alex. »Den Gedanken hatte ich schon des Öfteren.«

Ich griff nach seiner kalten Hand und gemeinsam wagten wir uns auf den vereisten See. Es dauerte eine Weile, bis wir ihn überquert hatten, und als wir uns in den nächsten Tunnel begaben, war der Boden komplett mit Schnee bedeckt. Von vorne drang bereits Licht zu uns, was bedeutete, der Ausgang konnte nicht mehr weit sein. Es ging steil bergab und ich rutschte mehrmals aus, doch schließlich traten wir ins Freie. Der Weg, der um den Berg herumführte, war nicht breiter als zwei Schritt und vor uns erstreckte sich ein nahezu unendlich tiefer Abgrund. Dahinter ragten in der Ferne die anthrazitfarbenen Türme des Schlosses empor und auf einem davon wehte eine Flagge.

Auch hier war das Licht getrübt, verschluckte sämtliche Farben, und durch die karge Felslandschaft wirkte das Schloss äußerst trostlos. Dunkle Pflanzen wanden sich um die Türme. Vermutlich Efeu, doch das konnte ich aus der Entfernung nicht genau ausmachen. Vor dem Tor war die Zugbrücke aus Holz heruntergelassen. Eine Einladung, es zu betreten.

Unwillkürlich fragte ich mich, ob der Schattenprinz gerade hinter einem der Fenster stand und uns mit einem Feldstecher beobachtete. Sofort verfinsterte sich mein Blick.

»Dort ist es«, murmelte ich und starrte weiterhin das Schloss aus zusammengekniffenen Augen an.

Unser Ziel war so nah und gleichzeitig so fern, denn zuerst galt es, die Schlucht vor uns zu überqueren. An einer Stelle spannte sich ein Seil, das in etwa eine Handbreit war. Sollte einer von uns darauf das Gleichgewicht verlieren, würde er in den für die Schlucht namensgebenden Tod stürzen.

»Das ging schneller als erwartet. Anscheinend war die Höhle eine Abkürzung quer durch den Berg«, mutmaßte Alex.

Er zog die Enden seiner Balancierstange heraus. Offenbar hatte er es eilig, denn in seinen Augen lag ein gieriges Funkeln, als er in Richtung Schloss blickte.

»Wir können nicht gleichzeitig das Seil betreten. Dadurch würde es zu sehr ins Schwanken geraten. Deshalb werde ich zuerst gehen«, bestimmte Alex und setzte einen Fuß darauf.

»Aber …«, wollte ich einwenden, doch er unterbrach mich.

»Elena, es geht nicht anders. Vertrau mir.«

Etwas in seinem Blick brachte mich dazu, meine Einwände hinunterzuschlucken. Ich nickte und Alex schaute wieder nach vorne.

Hoch konzentriert wagte er sich mit dem zweiten Fuß auf das Seil. Die Stange hielt er mit beiden Händen vor sich. Ich hatte noch nie in meinem Leben so sehr um jemanden gebangt wie in den folgenden Minuten. Die Schlucht war unglaublich breit und es schien, als käme Alex überhaupt nicht voran. Vorsichtig setzte er Schritt um Schritt auf das Seil. Als er fast bei der Hälfte angelangt war, kam eine Windböe auf und er geriet ins Straucheln. Mein Herz setzte einen Schlag aus und vor Angst wurde mir ganz anders. Er fing sich dank der Balancierstange wieder und setzte seinen Weg quälend langsam fort. Ein paar Mal wackelte das Seil und er geriet abermals ins Straucheln, sogar in eine gefährliche Schieflage, die er jedoch mit Hilfe der Stange erneut ausgleichen konnte. Erst als er seinen Fuß sicher auf festen Boden setzte, atmete ich auf.

Alex drehte sich zu mir um und rief: »Und jetzt du!«

Mit weichen Knien trat ich näher an den Abgrund heran. Unter mir ging es steil bergab. Spitze Felsen ragten in die Höhe, auf denen ich mir, sollte ich stürzen, das Genick brechen oder mich aufspießen würde.

Ich sandte ein Stoßgebet gen Himmel, dass ich die Schlucht heil überqueren würde, während ich die Enden meiner Balancierstange herauszog. Dann setzte ich einen Fuß auf das Seil. Kalter Schweiß brach mir aus, als ich merkte, wie es allein von dieser Berührung anfing zu schwingen.

»Elena, ich weiß, du kannst das! Sieh nicht nach unten! Sieh mich an!«

Ich begegnete Alex' ruhigem Blick, in dem so viel Vertrauen lag. Vertrauen in mich. Tatsächlich schaffte er es, mich so weit zu beruhigen, dass sich meine Beine nicht länger wie Wackelpudding anfühlten. Mein Herz schlug mir bis zum Hals und meine Handflächen waren schweißnass, als ich den zweiten Fuß vom sicheren Boden löste. Den Blick hielt ich starr auf Alex gerichtet. Er war mein Anker, mein Fixpunkt. Sein Blick war es, der mich beruhigte. Ich atmete flach, bereit, den nächsten Schritt zu tun.

Auf einmal veränderte sich sein Gesichtsausdruck. Seine Augen weiteten sich und Panik glomm darin auf, die mich verunsicherte. Was war los? Kam eine der Nachtkrähen angeflogen, um mich zu holen?

»Pass auf!«, schrie er.

Im selben Moment wurde ich an der Schulter gepackt und grob zurückgerissen. Ich landete hart auf dem felsigen Boden.

Über mir ragte Lyra auf und zischte: »Du wirst nicht vor mir die Schlucht überqueren.«

»Lyra«, stammelte ich. »Wo kommst du denn her?«

Sie entriss mir die Balancierstange und schleuderte sie an den Rand, außerhalb meiner Reichweite. »Was ist los, Elena? Du wirkst nicht gerade erfreut, mich zu sehen, und ich frage mich, woran das liegt ...«

Aus ihren zu zwei Schlitzen verengten Augen sandte sie giftige Blicke zu mir herab. Zusammen mit dem straffen Zopf und ihrer bedrohlichen Körperhaltung jagte sie mir Angst ein. Lyra war zu allem entschlossen, das drückte ihre Miene deutlich aus.

Ich rappelte mich auf, und obwohl ich sie ein wenig an Größe überragte, schüchterte sie mich ein.

»Wo bist du gewesen?«

»Nicht nur du hast eine Aufgabe bekommen, die die Zeit der Partie beeinflusst. Ich soll dich schön vom Mann mit dem Zylinder grüßen.«

»Hast du auch in den Hasenbau gesehen?« Ich fragte mich, was dieser Lyra wohl gezeigt hatte.

»Was geht dich das an?«, gab sie, kratzbürstig wie immer, zurück.

»Sag schon, was hast du gesehen?«, ließ ich nicht locker. »Das ist doch der Grund, weshalb du später die Partie betreten hast, weil du eine Stunde verschenkt hast, nicht wahr?«

»Verschenkt? Wo denkst du hin?« Lyra schnaubte abfällig. »Nein, dazugewonnen habe ich eine. Und von einem Bau weiß ich nichts.«

»Die Stunde kam mir ganz recht«, fuhr sie fort und ein gefährliches Funkeln trat in ihre Augen. »So hatte ich genug Zeit, um mich auf die Lauer zu legen. Habt ihr allen Ernstes geglaubt, ich würde nicht bemerken, dass ihr euch einen unfairen Vorteil verschafft habt?« Lyras Blick wanderte zu der am Boden liegenden Balancierstange. »Aber nun werde ich davon profitieren.«

»Wieso unfair? Du warst es doch, die zuerst auf den Handel eingegangen ist. Danach waren wir gezwungen, es ebenfalls zu tun, um nicht das Nachsehen zu haben«, verteidigte ich mich.

»So ein Unsinn! Ich konnte es nicht tun, selbst wenn ich es gewollt hätte.« Lyras Blick huschte zu ihrem Unterarm, der freilag, da sie keine wärmende Winterkleidung besaß, sondern ein Kleid, das schon bessere Zeiten gesehen hatte, bevor er sich wieder auf mich heftete. Allerdings hatte der kurze Moment gereicht, um die Schattenmarkierung auf ihrer Haut zu bemerken.

Verblüfft sog ich die Luft zwischen den Zähnen ein. »Du hast eine Aufgabe verloren.«

»Und wenn schon«, knurrte sie.

Walter hatte uns reingelegt. Ich spürte, wie ich blass wurde. Hätten wir den Handel nicht gemacht, hätte ich Aurelias Fläschchen annehmen können …

»Wie ist es passiert?«

»Willst du das wirklich wissen?« In ihre olivgrünen Augen trat ein bedrohliches Funkeln.

Ich wich einen Schritt zurück.

»Im *Düsteren Wald* war es meine Aufgabe, etwas Selbstloses zu tun, oder sie zu verlieren und dafür nach der Partie vom Hasen eine Extrastunde zu bekommen. Ich hörte Amit, der verzweifelt einen Mädchennamen rief. Nackte Angst zeichnete sich auf seinem Gesicht ab, als er mich in einiger Entfernung passierte. Er rannte wie ein Irrer. Ich bin ihm hinterher und sah, wie er schnurstracks in ihr Netz lief. Die Spinne lauerte bereits hinter den Bäumen. Amit hat mich nicht bemerkt. Und weißt du, was ich getan habe?« Sie machte eine kleine Pause, ehe sie fortfuhr: »Nichts. Ja, ich habe eine Aufgabe verloren, aber auch einen Konkurrenten, und das Beste daran war die Extrastunde. Zudem wusste ich von da an, wie die Partie funktionierte, und bin nicht auf die Spinnen und ihre Schreie hereingefallen, obwohl es verdammt schwer war. Nachdem ich eines ihrer Netze berührt hatte, haben sie versucht, mich auch in ihre Fallen zu locken. Wer weiß, was passiert wäre, wenn ich Amit nicht gesehen hätte. Womöglich hätten sie es auch bei mir geschafft.« Lyra biss sich auf die Unterlippe.

Ich fragte mich, wen die Spinnen bei ihr imitiert hatten. War es auch jemand aus ihrer Familie? Aber dann fiel mir ein, was sie getan hatte, und ich erkannte, dass jegliches Mitgefühl für Lyra vergeudet war. »Du bist schuld, dass Amit jetzt ein Schattenwesen ist. Du gottverdammte ...«

»Klappe!«, schnitt sie mir das Wort ab. »Ein Konkurrent weniger – und jetzt werde ich dafür sorgen, dass es noch einer weniger ist. Von einem Gutmenschen wie dir lasse ich mir nicht den Sieg nehmen.« Sie packte mich an den Schultern und zerrte mich zum Abgrund.

»Elena!«, schrie Alex.

»Bist du von allen guten Geistern verlassen?« Ich klammerte mich an den Stoff ihres Kleides. »Lass mich auf der Stelle los!«

»Dein Wunsch ist mir Befehl!«, höhnte sie und drängte mich weiter zum Abgrund.

Meine Fersen schabten über die Kante. Mit aller Kraft stemmte ich mich gegen Lyra.

»Lyra, lass sie los!«, brüllte Alex. »Sie hat dir nichts getan!«

»Komm über das Seil zurück, dann verschone ich sie!«, rief Lyra.

»So weit würdest du für den Sieg gehen?« Entsetzen schnürte mir die Kehle zu, als ich begriff. »Erst wirfst du Robert den Nachtschwärmern zum Fraß vor, dann lässt du zu, dass Amit gebissen wird, und jetzt willst du mich in den Abgrund werfen?«

»Du weißt es.« Ihre Augen weiteten sich und für einen winzigen Augenblick lockerte sich ihr Griff.

Das nutzte ich, um sie mit meiner gesamten Kraft von mir zu stoßen. Lyra taumelte zurück und ich beeilte mich, von dem Abgrund wegzukommen.

»Hast du geglaubt, ich würde es nicht herausfinden? Dass du mit deiner Lüge durchkommen würdest?« Wut erfasste mich. Heiß und alles verzehrend, wie ich es noch nie zuvor empfunden hatte, weil es gar keine Wut war, wie mir gerade klar wurde, sondern Hass.

»Ich musste es tun. Verstehst du denn nicht? Ich muss gewinnen.« Ein Hauch von Verzweiflung durchzog ihre ansonsten grimmige Miene. »Du weißt, weshalb.«

Ja, ich wusste es. Lyras Familie würde den kommenden Winter vielleicht nicht überstehen und ihr selbst drohte ein Schicksal als Freudenmädchen.

»Sie hatten auch alle einen Herzenswunsch, der es wert war, erfüllt zu werden. Nicht nur du!«, schleuderte ich ihr entgegen.

»Und wenn schon!« Lyra sprang geschmeidig wie eine Katze auf mich zu und griff mich erneut an.

Wir rangen miteinander und ich hatte Mühe, mich gegen sie zu behaupten.

Aus dem Augenwinkel sah ich, wie Alex die ersten Schritte auf dem Seil machte, um mir zu Hilfe zu kommen. Lyra nutzte diesen Moment meiner Unaufmerksamkeit und packte mich an der Kehle. Sie würgte mich, bis ich keine Luft mehr bekam. In meiner Verzweiflung kratzte ich sie im Gesicht. Zwei blutige Striemen erschienen auf ihrer Wange.

»Du Miststück!«, zischte sie, ließ aber von mir ab.

Hustend krümmte ich mich nach vorne und rieb mir den Hals. »Du hast uns alle verraten«, krächzte ich und hustete erneut. »Und das, obwohl ich dich immer verteidigt habe. Ich habe alles getan, damit wir gemeinsam das Schloss erreichen und zumindest alle wieder in unser altes Leben zurückkehren können. Hast du denn gar kein Gewissen?«

»Schweig!«

Um ihren Mund bildete sich ein verkniffener Zug, dann sprang sie mich an und schleuderte mich mit dem Rücken so hart gegen die Felsen hinter mir, dass sämtliche Luft aus meiner Lunge gepresst wurde. Ein qualvolles Stöhnen entwich mir, als mein ohnehin schon malträtierter Rücken auf das Gestein traf. Meine Knie gaben nach und ich sank zu Boden. Für einen Augenblick sah ich nur noch Sterne.

Lyra lief zum Abgrund, und noch bevor sie ihre Hand nach dem Seil ausstrecken konnte, das Alex bereits zur Hälfte überquert hatte, wusste ich, was sie vorhatte.

»Nein«, wollte ich schreien, doch es kam nur ein heiseres Krächzen aus meiner Kehle.

Panik ergriff mich. Wenn ich jetzt nichts unternahm, würde Alex in den sicheren Tod stürzen. Das war Lyras Plan gewesen. Von Anfang an. Sie hatte niemals vorgehabt, als Erste über das Seil zu gehen, sondern als Einzige. Sie wollte sich zuerst Alex entledigen und danach meiner Wenigkeit.

Nachdem ich das begriffen hatte, geschah alles ganz schnell. Ich sah Alex' entsetzten Gesichtsausdruck, als ihm ebenfalls klar wurde, dass er sterben würde; ich fing für den Bruchteil einer Sekunde seinen Blick auf, der seine nackte Angst nicht verbergen konnte. Alex wusste, dass er machtlos war. Ich war die Einzige, die seinen Tod verhindern konnte. Die Sorge um ihn verlieh mir ungeahnte Kräfte und das Blut rauschte durch meine Adern, als ich mich mit den Händen von der Felswand abstieß und mit einem Schrei auf Lyra stürzte. Vergessen waren meine Schmerzen. Jetzt zählte nur noch, Alex' Leben zu retten.

Lyra drehte ihren Kopf in meine Richtung und ihr Mund klappte auf, doch kein Laut drang daraus hervor. Mit ausgestreckten Armen prallte ich gegen sie. Da Lyra über die Schlucht zu dem Seil nach vorne gebeugt dastand, konnte sie sich nicht schnell genug aufrappeln und stürzte durch die Wucht meines Stoßes in den Abgrund.

Instinktiv warf ich mich auf den harten Boden und bekam noch ihre Hand zu fassen. Ein schmerzhafter Ruck ging durch meine Schulter und ich stöhnte voller Pein. Nur mein Griff verhinderte, dass Lyra in den Abgrund fiel. Auch sie umklammerte meine Finger, aber nicht so eisern wie ich die ihren. Ich warf einen Blick hinunter und sah in ihre stechenden Augen. Selbst dem Tode nah war ihr Blick berechnend. »Du dummes, dummes Mädchen!«, rief sie. »Ich hätte Alex und dich fast getötet und trotzdem versuchst du, mich zu retten.«

»Ja«, japste ich. Es war schwer, sie zu halten, und ihre Hand entglitt mir Stück für Stück.

»Komm schon, hilf mit, damit ich dich wieder heraufziehen kann.« Ihre Hand rutschte tiefer und tiefer.

Lyra schüttelte den Kopf. »Es ist zu spät«, sagte sie und in diesem Moment entglitten mir ihre Fingerspitzen.

»Nein!«, rief ich, doch sie hatte recht. Es war zu spät.

Ich vernahm ihren Schrei, während sie fiel, der vielleicht ein oder zwei Sekunden andauerte, sich in meinen Ohren aber wie eine Ewigkeit anhörte. Als sie verstummte, musste ich keinen Blick in den Abgrund werfen, um zu wissen, dass Lyra tot war.

Ihr Schrei hallte in meinem Kopf nach. Ich presste mir die Hände auf die Ohren und sackte zu Boden.

Ich hatte Lyra umgebracht. Einen Menschen getötet. Das Spiel hatte aus mir ein Monster gemacht. Eine Mörderin.

In diesem Augenblick war es egal, dass Lyra das Gleiche mit uns vorgehabt und dass sie Robert und Amit auf dem Gewissen hatte. Es war egal, dass ich durch mein Handeln Alex' und mein Leben gerettet hatte.

Langsam senkte ich die Hände und betrachtete sie, fast so, als würde ich erwarten, Blutspuren darauf zu entdecken. Ich redete mir ein, dass ich Lyra im Grunde einen Gefallen getan hatte. Ich hatte ihr ein ewiges Dasein als Schattenwesen erspart – und das war gnädiger als das Schicksal, das Mandy, Robert und Amit ereilt hatte.

Plötzlich legten sich zwei starke Arme um mich und zogen mich an eine noch stärkere Brust. Beschützten mich und strichen mir beruhigend über den Rücken.

»Elena, alles wird gut. Wir haben es fast geschafft. Bald ist alles vorbei.«

Seine Worte klangen seltsam dumpf in meinen Ohren und seine Berührungen fühlte ich kaum. Ich war wie betäubt.

»Was habe ich getan?«, fragte ich tonlos.

»Du hast mein Leben gerettet.«

Ich hörte ihn kaum. Noch immer hallte Lyras Todesschrei in meinen Ohren nach. Ob ich dieses Geräusch je wieder vergessen könnte?

»Alles wird gut«, wiederholte er.

»Ich habe Lyra umgebracht. Wie könnte jetzt noch alles gut werden?«, schluchzte ich auf.

Als ich die Worte laut aussprach, erwachte ich aus meiner Schockstarre und Sturzbäche ergossen sich aus meinen Augen. Benetzten meine Wangen und versickerten im Stoff von Alex' Gehrock.

»Ohne dich wäre ich jetzt tot«, brachte er mit erstickter Stimme hervor. »Es hieß: mein Leben oder das von Lyra. Und ich weiß nicht, wie ich dir danken soll. Wie ich dir je danken kann.«

»Nicht. Dank mir nicht dafür.«

»Elena, sieh mich an«, forderte er sanft.

Ich hob meinen Kopf und wischte mir fahrig die Tränenspuren von den Wangen.

Sein Blick war ganz weich – wie flüssiges Silber. »Du bist unglaublich mutig und hilfsbereit. Du denkst immer zuerst an andere, bevor du an dich denkst.« Er schüttelte den Kopf, als könne er es selbst nicht glauben. »Du hast mir gezeigt, was Mitgefühl bedeutet, und jetzt werde ich dir helfen, indem ich dich zum Schloss bringe und dir den Sieg überlasse.«

»Wie bitte?«, stammelte ich und konnte ihn für einen Moment nur ungläubig anstarren. Wollte er allen Ernstes meinen Mord auch noch belohnen? »Das wirst du nicht tun.«

»Doch. Es ist das einzig Richtige. Ich gebe meine Erinnerungen für dich auf.«

Ich sah die Wehmut in seinem Blick, den Verzicht, den es ihn kostete, mir meinen Wunsch zu gewähren.

»Du hast es verdient, deinen Vater zurückzubekommen.«

»Aber was ist mit deinem Gedächtnis? Du hast es ebenfalls verdient, dich wieder vollständig zu fühlen. Zu wissen, wer du bist.«

»Ich weiß, wer ich bin. Ich weiß nur nicht, wer ich war.«

»Aber …«

»Elena, lass einmal zu, dass du an erster Stelle stehst.« Seine Stimme war eindringlich. »Ich verdanke dir mein Leben. Dich gewinnen zu lassen, ist das Mindeste, was ich tun kann.«

»Ich … ich weiß nicht, was ich sagen soll.«

»Wie wäre es mit: danke?«, meinte er und ein verschmitztes Lächeln zupfte an seinen Mundwinkeln.

»Danke.« Mein Lächeln missglückte mir. Zu tief saß mir der Schock über die vorangegangenen Ereignisse in den Gliedern.

Ich dachte daran, was Alex gerade für mich aufgegeben hatte. Die schönen wie auch die schlechten Momente aus seiner Vergangenheit wären unwiderruflich ausgelöscht. Ein Teil von Alex wäre ausgelöscht, an den er sich noch nicht einmal erinnern konnte. Er konnte von nun an zwar neue Erinnerungen sammeln, aber das war nur ein schwacher Trost. Es war, als hätte er bisher überhaupt nicht existiert. Als wäre er erst jetzt auf die Welt gekommen, und nun musste er ganz von vorne damit anfangen, herauszufinden, wer er war und was ihm gefiel.

Alex richtete sich auf und streckte mir seine Hand entgegen. »Komm, wir müssen los. Die Zeit ist bald abgelaufen.«

Ich ergriff sie und ließ mich von ihm auf die Beine ziehen. Einen Moment länger als nötig hielt er meine Finger fest, ehe er sich nach meiner zur Seite geworfenen Balancierstange bückte und sie mir reichte.

»Diesmal gehst du voraus«, bestimmte er.

Ein letztes Mal sah ich zu der Stelle, wo Lyra abgestürzt war, und ich schwor mir, wenn ich schon nicht sie hatte retten können, so würde ich doch wenigstens ihrer Familie helfen. Zuvor musste ich allerdings das Spiel beenden.

Zögernd setzte ich einen Fuß auf das Seil. Mit der Balancierstange in beiden Händen zog ich den zweiten Fuß nach. Das Seil vibrierte unter meinem Gewicht. Vorsichtig bewegte ich mich vorwärts. Ich war noch immer so geschockt, dass mir diesmal kein kalter Schweiß ausbrach. Stattdessen fühlte ich mich zittrig – oder war es das Seil, das bebte? Auf jeden Fall war es gut, dass die Todesschlucht meine volle Konzentration verlangte, denn so blieb mir keine Zeit, länger über Lyra nachzudenken. Ich konzentrierte mich einzig auf meine Schritte und darauf, mit der Stange die Schwingungen des Seils so gut wie möglich auszugleichen. Schritt für Schritt näherte ich mich der anderen Seite und versuchte, nicht nach unten zu blicken. Zur Mitte hin wackelte es immer stärker, aber ich ließ mich davon nicht beirren. Stattdessen haftete mein Blick fest auf meinem Ziel. Dem Schloss. Dort würde ich gleich meinen Vater zurückerhalten. Nach all den Jahren.

Als ich den rettenden Schritt auf festen Untergrund machte, durchströmte mich Erleichterung. Im selben Moment kam eine Windböe auf und mein hellblaues Satinband löste sich aus meiner durch den Angriff der Nachtkrähe völlig zerrupften Frisur. Reflexartig streckte ich meine Hand danach aus und erwischte es gerade noch.

Das Band war beschmutzt und an den Rändern eingerissen. Es sah mittlerweile genauso mitgenommen aus, wie ich mich fühlte. Von dem reinen, strahlenden Glanz war nicht mehr viel übrig. Es schien aus einem anderen Leben zu stammen. Einem, in dem es wichtig war, die Etikette zu wahren. In dem Konventionen über allem standen, großer Wert auf höfliche Umgangsformen und ein gepflegtes Äußeres gelegt wurde. Ein Leben, das nicht ferner von meinem jetzigen hätte sein können.

Ein letztes Mal betrachtete ich das Band und die Risse, die auch ich während dieses Spiels bekommen hatte. Schließlich ließ ich es los, denn ich war nicht länger die Elena, zu der das Band gehört hatte. Für einen Moment schien es wie in der Luft erstarrt, dann segelte es gemächlich in den Abgrund.

Hoch und drohend ragte das dunkle Gemäuer über uns auf, als wir die niedergelassene Zugbrücke erreichten. Wir atmeten schwer, während wir sie überquerten. Da sich nur noch ein kleiner Rest Sand oberhalb der Verengung in der Sanduhr befand, hatten wir den verbliebenen Weg rennend zurücklegen müssen. Ein kalter Windzug pfiff über uns hinweg und ließ meine Haare flattern.

Dichte Efeuranken – wie ich es vermutet hatte –, deren dunkle Blätter satt glänzten, wanden sich um die anthrazitfarbenen Steine, aus denen das Schloss errichtet worden war. Ich hob meinen Blick bis zu den Türmen mit den spitz zulaufenden Dächern. Wie die schwarzen Wolken eines Gewitters umhüllte Dunkelheit das Schloss und erzeugte eine unheilvolle Atmosphäre. Das Licht war unnatürlich fahl. Noch gedämpfter als in den Partien selbst. Es kam mir so vor, als wären die

Schatten hier noch präsenter als im restlichen Spiel. Was merkwürdig war, da das Pfauenmädchen uns doch gesagt hatte, in der letzten Partie würde uns keine Gefahr durch die Schatten drohen. Dennoch konnte ich spüren, dass eine geballte dunkle Energie die Festung umgab. Am Ende der Zugbrücke befand sich ein massives Tor aus Akazienholz, auf dem bösartige Kreaturen in Form eines Reliefs dargestellt waren. Bei ihrem Anblick stellten sich mir die Nackenhaare auf.

Ich legte eine Hand um den eisernen Ring, ohne die Tür zu öffnen. Zum ersten Mal war mein Sieg zum Greifen nahe und Vorfreude ermächtigte sich meiner. Bald schon würde ich meinen geliebten Vater wieder in die Arme schließen können. Das Einzige, was mich noch von ihm trennte, war die finale Partie. Anders als im *Düsteren Wald*, als ich nur am Anfang ohne die anderen Spieler gewesen war, wäre ich diesmal komplett auf mich allein gestellt. Aber ich hatte es nicht bis hierher geschafft, um jetzt zu versagen.

Entschlossen machte ich mich ans Werk, doch ich brauchte einiges an Kraft, um das schwere Tor zu öffnen. Als es mir gelang, schwang es mit einem Knarzen auf und gab den Blick in einen dunklen Gang frei.

Ich setzte einen Schritt in das Schloss hinein. Dann noch einen. Nichts geschah. Der Gang vor mir lag wie ausgestorben da.

Plötzlich kribbelte mein Arm, und als ich den Ärmel meines Mantels hochschob, hatte sich die Sanduhr erneut umgedreht. In meiner befand sich eine ähnliche Menge an Sand wie vor dem Eingang zur Todesschlucht.

»Bedeutet das, das Finale hat begonnen?«

»Und wie es aussieht, ist auch diesmal nicht viel Zeit«, stellte Alex mit finsterem Blick auf seinen Unterarm fest.

Ich sah mich in dem Gang um, dessen hohe Decke sich zu einem Kreuzrippengewölbe formte. Eine unheimliche Stille umfing mich.

»Vielleicht müssen wir bis ins Zentrum des Schlosses vordringen, um das Ende einzuläuten«, mutmaßte ich und ging voran.

Unsere Schritte hallten auf dem Marmorfußboden. Fenster um Fenster passierten wir, die allesamt mit einer Art Ruß bedeckt waren, durch den kaum Licht ins Innere drang. Ein goldener Spiegel, der die Form einer Sonne besaß, erregte meine Aufmerksamkeit, da er seltsam deplatziert an diesem grauen Gemäuer wirkte. Als ich hineinblickte, sah ich statt meines Antlitzes leuchtende Buchstaben, wie von Sonnenstrahlen geschrieben.

Lass den Sand verrinnen und du kannst nach Haus,
doch für den Sieg reicht dies nicht aus.
Der Gewinner des Spiels musst du sein,
dann endlich ist der Preis dein.

Noch hatte ich dieses kranke Spiel nicht gewonnen, mir lediglich durch das Betreten des Schlosses das Recht verdient, wieder nach Hause zurückkehren zu dürfen. Weil ich jedoch gewinnen musste, konnte ich die Zeit im Finale nicht untätig verstreichen lassen. Wenigstens musste ich mir keine Sorgen machen, jemand anderes könnte schneller sein als ich, denn außer Alex und mir war kein Spieler mehr übrig, und Alex hatte vor, mir den Sieg zu überlassen.

Trotzdem hatte ich das merkwürdige Gefühl, beobachtet zu werden. Unsichtbare Blicke brannten sich in meinen Rücken, doch da war nichts. Lauernd sah ich mich um.

Schattenprinz, wo bist du? Ich weiß, dass du uns beobachtest. Zeig dich, du Feigling, sandte ich in Gedanken den Gang entlang.

Aus dem Augenwinkel vernahm ich eine dunkle Bewegung, doch als ich in die entsprechende Richtung blickte, war dort nichts außer dem aus groben Stein bestehenden Gemäuer. Wieder sah ich etwas Dunkles durch mein Blickfeld huschen. Diesmal auf der anderen Seite. Etwas Schwarzes tauchte in die Wand ein.

»Hast du das gesehen?« Ängstlich blieb ich stehen und sah Alex an.

»Ein Schattenwesen«, knurrte er.

»Aber wie …«

Plötzlich schoss eine Klaue aus der Wand hervor und ich machte einen Satz nach hinten. Von den Armen tropfte eine zähe Flüssigkeit, ähnlich wie schwarzes Wachs, zu Boden. Ein Kopf schob sich durch die Steine. Mühelos, als tauche es aus einem See empor und keiner Wand. Das Wesen sah grauenvoll aus. Es besaß weder Ohren noch Nase. Nur zwei tiefe Höhlen für die Augen und ein etwas größeres Loch, das sich zu einem furchterregenden Grinsen verzerrte. Dieses jedoch galt nicht mir.

Alex stöhnte und krümmte sich nach vorne, die Hände gegen die Schläfen gepresst, als hätte er unsagbare Kopfschmerzen.

»Was ist mit dir? Was hast du?« Besorgt legte ich ihm eine Hand auf den Rücken.

Er warf einen verzweifelten Blick auf das Schattenwesen, ehe er mit einem Schmerzensschrei auf die Knie stürzte. Seine Haare fielen ihm vors Gesicht. Ein schwarzer Vorhang, der verhinderte, dass ich die Qual in seinen Augen sah.

»Mein Kopf fühlt sich an, als würde er zerbersten«, brachte er stöhnend hervor.

»Was machst du mit ihm?«, fuhr ich das Schattenwesen an. »Lass ihn in Ruhe!«

Es würdigte mich keines Blickes. Seine Augenhöhlen waren starr auf Alex gerichtet und sein Mund bewegte sich, als würde es etwas sagen, doch kein Laut drang daraus hervor.

Ein weiteres Stöhnen entwich Alex, noch qualvoller als das vorherige. Ich überlegte fieberhaft, was ich tun könnte, damit das Schattenwesen von ihm abließ.

Mit einem Mal verstummte Alex und der Schatten tauchte wieder in die Wand ein. Erleichtert atmete ich auf. »Alex?«

Er reagierte nicht. Noch immer hielt er den Kopf gesenkt, wirkte irgendwie in sich gekehrt.

»Alex?« Ich rüttelte sachte an seiner Schulter. »Nun sag doch etwas. Du machst mir Angst …«

Ein leises Lachen erklang und ich brauchte einen Moment, um zu begreifen, dass es von ihm kam. Das Lachen wurde lauter, doch es war kein freudiger Laut, stattdessen schwang eine Spur Hohn darin mit.

»Was ist so lustig?«, erkundigte ich mich.

»Du.« Langsam hob er den Kopf und sein Blick erschütterte mich. Sämtliche Wärme war daraus verschwunden, stattdessen wirkte das Grau seiner Augen hart und kalt. Unbarmherzig wie die feuchten Nebelschwaden an einem trüben Novembertag. Er stemmte sich auf die Beine, bis er hoch über mir aufragte. »Du bist lustig, weil du immer noch nicht begriffen hast, wer die ganze Zeit dein Begleiter war.«

»Wovon redest du?« Ich erhob mich ebenfalls, doch ein beklemmendes Gefühl machte sich in meinem Bauch breit. Hatte das Schattenwesen seine Gedanken verwirrt?

»Kleiner Tipp: Es ist mein Schloss, das du gerade betreten hast.«

Nun war ich mir sicher, dass das Wesen irgendetwas mit seinem Verstand angestellt hatte. »Alex. Du scheinst nicht ganz bei Sinnen zu sein. Das hier ist nicht dein Schloss. Weißt du das nicht mehr?«

»Elena, Elena!«, flötete er. Zum ersten Mal gefiel es mir nicht, wie mein Name aus seinem Mund klang. »Genau das Gegenteil ist der Fall. Endlich weiß ich wieder alles.«

»Was?« Mein Körper reagierte, bevor mein Verstand auch nur ansatzweise begreifen konnte, wovon er da sprach, und wich vor ihm zurück.

»Du hast mich schon verstanden.« Ein perfides Funkeln erschien in seinen Augen.

»Du hast dein Gedächtnis zurückerhalten? Aber wieso? Und wo ist mein Vater?« Suchend sah ich mich um.

Weshalb hatte Alex zurückbekommen, was er schmerzlich vermisste, von meinem Vater aber fehlte jede Spur? Ich hatte das Schloss doch vor ihm betreten.

»Du begreifst es wirklich nicht.« Er seufzte, als wäre meine Begriffsstutzigkeit eine Bürde für ihn. »Das Spiel ist noch nicht vorbei. Hast du dich nicht gefragt, wohin der Schatten so plötzlich verschwunden ist?«

»Doch, schon«, stammelte ich, verwundert über den Themenwechsel. Was hatte das mit meinem Vater zu tun?

»Der Schatten ist weg, weil ich ihm den Befehl dazu erteilt habe.« Etwas Lauerndes lag in seinem Blick. »Komm schon, sprich es aus.«

Meine Gedanken überschlugen sich, als ich versuchte, das eben Erlebte einzuordnen. »Soll das etwa heißen …?« Mit ausgestreckten Händen wich ich weiter vor ihm zurück. Noch immer versperrte sich mein Verstand vor der Wahrheit, die ich tief im Inneren längst ahnte.

»Genau das.« Ein hämischer Zug bildete sich um seine Mundwinkel.

»Nein«, hauchte ich voller Entsetzen und schüttelte stur den Kopf. Das konnte nicht sein. Das durfte nicht sein. *Nein, nein, nein.*

Mein Herz weigerte sich, die Wahrheit zu akzeptieren, während gleichzeitig etwas in mir zerbrach.

Er breitete die Arme in einer einladenden Geste aus. »Ich bin der Schattenprinz. Willkommen in meinem Zuhause.«

DAS SCHLOSS DES SCHATTENPRINZEN

Alex

Pure Euphorie durchströmte mich. Endlich war ich wieder ich selbst!

Ich bin der Schattenprinz!

Die Dunkelheit hatte sich wie ein schützender Mantel um mich gelegt und sperrte alle irritierenden Gefühle in mir aus. Mein Gedächtnis war zurück und somit war ich mir meiner Macht wieder bewusst. Das Gefühl davon war geradezu berauschend und gab mir eine Sicherheit, auf die ich nicht erneut verzichten wollte. Auch nicht für das Strahlen von Elenas moosgrünen Augen, das etwas in mir berührt hatte und nun erloschen war. Stattdessen lag nun bittere Enttäuschung in ihnen. Der Stich, der sich einen Weg direkt zu meinem Herz bahnen wollte, prallte an der Dunkelheit ab.

»Alex, was redest du da?« Ihre Stimme zitterte. »Du bist nicht der Schattenprinz.«

Ich schnaubte belustigt. »Du irrst dich. Ich bin nicht Alex. Jedenfalls nicht nur. Mein Name ist Henry Alexander Chandler, zukünftiger König der Welt aus Schatten und Licht.«

Elena schüttelte unablässig ihren Kopf. Diese Närrin, wann würde sie es endlich begreifen? Sie hatte in meinem Reich auf die falsche Karte gesetzt, als sie beschlossen hatte, mir zu vertrauen.

»Das kann unmöglich wahr sein. Du standest neben mir, als der Schattenprinz seine Begrüßungsrede gehalten hat, und du hast ihn mehr als einmal verflucht für das, was er uns antut.«

»Elena, Elena!«, sagte ich in einem maßregelnden Ton. »In meiner Welt ist so viel mehr möglich als in der der *Menschen*.« Das letzte Wort spie ich geradezu. Die Vergangenheit hatte mir gezeigt, zu was die Bewohner der anderen Welt fähig waren. Sie hatten kein Mitgefühl verdient. »Hier kann ich der Schattenprinz sein, ohne der Schattenprinz zu sein.«

Sie starrte mich weiterhin ungläubig an. Noch immer hielt sie an Alex fest, den es im Schloss so nicht mehr gab. Ihre größte Schwäche war ihr Mitgefühl und diese konnte sie noch nicht einmal jetzt ablegen. Ein Brennen war in meinem Handballen spürbar. Mit gerunzelter Stirn sah ich herab und bemerkte, dass ich meine Hand zur Faust geballte hatte. Schnell lockerte ich meine Finger.

»Wie du meinst. Du musst mir nicht glauben.« Ich zuckte gleichgültig mit den Schultern. »Jedoch ändert es nichts an der Tatsache, dass ich der Schattenprinz bin.«

»Aber …« Sie stockte. »… das würde ja bedeuten, dass du mich die ganze Zeit über belogen hast. Warum hättest du das tun sollen? Warum solltest du vorgeben, jemand anderes zu sein? Du hast … mich getäuscht, und das, obwohl ich dich nach dem Spinnenbiss zur Rede gestellt hatte. War das nur ein weiterer Teil deines kranken Spiels, mir in die Augen zu sehen und mich eiskalt zu belügen?« Ihre Stimme wurde zum Ende hin schriller.

»Nein, war es nicht. Ich habe dir auch keine Lügen erzählt. Mein Gedächtnis war wirklich verschwunden, nur war ich selbst dafür verantwortlich. Ich musste es löschen, sonst hätte ich nicht am Spiel teilnehmen können.« Ich dachte an den Preis, den ich herbeisehnte. Denn auch ich vermisste etwas so schmerzlich, dass ich dafür sogar bereit gewesen war, meine Identität aufzugeben und mein Leben in Gefahr zu bringen. Zwar konnten die Schattenwesen mir im Verlauf des Spiels nichts anhaben, doch mein Dasein wäre vorbei gewesen, wenn es durch die Hand eines Menschen beendet worden wäre. Das mit Lyra hätte wirklich schlecht für mich enden können, wenn Elena nicht gewesen wäre. Ihretwegen war ich noch am Leben und nun würde es sie den Sieg kosten. Aber so war eben das Spiel. Schwächen nutzte es aus. *Schwächen nutze ich aus …*

»Und jetzt, wo ich mich wieder an alles entsinne, muss ich bedauerlicherweise mein Versprechen dir gegenüber brechen. Ich werde mir meinen wahren Wunsch erfüllen. Sei dir gewiss, für diesen werde ich bis zum Schluss unerbittlich kämpfen.«

Sämtliche Farbe wich aus Elenas Gesicht. »Aber mein Vater …«

»Du trittst gegen mich an. Welche Hoffnung gibt es also für dich und deinen Vater?« Gespielt bedauernd schürzte ich die Lippen.

»Ich verstehe das alles nicht.« Elena rang verzweifelt die Hände. »Wenn du der Schattenprinz bist, wieso hat dich dann keiner der Einheimischen erkannt?«

»Das haben sie durchaus.« In meinen Augen blitzte es belustigt auf. »Doch für die Dauer des Spiels standen sie unter seinem Bann, waren lediglich Figuren, die den für sie vorgesehenen Zweck erfüllen mussten. Sie konnten nichts verraten, genauso wenig wie der vermeintliche Schattenprinz. Es war nur eine Rolle, die er spielen musste, bis ich zurückkommen und seinen Platz wieder einnehmen würde.«

Ich wandte mich von ihr ab und betrachtete mich in der Spiegelung der Fensterscheibe. Endlich war mir mein Anblick nicht länger fremd. Ich wusste wieder, woher die Narbe an meiner linken Augenbraue stammte. Mein Vater hatte sie mir zugefügt, als er mich geschlagen hatte. Nur durch seine Bestrafungen wusste ich, was im Leben wirklich zählte. Mein Blick wanderte wieder zu Elena und ich beschloss, ihr die Wahrheit zu erzählen. Ich wollte ihr Gesicht sehen, wenn sie erkannte, welche Rolle ihr Vater bei alldem gespielt hatte. Die Enttäuschung und den Schmerz, wenn sie endlich die gesamte Tragweite begriff. Dies sollte einerseits ihren Drang zu gewinnen abschwächen und andererseits …

Kurz wanderten meine Gedanken zu meiner Mutter. Ein Teil von mir wollte, dass Elena spürte, wie es war, von jemandem, der ihr nahestand, hintergangen worden zu sein. Sie sollte spüren, was auch ich gespürt hatte, als meine Mutter uns verließ.

»Erinnerst du dich an diese Spieluhr über mich? Die Ereignisse, die sie uns gezeigt hat, das war mein Leben. Meine Mutter hat meinen Vater und mich vor einigen Jahren für einen *Menschen* verlassen.« Ich kniff meine Augen zusammen, als ich an die dunkle Zeit dachte, bevor die Schatten gekommen waren. »Er liegt inzwischen im Sterben«, ergänzte ich. »Die Liebe hat ihn gebrochen, das Licht hat ihn ausgebrannt. Deswegen will ich das Licht auslöschen, um ihn zu retten.« Obwohl Elena und ich grundverschieden waren, hatten wir etwas Essentielles gemeinsam – unsere Väter bedeuteten uns viel. »Ganz gleich, was Alex dir gesagt hat, ich werde alles tun, damit mein Wunsch in Erfüllung geht.«

»Wirklich alles?«, hakte sie nach.

Ich nickte. Mein Blick war entschlossen.

»Dann viel Glück dabei, denn ich werde eine harte Gegnerin sein«, zischte Elena, aber sie wurde sichtlich blass, sobald ein Schattenwesen sich hinter mir an der Wand abzeichnete.

»Ich dachte, die letzte Partie wäre ohne Schatten«, sagte sie und klang schon etwas kleinlauter.

Ich konnte mir ein überhebliches Grinsen nicht verkneifen. »Im Grunde schon, aber da sie im Schloss zu meinen engsten Vertrauten gehören, weichen sie nicht von meiner Seite. Sieh sie als meine Berater an.«

»Das heißt, du sprichst mit ihnen?«, fragte sie.

»Natürlich, was glaubst du denn? Allerdings nicht so wie mit dir.« Ich machte eine kleine Pause, um dem ganzen mehr Wirkung zu verleihen. »Wir kommunizieren ausschließlich in Gedanken.«

Elena sah mich schockiert an und ich kostete diesen Moment aus, in dem ihr klar werden musste, dass sie keine Chance gegen mich hatte. Ich war ihr eindeutig überlegen.

Mein Prinz, sprach mich ein Schatten in Gedanken an. *Wir hoffen, das Finale wird Euren Ansprüchen gerecht. Euer Ideenreichtum ist mit nichts zu übertreffen, wie die Partien, die wir zusammen mit Euch erschaffen haben, beweisen. Zu schade, dass ihr nicht bei der letzten Partie mitwirken konntet.*

Auch ich hätte gerne als Spielleiter am Ende des Spiels mitgewirkt, nur zwang der Lichtanteil, dass ich mich an das strenge Regelwerk hielt. Nicht einmal der Schattenprinz durfte einen Vorteil haben. Da von Anfang an feststand, dass ich mein Gedächtnis im Schloss zurückerhalten würde, um meinen wahren Herzenswunsch zu kennen, bedeutete es im Umkehrschluss, ich durfte von dem Aufbau der letzten Partie nichts wissen.

Es gibt sogar die ein oder andere Überraschung. Wir tun alles, um Euch zufriedenzustellen.

Die Worte des Schattenwesens brachten mich zum Lächeln. O ja, ihre Existenz war nur dazu da, um mir zu dienen.

Als ich mich Elena wieder zuwenden wollte, stand sie nicht mehr vor mir. Sie hatte meine Unaufmerksamkeit genutzt und war bereits am Ende des Flurs an der Flügeltür, dem einzigen Ausgang, den es hier gab, angelangt.

Ich eilte ihr nach und fand mich Sekunden später im imposanten Haupteingangsbereich des Schlosses wieder. Eine riesige schwarze Statue, die meinen Vater zeigte, trennte die beiden Treppenaufgänge, die in das nächste Stockwerk führten.

Elena erklomm die ersten Stufen, und als mein Blick durch den Raum flog, wusste ich auch, warum sie diesen Weg gewählt hatte. Oben an der Tür bemerkte ich einen Anschlag. Wahrscheinlich ein Hinweis, der über Sieg und Niederlage entscheiden könnte.

»Warte, es gibt da etwas, das ich dir erzählen muss!«, rief ich.

Sie schüttelte den Kopf, ohne langsamer zu werden. »Ich will es nicht wissen. Aus deinem Mund dringen ohnehin nur Lügen!«

»Glaub mir«, sagte ich, während ich durchtrieben grinste. »Das hier möchtest du wissen.«

Sie zögerte kurz und ich setzte zu meiner Erklärung an: »Mir war es leider nicht möglich, gleichzeitig an dem Spiel teilzunehmen und es zu leiten. Jemand musste meinen Platz einnehmen und jetzt rate mal, wer das war?«

Sie beugte sich über das Treppengeländer zu mir herunter. In ihren Augen spiegelte sich Angst. Angst vor dem, was ich ihr gleich erzählen würde.

»Du kennst ihn seit deiner Geburt!«, rief ich ihr gut gelaunt zu.

»Nein, das kann nicht sein«, keuchte sie und wurde sichtlich blass. Wie sie da oben stand, wirkte ihre Haut durchscheinend, beinahe wie bei einem Geist.

Währenddessen begab ich mich zur Treppe und stieg gemächlich Stufe um Stufe nach oben. »Doch, Elena, genau so ist es.« Ich grinste böse. »Es ist dein ach so geliebter Vater. Er hat nicht nur das Spiel für mich übernommen, sondern mich überhaupt erst auf die Idee gebracht, daran teilzunehmen.«

Schmerz zeichnete sich auf ihrer Miene ab, während ich den ersten Treppenabsatz erreichte.

Seltsamerweise bereitete es mir nicht so viel Vergnügen, wie ich angenommen hatte, sie leiden zu sehen. Kurz dachte ich an den Streit im Sumpf. Ich hatte Elena dafür verhöhnt, dass sie für ihren Vater an diesem tödlichen Spiel teilnahm. Damals hatte ich nicht geahnt, wie viel Wahrheit in meinen Worten steckte. Sie hätte sterben können, wegen eines Mannes, dem seine Forschung wichtiger war als seine Familie. Mein Kiefer verhärtete sich, während ich mich fragte, weshalb ich mich darum scherte.

»Das ist nicht möglich«, sagte Elena, doch es klang schwach, wie eine Niederlage. Als hätte sie sich längst mit der Tatsache abgefunden, dass es so war, wie ich sagte.

»Clifford Johnson kennt diese Welt. Er selbst hat vor fünf Jahren am Spiel teilgenommen und es sogar als Gewinner verlassen. Sein Wunsch, ein gefeierter Astrophysiker zu werden, hat sich für ihn kurz darauf erfüllt. Dieser Sieg hat deiner Familie viel Reichtum und ein gutes Leben beschert. Ist es nicht so, Elena?«

Sie setzte an, etwas zu erwidern, nur schienen ihr sämtliche Worte im Hals stecken zu bleiben, denn kein Ton drang aus ihrem Mund. Elena war wie erstarrt, aber dann ging ein Ruck durch ihren Körper und sie hatte ihre Mimik auf einmal wieder unter Kontrolle.

In beherrschtem Tonfall sagte sie: »Etwas in der Art habe ich mir schon gedacht. Dass er bereits hier war und sein Leben mit dieser Welt und dem Spiel verbunden ist …«

»Ach ja?« Ihre Ahnung verblüffte mich. Meine Augen verengten sich zu Schlitzen. »Aber wusstest du auch, dass sein Forscherdrang ihm danach keine Ruhe mehr ließ? Einmal von meiner Welt gekostet, wollte er all ihre Geheimnisse entdecken. Jedes Wunder und die Magie erforschen. Er ignorierte die Spielregeln und fand einen Weg zurück.«

Ihrem verwirrten Blick entnahm ich, dass sie davon nichts gewusst hatte.

Ich war nun gleichauf mit Elena und warf einen schnellen Blick zu der goldenen Pergamentrolle an der Tür.

»Als ich ihn entdeckte, war ich gezwungen, ihn, wie es die Regeln forderten, hart zu bestrafen. Er sollte zu einem Schattenwesen werden. Nur ahnte ich zu diesem Zeitpunkt noch nicht, wie überzeugend er sein konnte. In den wenigen Augenblicken, die wir zusammen verbracht hatten, hatte Clifford sofort meinen Schwachpunkt erkannt und damit das, wonach ich mich sehnte – die Erfüllung meines Herzenswunsches. Er schlug mir einen Handel vor, den ich nicht ausschlagen konnte, denn er ermöglichte es mir, selbst an dem Spiel teilzunehmen, da er meinen Platz einnahm.«

»Aber … das würde ja bedeuten, dass mein Vater der Schattenprinz war, der uns die Aufgaben geschickt hat.« Sie starrte mich schockiert an.

»Ich verstehe dein Entsetzen vollkommen. Es ist schrecklich, wenn der eigene Vater einem solches Leid zufügt. Glaub mir, ich weiß, wovon ich spreche.« Unwillkürlich rieb ich mit dem Zeigefinger über meine Narbe an der Augenbraue. »Doch zu Cliffords Verteidigung sei gesagt, dass er sich an die Spielregeln halten musste. Er durfte keinen Spieler bevorzugen oder benachteiligen, indem er die Aufgaben manipulierte. Nur am Anfang, bevor das Spiel begann, hat er ein klein wenig getrickst. Er hat gefordert, im Gegenzug für die Übernahme der Spielleiterfunktion seine Tochter, also *dich*, als Spielerin einzuladen. Mir war nicht bewusst, dass er das von Anfang an geplant hatte. Du solltest seine Rettung sein, falls ihm in dieser Welt etwas zustoßen sollte. Deswegen hat er dir im Vorhinein das Lied, die Eintrittskarte zu dieser Welt, beigebracht. Clifford hat darauf vertraut, dass du schlau genug wärst, um sogar gegen den Schattenprinzen bestehen zu können. Und nicht nur das: Er war sich sicher, dass seine Tochter ihn genug lieben würde, damit es ihr sehnlichster Wunsch wäre, ihn zu retten.« Ich schnaubte amüsiert. »Mir sollte das recht sein, denn damals wie heute glaube ich nicht daran, dass ein anderer Spieler mich in meinem eigenen Spiel schlagen kann. Auch du nicht.«

»Sei dir da mal nicht so sicher. Ich werde dich besiegen!«, zischte sie.

Ich hob verwundert meine Augenbrauen. »Nach allem, was ich dir gesagt habe, willst du ihn immer noch retten? Clifford mag zwar dein Vater sein, dennoch ist er auch derjenige, der aus reinem Eigennutz in diese Welt gekommen ist und dich in tödliche Gefahr gebracht hat, nur damit du ihn rettest. Er hat dein Leben für das seine wortwörtlich aufs Spiel gesetzt. Er hat deine Rettung überhaupt nicht verdient.«

»Du verstehst wirklich rein gar nichts von Nächstenliebe«, sagte sie und klang dabei, als würde sie dieser Umstand traurig stimmen. »Jeder verdient es, gerettet zu werden. Selbst mein egoistischer Vater.«

»Blödsinn!«

Elena schüttelte den Kopf und taxierte mich anschließend. »Du hast es ebenso verdient.«

»Ich muss nicht gerettet werden«, erwiderte ich, doch zum ersten Mal, seit ich wieder der Schattenprinz war, hörte ich mich weniger überlegen an. Etwas an ihrer Herzensgüte rührte mich.

»Du irrst dich. Der Alex, der sogar bereit gewesen war, für meinen Sieg auf sein Gedächtnis zu verzichten, muss da noch irgendwo drin sein. Er muss gerettet werden. Du musst gerettet werden. Was auch immer dich zu diesem bösartigen Prinzen gemacht hat, Alex hat mir gezeigt, dass es da einen Teil in dir gibt, der gut ist.«

»Nein!«, widersprach ich. Allerdings klang ich nicht überzeugend.

»Nur weil du dich zu jenem Zeitpunkt an nichts erinnern konntest, kann sich deswegen dein Wesen nicht vollkommen verändert haben. Das ist unmöglich!«

Ihre Worte irritierten mich. Ich hatte zwar meine Erinnerungen für einen kurzen Augenblick aufgegeben, trotzdem konnte dieser Umstand meinen Charakter nicht derart gewandelt haben. Warum also war ich als Alex so anders gewesen? So … gut? Ich hatte mich Elena geöffnet, *einem Menschen*, und dieses Gefühl war besser gewesen als alles, was ich bisher gespürt hatte.

Lasst Euch nicht von dem Menschenmädchen verwirren. Ihr einziges Ziel ist der Sieg und deswegen spielt sie mit Euren Gefühlen! Denkt an Euren Vater und sein Leid.

Ein Keuchen entwich mir. Das Schattenwesen hatte recht. Eigentlich hatte ich vorgehabt, Elena mit der Wahrheit über ihren Vater zu manipulieren, und nun beeinflusste sie mich.

»Du bist naiv, auch nur zu glauben, dass irgendetwas Gutes in mir steckt. Oder gehörst du etwa zu den mitleiderregenden Frauen, die glauben, mit ihrer Liebe einen Mann verändern zu können?« Bitterkeit schwang in meiner Stimme mit.

»Die Liebe kann alles verändern«, sagte sie mit einer Entschiedenheit, als wäre es eine unumstößliche Tatsache.

Ich zuckte zusammen, doch fing mich gleich wieder. »Du hast da nur leider einen Punkt vergessen: Derjenige muss auch deine Gefühle erwidern.«

Elena wich zurück und biss sich auf die Unterlippe, die verräterisch bebte. Bei dem Blick zu ihren Lippen wurde in mir eine Sehnsucht geweckt. »Obwohl ich zugeben muss, deine Küsse hatten durchaus ihren Reiz, und ich könnte mir auch vorstellen, noch andere Dinge mit dir zu tun, aber dich lieben – niemals!«

»Du mieses Schwein!« Sie spie mir die Worte entgegen, legte all ihren Hass hinein und auch in ihren Augen konnte ich die Ablehnung mir gegenüber sehen.

Ich schluckte schwer, denn ihre Abscheu traf mich mehr, als ich es vermutet hätte. Doch ich bemühte mich, mir nichts anmerken zu lassen.

Sie holte mit ihrer Hand aus und verpasste mir eine Ohrfeige. Ich hielt mir die brennende Wange wie ein kleines Kind, das zum ersten Mal geschlagen worden war. Ihr Handeln überraschte mich nicht, dennoch brachte sie mich vollkommen aus der Fassung. Sie erinnerte mich an die unzähligen Ohrfeigen, die ich von meinem Vater bekommen hatte. Sei es, als er mich erwischte, wie ich versucht hatte, einen verletzten Vogel aufzupäppeln, oder als er mich in einem Märchenbuch lesend fand oder als ich ihn nach meiner Mutter gefragt hatte.

Eine war schlimmer als die andere gewesen.

Die brutalste Ohrfeige hatte ich jedoch bekommen, als ich den König gefragt hatte, was Liebe sei.

Ich warf Elena einen eiskalten Blick zu, die mich merkwürdig musterte. Dann lief ich zur Tür und nahm die Pergamentrolle herunter.

»Was tust du da?«, fragte sie mit schriller Stimme und eilte auf mich zu.

Sie versuchte, mir den Hinweis aus der Hand zu reißen, aber ich hielt sie mit meiner freien Hand auf Abstand, während ich den Text überflog.

Weit habt ihr es gebracht,
nun ist es an der Zeit,
ich hoffe, ihr seid für das Finale bereit.
Im nächsten Raum befinden sich
verschiedene Türen,
doch nur eine wird euch zu
eurem Herzenswunsch führen.
Folgt euren Sternen und wählt weise,
sie schicken euch zum Ende eurer Reise.

Für Henry gilt:
Dein Gewinn entweder im Licht
oder der Dunkelheit liegt.
Die letzte Partie entscheidet,
was schwerer wiegt.

Für Elena gilt:
Berührst du, was du schmerzlich vermisst,
so gehört es dir, falls du
der Gewinner bist.

Meine Augen blieben an den Zeilen hängen, die an mich gerichtet waren. Die Worte erinnerten mich an die Aufgaben des Spiels, wegen denen ich mich beinahe selbst verloren hätte. Eine davon lautete: Gehörst du zu den Schatten oder zum Licht?

Was soll das?, wandte ich mich an die Schatten. *Was hat das Licht mit meinem Herzenswunsch zu tun?*

Gar nichts, mein Prinz. Haltet Euch an unseren Plan und alles wird gut.

Zornesfalten bildeten sich auf meiner Stirn. *Du meinst, meinen Plan*, korrigierte ich.

Gewiss, bitte verzeiht diesen schrecklichen Fehler.

Plötzlich flammte Schmerz in meinem Schienbein auf. Elena hatte mich tatsächlich getreten.

»Was fällt dir ein?!«

In ihren Augen blitzte es angriffslustig auf, während sie versuchte, mir den Hinweis zu entwenden.

Kurz spielte ich mit dem Gedanken, ihn zu zerreißen, aber ich wollte eine ansatzweise faire letzte Partie. Schon allein, weil mein Sieg mir auf diese Weise noch mehr Vergnügen bereiten würde. Deshalb hielt ich die Pergamentrolle über das Geländer. Elena packte meinen Arm und versuchte mich zurückzuzerren, doch da hatte ich längst meine Finger geöffnet – und der Hinweis segelte in Richtung Erdgeschoss.

»Tja, wer hat jetzt einen Vorsprung?«, höhnte ich.

Sie stieß mich hart gegen die Brust, was mich noch mehr amüsierte. Fluchend stürzte sie die Treppe wieder nach unten, während ich meinen Vorsprung weiter ausbaute.

Hinter der nächsten Tür fand ich mich in einem kreisrunden Raum wieder. Der Boden war mit glitzernden weißen Sternen übersät, die ein perfektes Abbild des Universums ergaben.

Schnell verschaffte ich mir einen Überblick. Sieben Türen befanden sich um mich herum, wobei eine davon der Eingang war, durch den ich hineingelaufen war. Ich trat näher an eine andere heran und erkannte, dass in ihrem Holz eine bestimmte Sternenanordnung eingeschnitzt war. Ich untersuchte die restlichen Türen. Offenbar besaß jede eine andere Konstellation. Da ich in meiner Jugend in Sternenlehre unterrichtet worden war, erkannte ich, um was es sich dabei handelte: Tierkreiszeichen.

Laut dem Hinweis sollte ich meinen Sternen folgen, deshalb begab ich mich auf die Suche nach meinem Sternzeichen.

Plötzlich stürmte Elena in den Raum hinein und warf mir einen vernichtenden Blick zu. Schnell, um meinen Vorsprung aufrechtzuerhalten, suchte ich mit meinen Augen die Türen ab. Doch mein Sternzeichen, der Stier, war nirgends zu finden. Erste Zweifel überkamen mich. Hatte ich die Aufgabe etwa falsch verstanden? Das konnte nicht sein!

Elena hatte ihres anscheinend bereits gefunden, denn sie steuerte zielstrebig auf eine Tür zu, öffnete sie und verschwand dahinter.

Auf einmal erschien das Sternbild des Stiers auf ihrer Tür, auf der zuvor noch der Schütze zu sehen gewesen war. Was ging hier vor sich?

Mir blieb keine Zeit, länger darüber nachzugrübeln. Schnell riss ich die Tür auf und eilte die steile Treppe hinunter, die sich dahinter befand.

Ich sah Elenas wehende Haare am Treppenabsatz, bevor sie um die Ecke verschwand. Nur wenige Sekunden später erreichte ich ebenfalls die unterste Treppenstufe.

Graue Mauern umgaben uns, die von Kerzen in schwarzen Kandelabern erhellt wurden, die in dafür vorgesehenen Vertiefungen standen. Das Licht flackerte vom Luftzug unserer schnellen Schritte, die laut vom Mauerwerk widerhallten.

Als sie einen Blick über ihre Schulter warf, erkannte ich Furcht in ihren Augen. Dieser Moment erinnerte mich an etwas … an die Szene, die mir der Pantomime gezeigt hatte. Nun war sie Wirklichkeit geworden und in mir kamen kurz die Gefühle von Alex hoch, die er zu diesem Zeitpunkt empfunden hatte: Trauer über eine unerwiderte Liebe.

Sie war merkwürdig, diese starke Zuneigung, die ich für Elena verspürt hatte, als ich Alex gewesen war. Nie hatte ich etwas so Intensives empfunden. Ich wollte es mir nicht eingestehen, aber in mir gab es einen Teil, der sich nach diesen Gefühlen sehnte. Der Hass fühlte sich dumpf an, gab mir nicht mehr das, was er einst vermochte, während die Liebe mir zum ersten Mal eine Lebendigkeit verliehen hatte, die mit nichts zu vergleichen war.

Als Kind hatte ich mich nach der Zuneigung meines Vaters gesehnt. Je mehr ich sie mir gewünscht hatte, desto härter war der König zu mir gewesen. Bis sich die Schatten meiner annahmen. In ihren Einflüsterungen hatte ich Trost gefunden. Ihre Dunkelheit war ein willkommener Schutz vor den Sehnsüchten, die sich für mich nie erfüllten und mir nur Schmerz bereiteten.

Im Spiel jedoch, ohne den Schutz der Schatten, hatte ich die Liebe und somit das Licht hautnah gespürt. Diese Wärme und Geborgenheit, die es mir geschenkt hatte, waren unbeschreiblich.

Unbeschreiblich zerstörend, wie wir anmerken möchten. Ihr könnt froh sein, nicht länger diesem schädlichen Einfluss ausgesetzt zu sein. Glaubt uns, die Einsamkeit ist weitaus erträglicher als der Schmerz, von der eigenen Liebe verraten zu werden. Euer Vater würde Euch das bestätigen. Im Spiel schient Ihr das vergessen zu haben. Deshalb haben wir Euch die Aufgabe mit dem Pantomimen gestellt.

Erst jetzt fiel mir auf, dass diese Aufgabe nicht von mir geplant gewesen war. *Da habt ihr ohne mein Einverständnis gehandelt! Wie konntet ihr es wagen, mich vom Spiel wegzuführen und mir den ehemaligen Zufluchtsort meiner Mutter zu zeigen? Das hättet ihr nicht tun dürfen.*

Meine Hände bebten vor unterdrückter Wut auf die Schatten. Ihre Rolle war klar definiert – sie befolgten meine Befehle.

Aber mein Prinz, Euer Leben war in Gefahr. Wir mussten handeln. Euch an die Treulosigkeit Eurer Mutter erinnern. Die Gefühle zu Elena hät-

ten Euch beinahe zugrunde gerichtet. Wenn Ihr Euch für sie geopfert und in einer der Partien gestorben wärt – nicht auszudenken! Vergesst nicht, Liebe birgt Gefahren. Doch sollte sich heute Euer Herzenswunsch erfüllen, wäre sie endlich gebannt, der König gerettet und Ihr in Sicherheit.

Ich ließ die Aufgabe Revue passieren. Ja, der Pantomime hatte bewirkt, dass ich meine Mauer wieder errichtetet hatte, hatte Zweifel gesät, dennoch waren da auch andere Bilder gewesen, verwirrende Bilder, die mich schließlich dazu gebracht hatten, das Schwert gegen mich selbst zu erheben.

Das Licht hat sich eingemischt, auch jetzt tut es das noch. Es will Euch alles nehmen, Euren Herzenswunsch, Euren Vater, uns … Was wäre Euer Leben ohne uns?

Ein Leben ohne die Schatten konnte ich mir in der Tat nicht vorstellen. Sie waren, seit ich klein war, nie von meiner Seite gewichen. Sie ließen mich nie allein.

Ich lief noch schneller als zuvor, während die Kerzen um uns herum wild zu flackern begannen.

Elena war schon fast in greifbarer Nähe. Ich hörte ihren keuchenden Atem, der sich mit meinem verband.

Sie öffnete eine weitere Tür, schlüpfte hindurch und wollte sie gerade schließen, aber ich schaffte es, meinen Fuß dazwischenzuklemmen. Mit einem Ruck riss ich sie auf. Elena wich zurück und eilte weiter. Sie wollte verschwinden, nur endete der Weg in diesem Raum.

Kerzen erhellten die Umgebung, die kurz darauf mit einem Schlag erloschen. Leuchtende Abbilder von Sternen erschienen auf den Wänden und der hohen Decke. Ein riesiger Vollmond ließ die Umgebung fast so hell erstrahlen, als würden die Kerzen noch brennen.

Die Bilder wurden durch einen kleinen hölzernen Gegenstand, der die Form eines Kreiszylinders hatte, erzeugt. Dieser befand sich in der Mitte des Raums auf dem Boden. In seinem Bauch leuchtete ein Licht und dieses warf im Zusammenspiel mit den ausgestanzten Formen auf seiner Oberfläche die Sterne und den Mond an Wände und Decke.

Bei näherem Hinsehen erkannte ich einen silbernen Schlüssel am hölzernen Gegenstand.

Elena lief derweil nervös die Wände ab und suchte nach einem Ausgang. Mit ihren Händen tastete sie hektisch den massiven Stein ab.

»Was? Hältst du es etwa schon nicht mehr mit mir aus oder warum suchst du so fieberhaft nach einem Ausgang?«, spottete ich.

Als Erwiderung schnaubte sie aufgebracht.

Ich betrachtete den Zylinder und vermutete, dass der Schlüssel aufgezogen werden musste. Sollte ich Elena darauf hinweisen? Nein, ich wollte sie noch etwas zappeln lassen.

»Wo ist der verfluchte Ausgang?« Sie schlug mit ihren Handflächen wütend gegen die Wand.

»Vorsicht, du könntest dir wehtun«, konnte ich mir nicht verkneifen. Ich grinste hämisch.

Sie fuhr zu mir herum und funkelte mich an. Ein Stern prangte mitten auf ihrer Stirn. »Warum hasst du uns so? Was haben die Menschen dir getan?«

»Meine Mutter hat den König für einen Menschen verlassen. Reicht das nicht als Grund?«

»Ihr quält Unschuldige, weil die Königin den König für einen Menschen verlassen hat?«, fragte sie verständnislos.

»Zuerst konnte ich das auch nicht nachvollziehen, aber als das erste Spiel stattfand und ich das selbstsüchtige Verhalten der Menschen mit eigenen Augen sah, wurde mir klar, dass sie nichts Besseres verdient hatten. Du machst dir keine Vorstellung, was ich alles mitangesehen habe. Was für Grausamkeiten sich die Menschen gegenseitig antun.«

»Dein Spiel zwingt sie zu diesem Verhalten«, zischte sie.

Wieder richtete sich die Stimme eines Schattens an mich. *Nichts dergleichen tut das Spiel. Deswegen gibt es die Regel mit dem Schloss und dass alle Spieler, die dieses erreichen, wieder nach Hause dürfen.*

»Nein, sie haben immer eine Wahl. Deswegen ist das Spiel so konzipiert, dass die Menschen verschont werden, wenn sie das Schloss erreichen. Wenn die Spieler zusammenarbeiten, haben sie die Möglichkeit, es gemeinsam lebend hier herauszuschaffen. Doch das tun sie nicht, denn es liegt nicht in ihrer Natur. Menschen sind egoistisch und über kurz oder lang beginnen sie damit, sich gegenseitig auszuschalten.«

»Das ist nicht wahr und das weißt du auch.«

Für Elena mochte das tatsächlich gelten. Sie war die Einzige, die ihre selbstlose Art während des Spiels nicht verloren hatte. Sogar Lyras Tod war ein Akt der Selbstlosigkeit gewesen. Schließlich hatte sie dadurch mein Leben gerettet. Warum Elena eine Ausnahme bildete, wusste ich nicht, aber sie bewies, dass nicht alle Menschen verdorben waren. Bei ihrem Vater war das anders gewesen. Clifford hatte zwar nie einen Tod oder die Verwandlung eines anderen Spielers in ein Schattenwesen provoziert, dafür war er äußerst talentiert darin, mit Worten umzugehen. Er wusste, seine Mitmenschen geschickt zu manipulieren, die Spieler gegeneinander aufzuhetzen. Dadurch war es ihm gelungen, seinen Preis als Erster zu ergreifen.

Wie der Vater, so die Tochter. Verzeiht mir meine Direktheit, aber merkt Ihr nicht, wie sie Euch weiterhin beeinflusst? Sollte sich für Elena eine Gelegenheit bieten, gegen Euch zu gewinnen, wird sie nicht zögern, hörte ich wieder die Stimme eines Schattens.

Ich dachte über seine Worte nach. Natürlich wollte sie nach wie vor ihren Vater zurückbekommen und würde alles daransetzen, das auch zu erreichen. Sie war schon zu weit gekommen, um jetzt noch aufzugeben.

»Wenn es so wäre, wie du sagst, warum hatte dann Mandy von vornherein keine echte Chance zu gewinnen?«, verlangte Elena zu wissen. »Sie ist zu einem Schattenwesen geworden, weil sie Blut gehustet hat und sich nicht anders zu helfen wusste, als aus der Quelle zu schöpfen.« Ihre Stimme wurde mit jedem Satz lauter. »Das ist deine Schuld. Das ist alles nur deine gottverdammte Schuld!«, brüllte sie. Ihre Schultern bebten vor Wut.

»Ja«, gab ich zu. »Als ich sie ausgewählt habe, war sie allerdings noch nicht so krank gewesen. Ich konnte nicht ahnen, dass sich ihr Zustand bis zum Spiel so drastisch verschlechtern würde. Ansonsten hätte ich sie nicht in meine Welt geholt.«

Elena kniff skeptisch die Augen zusammen. »Ganz gleich, was die Spieler getan haben, du bist weitaus schlimmer. Du ergötzt dich an den Qualen anderer. Ich habe mich geirrt, als ich vorhin sagte, in dir müsse etwas Gutes stecken. Ich muss mich damit abfinden, dass Alex ein Trugbild war. Er hat nie existiert und wird es auch nicht.«

Endlich hatte sie es begriffen, aber warum fühlte sich mein Herz dann so schwer an? Warum tat es so weh, dass Elena in mir endlich denjenigen sah, der ich auch war?

Wusstet Ihr, dass Elena Euch einen Hinweis vorenthalten hat? Ihr Herz ist nicht so rein, wie es den Anschein hat. Los, fragt sie, fragt sie nach dem Kompass.

»Kann es sein, dass du gar nicht so unschuldig bist, wie du tust?« Abschätzig sah ich sie an. »Ich sage nur: Kompass.«

Sie zuckte sichtlich zusammen und da hatte ich meine Antwort. Nein, Elena bildete keine Ausnahme. Sie war genauso selbstsüchtig wie alle Menschen.

Statt auf eine Antwort zu warten, lief ich zum Zylinder und betätigte den kleinen Aufziehschlüssel mit Daumen und Zeigefinger. Es war, als würde ich eine Spieluhr aufziehen, und tatsächlich drehte er sich und eine helle Melodie erklang. Diese hatte sich durch das gesamte Spiel gezogen und ich erkannte es als das Lieblingslied meiner Mutter wieder. Makabererweise hatte mein Vater sie in das Spiel miteinbezogen, indem er zu der Melodie die Regeln getextet hatte, und ich hielt an dieser Tradition fest.

Als ich aufsah, drehten sich langsam die Sterne und der Mond. Ein Grollen erklang und der Boden bebte. Der äußere Rand des Steinbodens stieg nach oben.

Elena schrie auf und wich zurück. Ich erkannte zu spät, dass ich mich in der Mitte befand und nicht wie Elena mit der ringförmigen

Plattform nach oben gebracht wurde, dorthin, wo sich der Thronsaal befand. Schnell sprang ich auf und schaffte es gerade noch rechtzeitig, mit meinen Händen die Kante des Bodens zu umklammern. Meine Armmuskeln waren zum Zerreißen gespannt, während der Boden immer weiter nach oben fuhr. Ich keuchte vor Anstrengung. Lange würde ich mich nicht mehr halten können.

Ein Blick nach unten zeigte mir, dass wir eine Höhe erreicht hatten, bei der ein Sturz lebensgefährlich werden konnte. Meine Arme brannten. Ich musste einen Weg auf die Plattform finden. Und zwar schnell. Ich mobilisierte all meine verbliebenen Kräfte und versuchte, mich nach oben zu ziehen. Laut ächzend schaffte ich es mit dem Kopf über den Rand und schaute direkt in Elenas Gesicht, die sich hingekniet hatte. Im ersten Moment dachte ich, sie würde ihre Chance nutzen und mich daran hindern, hochzukommen, doch dann packte sie meine Schultern. Mit ihrer Hilfe schaffte ich es, mich ganz hochzuziehen.

»Warum hast du das getan?«, fragte ich und keuchte schwer. »Warum hast du mir geholfen?«

Auch ihre Brust hob und senkte sich schnell vor Anstrengung.

»Ich konnte dich doch nicht sterben lassen«, erklärte sie schlicht.

Die Gedanken rasten in meinem Kopf. Ich konnte nachvollziehen, warum sie Alex gerettet hatte, aber mich … jetzt, wo sie wusste, wer ich wirklich war … Es war unverständlich für mich.

»Der Weg zu deinem Vater wäre frei gewesen.« Noch immer sah ich sie ungläubig an.

»Ich dachte eigentlich, du würdest mich besser kennen. Du musst doch wissen, dass ich niemanden opfern kann, auch nicht für meinen Vater.«

Ich presste meine Lippen zusammen und musste mir eingestehen, dass Elena ganz und gar anders war als jeder Mensch, dem ich jemals begegnet war. Sie war nicht egoistisch, sie hatte sich trotz des Spiels nicht verändert. Ihr Mitgefühl, ihre Liebe war durch nichts zum Erlöschen zu bringen. Sie brannte unermüdlich wie ein Stern, der schon seit Anbeginn der Zeit die Nacht erhellte. Wenn ich ihr die Chance ermöglichen könnte, dass sie ihren Vater zurückbekam, ohne im Gegenzug meinen Wunsch zu verlieren, dann würde ich es tun.

Mit einem Ruck hielt die Plattform an, und irrte ich mich oder war es mit einem Mal heller als zuvor?

Wir sind da. Das Ende des Spiels steht kurz bevor. Im selben Moment segelten zwei goldene Papiersterne zu Boden. Einer landete zu Elenas Füßen, der andere zu meinen. Es war ein zusätzlicher Hinweis. Sofort hob ich ihn auf.

Meine Schläfen pochten, während ich den Sinn dieser Worte zu verstehen versuchte. Wie konnte die Dunkelheit der Untergang sein? Die Schatten waren alles, was ich hatte. Nur sie konnten meinen Vater noch retten. Es war, als würde ich wie Alex nach etwas in meinem Verstand suchen, von dem ich wusste, dass es dort irgendwo sein musste. Die letzten Zeilen konnten einfach nicht richtig sein. Das Licht war nicht imstande, mir meinen Vater zurückzugeben, und er war es doch, den ich vermisste.

Das Licht kämpft seinen letzten Kampf, sprach erneut der Schatten zu mir. Eigentlich hatte seine Stimme immer etwas Vertrautes gehabt, aber nun jagte sie mir eine Gänsehaut über den Rücken. Unsicherheit und Zweifel machten sich in mir breit.

Es wehrt sich mit letzter Kraft. Euch war bewusst, dass das Licht im Spiel schwer zu kontrollieren sein würde, aber sobald Euer Wunsch sich erfüllt, gehört das der Vergangenheit an.

Erneut dachte ich an die Aufgabe mit dem Pantomimen. Der sinnbildliche Kampf zwischen Licht und Dunkelheit. Damals hatte ich mich für das Licht entschieden, weil ich die Grausamkeit, die in mir hochgekommen war, nicht ertragen hatte. Die Emotionslosigkeit und Brutalität waren so kalt im Vergleich zu der Liebe, die so wundervoll warm war.

Während Ihr Eure Zeit mit fruchtlosen Grübeleien verschwendet, hat Eure Konkurrentin die Gunst der Stunde genutzt. Sie ist schon im Thronsaal, dem Ziel dieser Partie.

Ich sah mich um und bemerkte, dass ich tatsächlich allein war. Wieder einmal.

Eilig erfasste ich jedes Detail des dunklen Saals. Mein Vater saß auf dem Thron. Seine Augen rollten in ihren tiefen Höhlen umher, bis sie mich gefunden hatten. Zudem machte ich einen Spiegel aus, der eigentlich nicht hierhergehörte. Er war groß, ging beinahe bis zur Decke. Seine Glasoberfläche war vollkommen schwarz und er zog mich magisch an. Musste ich in ihn, wie in die Spiegel im Kabinett der Erinnerung, eintauchen, die Dunkelheit mich umspülen lassen, um das Licht hinter mir zu lassen?

Der Sieg ist Euer, versicherten mir die Schatten.

Dennoch steuerte ich nicht auf den großen Spiegel auf der anderen Seite des Raumes zu, obwohl ich es sollte. Dort stand er, mein Sieg, und war zum Greifen nahe. Und was tat ich? Ich suchte nach dem Mädchen mit den moosgrünen Augen und dem feuerroten Haar.

Ich trat ein paar Schritte nach vorne, wo mein Blick durch die Säulen, die sich um die Kuppel anordneten, weniger eingeschränkt war und entdeckte das Mädchen.

Elenas Körper war wie erstarrt und ihre Augen hafteten voller Angst auf etwas an der Decke. Ich hob meinen Blick und entdeckte einen riesigen Schatten, der mir bisher entgangen war. Scharf sog ich die Luft ein, als keine Sekunde später eine gewaltige Kreatur zu Boden sprang und sich bedrohlich vor Elena aufbaute.

Schwarze Flüssigkeit tropfte zäh von dem Wesen und aus dem großen Buckel wuchs stachelartiges Fell.

Mein Herz setzte einen Schlag aus, als mit einem lauten Klatsch eine Schicht der pechschwarzen Flüssigkeit zu Boden fiel und ein Gesicht darunter zum Vorschein kam.

»Vater?« Elenas Frage klang zaghaft, als könne sie ihren Augen nicht trauen.

Das Entsetzen über Cliffords verändertes Äußeres schnürte mir die Kehle zu. Er erinnerte mich an meinen eigenen Vater, der an den Thron gekettet war, umgeben von der Schwärze der Nacht.

Das Wesen fixierte Elena.

Wie es schien, war Clifford von den Schattenwesen übermannt worden, aber wie? Sie mussten sich doch ebenfalls an die Spielregeln halten. Der Spielleiter durfte weder vom Licht noch von den Schatten beeinflusst werden.

Es gibt Schlupflöcher, mein Prinz. Der Pantomime war eines davon. Das kurzzeitige Verlassen des Spiels ist nicht verboten, genauso wenig wie Cliffords Besessenheit von uns. Schließlich ist er darunter immer noch der Alte. Aber der Mantel aus Dunkelheit, den wir ihm gegeben haben, hat ihn zugegebenermaßen verändert. Gefällt Euch die Überraschung nicht?

Ein energisches *Nein* hallte in meinem Kopf wider. Elena sollte nicht das Gleiche durchmachen wie ich. Sie sollte nicht ihren Vater an die Schatten verlie...

Schmerz durchzuckte meinen Kopf und Erinnerungen prasselten auf mich ein, die ich eigentlich nach Zurückerhalt meines Gedächtnisses kennen müsste, aber die Bilder, die ich erblickte, waren mir fremd, obwohl ein Teil von mir sie kannte.

Ich sah mich selbst, wie ich als kleiner Junge in den Thronsaal stürmte. Nach vorne gekrümmt, kauerte der König vor dem Thron, dessen Kristall nicht länger reinweiß, sondern schwarz war. Wie ein dunkler Vorhang warfen sich die Schatten über seinen Körper, hüllten ihn ein, verschlangen ihn.

Wir haben ihn gerettet, das wisst Ihr doch, zischte es in meinem Kopf. *Der Einfluss des Lichts in diesem Spiel wirkt noch immer auf Euch. Schnell, taucht in den Spiegel ein, dann seid Ihr außer Gefahr.*

Warum kenne ich diese Erinnerung nicht?, verlangte ich von den Schatten zu wissen.

Zum ersten Mal antworteten sie mir nicht, und ich fragte mich, war wirklich das Licht das, was mich beeinflusste, oder waren es die Schatten? Befolgten sie meine Befehle oder ließen sie mich das nur glauben? War ich in Wahrheit ihr Handlanger? Aber die wichtigste Frage war: Würde die Dunkelheit die Rettung meines Vaters sein? Ebenjene hatte ihn doch erst zu diesem gebrechlichen Mann gemacht, der dem Tod näherstand als dem Leben.

Ihr seid verwirrt, mein Prinz, Ihr wisst nicht, was Ihr da denkt, zischelte es in meinem Kopf.

Ich setzte an, um zu widersprechen, doch in diesem Moment stellten sich Cliffords Borsten auf und er stürzte sich mit einem Fauchen auf seine Tochter.

Elena schrie markerschütternd. Mit einem Sprung wich sie ihm aus und landete auf dem Boden. Todesangst spiegelte sich auf ihrem Gesicht und mein Herz krampfte aus Sorge um sie. Tief in mir gab es das unbändige Bedürfnis, sie zu beschützen. Sämtliche meiner Muskeln spannten sich an. Sollte Elena etwas zustoßen, würde ich mir das nie verzeihen. Meine Fingernägel bohrten sich schmerzhaft in meine Handballen und ein einziger Gedanke beherrschte mein Handeln: *Ich darf Elena nicht verlieren. Ich darf nicht zulassen, dass die Schatten sie verletzen.*

DIE LICHTPRINZESSIN

Elena

Immer wieder warf ich einen Blick über meine Schulter zurück, um mich zu vergewissern, dass ich noch alleine war. Es war nur eine Frage der Zeit, bis der Schattenprinz mich einholen würde, aber bisher fehlte von ihm jede Spur.

Ich erreichte eine schwere Flügeltür aus Akazienholz und stemmte mich dagegen. Ein Keuchen entwich mir, als sie sich schließlich öffnete.

Die Botschaft in Sternenform in den Händen haltend trat ich in einen großen Saal. Ein Blick auf meine Sanduhr hatte mir gezeigt, dass über die Hälfte des Sandes bereits hindurchgerieselt war. Ich vermutete, sollten weder der Schattenprinz noch ich es schaffen, innerhalb der dafür vorgesehenen Zeit den Sieg zu erringen, würde es keinen Gewinner geben.

Noch einmal überflog ich die Zeilen, in der Hoffnung, auf etwas zu stoßen, das mir irgendwie weiterhalf.

Elena:

Dein Name die
Leuchtende heißt,
du dieser Welt den Weg
zum Lichte weist.
Deine Liebe im Herzen
bricht Mauern und lindert
Schmerzen.

Leider war dieser Hinweis äußerst kryptisch. Zwar hatte ich nicht gewusst, welche Bedeutung mein Name hatte, doch das brachte mich jetzt auch nicht weiter. *Elena, die Leuchtende.* Es war beinahe Ironie des Schicksals, dass mein Name so gut in diese Welt passte.

Ein Röcheln unterbrach meine Gedanken und mit klopfendem Herzen hob ich den Blick.

Entsetzt keuchte ich auf, als ich einen ausgemergelten Mann auf einem dunklen Thron sitzen sah. War er ein Schattenwesen? Waren deshalb seine Beine vom schwarzen Kristall verschluckt? Mein Blick fiel abermals auf den Thron und ich begriff: Das war der König. Schockiert schlug ich mir eine Hand vor den Mund. Er war mehr tot als lebendig. Das hatten die Schattenwesen ihm angetan, oder? Auch wenn der Schattenprinz grausam war, glaubte ich nicht, dass er seinem Vater so etwas antun würde.

In diesem Moment bemerkte ich eine Bewegung im Augenwinkel. Langsam ging ich auf das Zentrum der Säulen und damit auf den Mittelpunkt des Thronsaals zu und entdeckte dort oben an der Decke etwas, das mir das Blut in den Adern gefrieren ließ. Ein Ungetüm, dessen Düsternis mich bis ins Mark erschütterte.

Die Ereignisse überschlugen sich, das Monstrum sprang zu Boden, fixierte mich bedrohlich, aber das Grauen wurde noch unerträglicher, sobald ich einen kurzen Blick unter die Schwärze werfen konnte und das Gesicht meines Vaters erblickte. Wie lange hatte ich mich danach gesehnt, und nun war das Wiedersehen so völlig anders als von mir in meinen Träumen ausgemalt.

Das Wesen fixierte mich.

»Vater?«, fragte ich zögerlich. Doch er reagierte nicht.

Ich war wie erstarrt und keinen Wimpernschlag später griff er mich an.

Nur durch einen Sprung konnte ich ihm ausweichen. Ich landete hart auf dem kalten Steinboden und blieb liegen. Das Blut rauschte in meinen Ohren und mein Herz schien vor Angst stehen geblieben zu sein. Hatte mich gerade mein eigener Vater angegriffen? Der Schmerz über seine Tat überwog den des harten Aufpralls. Wie hatte er das nur tun können?

Mein Blick fiel auf die mit gruseligen Fresken verzierte Decke des Thronsaals. Über mir schwebte eine gemalte Putte, die blutige Tränen weinte. *Wie passend*, schoss es mir durch den Kopf.

Langsam, wie ein wildes Tier, das seine Beute witterte, kam das Wesen mit dem Gesicht meines Vaters auf allen vieren auf mich zugekrochen. Seine Augen waren schwarz und ausdruckslos. All die Wärme und Liebe, die ich stets darin gesehen hatte, waren verschwunden. Nein, das war nicht länger mein Vater, es waren die Schatten, die vollständig die Kontrolle über seinen ehemals scharfen Verstand übernommen hatten.

»Vater.« Erneut sprach ich ihn an. Ich hoffte so sehr, dass er sich an mich erinnern würde. Vielleicht steckte ja doch noch etwas von ihm unter dieser zähflüssigen schwarzen Schicht. »Ich bin es, Elena.«

Ein Knurren entwich seiner Kehle.

»Deine … deine Tochter.«

»Elena, sei vorsichtig«, hörte ich die warnende Stimme des Schattenprinzen.

Vor Angst hatte ich ihn noch gar nicht bemerkt. Seit wann war er hier?

Schützend stellte er sich zwischen mich und meinen Vater. Er warf einen schnellen Schulterblick zu mir, ehe er sich mit angespannter Körperhaltung dem Schattenwesen zuwandte. »Das ist nicht länger Clifford. Die Schatten haben sich seiner angenommen. Er weiß nicht, was er da tut.«

»Aber …« Stöhnend rappelte ich mich auf. Mein Rücken schmerzte fürchterlich. Kurz entschlossen zog ich meinen Mantel, der bei dem Sturz verrutscht war, aus, um mehr Bewegungsfreiheit zu haben. »Was ist mit meinem Wunsch? Sollte dieser ihn nicht retten? Ich habe ihn doch gefunden. Weshalb ist das Spiel nicht vorbei?«

Für einen Augenblick sah ich Ratlosigkeit in seinem Gesicht, doch als der Schattenprinz antwortete, war in seiner Stimme nichts davon zu merken: »Weil der Sieger noch nicht feststeht.«

Verständnislos blinzelte ich ihn an. Ich hatte meinen Vater und damit meinen Preis gefunden, im Gegensatz zum Schattenprinzen. Ich war eindeutig schneller gewesen. »Das kann nicht sein. Ich bin nicht so weit gekommen, um meinen Vater jetzt noch zu verlieren.« Tränen brannten in meinen Augen, die ich verbissen wegblinzelte.

»Du hast etwas vergessen«, erklärte der Schattenprinz und warf mir über die Schulter abermals einen Blick zu, den ich nicht recht zu deuten wusste. Zuneigung lag darin und gleichzeitig Schmerz. »Berührst du, was du schmerzlich vermisst, so gehört es dir, falls du der Gewinner bist.« Zusammen mit dem Hinweis auf dem Kompass – *Greif zu und es ist dein, doch musst du schneller als die anderen sein* – begriff ich, was damit gemeint war. Ich musste irgendwie meinen Vater berühren. Aber eines verstand ich nicht, warum half mir der Schattenprinz?

Mir blieb keine Zeit, um diesen Gedanken zu vertiefen, denn ohne Vorwarnung preschte das Schattenwesen los und sprang den Schattenprinzen mit gebleckten Zähnen an. Er duckte sich geschickt weg, sodass das Untier über seine Schulter flog, dann wirbelte er herum und verpasste ihm einen heftigen Tritt in den Magen. Es heulte laut auf und setzte zu einem erneuten Angriff an. Mit einem irrsinnigen Funkeln stürzte es sich auf mich. Der Prinz warf sich in den Weg, wurde jedoch durch den Schwung umgerissen und begrub mich unter sich.

Ich stöhnte unter ihrem Gewicht, das mir sämtliche Luft aus der Lunge presste. Mit einem wütenden Aufschrei schleuderte der Schattenprinz die Kreatur von sich herunter. Aus irgendeinem Grund schien sie es auf mich abgesehen zu haben. Ich fragte mich, wieso das so war. Durch die plötzliche Nähe zum Schattenprinzen stieg mir sein vertrauter Geruch in die Nase und seine schwarzen Haare kitzelten meine Schläfe und Wange. Für einen kurzen Moment war er einfach wieder Alex. Ich bekam Angst um ihn, wollte nicht, dass er verletzt wurde.

Der Prinz rollte hastig von mir runter und ich konnte endlich wieder durchatmen.

»Bist du versehrt?« Mit seinen grauen Augen suchte er meinen Körper nach Verletzungen ab.

»Nein«, krächzte ich.

»Gut.« Er wandte sich ab und trat auf die Kreatur zu.

Entsetzt verfolgte ich, wie die beiden miteinander rangen. Ich stemmte mich auf die Beine. Da sie nicht auf mich achteten, nutzte ich die Gelegenheit, um zu meinem Vater zu gelangen und ihn zu berühren, ganz wie es der letzte Hinweis besagte. Doch gerade als ich meine Hand nach ihm ausstreckte, ruckte sein Kopf zu mir. Wieder stellte sich der Schattenprinz zwischen uns und die Klaue des Wesens traf ihn hart gegen die Brust.

Der Prinz geriet aus dem Schritt, konnte sich aber gleich wieder fangen.

Das Schattenwesen verweilte in lauernder Haltung, bereit, abermals anzugreifen. Panik erfasste mich und erstickte jeden klaren Gedanken. Es war unmöglich, meinen Vater zu berühren, ohne dabei von seinen scharfen Klauen oder spitzen Stacheln verletzt zu werden, die unweigerlich dafür sorgen würden, dass ich mich in ein Schattenwesen verwandelte. Trotzdem, was blieb mir anderes übrig, als es noch einmal zu versuchen, wenn ich meinen Vater zurückbekommen wollte?

Mit bis zum Hals klopfendem Herzen rannte ich um den Prinzen herum, auf die Kreatur zu.

Der Schattenprinz riss mich am Arm zurück. »Etwas stimmt hier nicht.«

Sein warnender Tonfall ließ mich innehalten. Er runzelte die Stirn und blickte zu einer Ecke im Thronsaal, aus der sich ein Schatten hervorschälte. Sie schienen eine stumme Unterhaltung zu führen. Seine Hände bebten, als würde ihn etwas, das der Schatten sagte, zornig machen.

»Was ist los?«, fragte ich zaghaft, unsicher, ob ich die Antwort überhaupt hören wollte.

»Sie behaupten noch immer, sie würden die Regeln einhalten.« Er schüttelte den Kopf, als sähe er das anders. »Jedoch verraten sie mir nichts weiter dazu, außer dass dein Vater unter der Schicht aus Schatten unversehrt …«

Er wurde unterbrochen, als die Kreatur auf uns zupreschte. Der Schattenprinz schlang seine Arme um meine Mitte und warf sich mit mir zur Seite. Ich konnte den Windhauch des Schattenwesens spüren, das über uns hinwegsprang.

Der Prinz sprang auf die Beine, doch er war nicht schnell genug, und die Kreatur versenkte ihre Klauen in seiner Schulter. Als sie ihre Krallen zurückzog, blieben blutigen Striemen zurück.

Das Biest ließ ihm keine Verschnaufpause, sondern hieb sofort erneut auf ihn ein. Dabei zerfetzte es die Kleidung des Prinzen und offenbarte einen Teil der Tribals, die sich über seinen gesamten Oberkörper schlangen. Seine Miene verzerrte sich vor Schmerz, aber er gab keinen Laut von sich, selbst dann nicht, als die Kreatur ihn nicht freigeben wollte. Beide taumelten sie in Richtung Thron. Der König rollte mit den Augen, als wolle er etwas Wichtiges sagen.

»Ich bin der Schattenprinz«, knurrte er, »und du wirst mir gehorchen.« Mit einem schmerzvollen Stöhnen warf er sich gegen das Wesen, das schließlich von ihm abließ, um das Gleichgewicht nicht zu verlieren. Nur war es bereits zu spät und es kippte nach hinten. Ein spitzer Kristall vom Thron bohrte sich in seinen Buckel und spießte es dort auf.

Das Schattenwesen heulte vor Schmerz auf. Ich eilte zu ihm, denn nun bot sich mir die einmalige Gelegenheit, um zuzugreifen, doch der Schattenprinz versperrte mir mit ausgestreckten Armen den Weg.

»Schattenprinz … Alex«, stammelte ich, denn etwas in seinem Blick verwirrte mich. Aus seiner Schulter tropfte Blut auf den Boden. »Ich weiß nicht mal, wie ich dich nennen soll. Ich habe das Gefühl, ich kenne dich nicht mehr.« Verzweifelt schüttelte ich den Kopf. »Aber eines weiß ich: Ich muss zu meinem Vater. Nur so kann ich das Spiel beenden.«

»Nein.« Er atmete schwer, doch seine Gefühle hatte er perfekt unter Kontrolle. Ihm war weder der Schmerz von seiner Wunde anzusehen noch, was er gerade dachte.

»Nein? Wieso nicht? Etwa, weil du gewinnen willst?«, begehrte ich auf. »Ich habe dir bei der Schlucht das Leben gerettet und ein Teil von dir wollte es mir danken, indem du mir den Sieg überlässt. Erinnerst du dich?«

»Du hast recht. Alex wollte das und ich … ich will es auch. Doch es wäre zu gefährlich, wenn du dich Clifford näherst. Aber ich kann dir helfen.«

»Wieso solltest du das wollen?«, fragte ich ungläubig.

»Weil du in mir Zweifel gesät hast und mir nun endlich klar geworden ist, dass ich dem falschen Pfad folge. Ich kann zwar meine Taten nicht ungeschehen machen, aber ich kann von nun an einen anderen

Weg einschlagen. Die Schatten sind mein Untergang und der meines Vaters, und das Licht wusste es. Es hat versucht mich zu warnen, aber ich habe es erst begriffen, als die Schatten dich töten wollten … Ich hatte solche Angst um dich und ich könnte es mir nie verzeihen, sollte dir etwas zustoßen. Ich könnte nie wieder in den Spiegel blicken, wenn du …« Er verzog gequält das Gesicht.

»Wovon in Gottes Namen redest du da?«, fragte ich verzweifelt.

Ich linste unter seinem Arm vorbei zu meinem Vater, der beständig qualvolle Laute von sich gab. Er litt. Ich musste ihn endlich von den Schatten erlösen.

»Bitte, Elena, hör mir zu. Du musst mir jetzt unbedingt vertrauen.« Der eindringliche Tonfall des Schattenprinzen brachte mich dazu, ihn anzusehen.

Er blickte mich beschwörend an, doch ich schnaubte nur verächtlich. »Als könnte ich das, nach allem, was geschehen ist.«

Die Bilder vom Hasenbau kamen mir wieder in den Sinn und der alte Hass, den ich auf den Schattenprinzen verspürt hatte, glomm erneut in mir auf. Er war dafür verantwortlich, dass die anderen Spieler allesamt tot oder Schattenwesen waren, und nun stellte sich heraus, dass der eine Spieler, für den Lyra ihr Leben gelassen hatte, weil ich versucht hatte, ihn vor dem sicheren Tod zu bewahren, der Schattenprinz höchstpersönlich war.

In dem Moment, als ich herausgefunden hatte, wer Alex in Wahrheit war, war etwas in mir zerbrochen. Das Urvertrauen in die Menschen, wobei Alex ja nicht mal einer war. Und ich war mir nicht sicher, ob es jemals wieder repariert werden konnte. Ironischerweise hatte er mich immer wieder davor gewarnt, zu gutgläubig zu sein, und am Ende hatte er recht behalten.

»Ich verstehe, dass du mir nicht länger vertraust«, fing der Prinz an.

»Da liegst du ganz richtig«, schleuderte ich ihm entgegen.

Er schlug die Lider nieder und ließ die Schultern hängen. Die Geste hatte etwas dermaßen Trauriges an sich, dass sich mein Herz unfreiwillig vor Rührung zusammenzog. Egal, wie gerne ich ihn für alles hassen würde, ich schaffte es nicht. Denn ich sah in ihm immer noch einen Teil von Alex und dieser war so anders gewesen als der Prinz. Weniger höhnisch und überlegen, dafür rücksichtsvoll und beschützend. Ich fragte mich, woran das lag. Er konnte doch keine gespaltene Persönlichkeit haben, oder doch?

»Und eigentlich sollte ich stolz auf dich sein, dass du es nun nicht mehr tust.« Der Schattenprinz hob den Blick und in seinen grauen Augen lag ein entschlossenes Glimmen, das zuvor nicht da gewesen war. Wie ein Licht, das versuchte, durch eine dicke Nebelwand durchzubrechen.

Ich schluckte schwer. Alles, was aus seinem Mund kam, waren nur weitere Lügen. Bestimmt wollte er mich in eine Falle locken, weil er wusste, dass ich kurz davorstand, meinen Sieg einzuholen. Aber warum glaubte ich mir das selbst nicht? Es lag an der Art, wie er mich ansah. Nicht mehr so kalt und berechnend, wie er es als Schattenprinz getan hatte, kurz nachdem er sein Gedächtnis zurückbekommen hatte. Ehrliche Sorge lag darin und die gleiche Zuneigung, mit der er mich jedes Mal angesehen hatte, kurz bevor wir uns geküsst hatten. Ich biss mir auf meine Unterlippe. Nein, das hier war nicht gespielt. Der Schattenprinz sagte die Wahrheit.

»Elena, bitte, es ist wichtig, dass du mir jetzt vertraust, auch wenn ich es nicht verdient habe. Aber ich werde dir helfen, Clifford zu retten, das schwöre ich bei den Schatten.«

Er zuckte zusammen und fasste sich an die Schläfen. »Verschwindet!«, brüllte er und sein Befehl hallte von den hohen Wänden des Thronsaals wider.

Der König röchelte, und als ich einen Blick zu ihm warf, starrte er mit einem unzufriedenen Ausdruck zu seinem Sohn.

Der Prinz atmete durch und seine Gesichtszüge glätteten sich. Sein Blick wurde ganz weich, wie geschmolzenes Silber, als er mich ansah: »Ich kenne niemanden, der eine reinere Seele besitzt als du und der den Sieg mehr verdient hätte. Außerdem weiß ich, wie es ist, seinen Vater an die Schatten zu verlieren. Du sollst nicht das Gleiche durchleiden müssen wie ich.« Er blickte zum König und Traurigkeit huschte über sein Gesicht. »Ich kann Clifford zurückholen, denn ich habe die Macht, die Schatten zu kontrollieren. Wenn das geschafft ist, berührst du ihn und dein Wunsch wird sich erfüllen.« Entschiedenheit legte sich über seine Züge und gleichzeitig fing das Tribal auf seinem Oberkörper an zu pulsieren. Wie schwarze Nebelschwaden waberte es auf seiner Haut. Irgendetwas musste es damit auf sich haben. Vielleicht lag darin seine Macht als Schattenprinz verborgen?

Ohne meine Antwort abzuwarten, drehte er sich zu meinem Vater um und tauchte seine Hände in die schwarze Masse, die sich unter seinem Griff zu verändern schien. Das Wesen bäumte sich auf und knurrte bedrohlich.

Mit einem Ruck riss er ein großes Stück der schwarzen Haut ab, die nun eine gummiartige Textur aufwies. Der linke Arm meines Vaters tauchte darunter auf.

Unermüdlich machte der Prinz weiter. Er schälte die Schatten vom Körper meines Vaters und immer mehr vom alten Clifford kam zum Vorschein. Doch dieser wollte sich nicht helfen lassen. Noch immer war sein Blick verwirrt und er wehrte sich verbissen. Irgendwie gelang es ihm schließlich, sich von dem spitzen Kristall loszureißen. Dabei stieß er einen Schmerzenslaut aus, der mir durch Mark und Bein ging. Mit einem wahnsinnigen Funkeln in den Augen zielte er mit seiner anderen, noch immer klauenbesetzten Hand direkt auf die Kehle des Schattenprinzen.

»Nein!«, schrie ich schrill.

Geistesgegenwärtig wich der Schattenprinz – oder Alex? – aus, sodass die Kreatur an ihm vorbei ins Leere stolperte und ihm nun den Rücken zukehrte. Blitzschnell schlossen sich die Hände des Prinzen um den Buckel und rissen ihn mit einem kräftigen Ruck ab. Das Wesen fuhr herum und bohrte seine spitzen Krallen zwischen die Rippen des Prinzen. Dieser drehte sich aus Reflex von ihm weg und durch den Schwung entglitt ihm der stachelige Panzer. Das Ding flog in Richtung Thron und bohrte sich tief in die Brust des Königs.

»Vater.« Es war kaum mehr als ein Hauch, aber ich hörte das Entsetzen über seine Tat überdeutlich heraus. Er presste sich eine Hand auf seine blutende Seite, seine Miene war ein einziger Ausdruck von Leid.

Ich wollte dem Schattenprinzen helfen, die restlichen Schatten von meinem Vater zu reißen, doch er erkannte meine Absicht. »Bleib, wo du bist! Für dich sind die Schatten immer noch giftig. Du darfst sie nicht berühren.«

Mir fiel die Szene im *Düsteren Wald* ein, als die Spinne Alex verletzt hatte und er sich nicht in ein Schattenwesen verwandelt hatte. Im Nachhinein kam ich mir schrecklich dumm vor. Ich hätte schon da ahnen müssen, dass er kein gewöhnlicher Spieler war.

Mit einem wütenden Aufschrei rammte er meinem Vater die Faust in den Magen. Der Schattenprinz keuchte schwer, doch trotz seiner Verletzungen konnte er weiterhin kämpfen. Mein Vater brach zusammen, ging in die Knie und der Prinz stürzte sich auf ihn, riss die restliche schwarze Haut in Fetzen von ihm ab. Je mehr davon abfiel, desto mehr klärte sich der Blick meines Vaters, bis Erkenntnis darin aufblitzte.

Er riss seine grünen Augen weit auf und hörte gleichzeitig auf sich zu wehren. »Elly«, stammelte er.

Und dieses eine Wort ließ Tränen in meinen Augen aufsteigen. »Vater!«

»Was … was machst du denn hier?« Sein ehemals von den Schatten umnebelter Verstand brauchte einen Moment, um zu begreifen, was passiert war.

Er starrte mich an, als sähe er mich zum ersten Mal, und das tat er ja auch. Zumindest zum ersten Mal, seit ich kein Kind mehr war. Wärme lag in seinem Blick und ich fühlte mich sofort zurückversetzt in jene Zeit – es waren unzählige Abende –, in der wir gemeinsam die Sterne studiert oder in einem Buch gelesen hatten. Wir waren zusammen zu kleinen Forschungsreisen in unserem Garten aufgebrochen, zu Expeditionen, auf denen wir Insekten und Käfer aufspürten, und wer die seltensten Exemplare fand, gewann. All das strömte im Bruchteil von Sekunden auf mich ein und meine Sicht verschwamm. Fahrig wischte ich mir die Tränen von den Wangen, während der Schattenprinz den letzten Streifen schwarzer Haut vom Bein meines Vaters entfernte.

»Natürlich«, redete Clifford weiter, ohne meine Antwort abzuwarten. Sein Blick huschte zerstreut im Thronsaal umher. »Ich habe dich hierherbeordert und du bist gekommen. Du bist tatsächlich gekommen, um mich zu retten. Es hat funktioniert. Meine Botschaft hat dich daran erinnert, dass ich es bin, den du schmerzlich vermisst.« Seine Miene hellte sich auf und er breitete die Arme aus. »Elly, mein kleines Mädchen. Komm her und lass dich umarmen.«

Kurz schaute ich zum Schattenprinzen, der einen ziemlich mitgenommenen Eindruck machte. Er reckte nur leicht das Kinn, als wolle er sagen: *Nun mach schon.* In diesem Moment wusste ich endlich, wie ich ihn nennen sollte, denn der Schattenprinz hätte mich niemals gewinnen lassen, doch Henry Alexander Chandler tat es. Ich formte ein »Danke« mit meinen Lippen, ehe ich zu meinem Vater lief.

Ich warf mich zu ihm auf den Boden. »Vater«, schluchzte ich auf, als sich seine Arme um meinen Rücken legten.

Einen Wimpernschlag später rumpelte es laut, der Boden bebte und zugleich ertönte ein Signalhorn. Die Haut auf meinen Armen kribbelte, und ohne hinzusehen, wusste ich, dass die Tätowierungen verschwanden. Ich hatte es innerhalb der Zeitbegrenzung geschafft, das Spiel zu beenden, und somit waren keine Sanduhren und auch keine Schattenmarkierungen mehr nötig. Wenn es noch weitere Spieler zum Schloss geschafft hätten, dann hätten sie jetzt heimkehren dürfen.

Mein Vater zog mich fest an sich und ich genoss es, ihn nach so vielen Jahren endlich wiederzusehen. Er fühlte sich dünn und abgemagert an. Schlank war er schon immer gewesen, aber irgendwie war er mir in meiner Erinnerung wesentlich kraftvoller erschienen.

»Elena.« Er strich mir über den Kopf. »Mein starkes Mädchen, mein Wildfang. Darf ich dich überhaupt noch so nennen? Du bist ja, seit wir uns zuletzt gesehen haben, zu einer jungen Dame herangereift.«

»Natürlich darfst du das. Ich hab dich ja so vermisst und Mutter auch. Sie wird überglücklich sein, wenn sie dich wiederhat. Wenn unsere Familie endlich wieder vollständig ist.« Ich strahlte ihn an, während weitere Freudentränen meine Wangen hinabrannen. Er wirkte nicht weniger gerührt.

Ich blickte in sein Gesicht, dessen Züge mir so vertraut waren, obwohl ich es so lange nicht gesehen hatte. Da wir beide am Boden knieten, fiel es nicht so auf, dass er ein ordentliches Stück größer war als ich und somit die meisten Menschen überragte. Sein welliges braunes Haar hatte erste graue Strähnen bekommen und seine Haut wirkte seltsam fahl. Dunkle Schatten lagen unter seinen Augen, doch das Grün darin leuchtete voller Freude über meinen Anblick, wie es das sonst nur tat, wenn er über seine Forschungen sprach.

»Ich wusste, du würdest es schaffen. Mir war immer klar, dass du genauso clever bist wie ich, dass du die Rätsel lösen würdest. Deshalb habe ich dir die handgeschriebene Botschaft anstelle der Spielregeln in der Spieluhr hinterlassen. Um dich daran zu erinnern, dass ich es bin, den du schmerzlich vermisst, und um dich vor den Gefahren in dieser Welt zu warnen.«

Bei diesen Worten dachte ich an den letzten Satz seiner Nachricht zurück. *Freund oder Feind, Schatten oder Licht sind oft nicht so leicht voneinander zu unterscheiden.* Die Bedeutung hatte ich leider zu spät erkannt.

»Es tut mir furchtbar leid, was du meinetwegen erleiden musstest«, sprach er weiter. »Was mein Ehrgeiz, mein Forscherdrang angerichtet haben. Ich wünschte, ich könnte es ungeschehen machen. Ich wünschte, ich hätte mich damals mit meinem Erfolg zufriedengegeben. Stattdessen wollte ich immer mehr. Strebte nach noch mehr Anerkennung und Weltruhm und glaubte, dies zu erlangen, wenn ich nur die Existenz der Welt aus Schatten und Licht beweisen könnte. Doch welches Unglück ich dabei über unsere Familie bringen würde, daran habe ich keinen Gedanken verschwendet. Und am meisten bereue ich, dass ich das Risiko eingegangen bin, dich in Lebensgefahr zu bringen. Bitte verzeih mir, Elly. Ich würde alles dafür geben, es ungeschehen zu machen.« Seine Augen glänzten wässrig.

Ich hatte meinen Vater noch nie so voller Reue erlebt.

»Das kannst du aber nicht«, erwiderte ich und meine Hände bebten wegen all des Grauens, das ich seinetwegen durchleiden musste. »Du warst es, der uns begrüßt und uns die Aufgaben gestellt hat. Wieso hast du mir nicht geholfen?«

Er bemerkte meinen vorwurfsvollen Ton, denn ein bedauernder Ausdruck legte sich über sein Gesicht. »Es war mir nicht möglich. Als Teil des Spiels war ich an dessen Regeln gebunden, so wie alle Beteiligten. Du musst wissen, das Spiel steht über allem. Deshalb konnte auch Henry daran teilnehmen, ohne dass die Figuren ihn als Schattenprinzen entlarven würden. Nachdem er kurz vor Spielbeginn seine Kräfte auf mich übertrug, war es mir möglich, sein Gedächtnis zu löschen und ihn als Spieler auf dem Jahrmarkt einzuschleusen. Doch ich habe den Einfluss der Schatten unterschätzt. Schon nach einem Tag fiel es mir schwer, ihren Einflüsterungen zu widerstehen, und am zweiten Tag gelang es ihnen, sich in eine meiner Aufgaben zu schleichen. Sie haben als ein Pantomime versucht, Henry zu beeinflussen. An Tag drei übermannten sie mich schließlich vollends und heute bin ich Gott sei Dank wieder ich selbst.«

Es war kaum zu glauben, dass das Spiel insgesamt nur vier Tage gedauert hatte. In dieser kurzen Zeitspanne war so viel passiert, dass es mir viel länger vorkam.

»Henry sei Dank«, murmelte ich. Mein Blick huschte kurz zum Prinzen, der über den Körper des Königs gebeugt war. Das Gesicht des Herrschers hatte eine kränkliche Farbe angenommen.

Ein Schatten tauchte hinter einer Säule auf und schien dem Prinzen etwas zu sagen, denn Henry hob den Kopf und seine Miene verzerrte sich vor Zorn.

»Henry«, röchelte der König.

»Elena, alles, was ich getan habe, tut mir unglaublich leid. Kannst du mir verzeihen? Bitte sag, dass du es kannst.« Vaters Mundwinkel hingen bekümmert nach unten und sein bittender Blick bohrte sich in meinen.

Ja, wollte ich antworten, doch ein bestürztes »Nein!« von Henry ließ mich innehalten. Zuerst glaubte ich, er hätte anstatt meiner die Frage beantwortet, doch als ich mich abermals nach ihm umsah, bemerkte ich, dass er vor dem Thron seines Vaters kniete. Neben ihm lag der Panzer und in der Brust des Königs prangten tiefe Löcher, aus denen unermüdlich Blut quoll, das sich zwischen den Kristallen einen Weg bahnte und in schmalen Rinnsalen zu Boden floss. Der König wirkte schmächtig und in sich zusammengefallen, aber er schien nicht länger mit dem Thron verwachsen zu sein.

»Es ist alles meine Schuld.« Die Stimme des Königs klang dünn und kratzig.

»Du … du sprichst?«

»Ja, mein Sohn. Und nun hör mir gut zu. Als ich zu dir sagte, Liebe zerstöre nur, habe ich dir die Fähigkeit genommen, dich jemandem zu öffnen. Das war falsch. Mich mag sie zugrunde gerichtet haben, aber zerstört haben mich erst die Schatten.«

Ich konnte sehen, wie Henry blass wurde. Schock zeichnete sich auf seiner Miene ab.

»Als ich das begriffen hatte und mich von ihnen abwenden wollte, ketteten sie mich an den Thron, um ihre Macht zu behalten«, fuhr der König fort. »Dir haben sie gesagt, es wäre, um mich am Leben zu halten, doch das ist eine Lüge. Bitte, mein Sohn, sei auf der Hut. Lass nicht zu, dass die Schatten eine solche Macht über dich gewinnen wie bei mir.« Der König tat ein paar röchelnde Atemzüge.

»Das werden sie nicht«, sagte Henry entschieden. »Ich weiß mittlerweile, dass sie mich belogen und für ihre Zwecke ausgenutzt haben.« Eine Zornesfalte bildete sich auf seiner Stirn.

Ein Schatten kroch nahe dem Thron aus der Wand. Der Prinz blickte zu ihm und die Falte vertiefte sich.

»Glaub nicht den Schatten, Henry. Ich bin nicht verwirrt. Im Gegenteil. Endlich werden meine Gedanken nicht länger von ihnen vergiftet.«

»Wieso haben sie mit einem Mal von dir abgelassen?« Henry griff sich an die Schläfe. Er schien genauso durcheinander zu sein wie ich.

»Im Angesicht des Todes haben die Schatten keine Macht mehr über mich. Der Panzer hat mich zu schwer verwundet. Doch nun, da es für mich zu spät ist, werden sie es auf dich abgesehen haben. Sie werden all ihre Macht nun auf dich konzentrieren.« Der König rang nach Luft.

»Vater!« Henry griff nach der Hand des Herrschers. »Ich verspreche dir, du musst dir keine Sorgen machen.«

»Unterschätze sie nicht. Sie haben schon jetzt weit mehr Einfluss über dich erlangt, als du glaubst. Über die Jahre haben sie dich verändert, haben dich hartherzig und egoistisch gemacht. Heute habe ich zum ersten Mal etwas von dem Henry durchblitzen sehen, der du einmal warst. Bevor all das Unheil über unsere Familie hereingebrochen ist und ich nicht länger der Vater für dich sein konnte, den du verdient hättest.« Der König lehnte erschöpft seinen Kopf gegen den Thron. Sein Atem ging rasselnd. Offenbar hatten ein paar der Borsten seine Lunge durchbohrt, in der sich Blut sammelte.

Seine Worte deckten sich mit denen des Hasen, der mir von einem lieben kleinen Jungen erzählt hatte, den die Schatten im Laufe der Zeit verändert hatten, genau wie den König.

Mir wurde mit einem Schlag klar, weshalb es so wirkte, als wären Alex und der Schattenprinz zwei völlig unterschiedliche Personen. All dies bewirkte der Einfluss der Schatten. Sobald Henry seine Erinnerungen zurückbekommen hatte, hatten auch die Schatten ihre Macht über ihn zurückerlangt und konnten mit ihren Einflüsterungen seinen Verstand verwirren. Und wie mächtig sie waren, hatten sie an meinem Vater demonstriert. Nie wäre er dazu fähig gewesen, mir auch nur ein Haar zu krümmen, wenn die Schatten ihn nicht vollständig kontrolliert hätten. Und das Gleiche hatten sie offenbar jahrelang mit dem König gemacht. Wie sollte Henry da stark genug sein, sich ihnen zu widersetzen?

»Nur das Licht kann dich jetzt noch retten. Doch es ist geschwächt. Die Schatten haben es fast vollständig verbannt.« Immer wieder musste der König innehalten. Das Blut, das sich in seiner Lunge sammelte, erzeugte merkwürdige gurgelnde Laute.

Plötzlich taxierte der König mich und sein Blick war dabei so einnehmend, dass ich automatisch zusammenzuckte. »Rette die Welt aus Schatten und Licht«, röchelte er. »Rette meinen Sohn.«

Henrys Haare waren vor sein Gesicht gefallen und verbargen seine Emotionen. »Vater.« Seine Stimme klang brüchig.

»Mit meinem Tod gehen meine Kräfte auf dich über und die Schatten werden sich auf dich stürzen.« Die Haut des Königs wurde zusehends farbloser und nahm einen wächsernen Ton an. Ich konnte förmlich sehen, wie das Leben aus ihm hinausfloss.

»Setze auf die Leuchtende, mein Sohn, sie lässt dich und die Welt wieder erstrahlen. Zusammen könnt ihr die Schattenwesen in ihre Schranken …« Die letzten Worte waren kaum mehr zu verstehen, dann erschlafften die Gesichtszüge des Königs.

»Nein!«, schrie Henry und in diesem einen Wort lagen all sein Schmerz, seine Trauer und sein Verlust.

Ich lief zu ihm, hockte mich neben ihn und strich ihm tröstend über den Rücken. Dabei wunderte ich mich über die letzten Worte des Königs. Hatte er ausdrücken wollen, Henry solle auf das Licht setzen? Aber warum hatte er die Bedeutung meines Namens ausgesprochen? *Deine Liebe im Herzen bricht Mauern und lindert Schmerzen.*

Hatte ich etwas damit zu tun? Besaß ich die Macht, Henrys Schmerz zu lindern? Konnte ich mit meiner Liebe für ihn die Mauern, die er um sein Herz errichtet hatte, um das Licht auszusperren, einreißen und so dafür sorgen, dass es wieder hineinfiel? Konnte ich Henry die Kraft verleihen, die Schatten zu verdrängen? Ich wollte ihm so gerne helfen, aber ich wusste nicht, wie.

»Ich bin bei dir. Ich lasse dich nicht im Stich«, flüsterte ich.

Der Prinz hielt weiterhin die Hand seines Vaters umklammert und noch immer verhinderten seine Haare, dass ich einen Blick auf sein Gesicht erhaschen konnte. Dafür sah ich die zwei Tätowierungen, die auf seiner Brust aufgetaucht waren. Ein schwarzer und ein weißer Halbkreis, die zusammen einen ganzen bildeten. Von ihnen gingen mehrere unterschiedlich lange Zacken aus, die wie Strahlen davon abstanden. Sonne und Mond. Licht und Schatten. Zusammen bildeten sie eine Kugel, eine Einheit. Symbolisierten diese Welt.

»Henry, ich muss dir etwas sagen!«, rief mein Vater plötzlich. »Es war mir möglich, die Gedanken der Schatten zu hören, während sie mich kontrollierten. Das lag daran, dass sie mich nicht vollständig verwandeln konnten, weil die Magie des Herzenswunsches dies unterbunden hat. Es musste nach wie vor für Elena möglich sein, mich zurückzubekommen. Doch das war es nicht, was die Schatten verhindern wollten. Sie wollten, dass du …«

»Schweig!«, blaffte Henry, blickte aber zu einem Schatten, der um eine Säule herumstrich.

Immer mehr von ihnen krochen aus den Wänden des Thronsaals hervor.

»Was geht hier vor sich?« Ängstlich blickte ich auf die tropfenden schwarzen Wesen mit ihren langen Klauen.

»Das Spiel ist vorbei. Du hast gewonnen, Elena, und jetzt warten die Schatten darauf, dass du mich verlässt, damit sie für mich da sein können, wie sie es immer schon waren.«

»Was redest du da? Der König hat gesagt, die Schatten hätten es auf dich abgesehen, sobald seine Kräfte auf dich übergegangen sind. Begreifst du nicht, dass genau das eingetreten ist? Die Schatten manipulieren dich. Schon wieder.« Ich legte meine Hand auf seine unverletzte Schulter und blickte ihn eindringlich an.

Er riss seinen Blick von den Schatten los und mir war, als wäre ein Schleier von seinen Augen genommen worden, der seine Sicht getrübt hatte. Ich konnte ihm deutlich ansehen, wie er im Innersten einen Kampf ausfocht. Einen Kampf, bei dem es um mehr ging als um Henrys Verstand, den die Schatten erneut zu vergiften versuchten. Sie wollten sein Herz in Dunkelheit ertränken, genau wie die gesamte Welt. Alle ihre Bewohner waren in Gefahr. Kurz sah ich sie vor mir, die Figuren, die mir begegnet waren und die ich ins Herz geschlossen hatte. Der Spieluhrmacher, die Verkäuferin im Abendmodegeschäft, die spielenden Kinder in den Gassen, Roger und Violett und natürlich der Hase.

»Das ist wahr«, schaltete mein Vater sich wieder ein. »Den Schatten ist nicht zu trauen. Wie ich eben schon erzählen wollte, hatten sie es während des Spiels auf Elena abgesehen. Sie wollten sie töten. Das wollen sie immer noch.«

»Warum sollten sie das tun?« Skepsis lag in Henrys Stimme und er kniff leicht die Augen zusammen.

»Ihnen wurde im Verlauf des Spiels klar, welche Gefahr sie für sie darstellt.«

Für einen Moment hielt ich den Atem an, während ich Henry prüfend musterte.

»Setze auf die Leuchtende, mein Sohn, sie lässt dich und die Welt wieder erstrahlen«, wiederholte Henry murmelnd die Worte des Königs und schloss die Augen. Er wirkte so verletzlich. »Wie habe ich nur so blind sein können? Ich habe im wahrsten Sinne des Wortes das Licht nicht gesehen. Dabei war es die ganze Zeit an meiner Seite.«

Die Schatten krochen näher auf uns zu. Eine schleichende Bedrohung. Henry presste sich verzweifelt die Hände auf die Ohren. »Ich habe euch befohlen, endlich zu schweigen!«, donnerte er. »Lasst mich in Ruhe!«

Tatsächlich hielten die Schatten inne.

Ich konnte seine Qualen nicht länger ertragen. Daher umfasste ich seine Handgelenke und zog sanft seine Finger von seinen Ohren, damit er mich hören konnte. »Ich werde bei dir bleiben.«

Er schlug die Augen auf. Verblüffung stand darin geschrieben und Rührung. Mit einem Mal wurde seine Miene unerbittlich, während er weiterhin den Schatten lauschte. Er strich sich eine Strähne, die ihm vors Gesicht gefallen war, hinters Ohr und richtete sich auf. »Die Schatten haben recht. Weshalb solltest du bei mir bleiben? Du hasst mich. Als du die Wahrheit über mich erfahren hast, habe ich den Hass in deinen Augen gesehen.«

»Nein!« Entsetzt schlug ich mir eine Hand vor den Mund, weil ich ihm ansehen konnte, dass er das wirklich glaubte. »Henry, ich hasse nicht dich, sondern deine Rolle, den Schattenprinzen.«

»Er ist keine Rolle. Er ist ich«, presste er zwischen zusammengebissenen Zähnen hervor.

»Nein, das ist er nicht. Ich habe dich während des Spiels kennengelernt, als du nicht unter dem Einfluss der Schatten standest, und das, was dich ausmacht, ist nicht der Schattenprinz. Es war auch nicht der Schattenprinz, der mich geküsst und der mein Herz mit jedem seiner Blicke dazu gebracht hat, schneller zu schlagen. Das warst allein du, Henry.«

»Willst du damit sagen, dass du mich liebst?« Seine Lippen bebten, doch gleichzeitig bildete sich ein zittriges Lächeln darauf.

War es das, was ich sagen wollte? Liebte ich Henry? Meine Gefühle für Alex waren das eine, doch er war nur eine Seite von ihm, genau wie der Schattenprinz. Aber auch diese schien gut zu sein, denn sonst hätte er nicht ein weiteres Mal für mich auf den Sieg verzichtet.

»Denkst du, ich würde jemanden küssen, wenn ich ihn bloß mögen würde? Als ich nach dem Spinnenbiss dachte, du würdest sterben, das waren die schlimmsten Momente meines Lebens. Schlimmer als alles, was ich an Grausamkeiten in diesem Spiel erlebt habe. Dich zu verlieren, allein die Vorstellung ist …« Ich konnte es nicht einmal aussprechen.

Henrys Lächeln vertiefte sich, doch er wirkte weiterhin unsicher. »Ich bedeute dir wirklich etwas.« In seinen Augen las ich Unglauben, und es brach mir beinahe das Herz, dass er sich offenbar für nicht liebenswert hielt. Dann wurde sein Blick schwermütig. »Trotzdem sind die Schatten ein Teil von mir, solange ich denken kann. Sie machen mich aus. Und der, der dich geküsst hat, war nicht ich, sondern Alex.«

»Doch, natürlich warst das du. Es war dein wahres Ich, ohne den Einfluss der Schatten. Außerdem waren sie nicht immer ein Teil von dir. Erinnere dich an die Zeit davor, wie es war, als die Schatten noch nicht im Schloss lebten.«

»Sie hat recht«, mischte sich mein Vater ein. »Ich kenne die Geschichten, die sich die Einheimischen erzählen. Die Schatten kamen erst an die Macht, nachdem die Königin gegangen ist. Davor gab es eine Zeit, in der das Licht dieser Welt nicht gedämpft gewesen ist. Als die Schatten noch nicht an deiner Seite waren. Als ein Gleichgewicht herrschte. Als Schatten und Licht noch ein Ganzes bildeten. Erinnerst du dich?«

Henrys Stirn legte sich in Falten. »Mag sein. Doch das liegt lange zurück.«

»Das ist einerlei«, entschied mein Vater. »Fakt ist: Das Licht kann seine alte Stärke zurückerhalten. Und du besitzt die Macht dazu. Du musst nur stark genug sein, dich den Schatten zu widersetzen.«

Für einen Moment blickten wir uns fest in die Augen und tief verborgen in dem Gewittergrau sah ich seine wahren Gefühle für mich hervorblitzen. Doch dann wurde sein Blick hart wie Stahl.

»Nein! Ich will eure Lügen nicht länger hören«, zischte er an die Schatten gewandt, ehe er sich in eindringlichem Tonfall an mich wandte. Seine Körperhaltung wirkte angespannt. »Elena, bist du dir sicher, dass du an meiner Seite bleiben willst? Denn dann muss ich dich um etwas bitten und das wird dich für immer an diese Welt binden. Noch steht es dir frei, zu gehen und mich mit deinem Vater zusammen zu verlassen.«

Ich folgte Henrys Blick zu der gläsernen Stelle im Boden, die sich ein gutes Stück von uns entfernt befand. Bei genauerem Hinsehen erkannte ich, dass sich darunter ein wirbelnder Strudel aus Licht und Dunkelheit befand, der mir in dem Tumult zuvor nicht aufgefallen war.

»Das Portal verbindet eure Welt mit der unseren. Vorhin, als du deinen Vater in die Arme geschlossen hast, hat es angefangen zu rotieren. Du musst dich nur in dessen Zentrum begeben und dann bringt es dich nach Hause«, erläuterte er.

Das also war das Rumpeln gewesen. Ich betrachtete meinen rechten Unterarm, während ich überlegte. Sämtliche Tätowierungen und die Schattenmarkierung waren, wie bereits von mir vermutet, verschwunden. Das Spiel war beendet und alles war wie vor meinem Eintritt in die Welt der Spieluhr. Nein, nicht alles. Ich war nicht mehr dieselbe Person wie vor dem Spiel. Zwar war ich weiterhin mitfühlend, hilfsbereit und neugierig, doch hatten die Ereignisse eine Schwere über mich gebracht, die vorher nicht da gewesen war. Das, was mit Mandy, Robert, Amit und Lyra geschehen war, hatte mich nachhaltig verändert. Es hatte mich reifer gemacht, erwachsener und verantwortungsvoller.

Doch nicht nur mich hatte das Spiel verändert, sondern auch Henry. Als ich ihn kennengelernt hatte, wirkte er distanziert und selbstsüchtig. Das hatte sich mit dem Fortlauf der Partien gewandelt. Er hatte sich mir geöffnet, hatte Nähe zugelassen und schließlich hatte er meinen Vater gerettet und mich gewinnen lassen. Das bedeutete mehr, als ich ermessen konnte.

Trotzdem fiel mir die Entscheidung nicht leicht, denn ich würde damit meiner Mutter, die ohnehin schon viel hatte erleiden müssen, neuen Kummer bescheren. Zwar bekäme sie ihren Ehemann zurück, doch sie verlöre dafür ihre Tochter. Trotzdem glaubte ich fest daran, die richtige Wahl zu treffen. Vater und Mutter würden glücklich sein. Genau wie Henry und ich.

Ich wandte mich wieder Henry zu. »Mein Entschluss steht fest. Ich bleibe bei dir. Was ist es, was ich für dich tun soll?«

Seine Schultern entspannten sich, als wäre er erleichtert, doch gleichzeitig schlich sich Sorge in seinen Blick. »Ich möchte dich bitten, einen Teil meiner Kräfte zu übernehmen. Ich will den Lichtanteil auf dich übertragen, damit die Schatten, falls sie sich meiner erneut bemächtigen, nie wieder über so viel Macht verfügen.«

Als sie das hörten, krochen die Schatten immer näher, umgarnten Henry, und es schien ihnen zu gelingen, ihn zu betören, denn kurz wurde sein Blick zerstreut, als würde er ihren Einflüsterungen erliegen. Mir wurde ganz bang. Die Schatten intensivierten ihre Bemühungen. Ein Tropfen von der zähen schwarzen Flüssigkeit klatschte neben mir auf den Boden.

»Komm zu mir, Elena!«, rief mein Vater ängstlich. »Hier ist es nicht sicher für dich.«

»Wie kannst du es wagen?«, brauste Henry auf und ballte die Hände zu Fäusten. »Ich bin jetzt der Schattenkönig. Natürlich ist sie bei mir in Sicherheit!« Aus Henry sprach der Einfluss der Schatten. Ein harter Zug hatte sich um seinen Kiefer gebildet, doch ich sah das verletzte Funkeln in seinen Augen.

»Henry, es ist in Ordnung«, sagte ich in beschwichtigendem Tonfall.

Sanft berührte ich seine Hand und seine Faust lockerte sich. Sein Blick wurde wieder klarer. Das bestärkte mich darin, dass es uns gemeinsam gelingen würde, die Schatten zu vertreiben. Das hoffte ich zumindest.

An Henrys Mundwinkeln zupfte ein winziges Lächeln. »Es war richtig von mir, meinen Wunsch aufzugeben.« Seine Stimme klang heiser und seine grauen Augen glühten. Sein Blick suchte den meinen und brannte sich in ihn. »Wie hätte ich jemals glücklich werden können, wenn die Frau, die ich liebe, dafür ihren Vater opfern müsste?«

Mein Herz schlug mir bis zum Hals, Schmetterlinge tanzten einen freudigen Walzer in meinem Bauch und meine Knie wurden weich. Hitze kroch meinen Nacken hinauf. Henry hatte gesagt, dass er mich liebte. Auf einmal fühlte sich mein Mund wie ausgedörrt an, als mir etwas klar wurde: Er hatte den möglichen Tod seines Vaters in Kauf genommen und die Einsamkeit gewählt, damit ich meinen Vater zurückbekam und mit ihm zusammen heimkehren konnte. Das war das Selbstloseste, was jemals jemand für mich getan hatte. Und auch davor hatte er schon selbstlos gehandelt. Als er sein Gedächtnis noch nicht zurückerlangt hatte, war er bereit gewesen, seine Erinnerungen aufzugeben, damit ich gewinnen konnte.

In diesem Moment wusste ich, dass meine Entscheidung, bei ihm zu bleiben, richtig war. Natürlich würde ich meine Eltern vermissen – endlich würden sie einander wiederhaben – und meinen besten Freund, Jim. Doch im Prinzip hatte ich gar keine echte Wahl. Wie könnte ich den Mann, der mein Herz höherschlagen ließ, im Stich lassen? Der Welt aus Schatten und Licht den Rücken kehren, wenn ich doch wusste, was dann passieren würde?

Ohne groß darüber nachzudenken, presste ich meine Lippen auf seine. Legte all meine Dankbarkeit und Liebe in diesen Kuss. Henry legte einen Arm um meinen Rücken und zog mich eng an sich heran. Die andere Hand hob er an meine Wange, die er mit seinem Daumen sanft streichelte.

Ich schloss meine Augen, schlang meine Hände um seinen Nacken und vergrub meine Finger in seinen weichen Haaren. Kurz bebten seine Lippen. Die vorangegangenen Ereignisse hatten auch ihm zugesetzt. Dann vertiefte sich unser Kuss und das Zittern wich. Ich sog den vertrauten Duft seiner Haut tief ein.

Viel zu schnell war der Kuss vorbei und Henry legte seine Stirn an meine. »Bist du bereit?«

Sein Atem streifte meine Wange.

»Ja«, erwiderte ich heiser.

Was würde als Nächstes passieren? Gespannt hielt ich den Atem an, während seine Hand meinen Hals hinabwanderte, über mein Schlüsselbein strich und schließlich auf meinem Dekolleté liegenblieb. Seine Berührung fühlte sich heiß an, unnatürlich heiß. Meine Haut brannte förmlich. Nein, etwas brannte sich ein. Instinktiv wollte ich zurückweichen, doch Henrys anderer Arm, mit dem er mich noch immer an sich zog, verhinderte es. Gerade als ich glaubte, er würde meinen Brustkorb versengen, zog er seine Hand zurück und rieb sich mit angespannter Miene über die eigene Brust. Als er seine Finger wieder löste, erkannte ich, dass ein Teil seiner Tätowierung verschwunden war. Umgeben von den schwarzen Tribals prangte auf seiner Brust nur noch der schwarze Halbkreis. Eine Ahnung überkam mich und ich zerriss die fliederfarbene Spitze am Dekolleté meines Kleides, damit ich einen Blick auf meine Brust erhaschen konnte. Dort zeichnete sich die andere Hälfte der Tätowierung wie ein helles Narbengeflecht auf meiner Haut ab. Vorsichtig fuhr ich mit meinen Fingerspitzen darüber, doch die Haut war eben und glatt. Mein Halbkreis war das Spiegelbild von seinem und tatsächlich fühlte ich eine innere Wärme, die vorher nicht da gewesen war. War das die Macht des Lichts in mir? Es war ein wenig wie bei dem Lichtspinnerschmetterling, der mein inneres Licht gestärkt hatte, nur sehr viel intensiver.

»Du bist nun ein Teil der Welt aus Schatten und Licht«, erklärte Henry, reichte mir eine Hand und zog mich auf die Beine. »Durch die Tätowierung haben wir eine Verbindung geschaffen, sowohl zueinander als auch zu dieser Welt.«

»Dann bist du nicht länger ein Mensch«, hauchte mein Vater und ich errötete, als mir dadurch bewusst wurde, dass er alles mitangesehen hatte.

Doch mir blieb keine Zeit, um mich länger zu schämen, denn ich konnte plötzlich die Wut der Schatten spüren. Ihr Zorn erschütterte mich. Wie eine Welle rollte er auf mich zu und drohte, mich unter sich zu begraben.

Ich erschrak, als ein Schatten in meinen Gedanken zischte: *Ihr werdet nicht dem Licht in dieser Welt zu neuer Stärke verhelfen. Das lassen wir nicht zu.*

Um mich herum waren auf einmal lauter Klauen, die versuchten, nach mir zu greifen.

»Nein!« Henry stellte sich beschützend vor mich, doch es waren zu viele.

Wie eine schwarze Wolke aus tropfendem Pech hüllten sie uns ein.

Ein Jammer, dass es uns bisher nicht gelungen ist, das Mädchen auszulöschen. Doch nun werden wir unseren Fehler korrigieren. Das Spiel ist vorbei und wir sind nicht länger an dessen Regeln gebunden. Nun kann uns nichts mehr aufhalten.

Ich zuckte zusammen, als ein paar Tropfen der zähen Flüssigkeit auf meine Wange fielen und langsam über den Hals hinabrannen. Die Kälte brannte auf meiner Haut.

»Ich werde euch Einhalt gebieten.« Henry zog mich eng an seine Brust, damit die Schatten mich nicht erreichen konnten. »Das hätte ich schon längst tun sollen.«

Seid kein Narr! Elena wird Euer Untergang sein. Sie wird Euch das Herz brechen und Euch ins Unglück stürzen. Verlasst Euch darauf. Doch wir, wir werden nie von Eurer Seite weichen. Mit uns werdet Ihr nie Leid erfahren.

»Ich lasse mich nicht länger von euch einlullen.« Henry knirschte mit den Zähnen.

»Henry, ich würde nie … Die Worte der Schatten sind nichts als Lügen«, brachte ich hervor.

Als ich zu ihm aufsah, hatte sich eine steile Falte über seiner Nasenwurzel gebildet. »Ich weiß.« Seine Tribals leuchteten auf. »Verschwindet aus meinem Schloss! Ich will euch nie wiedersehen.«

Die Schatten lachten höhnisch. Es war ein schrecklicher Laut, wie von einem Nagel, der über Metall schabte. *Habt Ihr wirklich geglaubt, Ihr hättet Macht über uns? Ihr habt uns nie kontrolliert, aber wir haben Euch nur allzu gern in dem Glauben gelassen.*

Henry taumelte. Entsetzen zeichnete sich auf seinem Gesicht ab.

Die Schatten verdichteten sich, bis sie uns wie eine Kugel einschlossen. *Nicht eine Sekunde habt Ihr uns befehligt. Eine äußerst geschickte Täuschung, nicht wahr?*

»Ich werde euch schon gefügig machen«, knurrte Henry und erhöhte seine Anstrengungen. »Verschwindet dorthin, wo ihr hergekommen seid!«

Niemals! Ihr habt uns doch erst mächtig gemacht. Ihr und Euer Vater. Mit jedem Spiel haben wir neue Anhänger gewonnen. Spieler, die zu Schattenwesen wurden und unsere Macht stärkten. Und nun ist unsere Dunkelheit so groß wie nie zuvor. Ihr könnt nichts mehr gegen uns ausrichten.

Henry schluckte schwer. Offenbar war ihm erst jetzt die Erkenntnis gekommen, dass sie mit jedem neuen Spiel den Schatten in die Hände gespielt hatten.

Angst kroch in mir hoch. War es so, wie die Schatten behaupteten? Waren sie inzwischen zu mächtig geworden, als dass wir sie besiegen konnten? Es gab nur eine Möglichkeit, das herauszufinden. Wir mussten uns ihnen stellen.

»Was kann ich tun, um dir zu helfen?«, fragte ich.

Für Hilfe ist es längst zu spät.

»Nein!« Ich schrie auf, als einer der Schatten Henrys Abwehr durchdrang und seine Klaue in seinen Rücken bohrte.

Mit einem verkniffenen Gesichtsausdruck schaffte er es, die Schatten auf Abstand zu halten, doch es reichte nicht aus. Henry war nicht mächtig genug. Lag es daran, dass durch die Übertragung des Lichtanteils auf mich seine Kräfte geschwächt waren?

»Nur zu zweit seid ihr stark genug!«, rief mein Vater uns von außen zu.

Ich konnte ihn schon eine ganze Weile durch die dichten Schatten nicht mehr sehen. Doch sein unerschütterlicher Glaube an uns verlieh mir neuen Mut.

Henry blickte mich ernst an und griff nach meinen Händen. »Lass es uns gemeinsam versuchen.«

Schwarze klebrige Tropfen fielen auf meinen Kopf und meine Schultern, als kippe jemand einen Kübel Eis über mir aus. Die Schatten zerrten an Henry und mir, versuchten, uns zu entzweien. Ihre Klauen zerkratzten meinen Rücken und ich stöhnte gepeinigt auf, als einer von ihnen mir einen Schnitt an der Stelle zufügte, an der sich meine Blutergüsse befanden.

»Elena.« Henry keuchte auf. »Geht es dir gut?«

Ich schüttelte den Kopf. »Das ist jetzt unwichtig. Sag mir, was ich tun muss.«

»Die Tribals stellen meine Verbindung zu den Schatten her, doch die wahre Macht, nach der die Schatten gieren, geht von dem schwarz-weißen Kreis aus.« Er zeigte erst auf sein Körperbild, dann auf meines. »Er stellt das Gleichgewicht zwischen Schatten und Licht dar. Wenn wir ihn aktivieren, dann musst du das Licht rufen.« Ein schwarzer Tropfen rann träge an seiner Wange hinab, als würde er Pech weinen.

»In Ordnung.« Ich verstärkte den Griff um seine Hände und schloss die Augen. Konzentriert suchte ich nach dem Zugang zum Licht, aber er entglitt mir immer wieder. Als ich meinte, eine leichte Wärme wie von Sonnenstrahlen auf meiner Haut zu spüren, streifte ein Schatten meine Wange und hinterließ einen blutigen Striemen. Die Wärme erlosch.

Verzweifelt blickte ich zu Henry. »Es funktioniert nicht.«

Aus den Zacken seiner Tätowierung schossen lange schwarze Strahlen, doch ohne das Licht konnten sie den Schatten nichts anhaben.

»Konzentriere dich, Elena. Ich weiß, dass du es kannst. Das Licht ruht in dir.«

Seine Zuversicht schenkte mir neuen Mut und ich schloss die Augen, suchte abermals nach der Wärme in mir. Ich bekam sie zu fassen und diesmal war ich wild entschlossen, sie nicht wieder loszulassen.

Die Wärme breitete sich aus, wurde strahlender, alles umfassender. Selbst durch meine geschlossenen Lider hindurch sah ich das gleißende Licht – und noch bevor ich die entsetzten Schreie der Schatten vernahm, wusste ich, dass nun aus meiner Tätowierung ebenfalls Strahlen schossen.

Nein! Das ist unmöglich!

Das darf nicht sein!

Ich öffnete die Augen einen Spaltbreit, darauf bedacht, nicht die Verbindung zu verlieren. Meine Strahlen wanden sich um Henrys und gemeinsam breiteten sie sich um uns herum aus, hüllten uns ein. Es erinnerte mich an ein schwarz-weißes Kaleidoskop, denn die Strahlen folgten ihrer eigenen Symmetrie.

Das Licht. Es ist viel zu hell!

Es verbrennt uns!

Ahhh!

Die Schatten zogen sich zurück, doch die Strahlen waren schneller. Dort, wo sie getroffen wurden, verstummten die Schreie, bis sich schließlich Stille über den Thronsaal senkte. Henrys und mein keuchender Atem waren die einzigen Geräusche.

»Ihr habt es geschafft. Ihr habt die Schatten verdrängt.« Mein Vater klang perplex.

Ich blickte zu ihm. Er starrte zu einem der Fenster, durch die Sonnenlicht in den Thronsaal fiel.

»Das Licht ist zurückgekehrt«, stieß Henry hervor, der es nun ebenfalls sah.

Etwas bröckelte auf mein Gesicht und ich legte den Kopf in den Nacken. Die Fresken an der Decke wurden porös. Lange gezackte Linien zogen sich durch die Malereien wie Risse durch eine Wüstenlandschaft. Die Farben platzten auf und fielen in Brocken zu Boden. Darunter kamen wundervolle Kunstwerke von Engeln mit weißen Flügeln und anderen Lichtgestalten zum Vorschein.

»Sieh nur, Henry, die Krähen vom Sumpf.« Ich deutete auf ein Fresko, das einen Lindenbaum darstellte, auf dessen Ästen zwischen den herzförmigen Blättern mehrere weiße Vögel hockten.

»Das sind Lichtkrähen«, erläuterte er.

Mein Blick fiel auf den Thron, dessen Kristall sich ebenfalls verändert hatte. Er war nun reinweiß und durchscheinend wie Bergkristall.

»Komm, lass uns die Sonne ansehen.« Henry zog mich in Richtung der Fenster, wo mein Vater noch immer fasziniert aus einem hinausschaute. »Es ist Ewigkeiten her, seit ich sie zuletzt mit einer solchen Leuchtkraft gesehen habe.« Henry riss eines der Fenster auf und beugte sich mit dem Oberkörper weit hinaus. »Ich kann sie spüren! Die Wärme auf meiner Haut!«, rief er und lachte auf. »Die Lichtwesen, sie kommen wieder zum Vorschein.«

Ich beugte mich ebenfalls über das Sims nach draußen. Zwei weiße Tauben flogen über unsere Köpfe hinweg und ließen sich auf einem der Türme nieder.

»Sind die Schatten endgültig vernichtet?«, fragte ich.

»Nein, sie sind ein Teil dieser Welt, auf immer mit ihr verflochten. Allerdings sind sie nun in die ihnen zugeteilten Bereiche zurückgekehrt. Du kennst sie bereits.«

Fragend blickte ich zu Henry. »Du meinst, in die Partien?«

»Unsere Welt ist ein einziges großes Gleichgewicht aus Licht und Schatten«, erläuterte er. »Jeder hat seine Daseinsberechtigung. Doch die Schatten haben sich in den letzten Jahren vermehrt des Lichtanteils bemächtigt und das Licht zurückgedrängt. Nun sind sie, dank dir, der Leuchtenden, wieder dort, wo sie hingehören.«

Mir drängten sich die Bilder der düsteren Orte auf. Es fühlte sich falsch an, dass es sie weiterhin gab.

»Dann sind die Partien also gar nicht für das Spiel erschaffen worden, sondern haben schon immer existiert?« Ich runzelte argwöhnisch die Stirn.

»Nicht ganz. Das Spiel wählt die Bereiche aus, die als Partien dienen, und verändert sie zu einem Rätsel. Dann wird ein Bann über unsere Welt gelegt und die Spieluhr beginnt sich zu drehen. Die Wege verschieben sich sonst nicht.«

»Das ist mir auch aufgefallen, während ich hier war«, mischte sich mein Vater in das Gespräch ein. »Es gab so viele Wege zum Schloss. Ohne die Mauern ist es weit einfacher.«

Henry schmunzelte. »Das ist es in der Tat.«

»Kann mir einer von euch bitte erklären, was genau hier eben passiert ist?« Neugier blitzte in den Augen meines Vaters auf. »Ich möchte es unbedingt verstehen.«

Henry blickte mich zärtlich und voller Liebe an. »Ich war blind. Das ist passiert. Bis zuletzt wollte ich nicht wahrhaben, dass ein Mensch die Lichtprinzessin sein könnte.«

»Die was?« Ich lachte verblüfft auf, während mein Vater mich mit einem gewissen distanzierten Interesse betrachtete, als wäre ich eines seiner Forschungsobjekte.

In seinen Augen lag dieses untrügliche Funkeln, wie immer, wenn er ein Rätsel lösen wollte. »Wo Schatten sind, muss es auch Licht geben«, gab er bedächtig von sich. »Als die Königin ging, nahm sie das Licht mit sich und ein Schleier legte sich über diese Welt, verdunkelte sie. Fortan erlaubte der durch Kummer zerfressene König den Schatten, mehr Macht zu erlangen. Doch eure Liebe war stark genug, um die Schatten zurückzudrängen. Damit bricht ein neues Zeitalter für diese Welt an.«

Ich blickte tief in Henrys Augen. »Du weißt, was das bedeutet, nicht wahr? Ich werde dich nicht verlassen. Du wirst nicht länger einsam sein. Nie wieder.«

Mein Vater sah aus, als könne er sich nicht entscheiden, ob er stolz oder traurig sein sollte. »Ich werde dich vermissen, mein kleiner Wildfang.«

Tränen brannten mir in den Augen. Ich hatte meinen Vater gerade erst wiedergefunden und nun würde er mich erneut verlassen. Diesmal für immer.

»Alles, was Clifford sagt, stimmt. Allerdings bin ich nicht länger der Schattenprinz, sondern der Schattenkönig.« Trauer verdunkelte seine Züge. »Doch das bedeutet auch, dass fortan ich das Sagen habe, und deswegen werde ich das Tor zur Menschenwelt offen lassen. Von nun an soll der Weg frei sein und du kannst, sooft du es willst, zwischen beiden Welten wandeln.«

Ich brauchte einen Moment, bis ich verstand, was er meinte. »Soll das heißen …?«

Henry nickte. »Du kannst deine Eltern so oft besuchen, wie du möchtest. Wir können es.« Er blickte zu meinem Vater. »Es ist kein Abschied für immer.«

»Das ist gut. Doch ich werde eine Weile brauchen, um mich an den Gedanken zu gewöhnen, dass meine Tochter nun für immer mit der Welt aus Schatten und Licht verbunden ist.« Er legte mir eine Hand auf die Schulter. »Elly, ich möchte, dass du glücklich bist, und ich kann sehen, dass Henry dazu in der Lage ist. Meinen Segen habt ihr.« Mit diesen Worten zog er mich in eine feste Umarmung und küsste mich auf den Scheitel.

»Das tut er, Vater, sehr sogar«, erwiderte ich und drückte dabei Henrys Hand, ehe ich mich auf die Zehenspitzen stellte und meinen Vater auf die Wange küsste. »Ich wünsche dir und Mutter ebenfalls alles Glück der Welt. Grüß sie von mir und sag ihr, dass ich euch bald besuchen kommen werde.«

Seine Augenbrauen schoben sich zusammen, ein Zeichen seiner Sorge darüber, mich nun zurücklassen zu müssen. Doch gleichzeitig sah ich auch die Vorfreude in seinen Augen. »Ich kann es kaum erwarten, Mildred wiederzusehen. Viel zu lange waren wir getrennt. Ich habe sie vermisst.«

»Sie dich auch«, flüsterte ich. Zu mehr war ich nicht imstande. Der Abschied schnürte mir die Kehle zu.

»Auf bald, mein Kind.« Ein wenig unbeholfen stand er vor mir, unsicher, was er noch sagen sollte. »Pass auf sie auf«, meinte er an Henry gewandt.

»Das werde ich.«

Mein Vater nickte ihm zu, ehe er sich umdrehte und auf das geöffnete Portal zumarschierte. Ohne anzuhalten, trat er in den Strudel, der ihn augenblicklich verschluckte.

»Elena.« Henrys Stimme war ganz weich. »Ich bin sehr froh, dass du dich dafür entschieden hast, die Lichtprinzessin zu sein. Oder vielmehr die Lichtkönigin.« Er räusperte sich und sein Lächeln wirkte beinahe verlegen. »Dass du dich für mich entschieden hast.« Er strich mir eine Strähne hinters Ohr und sein Blick war so voller Liebe, dass ich mich fragte, wie ich jemals an ihm hatte zweifeln können. Von der alten Verbitterung und dem Schmerz war keine Spur mehr zu sehen und ich schwor mir, dafür zu sorgen, dass es so bleiben würde. Henry sollte nie wieder einen Grund haben, sich einsam und ungeliebt zu fühlen.

»Ich liebe dich auch«, erklärte ich, weil ich ihm noch eine Antwort schuldig war.

Henrys Augen leuchteten auf. Das Grau darin schmolz zu flüssigem Silber. »Ich weiß. Deine Taten sagen mehr, als sämtliche Worte es je könnten. Du erhellst meine Tage. Du bist mein Licht.«

EPILOG

Einen Monat später

Licht und Schatten wechselten sich ab, während ich den Gang zu Henrys Gemächern entlangschritt. Obwohl die Schattenwesen aus dem Schloss fort waren und nun in den düsteren Gebieten lebten, die ich als Partien kennengelernt hatte, kam mir das alte Gemäuer immer noch zu dunkel vor. Doch sobald Henry in meiner Nähe war, leuchtete es heller, dann erstrahlte es geradezu.

Mein Kleid aus feinstem silbrig schimmerndem Lichtgarn raschelte, während ich auf die Tür zusteuerte, hinter der sich die Gemächer des Königs befanden. Die Wachen, die diese flankierten, hatten als Spielwächter der Sumpfpartie fungiert. Sie salutierten, ehe sie die Flügeltür öffneten. Im Vorbeigehen betrachtete ich sie kurz und musste wieder einmal feststellen, dass der Mann mit dem breiten Kinn tatsächlich Ähnlichkeit mit einem Zebra aufwies. Die Haare des anderen hingegen besaßen die Farbe des Fells einer Fledermaus.

»Eine Eselskostümierung hätte man dir geben sollen, so bucklig, wie du immer dastehst«, hörte ich die Wache sagen, nachdem ich die Tür passiert hatte.

Ich schmunzelte, denn die beiden waren auch im echten Leben Streithähne. Diese Eigenheit hatten sie nicht abgelegt, obwohl ich geglaubt hatte, der Bann des Spiels wäre dafür verantwortlich gewesen.

Mein Blick fiel auf den großen Ebenholzschreibtisch, hinter dem König Henry Alexander Chandler oft zu finden war. So auch heute. Er war über eine Karte gebeugt, der Ausdruck auf seinem Gesicht hoch konzentriert.

Dunkler Nebel waberte über die Pergamentrolle, die, wie ich beim Näherkommen erkannte, eine Karte von Statera – die Welt aus Schatten und Licht – darstellte. Wieder einmal versuchte er, mit Hilfe seiner Magie verborgene Spuren von seiner Mutter zu finden.

Einen Wimpernschlag später sah er auf, als würde sein Blick von mir angezogen werden, und ein Lächeln erschien auf seinem Gesicht, das mein Herz höherschlagen ließ. Seine grauen Augen erinnerten mich wieder einmal an den sanften Morgennebel in England. Früher hatte in ihnen oft ein Sturm getobt. Heute war dieser beinahe vollständig weggezogen, trotz des Verlusts seines Vaters und der Ungewissheit über den Verbleib seiner Mutter.

»Hast du wieder einmal die Zeit vergessen?«, fragte ich ihn.

Er legte den Kopf schräg, während ich auf ihn zulief. Dabei nahm ich eine Verbindung zu meiner Gabe auf, die ich von Henry erhalten hatte. Keine Sekunde später flatterte ein Schwarm leuchtender Schmetterlinge auf den dunklen Nebel zu und tanzte mit den Nachtfaltern, die daraus emporstiegen.

Henrys Mundwinkel zuckten und schließlich zog sich die Dunkelheit in ihn zurück. Meine Schmetterlinge verweilten noch einen Moment länger im Raum, ehe sie aus dem einzigen geöffneten Fenster flogen.

»In Kürze beginnt unsere Ansprache für das Fest zum Ende der Spiele«, erinnerte ich ihn.

Die neue Ära des Friedens würde heute mit einem Jahrmarkt feierlich eingeleitet werden, genau wie die Verbindung zweier Welten. Das

Portal stand nun für meine Eltern, Jim und auch die Angehörigen der anderen Spieler offen. Lyras Familie hatte sich sogar entschieden, gänzlich hier zu leben. Ihr Schicksal hatte mich nie losgelassen und in Statera offerierten Henry und ich ihnen die Möglichkeit, mit Haus und Hof der Armut zu entfliehen.

»Das habe ich nicht vergessen«, erwiderte Henry und sah zu der großen Standuhr. »Nur war mir nicht bewusst, dass die Zeit so schnell rinnt.«

Sofort blitzte das Bild des Hasens in meinem Verstand auf. Ihn hoffte ich heute wiederzusehen nach seinem wohlverdienten viertägigen Urlaub mit Birdy.

Henry streckte seine Arme nach mir aus und dirigierte mich auf seinen Schoß. Mein Blick fiel auf die Karte, die die verschiedenen Ringe von Statera zeigten. Einige waren von einer Art Ruß bedeckt, andere Flächen waren frei.

»Bist du mit deiner Suche nach deiner Mutter vorangekommen?«, fragte ich.

Er schlang seine Arme um meine Taille, lehnte sich auf dem Stuhl zurück und zog mich mit sich, sodass ich die Wärme seiner Brust durch den dünnen Stoff meines Kleides an meinem Rücken spürte.

»Meine Magie sagt mir, dass sie sich in Aurons Grafschaft befindet.« Henry tippte auf das Porträt eines Mannes, das sich in der Legende der Karte, zusammen mit den Bildern der anderen Herrschenden, befand. So war es möglich, diese den Grafschaften zuzuordnen, die sie verwalteten.

Auron, den Henry mir nun zeigte, trug einen weißen Mantel mit einem ausladenden Pelzkragen. Er hatte einen kleinen Bauch, wallendes weißes Haar, eine spitze Nase und stechende rote Augen. Wenn zu ihm eine Tierverkleidung passen würde, dann wäre es die des Polarfuchses. Noch immer assoziierte ich die Bewohner von Statera mit Tieren, obwohl sie nur im Spiel genötigt gewesen waren, Maskeraden zu tragen.

»Morgen werde ich mich auf die Reise zu ihm machen. Sollte meine Mutter wirklich dort sein, dann werde ich sie finden«, sagte Henry mit Nachdruck in der Stimme.

»Morgen schon?«, fragte ich, während mich ein Stich durchfuhr.

Ich wollte nicht, dass er ging, denn nur in seiner Nähe konnte ich Ruhe und Halt finden. Noch immer hatte ich die Geschehnisse des tödlichen Spiels nicht vollständig verarbeitet.

Morgen würden außerdem die Planungen unserer Hochzeit und der gleichzeitigen offiziellen Krönung zum Schattenkönig und seiner Lichtkönigin beginnen. Dabei hätte ich ihn mir an meiner Seite gewünscht.

Kurz flackerte die Erinnerung in mir auf, als er um meine Hand angehalten hatte. Henry und ich waren im Schlossgarten flaniert. Die Wege säumten blühende Rosensträucher und überall flatterten bunte Schmetterlinge.

Als ich an einer Rose schnupperte, lag in der Blüte auf einmal ein Ring. Überrascht schaute ich zu Henry, doch der war längst vor mir auf die Knie gegangen.

Natürlich hatte es auf seine Frage nur eine Antwort gegeben.

Gedankenverloren drehte ich den Verlobungsring an meinem Finger hin und her. Es war ein silberner Ring, in den abwechselnd schwarze und weiße Diamanten eingelassen worden waren.

»Ich bin nur für ein paar Tage weg«, versprach er, hauchte mir einen Kuss auf die Haare und holte mich damit wieder ins Hier und Jetzt zurück.

»Ich hoffe, du wirst sie endlich wiedersehen.«

»Das hoffe ich auch«, sagte er und sein Blick wurde traurig.

Seit Henry nicht länger dem Einfluss der Schatten ausgesetzt war, tauchten immer mehr Erinnerungen aus seiner Kindheit auf, die zuvor verzerrt gewesen waren. So wusste er auch wieder, dass seine Mutter gar nicht ihren Mann betrogen hatte, sondern in Wahrheit aus dem Schloss verschwunden war, um einen Weg zu finden, die Schatten loszuwerden. Denn bereits zu Beginn ihrer Ehe hatten diese Einfluss auf den König genommen. Doch die Königin war von ihrer Mission nie zurückgekehrt.

Henry war allerdings der festen Überzeugung, dass sie noch am Leben war. Erst hatte er in meiner Welt gesucht, aber dann hatte es einen entscheidenden Hinweis gegeben, dass sie doch in Statera war. Nachdem Henry mit den Wandlern ein Abkommen besiegelt hatte, in dem beschlossen wurde, ihnen ein eigenes Reich zuzusprechen, war es Aurelia gewesen, die ihm den Hinweis in Form einer Vorhersagung gegeben hatte.

Wir Menschen waren durch die Schattenwesen zu Sündenböcken gemacht worden, weil wir die perfekten Opfer waren. Wir gehörten weder Licht noch Schatten an und konnten deshalb in diese Kreaturen verwandelt werden, damit die Macht der Dunkelheit weiter nähren. Zum Glück gehörte das der Vergangenheit an und die Schattenwesen konnten ihre Lebensräume durch die von Henry und mir gezogenen magischen Grenzen nicht mehr verlassen.

Ich erhob mich und lief zum Fenster, aus dem die Schmetterlinge geflogen waren, um die Feierlichkeiten zu beobachten. Mit einer Hand schirmte ich meine Augen ab, da die Sonne bereits sehr tief stand. Das Zentrum bildete das Karussell der Fabelwesen, auf dem ich bei meiner Ankunft gelandet war. Es war meine Idee gewesen, den Jahrmarkt für die Feier auf dem Schlossplatz aufstellen zu lassen. Schließlich hatte mit ihm alles angefangen und nun würden wir dort das Ende der Spiele und die Rückkehr des Lichts feiern.

Mein Blick schweifte zu den Essensständen. Es gab wieder die Zuckerwatte, deren Wirkung nun weitaus harmloser war. Statt den Verstand zu vernebeln, prickelte sie nur lustig auf der Zunge.

Mein Herz schwoll an, als mein Blick in der Traube aus Leuten zufällig auf meine Eltern fiel. Mein Vater überreichte meiner Mutter einen Strauß mit Blumen, die es in unserer Welt nicht gab, und sie strahlte über das ganze Gesicht. Endlich hatte sie den Schleier der Trauer ablegen können und war wieder sie selbst. Mein Vater hatte natürlich immer noch seinen Forscherdrang und schon neue Ideen, was er als Nächstes untersuchen wollte, aber er stellte seine Arbeit nicht mehr über die Familie. Er hatte gelernt, die richtigen Prioritäten zu setzen.

Henry trat neben mich und seine Hand verflocht sich mit meiner. Kurz glitten meinen Augen zu ihm. Sein Ausdruck war ernst und ich fragte mich, was ihm wohl gerade durch den Kopf ging, ehe ich wieder nach draußen zu dem Spektakel sah.

Die Einwohner trugen, im Unterschied zum Spiel, keine Kostümierungen mehr, dennoch war ihre Kleidung prachtvoll, bunt und ein wenig grotesk. Die Stoffe schillerten im Schein der unzähligen Fackeln und farbenfrohen Lampions auf dem Platz. Das ausgelassene Gelächter drang bis zu uns hoch. Ein paar Einheimische entdeckten uns am Fenster und winkten.

»Sie sind glücklich, nicht wahr? Und das, obwohl ich ihr König bin.« Henrys düsterer Tonfall fuhr mir mitten ins Herz.

Ich drückte fest seine Hand. »Sie sind glücklich, *weil* du ihr König bist. Sie lieben dich, das haben sie immer schon getan. Ihnen war stets bewusst, dass die Schatten für ihr Leid verantwortlich waren und nicht du.«

Ich schenkte ihm mein innigstes Lächeln und zu meiner Erleichterung erwiderte er es.

»Was würde ich nur ohne dich machen?«, murmelte er und senkte seinen Kopf, um mich zu küssen. Der Kuss schmeckte nach zu Hause, Glück und tiefer Liebe.

Vielleicht würde die Dunkelheit in uns nie vollständig verschwinden, doch das musste sie auch nicht. Wir alle trugen Licht- und Schattenanteile in uns.

Wo Schatten sind, da ist auch Licht.

Danksagung

Ein Buch zu zweit zu schreiben, ist großartig – man hat Probleme, die man alleine nicht hätte.

Nein, im Ernst, es ist wirklich wundervoll, sich mit jemandem auszutauschen, der genauso für die Geschichte brennt, wie man selbst; der ähnliche Gedankengänge hat und der sich so perfekt mit einem selbst ergänzt, dass man sogar das gleiche Lieblingskapitel hat. Bei uns ist es die Abendveranstaltung – einmal aus Elenas und einmal aus Alex' Sicht.

Ein gigantisches Danke widmen wir Karina Woller, die dem *Schattenprinzen* im LAGO Verlag so ein wundervolles Zuhause gegeben hat. Wir könnten glücklicher nicht sein!

Großer Dank gebührt ebenfalls unseren Lektorinnen Jil Aimée Bayer und Nina Krönes, die das Beste aus unserem Manuskript herausgeholt haben. Und ohne Jasmin Schäfer wären wir in Social-Media-Angelegenheiten schlecht beraten gewesen. Vielen Dank für dein Engagement.

Ein riesiges Dankeschön geht auch an unsere Testleserinnen Laura Dzuricza, Veronika Rothe, Anna Savas, Diana Tiede und Ann-Kathrin Wolf. Ihr habt die Geschichte noch schöner und besonderer gemacht.

Und zu guter Letzt müssen wir noch zwei ganz besondere Menschen in unserem Leben erwähnen – unsere Mamas Margit und Kerstin. Euer Glaube an uns hat uns bestärkt und uns zu denen gemacht, die wir heute sind. Nur durch euer Verständnis und eure Liebe haben wir den Mut, unseren Träumen zu folgen und Geschichten zu schreiben. Danke für alles, wir haben euch lieb!

Jeder von uns trägt seine ganz eigene Welt aus Schatten und Licht in sich. Manchmal muss man darum kämpfen, damit die Schatten nicht die Oberhand gewinnen. Vielleicht hat unsere Geschichte ja dazu beigetragen, dass du für eine Weile deine eigenen Schatten vergessen konntest. Auf jeden Fall sind wir dir sehr dankbar dafür, dass du Alex und Elena auf ihrem Abenteuer begleitet hast und mutig genug warst, der Einladung des Schattenprinzen in die Welt aus Schatten und Licht zu folgen.